U0453249

国家社科基金项目（15BZW078）研究成果

莫立民 著

清代女子诗社研究

中国社会科学出版社

图书在版编目(CIP)数据

清代女子诗社研究/莫立民著. —北京：中国社会科学出版社，2021.8

ISBN 978-7-5203-8805-4

Ⅰ.①清… Ⅱ.①莫… Ⅲ.①女性—诗人—团体—研究—中国—清代 Ⅳ.①I209.209

中国版本图书馆 CIP 数据核字(2021)第 148386 号

出 版 人	赵剑英
责任编辑	郭晓鸿
特约编辑	杜若佳
责任校对	师敏革
责任印制	戴 宽

出　　版	中国社会科学出版社
社　　址	北京鼓楼西大街甲 158 号
邮　　编	100720
网　　址	http://www.csspw.cn
发 行 部	010-84083685
门 市 部	010-84029450
经　　销	新华书店及其他书店
印　　刷	北京明恒达印务有限公司
装　　订	廊坊市广阳区广增装订厂
版　　次	2021 年 8 月第 1 版
印　　次	2021 年 8 月第 1 次印刷

开　　本	710×1000　1/16
印　　张	29.5
插　　页	2
字　　数	455 千字
定　　价	168.00 元

凡购买中国社会科学出版社图书，如有质量问题请与本社营销中心联系调换
电话：010-84083683
版权所有　侵权必究

目　录

绪论　诗社、女子诗社界定与清代女子诗社演进历程概说 ………（1）

上编　清代女子诗社本体研究

第一章　清代女子诗社兴盛的历史传统、时代语境与组织结构 ……（9）
　　第一节　历史传统与时代语境 ………………………………（9）
　　第二节　组织结构 ……………………………………………（24）

第二章　清初女子诗社之冠冕
　　　　　——蕉园诗社 …………………………………………（32）
　　第一节　诗社演进节点与主要雅会考 ………………………（32）
　　第二节　诗社核心林以宁的诗歌活动与创作特质 …………（45）
　　第三节　"蕉园五子""蕉园七子"与其他成员考 …………（61）
　　第四节　诗社诗学地位辨 ……………………………………（96）

第三章　盛清女子诗坛巨擘
　　　　　——清溪吟社 …………………………………………（101）
　　第一节　诗社演进节点与主要雅会考 ………………………（102）
　　第二节　"金闺领袖"张滋兰的诗歌活动与创作特质 ………（106）
　　第三节　诗社"林屋十子"考 ………………………………（116）
　　第四节　诗社诗学地位论 ……………………………………（148）

· 1 ·

目 录

第四章　晚清女子诗社之翘楚
　　——秋红吟社 …………………………………………（151）
　第一节　诗社演进节点与主要雅会考 ……………………（151）
　第二节　诗社核心沈善宝、顾春的诗歌活动与创作特质 ………（159）
　第三节　诗社其他成员考 …………………………………（185）
　第四节　诗社诗学地位论 …………………………………（195）

第五章　荟萃江、浙的女子诗社 ……………………………（197）
　第一节　明末清初山阴祁氏社 ……………………………（197）
　第二节　清初华亭章氏六女社 ……………………………（209）
　第三节　盛清泰州仲氏女子社 ……………………………（219）
　第四节　盛清扬州曲江亭社 ………………………………（232）
　第五节　晚清常州张氏四女社 ……………………………（264）
　第六节　江、浙其他女子诗社 ……………………………（285）

第六章　其他地域女子诗社考论 ……………………………（310）
　第一节　盛清福州光禄派女子诗社 ………………………（310）
　第二节　盛清建安荔乡九女社 ……………………………（325）
　第三节　中晚清之交湘潭梅花诗社 ………………………（342）
　第四节　晚清成都浣花诗社 ………………………………（366）
　第五节　其他女子诗社 ……………………………………（395）

第七章　清代女子诗社的诗史地位 …………………………（411）
　第一节　中国古代女子诗社演进的极盛时代 ………………（411）
　第二节　清代重要的文学与社会团体 ………………………（416）

下编　清代女子诗社主要诗歌质素构建论

第一章　诗社地域与家族化 …………………………………（423）
　第一节　诗社的地域化：地域文化与清代女子诗社 ………（423）

第二节　诗社的家族化：血亲、姻亲与清代女子诗社 …………（427）

第二章　诗社诗歌创作特有女性品质之展示 …………………（431）
　　第一节　母爱、妻性与女性生命体验写作 ………………………（431）
　　第二节　写作题材的细化与写作风格的柔化 ……………………（441）

第三章　诗社兴盛主要成因与诗社构建缺失论 ……………（448）
　　第一节　诗社兴盛的主要成因 ……………………………………（448）
　　第二节　诗社构建的缺失 …………………………………………（453）

主要参考与征引文献 …………………………………………………（458）
后记 ……………………………………………………………………（465）

绪论　诗社、女子诗社界定与清代女子诗社演进历程概说

"社"者，其最早的意义是指掌管土地的土神。先秦左丘明《左传·昭公二十九年》："后土为社。"① 《礼记外传》："社者，五土之神也。"② 后来"社"逐渐演变成为中国古代民间社会团体或地方基层组织。作为民间社会团体，"社"的功能既可用之于祭祀神灵、先祖等活动，也可用之于一些政治、经济、文化等活动的动员、组织工作。《尚书·甘誓》："用命赏于祖，弗用命戮于社。"③《国语·鲁语上》："故祀以为社。"④ 又《梦粱录》卷十九"社会"："又有锦体社、台阁社、穷富赌钱社、遏云社、女童清音社、苏家巷傀儡社、青果行献时果社、东西马塍献异松怪桧奇花社。"⑤ 作为地方基层组织，中国古代的"社"相当于我国当代社会乡村与城市社区管理最基层的单位，其功能主要是理民助民。《周礼》："二十五家为社，各树其土所宜之木。"⑥ 清人顾炎武："社之名起于古之国社、里社，故古人以乡为社。"⑦

诗社是指诗人或诗歌爱好者定期或不定期聚会而组构的文学社团，他们以此为纽带，或赋诗吟咏，或切磋诗艺。北宋马令《南唐书·儒者·孙鲂》："孙鲂，字伯鱼，性聪敏，好学。唐末，都官员外郎郑谷

---

① （先秦）左丘明：《左传》第二，上海古籍出版社2015年版，第910页。
② （唐）成伯玙：《礼记外传》，江苏广陵古籍刻印社1990年版，第104页。
③ （先秦）《尚书·甘誓》，国家图书馆出版社2017年版，第112页。《尚书》未标注作者。
④ （先秦）左丘明：《国语·鲁语》，上海古籍出版社2015年版，第109页。
⑤ （宋）吴自牧：《梦粱录》，浙江人民出版社1980年版，第181页。
⑥ （清）惠士奇：《礼》卷3，上海古籍出版社1987年"文渊阁四库全书"影印本，第437页。
⑦ （清）顾炎武：《日知录》卷22，康熙三十四年（1695）遂初堂刻本，第16页。

避乱江淮，鲂从之游，故其所吟诗，颇有郑体。及吴武王据有江淮，文雅之士骈集，遂与沈彬、李建勋为诗社。"① 明朝李东阳《麓堂诗话》："元季国初，东南人士重诗社，每一有力者为主，聘诗人为考官，隔岁封题于诸郡之能诗者，期以明春集卷，私试开榜次名，仍刻其优者，略如科举之法。"② 清代曹雪芹《红楼梦》第三十七回："务结二三同志者盘桓于其中，或竖词坛，或开吟社，虽一时之偶兴，遂成千古之佳谈。"③

中国古代的诗社有广义与狭义两种。广义诗社是一种组织结构比较松散的文学团体，它没有诗社社名，也没有诗社章程与规约，而是一群志趣趋同的诗人或诗歌爱好者聚合在一起，通过诗歌创作，以吟风弄月、状情言志，同时也有把酒弄盏的生活情趣。这类诗社大多是文士或闺秀定期或不定期组织的诗歌雅集唱和与酬答活动，尽管没有诗社之名，但行诗社之实。狭义诗社则组织结构比较严格，它有正式诗社社名，定期或不时进行诗歌创作活动，有比较稳定的诗社成员与活动地点，也有诗社主盟人，部分狭义诗社还订有诗社章程与规约。如北宋文彦博主持的洛阳耆英会，明代嘉靖年间的西湖八社，清朝嘉庆、道光年间北京宣南诗社以及《红楼梦》中贾宝玉、林黛玉、薛宝钗、贾探春等人组织的"海棠社""桃花社"就是这样的诗社。本书所研究的清代女子诗社，兼收并蓄，兼及"广义"与"狭义"两大类。

我国古代诗社最早出现在初唐。诗圣杜甫的祖父杜审言在江西吉州（今江西吉安）担任司户参军时曾在当地组织"相山诗社"。明余之祯万历《吉安府志》卷十二载："相山，在城隍岗，山一名西原，平衍幽旷，步入即有林壑思致。唐杜审言司户吉州，尝置相山诗社。"同书同卷又云："诗人堂，在西原能仁寺侧，唐司户杜审言结诗社于此。"④ 康熙《江西通志》卷之第七云："相山在府城西，即西原山，平衍幽旷。唐

---

① （宋）马令：《南唐书》卷13，嘉靖二十九年（1550）顾汝达刻本，第6页。
② （明）李东阳：《麓堂诗话》，商务印书馆1936年"丛书集成初编"本，第11页。
③ （清）曹雪芹：《红楼梦》，岳麓书社2005年版，第245页。
④ （明）余之祯：《吉安府志》卷12，书目文献出版社1991年"日本藏中国罕见地方志丛刊"影印本，第176页。

杜审言司户吉州，结相山诗社。宋周必大罢相归，与故旧憩息于此，构司户祠。明陈嘉谟辈置西原会馆，买田以膳来学之士，今废"。① 杜审言为唐高宗咸亨元年（670）进士，年轻时与李峤、崔融、苏味道齐名，称"文章四友"，他是初唐唐高宗与女皇武则天统治时期著名的诗人。延及两宋时期，文人结社风习兴盛，诗社、词社等文学组织得以蓬勃发展，形成了我国古代文人结社运动的第一波高潮。欧阳光论两宋文人诗歌结社运动之盛时说："有宋一代，文人结社唱和活动十分活跃，各种类型的诗社文会蓬勃兴起，遍布域中。据笔者初步考察，有材料记载的各类诗社达六七十家，较为著名的如邹浩颍川诗社、徐俯豫章诗社、贺铸彭城诗社、叶梦得许昌诗社、欧阳彻红村诗社、王十朋楚东诗社、乐备昆山诗社以及西湖诗社等。"② 而据陈小辉博士学位论文《宋代诗社研究》统计，得北宋诗社93家，南宋诗社144家，两宋共得诗社237家。

最早严格意义上的诗社当从北宋神宗与哲宗元丰、元祐年间贺铸彭城诗社和邹浩颍川诗社算起。我们说的严格意义的诗社即上文所说的狭义的诗社。这类诗社有比较固定的诗社成员，不时或定期举行诗歌创作活动，一般还有诗社社名。贺铸在《田园乐》诗中小序中曾讲到"彭城诗社"的诗歌唱和活动。此诗小序说："甲子八月，与彭城诗社诸君会南台佛祠，望田亩秋成，农有喜色，诵王摩诘田园乐，因分韵拟之。予得'村'字。"③ 另一首《读李益诗》小序也说："甲子夏，与彭城诗社诸君分阅唐诸家诗，采其平生，人赋一章，以姓为韵。"④ 彭城诗社不仅诗歌唱和活动比较频繁，而且社中成员比较固定，诗社主要成员有张仲连、陈师中、王适、寇昌朝、王文举等人。贺铸《彭城三咏》诗小序说："元丰甲子（1084），予与彭城张仲连谋父、东莱寇昌朝元弼、彭城陈师中传道、临城王适子立、宋城王玨文举，采徐方陈迹分咏之。予得'戏马台'、'斩蛇泽'、'歌风台'三题，即赋焉。"⑤ 又贺铸

---

① （清）于成龙：《江西通志》卷7，康熙二十二年（1683）刻本，第13a页。
② 欧阳光：《宋元诗社研究丛稿》，广东高等教育出版社1996年版，第31页。
③ 傅璇琮、孙钦善：《全宋诗》第19册，北京大学出版社1995年版，第12520—12521页。
④ 傅璇琮、孙钦善：《全宋诗》第19册，北京大学出版社1995年版，第12520页。
⑤ 傅璇琮、孙钦善：《全宋诗》第19册，北京大学出版社1995年版，第12498页。

《渔歌》诗小序："甲子十二月，张谋父、陈传道、王子立，会于彭城东禅佛祠，分渔、樵、农、牧四题以代酒令，予赋渔歌。"① 其《三月二十日游南台》诗小序："与陈传道、张谋父、王文举乙丑年（1085）同赋，互取姓为韵，予得'陈'字"。②

邹浩颍川诗社也是一个组织比较规范的诗社，其《颍川诗集叙》讲述了颍川诗社结社的经过与社中的诗歌创作活动。《颍川诗集叙》云："故人苏世美佐颍川幕府，既阅岁，余始承乏泮宫，与世美皆江都尉田承君友。承君知其为僚于此也，书来告曰：'韩城吾里，崔德符、陈叔易天下士也。东南豪英森，号为儒海，吾尝默求二子比者，殆不与耳接，子其亲炙之。'叔易方杜门著书不外交，德符久之，始幡然命驾。时裴仲孺、胥述之里居久矣，文行籍籍在人口，亦喜德符为我辈来也，而与盟焉。"又云："叔易虽未及致，而并得二士又过望。非公家事挽人，则深衣藜杖，还相宾主，间或浮清，款招提，谈经议史，挹古人于千百岁之上，有物感之，情与言会，落于毫楮，先后倡酬，以是弥年，裕如也。世美秩满且行矣，用刘白故事，裒所谓倡酬者与自为之者、与非同盟而尝与同盟倡酬者，共得若干篇，名之曰《颍川集》。"③

中国古代诗社还有若干别称，或称吟社。《群雅集》记载清代著名诗人江干结社活动说："片石（江干字片石）偃蹇海上，苦吟度日。其诗划削故轨，标领新情，雒水之秀也。与徐荔村、冒芥原、仲松岚、宗杏原、陈小山、徐弁江、吴梅原、冒柏铭结'香山吟社'。荔村有'九人共结香山社，十万欢场到白头'之句，风流令人可羡。"④ 或称诗会、吟会。《国朝松陵诗征》记载清代诗人孙元诗学活动说："也山（孙元字也山）与沈餐琅、顾玉洲辈结'岁寒诗会'，一时传为盛事。"⑤ 又称诗课、吟课。《江苏诗征》记述清代诗人宫国苞诗学结社经历说："上

---

① 傅璇琮、孙钦善：《全宋诗》第19册，北京大学出版社1995年版，第12499页。
② 傅璇琮、孙钦善：《全宋诗》第19册，北京大学出版社1995年版，第12521页。
③ 曾枣庄、刘琳：《全宋文》卷2836，安徽教育出版社2006年版，第255页。
④ （清）王豫：《群雅集》卷10，嘉庆十二年（1807）刻本，第6a页。
⑤ （清）袁景辂：《国朝松陵诗征》卷15，乾隆三十二年（1767）爱吟堂刻本，第8a页。

舍（宫国苞字上舍）工诗善画。州人仲云江、叶古轩、邹耳山、罗夏园结'芸香吟课'，上舍司月旦者十余年。"① 有时也称"吟榭"。查揆《筼谷文钞·"东山诗榭"序》："乾隆辛亥、壬子之间，予方弱冠，与少白陆先生、家茂才世官结吟榭于龙山之麓。冯茂才念祖、吴孝廉衡照、舍弟奕庆与焉。"②

中国古代女子诗社起步较晚，它起始于晚明，兴盛于清代。中国古代最早见于文献记载的女子诗社即为晚明"名媛诗社"。"名媛诗社"以晚明安徽桐城望族方以智家族中方孟式、方维仪、方维则三姐妹为核心，外加方维仪弟媳吴令仪及其胞姐吴令则，她们不时在方维仪的"清芬阁"中吟诗填词，互相唱和，以此形成中国古代最早的女子诗社。逮至明末清初以及盛清与晚清，众多的女诗人纷纷结社吟诗，大大小小的女子诗社得以在清代蓬勃发展，成为清代诗歌创作重要的构建元素，中国古代女子诗歌结社活动由此呈现繁荣昌盛的巅峰景观。

从清代女子诗歌总集、别集、诸多清代方志以及清代闺秀诗话、词话等研究文献考索，本书共统计出近30个对清代女子诗坛具有全局或地域性影响的重要女子诗社。这些女子诗社虽然不是清代女子诗社的全部，但占据了这一领域的主体部分，能够展现清代女子诗社的生存格局与基本风貌。从这些女子诗社的生存状态与发展规律来探析，我们可以发现，清代女子诗社数量众多，社群质素完备，发展平稳而繁荣，没有大起伏。清初和盛清女子诗社大多以血亲与姻亲为纽带聚合而成，可称其"亲缘构建"的时代；晚清因师友交往而组合的女子诗社后来居上，可称其"师友集成"的时代。可以说，历史传统与时代语境是清代女子诗社赖以成长的温床，亲缘与师友则是直接促成其兴盛的催化剂。

所谓"亲缘构建"的时代，是指从清初顺治到清代中叶乾、嘉时期170多年的时间里，清代女子诗坛虽然崛起一些师友型诗社或亲缘、师友兼而有之的综合型诗社，如清初康熙年间著名的"蕉园诗社"、盛

---

① （清）王豫：《江苏诗征》卷1，道光元年（1821）刻本，第15a页。
② （清）查揆：《筼谷文钞》卷4，上海古籍出版社2002年"续修四库全书"影印本，第555页。

清乾隆年间著名的"清溪吟社"等，但其占绝对多数者则是以血亲与姻亲两大家族元素构建而成的家族女子诗社，如清初山阴（今浙江绍兴市）祁氏女子社、清初松江（今属上海市区）章氏六女社、清初吴门（今苏州市）张氏七女社、盛清归安织云楼女子社、盛清建安荔乡九女社、盛清镇江鲍氏三姊妹社等。这些女子诗社的成员，要么为一个家庭或一个家族内的母女、姐妹、姑侄，她们热心诗词创作，以此组合成一个纯血亲型女子诗社；要么以一家一姓的血亲关系为主干，以婚姻网络为枝丫，或母女婆媳，或姊妹妯娌，或小姑大嫂聚合在一起，吟诗创作，彼此唱和，构建成一种血缘姻亲兼而有之的混合型家族女子诗社。这两类女子诗社的女诗人在结社过程中绝大部分没有自觉的群体组合意识，而是由于共同的文学爱好不自觉之间自然地走到一起。如果说血缘姻亲是这类诗社得以组合的必要基础，那么共同的文学"兴趣缘"则是她们得以组合成社的直接原因。

所谓"师友集成"的时代，是指从晚清道光朝到民国成立90多年的时间里，清代女子诗坛虽然仍然存在许多以血亲或血亲姻亲为基础构建而成的家族女子诗社，但以师友为网络组构而成的新型女子诗社则得以不断崛起，其数量与质量可与同期血亲姻亲型家族女子诗社相颉颃，它们为清代女子诗坛带来若干诗学新元素与新气象。晚清师友型女子诗社的组构成员绝大多数为闺秀诗人彼此之间的闺阁友人，也有少量为同性上辈尊长。如晚清以沈善宝与顾春为核心的"秋红吟社"，晚清以沈珂为代表的江西会昌"湘吟社"，晚清以谢漱馨为代表的江西宜黄"晚香诗社"等。一般而言，参加这类诗社的女诗人，大多有自觉的群体意识与团队精神，她们往往以一两位女诗人为核心，团聚在一起，互相唱和，切磋诗艺，由此形成一种在组织上比较严密与规范的女子诗社。

总之，清代女子诗社数量众多，社事活动丰富多彩，优秀诗人蔚起群出。尤其精彩的是，清代女子诗社诗学与社团元素饱满，诗性棱角鲜明，演进历程清晰可辨，不惟丰富了我国古代诗社的诗学内容与文化品格，亦促进了清代诗歌创作的繁荣，它是我国古代诗社与清代文学的重要组成部分。从历时性演进与共时性生存来考察，清代堪称我国古代女子诗社演进最为灿烂辉煌的"巅峰"时期。

上 编

清代女子诗社本体研究

学术研究所指的"本体研究",就是对事物本身的研究,亦即对事物形成的历史传承、社会文化与自然环境的研究,对事物主要类型与范式、主要内涵与价值、主要意义与社会历史地位的研究。基于此,清代女子诗社本体研究主要包括以下内容:其一,清代女子诗社兴盛的历史传统与时代语境;其二,清代女子诗社的组织结构;其三,清代具有全局性影响的主要女子诗社与重要地域女子诗社的主要特质和生存状态;其四,清代女子诗社的诗史地位。

第一章 清代女子诗社兴盛的历史传统、时代语境与组织结构

第一节 历史传统与时代语境

一 历史传统

我国古代文人很早就有诗文雅会的历史传统。虽然此期的诗文雅会还谈不上是诗词结社活动,但或多或少均带有文人结社的质素,并最终为后世文人和闺秀诗词结社树立起足以模仿与景仰的典范。见诸文献的我国古代文人最早的诗文雅集活动是被后世文人津津乐道的西汉早期的"梁园雅集"。"梁园雅集"是指西汉汉景帝时期以梁孝王刘武、著名文士司马相如二人为中心而形成的文学群体创作活动。梁孝王广筑苑囿,延揽天下俊杰与文士,一时文学英才如司马相如、枚乘、邹阳、严忌等人纷纷就养于梁园,他们朝夕相处,研习辞赋,形成我国文学史上最早且影响颇为深远的文学创作群体。顾况《宋州刺史厅壁记》云:"梁孝王时,四方游士邹生、枚叟、相如之徒,朝夕晏处,更唱迭和。天寒水冻,酒作诗滴,是有文雅之台,清泠之地,雁鹜之所栖集,园苑三百余里。"①

到了西晋,石崇等人的"金谷宴游",则既是政客们的政治交结行为,也是文士们有意义的诗歌雅集活动。石崇《金谷诗序》记载:"余以元康六年,从太仆卿出为使,持节监青、徐诸军事、征虏将军。有别庐在河南县

---

① (清)董诰:《全唐文》卷529,中华书局1983年版,第571页。

界金谷涧中,去城十里,或高或下,有清泉茂林,众果、竹柏、药草之属。金田十顷,羊二百口,鸡猪鹅鸭之类,莫不毕备。又有水碓、鱼池、土窟,其为娱目欢心之物备矣。时征西大将军祭酒王诩当还长安,余与众贤共送往涧中。昼夜游宴,屡迁其坐。或登高临下,或列坐水滨。时琴瑟笙筑,合载车中,道路并作。及住,令与鼓吹递奏。遂各赋诗,以叙中怀。或不能者,罚酒三斗。感性命之不永,惧凋落之无期。"①

东晋王羲之的"兰亭修禊",被中国古代文士们视为千古佳话。东晋永和九年(353)农历三月初三,王羲之与当朝官宦及著名文士谢安、孙绰等41人,依据民间于此日到水边沐浴、洗濯,借以除灾去邪的"修禊"习俗,相约来到会稽山阴(今浙江绍兴市)的兰亭水边,一面作流觞曲水之戏,一面喝酒赋诗,众人将即兴写成的诗歌编成诗集《兰亭集》,王羲之为之作序,千古不朽的《兰亭集序》就这样横空出世了。王羲之《兰亭集序》这样记载这次文人雅集的"修禊"活动:"永和九年,岁在癸丑,暮春之初,会于会稽山阴之兰亭,修禊事也。群贤毕至,少长咸集。此地有崇山峻岭,茂林修竹。又有清流激湍,映带左右,引以为流觞曲水,列坐其次,虽无丝竹管弦之盛,一觞一咏,亦足以畅叙幽情。"②

其后,文人诗酒雅集唱和活动蔚为风气,成为中国古代社会中一种颇值得关注的文化与文学现象。《南史·顾越》本传:"承圣二年(553),诏授宣惠晋安王府谘议参军、领国子博士。越(顾越)以世路未平,无心仕进,因归乡,栖隐于武丘山,与吴兴沈炯,同郡张种,会稽孔奂等,每为文会。"③《南史·徐伯阳》本传:"太建初,与中记室李爽、记室张正见、左户郎贺彻、学士阮卓、黄门郎萧诠、三公郎王由礼、处士马枢、记室祖孙登、比部郎贺循、长史刘删等为文会友,后有蔡凝、刘助、陈暄、孔范亦预焉,皆一时士也。游宴赋诗,动成卷轴。伯阳为其集序,盛传于世。"④

---

① (清)严可均:《全晋文》卷33,商务印书馆1999年版,第335页。
② (清)吴楚材、吴调侯:《古文观止》卷7,中华书局1959年版,第286页。
③ (唐)李延寿:《南史》卷71,岳麓书社1998年版,第1012页。
④ (唐)李延寿:《南史》卷72,岳麓书社1998年版,第1034—1035页。

第一章 清代女子诗社兴盛的历史传统、时代语境与组织结构

两晋南北朝，不仅在官僚、文士之间流行诗酒雅会，而且随着佛教等外域宗教流播中土，以传佛、奉佛为宗旨的群体结社也开始出现。东晋名僧慧远在庐山所结的白莲社，即为此期崛起的著名宗教社团。《庐山记》记载："谢灵运恃才傲物，少所推重，一见远公，肃然心服，乃即寺翻《涅盘经》，因凿池为台，植白莲池中，名其台曰翻经台，今白莲亭即其故地。远公与慧永、慧持、昙顺、昙恒、竺道生、慧睿、道敬、道昺、昙诜、白衣、张野、宗炳、刘遗民、张诠、周续之、雷次宗、梵僧佛驮耶舍、佛驮跋陀罗，十八人者，同修净土之法，因号白莲社。"① 又《佛祖通载》："时晋室微，而天下奇才多隐居不仕。若彭城刘遗民，豫章雷次宗，雁门周续之，新蔡毕颖之，南阳宗炳、张士民、李硕等，从远游，并沙门千余人结白莲社。于无量寿像前，建斋立誓，期生净土"②。白莲社是一个聚合文士与僧人，且以传佛、奉佛为宗旨的社会群体，它是中国古代历史上最早见诸文献记载的有正式社名的文人社团。

有意思的是，此期不仅有诸多高级或中层文士参与或主持宗教结社活动，也有众多的社会庶民及女性加入这一社会活动之中。留存至今的北朝东魏武定三年（545）写成的《邑义造迦叶像记》简略记载了其时女性结社奉佛的情况："大魏武定三年，岁在乙丑五月己卯八日丙戌，郑清合邑义六十人等，敬造迦叶石像一躯。上为皇帝陛下，臣僚伯（百）官，州郡令长，师僧父母，因缘眷属，普及法界众生，有形之类，一时成佛。奇哉邑母，识知无常，缘乡劝花（化），造石金刚，舍此秽形，早登天堂。合邑诸母，善根宿殖。昼夜忧惶，造像永讹，释迦已过，弥勒愿值。"③ 在两晋南北朝，为弘扬佛法所结成的佛社通常被称为邑、邑义、邑会、法义等，文中将邑义成员，即佛社中的成员称为"奇哉邑母""合邑诸母"，显然，文中的这个"邑义"主要由成为母辈的中老年妇女组成。

---

① （宋）陈舜俞：《庐山记》卷2，中华书局1985年版，第9页。
② （元）释念常：《佛祖历代通载》卷7，上海古籍出版社1987年"文渊阁四库全书"影印本，第319页。
③ 宁可、郝春文：《北朝至隋唐五代间的女人结社》，《北京师范学院学报》（社会科学版）1990年第5期。

延及隋唐五代，文士诗酒雅会之风与社会上宗教结社之习较之两晋南北朝更为兴盛。盛唐著名诗人孟浩然《宴张记室宅》诗云："甲第金张馆，门庭车骑多。家封汉阳郡，文会楚材过。曲岛浮觞酌，前山入咏歌。妓堂花映发，书阁柳逶迤。"《旧唐书·吴筠》本传云："筠尤善著述，在剡与越中文士为诗酒之会，所著歌篇，传于京师。"① 文士与僧人所结之佛社在此期也不时出现在文籍中。唐代诗人皇甫冉诗云："东林初结社，已有晚钟声。"② 又陈羽诗："天竺沙门洛下逢，请为同社笑相容。"③ 张登诗："招取遗民赴僧社，竹堂分坐静看心。"④ 这些唐五代作家的著述均为纪实之作，真实状写出隋唐五代时期文士诗酒雅会之盛与社会上宗教结社之隆。

传承南北朝以来妇女礼佛结社的传统，唐五代妇女宗教结社不绝如缕，但在功能与作用上则有诸多变化。南北朝的女人社以礼佛奉佛为宗旨，唐五代女人社虽仍然有礼佛奉佛的作用，但它将更多的精力用于世俗生活，颇多结义互助的元素。五代后周《显德六年女人社社条》云："夫邑仪（义）者，父母生其身，朋友长其值；危则相扶，难则相救；与朋友交，言如信，结交朋友，世语相续。大者若姊，小者若妹，让语先登。"⑤

值得注意的是，唐五代时期还零零星星地出现了以"诗社""吟社"命名的文人诗歌结社活动。如初唐唐高宗与武则天时期，著名诗人杜审言即在江西吉州（今江西吉安）结"相山诗社"，中唐著名诗人戴叔伦也曾结社吟诗，其《卧病》诗云："门掩清山卧，莓苔积雨深。病多知药性，客久见人心。众鸟趋林健，孤蝉抱叶吟。沧洲诗社散，无梦盍朋簪。"⑥ 晚唐藩镇大吏高骈政事之余，曾经结社赋诗，其《途次内黄马病寄僧舍呈诸友人》诗曰："好与高阳结吟社，况无名迹

---

① （五代）刘昫等：《旧唐书》卷192，岳麓书社1997年版，第3242页。
② 孙通海、王海燕：《全唐诗》（增订本）卷250，中华书局1999年版，第2823页。
③ 孙通海、王海燕：《全唐诗》（增订本）卷348，中华书局1999年版，第3906页。
④ 孙通海、王海燕：《全唐诗》（增订本）卷313，中华书局1999年版，第3527页。
⑤ 宁可、郝春文：《北朝至隋唐五代间的女人结社》，《北京师范学院学报》（社会科学版）1990年第5期。
⑥ 孙通海、王海燕：《全唐诗》（增订本）卷273，中华书局1999年版，第3071页。

第一章 清代女子诗社兴盛的历史传统、时代语境与组织结构

达珠旇。"① 此外,五代著名诗人廖融也曾组织过诗社。《西江诗话》:"廖融,字元素,虔化人(今江西宁都县)。唐末隐南岳,与逸人任鹄、凌蟾、王正已、王元共结吟社。自号衡山居士。"②

逮至两宋,不仅文人文学与宗教结社风习一路向上,蓬勃兴盛,在唐五代的基础上得到进一步发展,而且社会各行各业也大兴结社之风,形成我国古代结社运动第一波高潮。歌舞行业方面:"姑以舞队言之,如清音、遏云、掉刀、鲍老、胡女、刘衮、乔三教、乔迎酒、乔亲事、焦锤架儿、仕女、杵歌、诸国朝、竹马儿、村田乐、神鬼、十斋郎各社,不下数十。更有乔宅眷、旱龙船、踢灯、鲍老、驼象社。"③ 饮食行业方面:"次八仙道人、诸行社队,如鱼儿活担、糖糕、面食、诸般市食、车架、异桧奇松、赌钱行、渔父、出猎、台阁等社。"④ 耐得翁《都城纪胜》"社会"条比较详细地记载了南宋时期民间社会结社之风的兴盛:"又有蹴鞠打球社、川弩射弓社。奉佛则有上天竺寺光明会,皆城内外富家助备香花灯烛,斋衬施利,以备本寺一岁之用。又有茶汤会,此会每遇诸山寺院作斋会,则往彼以茶汤助缘,供应会中善人。城中太平兴国传法寺净业会,每月十七日则集男士,十八日则集女人,入寺讽经听法。岁终则建药师会七昼夜。西湖每岁四月放生会,其余诸寺经会各有方所日分。每岁行都神祠诞辰迎献,则有酒行。锦体社、八仙社、渔父习闲社、神鬼社、小女童像生叫声社、遏云社、奇巧饮食社、花果社;七宝考古社,皆中外奇珍异货;马社,豪贵绯绿;清乐社,此社风流最胜。"⑤

在社会各界争相结社的社会风尚的影响下,宋代诗社云蒸霞蔚,群出林立。欧阳光《宋元诗社研究》考证出宋元诗社60多家,陈小辉博士学位论文《宋代诗社研究》统计出北宋诗社93家,南宋诗社144家,

---

① 孙通海、王海燕:《全唐诗》(增订本)卷598,中华书局1999年版,第6973页。
② (清)裘君弘:《西江诗话》卷1,上海古籍出版社2002年"续修四库全书"影印本,第421页。
③ (宋)吴自牧:《梦粱录》卷1,古典文学出版社1956年版,第141页。
④ (宋)吴自牧:《梦粱录》卷2,古典文学出版社1956年版,第149页。
⑤ (宋)耐得翁:《都城纪胜》,中国商业出版社1982年"中国烹饪古籍丛刊"本,第12页。

共得两宋诗社 237 家。其中北宋文彦博洛阳耆英会、贺铸彭城诗社、邹浩颍川诗社、徐俯豫章诗社、叶梦得许昌诗社、南宋王十朋楚东诗社、辛弃疾铅山诗社、杨万里吉州诗社、范成大新安诗社、陆游临安诗社、周紫芝无为诗社等，均为两宋时期有较大影响且社群质素成熟的著名诗社。陈宝良《中国的社与会》曾对两宋时期诗社之盛的主要原因有精辟论述："宋代诗社的兴盛，与当时皇帝的倡导不无关系。在宋代，皇帝专设赏花钓鱼宴，其制为'三馆直馆预坐，校理而下赋诗而退'。这种赏花钓鱼宴，有时又称'赏花钓鱼会'。同时，宋代士大夫的聚会之风也颇盛，对诗社起到了推波助澜的作用。"①

明代继宋元之后，社会上三教九流结社之风朝气蓬勃，蒸蒸日上，两宋以来掀起的结社风潮得到进一步发展与深化。明代各行各业均有自己的会所，行商有商会，科考有文会，习武有武行，各种会所纷至沓来，形形色色，五花八门。而文人文学与政治结社活动则一浪高过一浪，在明末清初达到最高值，形成我国古代文人结社运动的最高峰。当代学者李时人指出："至有明一代，'文人结社'则达到空前的兴盛。20 世纪 40 年代，郭绍虞作《明代的文人结社年表》一文，辑考出'明代文人结社'达 176 家。2003 年，何宗美在《明末清初文人结社研究》中提出明代'文人结社'已'超过三百例'，至其 2011 年出版的《文人结社与明代文学的演进》，又稽考出'明代文人结社的个案'（含元末）680 余家。李玉栓 2006 年至 2009 年从我攻读博士学位，所撰论文《明代文人结社考》在前哲时贤的研究基础上，大量翻检明人诗文集、明人年谱、地方志乘以及相关的史料、笔记、杂传、墓铭等各类文献资料，共考得明代（不含元末、含南明）'文人结社' 530 多家，毕业后又经过几年的艰苦努力最终增补至 710 家，另有社事时间难以确知的 220 家作为附表列于书后，凡得 930 家。而据其所言，'明代文人结社'的总量实际应当在千数以上。"他又指出："除了数量，明代'文人结社'的种类也很繁多。李玉栓《明代文人结社考》将其大略分为'研文类结社'、'赋诗类结社'、'宗教类结社'、'怡老类结社'、'讲学类

---

① 陈宝良：《中国的社与会》，浙江人民出版社 1996 年版，第 275 页。

结社'和'其他类结社',而最末一类所含甚广。至于明代各种结社体制之完整、规模之巨、活动内容之丰富、延续时间之长、影响之大,也都超过往古。"①

中国古代女子诗社出现较迟。现在能考出的中国古代最早的女子诗社是明末安徽桐城方氏闺秀"名媛诗社"。这个诗社以桐城方孟式、方维仪、方维则三姐妹为核心。但中国古代女性结社历史却源远流长,起码可以追溯到南北朝时期的女性宗教结社。延及隋唐五代,女性结社范围又从宗教结社扩展到世俗生活结社。中国古代女子诗歌结社在明末清初这个历史节点得以爆发,但这个爆发点的引爆时间却经历了两汉至元明近两千年的酝酿、准备期。

固然,清代女子诗社的兴盛有其渊源有自的历史传统。一方面,中国古代源远流长的文人文学雅集与社会各界群体结社活动为清代女子诗歌结社挹注出丰富的诗歌创作与社会群体活动的文化资源,另一方面也为清代女子诗歌结社培植出厚实而多样态的诗歌创作与社会群体运动的文化基础。尽管清代女子诗社得以全面繁荣的原因诸多,是政治、经济、社会文化以及文学本体发展等多力合成的结果,但中国古代源远流长的文人文学雅集与社会各界群体结社活动却是其茁壮成长的历史根基。

二 时代语境

"语境",即语言环境,原本是语言学学术概念之一,主要指语言表达上下文、语言表达情景与对象、语言表达前提等与语词使用有关的语言表达的具体环境。它既有语言因素,也涵括非语言因素。黄伯荣、廖序东这样解释"语境"的语言学含义:"语境就是语言单位出现时的环境。一般分为上下文语境和情景语境(又叫社会现实语境)。"② 后来,"语境"一词被其他人文社会科学所借用,并衍生出与相关学科有

---

① 李时人:《明代"文人结社"刍议》,《上海师范大学学报》(哲学社会科学版)2015年第1期。

② 黄伯荣、廖序东:《现代汉语》,高等教育出版社2007年版,第255页。

紧密联系的语义、语用与语义场。此处所说的"时代语境",侧重于历史学与文化学的语义、语用与语义场,主要指促成、催生清代女子诗社得以生成并最终走向兴盛的具体社会、文化环境。

中国古代女子诗社之所以开启于晚明,兴盛于清代,与这两个历史时期的"时代语境",即与这两个时代具体的社会、文化环境息息相关。

时代语境之一:中晚明时期思想钳制渐次松弛,商品经济逐步发展并繁荣,形成中国古代史上一个思想与社会形态均紊杂而开放的时期。

明朝初期,开国太祖朱元璋与他的儿子明成祖朱棣均大力推行传统礼法,尽力恢复并重构传统宗法体系与社会秩序,彼时一方面思想管控严密,社会缺乏自由,另一方面却也民风淳朴,士风惟谨。

明初洪武年间,朱元璋在恢复和发展社会生产的基础上,刻意强调重农抑商的思想。"(洪武)十四年令农衣绸、纱、绢、布,商贾止衣绢、布。农家有一人为商贾者,亦不得衣绸、纱。"① 政府还强力推行科举制,给予读书士子物质和精神上的优厚待遇,大力提高他们的社会地位。由此,非惟商贾阶层不惜重金延师教子,以期改换门楣,就是"田野小民,生理裁足,皆知以教子孙读书为事"②。

明朝初年政府还对社会各等级的服饰、住宅等生活细节进行具体规划:"洪武三年,庶人初戴四带巾,改四方平定巾,杂色盘领衣,不许用黄。又令男女衣服,不得僭用金绣、锦绮、纻丝、绫罗,止许绸、绢、素纱,其靴不得裁制花样、金线装饰。首饰、钗、镯不许用金玉、珠翠,止用银。六年,令庶人巾环不得用金玉、玛瑙、珊瑚、琥珀。未入流品者同。庶人帽,不得用顶,帽珠止许水晶、香木。"③ 还规定:"官员营造房屋,不许歇山转角,重檐重栱,及绘藻井,惟楼居重檐不禁。公侯,前厅七间、两厦,九架。中堂七间,九架。后堂七间,七架。门三间,五架,用金漆及兽面锡环。家庙三间,五架。覆以黑板

---

① (清)张廷玉:《明史》卷67,岳麓书社1996年版,第961页。
② (明)方岳贡:《松江府志》卷7,书目文献出版社1991年"日本藏中国罕见地方志丛刊"影印本,第175页。
③ (清)张廷玉:《明史》卷67,岳麓书社1996年版,第961页。

第一章 清代女子诗社兴盛的历史传统、时代语境与组织结构

瓦,脊用花样瓦兽,梁、栋、斗栱、檐桷彩绘饰。门窗、枋柱金漆饰。廊、庑、庖、库从屋,不得过五间,七架。一品、二品,厅堂五间,九架,屋脊用瓦兽,梁、栋、斗栱、檐桷青碧绘饰。门三间,五架,绿油,兽面锡环。三品至五品,厅堂五间,七架,屋脊用瓦兽,梁、栋、檐桷青碧绘饰。门三间,三架,黑油,锡环。六品至九品,厅堂三间,七架,梁、栋饰以土黄。门一间,三架,黑门,铁环。品官房舍,门窗、户牖不得用丹漆。功臣宅舍之后,留空地十丈,左右皆五丈。不许挪移军民居止,更不许于宅前后左右多占地,构亭馆,开池塘,以资游眺。"①

在明初政府的强力介入下,明初社会生活俭朴,市井风气也比较淳朴。叶梦珠在《阅世编》中记载明初社会生活状态时说:"其便服自职官大僚而下至于生员,俱戴四角方巾,服各色花素绸、纱绫、缎道袍,其华而雅重者,冬用大绒茧绸,夏用细葛,庶民莫敢效也。其朴素者,冬用紫花细布或白布为袍,隶人不敢拟也。"又说:"其市井富民,亦有服纱绸绫罗者,然色必青黑,不敢从新艳也。"②

然而,到了嘉靖之后的中晚明,明朝统治者对意识形态的管控渐次松懈,明朝社会思想与经济发展逐步多元化,明人的人生价值取向、生活消费观以及具体的生活方式较之明初发生了重大改变。

中晚明时,皇帝怠政、荒政成为一种常态。嘉靖帝晚年迷信神仙之道,持续多年疏离朝政;万历皇帝则有20多年不上朝,明廷运转几乎停摆。万历十七年(1579)大理寺左评事雒于仁曾上奏疏骂神宗皇帝:"皇上之病在酒色财气者也。夫纵酒则溃胃,好色则耗精,贪财则乱神,尚气则损肝。"又说:"皇上诚嗜酒矣,何以禁臣下之宴会?皇上诚恋色矣,何以禁臣下之淫荡?皇上诚贪财矣,何以惩臣下之饕餮?皇上诚尚气矣,何以劝臣下之和衷?"③

与此同时,商品经济开始逐步发展并在经济生活中占据重要地位。

---

① (清)张廷玉:《明史》卷68,岳麓书社1996年版,第975页。
② (清)叶梦珠:《阅世编》卷8,上海古籍出版社1981年版,第174页。
③ 明代官修:《明神宗实录》卷218,上海书店1984年影印本,第4086页。

由于土地兼并与其他产业的兴起，明中叶以后，许多农民弃农而改工商，商品经济方兴未艾。明人何良俊记载苏、松一带商品经济发展时说："昔日逐末之人尚少，今去农而改业工商者，三倍于前矣，昔日原无游手之人，今去农而游手趁闲者（城市临时觅工者）又十之二三矣。大抵以十分百姓言之，已六七分去农。"①

与政治松动和经济多元同步的是，中晚明时期传统儒家宗法礼教也受到冲击，个性与物质主义在社会各阶层中广受欢迎并成为时代的思想主潮。晚明著名文学家袁宏道就公开倡言物质与享乐主义，他说："目极世间之色，耳极世间之声，身极世间之鲜，口极世间之谈，一快活也。堂前列鼎，堂后度曲，宾客满席、男女叫嚣，烛气熏天，珠翠委地，金钱不足，继以田土，二快活也。"②袁宏道之弟袁中道在一首小诗中宣称："人生贵适意，胡乃自局促。欢娱极欢娱，声色穷情欲。"③晚明文人张岱则公开表白自己有"十二好"："好精舍，好美婢，好娈童，好鲜衣，好美食，好骏马，好华灯，好烟火，好梨园，好鼓吹，好古董，好花鸟。"④

中晚明时代社会经济基础与意识形态的变化有其消极因素，它助长了人们的身体享受欲与物质占有欲，也必然加剧明廷统治者的腐化以及社会弊端的滋长。另外，它又打破了明代前期沉闷、拘谨的社会体系与社会风气，令中晚明社会有了开放与多元的元素，多了几许"活力"与"生动"，一些人性的健康基因与未来社会的正向构建结构在此得以成长，产生出一些"新概念"与"新名词"，而中晚明女性也由此获得较之明初更多的人生与社会自由。

时代语境之二：女性文化教育与才女文化被社会广泛接受，成为中晚明与清代的一种社会风尚。

中国古代女性教育源远流长。先秦时代贵族家庭就任用"傅母"

---

① （明）何良俊：《四友斋丛说》卷13，中华书局1959年版，第112页。
② （明）袁宏道著，钱伯城笺校：《袁宏道集笺校》卷5，上海古籍出版社1989年版，第205页。
③ （明）袁中道著，钱伯城点校：《珂雪斋集》卷2，上海古籍出版社1989年版，第63页。
④ （明）张岱：《琅嬛文集》卷5，岳麓书社1985年版，第199页。

第一章 清代女子诗社兴盛的历史传统、时代语境与组织结构

来看护、教育自己的子女。《穀梁传·襄公三十年》:"伯姬曰:妇人之义,傅母不在,宵不下堂。"① 《汉书·张敞传》:"礼,君母出门则乘辎軿,下堂则从傅母。"② 至于一般平民家庭的女性,也有自己的人生职责与学习任务。《礼记·内则》:"女子十年不出,姆教婉娩听从,执麻枲,治丝茧,织纴组紃,学女事,以共衣服。观于祭祀,纳酒浆、笾豆、菹醢,礼相助奠。"③ 总体来说,先秦时代的女性教育虽有文化知识元素,但主要是一种生存技能与人性道德教育,其主要目的是要培养出能吃苦耐劳、善于治家的优秀女性。

从两汉到元代,女性的文化教育仍然得到部分家庭的重视,如东汉大学者蔡邕就很重视对女儿蔡文姬的文化培养,他给女儿"赐书四千许卷"④,唐代著名的宋若昭、宋若伦等"宋氏五姊妹"也因其父"(宋)庭芬始教以经艺,既而课为诗赋,年未及笄,皆能属文"⑤,然而,两汉至宋元的社会整体教育氛围依然沿着先秦时代的女性教育路径前行,十分重视女性的生存技能与人性道德教育,并且逐步强化。如东汉班昭撰写《女诫》,就强调女性的"卑弱"地位。她在《卑弱第一》中指出:"古者生女三日,卧之床下,弄之瓦砖,而齐告焉。卧之床下,明其卑弱,主下人也。"⑥ 又在《敬顺第三》中说:"阴阳殊性,男女异行。阳以刚为德,女以柔为用,男以强为贵,女以弱为美。"⑦ 唐代宋若莘著《女论语》,对女性的一言一行、一颦一笑均做具体规定,力图使每一位女性都成为既勤劳又品德高尚的人:

> 凡为女子,先学立身。立身之法,惟务清贞。清则贞洁,贞则身荣。行莫回头,语莫掀唇,坐莫动膝,立莫摇裙,喜莫大笑,怒莫高声。内外各处,男女异群。莫窥外壁,莫出外庭。出必掩面,

---

① 承载:《春秋穀梁传译注》,上海古籍出版社2004年版,第594页。
② (汉)班固:《汉书》卷76,岳麓书社1993年版,第1395页。
③ (汉)戴圣:《礼记》,辽宁教育出版社1997年版,第86页。
④ (南朝)范晔:《后汉书》卷84,岳麓书社1994年版,第1227页。
⑤ (五代)刘昫:《旧唐书》卷52,岳麓书社1997年版,第340页。
⑥ (汉)班昭:《女诫》,周寿昌:《宫闱文选》,西苑出版社2003年版,第84页。
⑦ (汉)班昭:《女诫》,周寿昌:《宫闱文选》,西苑出版社2003年版,第84页。

窥必藏行。男非眷属，莫与通名，女非善淑，莫与相亲。立身端正，方可为人。①

中国古代女性文化教育真正得到社会广泛承认，并形成一种社会潮流，则始于明代中后期。晚明文学家葛征奇在谈到明代女子文教兴盛的盛况时曾说："国朝以文明御宇，里歌巷诵，渐被士女。历三百年间，名媛闺彦，项背相望，自江南北以及吴、越、鲁、蜀，声播金石，为一代鼓吹，猗与盛哉！"② 清人丁绍仪也曾论及清代女子的文教之盛："吴越女子多读书识字，女红之暇，不乏篇章。近则到处皆然，故闺秀之盛，度越千古。"③ 具体而言，明清时期女性文教之盛主要体现在以下几个方面。

首先，明清两朝女子文化教育广泛而普及。

其一，明代，尤其是中晚明，由于社会经济基础的变化与社会风气的开放，女子文化教育已被越来越多的社会阶层所接受，他们通过种种努力，让自己家庭内的女性获取一定的文化知识。明初著名女诗人朱妙端，"幼颖悟，得其家学，以诗鸣于时"④。晚明女诗人张引元"六岁能诵唐诗三体，皆得母王文如之训"⑤。清代众多家庭对女性文化教育的重视与明代比照并不逊色。施淑仪《清代闺阁诗人征略》就记载了不少女性接受文化教育的事例。如吴丝、顾慈、吴婉宜等人自小就由父亲开蒙识字，对她们进行诗词教育。丁瑜、万藻、顾兆兰、马荃等人也得父家传，擅长画画或书法。而闺阁女子朱淑均"受诗法于祖，受画法于叔"⑥。

明清两朝，许多有条件的家庭，不仅父母等亲属传授知识给女性，还会请闺塾师来教家中女孩识字读书。明末清初屈大均在《女官传》

---

① （唐）宋若莘：《女论语》，中华书局1934年影印本，第1页。
② （明）葛征奇：《叙竹笑轩吟草》，李因：《竹笑轩吟草》，辽宁教育出版社2003年版，第4页。
③ （清）丁绍仪：《听秋声馆词话》卷19，中华书局1986年"词话丛编"本，第2820页。
④ （清）李渔：《李渔全集》第9册，浙江古籍出版社1992年版，第766页。
⑤ 胡文楷：《历代妇女著作考》，上海古籍出版社1985年版，第157页。
⑥ 施淑仪：《清代闺阁诗人征略》，上海书店1987年影印本，第423页。

中记载明初宫廷女官陈二妹所受文化教育时说:"七岁就女师,闻爱亲敬长之言,必反复致问,《孝经》、《内则》、《列女传》、《女诫》诸书,莫不潜心究之。"① 汤显祖《牡丹亭·闺塾》就生动描绘出明代女子"师授"教育的基本情况。塾师陈最良一开口就说:"我陈最良杜衙设帐,杜小姐家传《毛诗》。"还讲到了他教学的具体内容:"论六经,《诗经》最葩,闺门内许多风雅:有指证,姜源产哇;不嫉妒,后妃贤达。更有那咏《鸡鸣》,伤《燕羽》,泣《江皋》,思《汉广》,洗尽铅华,有风有化,宜其室家。"② 到了清代,这种延师授教闺中女性的社会风尚仍然得到继承与发展。日本学者中川忠英曾这样描述清代女性延师授教的情况:

> 女子上学之法与男子亦无不同,但均由才学之寡妇或良家妻女作为女先生,每日来到各家,教授各家女子。开始时教《女诫》、《孝经》,然后再和男子同样使读《千字文》、《百家姓》、四书等书文。贽仪、束脩之礼亦与男学生同。③

其二,明代以前,女子文化教育多"学在上层",大多局限于贵族和中上层知识精英阶层内。明清两朝女性文化教育的范围则大大扩大,不仅政治与经济优越的女性文化教育大多得到保证,就是一些平民或社会地位低下的女性有时也能获得受教育的机会。清中叶李调元对清代女性教育范围的扩大曾有描述:"武林(今杭州)女媛多能诗,不但朱门华胄,即里巷贫户能诗者亦复不少。"④ 清代著名词人吴藻"父夫俱业贾,两家无一读书者",但她则"喜读词曲"⑤;吴江女子汪玉轸,"父兄夫婿,皆非士人"⑥,她却工诗善书,成为小有成就的才女。雷瑨、

---

① (清)屈大均:《女官传》,人民文学出版社 1992 年"香艳丛书"影印本,第 2112 页。
② (清)屈大均:《女官传》,人民文学出版社 1992 年"香艳丛书"影印本,第 2112 页。
③ [日]中川忠英:《清俗纪闻》卷 5,方克、孙玄龄译,中华书局 2006 年版,第 300 页。
④ (清)李调元:《雨村诗话》,钱仲联:《清诗纪事》,江苏古籍出版社 1989 年版,第 15764 页。
⑤ (清)梁绍壬:《两般秋雨庵随笔》卷 2,上海古籍出版社 1982 年版,第 61—62 页。
⑥ (清)袁洁:《蠡庄诗话》,钱仲联:《清诗纪事》,江苏古籍出版社 1989 年版,第 15799 页。

雷瑨《闺秀诗话》记载:"扬州西乡有农家女者,年方十五,为巨室某姓家婢。某夫人能诗,见其颖慧,辄教以吟咏,不三年而成,里中辄以才女目之。"① 清人王倬《课婢约》则写道:"有婢初来,年方十四,指挥未谙,约法数章。翰墨图书,只此是吾长物,牙签玉轴,从令隶汝所司。"②

其次,明清两朝女性文化教育方式多样,内容丰富。

在教育方式上,明清两朝女性文化教育主要有"家传"与"师授"两种形式。"家传"主要指父母或家族其他长辈亲自传授文化知识给女儿或晚辈女性。"师授",主要指一个家庭或家族请女性或男子塾师来教育女儿或同族女子,即人们熟悉的明清社会私塾教育。如明清之际女诗人毛媞,为著名文学家毛先舒女,她"幼承庭训,刻苦吟诗"③。而明代女诗人吴琪则通过"延师教读"的方式获得文化知识:"幼即颖悟,五岁时辄过目成诵。父母见其慧性过人,为延师教读,鬓龄而工诗,及笄而能文章。"④ 明清女性还有通过自学方式获得文化知识的例子。如晚明著名的"午梦堂"中女作家沈宜修就是通过自学成才的。她"幼无师承,从女辈问字,得一知十,遍通书史,将笄,遂手不释卷"⑤。而清代著名女作家恽珠所受教育方式则是"家传"与"师授"兼而有之:"年在龆龀,先大人以为当读书明理,遂命与二兄同学家塾,受《四子》《孝经》《毛诗》《尔雅》诸书。少长,先大人亲授古今体诗,谆谆以正始为教,余始稍学吟咏。"⑥

在教育内容方面,明清女性教育始终将政治、伦理教化摆在首位。她们首先要学习的是《内则》《列女传》《女诫》等讲说女性道德伦理的书。其次为中国古代男女童通用的蒙学教材,如《孝经》《三字经》《百家姓》《千字文》等。诗词诵读、诗文创作与历史知识传授也受到

---

① 雷瑨、雷瑊:《闺秀诗话》卷4,1916年扫叶山房刻本,第9b页。
② (清)王倬:《课婢约》,人民文学出版社1992年"香艳丛书"本,第3403页。
③ (清)恽珠:《国朝闺秀正始集》卷4,清道光十一年(1831)红香馆刻本,第8b页。
④ 胡文楷:《历代妇女著作考》,上海古籍出版社1985年版,第104页。
⑤ (明)沈自征:《鹂吹集序》,叶绍袁:《午梦堂集》,中华书局1998年版,第17页。
⑥ (清)恽珠:《国朝闺秀正始集·弁言》,清道光十一年(1831)红香馆刻本,第1a—1b页。

第一章 清代女子诗社兴盛的历史传统、时代语境与组织结构

重视,如《诗经》、《楚辞》、唐诗宋词与《史记》、《汉书》、《资治通鉴》等。而书法、绘画、音乐、棋术、佛老等诸多学问闺秀们也可兼及。明代女子夏云英"五岁能诵《孝经》,七岁学佛,背诵法华、楞严等经。琴棋音律,剪制结簇,一经耳目,便皆造妙"①。明代另一女性叶小鸾三四岁时,就由舅父沈自征口授唐诗与《花间》《草堂》诸词。"十四岁能弈,十六岁善琴,能模山水,写落花飞蝶,皆有韵致。"② 清代著名女诗人钱孟钿,"幼读书,涉览不忘。尚书(其父钱维城官至刑部侍郎)为授《史记》、《通鉴纪事本末》,遂能淹贯故事。又授以《香山诗》一编,曰:'此殊不难,试为之。'"③

明清两朝,在日渐多元的女性文化的互动与相生中,女子文化教育的普及程度和提高程度均远远超过此前的任何一个时期。传统文化与时代风尚相濡相生,共同培植出多元的女性文化生态;这些在新的历史条件下产生的人生"新概念"与"新名词"或显性或隐性地影响着全社会的女性观念,为明清社会构建出女性培养的"理想范型"。这些"理想范型"既有传统的贤妻良母、烈女节妇,又有时代新特色的才女类群,此类才女类群为明清女性文化教育实践提供了清晰的规范和明确的导向,从而引起社会的普遍关注。不限于此,这些女性"理想范型"又有着巨大的社会效应,从而蔚成一种时代风气,砥砺出明清社会新的女性文化风尚。

时代语境之三:中晚明结社活动风行社会各界,文人诗文结社成为时代主潮之一。而清代文人诗歌结社仍不绝如缕,成为其时诗歌创作的一种常态。

我国古代真正意义上的文人诗歌结社起始于唐代。延至宋元,诗社、词社开始大量涌现,形成我国古代文人诗词结社的第一波高潮。明清文人承继前代诗词结社的文化传统,在文人诗词结社数量、规模、类型、文化品位、社群成熟指数等诸多文化质素上较之前代均有拓展与深

---

① (清)钱谦益:《列朝诗集小传·闰集》,上海古籍出版社1959年版,第726页。
② (清)钱谦益:《列朝诗集小传·闰集》,上海古籍出版社1959年版,第755页。
③ 钱仲联:《清诗纪事》,江苏古籍出版社1989年版,第15741页。

化，从而蔚成我国古代文人诗词结社最为灿烂辉煌的"巅峰"时期。谢国桢在论明代文人结社风气之盛时说："结社这一件事，在明末已成风气，文有文社，诗有诗社，普遍了江浙、福建、广东、江西、山东、河北各省，风行了百数十年，大江南北，结社的风气，犹如春潮怒上，应运勃兴。那时候不但读书人要立社，就是士女们也要结起诗酒文社，而那些考六等的秀才，也要夤缘加入社盟了。"① 何宗美也说："文人结社至明代而极盛。郭绍虞先生《明代的文人集团》所列达一百七十余家，其实，真正的情况尚不止于此。"②

就清代女子诗歌结社而言，明清文人诗词结社的大繁荣，既是一种历史构成与历史存在，又是一种时代语境，更是清代女子诗歌结社繁荣的直接推力与文化力量。

第二节　组织结构

一　诗社类别：亲缘、师友、综合

依据清代女子诗社文学与社会属性组合方式，它们可以分成亲缘、师友、综合三大类型。

亲缘型女子诗社。由于受自身生活范围与生活方式的限制，清代女子诗社的组构大多是在有血缘、婚缘关系的女性亲属间进行，带有明显的血亲与姻亲属性。在清代初期与中期，这类女子诗社数量最多，居主流地位。明末清初著名的山阴（今属浙江绍兴市区）祁氏女子社就是一个由血亲与姻亲联结而成的亲缘型女子诗社。这个诗社的主盟人是商景兰，她在丈夫祁彪佳以身殉明后，艰苦经营祁氏家事。这个诗社的组构成员主要有商景兰的三个女儿祁德渊、祁德琼、祁德茝，外加两个儿媳张德蕙、朱德蓉以及家族其他女性。清代中期著名学者、诗人郑方坤育有九个女儿，即长女郑镜蓉、次女郑云荫、三女郑青蘋、四女郑金

---

① 谢国桢：《明清之际党社运动考》，中华书局1982年版，第8页。
② 何宗美：《明末清初文人结社研究》，南开大学出版社2003年版，第18页。

第一章 清代女子诗社兴盛的历史传统、时代语境与组织结构

銮、五女郑长庚、六女郑咏谢、七女郑玉贺、八女郑凤调、九女郑冰纨,她们个个工诗能文。郑氏九女在父亲郑方坤的支持、指导下,时有诗课,分韵联吟,其唱和诗歌结集为《垂露斋联吟集》,从而形成盛清时福建著名的郑氏家族女子诗社。

师友型女子诗社。随着晚明以来才女文化的日益普及,清代一些女性也不时获得由闺阁个体空间走向群体公共空间的机会,如清初著名女诗人黄媛介以才学知名于世,多次受邀为闺塾师,行走于江浙多个地区,故得以结识柳如是、商景兰等江浙著名才媛。清代中叶著名女诗人钱孟钿随夫宦居多地,她每至一地则留心地方政治与文化,不时走出闺门,助夫实施善政与仁政。她还交结其时诗坛大老袁枚,深得袁氏赞赏。以此,到了清代中后期,由不同家庭或不同地区女诗人组构而成的师友型女子诗社数量渐多,成为清代女性诗坛的一道亮丽风景。清代乾嘉之际,杨芸、李佩金等京官内眷们,"结社分题,裁红刻翠","都中仕女传为美谈"[①]。晚清江阴才女沈珂随夫宦居江西会昌县,在此期间,她结交当地闺秀,进行诗词创作,与她们结成"湘吟社"。

综合型女子诗社。清代女性诗坛的这类诗社,既有家族亲缘性,又有师友交往性。清初著名闺秀诗社"蕉园诗社"就是一个既具家族亲缘性又有师友交往性的女子诗社。诗社主要人物林以宁与钱凤纶为姑嫂,柴静仪与冯娴为表姐妹,但又有与社中成员没有任何血缘、姻缘关系的李淑昭等人。清中叶扬州曲江亭诗社则是以阮元、王豫两大家族女性为主,又有其他家族女性参与的一个综合性女子诗社。诗社的骨干成员有阮元之妻孔璐华,阮元侍妾刘文如、谢雪、唐庆云,阮元从弟阮亨的妻子王燕生,王豫的妹妹王琼,王豫的女儿王乃德、王乃容,此外,黄文旸之妻张因、程绮堂之妻朱兰、鲍皋之女鲍之蕙等人也是诗社成员。

最后,兹将有关方志、诗话、女性别集等学术文献提到的清代有影响的近30个主要或重要女子诗社及其所属类型列表于下,以资参考。

---

① 施淑仪:《清代闺阁诗人征略》,上海书店1987年影印本,第378页。

上编　清代女子诗社本体研究

表1-1　　　　　清代主要与重要女子诗社

诗社名称	诗社属类	主要记载文献
蕉园诗社	清初主要女子诗社　亲缘、师友综合类	林以宁、墨庄诗钞　柴静仪、凝香室诗钞　吴颢、国朝杭郡诗辑
清溪吟社	盛清主要女子诗社　亲缘、师友综合类	任兆麟、吴中女士诗钞
秋红吟社	晚清主要女子诗社　亲缘、师友综合类	顾春、天游阁诗集　沈善宝、鸿雪楼诗选初集　沈善宝、名媛诗话
山阴祁氏女子社	明末清初家族女子诗社　亲缘类	商景兰、锦囊集　朱彝尊、静志居诗话
华亭章氏六女社	清初家族女子诗社　亲缘类	徐世昌等、晚晴簃诗汇　光绪松江府续志
吴门张氏七女社	清初家族女子诗社　亲缘类	张学象、砚隐集　法式善、梧门诗话
松江淀滨诗会	清初地域女子诗社　师友类	光绪清浦县志
归安织云楼诗社	盛清家族女子诗社　亲缘类	归安叶氏女子、织云楼合集
泰州仲氏女子社	盛清家族女子诗社　亲缘类	泰州仲氏女子、泰州仲氏闺秀诗合刻
建安荔乡九女社	盛清家族女子诗社　亲缘类	郑咏谢、簪花轩诗钞　梁章钜、闽川闺秀诗话
盛清镇江鲍氏三姊妹社	盛清家族女子诗社　亲缘类	鲍之兰、起云阁诗钞　鲍之蕙、清娱阁吟稿　鲍之芬、三秀斋诗钞
扬州曲江亭诗社	盛清综合类地域女子诗社	王豫、群雅集　孔璐华、唐宋旧经楼诗稿
松陵宋氏女子社	盛清家族女子诗社　亲缘类	费善庆、松陵女子诗征
松陵计氏女子社	盛清家族女子诗社　亲缘类	费善庆、松陵女子诗征
福州光禄派女子诗社	盛清综合类地域女子诗社	黄任、黄任集　许琛、疏影楼稿　张际亮、思伯子堂诗文集
杨芸、李佩金诗社	盛清师友类女子诗社	施淑仪、清代闺阁诗人征略
福州访红楼诗社	中晚清之交综合类地域女子诗社	郭白阳、竹间续话
湘潭梅花诗社	中晚清之交综合类地域女子诗社	郭润玉、湘潭郭氏闺秀集
秀水消夏社	晚清地域女子诗社　师友类	叶恭绰、全清词钞
会昌湘吟社	晚清地域女子诗社　师友类	沈珂、醉月轩诗词　金武祥、栗香随笔
宜黄晚香诗社	晚清地域女子诗社　师友类	谢漱馨、晚香堂诗稿

· 26 ·

续表

诗社名称	诗社属类	主要记载文献
甬北草堂吟社	晚清地域女子诗社 师友类	杜珣、闺海吟
慈溪环翠吟社	晚清地域女子诗社 师友类	杜珣、闺海吟
海宁惜阴社	晚清家族女子诗社 亲缘类	陈菊贞、晚香馆遗稿
成都浣花诗社	晚清家族女子诗社 亲缘类	左锡嘉、冷吟仙馆诗稿 曾懿、古欢室诗词集
湘潭慈云阁诗社	晚清家族女子诗社 亲缘类	周诒蘩、静一斋诗集 左孝威、慈云阁诗钞
武进张氏四女社	晚清家族女子诗社 亲缘类	张纶英、绿槐书屋诗稿 张䌹英、邻云友月之居诗初稿
江西德化范氏三姊妹社	晚清家族女子诗社 亲缘类	魏向炎 豫章才女诗词评注

二 诗社组织结构：社名、社约与诗社主盟人

与清代男性诗社一样，清代女性在组构诗社过程中，也不时给自己的诗社冠以社名，或拟定诗社组构章程，而在诗社组构与创作活动中也会形成自己的核心人物。

社名，诗社的名称。在现已统计到的清代女子诗社中，约有三分之一被诗社女诗人冠以诗社社名，其他或有诗社之实而无诗社之名，或其诗社之名是被清代与后世诗论家所冠。清代三大女子诗社"蕉园诗社""清溪吟社""秋红吟社"均为社中女诗人自己冠名。湘潭"梅花诗社"、成都"浣花诗社"、秀水"消夏社"、会昌"香吟社"、甬北"草堂吟社"等师友或亲缘型女子诗社社名也是社中女诗人所冠。但较多的血亲、姻亲型女子诗社则有诗社之实而无诗社之名，如山阴祁氏女子社、华亭章氏六女社、常州张氏四女社等。扬州曲江亭诗社、福州光禄派女子社等一些女子诗社则为清代与后世诗论家根据它们的组合特点而冠以社名。

清代女子诗社的名称各异，诗社主盟人或诗社成员在取名时赋予了自己特定的思想情感与审美情趣。有以地名命名的，如"蕉园诗社""浣花诗社"。"蕉园"据说是诗社女诗人柴静仪的一处祖业，为清初杭州较有名气的庄园。"浣花"，则为成都浣花溪，诗社主盟人左锡嘉率

全家曾定居于此。有以诗社主盟人字号命名的，如"清溪吟社"。诗社主盟人张滋兰，字清溪，号桃花仙子。有以某一自然景象与事物命名的，如"秋红吟社""梅花诗社"。还有一些社名则体现出诗社女诗人的审美倾向与生活情趣，如"香吟社""消夏社"等。

　　社约，诗社制定的运作规则与宗旨，用以规范诗社的组织形式和活动方式。清代女子诗社的社约大约有两种形式。一是书面形式的社约。清初主要女子诗社"蕉园诗社"曾订有书面社约。清人陈文述记载顾之琼："招诸女作蕉园诗社，有《蕉园诗社启》。"①启是中国古代一种文体，《文心雕龙·奏启》章："启者，开也。高宗云'启乃心，沃朕心'，取其义也。孝景讳启，故两汉无称。至魏国笺记，始云启闻。奏事之末，或云'谨启'。自晋来盛启，用兼表奏。陈政言事，既奏之异条，让爵谢恩，亦表之别干。必敛饬入规，促其音节，辨要轻清，文而不侈，亦启之大略也。"② 早期的"启"，主要用于大臣向君上"陈政言事"或"让爵谢恩"，后来逐步演变为一种类似通告或书信的实用型文体。陈文述所说的"启"，即书启、小启，为我国古代一种通告或书信类的书面文体。可惜的是顾之琼这篇《蕉园诗社启》今未得见，但可以确定的是，这篇"启"不仅确立了"蕉园诗社"的名称，而且有很大可能确定了诗社的运作规则与宗旨。二是口头形式的社约。《红楼梦》第三十七回描写自荐为大观园诗社掌坛的李纨就以口头形式对诗社的运行做了规定："从此后我定于每月初二、十六这两日开社，出题限韵都要依我。这其间你们有高兴的，你们只管另择日子补开，哪怕一个月每天都开社，我只不管。只是到了初二、十六这两日，是必往我那里去的。"③李纨的约定虽然为口头形式，但比较严格，限定了结社时间和地点。清代小说《照世杯》也写到女性结社与她们的社约："阮江兰也挤进去，抬头看那宅第，上面是石刻的三个大字，写着'香兰社'。细问众人，知道是妇女做诗会。"又写道："众美人见他谈吐清

---

① （清）陈文述：《西泠闺咏》卷10，光绪十三年（1887）西泠翠螺阁刻本，第1b页。
② （南朝）刘勰：《文心雕龙》，中华书局2014年版，第138页。
③ （清）曹雪芹：《红楼梦》，岳麓书社2005年版，第249页。

俊，因问道：'你也想入社么？我们社规严肃，初次入社要饮三叵罗酒，才许分韵做诗。'阮江兰听见许他入社，踊跃狂喜道：'不佞还吃得几杯。'"①《照世杯》没有写"香兰社"入社要先喝"三叵罗酒"的社约是书面规定还是口头约成，但从其戏谑效果来看，似以口头约成的可能性较大。

诗社主盟人，诗社的核心与领军人物或诗社社事活动的主要组织者，也称社长或掌坛。清代女子诗社主盟人大概可以分为三类。一是诗社内部创作成就最高、组织能力最强的女诗人。如清初"蕉园诗社"中的林以宁，清中叶"清溪吟社"中的张滋兰，晚清"秋红吟社"中的沈善宝、顾春。二是诗社中年辈最长而又诗歌成就最突出者。如清初山阴祁氏女子诗社中的商景兰，晚清成都浣花诗社中的左锡嘉。三是诗学成就未必最高，但为诗社的主要创立人或社事活动的主要组织者。如晚清湘潭慈云阁诗社中的周诒端，《红楼梦》"海棠社"中的李纨。

三 诗社创作环节：社集、联吟唱和、社评

社集，是指清代女子诗社闺秀诗人的诗歌聚会。她们的诗歌社集，或者为定期，如《红楼梦》中"海棠社"固定在每月的初二、十六这两日，或者为不定期，每到春秋佳日或传统佳节，如果有兴致，女诗人们也可以约好进行社集。"蕉园诗社"既"月必数会，会必拈韵分题，吟咏至夕"②，除此之外，每到春秋佳日，社中闺秀们也会相约成行。《国朝杭郡诗辑》这样记载"蕉园诗社"在春秋佳日中相约成行的情形：

> 是时，武林风俗繁侈，值春和景明，画船绣幕，交映湖漘，争饰明珰、翠羽、珠髻、蝉壳，以相夸炫。季娴（柴静仪）独漾小艇，偕冯又令（冯娴）、钱云仪（钱凤纶）、林亚清（林以宁）、顾

---

① （清）酌元亭主人：《照世杯》，中州古籍出版社1985年版，第4—5页。
② （清）林以宁：《和鸣集跋》，汪启淑：《撷芳集》卷27，乾隆五十年（1785）刊本，第10a页。

启姬（顾姒）诸大家，练裙椎髻，授管分笺。邻舟游女望见，辄俯首徘徊，自愧弗及。①

联吟唱和，诗社分韵唱和的诗歌创作活动。清代诗社，不管是男性或女性诗社，其诗歌联吟唱和活动一般有定题、选韵与依韵、步韵等吟诗写作环节。定题就是定下一个写作题目，或者选择一个写作主题。选韵，就是在古诗十三韵部中选择一个韵，大家以此押韵，共同创作。依韵，就是按照他人所写诗歌的韵部作诗，但只要求与原诗同韵而不必同字。步韵，又称次韵，则不仅要与原诗同韵，而且押韵处还要同字，即步步跟随之意。联吟唱和是清代女子诗社最主要的社事活动，或者说是清代女子诗社文学创作活动的中心，以故，清代女子诗社中的闺阁诗人对此多有记载。"清溪吟社"沈纕在《翡翠林雅集》中曾谈到社中集会唱和的情况：

月满花香，夜寂琴畅，珠点夕露，翠湿寒烟，于是衔流霞之杯，倾华崤之宴，饮酒赋诗，诚所谓文雅之盛，风流之事者矣。②

社评，清代女子或男性诗社在诗歌联吟唱和活动后，还不时对活动情况进行总结，对活动中创作出来的诗词进行评定，选出优胜，或者在诗社所作诗词作品刊刻后进行书面点评。"蕉园诗社"林以宁所作套曲《重游愿圃，有怀又令、季娴、云仪诸子》就生动描绘出"蕉园"诸子诗词唱和与社评的情景："翩翩林下旧知名，携来花外，共订文盟。牙签同检韵，写新词，字字轻清，还与丰标称。待从头评定，谁行第一，谁堪厮亚。"③《吴中女士诗钞》刊有"清溪吟社"女诗人沈纕《翡翠林闺秀雅集》一卷，集中收有《白莲花赋》8篇，出自诗社中8位女作者之手，并请诗社掌坛张滋兰之夫任兆麟加以定评。集中目录还开列出

---

① （清）吴颢：《国朝杭郡诗辑》卷30，同治十三年（1875）丁氏刻本，第10b—11a页。
② （清）沈纕：《翡翠林雅集》，任兆麟：《吴中女士诗钞》，乾隆五十四年（1789）刻本，第1a页。
③ （清）林以宁：《墨庄词余》，清刻本，第20a页。

评定等次，以"超取四名"和"优取四名"两个等级公之于众。固然，清代女子诗社的诗歌社评活动，既有比竞的元素，又有娱乐的因子。清代女子诗社通过这一激励杠杆，不仅调动出诗社女诗人的文学创作热情与潜力，也活跃了诗社诗歌创作气氛。

综上所述，清代女性在比较开放、宽容的文化氛围中，不时汇聚在一起，相约成社，比竞联吟。她们组构成众多的女子诗社，且构建形式多样，创作气氛活跃，优秀诗人群出。她们的诗歌结社活动非惟促进了清代女性文学的繁荣，抑亦为清代女性诗坛构建出一番新气象与新元素，由此蔚成中国古代女性诗歌结社的"极盛"时期。

第二章 清初女子诗社之冠冕
——蕉园诗社

"蕉园诗社"活跃于清初康熙年间。它是清代初年持续时间最长、人数较多的主要女子诗社。梁乙真《清代妇女文学史》:"清初之妇女文学,商(商景兰)、黄(黄媛介)、卞(卞梦钰)、顾(顾若璞)倡于前,蕉园七子兴于后,风气所播,遂成一时词坛之盛,其后分道扬镳,各自授受,二百余年来之妇女词坛,要不无受其影响。"① 又说:"故蕉园七子者,蕉园诗社之别帜也。自来闺秀之结社联吟,提倡风雅者,当推蕉园诸子为盛。"②

第一节 诗社演进节点与主要雅会考

一 "蕉园"小考

"蕉园诗社",又称"蕉园吟社"。"蕉园"是清初杭州城一处私家别业,"蕉园诗社"女诗人时常在此结社咏诗,诗社即因此而得名。

由于时常在"蕉园"吟诗唱和,故"蕉园诗社"女诗人有较浓的"蕉园"情结,她们在其所写的诗歌中不时提及此地。诗社女诗人林以宁《画眉序》曲牌云:"芳社订蕉园,每向良时共欢宴。"③ 她又在《寄

---

① 梁乙真:《清代妇女文学史》,中华书局1932年版,第23页。
② 梁乙真:《清代妇女文学史》,中华书局1932年版,第24页。
③ (清)林以宁:《墨庄词余》,清刻本,第7a页。

顾启姬燕都》诗中写道:"独步蕉园泪满袪,兼葭白露怅离居。"① 诗社另一女诗人钱凤纶也写有《春日偕亚清重过蕉园三首》,在这三首诗中,她用较多的笔墨描绘"蕉园"春日的诸多美景。其一云:

> 柳芽金嫩草青青,结伴重登君子亭。
> 竹里镌诗惊翠羽,林间曳佩吠金铃。
> 去年黄菊开三径,今日寒梅照短棂。
> 共叹韶光似流水,游踪况复等浮萍。

其二云:

> 风卷微波水榭虚,一泓清溜漾蟾蜍。
> 廊围泉石楼围竹,案有琴书池有鱼。
> 采药双鬟穿洞出,种蔬野老带云锄。
> 数椽拟就庞家隐,负郭惭无二顷余。

其三云:

> 风恬日暖水云闲,花径纡回静掩关。
> 嫩草尚留罗带色,远峰犹见翠眉弯。
> 梅栽小院凭开谢,鹤放青冥任往还。
> 重向窗前寻旧咏,簪花彩笔尚斑斓②。

从这三首诗中可以体会到钱凤纶对"蕉园"很有感情,而"蕉园"则空间颇广,其中有亭榭围廊,草地池塘,清泉美石。春天来了,园中清风徐来,波光草色,众花争艳,"风恬日暖水云闲,花径纡回静

---

① (清)林以宁:《墨庄诗钞》卷1,李雷:《清代闺阁诗集萃编》第2册,中华书局2015年版,第837页。
② (清)钱凤纶:《古香楼集》,李雷:《清代闺阁诗集萃编》第2册,中华书局2015年版,第757页。

掩关"。每到秋冬，则又菊花婷立，寒梅吐蕊，"去年黄菊开三径，今日寒梅照短棂"。总之，"蕉园"是一处空间宽敞、景色怡人的私家园囿。

然而，尽管"蕉园诗社"女诗人屡屡提到此园，通过诗歌创作表露她们对它的深厚感情，并且刻画出"蕉园"中的具体景物，但她们并没有讲出"蕉园"在杭州城中的具体地理位置，也没有讲出"蕉园"是哪一家的私家园林。

关于"蕉园"的具体地理位置与产权归属，晚清以来有多种说法。

一为清初杭州著名女诗人张昊"北邨毛氏园"说。晚清女诗人陈芸在《小黛轩论诗诗》卷上赋诗云："趋庭承启共辉光，姊妹花开记姓张。偏有古图和古政，花樵清艳砚阴香。"又有注释说："张昊，字槎云，钱塘人。居北邨毛氏园，即蕉园也。"①

二为杭州"绿天庵"附近说。今人胡小林在《清代初年的蕉园诗社》一文中指出："蕉园诗社因其成员活动于蕉园而得名，但其旧址已不可详考，陈文述《西泠闺咏》云：'何处蕉园遗旧址，绿天庵外不胜寒'，可见蕉园紧邻绿天庵，应为西泠的一处名胜之地或诗社某位闺秀的私家园林。"②

三为诗社成员柴静仪私家"柴庄"说。今人康维娜在《蕉园诗社考述》一文中说："西溪山庄的前身为柴庄，明季柴云倩隐居于此。柴庄碧涧绕门、白云入室，周围种梅竹数亩，有竹楼花榭、月影泉声之美，柴云倩著有《梅花绝句》，其季女柴静仪与同里闺秀冯又令娴、钱凤纶、林亚清、顾启姬相唱和，著有《凝香室诗钞》。"③她据此认为"蕉园"应在柴庄内，即清初的西溪山庄内。

四是认为"蕉园"通"椒园"，并非实指。吴晶在《洪昇与西湖》一著中说："首先，'蕉'与'椒'同音，可通用，'蕉园'就是'椒园'。'椒房'、'椒室'原指汉代宫廷后妃居所，以椒和泥涂墙壁，取

---

① （清）陈芸：《小黛轩论诗诗》卷上，凤凰出版社2010年"清代闺秀诗话丛刊"本，第1533页。
② 胡小林：《清代初年的蕉园诗社》，《古典文学知识》2008年第2期。
③ 康维娜撰，陶慕宁指导：《蕉园诗社考述》，硕士学位论文，南开大学，2007年，第45页。

温暖、芳香、多子之义,后泛指女子香闺。"①

此外,土默热在《〈红楼梦〉与西溪文化》一著中认为,"蕉园"是明朝北京皇宫西苑(今中南海)里的一处建筑,"蕉园诗社"女诗人用"蕉园"作为诗社之名,隐含了对明朝的追悼与追思,或明或暗地表露她们怀念前明的政治情愫。

第一种"张昊北郭毛氏园说"恐有失当。在"蕉园诗社"结社热烈的年代,同城固然有北郭毛氏园,陈文述《西泠闺咏》卷十"北郭咏张槎云玉霄(张昊)"即云:"居北郭外毛氏园,有池塘花竹之胜。"②但张昊的北郭毛氏园不可能是"蕉园"。张昊下世颇早,没有参与"蕉园诗社"的结社唱和活动,且"蕉园"诸子与张昊从未谋面。"蕉园诗社"女诗人冯娴曾给其闺友李端明写有《与李端明》一文,其辞云:"往岁家夫子照五(冯娴夫钱廷枚,字照五)侍邵亭先生读书草堂,其时槎云(张昊)之尊公步青(张昊父张坛,字步青)与邵亭游,数数见过,考订古今,语竟日不休,因是槎云之才德,固稍稍闻之矣。今春,夫子复自尊公斋头携归槎云所著诗,读之,奚特文章足以传不朽,迹其懿德淑行,不更可凤世乎。唯是天不假年,音徽邈隔。某虽企之慕之,而终不复可得见也,况想与唱酬乎。"③"蕉园诗社"领军人物林以宁曾在《张槎云诗集》题识云:"予年十五,随父宦关西,行笥中有《张槎云集》,读而喜之,思见其人,关山修隔,愿莫能遂。数岁而归,槎云没矣,又数岁始见《琴楼合稿》。夫以十余年心所愿见之人未得见而其人且死,死数年后而复读其诗若词,能无戚然感于中乎?"④

第二种"绿天庵说"也不可信。"绿天庵"是中国古代一则著名掌故。该庵位于湖南永州,唐代著名书法家怀素在此出家修行,时常在庵内练习书法。怀素以书写"狂草"名世,需要大量纸张,但贫而无纸,于是在其修行的庵内及附近种植芭蕉,以蕉叶代纸,纵笔练字。后庵内外芭蕉成林,绿色葱郁,后人称其为"绿天庵"。光绪《零陵县志》卷

---

① 吴晶:《洪昇与西湖》,杭州出版社2006年版,第122页。
② (清)陈文述:《西泠闺咏》卷10,杭州出版社2004年"西湖文献集成"本,第445页。
③ (清)陈简侯:《晚明百家尺牍·写心集》,中央书店1935年版,第317页。
④ (清)胡大潆、张昊:《琴楼合稿偶钞》,清钞本,第4a页。

三载有清人刘道著所写《绿天庵记》:"永州出东门北行半里,上小冈,又半里,为绿天庵,即唐僧怀素之故居也。世传怀素幼学书庵中,贫无纸,乃种蕉万余以供挥洒,庵故以是得名。"① 陈文述所说"何处蕉园遗旧址,绿天庵外不胜寒",不是说清初杭州"蕉园"附近真有一处"绿天庵",而是引用掌故,有将"蕉园"与"绿天庵"媲美之意,言下之意,清初闺阁结社之"蕉园"可以追步当年怀素和尚的"绿天庵",所以此处读者不可以坐实来解读。

那么,"蕉园"为诗社成员柴静仪私家园林的说法又是否可信呢?

"蕉园"是否在柴静仪"柴庄"内,今已不可确考,但柴静仪家确有一处叫"柴庄"的园林,"蕉园诗社"闺秀们曾经在此游玩。柴静仪的儿媳朱柔则曾创作《河渚观梅舟泊柴氏园林》一诗。诗歌这样写道:"细雨杂溪声,沿流一棹轻。舟依古岸泊,人出小桥迎。花向名园得,春随步屐生。绕楼千树迥,隔水数枝横。桠竹偏多色,依松更有情。"② 从朱氏的描写来看,"柴庄"是一处大园林,它空间宽敞,风景秀丽。

又陈文述《西泠闺咏》卷十有《蕉园咏柴静仪、柴贞仪》《绿净轩咏徐淑则(徐德音)》《凤箫楼咏林亚清》三首诗事涉"蕉园"女诗人。其中"绿净轩""凤箫楼"皆为被歌咏的女主人徐德音与林以宁的私家居所。徐德音曾以其居所名其诗集为《绿净轩诗钞》,林以宁则有以其居所题其诗集为《凤箫楼诗集》。由此推知,"蕉园"在此处应指涉柴静仪、柴贞仪姐妹的私家园林。

至于以"蕉园"通"椒园",以此来借指女性居所,以及认为以"蕉园"来隐含对明代的追思,这些推断过于附会,不能自圆其说。

综上,可以得出如下结论:蕉园是清代初年"蕉园诗社"女诗人时常结社吟诗的地方,是杭州城内或附近一处私家园林。它不是清初杭州女诗人张昊的北邨毛氏园,也不是在诗歌描述中的"绿天庵"附近,

---

① (清)刘道著:《绿天庵记》,嵇有庆:《光绪零陵县志》卷3,台北成文出版社1975年"中国方志丛书"本,第262页。
② (清)胡孝思:《本朝名媛诗钞》卷1,乾隆三十一年(1766)刻本,第12a—12b页。

但它有可能是诗社女诗人柴静仪家族的私家园林。

二 "蕉园诗社"演进历程考

根据"蕉园诗社"林以宁、柴静仪、钱凤纶、冯娴、顾姒等人诗文以及其他历史文献的记载,"蕉园诗社"活动时间大致如下。

康熙十三年甲寅(1674),"蕉园诗社"起社。这一年,林以宁大嫂顾长任病逝,林以宁应兄长林以畏之命作《征诗启》,请海内文坛名宿与闺阁名家作哀挽以悼大嫂,在此过程中,她得以结识冯娴等同城名媛,并结社吟诗。林以宁在给冯娴《和鸣集》所写的跋语中回忆说:"岁甲寅,嫂得疾以卒。兄寅三思成其志,始命余为小启,请海内同人为哀挽以吊焉,遂以余名达于闺媛大家。其耳余名而谬称许最先者,则又令冯夫人也。一日,见持夫人挽章来示,余观其姓氏,善其文辞,因备考其世谱,盖余夫子同宗婶也。"又说:"遂因诗启而得见于夫人,夫人忘其卑幼而引与交,月必数会,会必拈韵分题,吟咏至夕,且又各推其姻娅,若柴季娴、李端明、钱云仪、顾启姬,人订金兰,家饶雪絮,联吟卷役,日益月增。"① 林以宁又在《柴季娴北堂集序》中说:"忆自甲寅之岁,班荆聚首,永日忘餐,承颜接辞,欣时幸会,遂订金兰之契,还成丹雉之盟。"②

康熙十五年丙辰(1676),柴静仪等人加入诗社,诗社得以扩大。钱凤纶《寿柴季娴连珠六首》诗前小序:"表嫂柴季娴,名家女也,闺门雍穆,说礼敦时。丙辰秋季始丁愿圃,望见丰采,名下无虚。于是笔墨赏心,啸歌互答,足慰素怀。"③ 柴静仪也在《怀钱云仪兼题影》诗中说:"忆昔与君初会面,握手名园花似霰。前有启姬后亚清,玉台旧体惊新变。"④ 冯娴识语此诗云:"蕉园之订,昉自丙辰。"又,林以宁曾作《哭柴季娴》诗四首,后有冯娴小识云:"蕉园之订,昉自丙辰,气谊相投,有如一日。虽一岁中会面无几,而精神结聚,无间同堂,窃

---

① (清)汪启淑:《撷芳集》卷27,乾隆三十八年(1773)刻本,第10a页。
② (清)林以宁:《墨庄文钞》卷1,清刻本,第14b页。
③ (清)钱凤纶:《古香楼杂著》,清刻本,第16a页。
④ (清)胡孝思:《本朝名媛诗钞》卷2,乾隆三十一年(1766)刻本,第1a—1b页。

以为陈雷莫过也。"①

  康熙十六年丁巳（1677），清初著名文学家李渔在定居江宁（今南京）二十年后携长女李淑昭、次女李淑慧等亲眷迁回故乡浙江，并定居杭州。李淑昭、李淑慧当于此年或稍后于此年，加入"蕉园诗社"，诗社成员得以进一步增多。《李渔年谱·康熙十六年丁巳（一六七七）》："正月，移家杭州。《上都门故人述旧状书》：'住金陵二十载，逋累满身，在则可缓，去则不容不偿。故临行所费金钱，什百于舟车之数。无论金陵别业属之他人，即生平著述之梨枣，与所服之衣，妻妾儿女头上之簪，耳边之珥，凡值数钱一镪者，无不以之代子钱，始能挈家而去。'"②

  康熙十九年庚申（1680），顾姒随夫鄂曾入京。其间鄂曾参加京师官员诗酒唱和活动，其诗为顾姒代作。顾姒由此为其时诗坛大老王士禛所赞赏。王士禛《池北偶谈》卷十六："顾姒，适鄂生某。康熙庚申，从其夫至京师。尝见其所著《静御堂集》，小赋诗词颇婉丽。九日，予与同人饮宋子昭工部小园，限蟹字韵，翌日，鄂诗先就，顾代作也。其末云：'予本淡荡人，读书不求解。《尔雅》读不熟，蛏蜞误为蟹。'余惊叹。"③ 顾姒入京时林以宁作套曲《送启姬之燕》，钱凤纶作倚声《换巢鸾凤·送顾启姬之燕京》与套曲《春日蕉园与启姬话别》，柴静仪作诗《送顾启姬北上》，共同表达惜别之情。顾姒则不枉此行，她将自己与"蕉园诗社"的诗名流播京师。

  康熙二十年辛酉（1681），顾姒父顾之绣任江苏松江府青浦县丞，顾姒随父移居青浦，后结识松江名媛曹鉴冰，共同组织闺秀诗社淀滨诗会。光绪《青浦县志》卷二十三："顾姒，字启姬，仁和鄂曾室，县丞之绣女也。之绣官青浦，姒偕婿以来，尝与钱塘林以宁、华亭曹鉴冰，结淀滨诗会。"④ 淀滨诗会结社详情由于资料匮乏暂不可考，但结社地

---

① （清）林以宁：《墨庄诗钞》卷2，李雷：《清代闺阁诗集萃编》第2册，中华书局2015年版，第852页。
② 单锦珩：《李渔年谱》，李渔：《李渔全集》第19卷，浙江古籍出版社1992年版，第109页。
③ （清）王士禛：《池北偶谈》，中华书局1982年版，第381页。
④ （清）杨永杰、赵佑宸：光绪《青浦县志》卷23，清光绪刻本，第7页。

第二章 清初女子诗社之冠冕

点似在青浦淀山湖之滨,湖面水天一色,景色宜人。林以宁《寄启姬云间(清松江府)》诗云:"泖上浮家小结庐,水轩竹槛称幽居。问人新借簪花帖,教婢闲钞相鹤书。蚁子避潮缘砚席,蟹奴沿月上阶除。清闺事事堪题咏,刻玉镂冰恐不如。"①

延至康熙二十六年丁卯(1687),"蕉园诗社"诗名渐隆,已是一个颇有名气的闺阁诗社。清代康乾时期著名女诗人徐德音康熙二十六年(1687)年方七岁,但已耳闻"蕉园诗社"诗名,她在《承欢集序略》云:"予生七年,先清献(其父徐旭龄官总督,卒后谥清献)捐馆归里,即闻女才子'蕉园诗社'之名。"②

康熙三十一年壬申(1692),"蕉园诗社"核心诗人柴静仪病故,诗社渐趋式微之势。林以宁《哭柴季娴四首》:"订文十六载,情好无与伦。西湖花月佳,宴游及良辰。"③柴静仪初入"蕉园诗社"为康熙十五年丙辰(1676),从林诗"订文十六载"推断,其逝世当为康熙三十一年壬申(1692)。其儿媳朱柔则《哭姑》诗云:"姑也身长健,宁知一病危。持家频嘱妇,垂绝更呼儿。"又云:"生前称尽瘁,殁后见真慈。约指贻诸媛,搔头赐小姬。"④

康熙三十五年丙子(1696),"蕉园诗社"核心诗人林以宁随夫宦居洛阳,诗社逐渐解体。餐霞老人《绿净轩诗钞序》:"先是,吾乡林亚清夫人倡为蕉园吟社,知吾女(徐德音)能诗,曾以缣素相遗,通殷勤焉。会吾女于归邗上,亚清亦随宦洛阳,竟不果相见。阅十余年,至乙酉之岁,许生擢试舍人,挈女北去,时亚清先在京师,始得把臂定交,辄相见恨晚。"⑤康熙四十四年乙酉(1705),林亚清与徐德音在神往多年后始得在北京见面,正式定交。由此上溯"阅十余年",则林以

---

① (清)任蓁臣:《香咳集选存》卷1,人民文学出版社1992年"香艳丛书"影印本,第2257页。
② (清)汪启淑:《撷芳集》卷37,乾隆三十八年(1773)刻本,第16b页。
③ (清)林以宁:《墨庄诗钞》卷2,李雷:《清代闺阁诗集萃编》第2册,中华书局2015年版,第852页。
④ (清)胡孝思:《本朝名媛诗钞》卷1,乾隆三十一年(1766)刻本,第12b页。
⑤ (清)餐霞老人:《绿净轩诗钞序》,胡晓明、彭国忠:《江南女性别集》初编,黄山书社2008年版,第6页。

宁随夫宦居洛阳则大约在康熙三十五年丙子（1696）。林以宁《渡伊洛合流》诗云："历尽山川险，方知行路难。寒风鸣大谷，怪石激流湍。"①又，林以宁丈夫钱肇修中康熙三十年辛未（1691）进士，康熙三十五年丙子（1696）官洛阳知县，后擢江南道监察御史，定居京师。

综合以上材料，关于"蕉园诗社"演进历程可以得出这样几个结论。其一，"蕉园诗社"从其康熙十三年甲寅（1674）开始起社到康熙三十五年丙子（1696）逐渐解体，持续时间有二十多年。其二，诗社的发起者为林以宁与冯娴二人。林以宁因大嫂顾长任病逝受兄命作《征诗启》，"请海内同人为哀挽以吊焉"，于是，"遂因诗启而得见于夫人（冯娴），夫人忘其卑幼而引与交，月必数会，会必拈韵分题，吟咏至夕，且又各推其姻娅，若柴季娴、李端明、钱云仪、顾启姬，人订金兰，家饶雪絮，联吟卷帙，日益月增"②，"蕉园诗社"遂得起社。其三，诗社创作最繁荣的时期为柴静仪等人加入诗社的康熙十五年丙辰（1676）至顾姒随夫入京的康熙十九年庚申（1680），这四五年时间，"蕉园诗社"女诗人不时聚会进行诗词唱和，掀起其诗歌结社活动的高潮。其四，诗社核心人物为林以宁、冯娴、柴静仪、顾姒、钱凤纶五人，她们既为"蕉园诗社"的主要创立者，又是诗社的主要创作人，其中又以林以宁的诗学活动持续时间最久，对诗社的贡献最为全面，她称得上是"蕉园诗社"的领军人物。其五，尽管"蕉园诗社"的地域特色十分浓郁，如诗社女诗人绝大部分来自清代杭州府钱塘、仁和两县，诗社女诗人的主要活动范围也在杭州城内，但随着诗社女诗人活动范围的逐步扩大，诗社女诗人诗名的逐步远播，诗社最终演变成为对清初诗坛，尤其是对清初女性诗坛具有重大影响的主流闺阁诗社。

三　诗社主要唱和活动考

林以宁、冯娴、钱静仪、顾姒、钱凤纶等人在"蕉园"订交结社

---

① （清）胡孝思：《本朝名媛诗钞》卷3，乾隆三十一年（1766）刻本，第4b页。
② （清）汪启淑：《撷芳集》卷27，乾隆三十八年（1773）刻本，第10a页。

第二章 清初女子诗社之冠冕

是清初具有重要影响的闺阁诗歌创作与社会活动。从"蕉园诗社"诗文作品以及其他相关文献,可以考证出"蕉园诗社"主要有如下诗歌唱和活动。

（一）蕉园唱和

蕉园既是林以宁、冯娴、柴静仪、顾姒、钱凤纶等人订交结社之处,又是她们诗歌唱和主要雅集之地。林以宁在《寄启姬燕山》散曲中说:"忘不了蕉园盛,惟余池塘暮烟横,肠断到三更。"① 诗社另一女诗人钱凤纶作《蕉窗夜语记》以怀昔日闺友在"蕉园"唱和之乐:"（林以宁）示以蕉园会稿,无非香奁佳什,读之珠玑满案,光彩陆离。"② 钱凤纶还在套曲《春日蕉园与启姬话别》深情讲道:"几时得,重向蕉园烹紫笋。"③

（二）湖上唱和

所谓"湖上唱和",即在杭州西湖唱和。西湖,因其地理位置在杭州城西,故得此名。又因杭州古称钱塘,所以人们又称它为钱塘湖。但它最早的名称为武林水,《汉书·地理志》记载:"钱唐,西部都尉治。武林山,武林水所出,东入海,行八百三十里。"④ 西湖又有西泠、潋滟湖、美人湖、明圣湖、金牛湖等诸多别称。关于"蕉园诗社"的湖上唱和,社中女诗人也留有一些纪实的诗词作品,如柴静仪《点绛唇·六桥舫集,同林亚清、钱云仪、顾仲楣启姬、冯又令、李端明诸闺友》词就描绘"蕉园"女诗人在西湖雅集的具体情景:"杨柳依人,湘帘画舫明湖泛。桃花开遍,共试春衫练。雨丝风片,暗扑游人面。春方半,韶华荏苒,分付莺和燕。"⑤ 六桥,即苏堤六桥。苏堤是北宋杰出文学家苏轼任官杭州时所实施的民生工程。苏堤上有映波、锁澜、望山、压堤、东浦、跨虹六座小桥。"苏堤春晓",又称"六桥烟柳",一直是西湖著名的美景,为"西湖十景"的重要组构部分。

---

① （清）林以宁:《墨庄词余》,清刻本,第7a页。
② （清）钱凤纶:《古香楼杂著》,清刻本,第11a页。
③ （清）钱凤纶:《古香楼杂著》,清刻本,第7b页。
④ （汉）班固:《汉书》卷28,岳麓书社1993年版,第713页。
⑤ 南京大学《全清词》编辑室:《全清词》（顺康卷）,中华书局2002年版,第2989页。

（三）愿圃唱和

愿圃，又名顾家园，为清初杭州名士顾豹文的私家园圃。他在明末光禄寺少卿葛征奇已经破败的废园上重新砌建。葛征奇曾建葛园，常与侧室李因游栖其间。顺治二年（1645）清军南下江浙，葛氏为明殉身。李因入清后四十多年则矢志守节，以诗画创作自给。顾豹文，字季蔚，号且庵，顺治十二年（1655）进士，曾任河南真阳县知县、江西道御史等，后引病家居，为清初杭州著名才子，著有《世美堂集》《六书古韵》等。清初浙江著名文士毛际可作《重九愿园宴集记》对愿圃有较详细的描绘：

> 其洼处凿地为池，附以轩廊，联以略彴。其中广者为堂，耸者为阁，凭者为槛，峙者为亭，布置疏密，出人意表。予短于目而拙于记，足所已经，循环复至，虽数亩之宫，几以为千门万户也。时芙蓉未谢，濯濯水湄，密树修篁，青葱蓊郁，有老梅数株，忽舒新萼，池上叠石为山，笏列剑拔，瓮缺环圌。①

愿圃既是钱凤纶、柴静仪二人初次见面的地方，又是蕉园诸子时常诗词聚会的场所。柴静仪《过愿圃，同冯又令、钱云仪、顾启姬、林亚清作》诗云："雕栏画阁倚层空，翠树红霞入望中。照水双双看鹤舞，衔芦一一数归鸿。帘前夜映梅花月，笔底春生柳絮风。相过名园夸胜景，清樽喜与玉人同。"② 林以宁《秋暮宴集愿圃分韵》："早起登临玉露瀼，画楼高处碧云凉。池边野鸟啼寒雨，篱外黄花媚晓妆。斜倚红阑同照影，闲挥绿绮坐焚香。溯洄他日重相访，一片蒹葭秋水长。"③ 林以宁还写有套曲《重游愿圃，有怀又令、季娴、云仪诸子》："翩翩林

---

① （清）毛际可：《重九愿园宴集记》，丁丙：《武林坊巷志》，浙江人民出版社1990年版，第679页。
② （清）柴静仪：《凝香室诗钞》，蔡殿齐：《国朝闺阁诗钞》第1册卷8，上海古籍出版社2002年"续修四库全书"影印本，第449页。
③ （清）林以宁：《凤箫楼诗集》，蔡殿齐：《国朝闺阁诗钞》第2册卷6，上海古籍出版社2002年"续修四库全书"影印本，第470页。

下旧知名,携来花外,共订文盟。"①

(四)凝香室唱和

凝香室,为"蕉园诗社"主要诗人柴静仪的居室。柴静仪曾冠名她的诗集为《凝香室诗钞》。柴静仪是"蕉园诗社"中诗歌创作最为活跃的诗人之一,她家的居室也时常成为蕉园诸子欢会宴集或诗词唱和的地方。钱凤纶《绮罗香·初夏,偕同社寿季娴凝香室宴集,别后赋谢》词云:"宿雨飞来,轻云不散,掩映遥山黛色。鹤驭凌风,雾鬟云鬓微湿。倾玉液,翠羽流觞、灿晴霞、珠光盈壁。最堪夸、青鸟翩翩,衔将丹诏降层碧。避尘小筑书斋,看载梅放竹,携琴枕石。何处吹来,天上玉箫铁笛。声缓缓、遏响行云,影迟迟、花翻瑶席。更相期、月逗前溪,踏歌还绮陌。"②钱凤纶又有《冬日宴柴季娴宅》诗:"星纪岁将徂,天寒气萧槭。百卉萎严霜,零露晞朝日。喜逢素心人,并坐芝兰室。笑语春风生,雍容事文墨。图书纷绮阁,棐几陈琴瑟。"③

(五)河渚与小辋川唱和

杭州地处江南水泊之区,城区及其附近地区河流湖泊较多。大江大河有钱塘江、大运河,小河小溪则有余杭塘河、上塘河、中河、贴沙河等。著名的湖泊则有西湖与湘湖,此外还有西溪湿地与众多的小湖泊。"河渚"即为杭州西溪一处著名的湖泊,沈德潜、梁诗正《西湖志纂》卷十云:

  河渚,在西溪南,钱塘县志:"本名南漳湖,又曰蒹葭,深处又曰涡水。俗称河水。沙屿萦回,秋深荻花如雪,再进为深潭口,四围断岸,非棹不能渡。"④

---

① (清)林以宁:《墨庄词余》,清刻本,第20a页。
② 南京大学《全清词》编辑室:《全清词》(顺康卷),中华书局2002年版,第8373—8374页。
③ (清)钱凤纶:《古香楼诗集》,蔡殿齐:《国朝闺阁诗钞》第2册卷4,上海古籍出版社2002年"续修四库全书"影印本,第464页。
④ (清)沈德潜、梁诗正:《西湖志纂》卷10,上海古籍出版社1987年"文渊阁四库全书"影印本,第383页。

"蕉园诗社"女诗人不仅在蕉园、西湖、愿圃、吟香室诸地吟诗唱和,还时常走出野外游览。"河渚"就是她们时常驻足的地方。林以宁曾写有《庚午秋日,同云仪夫人游河渚,留幻影山庄三日,治装归至中途,相顾叹绝溪山之胜,不忍遽归,仍返棹山中,更留一宿,作诗纪之》诗。她在诗中记载她游览河渚被其美丽的风光所吸引,以此而恋恋不舍。其《少年游·河渚观梅》词则比较详细地描写了河渚的美丽风光与她在此观梅的愉悦心情:"寒山环翠,春波涨绿,帆影落前川。后会难期,韶光易换,莫惜买花钱。村醪痛饮高歌彻,沉醉暮云边。试问花神,罗浮佳境,还得几回看。"① 她还有《同云仪泛舟》《酬云仪河渚观梅见忆之作》两首诗事涉河渚。钱凤纶则创作《答林亚清同游河渚见赠》诗描写自己游赏河渚的愉悦心情。此外,她还填有《清平乐·与柔嘉姊宿河渚看梅》《踏莎行·秋暮雨霁偕柔嘉姊游河渚》两首词。在词中她对河渚的秀丽景色进行了白描式的叙写,同时也状写自己身处其中的愉快心绪。

辋川位于陕西省蓝田县中部偏南,此地峰峦叠嶂,山谷遍布奇花异藤,瀑布与溪流在山涧涓涓流淌。平地上辋河水流潺湲,波纹流动如辋,辋川因此而得名。唐朝时,著名诗人王维曾在此建庄园,悠游逸居于此。此处所说的小辋川,是指清初杭州府仁和县著名文士邵远平的一处别业。邵远平,号蓬观子,康熙三年(1664)进士,曾在清廷任光禄寺少卿、詹事府少詹事等职,后息影湖庄,以诗书自娱。康熙帝南巡,钦赐"蓬观"二字。著有《史学辨误》《戒三文存》等集。沈德潜、梁诗正《西湖志纂》对邵氏小辋川有比较详细的介绍:

  小辋川,在葛岭下,前少詹事邵远平别业。中为堂,三楹奉悬圣祖仁皇帝(康熙帝)所赐御书"蓬观"二字。后为三弘一致堂,祀其祖经邦像。经邦当明嘉靖间,以直言遣戍,著有《弘道》、《弘毅》、《弘简》三录,建楼贮焉。庭有古桂四株,连蜷偃蹇,旧志称万历间参政吴大山致仕归,筑室湖滨,手植老桂修篁,颜曰

---

① 南京大学《全清词》编辑室:《全清词》(顺康卷),中华书局2002年版,第9636页。

"辋川"，即其处也。①

邵远平小辋川也是"蕉园诗社"女诗人曾经驻足过的地方。李淑昭《辞亚清招游辋川看桂》尺牍曰：

> 不见西湖芳桂几二十载矣，辋川之订，不忍负名花，宁忍负同人耶？但家母卧病已经两月，岂无小婢，奈非昭亲供药饵，辄不下咽。窃恐勉赴宠招，强为欢笑，而消阻之意或形于色，未免一人向隅，满座不乐。翻不若遍插茱萸少一人之为愈也。善语黄夫人希垂鉴谅。②

尺牍中所说"黄夫人"即指钱凤纶，其夫为钱塘诸生黄弘修。李淑昭这篇尺牍主要讲述她因为母病而不能参加"蕉园诗社"在小辋川进行的看桂游赏活动，语气委婉而情致诚恳，较好地表达出彼时彼刻她的处境与心情。

第二节 诗社核心林以宁的诗歌活动与创作特质

"蕉园诗社"主要诗人有五位，即林以宁、柴静仪、冯娴、钱凤纶与顾姒，其中又以林以宁对诗社的贡献最为全面而持久。其一，林以宁最早发起并组织"蕉园诗社"，为诗社的主要创立者。其二，由于富于年寿，为"蕉园诗社"主要诗人中最后一个离世者，又在清初康熙女性诗坛广泛交游，故林以宁对诗社的社事活动参与最为深入而长久。其三，林以宁多次组织、参与诗社社事活动，不仅是"蕉园诗社"的主要创立者，也是诗社社事活动的主要主持人。其四，林以宁的诗歌创作

---

① （清）沈德潜、梁诗正：《西湖志纂》卷7，上海古籍出版社1987年"文渊阁四库全书"影印本，第482页。

② （清）陈简侯：《晚明百家尺牍·写心集》，中央书店1935年版，第326页。

有自己的独特气质,能代表"蕉园诗社"的创作水平。

一 林以宁的生平与主要诗歌活动

林以宁,字亚清,号墨庄,清初杭州府仁和县(今杭州市区)人①,清康熙三十年(1691)进士钱肇修室,清初著名女作家,著有《墨庄集》《凤箫楼集》等。林以宁富于年寿,生于顺治十二年(1655),卒于雍正八年(1730)之后。《全清词》林以宁小传:"林以宁,字亚清,浙江钱塘(今杭州)进士林纶女,钱肇修室。生于顺治十二年(一六五五),能诗词,为蕉园七子之一。著有《墨庄诗钞》、《凤箫楼集》。"②《晚晴簃诗汇》:"亚清少受母教,喜研经义,工诗文,旁及绘事。以画梅竹著。为蕉园七子之秀。从宦唱酬,流传佳句,人艳称之。"③

关于林以宁的生卒年,从一些学术材料中可以寻绎到蛛丝马迹。林以宁曾为后辈闺阁诗人梁瑛《字字香》集句诗集作序,其落款为:"雍正八年春三月望,七十六老妪钱林以宁题于墨庄"。④ 雍正八年为农历庚戌年(1730),据此上溯七十六年则为顺治十二年乙未(1655)。又清人丁丙《武林坊巷志》引姚礼《郭西小志》云:"稗畦(洪昇)表弟钱杏山(钱肇修)与妇林亚清亦中表结姻者也。钱长林三岁,俱五月十一日生。至康熙甲戌,稗畦夫妇五十,亚清亦四旬,稗畦为作《后同生曲》,艺林传为佳话。"⑤ 农历甲戌为康熙三十三年(1694),是年洪昇夫妇五十岁,林以宁四十岁,据此推算,林以宁亦当生于顺治十二年乙未(1655)。不过,《郭西小志》所载也有错讹处,钱肇修、林以宁夫妇不是"五月十一日生",他们的生日是五月二十一日。钱肇修姐姐钱凤纶曾作《辛未年蒲月,祝母弟石臣、弟妇亚清双寿并贺联捷》诗,诗有自注云:"岁时记宋以五月廿一日为天申节,石臣夫妇俱以是日生。"⑥ 林以宁卒年

---

① 一些文献记载林以宁为清代杭州府钱塘县人。但康熙《仁和县志》、雍正《浙江通志》皆载其父林纶为仁和县人。
② 南京大学《全清词》编辑室:《全清词》(顺康卷),中华书局2002年版,第9635—9636页。
③ 徐世昌:《晚晴簃诗汇》卷184,北京出版社1996年影印本,第3002页。
④ 胡文楷:《历代妇女著作考》,上海古籍出版社2008年版,第1206页。
⑤ (清)丁丙:《武林坊巷志》第6册,浙江人民出版社1988年版,第594页。
⑥ (清)钱凤纶:《古香楼诗钞》,清刻本,第36b页。

不详，但从《字字香》落款来看，雍正八年（1730）她尚健在，其卒年应在此年之后。

林以宁父亲林纶①，浙江仁和人，顺治十八年（1661）进士。林纶科举榜名为张林纶，曾寄籍直隶河间府沧州。他虽名登甲榜，但仕途蹭蹬。林纶曾于康熙初年出任陕西蒲城知县，康熙《仁和县志》卷十记载："林纶，顺治十四年丁酉科辛丑进士。"② 雍正《浙江通志》说林纶："仁和人，蒲城知县。"③ 林纶在康熙十七年戊午（1678）还出任山西夏县县令。在夏县任上，林纶因事被罢黜，不久被流放到东北。林以宁《哭伯兄》诗有小序云："岁戊午，父任夏城令，兄随任河东，父以不媚权贵，未期月被黜，柄事者将实于礼，兄上书请代，为朝贵所阻，不获上闻。"④ 又李兴盛《东北流人史》"康熙十八年己未（1679）"条云："是年，山西盂县县令李鹤鸣、夏县县令张林纶，被巡抚穆尔赛所纠，均流放奉天。"⑤ 又《康熙起居注》第二册"康熙二十四年"条："明珠等奏曰：'此内李鹤鸣、张林纶赃银俱已交完……似俱应减等完结。'上曰：'然。'"⑥ 从《东北流人史》与《康熙起居注》所载来看，林纶或许因为贪没之罪于康熙十八年（1679）被流放奉天，又于康熙二十四年（1685）因"赃银俱已交完"而被减罪。

林纶任官夏县期间，林以宁曾作诗《忆父禹都》以表达其思念之情。诗云："晓登百尺楼，遥望中条山。天际有白云，日夕自往还。去来何寥邈，引领难追攀。谁云生女好，少长违亲颜。岂不眷庭闱，安能事闲关。问寝久疏阔，视膳良以艰。回步循南陔，踯躅涕沈澜。"⑦ 夏

---

① 林纶似榜名张林纶，据朱保炯、谢沛霖编《明清进士题名碑录索引》，顺治十八年辛丑进士科（1661）第二甲第六十八名为张林纶。此榜状元马世俊，榜眼李仙根，探花吴光。又乾隆张心境《蒲城县志》卷六"职官"卷："张林纶，福建人，进士，康熙八年任。"
② （清）赵世安：《仁和县志》，江苏古籍出版社1990年"中国地方志集成"影印本，第205页。按：此处赵世安有误。查朱保炯、谢沛霖编《明清进士题名碑录索引》，清顺治朝共进行8榜科举考试，未见有顺治十四年丁酉科。又，辛丑为顺治十八年，此处疑为衍文。
③ （清）李卫、嵇曾筠：《浙江通志》卷142，中华书局2001年版，第3913页。
④ 林以宁：《墨庄诗钞》卷一，清刻本，第33b—34a页。
⑤ 李兴盛：《东北流人史》，黑龙江人民出版社1990年版，第350页。
⑥ 中国第一历史档案馆：《康熙起居注》，中华书局1984年版，第1383页。
⑦ （清）胡孝思：《本朝名媛诗钞》卷1，乾隆三十一年（1766）刻本，第8b页。

县古称安邑，相传为夏朝开国天子大禹建都之地，故林以宁以"禹都"称之。

另，关于林以宁生父，还别有一说，认为是清初著名学者、诗人林云铭。《全浙诗话》卷五十二"林以宁"条："以宁，钱塘人，西仲先生女。"① 此处所说"西仲先生"即指林云铭。林云铭，字西仲，福建闽县人，顺治十五年（1658）进士，曾官安徽徽州府通判。林云铭学殖丰厚，著作等身，著有《庄子因》《楚词灯》《韩文起》《古文析义》《西仲文集》等诸多著述。他曾为林以宁《墨庄诗钞》作序说："余长女瑛佩，次女芳佩，颇颖慧知学。"又说："使其生前寓浙，以根系之谊，得观摩劘切于亚清，其所造至不止此，而今已矣。"② 显然，林云铭是林以宁的长辈与朋友，不是她的父亲。又，《全清散曲》"林以宁"小传："林以宁，字亚清，浙江钱塘（今杭州）人，顺治十二年（一六五五）生，林蕉园女。"③ 但现存所有证据均指向林纶是林以宁父。《全清散曲》"林蕉园"说不知何据。

林以宁的母亲为顾之璚。顾之璚习诗书，通文墨，其母家顾氏为杭州著名书香门第，"自沧江，至西岩、悦庵、友白四世，皆有文名"④。她的祖父顾友白为晚明上林署丞，父亲顾若群则为清初杭州名士。母亲黄鸿，是一位大家闺秀。黄鸿父黄克谦，明万历二十六年（1598）进士，曾官工部主事，兄黄枢，明天启元年（1621）举人，弟黄机，清顺治四年（1647）进士，官至文华殿大学士兼吏部尚书，卒赠太师，谥文僖。王端淑《名媛诗纬初编》简介黄鸿生平说："生男三：之骊，丙戌副榜。鼎铨，甲午举人。是廪生⑤。女之琼，适庚辰壬辰进士、太史钱开宗⑥。次之璚，适辛丑进士林世纶。夫人生于万历丙申，卒于崇

---

① （清）陶元藻：《全浙诗话》卷52，上海古籍出版社2002年"续修四库全书"影印本，第731页。
② （清）林云铭：《墨庄诗钞序》，林以宁：《墨庄诗钞》，清刻本，第2a—2b页。
③ 凌景埏、谢伯阳：《全清散曲》，齐鲁书社1985年版，第627页。
④ （清）包鸿泰：《卧月轩稿小传》，顾之璚：《卧月轩稿》，清光绪间钱塘丁氏嘉惠堂刻本，第6a页。
⑤ 此处有阙文，应为介绍黄鸿第三子。
⑥ 钱开宗为顺治九年壬辰（1652）进士，"庚辰"为衍文。

第二章 清初女子诗社之冠冕

祯辛未。谥曰孝昭夫人"。①

林以宁长兄林以畏,颇有才华,康熙年间曾被征辟博学鸿词科,但丁忧未试。林以宁载林以畏事迹说:"字寅三,秉志高洁,不趋时望,兄弟中与余最契,余少时执弟子礼,于归后过从不隔旬日,至则煮茗论文,上下千古,昼无储粟,晏如也。"② 林以畏康熙元年(1662)娶妻顾长任。父亲林纶获罪,他上书请代,后以忧愤呕血而逝。林以宁曾写有多首忆兄、赠兄诗。其《忆兄》诗云:"雁影分南北,离怀惨未舒。尝过大雷岸,不寄一行书。"③ 其《寄家兄禹都》散曲云:"当时少小同下帷,把博士相期教读。西窗明义理,算君家桃李成蹊。焚膏继晷,断简里生涯堪奇。常自喜,喜朝朝说诗敦礼。"又云:"一自俺于归,便安能,晓暮依?老亲身畔唯君矣。奔波朝负米,斑斓夜舞衣。吾兄呵向来独任多劳悴。"④ 林以宁在其所写的这两段文字里,一面回忆兄妹二人少小同窗共读的情景,一面则对兄长高尚的品德表示敬佩。林以宁还写有《伯兄从征有寄》《送伯兄之仙居》《忆伯兄金华》等诗来表达她的手足之情。

林以宁婆母顾之琼为其母顾之瑗长姐,她是清初著名女诗人,据说曾作《蕉园诗社启》以组织女性诗社。林以宁夫钱肇修,为顾之琼次子,字石臣,号杏山,浙江钱塘人,寄籍东北辽阳,康熙三十年(1691)进士,曾官洛阳县令,擢监察御史,著有《钱石臣诗钞》《逸我集》《檗园诗余》《洛阳县志》等。钱肇修生于顺治九年(1652)五月二十一日,卒年则不详。其父钱开宗为顺治九年(1652)进士,官至翰林院检讨,顺治十四年(1657)被清廷任命为江南乡试副主考,后因此科考试结果颇有争议,疑似有弊,结果被清廷处死,妻儿于顺治十六年(1659)被流放到东北辽阳。但次年又得以释罪还乡。钱肇修与林以宁伉俪情深,彼此诗词唱和,为人称羡。阮元《两浙𫐓轩录》卷四十:"石臣公林夫人从宦河阳日,衙斋萧散,熏炉茗碗,则夫妇

---

① (清)王端淑:《名媛诗纬初编》卷8,康熙六年(1667)刻本,第23b—24a页。
② (清)林以宁:《墨庄诗钞》卷1,清刻本,第33a—33b页。
③ (清)胡孝思:《本朝名媛诗钞》卷5,乾隆三十一年(1766)刻本,第2a页。
④ 凌景埏、谢伯阳:《全清散曲》,齐鲁书社1985年版,第629页。

倡酬。"①

林以宁生有一儿两女。长女钱嗣徽,早夭,于康熙二十七年戊辰(1688)春卒,时年六岁。钱凤纶《西溪观梅记》:"戊辰仲春,弟妇亚清初丧掌珠,端忧多暇。"② 林以宁《荐殇女嗣徽疏》:"亡女嗣徽,生才六稔,未积愆,病不逾时,遂登鬼箓。"又云:"以宁命实不犹,谴治弱息,五孕不育,生同朽株,六载空劳。"③ 从林以宁以上记述来看,她"五孕不育",好不容易生下一女,却又六岁早夭,这对她打击颇大。林以宁的儿子名青,又称弃如,次女则名陶,她在为梁瑛《字字香》所题序中说:"青儿远官不能偕,女陶与两外孙妇俱早夐,外孙女又贞居,皆能文而不敢文矣。"④ 又,钱凤纶赠林以宁《简亚清弟妇》诗有小注云:"贺生女也,前年举子弃如并及之。"⑤

林以宁的人生虽有挫折,但也不乏成功与欢乐。林以宁的诗歌创作活动也像她的人生一样,多样而丰富。根据现存有关林以宁的诗歌材料,可以考出她有如下诗歌活动。

康熙元年壬寅(1662),林以宁八岁,开始学诗。"岁壬寅,丘嫂重楣(顾长任)来归,老母命师友,于是始学诗。初下笔,嫂深器之。遂有天地英华气磅礴一篇为赠,此余赠言之始也。"⑥

康熙八年己酉(1669),林纶就任陕西蒲城知县,林以宁十五岁,随父来到关西。"己酉之岁,余年十五,从父宦关西,遂济伊洛,临盱眙,涉淮泗,登雄耳大华之巅,旷观宇宙,可谓胜游。"⑦ 这次随父宦游,使林以宁走出闺阁,广泛接触大自然的壮丽景象,增加了其见闻,拓展了其眼界,可谓其人生的一次重要经历,也对其诗歌创作产生了潜移默化的影响,使其此后的诗歌创作不仅有闺阁温柔之质,也有山川河

---

① (清)阮元:《两浙𬨎轩录》卷40,上海古籍出版社2002年"续修四库全书"影印本,第476页。
② (清)钱凤纶:《古香楼杂著》,清刻本,第21a页。
③ (清)林以宁:《墨庄文钞》卷1,清刻本,第29a—29b页。
④ 胡文楷:《历代妇女著作考》,上海古籍出版社1985年版,第543页。
⑤ (清)钱凤纶:《古香楼诗钞》,清刻本,第26a页。
⑥ (清)林以宁:《赠言自序》,林以宁:《墨庄文钞》卷1,清刻本,第6b页。
⑦ (清)林以宁:《赠言自序》,林以宁:《墨庄文钞》卷1,清刻本,第6b页。

第二章 清初女子诗社之冠冕

岳的豪迈之气。

同年,林以宁归钱肇修。"夫人十五方结褵,正值吾家颠覆时。户外鸱鹗啼白晓,堂前老母病垂危。上堂承欢谐姑性,下堂群小深抚绥。"① 林以宁与钱肇修结褵后,夫妻感情融洽,时常诗词酬和。由此,赠夫、思夫、慰夫成为林以宁诗词创作的重要内容。

康熙十一年壬子(1672),林以宁十八岁,林纶仍在关中,林以宁前往关中奉先县②探望老父,作《壬子春初发奉先,时家父尚留关中》诗以抒怀。

康熙十二年癸丑(1673),林以宁十九岁,她与钱凤纶等人到河渚观梅,并互以诗词唱酬。林以宁曾写《酬云仪河渚观梅见忆之作》诗酬和钱凤纶,诗中有句云:"忆昔癸丑春,寒梅新照水。"③河渚是杭州西溪一水泊汇聚之处,风景宜人,林以宁、钱凤纶等"蕉园诗社"女诗人曾多次在此诗词唱和。

康熙十三年甲寅(1674),林以宁二十岁,大嫂顾长任下世,受大哥林以畏的委托,林以宁作《征诗启》,征集文坛挽诗以吊唁大嫂,由是得结识冯娴等人,并开始组构"蕉园诗社"。

康熙十六年丁巳(1677),林以宁二十三岁,她将其所写诗文辑为《墨庄集》。"今丁巳五月望后六日,为余初度,因思廿有三载以来,浮沉世俗,即探讨载籍中,曾不一殚圣贤之旨以孤母氏望,而幸辱数子之知,谓可窃附艺林,因辑而录之为若干卷,归而献堂上,谅必有以解母氏之颜,而因自文其固陋也。"④

康熙十七年戊午(1678),林以宁二十四岁,"蕉园诗社"主要诗人柴静仪四十初度。蕉园诸子林以宁、钱凤纶、冯娴等人聚会柴氏凝香室,并创作诗词以庆贺。其中林以宁写有《寿柴季娴》诗二首,钱凤纶则创作《寿柴季娴连珠六首》《绮罗香·初夏,雨中偕同人为季娴

---

① (清)钱凤纶:《古香楼集》,李雷:《清代闺阁诗集萃编》第2册,中华书局2015年版,第761页。
② 即陕西省蒲城县,从唐开元四年(716)至北宋开宝四年(971),蒲城县称为奉先县。
③ (清)林以宁:《墨庄诗钞》卷1,清刻本,第39a页。
④ (清)林以宁:《赠言自序》,林以宁:《墨庄文钞》卷1,清刻本,第6b—7a页。

寿,新斋宴集别后赋谢》等诗词。

康熙十九年庚申(1680),林以宁二十六岁,"蕉园诗社"主要诗人顾姒随夫入京,林以宁恋恋不舍,创作套曲《送启姬之燕》以惜别。

康熙二十年辛酉(1681),林以宁二十七岁,顾姒父顾之绣任江苏松江府青浦县丞,顾姒随父宦居,移家泖上,后结识曹鉴冰,结淀滨诗会。曹鉴冰,字苇坚,松江府娄县(今上海市区)人,文士张曰瑚室,清代著名女诗人、女画家。她与祖母吴朏、母亲李玉燕合编诗稿,题云《三秀集》。家贫,曹鉴冰尝授学徒经书以自给,为里人敬重,称曰"苇坚先生",著有《绣余试砚词》《清闺吟》等。林以宁也不时参与淀滨诗会唱和,名列诗会成员之一。

康熙二十九年庚午(1690),林以宁三十六岁,是年钱肇修在京师,林以宁作《庚午元夜作诗,时夫子客燕》《庚午重九》等诗以表达思念之情。

康熙三十年辛未(1691),林以宁三十七岁,钱肇修进士及第,林以宁作《辛未春夫子魁荐感赋》十首诗以庆贺。

康熙三十五年丙子(1696),林以宁四十二岁,钱肇修官洛阳知县,林以宁随夫宦居洛阳,此后与"蕉园诗社"社中诗人联系不再频繁,诗社逐渐式微。

康熙三十六年丁丑(1697),林以宁四十三岁,清初诗人钱二白为林氏《墨庄集》作序。钱二白《墨庄集序》:"康熙岁次丁丑五月朔后六日,二白东皋题于中州之伊署。"①

康熙四十四年乙酉(1705),林以宁五十一岁,随夫宦居京师,时钱凤纶也在京城。同里后辈女诗人徐德音也随夫来到北京,由此得见林以宁、钱凤纶二人。餐霞老人《绿净轩诗钞序》:"阅十余年,至乙酉之岁,许生擢试舍人,挈女北去。时亚清先在京师,始得握手定交,辄相见恨晚。"② 徐德音《绿净轩诗钞》:"余在燕邸,得交黄云

---

① (清)钱二白:《墨庄诗钞序》,林以宁:《墨庄诗钞》,清刻本,第3a页。
② (清)餐霞老人:《绿净轩诗钞序》,胡晓明、彭国忠:《江南女性别集》初编,黄山书社2008年版,第6页。

仪、林亚清两夫人。未几，云仪徂谢。今又与亚清别，不胜聚散存亡之感。"①

康熙四十五年丙戌（1706），林以宁五十二岁，为徐德音《绿净轩诗钞》作序，序一面称许徐德音"孕玉胎珠，夙称仙姥。含灵毓秀，挺出名闺"；一面则叙写她与徐德音在京师相会的快乐："今幸同宦京师，从游上国。常谋会晤，时许过从。月满华轩，笑斟绿醑，春深绮阁，共擘蛮笺。爰示新诗，属加弁首。"最后落款为："丙戌夹钟下浣清明后三日，同里女弟林以宁拜撰。"②

二 林以宁的诗歌创作特质

林以宁夫家钱塘钱氏与娘家仁和林氏皆为科举仕宦门第，且世代以书香传家。其父林纶，其公爹钱开宗，其夫钱肇修均高中进士，缘于此，林以宁诗歌创作颇有名门闺秀典则和懿的风范。然而，林、钱二家又曾遭受政治与生活的挫折，钱开宗因为科场案而被朝廷处以极刑，林纶也因事被朝廷逮系，两家又曾被远流东北苦寒之地，加之林以宁本人曾经经历幼女夭折之痛，这若干的人生苦痛，又让林以宁的诗歌蒙上拂之不去的感伤质素。而林以宁人格中高迈通达的禀赋，则又不时地让她的诗歌迸放出超达豪迈的情怀。探寻林以宁诗歌创作的轨迹，她的诗歌既有清代闺阁诗人的共生同质性，又有其独特人生经历与个性禀赋所砥砺而出的特异品质。就题材而言，林以宁大致写了这样几项内容。

1. 闺友与诗社酬和

林以宁是"蕉园诗社"的主要创立者与领军人物，其一生与清初康熙时期的诸多闺秀有过交往，故其诗集中留有若干与诗社同人以及闺中好友交往酬和的诗篇。如《秋暮宴集愿圃分韵》《同云仪泛舟》《柴季娴索诗赋答》《寄启姬云间》《赠宛琼女史》《酬云仪河渚观梅见忆之

---

① （清）徐德音：《绿净轩诗钞》，胡晓明、彭国忠：《江南女性别集》初编，黄山书社2008年版，第40页。
② （清）林以宁：《绿净轩诗钞序》，胡晓明、彭国忠：《江南女性别集》初编，黄山书社2008年版，第4—5页。

作》等。这里仅举《同云仪泛舟》与《柴季娴索诗赋答》二诗。

《同云仪泛舟》云：

> 暗风吹送落梅香，几度渔歌起夕阳。
> 舟过前山浑不觉，埋头几上和诗忙。①

又《柴季娴索诗赋答》：

> 春风吹暖杏花香，试拂鸾笺写断肠。
> 每见远山思黛色，时从落月想容光。
> 别来几度梅如雪，愁绪萦怀鬓欲霜。
> 为报故人休索句，砚田惭我已全荒。

林以宁这两首诗分别写给"蕉园诗社"社友钱凤纶与柴静仪。第一首《同云仪泛舟》描绘她与钱凤纶二人在水中泛舟。夕阳西下，渔民们唱着快乐的渔歌，小舟已荡过了刚才看起来还那么遥远的山岳，但诗人与钱凤纶二人却浑然不觉，因为，她们正"埋头几上和诗忙"。第二首《柴季娴索诗赋答》写诗人与柴静仪有一段时间没见面了，她非常想念她。柴静仪向她"索诗"，这让她又高兴又惭愧。高兴的是，她可以通过写诗来表达对好友的思念，惭愧的是，她已经有一段时间没有动笔写诗了，怕写出的诗歌荒腔走板。这两首诗写作手法不太一样。第一首《同云仪泛舟》纯用白描法，以写景叙事为主，但景中有情，事中寓理。第二首《柴季娴索诗赋答》则以抒情为主，绘景为辅，在委婉含蓄的说理中展示出诗人真挚而深情的襟怀，表达出她对闺友的真诚思念与牵系。

2. 家庭与友朋变故

林以宁的娘家与婆家均遭遇过不幸。如其父林纶被朝廷治罪流放，

---

① （清）林以宁：《绿净轩诗钞序》，胡晓明、彭国忠：《江南女性别集》初编，黄山书社2008年版，第4—5页。本小节所选林以宁诗歌，皆出自清刻本《墨庄诗钞》，在此不一一注出。

其兄林以畏因父之祸悲愤而亡，其公爹钱开宗因科场案被朝廷处斩，等等。与她情投意合的闺中好友也有多人先她而逝。若干家庭与友朋的变故，在林以宁心中留下难以愈合的伤口。她悲怆难抑，所以也写下一些有关家庭与友朋变故的诗歌。如《除夕》：

严亲远去逾三载，雄剑孤飞又二年。
杯酒斟来都是泪，残更听尽不成眠。
庭帏有女空相忆，居处无郎自昔然。
我已不堪凄寂夜，旅中何以忆从前。

又《哭柴季娴》：

婆娑壁间画，手泽犹芳鲜。清夜发光芒，睨视不敢前。
想见落笔时，气足而神全。非徒貌幽花，自写翠袖翩。
每思弃尘务，从君事丹铅。岂期不我顾，倏忽长相捐。
一恸云为愁，梁月藏婵娟。

第一首《除夕》诗，写诗人除夕之夜思及被流放在东北苦寒之地的父亲，不禁泪眼婆娑，难以成寐。而丈夫远游，尚未回家团圆，这又让诗人有茕茕孑立的孤独感。第二首《哭柴季娴》则表达了诗人对挚友柴静仪离世的悲痛。柴静仪曾经创作的字画犹在，但她的人却不在了。回想起她们彼此交往的昔日往事，这让诗人好不痛心。这两首诗诗体有异，一为七言近体律诗，一为古体五言诗。写法也不相同，一为直抒胸臆，一为夹叙夹议，叙中含情。但两首诗均写得情真意切，情感悲怆。

3. 游历登临与写景

林以宁一生大部分时间静处闺中，但她又不时与闺友走出闺门，游览大自然的美好风光。她也有几次出远门的经历，如康熙八年（1669），其父林纶任陕西蒲城知县，她随父宦游关西平原。康熙十一年（1672），林以宁又前往关西探望老父。康熙三十五年（1696），其夫钱肇修官洛阳知县，她随夫前往河洛。其夫从洛阳调任北京，林以宁则又来到京师。以此，在林以宁诗歌创作中有若干游历登临与写景诗，如《壬子春初发奉先，时家父尚留关中》《晚行晋城道中望岳》《渡伊洛合流》《登斗阁》《钱塘观潮》等。这里仅举《登斗阁》与《钱塘观潮》二首。《登斗阁》云：

  偶来寻胜问渔樵，直指山庄上碧霄。
  石罅泉流飞匹练，树头虹影驾长桥。
  凭栏俯拾吴官锦，隔座平题汉帝标。
  愿得结庐伴幽壑，月明松下独吹箫。

  这首诗写诗人登上"斗阁"高处所看到的美丽而奇异的景象。山峰石罅中有泉流飞走，树影中隐隐约约看到"长桥"的影子。这美丽而奇异的景色将诗人深深吸引，她愿意长期在此栖居："愿得结庐伴幽壑，月明松下独吹箫"。这首诗诗风奇丽而温雅，展示出诗人写作此诗时开朗而愉悦的心情。

  《钱塘观潮》曰：

  气以三秋肃，江因九折名。海门环凤阙，斗曜拱神京。
  舟楫三都会，鱼盐百货盈。凉飙随舵发，新月傍船行。
  共指潮生候，争看雾气横。篙师屏息待，渔子放舟迎。
  海外千山合，江边万谷鸣。蜃楼惊变幻，鲛室忽晶莹。
  鱼沫翻珠佩，腥涎喷水精。玉山高作垒，雪浪俨如城。
  似有冯夷鼓，长驱掉尾鲸。前茅从赤鲤，后队亦青旌。
  自可吞溟渤，何烦洗甲兵。蛟宫图广袤，蚁蛭敢争衡。
  久欲寻天汉，频思访玉清。乘槎常不达，浮海竟无成。
  近睹三江险，方知六宇平。奇观书短韵，尺幅海涛生。

  这是一首五言排律，写钱塘江潮的奇伟壮观，气势磅礴。钱塘江"海门环凤阙，半曜拱神京"，地理位置重要而险峻，钱塘江潮则排山

第二章 清初女子诗社之冠冕

倒海，惊涛怒吼，有山崩地裂之势，乾坤挪动之态。诗人用多种比喻来形容钱塘江潮的奇伟壮观。她把钱塘潮水比喻成变幻莫测的海市蜃楼，比喻成巍峨峻拔的高山，比喻成勇往直前的千军万马。她希望自己乘着潮头，坐着木筏直达蓝天。这首诗笔力纵肆，又不乏浪漫的想象，为一首描写钱塘江潮的成功之作。

4. 体物感事

作为一位灵心善感的优秀女诗人，林以宁有着超乎常人的灵敏心质，她对自然与人事的感悟也较常人来得深刻与细腻。在其诗歌创作中就有若干情真意切而又体悟深刻的体物感事诗。其《落花诗》云：

> 寂寞春林覆碧塘，杜鹃啼彻月昏黄。
> 长门有泪无由达，化作飞红入未央。

其《听雨》诗云：

> 欹枕北窗卧，幽寂极殊响。不恨秋雨多，却怪蕉心长。

其《画竹》诗云：

> 新竹出短篱，亭亭如织翠。明月升东轩，竹影宛在地。
> 铜砚磨松煤，濡毫写其意。清幽固可嘉，爱此坚贞志。

这三首诗均在写诗人对自然景物的观察与体悟。《落花诗》写诗人见落花而情伤，她用蜀帝杜鹃泣血与汉武帝陈皇后被打入长门冷宫且千金买赋两典来状写她孤冷的心境。《听雨》写诗人"听雨"时的神态与心境。她不是在一种恬静的心态下"听雨"，而是在一种焦灼的心绪里"听雨"，"不恨秋雨多，却怪蕉心长"。《画竹》先写诗人对"竹"的观察，再写诗人由此生发的人生感悟："清幽固可嘉，爱此坚贞志。"这三首诗所写内容各有侧重，但均写诗人对自然物象的体悟，展示出诗人灵敏的心质与超出常人的感悟能力。

5. 夫妻致意与赓酬

林以宁与其丈夫钱肇修感情融洽,琴瑟和谐。夫妻二人不仅在生活上彼此照顾,而且在文学创作上也相互呼应,时常赓酬唱和。其《夫子重游双溪作诗见贻,因次原韵》诗共有二首。其一云:

> 日归未弥月,折柳更凄然。酌子远贻酒,诵君留别篇。
> 霜生明镜里,梦绕越江边。今夜应无寐,高歌独扣舷。

其二云:

> 前时轻远别,孤负梨花春。不信闺中月,偏留江上人。
> 寄诗盈翠箧,清泪在罗巾。相对颇云乐,何为复问津。

这二首诗写诗人对丈夫钱肇修的思念。丈夫时常远游,她孤身一人留守在家,这使她不时生出孤独感。她有时也埋怨,人生最大幸福之一就是夫妻二人耳鬓厮磨,相濡以沫,丈夫为什么要时常离家远游呢?"相对颇云乐,何为复问津。"不管是思念或埋怨,这二首诗均体现出林以宁对钱肇修的一往情深。

除了上述几类写得情深义重,颇有人生与文学审美价值的诗外,林以宁笔下的《梦游桃花源》诗也别具一格,值得一读:

> 理棹石濑口,洞壑极深窅。白日翳层壁,倏然露林杪。
> 初行不见人,仄径碍飞鸟。忽逢林木尽,水竹四环绕。
> 茅屋三两间,鸡声出林表。主人闻客来,揽衣起相劳。
> 笋蕨为我设,粳粱供我饱。白鹤翔天风,游鱼戏清沼。
> 宛若素所历,揭来胡不早。怅惘尘世事,朗彻惬怀抱。
> 高丘谁沈沦,阿阁孰倾倒。魏晋不复知,以下更何道。
> 叹息武陵人,悠悠竟终老。

这是一首五言古体诗,从内容上看,似无特别过人之处,不过是对陶渊明《桃花源记》内容的复述而已。但透过这首诗，读者又隐约感受到，林以宁似乎不是一个只懂油盐酱醋的普通闺阁妇女，她的心中似乎隐然还有比较高远的政治理想。她和陶渊明一样，向往着一种平安、真诚、和谐的美好社会。

总体来看，林以宁的诗歌创作既是她的生活与情志的反映，又没有脱离清代闺阁诗人基本的创作疆域，属于明清时期比较典型的"闺阁创作范型"，这种"闺阁创作范型"的品格主要体现在以下几个方面。其一，在内容上主要从闺阁女性的视域出发，状写她们的生活与心灵状态，如闺友交往、夫妻致意、游历登临、体物感事、家庭琐事与变故等。其二，在情感上偏于温婉和柔，或者抑郁感伤，但大多又能克制自守，能做到发乎情，止乎礼仪。其三，在诗歌创作风格上，大体走的是一条轻约灵婉的道路，或轻盈灵动，或婉曲缠绵，或含蓄低回，抑或娟洁新美。

然而，林以宁的诗歌创作除了具有明清闺阁女性所普遍具有的同质性之外，又有其辨识度鲜明的独特气质。清初钱二白《墨庄集序》论林以宁诗歌创作特质时说："藉其鸿篇以上郊庙，不啻唐山夫人之《房中歌》也。出其典故以备顾问，不啻曹大家之续《汉书》也。本其经术以经世务，不啻文宣君之垂章设帷也。"[1] 清初徐树敏、钱岳《众香词》礼集"林以宁"小传说："墨庄才甚高，近体诗引据典确，尽虑极变，曲折流离，居然唐宋名家，不似出自女子之手。"[2] 晚清沈善宝则认为林以宁诗歌创作"诗笔苍老，不愧大家"[3]。

具体而言，林以宁个性突出的诗歌创作主要体现在两个方面。

首先，林以宁的诗歌创作除具有明清闺阁诗人所普遍展现的温婉诗风外，又具有不少明清闺阁诗人不太常见的"典则和懿"的风范。"典则"，是指林以宁的不少诗歌既合乎中国古代诗歌美学的基本法则与规范，又显得比较庄穆、雍雅。"和懿"，是指林以宁诗歌创作有若干或

---

[1] （清）钱二白：《墨庄诗钞序》，林以宁：《墨庄诗钞》，清刻本，第2b—3a页。
[2] （清）徐树敏、钱岳：《众香词》礼集，大东书局1934年刻本，第37a页。
[3] （清）沈善宝：《名媛诗话》，上海古籍出版社2002年"续修四库全书"影印本，第553页。

宁静淡泊，或温馨平和的作品。如其《积雨》诗就颇有"典则"与"和懿"的风范：

> 积雨殊不恶，人世绝往还。闲窗冷如秋，寝食经史间。
> 古鼎烹玉茗，几案凝湿烟。悬壁一张琴，无徽亦无弦。
> 兴来还一抚，幽思彻太玄。戚戚鄙须眉，惟事俯仰间。

这首诗诗题为"积雨"，但品读此诗，"积雨"却不是诗人歌咏的对象。诗人主要通过雨丝缭绕的大环境，来映衬其书香满屋、品茗弹琴的小环境的高雅与闲适，也刻画出她独立思考、不屑世俗的超凡品格。这首诗诗风平和、高雅，具有一种温雅而不失庄重的品质。

其次，林以宁部分诗歌写得比较高远超旷，隐然有一种浩荡之气。林以宁虽然是清代典型的文人仕宦家庭中的闺阁女性，但她自小就有超出明清一般闺阁女性的高远胸襟，她曾作《言怀》诗表达她的志向："百年穷达尽虚无，惟是文章功业殊。有志愿穷延阁秘，还从闺阁作通儒。"林以宁的这种人性品质浸濡到她的诗歌创作中，就不时让其诗歌闪烁出高远而浩荡的光芒。如前文所举的《钱塘观潮》诗就写得境界高远而宏大，且情感浩荡，也有几分劲爽。《梦游桃花源》诗虽主要表达诗人的政治理想，但隐约也可感受到诗人超出一般闺阁女性的新锐眼光与高远情怀。

总之，林以宁的诗歌总体格局没有脱离明清闺阁诗人的基本创作范型，但她的诗风比较多样，其中有若干创作元素个性突出，辨识度较高，逸动着诗人独特的生命感悟与人性品质。关于林以宁多样的诗风以及在这多样诗风中逸荡出来的独特创作个性，清初著名诗人林云铭有比较中肯的评说，他在为《墨庄诗钞》所作序中说：

> 西泠钱子石臣（钱肇修）工诗文，余入杭来，以兰谱世谊，相得甚欢。每与唱和，未尝不心折其佳句。兹持其室人余宗亚清所著《诗钞》见示。其古风则浓艳刻画中饶有清折浑成之致，其近体则峭拔整雅中兼有丰腴绵邈之姿。盖缘早岁嗜学，复得石臣相资

取益，而从宦关中，孤城荒碛，晓角暮茄，无非幽思。所由激发，琐琐杂务，举不足入其胸次，以故能集汉魏三唐之长，虽史学士家按题经营，未能过此。至于离合悲欢之词，咸得性情之正，有合于风人之义，则夙具异禀，所得于天者厚也。①

作为林以宁的长辈与忘年挚友，林云铭对《墨庄诗钞》的论说难免有拔高之词，但整体而言，他的论说还是抓住了林以宁诗歌创作的基本特质，不失为方家之言。

第三节 "蕉园五子""蕉园七子"与其他成员考

一 "蕉园五子"与"蕉园七子"考

"蕉园五子"与"蕉园七子"是组构"蕉园诗社"的核心成员。关于"蕉园五子"与"蕉园七子"有多种说法。

"蕉园五子"第一说：林以宁、冯娴、柴静仪、钱凤纶、顾姒。清中叶孙以荣《湖墅诗钞》卷八"柴静仪"小传记载："柴静仪，字季娴，孝廉云倩女，虎臣侄女，适广文沈汉嘉。工书画。与林以宁亚清、顾姒启姬、钱云仪、冯又令称'蕉园五子'，有合刻。"②

"蕉园五子"第二说：徐灿、柴静仪、朱柔则、林以宁、钱凤纶。清中叶陈文述《西泠闺咏》卷十《亦政堂咏顾玉蕊》小序说："玉蕊，名之琼，钱塘人，太史钱某室。工诗文骈体，有前后《北征赋》、《〈撷芳初集〉序》、《初阳台》、《西溪》、《渔夫》、《河渚》、《花坞》、《净慈寺》诸诗。招诸女作'蕉园诗社'，有《蕉园诗社启》。蕉园五子者：徐灿、柴静仪、朱柔则、林以宁及女云仪也。"③

在这两种说法中，第二说影响较大，得到比较广泛的承认。梁乙真

---

① （清）林云铭：《墨庄诗钞序》，林以宁：《墨庄诗钞》，清刻本，第1b页。
② （清）孙以荣：《湖墅诗钞》，光绪五年（1879）刻本，第3b页。
③ （清）陈文述：《西泠闺咏》卷10，光绪十三年（1887）刻本，第1b页。

《中国妇女文学史纲》和《清代妇女文学史》、谭正璧《中国女性文学史话》等书均秉持此说。不少学术论文，如《清初浙江闺秀诗词浅探——以钱塘"蕉园诸子"为中心》《清代钱塘闺阁词人研究》《从"蕉园诗社"看清初女性意识的觉醒》等也采纳此说。但此说漏洞颇多，应为失真之说。第一说虽不及第二说影响大，但真实可考。

  徐灿是清初著名闺阁作家，如果仔细辨析她的一生行迹与创作文本，当知其不在"蕉园五子"之列。徐灿字湘蘋，江苏吴县人（今属苏州吴中等区），光禄丞徐子懋次女，著有《拙政园诗集》《拙政园诗余》。她出生于万历四十五年丁巳（1617）①，卒年大约在康熙三十八年己卯（1699）之后。其夫陈之遴，字彦升，号素庵，浙江海宁（今嘉兴海宁市）人，明崇祯十年（1637）榜眼。清军入关后，官至礼部尚书，授弘文院大学士，顺治十五年（1658）以结党与贿赂罪，家产籍没，全家流放辽东。其后，陈之遴"死戍所，诸子亦皆殁"②。康熙十年（1671），康熙帝东巡辽东，徐灿长跪道旁自白，帝准其扶榇南归。徐灿得赦后回到丈夫的故乡海宁，隐居海宁小桐溪南楼中，长斋礼佛，不问世事。清初吴兆骞《过南楼感旧》诗前小序云："南楼在小桐溪上，故相国陈素庵夫人徐氏旧居也。"又说："相国得罪，同徙辽左。追赐还后，故第已不可复问，遂卜居于此。日惟长斋绣佛，初不问户外事，人称阁老厅。"③

  根据现存"蕉园诗社"女诗人留下的诗文与其他研究资料，"蕉园诗社"结社时间应为康熙十三年（1674），其后数年，诗社不断扩大。徐灿康熙十年（1671）遇赦从东北回到江南，卜居海宁小桐溪之南楼。从时间与地理位置看，徐灿应有机会参与"蕉园诗社"的社事活动。但问题是，徐灿此时已年近六旬，而且经过全家流放且丈夫与诸子尽殁的重大打击后，她已万念俱灰，不想也不愿参加任何社会活动，也无意于诗词创作，"日惟长斋绣佛"。其侄陈元龙撰《家传》叙其事迹说：

---

① 一说为万历四十六年戊午（1618）。
② （清）方芳佩：《在璞堂吟稿》，北京出版社1997年"四库未收书辑刊"影印本，第510页。
③ （清）吴骞：《拜经楼诗集》卷1，上海古籍出版社2002年"续修四库全书"本，第10页。

第二章 清初女子诗社之冠冕

"早年雅好吟咏,尤喜为长短句,素庵公手编次之,题曰《拙政园诗余初编》,刊刻行世。自塞外称未亡,即停吟管,不留一字落人间矣。"①

"蕉园"结社是清初女性诗坛值得书写的历史性事件,也是"蕉园诗社"每位女诗人值得回忆的重大诗学活动。凡参加"蕉园诗社"社事活动的女诗人,大多在自己的诗歌中描写或提及她们的诗歌结社活动。柴静仪即写有《点绛唇·六桥舫集,同林亚清、钱云仪、顾仲楣启姬、冯又令、李端明诸闺友》《过愿圃,同冯又令、钱云仪、顾启姬、林亚清作》等诗词。林以宁则创作《秋暮宴集愿圃分韵》等诗。钱凤纶有《蕉窗夜语记》《春日偕亚清重过蕉园》《绮罗香·初夏,偕同社寿季娴凝香室宴集,别后赋谢》等作。顾姒也有《佳人醉》等诗词描述她参加"蕉园诗社"诗歌联吟的情形。然而,在徐灿的诗词创作中,却找不到有关"蕉园诗社"的片言只字。

不止于此,"蕉园诗社"女诗人不仅在自己的诗词中时常描述诗社社事活动,而且常常会提到参加社事活动的人员。如柴静仪《点绛唇·六桥舫集,同林亚清、钱云仪、顾仲楣启姬、冯又令、李端明诸闺友》词就提到同社诗友林以宁、钱凤纶、顾姒、冯娴、李淑昭五人。林以宁《寄启姬云间》、钱凤纶《绮罗香·初夏,偕同社寿季娴凝香室宴集,别后赋谢》等诗词则提到柴静仪、顾姒二人。然而在现存"蕉园诗社"女诗人的诗歌作品中,却不见她们提到徐灿。

多种迹象显示,徐灿没有参与"蕉园诗社"诗歌唱和活动,她不是"蕉园五子"之一。

朱柔则也不在"蕉园五子"之列。朱柔则是"蕉园诗社"主要诗人柴静仪的儿媳,在辈分上比冯娴、林以宁、钱凤纶、顾姒等人要低,而且,她也没有参加"蕉园诗社"组织的诸多社事活动。如"蕉园诗社"曾经组织的"蕉园唱和""湖上唱和""愿圃唱和""凝香室唱和""河渚与小辋川唱和"等。林以宁写给她的《读表侄媳朱顺成(朱柔则)与诸媛唱和诗,走笔作答》诗也显示其不是"蕉园五子"。诗云:

---

① (清)徐灿:《拙政园集》,李雷:《清代闺阁诗集萃编》第 1 册,中华书局 2015 年版,第 544 页。

"深闺寂寞少知己，苦忆蕉园诸娣姒。可怜存没散晨星，零落残编如断绮。"又云"时流辈出多唱酬，丽句清辞名并驾。此中惟子最亲串，昔在高堂常侍安。"① 这首诗表达了这样几层意思：第一，昔日的"蕉园"诸子已经"存没散晨星"，林以宁在闺阁诗坛中没有了知音；第二，江山代有才人出，昔日的"蕉园"诸子虽然已经大多亡殁，但新的闺阁才女又不断涌现，"时流辈出多唱酬，丽句清辞名并驾"；第三，诗人表示，自己非常喜欢朱柔则的诗，在新近崛起的闺阁诗人里"此中惟子最亲串"。显然，在这首诗中林以宁是以长辈的口气来赞美朱柔则。这首诗也显示，朱柔则不是与林以宁在"蕉园"唱和的"诸娣姒"，而是新近崛起的后辈女诗人。

其实，读者只要细读"蕉园"诸子所写诗文，不难找出"蕉园五子"的真正成员。钱凤纶在《与林亚清》一文中云："昔会蕉园者五子，今启姬已棹舟北上，我辈相去不数步，复以尘务纷扰，经年契阔，徒深岭云梁月之思。"② 钱凤纶此处所说的"昔会蕉园者五子"，根据其上下文语境，应当是指林以宁、柴静仪、钱凤纶、冯娴、顾姒五人。因为徐灿远在百里之外的嘉兴海宁城，不可能"相去不数步"。朱柔则为晚辈诗人，且从来没有参加过"蕉园诗社"的诗歌唱和活动。当然，最为直接的证据是，"蕉园诗社"女诗人在自己的诗词中时常提及这五人，如柴静仪《过愿圃，同冯又令、钱云仪、顾启姬、林亚清作》诗与《点绛唇·六桥舫集，同林亚清、钱云仪、顾仲楣启姬、冯又令、李端明诸闺友》词，以及林以宁《秋暮宴集愿圃，同季娴、又令、云仪、启姬分韵》诗，还有冯娴《重九后二日，林亚清、顾启姬、钱云仪偕游顾侍御愿圃，即景限韵》诗。

又，关于"蕉园诗社"结社的时间，除康熙十三年（1674）外，还另有一说。此说认为"蕉园诗社"结社时间是在清初顺治时期。但此说漏洞颇大，难以成立。"蕉园诗社"的主要诗人大多出生于顺治中后期，成长于康熙早期。林以宁生于顺治十二年（1655）。顺治在

---

① （清）林以宁：《墨庄诗钞》卷2，清刻本，第22a—22b页。
② （清）钱凤纶：《古香楼杂著》，清刻本，第16b页。

第二章　清初女子诗社之冠冕

位总共只有十八年，顺治统治结束，林以宁也只有七岁。如此幼童，是不可能组织什么诗社的。顾姒生于顺治七年（1650）或八年（1651），整个顺治时期，她也只有十岁出头，以此年龄，也不可能成为一个大诗社的主要诗人，朱柔则的年龄比林以宁与顾姒还要小，她更不可能参与顺治年间的所谓"蕉园诗社"，与徐灿等人并称"蕉园五子"了。

至于"蕉园七子"也主要有两种说法。"蕉园七子"第一说：林以宁、顾姒、柴静仪、冯娴、钱凤纶、张昊、毛媞。清中叶恽珠《国朝闺秀正始集》卷四"林以宁"小传："（林以宁）与同里顾启姬姒、柴季娴静仪、冯又令娴、钱云仪凤纶、张槎云昊、毛安芳媞，倡'蕉园七子'之社，艺林传为美谈。"① 清中叶阮元《两浙𬨎轩录补遗》卷十"钱凤纶"小传："钱凤纶，字云仪，钱塘人，黄式序室。华日南曰：云仪与顾启姬、柴季娴、林亚清、冯又令、张槎云、毛安芳号'蕉园七子'。"②"蕉园七子"第二说：钱凤纶、钱静婉、姚令则、柴静仪、顾姒、顾长任、李端芳、林以宁。雷瑨、雷碱《闺秀词话》卷四"钱凤纶"条："（钱凤纶）与妹静婉、柔嘉、柴季娴、如光、顾仲楣启姬、李端芳、冯又令、弟妇林亚清结社湖上之蕉园，即景填词，一时称盛，世称为'蕉园七子'。"③

"蕉园七子"这两说，均有疑点，难以成立。第一说中的张昊与毛媞二人，是清初杭州著名女诗人。张昊，字玉琴，号槎云，钱塘人，顺治举人张坛女，诸生胡大漈室，著有《琴楼合稿》。《两浙𬨎轩录》卷四十："癸卯年十九，归胡生文漪，倡和极谐。丁未步青（张坛字步青）赴春宫试，卒于京师，讣音至，槎云痛悼欲绝，有'孤山何太苦，变作我亲邱'之句，读者怜之。"④ 毛媞，字安芳，钱塘人，清初著名

---

① （清）恽珠：《国朝闺秀正始集》卷4，道光十一年（1831）红香馆刻本，第1a页。
② （清）阮元：《两浙𬨎轩录补遗》卷10，上海古籍出版社2002年"续修四库全书"影印本，第724页。
③ 雷瑨：《闺秀词话》卷4，民国5年（1916）扫叶山房刻本，第11b页。
④ （清）阮元：《两浙𬨎轩录》卷40，上海古籍出版社2002年"续修四库全书"影印本，第475页。

学者、诗人毛先舒女，诸生徐邺室，著有《静好集》。《全清词》（顺康卷）毛媞小传："生于明崇祯十五年，年十六归同邑诸生徐邺。清康熙二十年病殁。"①

张昊、毛媞与林以宁、钱凤纶、柴静仪等"蕉园"诸子同城，但张、毛二人与"蕉园诗社"众诗人并不相识。"蕉园诗社"主要诗人林以宁、钱凤纶、冯娴等人只闻张、毛之名，未谋张、毛之面。张昊在"蕉园诗社"康熙十三年（1674）结社之前即已离世。张坛于康熙六年丁未（1667）在京师殁世，讣至，张昊即因伤心过度，不久也辞世。清人邓汉仪《诗观初集》卷十二："昊字槎云，浙江钱塘人。孝廉张步青讳坛之长女也。"又云："丁未步青赴春官试，卒于京师。讣音至，槎云痛悼欲绝……逾年卒。"② 值得注意的是，此前"蕉园"诸子也不曾与张昊谋面。林以宁《书张槎云诗集后》曰："予年十五，随父宦关西，行笈中有《张槎云集》，读而喜之，思见其人，关山修阻，愿莫能遂。数岁而归，槎云没矣，又数岁始见《琴楼合稿》。"③ 冯娴《与李端明》一文云："今春，夫子复自尊公斋头携归槎云所著诗，读之，叹其文章足以传不朽，迹其懿德淑行，不更可风世乎。唯是天不假年，音徽遽隔。某虽企之慕之，而终不复可得见也，况想与唱酬乎。"④

与张昊一样，毛媞也从未与"蕉园"诸子谋面。清人林璐《毛少君（毛媞）墓碣》云："今年孟春，少君诞辰。西陵闺秀各有赠言。少君喜不置，披览数过，曰此皆吾良友也，可藏之以时晤对。不幸季夏殁，诸闺秀又相率为诗吊少君。"⑤ 林璐这段话的意思是，孟春季节，毛媞生日，西陵闺秀，即杭州城内的闺秀们均赠诗词以示庆贺，毛媞非常高兴，反复阅读这些诗词，并表示这些闺秀都是她的好朋友，她要将

---

① 南京大学《全清词》编辑室：《全清词》（顺康卷），中华书局2002年版，第8109页。
② （清）邓汉仪：《诗观初集》卷12，北京出版社1997年"四库禁毁书丛刊"影印本，第647—648页。
③ （清）胡大溁、张昊：《琴楼合稿偶钞》，清钞本，第4a页。
④ （清）陈简侯：《晚明百家尺牍·写心集》，中央书店1935年版，第317页。
⑤ （清）林璐：《岁寒堂初集》，齐鲁书社1997年"四库全书存目丛书"影印本，第843页。

第二章 清初女子诗社之冠冕

这些诗词好好收藏起来,等到适当时机再和这些闺秀见面结识。但不幸的是,她的这个愿望没有达成就在当年夏天去世了,而杭州城内的闺秀又均"相率为诗吊少君"。林璐这段话只说"西陵闺秀",没有说"蕉园"诸子,但他所说的"西陵闺秀"有很大的可能包括"蕉园"诸才媛。值得注意的是,林以宁曾写有《赠毛安芳》一诗,其中有句云:"清闺思结好,何即惠瑶函。"① 此中也透露出林以宁只闻毛媞之名,未谋毛媞之面,希望得以早日结交的意思。

客观证据显示,张昊、毛媞与"蕉园"诸子并不相识,她们二人从未参与"蕉园诗社"的社事活动。所谓由林以宁、顾姒、柴静仪、冯娴、钱凤纶、张昊、毛媞七人组成的"蕉园七子"在历史上并不存在,"蕉园七子"的说法最大的可能是后人穿凿附会而产生的。

"蕉园七子"第二说也是疑窦丛生。一则,此说提出了八人而不是七人,如按此说,"蕉园"不是"七子"而是"八子"。二则,此说将"蕉园诗社"创社元老与主要成员冯娴排除在外。三则,钱静婉、姚令则二人虽与林以宁、柴静仪、钱凤纶等"蕉园五子"有诗歌赠酬,如钱凤纶《顾园宴集寄柔嘉(姚令则)娣》《同静婉(钱静婉)娣游桃花港》诗,但她们二人只是与"蕉园诗社"主要成员有私人交情,不时与诗社主要成员有诗词唱和。实事求是地说,她们属于"蕉园诗社"外围成员,并不是诗社核心或主要成员。

综合以上考证,可以得出以下结论:其一,"蕉园五子"真正组成人员为林以宁、冯娴、柴静仪、钱凤纶、顾姒,而不是一些文献中所说的徐灿、柴静仪、朱柔则、林以宁、钱凤纶;其二,"蕉园七子"当时并不存在,很有可能是后人穿凿附会而追加的一个闺阁诗人群体称号。

"蕉园五子"中林以宁的事迹与诗歌已在前文论析,现将其他四人生平事迹与诗歌创作考述如下。

(一)柴静仪

柴静仪,字季娴,清初杭州府仁和县(今杭州市区)人,诸生沈

---

① (清)林以宁:《墨庄诗钞》卷1,清刻本,第9b—10a页。

镠室，晚明举人柴世尧女，著有《凝香室诗钞》《北堂集》等。《众香词·乐部》柴静仪小传：

> 柴静仪，字季娴，云倩（柴世尧）次女，适同里诗人沈汉嘉镠，少即辨四声，从父学诗，夙慧，称女士。既于归，相夫鞠子，勤劳井臼，暇辄以吟咏自娱，一时闺中才子钱云仪（钱凤纶）、林亚清（林以宁）、顾仲楣（顾姒）、冯又令（冯娴）连车接席，笔墨倡和，说者谓自张夫人琼如、顾夫人若璞、梁夫人孟昭而后香奁盛事，于今再见。①

柴静仪生于明末崇祯十二年（1639）。钱凤纶《寿柴季娴连珠六首》小序："今戊午孟夏，夫人四十初度，姒娣诸姑拟撰各体诗文祝之。"② 戊午即康熙十七年（1678），据此上溯，则柴静仪生年应为崇祯十二年（1639）。其卒年为康熙二十九年（1690）。林以宁《哭柴季娴四首》："订文十六载，情好无与伦。西湖花月佳，宴游及良辰。"③ 又，林以宁为《柴季娴北堂集》所作序文："忆自甲寅之岁，班荆聚首，永日忘餐，承颜接辞，欣时幸会，遂订金兰之契，还成丹雉之盟。"④ 甲寅为康熙十三年（1674），由此下推十六年，可得柴静仪卒年。

柴静仪出身于书香门第，其父柴世尧，字云倩，仁和人，晚明万历年间举人，工诗善琴，为地方一名流。吴颢《国朝杭郡诗辑》柴世尧小传："享年甚永，尝作莲咏一百十首，可与明文少卿风翔嘉莲诗四百余篇，并称佳话。工琴，尝以一琴名'老龙吟'，赐其女季娴。"⑤

柴静仪嫁同里沈镠。沈镠，字汉嘉，清初诸生，曾担任教谕一职。

---

① （清）徐树敏：《众香词》乐部，大东书局 1934 年刻本，第 55b—56a 页。又，《众香词》此处有误，"蕉园诗社"结社时顾长任已逝世，不可能是诗社成员。
② （清）钱凤纶：《古香楼诗钞》，清刻本，第 14a 页。
③ （清）林以宁：《墨庄诗钞》卷 2，清刻本，第 16a 页。
④ （清）林以宁：《墨庄诗钞》卷 2，清刻本，第 14b 页。
⑤ （清）吴颢：《国朝杭郡诗辑》卷 2，同治十三年（1874）刻本，第 9a 页。

他与清初杭州著名戏曲家洪昇有交往,洪昇曾写《山中避暑简沈汉嘉》一诗以赠之。柴静仪生有三子,长子沈用济,字方舟,清初诸生,有《方舟集》。沈德潜《国朝诗别裁集》沈用济小传:"方舟足迹半天下,至广南与屈翁山(屈大均)、梁药亭(梁佩兰)定交,诗乃大进。游边塞,留右北平久,诗皆燕、赵声,一时名流几莫与抗行。然所成诗一句一字,质之同人,有讥弹辄改定,所由完善无罅漏也。向见重红兰主人(岳端),辇下名大著。余留京邸时,知方舟为诗人者寥寥矣,不知向后有能传其人否耶?感慨系之。"① 沈用济常远游,故柴静仪诗集中常有牵系用济之作,其《子用济有远行诗以贻之》云:"吾子廉吏孙,读书昧生理。三十未成名,徒然还乡里。"② 又《秋分日忆子用济》:"遇节思吾子,吟诗对夕曛。燕将明日去,秋向此时分。逆旅空弹铗,生涯只卖文。归帆宜早挂,莫待雪纷纷。"③ 次子沈在沚,字菁园,清初诸生。《国朝杭郡诗辑》沈在沚小传:"沈在沚,字菁园,仁和人,用济弟。"④ 三子沈泝源,林璐《柴夫人诗序》云:"今年春,从公子方舟、泝源得读夫人诗作。"又曰:"今者方舟、泝源才名籍甚。"⑤《国朝杭郡诗续辑》卷三收有其《赠兄方舟》诗。

又,清初杭州著名文士柴绍炳为柴静仪同宗亲属。柴绍炳字虎臣,与同里诗人陆圻、沈谦、陈廷会、毛先舒、孙治、张纲孙、丁澎、虞黄昊、吴百朋称"西泠十子",一时文名籍甚。《全浙诗话》卷五十一:"静仪字季娴,仁和孝廉云倩女,虎臣侄女,广文沈汉嘉配"。⑥ 柴绍炳在《柴省轩文钞》中也曾论及柴静仪先祖的世系序列,他们依次是:高祖柴祥—曾祖柴应楠—祖父柴绍勋—父亲柴世尧。如此,柴绍炳理应与柴静仪祖父柴绍勋同辈,均为"绍"字辈,在辈份上高于柴静仪父亲柴世尧,以故,柴静仪不可能是"虎臣(柴绍炳)侄女",在其家族

---

① (清)沈德潜:《国朝诗别裁集》卷25,岳麓书社1998年版,第755—756页。
② (清)沈德潜:《国朝诗别裁集》卷31,岳麓书社1998年版,第979页。
③ (清)沈德潜:《国朝诗别裁集》卷31,岳麓书社1998年版,第980页。
④ (清)吴颢:《国朝杭郡诗辑》卷2,同治十三年(1874)刻本,第19b页。
⑤ (清)林璐:《岁寒堂存稿》,齐鲁书社1997年"四库全书存目丛书"影印本,第51页。
⑥ (清)陶元藻:《全浙诗话》,上海古籍出版社2002年"续修四库全书"影印本,第722页。

辈分上，应该是其侄孙女。

柴静仪诗歌造诣颇高。在诗歌体式上，她融会贯通，综甄诸体，古体擅长五言古诗与乐府众体，近体则精于五律、七律与绝句创作。在诗歌题材上，她以写作酬赠、亲情、感怀诸诗见长。其酬赠诗有《十六夜寄林亚清》《戏答林亚清》《赠顾启姬》《答顾启姬雪后见怀之作》《赠歌者张氏》等。其亲情诗有《秋分日忆子用济》《怀子江右》《与冢妇朱柔则》《与妇柔则》《勖用济》《与汉嘉夫子》《忆姑》《示孙女昭华》等。其感怀诗则有《大小妇曲》《贞女吟》《中秋》《赋得卧听芭蕉雨》《偶题》等。就数量而言，这三类题材占其诗歌总数的百分之九十左右。在诗歌风格上，柴静仪也表现出自己的特质。沈德潜赞许其诗："本乎性情之贞，发乎学术之正，韵语时带箴铭，不可于风云月露中求也。"① 沈善宝评价其诗："落落大方，无脂粉习气。"②

总体来看，柴静仪的诸多诗歌缘情而起，随事而发，且情感坦诚、细腻，在艺术表达手法上也灵活多变，颇有创意。其《与冢妇朱柔则》诗云：

深闺白日静，熏香垂罗帱。病起罢膏沐，淡若明河秋。
自汝入家门，操作苦不休。蘋藻既鲜洁，牖户还绸缪。
丈夫志四方，钱刀非所求。惜哉时未遇，林下聊优游。
相对理琴瑟，逸响随风流。潜龙慎勿用，牝鸡乃贻羞。
寄言闺中子，柔顺其无忧。③

这首诗的内容为赞扬并安慰其媳朱柔则。朱柔则为柴静仪长子沈用济室。沈用济长期出门在外，家中大小事务均为朱柔则操持。她克勤克俭，孝顺温和，"自汝入家门，操作苦不休。萍藻既鲜洁，牖户还绸

---

① （清）沈德潜：《国朝诗别裁集》卷25，岳麓书社1998年版，第978页。
② （清）沈善宝：《名媛诗话》，上海古籍出版社2002年"续修四库全书"影印本，第552页。
③ 以下诸小节所举证的"蕉园五子"以及"蕉园诗社"其他女诗人所创作的代表性诗词，均出自她们的诗词集或《本朝名媛诗钞》《两浙輶轩录》《国朝闺秀诗钞》《晚清簃诗汇》《全清词》等诗词文献，在此不一一注出。

缪"。但她对丈夫长期漂泊在外且功名蹭蹬有所失望。针对这种情形，柴静仪有的放矢，一方面，她称赞媳妇的品德与才能，认为媳妇勤劳而孝顺，且将家庭打理得井井有条，是一位令她满意的好媳妇。另一方面，她又劝媳妇不要对丈夫失望。丈夫出门在外，是因为他有理想与追求。丈夫功名蹭蹬，不是他不努力，而是"惜哉时未遇，林下聊优游"。最后，她希望媳妇能保持自己温柔平和的天性，能以平常心对待自己的丈夫："寄言闺中子，柔顺其无忧。"这首诗写得有情有义，情感坦诚，既面对问题，又能化解问题，为一首情真意切的好诗。

（二）冯娴

冯娴，字又令，清初杭州府仁和县（今杭州市区）人，杭州名士钱廷枚室，著有《和鸣集》与《湘灵集》。在"蕉园五子"中，冯娴年岁最长，柴静仪次之。其《与柴季娴表妹书》云："忆违芳范，不觉星霜暗易。咫尺天涯，令人兴室迩人遐之叹。所喜闻问时通，无鱼沉雁杳之虑耳。"[①] 冯娴生卒年由于缺乏资料暂时难以准确考证，但据其《与柴季娴表妹书》则知其年长于柴静仪，其生年应该在明末崇祯十二年（1639）以前。

又，《撷芳集》卷二十七有沈心友《和鸣集序》曾论及冯娴与其夫钱廷枚的婚配情况："吾友钱子照五（钱廷枚），先达仙巢公（钱震泷）之子，仲虞冯先生之贤倩也。幼随母夫人游西溪，偶过冯先生山庄，先生与其夫人一见奇之。已而侍仙巢公宦游闽豫，仙巢公每以择配为念，照五喟然曰：'苟不得佳偶，无宁迟之岁。'岁辛卯，复侍仙巢公于余干（今江西余干县），时余干兵燹之后，凋残殊甚，风尘漂泊，不遑求偶。至戊戌春，太夫人闻同里有冯氏女，讳娴，字又令者，才德咸备，闺秀中无与为比，窃喜甚，即托冰人往求。冯先生及夫人喜相谓曰：'所云钱郎，非即向垂髫时，玉骨珊珊，来游吾山庄者耶？非即前己丑，余振铎清源（今福建仙游县），又见于司马署中者耶？吾两人心属久矣。'遂以又令归之。"[②] 按，此处所说"岁辛卯"，即清初顺治八年

[①]（清）静寄东轩：《名媛尺牍》卷下，清刻本，第15页。
[②]（清）汪启淑：《撷芳集》卷27，乾隆三十八年（1773）刻本，第9a页。

辛卯（1651），"至戊戌春"，即清初顺治十五年戊戌（1658）春。从这段记叙来看，冯娴与钱廷枚二人当属晚婚，结婚时年龄比当时适婚青年要大，应该都有二十多岁了。

冯娴的父亲冯仲虞曾任清初福建同安知县，又曾在福建仙游县任职。冯家财力丰厚，在杭州西溪有自己的庄园。冯娴丈夫钱廷枚，字照五，清初诸生，与冯氏同里，明末崇祯四年（1631）进士钱震泷子。冯娴婚后相夫教子，与丈夫感情融洽，夫妻时常诗词唱和。沈心友《和鸣集序》云："照五又有次公之癖，酒酣耳热时为不平之鸣，又令从旁慰解，无不冰释。而且奇文相赏，疑义相析，以此为乐，历有岁时。且太夫人春秋高，两人朝夕不离膝前，以故定省之余唱和不觉盈帙。"① 钱廷枚又将其夫妇唱和之作合稿付梓，名曰《和鸣集》。"和鸣"，典出《左传·庄公二十二年》："初，懿氏（陈国大夫）卜妻敬仲。其妻占之曰'吉'，是谓：凤凰于飞，和鸣锵锵。有妫之后，将育于姜。五世其昌，并于正卿。八世之后，莫之与京。"② 此典的意思是，鲁庄公二十二年（前672），陈国大夫懿氏准备将女儿嫁给敬仲，事前占卜以问婚姻吉凶。他的妻子占卜曰"吉"。其卜语云："一双凤凰欢快的飞翔，它们的鸣声和谐而嘹亮。陈国妫姓的后人，将与姜姓生育。五世就会昌盛，官居正卿。八世以后，没有人可以与他们比政治地位。"钱廷枚将他们夫妻唱和之作命名曰《和鸣集》，其主要目的是要比喻他们夫妻恩爱，伉俪情深，但似乎也隐然希望他们的子孙有如陈国"有妫之后"，昌盛而有作为。冯娴有子名钱中嶂，此子见于柴静仪《冯又令命子中嶂见过》诗。其诗云："贤子传君意，过门慰藉深。长贫无乐岁，多难有禅心。琴酒怜知己，诗歌愧赏音。他年能忆我，相访就云林。"③

冯娴颇有诗才，《晚晴簃诗汇》论其诗歌创作说："又令生长西溪，秉气清淑，幼聪颖，读书过目成诵。归钱氏后，定省之余，闺房唱和，因以名其集。"④《名媛诗话》又说冯娴："读书过目成诵，下笔文如夙

---

① （清）汪启淑：《撷芳集》卷27，乾隆三十八年（1773）刻本，第9a—9b页。
② （先秦）左丘明：《左传·庄公二十二年》，岳麓书社2001年版，第89页。
③ 徐世昌：《晚晴簃诗汇》卷183，北京出版社1996年影印本，第2996页。
④ 徐世昌：《晚晴簃诗汇》卷184，北京出版社1996年影印本，第3004页。

第二章 清初女子诗社之冠冕

构,尤工绘事。"①

细加体认,冯娴的诗歌以酬唱之作较多。如《和落叶诗原韵》《和中秋夕韵》《和夫子九日拟登吴山因雨不果原韵》《重九后二日,林亚清、顾启姬、钱云仪偕游顾侍御愿圃,即景限韵》等。但也创作了一些思亲念友与体物感怀之作。如《关山月》《玉阶怨》等。就创作风格而言,她的诗歌创作总体来说能做到哀而不伤、怨而不怒,有一种和懿温婉的雅正之气。如《和夫子九日拟登吴山因雨不果原韵》诗:

> 重九宜晴雨声密,相望窗前秋瑟瑟。
> 未过小圃访黄花,恐负花期被花责。
> 芳辰寂寂遣情难,倦插茱萸感百端。
> 身世浮萍空碌碌,何如秦女早乘鸾。
> 怜予夙怀林下志,幼对溪山愿差遂。
> 年来四壁聊可栖,悠然三径有余致。
> 潇潇风雨静中听,竹影松枝帘外青。
> 兴到岂知尘内事,烟云间泼墨无停。

这首诗为冯娴和夫之作。诗歌前两段情感比较消沉。重九秋季,窗外一片萧瑟的景象,诗人情绪不佳,以故没有像往年一样到花圃中访看秋菊。重九为传统重阳节,这天家中的亲人都要团聚在一起,既要登高"避灾",又要插茱萸,赏菊花,以愉悦心情。但诗人此时却心情落寞,"倦插茱萸感百端"。诗歌后两段情感则比较旷达。诗人先劝慰科考与仕途均失意的丈夫,认为"林下志"本来就是丈夫钱廷枚的夙愿,所以钱廷枚科考与仕途失意不要紧,只要"悠然三径有余致"就足够了。最后,诗人写自己在"潇潇风雨"中不问世事,只顾自己写诗作画,沉浸其中,自得其乐,"兴到岂知尘内事,烟云间泼墨无停"。这首诗情感多元而真挚,诗中不乏感伤之音,最终却以和乐之调冲淡之,在一

---

① (清)沈善宝:《名媛诗话》卷1,凤凰出版社2010年"清代闺秀诗话丛刊"本,第356—357页。

波三折中展现诗人的雅正之情。

（三）钱凤纶

钱凤纶，字云仪，清初杭州府钱塘县（今杭州市区）人，进士钱开宗女，诸生黄弘修室，御史钱肇修姊，著有《古香楼集》等。钱肇修序其《古香楼集》云："溯姊之生，长余八龄。"又云："今秋姊年六十，余亦五十有二。康熙癸未三月既望母弟钱肇修石臣甫拜，手敬题于长安邸舍。"① 此文所说"康熙癸未"，即为康熙四十二年癸未（1703），据此上溯六十年，则钱凤纶应生于顺治元年甲申（1644）。又毛际可曾为钱凤纶《古香楼集》作序："夫人安侯（钱凤纶兄钱元修）同母女弟也，岁癸亥，余旅寓会城，安侯墓木已拱，其弟石臣（钱肇修）过余请曰：'姊氏少工吟咏，积成卷轴，今春秋四十矣。'"② 毛序所说"岁癸亥"，即康熙二十二年癸亥（1683），此年钱凤纶四十岁，如果往上溯其生年，则其生年与钱肇修记载相符，应为顺治元年甲申（1644）。钱凤纶卒年应在康熙四十四年乙酉（1705）或稍后。徐德音母餐霞老人《绿净轩诗钞序》记载："至乙酉之岁，许生擢试舍人，挈女北去，时亚清先在京师，始得握手定交，辄相见恨晚。"③ 徐德音自己又记载："余在燕邸，得交钱云仪、林亚清两夫人，未几云仪徂谢，今又与亚清别，不胜聚散存亡之感。"④ 餐霞老人提到的"至乙酉之岁"，即康熙四十四年乙酉（1705）。由此可见，徐德音于康熙四十四年（1705）来到北京，得见钱、林二人，但不久钱即下世。又，钱下世后，徐德音十分悲痛，曾作《挽云仪夫人》二首以寄哀思，其一云："京洛相逢共论文，登坛真足张吾军。游扬风雅深惭我，零落人琴又哭君。丹旐飘飘还故国，黄沙黯淡结愁云。孤山山下寻玄宅，万树梅花三尺坟。"⑤

---

① （清）钱肇修：《古香楼集序》，钱凤纶：《古香楼集》，清刻本，卷首。
② （清）毛际可：《古香楼集序》，钱凤纶：《古香楼集》，清刻本，卷首。
③ （清）餐霞老人：《绿净轩诗钞序》，胡晓明、彭国忠：《江南女性别集》初编，黄山书社2008年版，第6页。
④ （清）徐德音：《绿净轩诗钞》，胡晓明、彭国忠：《江南女性别集》初编，黄山书社2008年版，第40页。
⑤ （清）徐德音：《绿净轩诗钞》，胡晓明、彭国忠：《江南女性别集》初编，黄山书社2008年版，第37页。

第二章 清初女子诗社之冠冕

关于钱凤纶生平，一些清代学术文献与今人所写学术撰述多有错讹处。清汪启淑《撷芳集》、清恽珠《国朝闺秀正始集》、清沈善宝《名媛诗话》、民国徐世昌《晚晴簃诗汇》、民国施淑仪《清代闺阁诗人征略》等均称其为"进士安侯女"。近现代一些学术书籍与论文，如《历代妇女著作考》、《清人别集总目》、《中国文学家大辞典》（清代卷）、《"蕉园诗社"考述》、《蕉园女子诗社成员考略》等也持此说。然而，这条被广泛征用的说法却是错误的。钱安侯不是钱凤纶的父亲，而是其长兄钱元修。关于这一点，当代学者朱则杰在《清初女诗人钱凤纶考》一文中已有确凿的考证。

钱凤纶父亲为清初顺治九年（1652）进士钱开宗。钱开宗，字亢子，号绳庵，曾官翰林院检讨，顺治十四年（1657）出任江南乡试副主考，次年因江南科场案发，被处死。《清史稿》卷一〇八记载："江南主考侍讲方犹、检讨钱开宗，贿通关节，江宁书肆刊万金传奇记诋之。言官交章论劾，刑部审实。世祖大怒，犹、开宗及同考叶楚槐等十七人俱弃市，妻子家产籍没。"① 钱凤纶全家也因此被流放到辽东。他们在辽东生活了一年左右，又被朝廷开释放还。钱肇修《杏山近草·惜阴亭有作》云："七岁为孤雏，哀哀泣路隅。八岁为俘虏，荷质到上都。九岁还乡里，十岁通群书。"② 钱凤纶《哭伯兄》亦云："老母头半白，风波多艰险。北走飞狐道，西出玉门关。"③

钱凤纶夫黄弘修，字式序，清初诸生，为明末清初著名女诗人顾若璞仲孙，且钱凤纶母亲顾之琼为顾若璞侄女。钱凤纶年十六嫁黄弘修。弘修科场蹭蹬，凤纶侍读在侧，婚后夫妻同甘共苦，感情甚笃。黄弘修《古香楼集序》云："予内子钱，少随父宦游，日遭家难，往返途多历年。"又云："况既归余，又以清白之遗，食贫株守，而衿当青，拮据之苦，放弃之悲，又足以劝其牢骚感愤之叹。即或花晨月夕，稍可破颜，而覆逆时多，处顺时少，宜乎其胸之不平而杶之吟以为鸣也。"④

---

① 赵尔巽：《清史稿》卷108，中华书局1998年缩印本，第851页。
② 章培恒：《洪昇年谱》，上海古籍出版社1979年版，第40页。
③ （清）钱凤纶：《古香楼诗钞》，清刻本，第8a页。
④ （清）黄弘修：《古香楼诗钞序》，钱凤纶：《古香楼诗钞》，清刻本，见《古香楼诗钞》卷首。

顾若璞也说："孙妇钱凤纶，玉蕊夫人（顾之琼）之次女也，自其儿时，弄墨花鸟，品题已有谢家风致，父母绝爱怜之。年十六归余仲孙。适余家中落，组循之余，不辞操作，陈馈之隙，亦事染翰，间就正于余。"又说："继而仲孙屡战棘闱，辄报罢，抑郁寝叹，时时对泣牛衣中。然而篝灯共读，午夜不休，意欲以绿窗之勤，为他山之助也。余觇知之，嘉其志而悲其遇焉。"①

钱凤纶有子，名黄钊，钱凤纶曾作《咏新篁示钊儿》一诗与《示钊儿》一文以训之。其《示钊儿》一文云："百年无几，时序易迁，少壮不力，老大徒悲。夫以古为鉴，后事之师也。吾愿汝藻躬道德，漱润诗书；正以持身，顺以应物；鹑衣见肘，贫而非病；曲肱可枕，乐在其中。"②钱凤纶又有一女名黄景兰，其《寄女景兰》诗云："自尔于归后，余心常若悬。梦随云杳杳，思共水消消。"又云："不似深闺里，娇憨绕膝时。旁人方属目，新妇最难为。"③

在文学创作方面，钱凤纶是一个多面手，其诗词及古文、散曲创作俱佳。其诗有《古香楼诗钞》，其词有《古香楼诗余》，古文有《古香楼杂著》，散曲则有《古香楼曲》。在其多样态的文学创作中，又以诗词比较出色。其词大多语义通畅，词旨明了，且以清婉怡愉之作最具创作个性与文学美感。其《凤栖梧·春游》云：

> 闻道海棠开欲谢，日上琼楼，云髻新梳罢。翠黛轻轻纤手画，春衫薄薄熏兰麝。燕子莺儿飞绿野，游女翩跹，斗草贪欢耍。夺得柔枝盈一把，碎揉花片将人打。

钱凤纶又偶尔灵光一现，写出少量词风比较劲宕的词，如其《满江红·观湖》：

---

① （清）顾若璞：《古香楼集序》，胡文楷：《历代妇女著作考》，上海古籍出版社1985年版，第757—758页。
② （清）钱凤纶：《古香楼杂著》，清刻本，第17a页。
③ （清）钱凤纶：《古香楼杂著》，清刻本，第39a页。

第二章　清初女子诗社之冠冕

　　日暮孤村，衰草外、乱鸦荒堞。极目处、秋风忽卷，怒潮层垒。几点银鹅已素练，千堆玉浪翻寒雪。看涛涛，万古此长江，孤臣血。兴亡事，随波没。英雄志，凭谁说。听涛声，奔湃忠魂不灭。脂粉塘边秋月冷，馆娃宫里春云歇。笑夫差，沉醉殆西施，真痴绝。

　　钱凤纶的诗与其词一样或晓畅明了，或清逸隽淡，也偶有劲宕之作，读来饶有兴味。顾若璞论钱凤纶诗歌创作特质时说："余观其诗，如好鸟弄春，如新花映日，虽学力未充，而颖姿逸思，有大过人者，岂非其得于性者优与？"又说："取材于汉魏，览兴于骚雅，以咏以陶，出而为幽折淡远之笔，未尝刻画古人，而时有隽永之致，绕其毫端。"[①] 毛际可认为钱凤纶诗歌创作："其为五七言古及律绝体，沉雄妍秀，名擅其胜，而比事属词，尤合于风人之旨。"[②] 钱肇修则说："记与姊论诗，姊欲独出心裁，一空前后作者，于古名媛诗，少可而多否。故其为诗，峻刻峭厉，一洗铅华陋习。"[③] 这三人的论评，以顾若璞之说最能抓住钱凤纶诗歌的创作特质。如钱凤纶《西窗寒咏》诗：

　　雨过芳花润，风来绿叶柔。研朱读周易，更觉小窗幽。

又如其《美人梳头歌》：

　　新林一声啼绿鸟，三十六宫春欲晓。
　　床上辘轳牵素绠，秋水溶溶镜光冷。
　　渐看红日卷珠帘，双弯却有眉纤纤。
　　玉凤斜飞鞲金蝉，佩环摇摇曳湘烟。
　　下阶独自摘芳蕊，樱桃笑侬不结子。

[①] （清）顾若璞：《古香楼集序》，胡文楷：《历代妇女著作考》，上海古籍出版社1985年版，第757—758页。

[②] （清）陶元藻：《全浙诗话》卷51，上海古籍出版社2002年"续修四库全书"影印本，第723页。

[③] （清）钱肇修：《古香楼集序》，钱凤纶：《古香楼集》，清刻本，第4b页。

这两首诗所写内容不同。第一首写诗人在小窗下读书，她的心情佳好，觉得在春天和风细雨的泽润下，花儿更红，绿叶更绿，窗下的环境也更宁静。第二首写美人梳头。诗中的美人打扮得美丽异常，她为自己的漂亮容颜感到骄傲。所以，诗中美人怡然自得地"下阶独自摘芳蕊"。然而，当她看到挂满枝头的樱桃子，却蓦然意识到自己还未为丈夫生育。两首诗内容虽各有侧重，但在写作风格上却有几多相似之处。它们所展现出来的心情均平和而温婉，整体诗风清晓而又有几分隽淡。

（四）顾姒

顾姒，字启姬，清初杭州府钱塘县（今杭州市区）人，青浦县丞顾之绣女，诸生鄂曾室，著有《静御堂集》《未穷集》《翠园集》等。顾姒生卒年因文献缺乏暂时难以考证，但其姊顾长任生于顺治五年戊子（1648），故顾姒生年应在此年之后。其卒年则在康熙四十四年乙酉（1705）后。清初著名女诗人徐德音与林以宁于康熙四十四年（1705）相交于北京，后徐德音随夫南归故乡，并作诗《出都留别亚清林夫人》与林以宁作别。随后徐德音又创作《顾启姬夫人以余所和〈弄珠楼诗〉"菰烟芦雪蓼花风"之句为韵，作诗见怀，率和奉酬，并寄亚清夫人都门》组诗。由此可知，徐德音在康熙四十四年（1705）不仅与林以宁定交，而且此后还与顾姒有诗歌唱和，故顾姒康熙四十四年（1705）后尚在人世。

顾姒父顾之绣，字籣云，乾隆《青浦县志》和光绪《青浦县志》均记载他于康熙二十年（1681）任江苏松江府青浦县丞。顾之绣为清初著名女诗人顾若璞侄儿，其父为顾若璞弟顾若群，故顾长任、顾姒为顾若璞侄孙女。顾姒夫鄂曾，字幼舆。鄂曾科考蹭蹬，但交游较广，曾结识康熙朝政界与诗坛名流王士禛、宋荦等人，并在京师参与当地诗坛的诗歌聚会。"尝偕启姬入京，卒无所遇，穷困而归。"[①] 其后顾之绣任青浦县丞，顾姒与鄂曾移家泖上，依顾之绣而居，为此林以宁作《寄启姬云间》诗表达安慰与想念之情。顾姒与鄂曾感情融洽。鄂曾"刚肠傲骨不受人怜，夫人固知之而恒安之，相与酬和以忘其贫"[②]。鄂曾

---

① （清）王昶：《蒲褐山房诗话》，齐鲁书社1988年"明清文学理论丛书"本，第305页。
② （清）王昶：《乾隆青浦县志》卷37，乾隆五十三年（1788）刻本，第30a页。

第二章 清初女子诗社之冠冕

不时远游，顾姒颇牵系，曾作《鹊桥仙·客冬，幼舆归自京师，今春复游甬上，作此寄怀》《浪淘沙·忆夫子京师》等诗词以寄其情。

顾姒随夫或随父客居，每至一地，她都能与客居地的诗坛有接触或直接融入客居地诗坛之中，并在当地留下诗名。由此，她不仅展示了自己的诗才，也扩大了"蕉园诗社"的影响。王士禛在主盟京师诗坛时就认识随夫来到北京的顾姒，并在《池北偶谈》卷十六中记载顾姒的事迹，在书中他对顾姒的卓越诗才表示"惊叹"①。宋荦在《岁暮放歌用元遗山游黄华山韵示诸友》诗中也对随夫来京的顾姒的优异诗才表示赞赏："钱塘少君（顾启姬）传赋草，畴昔惊倒新城公（王士禛）。"②而当她随父宦居江苏松江府青浦县时，又能融入当地诗坛，与当地著名闺阁诗人曹鉴冰等人组织女性诗社淀滨诗会，活跃了青浦闺阁诗人的创作气氛。《全浙诗话》引《云蟆斋诗话》对顾姒的诗学贡献与才能表示赞赏，书中记载："启姬，'蕉园五子'之一也。其全集余求之累年不可得。尝有'花怜昨夜雨，茶忆故山泉'之句，极为绵津山人所赏。"③《晚晴簃诗汇》也说："启姬工诗并精音律，与柴季娴、林亚清、钱云仪、冯又令、张槎云、毛安芳称蕉园七子，结社联吟，诗曾合刻。其在京时，有'花怜昨夜雨，茶忆故山泉'之句，都人传诵。宋牧仲赠鄂友与（鄂曾）诗有云：'闺中有良友，茶忆故山泉。似此惊人句，难为赠妇篇。'启姬代幼与为蟹字韵诗，又所制词曲佳句渔洋（王士禛）甚赏之。"④

顾姒有子名鄂林昂，字观成，清代诸生。清王昶主辑的《青浦县志》说他："有异才，早岁游泮宫，资束脩之入以供晨夕。"⑤ 鄂林昂曾持顾姒所著《未穷集》请其时诗坛名人王原作序，王原对顾姒诗赞赏有加，评曰："夫人长于吟咏，富于篇章，而其内行醇备乃兼有之，与

---

① （清）王士禛：《池北偶谈》卷16，中华书局1982年"清代史料笔记丛刊"本，第381页。
② （清）宋荦：《西陂类稿》卷10，上海古籍出版社1987年"文渊阁四库全书"影印本，第106页。
③ （清）陶元藻：《全浙诗话》卷51，上海古籍出版社2002年"续修四库全书"影印本，第728页。
④ 徐世昌：《晚晴簃诗汇》卷184，北京出版社1996年影印本，第3001页。
⑤ （清）王昶：《乾隆青浦县志》卷37，乾隆五十三年（1788）刻本，第30a页。

古人絜长较短，讵不足比迹媲美乎？"①

总体来说，顾姒的诗词创作，虽时有伤感之作，但主体风格显得和婉而开朗。如其《点绛唇·美人影》词：

> 灯月模糊，柳烟花雾闲庭榭。靓妆初卸，小立珠帘下。似有如无，是也还非也。端详罢，纵工图写，可解将他画。

这首词刻画一位青春美女的形象。这位美女在"灯月模糊"的夜晚，"靓妆初卸"，显得清纯可人。这个女子如此之美丽，仿佛天上的仙女。她的美人间少见，"似有如无，是也还非也"，所以作者分外小心，也分外珍惜，"端详罢，纵工图写，可解将他画"，力争将她的容貌画下来。词中的女子美丽而活泼，以此，整首词既有几分灵动，又有几许欢快的情致，主体词风显得开朗而愉悦。

能代表顾姒诗歌创作风格的诗歌则有《题林亚清画》：

> 梅花竹叶互交加，濡墨淋漓整复斜。
> 忆得昨宵明月下，横拖疏影上窗纱。

这是一首题画诗。诗歌首先赞美林以宁所画的"梅花"与"竹叶"栩栩如生，画技高超。接着诗人从眼前林以宁所画的梅竹，联想到"昨宵明月下"自己看到的窗下之梅，这梅花"横拖疏影"，映上"窗纱"，真是美轮美奂，别有风致。这首诗意境清空，诗风雅正、和婉，情感在平静中又有几分闲适，是一首有自己写作个性与美感的好诗。

二 "蕉园诗社"其他成员考

"蕉园诗社"是清初康熙年间存在时间长久、参与人数较多、对清初女性诗坛具有全局性影响的主要女子诗社。诗社核心人物为林以宁、冯娴、柴静仪、钱凤纶、顾姒五人，除此之外，还有一些闺阁诗

---

① （清）王昶：《乾隆青浦县志》卷37，乾隆五十三年（1788）刻本，第30a页。

第二章 清初女子诗社之冠冕

人参与了诗社的组构或诗歌创作活动。她们或者成为诗社的骨干或基本人员，或者不是诗社成员，但对"蕉园诗社"的发展壮大做出过贡献。根据有关"蕉园诗社"的诗歌与历史文献，可以考证出顾之琼、朱柔则、李淑昭、姚令则、钱静婉、张昊、毛媲等人或直接参与"蕉园诗社"诗歌创作活动，或对"蕉园诗社"的组构有直接或间接的重要影响，她们也是"蕉园诗社"演进历史上必须提到的闺阁诗人。

（一）顾之琼

顾之琼，字玉蕊，钱塘（今杭州市区）人，著有《亦政堂集》等。顾之琼生年不可考，其卒年从其亲属的诗词作品中可推测一二。顾之琼次女钱凤纶曾作《满江红·庚午五日哭母》："犹记春时、新梦破，乳莺初啭。曾几日、韶光都尽，骤惊心眼。蒲叶欹风寒翠色，榴花著雨垂红瓣。最伤情，时物总如前，亲难见。悬艾虎，飘金线。敲画鼓，轰雷电。看儿童绕膝，更教肠断。楚些空传骚客恨，江涛似诉曹娥怨。愿相随、角黍入重渊，逢亲面。"① 此词为钱凤纶表达新近丧母而悲痛的作品。"戊午"，即康熙十七年（1678）戊午。从诗中蒲叶、艾虎、角黍（粽子）、楚些（楚辞或屈原）来看，此词应写于康熙十七年（1678）五月。又，诗中所说"榴花"，也于五月开得最盛。由此，顾之琼辞世的时间最有可能为康熙十七年（1678）五月端午节前后。顾之琼儿媳林以宁又写有《己未送夫子游河东》诗，其中有"老姑忽见背，娇儿与之俱。君子远行役，贱妾度离居"句，己未，即康熙十八年（1679）己未，此时顾之琼已经逝世，她的儿子钱肇修在母亲逝世后远游河东山西地区。从林氏《己未送夫子游河东》诗，也可推断出顾之琼逝世的时间应在康熙十八年（1679）己未前不久。

顾之琼母家钱塘顾氏世代以书香传家。其祖父顾友白，为晚明上林署丞，能诗。父顾若群，饱读经史，擅诗文，喜游历，为一个青衫落拓的俊才，康熙《钱塘县志》载其生平事迹说："顾若群，字不党，为诸生。纵观经史□家，取新安、鹅湖异同之旨而会通之，以余闲作诗、古

---

① （清）钱凤纶：《满江红·庚午五日哭母》，《全清词》（顺康卷），中华书局 2002 年版，第 8372 页。

文辞。尝□大江,涉洞庭、彭蠡,眺望匡庐,越大庾岭,跨琼海,探奇览胜,文益横恣,后入云栖,隐于缁流。所著有《石公稿》。"① 母黄字鸿(一名黄鸿),明末清初闺阁诗人,出生于杭州仁和县一个科举仕宦名门,清初王端淑《名媛诗纬初编》载其生平曰:"黄字鸿,字鸿耀,仁和人。戊戌进士、广东大参克谦公女。母胡淑人。为上林署丞顾公友白子、文学若群妻。"② 黄字鸿嫁入顾家后,"治女红之暇,含毫吟咏,才藻纷缤,若群恒与篝灯唱酬,相得如良友"③。顾之琼共有兄弟姊妹七人,均好学能文。其中兄弟三人:顾之骦,清初顺治三年(1646)副榜;顾鼎铨,清初顺治十一年(1654)举人,曾官山西蒲县知县;顾之绣,康熙二十年(1681)曾官江苏松江府青浦县丞。姊妹三人:顾之瑗,适顺治十八年(1661)进士林纶,为"蕉园诗社"开社核心林以宁母。另外两个姊妹没有留下姓名与生平事迹。

顾之琼丈夫钱开宗,字亢子,清初顺治九年(1652)进士,顺治十四年(1657)担任江南乡试副主考,主考期间涉嫌舞弊受贿,与主考官方犹同被清廷治罪,翌年被朝廷正法,妻子家产籍没入官,是为清初震动朝野的"江南丁酉科场案"。顾之琼有男三:长子钱元修,字安侯,生于明末崇祯十一年(1638),为清初顺治十五年(1658)进士,钱凤纶《古香楼诗》中有《哭伯兄六首》:"兄不即殉身,感奋良有以。摩挲双匕首,一夕再三起。千钧重一发,恐复忧天只。荏苒岁月间,隐痛入骨髓。"④ 此诗证明,钱元修在父亲罹难后,曾向朝廷上书陈冤,但朝廷不予理睬,悲愤填膺的他竟每日寻思要向仇人报仇,最终抑郁而亡。次子钱肇修,字石臣,号杏山,生于清初顺治九年(1652),康熙三十年(1691)进士,初官河南洛阳县令,后擢为陕西道御史,娶妇林以宁,著有《石臣诗钞》。幼子钱来修,字幼鲲,由明经授贵州贵阳郡丞。顾之琼又有女。钱凤纶,字云仪,"蕉园诗社"创社核心之一,

---

① 邓妙慈:《"蕉园诗社"首倡者顾之琼考论》,《古籍整理研究学刊》2013年第2期。
② (清)王端淑:《名媛诗纬初编》卷8,康熙六年(1667)清音堂刻本,第23b页。
③ (清)赵世安、顾豹文:《仁和县志》卷18,上海书店1993年"中国地方志集成"影印本,第378页。
④ (清)钱凤纶:《古香楼诗钞》,清刻本,第9a页。

同里贡生黄式序室,有《古香楼集》。

顾之琼所著《亦政堂集》今已不传,其诗词作品散见于清代一些诗词选本与总集之中。清王端淑《名媛诗纬初编》收录其诗1首,清潘衍桐《两浙輶轩续录》则收录其诗7首,清《众香词》和《西陵词选》共收录其词12首。明末清初著名诗人钱澄之曾为顾之琼《亦政堂集》作序,对顾氏诗歌有高度评价:"今观亦政堂所为乐府诸古体诗,沉郁顿挫,音节气韵自然合古。"① 顾若璞也对她的诗词称许有加:"余家本西河,吾祖沧江公而下代有诗名,闺中雅集亦以文词竞胜。"又说:"侄女玉蕊夫人,才名鹊起,藻缋益工,果然积薪居上矣。"②

品读顾之琼现存诗词,她的诗歌意象生动,情感细腻,风致清纯,语言形象生动,总体诗风有一种清纯和婉的美感。如其《春闺》诗:"夜深人不眠,独恨留残月。梅影隔窗横,闲庭落香雪。"月夜深深,诗中女子难以成眠,窗外梅枝横逸斜出,而梅花在月光洒照下似雪花一样飘洒落地。此诗写景状物生动逼真,情思细腻幽约,笔触清纯雅洁,展示出诗人成熟的诗歌写作笔法。又如《游净慈寺》:"乘闲寻古迹,拂草读残碑。壑断云横浦,峰高日倒垂。梵声摇远岫,塔影卧南池。归路饶佳兴,双鬟唱竹枝。"净慈寺位于杭州西湖南岸,它依山临水,风景秀丽,为杭州著名的风景名胜。诗歌以古迹残碑开篇,却没有颓废之气,诗人"乘闲"而来,怀揣着寻幽访古的闲情逸兴。云横断壑、日垂高峰的奇妙景象,平添一种倏然出尘的高雅而庄重的气氛。古刹梵声悠扬,塔影倒映西湖,似乎要一洗世俗社会的凡俗尘滓。景致如此美妙,归途中诗人心情大好,此时,远处又传来女子们歌唱《竹枝》的动听的歌声。此景此物,真是景美,歌美,人更美。

清陈文述《西泠闺咏》卷十"亦政堂咏顾玉蕊"记载:"(玉蕊)招诸女作蕉园诗社,有《蕉园诗社启》。五子者:徐灿、柴静仪、朱柔则、林以宁及女云仪也。"③ 清吴振棫也说:"玉蕊前后《北征》二赋,

---

① (清)徐树敏:《众香词》礼集,大东书局1934年刻本,第37a页。
② (清)顾若璞:《古香楼集序》,钱凤纶:《古香楼诗钞》,清刻本,第3页。
③ (清)陈文述:《西泠闺咏》,光绪十三年(1887)刻本,第2页。

伤心家国，芬芳悱恻，有《离骚》之遗。《蕉园诗启》则绮丽风华，又不减《玉台》一序也。"① 根据陈文述与吴振棫的记述，顾之琼理应是"蕉园诗社"的创社核心，"蕉园诗社"是在她的倡导与组织下才得以成立。梁乙真《中国妇女文学史纲》《清代妇女文学史》以及时下研究"蕉园诗社"的诸多学术论文大都沿用此说。但此说颇多疑点，很难成立。一是在林以宁、冯娴、柴静仪、钱凤纶、顾姒五位"蕉园诗社"创社核心人物的诗词作品中不见有与顾之琼的唱和之作，她们也从来没有提到顾之琼曾组织或参与"蕉园诗社"创社与其他诗歌唱和活动。二是陈文述提到的徐灿、柴静仪、朱柔则、林以宁、钱凤纶五位组成的"蕉园五子"之说并不存在。关于这一点，本书在前文"'蕉园五子'与'蕉园七子'考"中已做比较细致的考证，此处不再赘述。三是林以宁、顾姒在清初顺治年间年纪尚幼，小者只有六七岁，大者也只有十来岁，而朱柔则年龄比林、顾二人还要小，她们不可能参与此期顾之琼因《蕉园诗社启》而组织的所谓女子诗社。

　　历史的事实是，顾之琼不曾组构以徐灿、柴静仪、朱柔则、林以宁、钱凤纶为核心的"蕉园诗社"。至于她所写的《蕉园诗社启》则对诗社的成立起到积极的推动作用。"蕉园诗社"成立于康熙十三年甲寅（1674），而顾之琼大约病逝于康熙十七年（1678）前后，因此，其《蕉园诗社启》最有可能写于康熙十三年（1674）至康熙十七年（1678）之间。不过，这几年顾之琼年老多病，不曾参与以林以宁、冯娴、柴静仪等人为核心的"蕉园诗社"的社事活动。从顾之琼的诗学行迹来看，她应该是"蕉园诗社"的坚定支持者，且对"蕉园诗社"的成立出过大力，但不是"蕉园诗社"的正式成员。

　　（二）朱柔则

　　朱柔则，字顺成，号道珠，清初诸生沈用济室，著有《嗣音轩诗钞》等。朱柔则被林以宁视为后辈，又是"蕉园诗社"主要诗人柴静仪的儿媳，所以，在"蕉园诗社"中她的年纪较小。《本朝名媛诗钞·姓氏》："朱柔则，钱塘人，字顺成，沈方舟室，柴季娴媳，有《嗣音轩诗钞》

---

① （清）潘衍桐：《两浙輶轩续录》卷52，光绪十七年（1891）刻本，第6页。

第二章 清初女子诗社之冠冕

行世。"①《两浙輶轩录》引《云螺斋诗话》:"道珠为柴夫人季娴子妇,吾乡闺秀,姑妇两世能诗者,可称仅见。"②

朱柔则与丈夫、婆母感情甚笃,时有诗词唱和。朱柔则写给丈夫的诗主要有《寄远》:"闲居无一事,夫妇喜双清。诗句更相和,围棋每对枰。小鬟歌送酒,爱子戏吹笙。谁使为羁旅,迢迢怅别情。"《送外之大梁》:"前时失意悔游燕,此去中州枉自怜。飘泊君同苏季苦,操持吾愧孟光贤。计程已隔三千里,念别谁堪四五年(原注:方舟云,此行以五年为期)。莫向离亭歌折柳,恐催客泪落离筵。"其《哭姑》诗云:"姑也身长健,宁知一病危。持家频嘱妇,垂绝更呼儿。登屋悲难覆,牵衣恨莫随。仓皇含裹饭,惨淡易冠缌。"这些诗歌写得情真意切,展示出朱柔则与丈夫、婆母彼此相依为命的亲情关系。朱柔则母家事迹则不可考,但从其能诗擅文的高品质文化素养来推定,她应该出身于一个有文化的士人家庭。

朱柔则子女较多,曾举五男二女。其《举第四子》诗曰:"齿过四九非青岁,莫怪容颜渐憔悴。带病宁辞十指劳,居贫况有多男累。儿生第四如有神,倏忽坠地无艰辛。痴女小小作娇妒,背立在傍偷眼瞋。"《举第五子》诗云:"四男二女如相引,复举斯儿真可哂。辗转常怀离裹亲,欲与邻人仍不忍。读书还拟大吾门,未许痴顽类犬豚。自怜乳哺多辛苦,转忆吾亲罔极恩。"其长子名沈廷樨,曾就婚江西,清初闺阁诗人王礼持《赠朱顺成(朱柔则)子就姻西江》诗云:"此去洪都(南昌)遂好逑,春江花月送行舟。自来佳妇称难得,为汝高堂喜不休。"

从朱柔则现存诗歌来看,她擅长五言、七言古体与近体诗创作,情感温婉与感伤并存,又偶有蓬勃劲动之笔,且形象鲜明,用语生动,无论从情感表达或艺术手法运用来探析,她的许多诗歌都堪称成功之作。如其七言古诗《钱塘观潮歌》:"候潮门外人如蚁,午后狂风括地起。

---

① (清)胡孝思:《本朝名媛诗钞》,乾隆三十一年(1766)刻本,卷首。
② (清)阮元:《两浙輶轩录》卷40,上海古籍出版社2002年"续修四库全书"影印本,第477页。

三浙江流滚滚来，惊涛打入天门里。天门惨淡风云变，远嶂重重看不见。初疑出海数片云，又讶横江一匹练。银海齐倾雪山白，訇若雷鼓盤空碧。危樯大舸簸不停，劲弩强弓谁敢射。"又七言绝句《孤山即事》："遥指孤山落日斜，重重楼阁锁梅花。雕栏画阁春如海，不似当年处士家。"第一首《钱塘观潮歌》，写钱塘江潮的宏阔与劲壮的气势，词风蓬勃而生动。第二首《孤山即事》，写西湖孤山的绚丽景致，且感叹南宋诗人林逋在孤山与世无争的隐逸生活。这两首诗无论从内容还是写作笔法来看，均笔力透切，有着高品质的文学内蕴与美感。

考察朱柔则的诗学行迹，虽然她不曾参与"蕉园诗社"组织的诗歌联吟雅集活动，但她是"蕉园诗社"主要诗人柴静仪的儿媳，又与"蕉园诗社"领军人物林以宁等人有诗歌来往，如果从诗学传承与诗歌来往来考察，将她算作"蕉园诗社"中的一名成员，倒也符合历史事实与诗学逻辑。

（三）李淑昭

李淑昭，字端明，浙江兰溪（今兰溪市）人。清初著名作家李渔长女，刻书家沈心友妻。其父李渔，字谪凡，号笠翁，清浙江金华府兰溪县下李村人，著有戏曲《笠翁十种曲》，小说《无声戏》《十二楼》，杂著《闲情偶寄》《笠翁一家言》等。清嘉庆《兰溪县志》记载李渔生平说：

> 李渔，字笠翁①，下李人。童时以五经受知学使者，补博士弟子员。已而游四方，居杭州湖上。自喜其家与山水为邻，因号湖上笠翁。晚年作《归故乡赋》，有云："采兰纫佩兮，观瀫引觞。"盖于此为终焉之志也。负才子名，所作率胸臆，构巧思，最著者词曲，旁及窗牖、床榻、服饰、器具、饮食各制度，悉出新意，故倾动一时。②

---

① 李渔号笠翁，此处有误。
② （清）张许：《兰溪县志》卷13，台北成文出版社1983年"中国方志丛书"影印本，第490页。

第二章 清初女子诗社之冠冕

李淑昭夫沈心友,字因伯,又称芥子园甥馆主人,清初著名刻书家。他在顺治十七年(1660)前后入赘李家。沈心友出身于书香门第,祖父沈正春,字泽民,曾任江西兴国县知县。毛奇龄《沈氏放生池碑记》记载沈泽民事迹说:"崇祯七年,沈泽民先生舍其池为'放生池',而曰:'此池非他,吾母袁宜人陪嫁产也。先大父痛宜人之早世也,而思归袁氏。既而袁氏绝,无可归矣,吾何忍据此伤父母心,请捐为众有,以长存此池。'"① 其父沈李龙,字云将,能文,曾助沈心友刊刻书籍。李淑昭与沈心友育有多名子女,知其姓名者有沈渭、沈清、沈沆、沈潜,又有一小女名沈姒音。他们均参与了父亲的刻书活动。

李淑昭与"蕉园五子"过从甚密,多有书柬或诗歌来往。李淑昭《柬冯又令》:"昭别武林十有六载矣,不谓天假良缘,得归故里,敢借溪水一芹,暂屈鱼轩过我。"② 据单锦珩《李渔年谱》记载,李渔于康熙元年(1662)从杭州迁江宁(南京),康熙十六年(1677)又迁回杭州,故李淑昭此处说"别武林(杭州)十有六载"。李淑昭《柬林亚清》:"敝庐虽居城北,如在穷乡,每竟日无一人至者。岂意昨绝代佳人联翩而来,良缘创见得未曾有。拙稿检出,希即惠教,昭平生笔墨,不欲流落人间作下酒物也。"③ 李淑昭此处说"拙稿检出",又说"希即惠教",这就表明,她能诗,并且编成"拙稿"。林以宁《答李端明》:"昨贤姊札采,匆匆裁答,不暇作楷书,殊为不恭。翻以草书见许,誉我耶?哂我耶?"④ 冯娴《与李端明》:"莺粟虞美人艳甚,某借以燕客,遂至反客为主,重费清心,花若有情,花亦恼矣。名媛诸作尽封上,得尊翁先生收录一二,借光梨枣,幸也何如?"⑤ 林以宁的小札,主要表达谦逊之意,认为自己的字其实写得不好,李淑昭过奖了。冯娴的小札先说其家中的"莺粟虞美人"花开得甚是美丽,其次又说她将

---

① 黄强:《李渔之婿沈心友家世考》,《江南大学学报》(人文社会科学版)2013 年第 9 期。
② (清)陈简侯:《晚明百家尺牍·写心集》,中央书店 1935 年版,第 322 页。
③ (清)陈简侯:《晚明百家尺牍·写心集》,中央书店 1935 年版,第 322 页。
④ (清)陈简侯:《晚明百家尺牍·写心集》,中央书店 1935 年版,第 325 页。
⑤ (清)陈简侯:《晚明百家尺牍·写心集》,中央书店 1935 年版,第 325—326 页。

"名媛诸作尽封上",希望能得到李淑昭父亲李渔的过目,如果能得到李渔收录一二,并付梓出版,那就再好不过了。"蕉园五子"中林以宁与冯娴二人还曾过访李淑昭家中的"抱青阁",林以宁曾作《春暮宴集抱青阁,呈端明沈夫人及家婶又令,时沈小女精音律,能诗》诗以纪之。

李淑昭生卒年不详。但李淑昭《柬冯又令》《再与冯又令》《复林亚清》《与林亚清》等书札中皆称冯、林二人为"贤妹",而林以宁称她为"贤姊",由此可知她年长于冯、林二人。

从李淑昭一生诗学行迹来考索,她与"蕉园诗社"主要女诗人林以宁、冯娴等人过从甚密,时有聚会。"蕉园诗社"主要女诗人柴静仪又在《点绛唇·六桥舫集,同林亚清、钱云仪、顾仲楣启姬、冯又令、李端明诸闺友》词中明确记载她曾参加过诗社的诗词社集活动。"蕉园诗社"重要的社事活动也曾邀请她,如她所写的《辞亚清招游辋川看桂》尺牍就是明证。所以,李淑昭应该是"蕉园诗社"中的一位骨干或基本成员。

不过,令人奇怪的是,以刻书名世的李家却未刊刻李淑昭所作诗集,李淑昭所作诗歌也未见清代诗歌总集与选集收录。今人编辑的《闺海吟》倒是收有其词。从其现存稀少的词作来看,她的诗词创作温婉清柔,颇有文学美感,如《捣练子·春景》:"桃似锦,柳如烟。莺不停梭蝶不闲。妨却绣窗多少事,尽抛针指到花前。"

(四)姚令则

姚令则,字柔嘉,清初杭州府仁和县(今杭州市区)人,诸生黄时序室。著有《半月楼集》。《两浙輶轩录》卷四十引钱凤纶所写传略记载其生平事迹说:

> 娣姓姚,文学龙起公长女,弱龄即能诗。年十四归叔氏。祖姑顾精翰墨,有《卧月轩稿》。娣于定省之余,执经问字,晨昏讨论,力学有年,著《半月楼集》。半月楼者,即卧月轩之侧楼也。余不敏,同研席者二三年,娣不我弃,常以诗文见投。舅病不起,娣赞襄大事,宗族称孝。有寡姑以夫死于难,抚其子若女,鞠育教

第二章 清初女子诗社之冠冕

诲若母。与叔氏结缡二十余年,不孕,患无后,畜妾媵,生一女,怜爱过于己出。①

又梁乙真《清代妇女文学史》:

有姚令则字柔嘉,年十四,归黄罗扉时序,著有《半月楼集》。顾和知(顾若璞)曾以《卧月楼稿》闻于时,柔嘉并臼余闲,执经请益,又得云仪为姒,绣阁燃脂,互有赠答,故《半月楼》一集,亦为时传诵。半月楼者,卧月楼之侧楼也。②

姚令则与钱凤纶同嫁钱塘黄门,为姒娌。其年大于钱凤纶。钱凤纶所写《秋倚阑令·哭柔嘉姊》即为铁证:"凭栏久,觅芳踪,思无穷。记得玉钩微步处,印残红。小园花醉春浓,香馥馥,带惹春风。悔煞从前欢宴处,总匆匆。"③ 但钱凤纶时常称姚令则为"娣"。"娣"有多种意思,一是古代姐妹共嫁一夫,幼则为娣,长则为姒。二是古代女性对丈夫弟弟媳妇的称呼。三是古代女性对年纪稍小的同辈女子的称呼,即姐辈对妹辈的称呼。四是古代诸妾中,年幼称娣,年长称姒。按照"娣"的含义,姚令则似乎比钱凤纶要小。其实,钱凤纶的丈夫黄弘修是姚令则丈夫黄扉的堂兄,钱凤纶称姚令则为"娣",是取上述四种义项中的第二项,即古代女性对丈夫弟弟媳妇的称呼。但这并不代表姚令则比她的年龄小。在生活中,弟妇比兄嫂年长也是常见之事。

姚令则丈夫黄罗扉,又名黄扉,字时序,清初诸生。黄扉曾祖父黄汝亨,曾中晚明进士,官至江西督学,祖父黄茂梧,为黄汝亨长子,娶明末清初著名女作家顾若璞,父黄炜,字维韫,号彤侯,清初诸生。黄扉(时序)与钱凤纶夫黄弘修(式序)为堂兄弟。黄弘修(式序)为

---

① (清)阮元:《两浙辅轩录》卷40,上海古籍出版社2002年"续修四库全书"影印本,第476页。
② 梁乙真:《清代妇女文学史》,中华书局1932年版,第22页。
③ 南京大学《全清词》编辑室:《全清词》(顺康卷),中华书局2002年版,第8369页。

顾若璞仲孙，黄扉（时序）则为顾若璞第四孙。

姚令则与钱凤纶二人虽名为姒娣，但情同姊妹。二人并臼余闲，尝同研席，绣阁燃脂，互有赠答。又相偕出游，且不时执经请益于顾若璞。她们的深厚感情，体现在彼此的诗歌创作中。钱凤纶写有《秋日偕柔嘉娣坐别业偶成》《顾园宴集寄柔嘉娣》《南歌子·初夏重游河渚怀柔嘉》《清平乐·与柔嘉娣宿河渚看梅》《踏莎行·秋暮雨霁，偕柔嘉娣游河渚》《昭君怨·中秋与柔嘉步月有怀》《秋倚阑令·哭柔嘉姊》等有关姚令则的诗词。姚令则写有《钱云仪偕夫人观菊赋诗寄讯》等有关钱凤纶的诗歌。

姚令则存诗甚少，《两浙輶轩录》卷四十收有其《绝命辞》。其诗云："贱妾何薄命，朝露不自存。忆昔辞父母，十四入君门。上堂事舅姑，寒暄共苦辛。今冬省母病，何意逢灾屯。比翼忽分飞，长为泉下人。伤哉平生志，一旦委埃尘。膝下无儿女，堂前有老亲。劝君须努力，奋翮凌秋旻。"中国古代最早以"绝命辞"名诗者，为西汉诗人息夫躬。息夫躬在西汉后期汉哀帝时入仕，他有感于朝廷政治黑暗，自恐受到政敌迫害，故作此诗。息诗为楚骚体，主要抒发其"玄云泱郁将安归兮，鹰隼横厉鸾徘徊兮"的悲愤惶恐之情。姚令则这首《绝命辞》则为五言古风。此诗先叙述诗人自己的人生经历，如"十四入君门""上堂事舅姑"云云。继写其"今冬省母病"，不幸感染重症，此时此刻已气息奄奄，朝不虑夕，她和丈夫也许马上就要"比翼忽分飞"，她自己也许马上就要变成"泉下人"。最后则一面感伤自己"膝下无儿女，堂前有老亲"，一面又鼓励丈夫不要萎靡不振，一定要振作精神，积极进取，"劝君须努力，奋翮凌秋旻"。这首诗当为诗人病重危急时所写，故曰"绝命辞"。诗歌叙事与抒情脉络清晰，情感在悲伤、辛酸中又有沉郁与急切，不仅展现了姚令则对丈夫的关爱，而且反映出中国古代女性侍亲相夫的艰辛。

在现存有关"蕉园诗社"的诗歌文献中，虽然没有直接证据证明姚令则曾参加"蕉园诗社"组织的诗歌唱和活动，但从她与"蕉园诗社"主要女诗人钱凤纶的亲密关系来看，她与"蕉园诗社"在诗歌体系与诗歌创作活动上都有或多或少的联系，所以将其名列"蕉园诗社"

女诗人之列,也不全然是臆想或附会。

(五)张昊

张昊,字玉琴,号槎云,清初杭州府钱塘县(今杭州市区)人。举人张坛女,同里文士胡大溁室,著有《琴楼合稿》等。《两浙𬨎轩录》卷四十:

> 张昊,字槎云,钱塘人,孝廉坛女,举人胡大溁室,著《趋庭咏》。

又云:

> 癸卯年十九,归胡生文溁,倡和极谐。丁未步青(张坛字步青)赴春官试,卒于京师,讣音至,槎云痛悼欲绝,有"孤山何太苦,变作我亲邱"之句,读者怜之。逾年,槎云方晨起,与文溁论诗语及关盼盼绝句曰:"诗至此得无传乎。"既而晓妆毕,整衣临窗,徘徊久之,凝眺云际,忽曰:"吾肠断矣。"侍儿扶至床,目已瞑。①

张昊得年不永,只活了二十五岁。施闰章《琴楼合稿序》:"钱塘胡子文溁与其妇张氏槎云并能诗,槎云年二十五死。"② 上文《两浙𬨎轩录》所说"癸卯年",即康熙二年(1663)癸卯,这年张昊十九岁,则其生年应为清顺治元年(1644)甲申。张昊父张坛于康熙六年(1667)丁未亡于京师,张昊于第二年,即康熙七年(1668)戊申也撒手人寰,是年她恰好二十五岁。

张昊父张坛,字步青,明末清初杭州府文坛名士,顺治十七年(1660)举人。清光绪龚嘉儁修、李榕纂《杭州府志》简载张坛事迹说:

> 张坛,字步青,仁和人,顺治十七年举人,倜傥负奇气,博闻

---

① (清)阮元:《两浙𬨎轩录》卷40,上海古籍出版社2002年"续修四库全书"影印本,第475页。

② (清)施闰章:《施愚山集》卷5,黄山书社1992年版,第101页。

强记,文有根柢,古诗法建安,参阮谢,歌行多规模少陵,近体出入高岑王李。①

张昊夫胡大濚,字文漪,清初诸生。他与张昊琴瑟和谐,时常诗词唱和。张昊病卒,胡大濚极为悲痛,将两人所作诗词合编为《琴楼合稿》。《国朝杭郡诗续辑》云:"张祖望尝言妹夫胡郎才气英博,琴瑟泠泠,闺房双绝。又言文漪诗以清新为骨,雅丽为色。其后槎云天殂,文漪赋后惆怅词四首,比于潘生悼亡之篇,有余痛矣。"②

张昊妹张昂,字云霄,也能诗。《晚晴簃诗汇》:"玉霄诗有云:'小楼不藏春,愁已穷天海。'思近旨远,可谓善于言愁矣。"③

张昊善于创作五言、七言绝句与五言、七言律诗。她的五言、七言绝句意境清美,用韵和谐,风致和婉、飘逸,具有饱满的文学美感。如其《寒食》诗:"人倚雕栏竹倚衣,女桑遥听子规啼。陌头杨柳休攀折,系住春光不许归。"又如《西湖闲咏》:"临家阿妇生娇妒,不许春光到妾家。何事篱门关不住,东风到处发桃花。"她的五言、七言律诗,平仄和谐,对仗工整,且时有意境高远之作,如《秋晚》诗:"极目危楼上,天涯晚望中。云凭荒野阔,日落大江空。露冷蛩初响,风寒叶正红。兴来无俗虑,明月在疏桐。"又《观潮》:"风急秋江晚,潮声落照前。远疑千练白,高并一山悬。孝感曹娥志,忠留伍相贤。千秋遗恨在,故令怒涛传。"张昊又善词。其词清新,和婉,但在情感上大多显得比较感伤,如其《蝶恋花·午日》词:"佳节薰风何太好,晓色晴明,竞渡游人早。公子韶华开大道,马蹄踏碎闲花草。柳上黄莺声未老,荡漾湖波,忽自伤怀抱。岂为春光归别岛,斑衣零落添余恼。"

张昊高水平的诗词创作获得了清初诸多闺阁诗人的高度评价。商景兰在《示女媳》一文中说:"焚弃笔墨,几三十年,偶于儿子案头,见

---

① (清)龚嘉儁:光绪《杭州府志》,台北成文出版社1974年"中国方志丛书"影印本,第2754页。
② (清)吴振棫:《国朝杭郡诗续辑》卷2,光绪二年(1876)刻本,第14b页。
③ 徐世昌:《晚晴簃诗汇》卷184,北京出版社1996年影印本,第3024页。

《琴台合稿》，乃武林（杭州）张槎云所著。槎云才妇而孝女，故其诗忠厚和平，出于性情，有三百篇之遗意。反复把玩，不忍释手。因思槎云之才，知汝辈能之；槎云之孝，知汝辈能之。槎云之才之美，槎云之孝之纯，汝辈共勉之。"① 何上乘在《与妹》一文中云："闺中传诗原不在多，刘令娴集六卷，上官婉儿集二十卷，今所存有几。槎云数诗足传矣，五律俱见才分，若绝句，直与三唐诸大家争胜，岂止与婉儿、君徽辈课后先也。"② 王端淑《与夫子论槎云遗稿》："槎云律体诸作，高老庄重，不加雕琢，真大雅之余音，四始之正格也。五七言绝句，明逸娟秀，音韵铿然，引而愈长，令人可歌可诵，洵乎笈从中独步矣。惜其芳龄不永，兰玉遂摧，倘天假之年，其所造岂有竟哉？"③ 姚令则《寄嫂》："向读《趋庭咏》，未尝不叹槎云之才，既而读《琴楼合稿》，以彼至性过人，则又能徒钦槎云之才已。胡天不假之年，而徒留遗文，令人咨嗟感慕而不能已。"④

总而言之，张昊的诗词创作具有饱满的文学美感与娴熟的艺术技巧，她在清初女性诗坛有着广泛的影响。但她于康熙七年（1668）即已离世，而"蕉园诗社"成立于康熙十三年（1674），所以，她没有机会参加"蕉园诗社"的创社与其他诗歌活动。她也从未与林以宁、柴静仪、冯娴等"蕉园诗社"社中女诗人晤面。但由于她在清初闺阁诗坛有着广泛的影响，林以宁、冯娴等"蕉园诗社"主要女诗人又对其十分仰慕，所以，清代诸多诗论家均将其视为"蕉园诗社"主要成员之一，并将其与林以宁、冯娴等人划在一起，并称"蕉园七子"。尽管此种划分有牵强附会的元素，但也有其诗学与情感的逻辑。

（六）毛媞

毛媞，字安芳，清初杭州府钱塘县（今杭州市区）人，明末清初著名学者、诗人毛先舒女，诸生徐邺室，著有《静好集》。《两浙輶轩录》卷四十：

---

① （清）陈简侯：《晚明百家尺牍·写心集》，中央书店1935年版，第316页。
② （清）陈简侯：《晚明百家尺牍·写心集》，中央书店1935年版，第317页。
③ （清）陈简侯：《晚明百家尺牍·写心集》，中央书店1935年版，第318页。
④ （清）陈简侯：《晚明百家尺牍·写心集》，中央书店1935年版，第318页。

毛媞，字安芳，钱塘人，先舒女，徐邺室，著诗与邺合刻，为《静好集》。

又载：

毛先舒《静好集序》略曰：《静好集》者，余婿徐子华征与余女媞之作也。余好诗，媞十余岁即从余问诗，余麾之曰："此非汝事。"媞退，仍窃取古诗观之，及已嫁，归宁时，复出诗。诗颇有思理。而华征常客游周、晋、燕、鲁间，临眺感遇，亦辄有作。媞常曰："我近四十，乃无子，诗乃我神明，为之，即我子矣。"又尝问予可刻否？予曰："可，然须之暮年，积更多，乃刻未迟。"今年六月，媞竟病殁，思其平时诗，以为子语，益为凄酸。华征又恐其久且散坠也，因便刻之。①

《晚晴簃诗汇》：

安芳有至性，母病，割股者三，夫疾笃，又刲臂和药以进。刻苦吟诗，积稿盈帙，时年逾三十未有子，尝执其诗卷曰："此我之神明所寄，即我子也。"殁年四十，终无子，其夫亦能诗，为刊遗集。②

毛媞父毛先舒，字稚黄，初名骙，字驰黄。明末清初杭州府钱塘县人。明季诸生。明末清初著名作家与学者。先舒在其父逝世后即废弃科举业。明清易代后，常与同里好友张丹、沈谦登临家乡南楼，时号"南楼三子"。中年体弱，常病卧于草荐间，街坊戏呼为"草荐先生"。其文学创作与学术研究与浙西毛奇龄、毛际可齐名，时称"浙中三毛，

---

① （清）阮元：《两浙輶轩录》卷40，上海古籍出版社2002年"续修四库全书"影印本，第485页。

② 徐世昌：《晚晴簃诗汇》卷184，北京出版社1996年影印本，第3003页。

第二章 清初女子诗社之冠冕

文中三豪"。又与沈谦、张丹、丁澎等人相友善,时有诗词唱和,并称"西泠十子"。毛先舒诗文创作有明代前后七子的余风,也能写出香奁与西昆体。又工词,善用"瘦"字,有"毛三瘦"之美称,有《白榆堂集》《声韵丛说》《南曲入声客问》等诸多著述。光绪《杭州府志》说:"毛先舒,原名骙,字稚黄,钱塘诸生,六龄辨四声,八岁能韵语,十岁属文,十八刻其《白榆堂集》。陈子龙为绍兴推官,见而咨嗟叹赏,特赴会,城访之。先舒感知己,师事焉。刘宗周讲学蕺山,先舒过江执贽问性命之学,究宋儒语录,取其确实行者,汇录为《针心慎钞》。"①

毛媞夫徐邺,字华征,清初杭州府仁和县人。明末清初杭州府文坛名士徐继恩次子,清初诸生。《国朝杭郡诗辑》卷六:"华征,名父之子,吐属不凡,登陟所经,辄形感寄。又为毛稚黄婿,得才媛安芳以为之配,陶咏和弦,研写花月,诚倡随韵事也。"② 徐邺与毛媞夫妻恩爱,毛媞卒,徐邺担心爱妻诗名被湮没,故整理夫妻二人所作诗为《静好集》。

毛媞热心诗歌创作,也能词,但以五七言绝句与律诗写作最见其特色与品质。其五七言绝句与律诗大多写得和婉而端庄,能严格遵守绝句与律诗的格律音韵,又情感饱满真挚,语言生动清美,如《送夫子华征之燕》:"此去金台春半过,先期把酒意如何?从今不煮西园笋,留与君归看竹多。"又《西湖》诗:"十锦长塘十里开,遥看春草绿于苔。金鞍狭路争驰骤,画舫晴波自溯洄。日映柳梢莺百啭,风吹花气蝶双来。西湖西子曾相唤,拟酬芳魂酒一杯。"毛媞的词创作则在婉约中有几分平和,抒情细腻,表述生动,如《满江红·晓起》:"晓起梳头,尘满了、玉台明镜。试推窗,东风却比、西风还劲。乱树爱听黄鸟语,小园懒步红芳径。最堪怜、半好半残花,春如病。寒共暖,相为政。蜂与蝶,应争胜。只青青帝子,坐来端正。芳草也能迎淑气,丛兰别自成幽性。但小廊、一带曲阑干,闲堪凭。"又《丑奴儿令·春闺》:"不知

---

① (清)龚嘉儁:光绪《杭州府志》,台北成文出版社1974年"中国方志丛书"影印本,第2751—2752页。

② (清)吴颢:《国朝杭郡诗辑》卷6,同治十三年(1874)刻本,第25b页。

春色今如许,乱杀啼莺。酥雨浓晴,芳草茸茸隔夜生。琐窗深处无人见;别是幽清。此际心情,翻怪桃花照眼明。"与张昊一样,毛媞没有参加"蕉园诗社"的创社活动与诗社日常诗歌唱和雅会,也从未与林以宁、柴静仪、冯娴等"蕉园诗社"女诗人谋面,但她是清初杭州诗坛名流毛先舒之女,加之其本人诗歌创作水平颇高,在清初顺康杭州闺阁诗坛颇有诗名,曾受到"蕉园诗社"女诗人的高度尊敬,故清代一些诗论家也将其列入"蕉园诗社",与林以宁、柴静娴、冯娴、张昊等人合称"蕉园七子"。

第四节　诗社诗学地位辨

一　中国古代第一个成熟的女子诗社

中国古代成熟诗社一般均具备以下几个诗学质素。

第一,在诗社结社时就有自己的社名。如北宋以贺铸、陈师中、王䜣等人为代表的"彭城诗社",明代冯裕、刘澄甫等人主持的"海岱诗社",清代以杭世骏、厉鹗、金农等人为主要诗人的"南屏诗社",等等。这些诗社或者在其成立时诗社主持人就拟定了诗社社名,或者由于其较有诗学影响,同时代的诗坛约定俗成为其冠以诗社社名。

第二,诗社核心与骨干成员比较固定,不轻易变动,且时常举行诗歌唱和等诗学活动。上述"彭城""海岱""南屏"诸诗社社中成员均相当稳定,且不时或定期雅会,进行诗词创作。"彭城诗社"主要组织者为贺铸,诗社骨干成员则有陈师中、王䜣、张仲连、寇昌期、王适等人。"海岱诗社"主要主持人为冯裕、刘澄甫,共同创建人还有黄卿、石存礼、刘渊甫、杨应奎四人,蓝田、陈经二人也曾与会。"南屏诗社"主要发起与创立人为杭世骏,主要参与者则有厉鹗、金农、周京、金志章、梁启心、丁敬、梁同书、释明中、释篆玉等若干人。这些诗社主要负责人与诗社骨干关系亲密,不时或定期进行诗歌雅会,进行热烈而有序的诗歌唱和活动。

第三,一些成熟的诗社还有自己的诗社社约与诗学主张。在中国古

第二章　清初女子诗社之冠冕

代，不是所有的诗社都有自己的社内规约，也不是所有的诗社都有自己的诗学主张，但中国古代部分诗社，却有自己的社内规约或诗学主张。如元代著名诗社"月泉吟社"就曾制定出自己的社内规约并明确提出诗社主盟人的诗学主张。其《誓诗坛文》提出社内规约云："月泉旧社，久寒诗锦之华；季子后人，独仿礼罗之意。遂从昨岁，遍致新题。春日田园，颇多杂兴。东风桃李，又是一番。"又云："能雄万夫，定羞与绛灌等伍，如降一等，乃待以季孟之间。欲辛甘燥湿之俱齐固甚难，以曲直轻重而见欺亦不可，念伟事或偶成于戏剧，彼谗言特借誉而揄扬。我诗如邹曹，何幸纵观于诸老，此声得梁楚，誓将不负于齐盟。"① 诗社主盟人吴渭又在《春日田园题意》提出自己的诗学主张："此题要就春日田园上做出杂兴，却不是要将杂兴二字体贴，只为时文气习未除，故多不体认得此题之趣，识者当自知之。"② 又在《诗评》中进一步阐明自己的诗学见解："《春日田园杂兴》，此盖借题于石湖（范成大），作者固不可舍田园而泛言，亦不可泥田园而他及，舍之则非此诗之题，泥之则失此题之趣。"③

清代后期云南东川府"翠屏诗社"也制定了自己的诗社规约。诗社创立人时任云南东川府知府冯誉骢撰写《诗社牌示》云：

> 兹拟于文课外，创设"翠屏诗社"。以五月十五日为始，亦不点名给卷。每月十五会课一次，届期由本府拟诗题数道，粘帖府署大堂，诸生自行钞回，宽以时日，脱稿送阅。同寅诸友及在籍绅士有愿作者，均请入社。俟会萃成帙，择尤付梓，俾广流传。本府亦按课拟作，与诸生互相质证。有志风雅者，谅不以此为迂谈也。④

---

① （元）吴渭：《月泉吟社·誓诗坛文》，线装书局2004年"宋集珍本丛刊"影印本，第527页。
② （元）吴渭：《月泉吟社·春日田园题意》，线装书局2004年"宋集珍本丛刊"影印本，第527页。
③ （元）吴渭：《月泉吟社·诗评》，线装书局2004年"宋集珍本丛刊"影印本，第527页。
④ 朱则杰：《翠屏诗社考》，《四川师范大学学报》（社会科学版）2013年第6期。

第四，对地方诗坛有影响，或者对全国诗坛有自己的诗学贡献。上述"彭城""月泉""海岱""南屏""翠屏"五社，其中"海岱""翠屏"在地方上有影响，为地域著名诗社，"彭城""南屏"在全国诗坛小有名气。"月泉"则是名闻大江南北的著名诗社。它以《春日田园杂兴》为题在全国广泛征集诗作，并评定甲乙等次，在元初诗坛掀起一阵田园抒幽的诗歌创作风潮，对元代与后世诗坛均有重要影响。

比照男性诗社，中国古代女子诗社出现时间较迟。在"蕉园诗社"之前，则有晚明桐城方氏"名媛诗社"与清初山阴祁氏女子社、华亭章氏六女社、吴门张氏七女社等。这些女子诗社虽然有自己的领军人物与固定成员，并不时进行诗歌唱和活动，但它们均未提出诗社的规约与章程，也没有形成自己鲜明的诗学主张。从诗歌组合与存在形态来看，它们均为血亲或血亲、姻亲混合型家族女子诗社，其诗歌结社活动大多是一种由亲缘与共同的文学爱好所引发的自然行为，其诗学聚合的无意识性远大于有意识性。所以，它们还不是真正成熟的女子诗社。

"蕉园诗社"崛起于康熙早期，它的出现改变了中国古代女子诗社这种非典型性存在的状态。因为，"蕉园诗社"具备了作为成熟诗社的诸多基本品质。

首先，诗社的成立是诗社核心成员的自觉行为而非无意识的自然行动。"蕉园诗社"成立于康熙十三年甲寅（1674），诗社是由林以宁、冯娴二人主动发起组建的，并得到柴静仪、钱凤纶、顾姒三人的积极响应，且在诗社组构与唱和过程中形成了自己的诗社社名。

其次，诗社核心成员固定，并不时或定期进行诗歌唱和活动。"蕉园诗社"核心人物为林以宁、冯娴、柴静仪、钱凤纶、顾姒，骨干成员则有李淑昭、朱柔则、姚令则等人。诗社可以考出的诗歌雅集与唱和活动则有"蕉园唱和""愿圃唱和""湖上唱和""凝香室唱和""河渚与小辋川唱和"等。

再次，诗社有自己的社约。林以宁的婆母顾之琼曾撰写《蕉园诗社启》，一方面招揽诗社成员，另一方面对"蕉园诗社"进行宣传。

最后，诗社在清初诗坛有显著的影响力，对清初女子诗社的发展壮大做出了卓越贡献。"蕉园诗社"不是一个家族封闭型女子诗社，而是一个家族与师友兼而有之的混合型女子诗社。诗社一些成员从自己的闺阁私人空间走向社会公共空间,在清代主流诗歌圈传播自己的诗名。如林以宁曾经随夫宦居洛阳与北京,顾姒曾经随夫远游北京,又随父卜居江苏松江府。林、顾二人还在异地积极进行诗歌创作并融入当地诗坛,或酬对唱和,或组构诗歌社团,由此扩大"蕉园诗社"的影响与自己的诗名。

二 清初具有全局性影响的主要女子诗社

在清初顺治、康熙诗坛,曾经活跃着大大小小若干女子诗社。虽然它们各具个性,也有自己的诗学贡献,但只有"蕉园诗社"具有广泛的诗名并对清初诗坛产生全局性影响。徐德音在《在璞堂吟稿序》中说:"吾乡闺秀能诗者,惟蕉园五子,更倡迭和,名重一时。"①灌畦叟朱樟在乾隆十八年(1753)为《在璞堂续稿》题序云:"久企凝香之室,亭亭翠羽翩翩。花外笺飞,快读墨庄之逸咏。楼头纸贵,争抄素赏之情吟。更联雅集于蕉园,并结撷芳之社。载咏香奁于愿圃,广题拾翠之蔚。"②梁乙真《中国妇女文学史纲》则曰:"分题角韵,接席联吟,极一时艺林之盛事。其后分道扬镳,各传衣钵。终清之世,钱塘文学为东南妇女之冠,其孕育滋乳之功,厥在此也。"③

"蕉园诗社"对清初诗坛的全局性影响主要体现在以下两个方面。

首先,"蕉园诗社"的崛起,标志着我国古代女子诗歌结社由社群质素不充分的非典型性阶段过渡到社群质素饱满的成熟时期,我国古代女子诗歌结社活动在"蕉园诗社"的构建过程中有了一次实质性的提升与飞跃。

其次,从清代女子诗社的演进历程来看,对清代诗坛有全局性影响的主要女子诗社有三:一是清初以"蕉园五子"为核心的"蕉园

---

① (清)徐德音:《在璞堂吟稿序》,胡晓明、彭国忠:《江南女性别集初编》,黄山书社2008年版,第112页。

② (清)朱樟:《在璞堂续稿序》,方芳佩:《在璞堂续稿》,北京出版社2000年"四库未收书辑刊"影印本,第537页。

③ 梁乙真:《中国妇女文学史纲》,上海书店1990年"民国丛书"本,第385页。

诗社",二是盛清以张滋兰为领军人物的"清溪吟社",三是晚清以顾春、沈善宝为主盟人的"秋红吟社"。在清初顺康诗坛,"蕉园诗社"是结社时间最长、结社活动最规范、诗学影响最深广、诗社成员众多的大诗社。在清初顺康女性诗坛,没有哪一个女子诗社在诗学影响上能出其右。

三 清初亲缘与师友兼而有之的综合型女子诗社

就诗社社群属性而言,"蕉园诗社"是一个亲缘与师友兼而有之的综合型女子诗社。与清代绝大多数女子诗社一样,"蕉园诗社"具有家族亲缘性。林以宁母顾之瑗、钱凤纶母顾之琼、顾姒父顾之绣为同胞姊妹或姊弟,故林以宁、钱凤纶、顾姒三人为表姐妹关系。柴静仪与冯娴也是表姐妹。与此同时,"蕉园诗社"又是一个聚合多个家族闺阁诗人的师友型女子诗社。除血亲、姻亲交织的林、顾、钱三家与互为表亲的柴、冯二门外,朱柔则、姚令则、李淑昭等人则分别来自不同的家族,她们与林、钱、顾三家没有血缘关系。相比由单纯的血亲、姻亲组构而成的家族女子诗社,"蕉园诗社"这种亲缘与师友兼而有之的综合特质,使其具有更优异的社群与诗学品格,一方面,它打破了单纯亲缘型女子诗社的封闭状态,另一方面,它也让诗社的诗学元素更丰富,诗学视域更宽广。

第三章 盛清女子诗坛巨擘

——清溪吟社

"清溪吟社"是盛清乾隆年间在吴门苏州崛起的一个闺阁诗社。诗社不仅在吴门地区诗名赫奕,而且对清代中后期女性诗坛有全局性影响。它是清代中期一个主要女子诗社。"清溪吟社"的主盟人为张滋兰,她是盛清苏州文坛名士任兆麟之妻。诗社主要成员则有张芬、席蕙文、沈纕、尤澹仙、朱宗淑、江珠、陆瑛、李嬿、沈持玉9人。她们或为官宦之女,或为文士之妻,且均著籍或定居于吴门苏州。由于诗社10位主要女诗人均生活于吴门苏州,故时人称其为"吴中十子"。又由于诗社主盟人张滋兰卜居于苏州林屋山,故"清溪吟社"10位主要闺阁诗人也称"林屋十子"。

潘亦儁《吴中女士诗钞序》云:"国子任君文田(任兆麟),居震泽水滨,稽古而能文,淑配张滋兰好学而善咏,既刻其唱和之什为一编,一时闻风应和者张紫蘩(张芬)、陆素窗(陆瑛)、李婉兮(李嬿)、席兰枝(席蕙文)、朱德音(朱宗淑)、江碧岑(江珠)、沈蕙孙(沈纕)、尤素兰(尤澹仙)、沈佩之(沈持玉),皆出其诗以相质,于是文田汇而刻之,题曰《吴中女士诗钞》。沨沨乎六义之遗,彬彬乎可与道古矣。"①

---

① (清)潘亦儁:《吴中女士诗钞序》,任兆麟:《吴中女士诗抄》,乾隆五十四年(1789)刻本,第3b—4a页。

第一节　诗社演进节点与主要雅会考

一　诗社演进节点考

"清溪吟社"原名"林屋吟榭"。诗社女诗人朱宗淑写有一首《虎邱竹枝词三首同席耘芝（席蕙文）、张紫蘩（张芬）诸君子作》，诗前有小序云："林屋吟榭课。"① 这里的"课"，不是"上课""讲课"之义，而是指诗人按照"林屋吟榭"的要求来进行诗歌练习与写作。诗社另一女诗人王琼也称她们的诗歌组织为"林屋吟榭"，她写了一首呈给诗社诸诗友的诗，题曰《怀清溪张夫人并呈林屋吟榭诸女史》。王琼还写有一首《东溪精舍白桃花》诗，诗前小序与朱宗淑一样，题曰："林屋吟榭课。"② 诗社另外两位女诗人沈纕与沈持玉也称诗社为"吟榭"。沈纕《小斋夜坐怀吟榭诸姊妹》："山色夜初静，空斋人悄然。琴声停落月，秋意对寒泉。梦觉良朋远，灯残香茗煎。相思歌露白，默坐不成眠。"③ 沈持玉《月夜有怀吟榭诸姊》："湘帘高卷碧栏杆，剪剪春风拂袂寒。不识吴城今夜月，几人同倚画楼看。"④

然而，清代与民国大部分诗歌文献均称"林屋吟榭"为"清溪吟社"。盛清恽珠《国朝闺秀正始集》："（张滋兰）比归心田，偕隐林屋山中，琴瑟唱和，诗学益进。继与同里张紫蘩芬、陆素窗瑛、李婉兮媺、席兰枝蕙文、朱翠娟宗淑、江碧岑珠、沈蕙孙纕、尤湘澹仙、沈皎如持玉，结清溪吟社，号吴中十子，媲美西泠。嗣又选定诸作，刊吴中

---

① （清）朱宗淑：《修竹庐诗稿》，任兆麟：《吴中女士诗抄》，乾隆五十四年（1789）刻本，第5b页。
② （清）王琼：《爱兰书屋诗钞》，任兆麟：《吴中女士诗抄》，乾隆五十四年（1789）刻本，第1b页。
③ （清）沈纕：《翡翠楼集》，任兆麟：《吴中女士诗抄》，乾隆五十四年（1789）刻本，第4b页。
④ （清）沈持玉：《停云阁诗稿》，任兆麟：《吴中女士诗抄》，乾隆五十四年（1789）刻本，第3b页。

第三章 盛清女子诗坛巨擘

女士诗,附以词赋及骈体文,艺林传诵,与蕉园十子并称。"① 晚清沈善宝《名媛诗话》:"《吴中十子诗钞》者,张滋兰允滋与张紫蘩芬、陆素窗瑛、李婉兮嬿、席兰枝蕙文、朱翠娟宗淑、江碧岑珠、沈蕙孙缵、尤湘澹仙、沈皎如持玉,结清溪吟社,号吴中十子,媲美西泠。"② 民国梁乙真《清代妇女文学史》:"吴门张滋兰允滋,与张紫蘩芬、陆素窗瑛、李婉兮嬿、席兰枝蕙文、朱翠娟宗淑、江碧岑珠、沈蕙孙缵、尤寄湘澹仙、沈皎如持玉,结清溪吟社,世所称吴中十子者,有《吴中十子诗钞》,论者谓可以媲美西泠,颉颃蕉园矣。"③

关于"清溪吟社"演进的主要节点,清代一些诗歌文献也有记载。最早记述"清溪吟社"诗歌结社活动的文献为诗社女诗人沈缵所写的《戊申仲夏,夜集小宝晋斋,赠郏杜兰妹》诗。诗歌所云"戊申仲夏",即为乾隆五十三年戊申(1788)仲夏。"小宝晋斋",则为沈缵家中一屋宅。其诗云:"停杯贮明月,清光落我手。露气生夕凉,荷风散虚牖。已与芳景遇,兼之素心友。新机时独引,妙义每相剖。"④ 此后,诗社另一女诗人江珠又撰写《自叙诗稿简呈心斋(任兆麟)先生》一文。此文对"清溪吟社"结社活动有较具体的描写:"清溪(张滋兰)、素窗(陆瑛)、蕙孙(沈缵)皆吴中女史也,惟兹三媛,并号大家。王夫人擅林下之风,顾家妇亦闺房之秀。闻道香名,人人班谢,传来丽句,字字徐庾。"又云:"于是香奁小社,拈险韵以联吟;花月深宵,劈蛮笺而酬酢。并缋五色之霞,奇才倒峡;互竞连珠之格,彩笔摩空。接瑶席而论文,宛似神仙之侣;树吟榭而劲敌,居然娘子之军。丽矣名篇,美哉盛事。"⑤

第二年春,即乾隆五十四年(1789)春,尤澹仙、沈持玉加入诗

---

① (清)恽珠:《国朝闺秀正始集》卷16,道光十一年(1831)红香馆刻本,第1a页。
② (清)沈善宝:《名媛诗话》,凤凰出版社2010年"清代闺秀诗话丛刊"本,第406页。
③ 梁乙真:《清代妇女文学史》,中华书局1932年版,第154页。又,梁氏此处有误,为《吴中女士诗钞》,而非《吴中十子诗钞》。
④ (清)沈缵:《翡翠楼集》,任兆麟:《吴中女士诗钞》,乾隆五十四年(1789)刻本,第4b页。
⑤ (清)江珠:《青藜阁自叙》,江珠:《青藜阁诗集》,乾隆五十四年(1789)"吴中女士诗钞"刻本,第1a页。

社，诗社规模得以扩大。任兆麟于乾隆五十四年己酉（1789）撰写《晓春阁诗集叙》，其文曰："余于小宝晋，耳寄湘尤媛（尤澹仙）诗名久矣。今春寄湘偕其外妹沈媛皎如（沈持玉），录所作诗相质，遂于清溪缔交，入吟榭焉。"①

诗社成立最大的标志性事件是张滋兰、任兆麟夫妇选定诗社成员诗歌并编辑成集，题曰《吴中女士诗钞》。此书雕版于乾隆五十四年己酉（1789）夏。《吴中女士诗抄》最先选定张滋兰《清溪诗稿》，继而次第选定"清溪吟社"其他女诗人诗作。任兆麟《吴中女士诗抄序》说明此书刊刻经过说：

> 戊申（乾隆五十三年）冬，选录清溪诗稿竟，携质吾师竹汀钱先生（钱大昕），先生许其诗格清拔，为正一二字。亟寓书仁和汪讱庵（汪启淑）兵部，编入《撷芳集》矣。清溪曰："滋素不善诗，实借同学诸女士之教，其可弗汇萃一编，以行世乎？且志一时盛事也。"因检筐中先后惠示并酬赠之什，于吴中得九媛，各录一卷，请余阅定焉。②

《吴中女士诗钞》的刊刻，是"清溪吟社"结社活动之盛事，也是清代乾嘉时期女性诗坛的重大事件。自此，"清溪吟社"诗歌结社活动，不仅为诗社内部与吴中地域所熟悉，也借此书的刊刻与流播，逐渐为海内诗坛所知晓。需要着重指出的是，在此之前，清代女性诗歌结社，未曾有将诗社女诗人诗歌汇萃刊刻的先例。应当说，《吴中女士诗钞》的刊刻，是清代女性诗歌结社活动的新开拓，它不仅丰富了"清溪吟社"的社团质素，而且提升了清代女子诗歌结社的文学品质。

二　主要雅会考

综合"清溪吟社"女诗人诗歌创作以及清代有关诗歌研究文献，

---

① （清）任兆麟：《晓春阁诗集序》，尤澹仙：《晓春阁诗集》，乾隆五十四年（1789）"吴中女士诗钞"刻本，第1a页。
② （清）任兆麟：《吴中女士诗钞》，乾隆五十四年（1789）刻本，第1a页。

可以考出"清溪吟社"主要文学雅会活动有"小宝晋斋雅会""翡翠林雅集""虎丘雅会"等。

（一）小宝晋斋雅会

小宝晋斋为"清溪吟社"女诗人沈纕的居斋。乾隆五十三年戊申（1788），"清溪吟社"部分女诗人在此斋雅会，进行诗社会课活动。沈纕《戊申仲夏，夜集小宝晋斋，赠郑杜兰妹》诗对这次雅会有记载。江珠《凤凰台上忆吹箫》"奉和林屋散仙题《浣纱词》卷"词下有注，也对这次雅会有简要记述："小宝晋斋以诸君子会课卷，请余评定甲乙，是宵阅尽。"①

（二）翡翠林雅集

翡翠林是诗社女诗人沈纕家中一宅园。乾隆五十四年己酉（1789）春，诗社女诗人张滋兰、张芬、沈纕、沈持玉、陆瑛、尤澹仙、江珠、席蕙文、朱宗淑会聚沈纕翡翠林进行文学雅会，又邀约吴门闺阁诗人刘芝、周澧兰、王寂居、叶兰与会。她们先以白莲花为题作赋，继则创作诗歌与骈文。任兆麟为评阅者，评定甲乙。这次雅会，人数多，声势盛，在吴门女性诗坛造成较大影响。沈纕在《翡翠林雅集叙》中这样描述此次雅会的盛况：

> 月满花香，夜寂琴畅，珠点夕露，翠湿寒烟。于是衔流霞之杯，倾华峤之宴，饮酒赋诗，诚所谓文雅之盛，风流之事者矣。况夫君子，有邻名流不杂，援翠裾而列坐，俯盘石以开襟，终燕一夕，寄怀千载。是时也，暮春骀荡，初夏恢台之交耳。乾隆己酉岁叙。②

（三）虎丘雅会

袁枚《小仓山房文集》记载了"随园女弟子"金逸与"清溪吟社"女诗人沈纕、江珠等人在吴门虎丘聚会的情景：

---

① （清）任兆麟：《吴中女士诗钞》，乾隆五十四年（1789）刻本，第94页。
② （清）沈纕：《翡翠林雅集》，乾隆五十四年（1789）"吴中女士诗钞"刻本，第1a页。

> 一日者，遇诸女于虎丘。日将昳矣，偕坐剑池旁，相与谈《越绝书》、《吴越春秋》诸故事，洋洋千言，此往彼复，旁听者缙绅先生，或不解所谓，咸惶也。有识者唶曰："《山海经》称'帝台之石上，帝所以享百神也'。昨千人石上，毋乃真灵会集耶？"其为乡里所钦挹如此。①

虎丘雅会是盛清乾隆年间吴门闺阁诗坛值得纪念的佳话。盛清乾隆中后期最具影响力的两大闺阁诗人群体"随园女弟子"与"清溪吟社"女诗人相会于吴门名胜虎丘，在此谈诗论文，切磋学问，一时在吴门传为美谈，"为乡里所钦挹"。

第二节 "金闺领袖"张滋兰的诗歌活动与创作特质

一 张滋兰的诗歌活动与贡献

"清溪吟社"是在张滋兰的倡导与主持下得以成立并发展壮大的，她是"清溪吟社"的主要组织者与主盟人。张滋兰，名允滋，字滋兰，又字清溪②，号桃花仙子，清代乾嘉时期苏州府长洲县（今属苏州市区）人。"清溪吟社"就是以她的字来命名。《吴中女士诗钞》诗人小传载其生平与诗歌活动说：

> 张允滋，字滋兰，以字行。一字清溪，号桃花仙子。匠门太史大受曾孙女。受业伯父云南观察凤孙之门，今翰林院侍读学士彭公绍观义女。震泽诸生任兆麟室。著《潮生阁诗稿》。③

法式善《梧门诗话》卷十五则说：

---

① （清）袁枚：《小仓山房文集》卷32，袁枚：《袁枚全集》，江苏古籍出版社1993年版，第587页。
② 一些文献又说张滋兰字滋兰，号清溪。本书依《吴中女士诗钞》说。
③ （清）任兆麟：《吴中女士诗钞》，乾隆五十四年（1789）刻本，第8a页。

第三章　盛清女子诗坛巨擘

张滋兰，字允滋，号清溪，匠门先生曾孙女，任兆麟室，著《湖生阁集》，与从妹芬字紫蘩，并擅美才。尝与里中名媛如江珠字碧岑，陆瑛字素窗，李嬿字婉兮，沈纕字蕙孙，沈持玉字皎如，尤澹仙字素兰，席蕙文字耘芝，朱宗淑字翠娟辈，结林屋十子吟社，分笺角艺，斐然成帙，兆麟刻以行世，流播海内，真从来所未有也。①

"清溪吟社"女诗人江珠则称她为"金闺领袖"。江珠在《采香楼诗集叙》中说：

吴中女史以诗鸣者，代不乏人。近得林屋先生提倡风雅，尊闻清溪居士为金闺领袖，以故远近名媛，诗简络绎，咸请质焉。②

张滋兰丈夫任兆麟在《清溪诗稿叙》中对张氏生平与诗歌活动叙之较详。任兆麟曰：

清溪女史幼禀家训，娴礼习诗，尝以韵语质香溪徐夫人（徐映玉）。香溪亟赏之。所居潮生阁为曾大父匠门太史（张大受）读书处。居常卷帙不去手，声琅琅彻牖外；夜则焚兰继之，每至漏尽不寐，灯火隐隐出丛树林，过之者咸谓此读书人家，初不知为女子也。时与月楼女史（张芬）讲说学艺，所造益进。继以二亲见背，岁辛卯伯舅父宝田师（张凤孙）为主婳事，遂归余。偶检其奁箧所有者，张氏九世诗文一编，益愀知渊源有自也。家事捆挡，习针黹事，虽嗜诗，不多作，间有作，不可意，辄焚弃。迩年又与耘芝（席蕙文）、蕙孙（沈纕）订道义交，诗筒往还，殆无虚日。因录其所作，请余决择。徐诵之，颇见清超之致，碧岑女史（江珠）所称为唐人格调也。③

---

① （清）法式善：《梧门诗话》卷15，凤凰出版社2005年版，第420页。
② （清）江珠：《采香楼诗》，乾隆五十四年（1789）"吴中女士诗钞"刻本，第1a页。
③ （清）任兆麟：《清溪诗稿叙》，张滋兰：《清溪诗稿》，乾隆五十四年（1789）"吴中女士诗钞"刻本，第1a—1b页。

张滋兰出生的吴门张氏,是一个以书香传家的文士家族。张滋兰曾祖父张大受,字日容,号匠门,清初苏州府长洲县人,康熙四十八年(1709)进士,官至贵州学政。《清史列传》载其生平曰:"张大受,字日容,江苏长洲人。康熙四十八年进士,改翰林院庶吉士,散馆授检讨。五十九年,充四川乡试正考官,旋奉命督学贵州。秩满,再留任。大受生有异才,于经史百家之言,无不贯穿。少从学于朱彝尊,为彝尊、汪琬、韩菼赏识。圣祖南巡,尝召至御舟赋诗,因宣入纂修馆。"① 沈德潜《国朝诗别裁集》卷二十二又说:"张大受,字日容,江南嘉定人,康熙己丑进士,官翰林院检讨。著有匠门诗文集。先生未第进士时,即已陶成士类。既入馆选,汲引尤众。"②

张滋兰伯父张凤孙,字少仪,乾隆年间举博学鸿词,官至刑部郎中,工诗文,著有《宝田诗钞》。张滋兰少年时曾受业伯父。袁行云《清人诗集叙录》称张凤孙:"其诗大抵于唐宋金元明诸名家靡不披览,故有体格。"③

张滋兰母亲陆孺人也是一个闺秀作者,其表侄宋林记述说:"母陆孺人,所著《唾绒诗草》,载《虎丘志》。姆母生累代诗礼之门,秉母氏之教,抽豪拮韵,出雅入风,渊源泂非无自也。"④ 其父张经畬则为苏州一文士,也能诗文。

张滋兰丈夫任兆麟,清苏州府震泽县(今属苏州市区)人,字文田,号心斋,清乾嘉时期诸生,为清代乾嘉时期著名学者与诗人,著有《竹居集》《毛诗通说》等。"清溪吟社"得以成立,任兆麟出力甚多。他不仅指导清溪吟社女诗人社内课业,主持诗社诗歌创作评选活动,还主持刊刻《吴中女士诗钞》。《清史列传》卷六十八载其生平事迹说:

　　兆麟,原名廷麟,字文田,震泽籍,太学生。嘉庆元年,举孝

---

① 《清史列传》,中华书局1987年版,第5815页。按,《清史列传》未署撰稿人。
② (清)沈德潜:《国朝诗别裁集》,岳麓书社1998年版,第651页。
③ 袁行云:《清人诗集叙录》卷28,文化艺术出版社1994年版,第978页。
④ (清)宋林:《清溪诗稿跋》,张滋兰:《清溪诗稿》,乾隆五十四年(1789)"吴中女士诗钞"刻本,第16a页。

廉方正,以侍养辞。

又说:

> 兆麟承家学,博闻敦行,又从长洲褚寅亮、彭绍升游。自经史子传、音韵古籀,及诗古文,皆颖悟解脱,心契其妙,为王鸣盛、钱大昕所重。金坛段玉裁先与兆麟兄大椿、基振游,后居苏州交兆麟,有"三任"之目。①

张滋兰与任兆麟结缡后,琴瑟和谐,不仅同窗共读,而且时有诗词赓和。江珠《自叙诗稿简呈心斋(任兆麟)先生》叙述任氏夫妇恩爱关系时说:"惟夫人固清河贤媛,先生推吴郡通儒,博学不穷,诗书笥腹,多文为富,著述等身。震泽湖边,春水茫茫,似镜垂虹,亭畔远山,叠叠如眉。爰自双悬风管,偕隐鹿门,举案之余,便参金石。"②

张滋兰又师从乾隆时期著名闺阁诗人徐映玉。徐映玉,字若冰,号香溪,清苏州府昆山县(今苏州昆山市)人,归苏州长洲县孔毓良,定居苏州香溪,著有《南楼吟稿》。《清代闺阁诗人征略》载:"映玉字若冰,昆山人,孔某室,有南楼吟稿,卒年三十六。"③ 又《小黛轩论诗诗》:"徐映玉,字若冰,号香溪,昆山人。母梦寒梅而生,长尤爱梅。归孔毓良。与许云清、方芷斋交厚,常以诗筒往返唱和,著《南楼吟稿》。"④

探寻张滋兰一生诗歌行迹与诗学渊源,她对清代女性诗坛的最大贡献即为组织并主盟"清溪吟社"。她对"清溪吟社"主要做了以下几项工作。

---

① 《清史列传》卷68,中华书局1987年版,第5511页。按,《清史列传》未署撰稿人。
② (清)江珠:《自叙诗稿简呈心斋先生》,江珠:《青黎阁诗集》,乾隆五十四年(1789)"吴中女士诗抄"刻本,第1b页。
③ 施淑仪:《清代闺阁诗人征略》卷4,上海书店1987年影印本,第209页。
④ (清)陈芸:《小黛轩论诗诗》卷上,凤凰出版社2010年"清代闺秀诗话丛刊"本,第1542页。

其一，与诗社女诗人时常诗歌唱和，在清代乾嘉时期吴门地区组织、团聚起一批闺阁诗人。张滋兰与张芬为堂姐妹，其早年即与张芬"讲说学艺，所造益进"①。嫁与任兆麟后，她又与席蕙文、沈纕在诗学上交往，"诗筒往还，殆无虚日"②。其后，江珠、尤澹仙、沈持玉等六人也先后与张滋兰诗歌唱和，并视张滋兰为"金阊领袖"。由此，"清溪吟社"遂得以顺利成立，并成为吴门与盛清诗坛主要的女子诗社。

其二，主持编选并刊刻《吴中女士诗钞》。乾隆五十三年戊申（1788），张滋兰与任兆麟共同甄选张氏所写诗歌《清溪诗稿》，任兆麟携《诗稿》向其时著名学者与诗人钱大昕求教，"先生许其诗格清拔，为正一二字"③。任兆麟又向其时另一著名诗人汪启淑写信，向其推荐《清溪诗稿》，汪启淑则将张滋兰所写诗歌掇录入他正在编选的大型清代女性诗歌总集《撷芳集》。随后，张滋兰遂向任兆麟推荐"清溪吟社"其他女诗人，建议将她们所写诗歌也刊刻出版。于是夫妻二人共编《吴中女士诗钞》，"因检箧中先后惠示并酬赠之什，于吴中得九媛，各录一卷"④，并最终在乾隆五十四年（1789）付梓刊刻。

其三，指导、提携"清溪吟社"女诗人，为盛清女性诗坛培养了高水平的诗歌人才。"清溪吟社"多位女诗人，如沈纕、朱宗淑等人均得到张滋兰的诗歌指导与提携，并最终成为"清溪吟社"的骨干成员与盛清诗坛的优秀女诗人。沈纕回忆张滋兰对其诗歌指导与提携云："曩者，感承不弃，援入诗坛，蒙辱枉交，频遗厚礼，自顾非才诚陋，奚堪附骥尾以弥彰，何意惠教良深，不啻登龙门而有庆。"⑤朱宗淑感佩张滋兰对自己在生活与诗歌上的关心，称张氏为自己最敬佩的老师。其

---

① （清）任兆麟：《清溪诗稿叙》，张滋兰：《清溪诗稿》，乾隆五十四年（1789）"吴中女士诗钞"刻本，第1a页。
② （清）任兆麟：《清溪诗稿叙》，张滋兰：《清溪诗稿》，乾隆五十四年（1789）"吴中女士诗钞"刻本，第1a页。
③ （清）任兆麟：《吴中女士诗抄序》，任兆麟：《吴中女士诗钞》，乾隆五十四年（1789）刻本，第1a页。
④ （清）任兆麟：《吴中女士诗抄序》，任兆麟：《吴中女士诗钞》，乾隆五十四年（1789）刻本，第1a页。
⑤ （清）沈纕：《书寄清溪张滋兰夫人》，张滋兰：《清溪诗稿》，乾隆五十四年（1789）"吴中女士诗钞"刻本，第4a页。

第三章 盛清女子诗坛巨擘

《读清溪表姨母诗稿赋呈》云:"遥夜难成寐,闲披一卷诗。草根青露重,兰叶晓风吹。之子有仙骨,吟坛得我师。垂虹景色好,小艇泛偏迟。"①

其四,在盛清诗坛积极交往,渐次扩大"清溪吟社"的诗学影响。考张滋兰《清溪吟稿》,与张氏有诗歌交往的盛清女性与男性诗人有十多人,如《咏雨窗月季花,同陶琼楼作》,诗前有小序介绍陶琼楼:"琼楼名善,字庆余,一字月溪,彭主事希洛室,著有《琼楼吟稿》行世。"②又《题姜贞女桂画幅,同佩琼陆夫人作》诗前小序云:"表姨母佩琼夫人,名贞,归邵迁江丈元鏊。"③而在《郑云樵外弟过小斋》《春日奉慰研云》《寄怀颖川三姨母》等诗提到的"郑云樵""研云""三姨母"等人也能诗。此外,值得注意的是,张滋兰与盛清著名诗人袁枚、潘亦隽也有诗歌交往。在《清溪诗稿》中,张滋兰写给袁枚或与袁枚有关的诗有二首,题曰《乐安汤夫人招诸女士宴集绣谷,即送袁简斋年丈还金陵》与《题袁简斋年丈给假归娶图》。诗集又收录有潘亦隽《庚戌上巳为紫繁女史画梅并题,即和清溪女史韵祈正》诗。总体来看,张滋兰在盛清乾嘉诗坛的诗歌交往,不仅提高了自己的诗歌素养与诗名,也扩大了"清溪吟社"的诗歌影响。

张滋兰对"清溪吟社"所做的杰出贡献以及她在诗社中的重要地位,清代以来人们多予以高度评价。清张芬《题清溪家姊诗稿后》云:"选得灵珠入锦囊,山川灵秀入篇章。画眉窗下联吟处,江左风流两擅场。"④民国梁乙真《中国妇女文学史纲》云:"(张)允滋,字滋兰,号清溪,别号桃花仙子,幼受业徐香溪女史之门,工诗文,兼写墨梅,著有《潮生阁集》,赫然为吴中十子盟主。"⑤

---

① (清)朱宗淑:《修竹楼吟稿》,任兆麟:《吴中女士诗抄》,乾隆五十四年(1789)刻本,第5b页。

② (清)张滋兰:《清溪诗稿》,任兆麟:《吴中女士诗抄》,乾隆五十四年(1789)刻本,第6a页。

③ (清)张滋兰:《清溪诗稿》,任兆麟:《吴中女士诗抄》,乾隆五十四年(1789)刻本,第6b页。

④ (清)张芬:《两面楼诗稿》,任兆麟:《吴中女士诗钞》,乾隆五十四(1789)刻本,第4a页。

⑤ 梁乙真:《中国妇女文学史纲》,上海书店1990年"民国丛书"影印本,第417页。

二 诗歌创作特质

张滋兰诗歌创作有与清代闺阁诗人诸多相同或相似的地方，即有与清代闺阁诗人同生共有的同质性。在诗歌抒情视域上，囿于自身比较内敛的生活范围与生活方式，张滋兰的诗歌主要写清代闺阁诗人常写的内容，如闺阁家庭生活、闺阁文艺生活、闺阁交游与户外活动等。具体而言，张滋兰的诗歌主要写了以下几项清代闺阁诗人时常写作的内容。

（1）题画。题画诗是中国古代诗坛也是清代女性诗人一个常写题材。如"蕉园诗社"女诗人顾姒即写有《题林亚清画》诗，诗社另一女诗人冯娴则写有《题美人拥被抱琴图》诗。在张滋兰《清溪诗稿》中有多首题画诗。如《题姜贞女画幅同佩琼陆夫人作》："绮石标孤秀，琼葩吐异馨。夜深人独立，淡月上疏棂。"① 又《题桂庭秋晚图为织云女史赋》："小院觉秋深，疏窗净丛碧。美人冰雪怀，独倚琼阑夕。曲径小山幽，天寒桂花白。何如林下风，一访西池宅。"大体而言，张滋兰题画诗均能按照画中内容进行描述与抒情，且情景交融，不做空泛的议论，且在情感上呈现出一种理性平和的风貌。

（2）致外。此处所谓"致外"，即妻子写给丈夫的诗。中国古代男女有别，男主外，女主内，故丈夫常称妻子为"内子"，而妻子则称丈夫为"外子"。致外是中国古代女诗人常写内容之一。如南朝著名女诗人刘令娴就写有两首《答外诗》。清代著名女诗人徐德音《绿净轩诗钞》、钱孟钿《浣青诗草》也写有若干致外诗。② 张滋兰与任兆麟鹣鲽情深，彼此牵系，故夫妻多有互相致意之作。在《清溪诗稿》中即有《秋夜怀心斋》《雨窗忆心斋》等多首致外诗。《秋夜怀心斋》曰："雨斋银灯夕，织云入暮天。芙蓉还寂寞，秋水自婵娟。寒燕声疑断，虚窗

---

① 本小节所举张滋兰诗歌，均选自张滋兰《清溪诗稿》，为乾隆五十四年（1789）任兆麟编《吴中女士诗钞》刻本，在此不一一注出。

② "致外"是徐德音《绿净轩诗钞》与钱孟钿《浣青诗草》的主要抒情视域之一。《绿净轩诗钞》有《春日书怀寄外》《口占寄外》《夫子生辰赋诗为祝》《春闺寄外》《夜雨忆外》等若干"致外"诗，《浣青诗草》则有《秋夜怀外子》《送外子》《题外子易渔图》《送外子北上》《秋夜寄外子》《落梅和外子韵》等近20首"致外"诗。

夜不眠。思君在高阁，清夜抚冰弦。"《雨窗忆心斋》曰："愁对黄梅雨，思君意若何。萧萧深树里，偏是别离多。"这两首诗写张滋兰对外游丈夫的思念。第一首写秋夜寂静，她独处闺房，因为思念丈夫而难以入眠，只好抚琴来纾泄内心的伤感。第二首写潇潇雨窗下，她孤独伫立，以此不由得心生埋怨，为什么丈夫总是出远门，让他们夫妻聚少离多。这两首诗写得情感坦诚，有感伤也有些许怨气，但情感纾泄力度把握得恰到好处，没有过度萎靡，也没有喧闹叫骂，整体上做到了发乎情，止乎礼，不失其有教养的闺阁女性的身份。

（3）闺阁友情。张滋兰在乾嘉之际的苏州地域诗坛有比较广泛的诗歌交往，并与苏州和其他地域的若干女诗人结下较深的情谊。其《迟研云不至》曰："寒夜萧萧木叶空，一钩新月画帘风。美人有约情何已，无那银釭落尽红。"《忆婉兮陆夫人并柬令姑素窗夫人》曰："不减三年字，长留一卷诗。那堪重省忆，又是菊残时。"这两首诗，一首写给闺阁好友研云，一首写给"清溪吟社"女诗人李嫩与陆瑛。第一首写诗人等候研云，但研云迟迟不来。诗人没有埋怨，只是感到惋惜与失望，并希望今后还有机会与研云会面："美人有约情何已，无那银釭落尽红。"第二首写诗人与李、陆二闺阁有三年的诗歌交往："不减三年字，长留一卷诗"，这份深厚的情谊让她们彼此心心相印。然而，"又是菊残"的深秋季节，诗人却想念起这两位闺阁好友，这份想念是那么强烈，似乎难以遏止。

（4）闺阁唱和。在张滋兰《清溪诗稿》中，有较多闺阁唱和诗。张滋兰诗歌唱和对象多样，既与"清溪吟社"女诗人唱和，也与诗社外其他女诗人唱和。其《镫花和香溪夫人韵》曰："软柳花含吐，丹心不作灰。悬知来日事，先已报妆台。"其《咏雨听月季花同陶琼楼作》曰："红艳轻盈映翠苔，应怜风雨便相催。娇花也会经霜雪，寂寂庭阶按月开。"第一首《镫花和香溪夫人韵》写给她的诗学启蒙老师徐映玉，第二首《咏雨听月季花同陶琼楼作》则写给其闺阁友人陶善。这两首诗的共同特点就是先体物状景，后言情释意。灯花已结，但不要轻易挑落，因为灯花能兆知后事，它告知妆台女子，其远游的心上人即将归来。月季花开得那么娇艳烂漫，然而，它经历过风风雨雨的考验。难得的是，月季花经得住砥砺，耐得住寂寞，"寂寂庭阶按月开"。其实，这二首诗既是写景状物，也是在写生活，写心性，在写景状物中寄寓着诗人对生活的体验与对人生的思考，颇有几分哲理抒情的美感。

（5）写景与咏物。写景与咏物是中国古代诗歌创作最为常见的主题。张滋兰也擅长写这两方面的内容。其《夏夜》曰："修竹亭亭曲栏前，碧天星月照池边。夜深微觉凉风动，人静当窗犹未眠。"《对菊》曰："对此窗前月，闲庭黄菊英。夜深花影静，凉露玉阶生。"《春日闲居》曰："柴扉殊萧寂，开坐碧窗虚。好鸟知春意，深闺闲读书。活溪垂柳绿，细柳积阶虚。试奏高山曲，悠然慰索居。"第一首《夏夜》诗，描绘夏天夜晚诗人所感受到的景色。翠绿的竹丛亭亭于曲栏前，池水荡漾，蓝天上的星星与月亮与之相映。夜深时分，凉风吹来，使人备感清爽，然而，炎热的天气让诗人久久难以入眠。第二首《对菊》为一首咏物诗，诗人看着庭院里生长的菊花，心里备感亲切，但又觉得在这寂静的夜晚，菊花自生自长，让人感觉到它特别的孤独而寂寞。第三首《春日闲居》，写春天诗人悠闲惬意的家居生活。柴扉虚掩，窗明几净，群鸟喧闹，诗人展卷读书。溪水潺潺，绿柳依依，诗人感受到春天的生机与美丽。她觉得这样的生活再好不过了，希望长此延续下去："试奏高山曲，悠然慰索居。"这三首诗诗风平和淡雅，体物状景生动逼真，真实地展现了张滋兰生活与心性的多重侧面。

张滋兰诗歌创作不仅在内容上与清代闺阁诗人有同生共有的同质性，就是在诗歌写作风格、写作方法运用上也有诸多相似或相同的地方。就风格而言，与清代大多数闺阁诗人一样，张滋兰情感表达不张扬，比较内敛平和。在写作方法运用上，张滋兰也与清代大多数闺阁诗人一样，感性描述较多，哲理议论较少，且喜欢用比兴、拟人、映衬、委曲、摹状、移情等修辞格。

然而，细读张滋兰的诗歌，尽管其写作内容是清代闺阁诗人常见的写作题材，其写作风格与写作笔法也与清代众多女诗人有相同或相似的地方，但她在这些"常见"之外，又能熔铸出自己独特的气质与品格，作为清代中叶最杰出的女诗人之一。张滋兰的诗歌创作也有自己的异质性，即它自身所特有的创作品质与辨识度。江珠在《清溪诗集题词》

第三章 盛清女子诗坛巨擘

中论张滋兰诗歌创作品质时说:"余尝与心斋先生论诗,言今之作者,必曰学李杜,效王孟,拘牵心力,刻画古人,反不能自道性情,此未知诗耳。惟清溪深悟诗旨,故言之温厚,有风有雅,出入三唐,而不名一家,盖其清超之致,能以无为为工,得诗之三昧矣。"① 概而言之,张滋兰诗歌最具辨识度的创作品质有二。

其一,温婉忠厚的情感表达。温婉忠厚原指一种性格或人性品格,但也可用来评价文学之美。张滋兰的诗歌在情感表达上总体呈现一种温婉忠厚的风貌。其《寄怀诸表弟妹》曰:"昔日曾携手,芳情恋素心。孤舟一为别,已复岁华深。鸿雁秋风至,白云怀素琴,故人久不见,小立独沉吟。"其《寄怀颍川三姨母》云:"仿佛闺中事,妆台话旧盟。清溪怀远梦,胥浦寄遥情。久别芳颜改,韶光转毂行。雁飞江畔落,何日慰平生。"这两首诗均为张滋兰写给亲戚之作。其"诸表弟妹"与"三姨母"远在他方,长久不能相见,故诗人写此两诗以表达牵挂与想念。两首诗的写法大体一致,先回忆往昔在一起的温馨时光,继写他们各自离别,最后表达诗人的相思情怀。在情感表达方式上,诗人用平实的语言描述内心的真实感受,不做激烈的宣泄,也不做夸张的烘托,其情感呈现虽有淡淡的怅惘,却给读者一种温婉忠厚的美感。

其二,清纯逸淡的写作风格。清纯一词主要用来形容人的外形与气质,也可用来评论诗词意境或文艺形象。张滋兰的诗歌创作,无论是题画、致外、闺阁友情或是其他题材,均有几分清纯逸淡的风致。其《春日》诗曰:"虚窗静坐夕阳斜,新竹闲庭感岁华。堪爱风轻春日暖,桃红又见一枝花。经年庭树留残叶,隔浦灵禽聚浅沙。野岸池塘芳草绿,石桥南畔钓鱼家。"其《立春日雨》诗曰:"春风吹雨梅花湿,江上渔翁罢钓归。有客草堂共秉烛,钩帘犹是雨霏霏。"其《寓居山塘偶作》云:"开轩面面绝尘埃,小径闲花点石苔。一榻午风人倦起,夕阳窗外燕初来。"这三首诗,均以写景为主,但也描写诗人的生活与心理状态。第一首《春日》诗,写春天傍晚,夕阳映照,诗人静坐窗下。

---

① (清)江珠:《清溪诗集题词》,张滋兰:《清溪诗稿》,乾隆五十四年(1789)"吴中女士诗钞"刻本,第3a页。

她看到的景象是：风轻日暖，桃花红艳，水畔沙滩上群鸟汇聚，原野、池塘春草丛生。家中庭院里的老树旧枝之上又发新叶。此时此刻，诗人不想别的，只想好好享受眼前"石桥南畔钓鱼家"的悠闲生活。第二首《立春日雨》诗，写春风送雨打湿了灼灼红花，因为下雨，江畔钓鱼的"渔翁"不得不收杆回家。农家小院里烛火通明，原来是主人与客人欢聚一堂。然而，就在此时，窗外的雨丝飘飘洒洒，下个不停。第三首《寓居山塘偶作》，写诗人离开城市，避居乡村山塘。她打开门轩，数着小径上长出的小花。她悠闲地躺在榻椅上，享受着轻风吹拂带来的清凉，她还惬意地眺望"夕阳窗外"燕子轻盈地飞翔。这三首诗，既写自然之景，又写世俗之人，在大自然的波光草色中羼入人类的世俗生活。在写作方式上，诗人只是用纯白描的手法如实写来，有什么写什么，不做大开大阖的描绘，也不做热热闹闹的渲染，就连诗歌写作中最常见的比喻、拟人等修辞手法也懒得使用。可以说，诗人是用平淡之笔状自然之景与社会之人。在抒情手法上，诗人也是将自己此时此刻宁静闲放的心致用最适合的语言表达出来，没有大起大落的抒情，也没有慷慨激昂的议论。总之，这三首诗写景则清雅洁净而不乏生活气息，抒情则真诚逸放而又平淡朴素，在总体风格上呈现清纯逸淡的风致。

第三节　诗社"林屋十子"考

"林屋十子"又称"吴中十子"，是指清代乾嘉年间"清溪吟社"张滋兰、张芬、席蕙文、沈纕、尤澹仙、朱宗淑、江珠、陆瑛、李媺、沈持玉十位闺阁诗人，其中张滋兰是诗社"金闺领袖"，其余九人则是诗社主要成员。张滋兰的诗歌贡献前文已经论述，下文将考论"林屋十子"其他九子，也将简论与"清溪吟社"有联系的其他女诗人。

一　张芬、席蕙文、沈纕、尤澹仙、朱宗淑

（一）张芬

张芬，清中叶乾嘉时期苏州府长洲县（今属苏州市区）人，字紫纂，又字月楼，举人张曾汇女，同知夏清和室，"金闺领袖"张滋兰从妹，著有《两面楼诗稿》等。《吴中女士诗钞》载其生平曰：

> 张芬，字紫纂，一字月楼。云南学政学庠孙女，乙卯举人曾汇女，滋兰从妹。
> 直隶州同知今署吴县县丞夏清和室，著《两面楼偶存稿》、《别雁吟草》。①

《晚晴簃诗汇》论其诗歌事迹说：

> 月楼夙秉慧业，从常熟许冰壶（许在璞）夫人游，冰壶门徒数十，月楼与其姊桂森所最契赏。自清溪结诗社，月楼以诗相质，每分题联咏，侪辈咸推服。又偕寂居、碧云诸子，参禅论学，故语多禅悟。②

任兆麟《两面楼诗稿叙》也说：

> 月楼女史张芬，字紫纂，清溪从妹也。少从常熟许冰壶（许在璞）夫人游，冰壶门徒数十，月楼偕其姊桂森最奖赏者也。自清溪结诗社，月楼以诗相质，每分题联咏，构一作，侪辈咸推服。清溪尤倚重之。③

考察张芬一生行迹，她出生于一个科考仕宦之家。其祖父张学庠，康熙四十八年（1709）进士，曾官云南学政。考朱保炯、谢沛霖《明清进士题名碑录索引》康熙四十八年己丑进士科，张学庠与其弟张学

---

① （清）任兆麟：《吴中女士诗抄》，乾隆五十四年（1789）刻本，第8a页。又，《别雁吟草》不是张芬作品，而是其姊张蕴所著，有张芬《题桂森家姊〈别雁遗草〉后》诗为证。
② 徐世昌：《晚晴簃诗汇》，北京出版社1996年影印本，第3063页。
③ （清）任兆麟：《两面楼诗稿叙》，张芬：《两面楼诗稿》，乾隆五十四年（1789）"吴中女士诗钞"刻本，第18a页。

贤、从父张大受同榜登第，时人称羡，引为佳话。福格《听雨丛谈》说："（康熙）四十八年己丑会试，主司：阁臣李光地、尚书张廷枢二人。中式三百人。状元赵熊诏、榜眼戴名世、探花缪元，三鼎甲皆江南人。长洲张学庠、张学贤，大兴黄叔琬、黄叔璥，皆兄弟同登。"① 更为难得的是，张学庠兄弟又同入翰林。《藤阴杂记》云："联名入翰林：（康熙）己丑，长洲张学庠、张学贤；大兴黄叔琬、黄叔璥。"② 其父张曾汇，为乾隆二十四年乙卯（1759）举人。其夫夏清和，曾官直隶州同知。张芬为张滋兰从妹，二人青少年时期即有诗歌交往，任兆麟记叙张滋兰早年学诗事迹说："时与月楼女史（张芬）讲说学艺，所造益进。"③

张芬诗歌启蒙老师是清代中叶著名女诗人许在璞。恽珠《国朝闺秀正始集》记载许氏生平说："许在璞，字玉仙，号冰壶老人，江苏常熟人，陆叙臣室。著有《小丁卯集》、《梅花回文百律》、《茹荼百咏》。"又说："冰壶工文翰，善弈，守志六十年，以苦节称。"④

在"清溪吟社"中，张芬是有创辟的重要诗人。任兆麟《两面楼诗稿叙》论张芬诗歌创作风格说：

> 大都斟酌三唐，发源选体，非徒袭其貌似而已。盖月楼夙慧业，又偕寂居、碧云诸子参禅论学，由其性情所发摅，而不类句栉字比者之为，是契无上乘者。⑤

尤澹仙在《两面楼诗集题词》中也说：

> 张君紫蘩者，清河世裔，茂苑芳姝。学溯渊源，人尤潇洒。议

---

① （清）福格：《听雨丛谈》，中华书局1984年"清代史料笔记丛刊"本，第196页。
② （清）戴璐：《藤阴杂记》，上海古籍出版社1985年"明清笔记丛书"本，第4页。
③ （清）任兆麟：《清溪诗稿叙》，张滋兰：《清溪诗稿》，乾隆五十四年（1789）"吴中女士诗钞"刻本，第1a页。
④ （清）恽珠：《国朝闺秀正始集》卷8，道光十一年（1831）红香馆刻本，第18b页。
⑤ （清）任兆麟：《两面楼诗稿叙》，张芬：《两面楼诗稿》，乾隆五十四年（1789）"吴中女士诗钞"刻本，第18a—18b页。

论则兰闺潘陆，才华则绣阁徐庾。秋水芙蓉，格剪六朝之绮，春风红豆，词穿九曲之珠。而且姊皆道韫，传咏絮于庭前。①

与清代部分闺阁诗人一样，张芬诗歌创作整体显得孤寂感伤。其《落花和碧岑江姊作》："风信番番不自持，残魂摇荡未招时。陌头迟约寻芳伴，树底微吟感旧时。落向红尘空色相，飞随天雨忏情痴。拈来莫讶流光远，清净偏宜绿浦枝。"②《村居有感》云："门倚秋山叶正黄，一湾流水淡斜阳。小鬟不识离人意，笑摘名花号断肠。"《忆乡间故宅》云："古树鸦啼雪夜长，春前清景忆江乡。月过竹径分梅影，风入芦帘散柏香。穗帐魂归应对泣，慈帏恩在总牵肠。挑灯凭记凄凉梦，犹与闲云绕草堂。"这三首诗，第一首为赠和之作，写年复一年，花谢枝头，时光不再，诗人虽有"微吟感旧"的怀旧情怀，但也无济于事，时光还是无情远去。这首诗大体抒发的是"年年岁岁花相似，岁岁年年人不同"的怅惘之情。第二首《村居有感》，是张芬写得最活泼也最有生活气息的一首诗。诗中的那个摘花"小鬟"活泼天真，让全诗充溢着喜剧而灵动的气氛。然而诗中秋山的黄叶，流水映衬下的夕阳，却让此诗有挥之不去的颓废情绪。尤其是诗中那位不谙世事的"小鬟"摘的是断肠花，这就表明，诗人在此抒发的不是喜庆之绪，而是伤感之怀。第三首写诗人回到"乡间故宅"时的所见所感。诗中所描写的月下梅影、风送柏香虽有几分美感，但古树鸦啼、穗帐对泣显然是阴暗之景了。而"慈帏恩在总牵肠""挑灯凭记凄凉梦"等句则直接抒发了诗人对父母与家乡的愧疚与思念之情。

张芬写得有自己特质与个性的诗大约有两类：一为远离人间烟火的"参禅"诗，一为贴近人间烟火的"竹枝词"。

张芬信佛奉佛，写了不少"参禅"诗。"禅"的意义有多种，但它最根本的要义就是"静"：身静如磐石，心静似明镜，参透人生，不为

---

① （清）尤澹仙：《两面楼诗集题词》，张芬：《两面楼诗稿》，乾隆五十四年（1789）"吴中女士诗钞"刻本，第1a页。

② 以下诸小节所举证的"清溪吟社"众位女诗人所写诗歌，均出自她们所写诗集，版本为乾隆五十四年（1789）任兆麟编《吴中女士诗抄》刻本，在此不一一标注。

外物所动。《六祖坛经·坐禅品第四》:"外离相即禅,内不乱即定。外禅内定,是为禅定。"① 其《长夏书怀寄寂居》云:"禅性超身外,浮生寄梦中。闲吟何处好,柳荫一窗风。"其《丁未晚春味禅杂咏》曰:"帘外游丝缩夕阳,睡魔消尽指绳床。鱼声未断莺声老,长日能添几炷香。"又曰:"梨花零落梦阑珊,小院葳蕤锁暮寒。燕子欲随春去也,新愁不到旧蒲团。"又曰:"浮生似茧脱无期,一刻青春万缕丝,二十余年愁里掷,人间留得感怀诗。"这几首诗,主要描述诗人祛除心中的杂念,做到了心灵淡然,超然物外。

张芬还写有若干竹枝词诗。竹枝词是中国古代一种诗体,它由古代巴蜀民间歌谣演变而来。中唐刘禹锡把巴蜀民间竹枝词改造成为一种文人诗体,对后世诗坛影响颇大。张芬写有较多的竹枝词诗,如《虎丘竹枝词同席姊耘芝作》《洞庭竹枝词》《邓尉竹枝词》《荷花荡竹枝词》《浒墅竹枝词》《胥江竹枝词》《齐女门竹枝词》《南园竹枝词》等。其《虎丘竹枝词同席姊耘芝作》云:"七里笙歌兴不赊,前山春酒后山茶。绿阴别有莺声啭,翠袖双携唤卖花。"其《浒墅竹枝词》云:"野花如障覆茅墙,芳草萋萋村路长。女伴采兰曾有约,待侬烧罢管山香。"又云:"榆阴满地午天晴,绿涨南湖野岸平。茅屋几间连麦陇,短篱风度席机声。"其《南园竹枝词》云:"香尘拂拂柳毿毿,正是南园春二三。携酒听莺人欲醉,榆钱争掷卖花蓝。"张芬所写竹枝词,聚焦于苏州地域风光与民间风情,其竹枝词所写的"虎丘""洞庭""邓尉""浒墅"诸地均为苏州著名风景区,而其诗中所写的"七里笙歌""前山春酒""翠袖卖花""短篱机声""掷卖花蓝"等民间风情,也真实状写出苏州地区的民风民俗。

(二)席蕙文

席蕙文,字耘芝,清乾嘉时期苏州府吴县(今属苏州市区)洞庭东山人,吴门闺阁诗人,"清溪吟社"重要成员之一,著有《采香楼诗集》等。《吴中女士诗钞》载其生平曰:

---

① (唐)惠能:《六祖坛经·坐禅品第四》,中州古籍出版社2008年版,第50页。

第三章　盛清女子诗坛巨擘

席蕙文，字兰枝，一字耘芝，清溪县知县绍元女，著《采香楼诗草》、《自怡集》。①

陈芸《小黛轩论诗诗》也说：

席蕙文，字兰枝，号耘芝，吴县人，工词赋、骈文，归常熟戴安，入清溪社。②

席蕙文父席绍元，曾官清四川资州内江知县（今属四川内江市），其夫戴安，为清代乾嘉时期诸生。席蕙文出生的清代吴门席氏，世居吴县洞庭东山，以经商与刻书著称于世。吴门席氏"扫叶山房"刻书坊，是继常熟毛晋"汲古阁"后经营时间最长、刻书数量最多的清代私家刻书坊。清初席启图曾以"绳武堂"名开始刻书，其弟席启寓，曾官清工部虞衡司主事，辞官回乡后，开始成规模刻书，他曾刻印《十三经》《十七史》，并耗三十年时间刻成《唐诗百名家集》。康熙帝在其三十八年（1699）南巡江南时，曾御临东山席府。其后，席启寓孙席鉴，席启寓玄孙席世臣以"扫叶山房"书坊名成规模刻书，雕刻出版不少善本、精本古书，在清代刻书业产生重大影响。得益于席氏家族文化，吴门洞庭东山席氏涌现出不少才女，如席文卿、席佩兰、席淑媛、席筠、席仲田、席香谷等人，而席蕙文也是其中优秀者之一。③ 席蕙文曾随其父宦居蜀中，在此期间，游历成都著名景区武侯祠与杜甫草堂，为此，写下了《武侯祠》《杜陵草堂》二诗。她还到过巴东与三峡地区，并写下《过十二峰》《登高阁》等诗。在"清溪吟社"十子中，席蕙文是一个游历较广的人。

席蕙文诗歌创作有比较明显的感伤色彩。其《拟古柬清溪夫人》曰："庭中梅花开，徘徊挹寒香。爱此古澹姿，沁我冰雪肠。采之欲遗

---

① （清）任兆麟：《吴中女士诗抄》，乾隆五十四年（1789）刻本，第8b页。
② （清）陈芸：《小黛轩论诗诗》，凤凰出版社2010年"清代闺秀诗话丛刊"本，第1542页。
③ 席佩兰出生于清吴门昭文（今常熟）县，但其祖籍为吴县东山。

谁？故人在他乡。路远空怅望，中夜独彷徨。"《秋日登山阁》云："云盘石磴路重重，寂寞亭台萧瑟风。一抹烟光凝晚翠，三分秋影淡遥空。青山城郭斜阳外，黄叶人家细雨中。更上一层凭吊远，予怀渺渺向谁同。"其《夜坐》云："古砌咽草虫，幽人爱清景。空林落疏月，淡月澄秋影。寂坐生微凉，露滴芙蓉冷。"这三首诗虽内容各异，第一首写想念闺中密友而不得相见的苦闷，第二首写秋天登上山阁时诗人极目远望而产生的时空苍茫感，第三首写诗人独自夜坐时那种挥之不去的孤独情怀，但三首诗的风格比较相似，均写得情致怅惘，呈现一种淡淡感伤的情怀。

然而，席蕙文的一些诗歌却在感伤之时，又融入几分劲健的风骨，使其一些诗歌颇有几分沉郁顿挫的沉雄与苍老之美，与老杜诗比照，似乎可以引为诗歌上的同调。江珠在《采香楼诗集叙》中说席蕙文诗歌创作特质时说：

> 席君云芝，十子之一也。余读其诗，雕刻云烟，搜抉花鸟，要不失闺人本色。至蜀中诸作，沉雄苍老，即杂之杜陵集中，几几莫辨。嗟乎！以云芝之才，足为我闺人吐气矣。①

沉雄，是指席蕙文的诗歌低沉绵婉而又有几分慷壮劲健。苍老，是指席蕙文的诗歌有几分世事风尘的底色与对人生的深沉思考，且呈现一种苍凉、浑厚的气质。其《杜陵草堂》曰：

> 万里桥边结伴游，草堂景物倍清幽。
> 斜阳衰草成荒径，老树寒鸦变暮秋。
> 放弃半生悲患难，文章千古擅风流。
> 先生遗址谁题句，凭吊频教旅客愁。

---

① （清）江珠：《采香楼诗集叙》，席蕙文：《采香楼诗集》，乾隆五十四年（1789）"吴中女士诗钞"刻本，第8b页。

第三章　盛清女子诗坛巨擘

其《登高阁》云：

高阁入云端，登临天地宽。回风翻落叶，早雁带边寒。
村郭秋容老，关山夕照残。乡心愁万里，倚遍画栏杆。

席蕙文这两首诗，均为其"至蜀中诸作"，亦即她随父宦居四川时所作。她作于这个时期的诗最被"清溪吟社"闺友江珠称赏，认为其此时之作"沉雄苍老，即杂之杜陵集中，几几莫辨"。第一首《杜陵草堂》诗，写诗人游历成都著名风景区杜甫草堂时所见所感。在诗人的眼中，杜甫草堂的景物原本"清幽"怡人，但当她想起杜甫举步维艰的人生时，眼前原本"清幽"的斜阳、老树一下变得清冷苍凉，诗人的心情也从原先"结伴游"的愉快变得有几分感伤。第二首《登高阁》写于诗人游历巴东三峡时。诗人登高临远，顿感天迥地远，辽远、宏大的空间让诗人有一种神清气爽、豁然开朗的感觉。但眼前的"落叶""早雁""夕照"等景象，又让诗人顿生苍凉感。不过，这两首诗在叙写诗人的感伤情愫时，诗歌空敞的空间感，诗人在感伤时对历史与人生的深沉思考，以及诗歌内在的对美好人生的向往，又让这两首诗隐然有一种积极向上的劲健风骨与苍茫浑厚的意境，不全然被诗人的感伤情怀所湮没，从而呈现"沉雄苍老"的风致。

（三）沈纕

沈纕，字蕙孙，号玉香，又号散花女史，清乾嘉时期苏州府长洲县（今属苏州市区）人，"清溪吟社"重要女诗人。著有《翡翠楼集》等。《吴中女士诗钞》载其生平曰：

沈纕，字蕙孙，一字散华，号玉香仙子。戊子举人祁门训导起凤女，进士清瑞侄女，著《翡翠楼诗文集》。[1]

法式善《梧门诗话》卷十五也说：

---

[1] （清）任兆麟：《吴中女士诗抄》，乾隆五十四年（1789）刻本，第8b页。

> 沈蕙孙，号散花，又号玉香，广文起凤女，林衍潮室，著《翡翠楼集》。识高才俊，一空凡艳。《读诗》句云："后世为文藻，古人为性情。"殆巾帼中复古之士，世以比张蠹窗。①

又《小黛轩论诗诗》

> 沈纕，字蕙孙，号玉香，自称散花女史，长洲人。母张灵，字湘人，能诗。父起凤，好作传奇。纕秉母教，有父风，尝制《箫谱》，并自度曲。②

细加推究，可以说沈纕出生在一个颇有传奇色彩的家庭。沈纕父沈起凤，字桐威，号薲渔，又号红心词客，清代乾隆时期著名戏曲与小说家。中乾隆三十三年戊子（1768）举人，晚年曾官安徽祁门县训导与全椒县教谕。沈起凤中乡试后，多次参加会试不第。其后，他绝意科考，着力戏曲与小说创作。其所作戏曲，多达三四十种。乾隆帝南巡江南，地方所备迎銮供御精品戏，大多出自其手笔。沈起凤所作戏曲虽多，但其晚年颇自悔曾放情于戏曲小说创作，故其戏曲大多散轶，其好友石韫玉花费不少精力仅收得《报恩缘》《才人福》《文星榜》《伏虎韬》四种，合称《薲渔四种曲》或《沈氏四种曲》。又写有文言短篇小说集《谐铎》与文集《薲渔杂著》。道光《苏州府志》将沈起凤附录于其弟沈清瑞小传之后，且简述其生平：

> 兄起凤，字桐威，号薲渔，吴县籍，乾隆戊子举人，历祁门、全椒教谕，工词曲，著有《红心词》一卷及诸杂剧行于世。③

---

① （清）法式善：《梧门诗话》卷15，凤凰出版社2005年版，第421页。
② （清）陈芸：《小黛轩论诗诗》，凤凰出版社2010年"清代闺秀诗话丛刊"本，第1537页。
③ （清）石韫玉：《苏州府志》卷105，道光四年（1824）刻本。此书称沈起凤为"吴县籍"，但又称沈起凤弟沈清瑞为长洲人。光绪《苏州府志》也称沈起凤为长洲人。故本书对沈起凤籍贯从"长洲"一说。又，同治《祁门县志·学校》，沈起凤被录入"训导"一栏，教谕则为殷杰。

第三章　盛清女子诗坛巨擘

沈起凤年轻时不循礼法，情性放诞，管庭芬《花近楼丛书序跋记》卷上《续谐铎跋》曰：

> 闻诸吴门故老云：沈桐威少年时，所为谓皆不循礼法。客京师日，暑月髻簪茉莉花，身衣短纱衫裤作卖花郎行径，永巷朱门，叫歌争卖。日午，则套车遍谒辇下显达；天晚，则烂醉于娈童妖妓之家矣。后为巡城御史所知，欲绳之以法，踉跄遁归。①

但吴门沈起凤家族，是一个以儒为业的书香门第。沈起凤祖父沈惊远，为乾隆四年（1739）进士，曾任江宁府学教授。其弟沈清瑞，为乾隆五十二年（1787）进士。沈氏的家人、亲友也大多是纯正的文人士大夫，故沈氏颇自悔前半生所为，在中老年时复归到儒学传统中。

沈纕母张灵，字湘人，能诗词。沈起凤《谐铎·天府贤书》记载张灵事迹云：

> 张灵，字湘人，年十八归予。甫结缡，以金钗作贽，奉予为闺塾师，请闺约度北曲一套。

又说：

> 初学诗，古体不甚作，七言瓣香浣花，五言逼似王、孟。予胥江晚发，赠诗曰："吹笛向江楼，春风起暮愁。何人折杨柳，江水自孤舟。薄俗无青眼，高堂有白头。临行重怅望，空作稻粱谋。"旧稿散失，不甚记忆。②

然张灵三十多岁即因难产卒，沈纕童年即失恃。
沈纕夫林衍潮为其表兄，也著籍苏州府长洲县。他字孟韩，号太

---

① 朱一玄：《明清小说资料选编》，齐鲁书社1989年版，第1249页。
② （清）沈起凤：《谐铎》卷12，陕西人民出版社1998年版，第241页。

霞，乾隆时期诸生。林衍朝能诗词，善书法，"文学唐人，而尤并力为诗，兼工书法，病中以翰墨自娱"①。

沈纕传承了其家族在文学上的卓越基因，在少年时就表现出非同凡响的诗词才华。沈起凤《谐铎·有根女》曰：

> 长女蕙孙，幼失母。年十一，随姑丈林蠡槎读书兰叶书房。一夕，有垂髫婢导一紫衣女郎，披帷而入。林诘其所自来。女郎曰："适有一对，烦孝廉公续之。"袖中出薛涛笺半幅，上书一联曰："携篮栏外采兰花，被蓝衣人拦住。"林未及对。蕙孙信口答曰："执笔壁间题壁月，遭碧霄女逼成。"②

关于沈纕卓越的诗词才华，法式善《梧门诗话》也有记载：

> 沈蕙孙《咏东晋》云："立国应怜螳后雀，浮江共识马中龙。"《齐》云："地上生莲妃子步，堂中种柳小儿吟。"对属工妙，宜《名媛诗话》以女相如目之③。

不过，令沈纕留名清代闺阁诗坛的关键元素，则为其积极组织并参与"清溪吟社"，成为诗社杰出的女诗人。沈纕对"清溪吟社"的发展壮大出力甚多，其突出贡献主要有二。

一是积极参与并组织诗社诗歌唱和活动。"清溪吟社"有三次被文献记载的重要诗词雅集活动：一为"翡翠林雅集"，还有"小宝晋斋雅会"与"虎丘雅会"。"翡翠林"为沈纕家中宅园之名，"小宝晋斋"则为沈纕私家居宅，由此可知，沈纕不仅积极参与"清溪吟社"诗词唱和活动，而且尽其所有，对"清溪吟社"的社事活动提供物质上的支持。她还参与与随园女弟子比竞诗艺与才学的"虎丘雅会"。这次雅

---

① （清）顾承：《吴门耆旧记》第28册，上海书店1994年"丛书集成续编"本，第904页。
② （清）沈起凤：《谐铎》卷7，陕西人民出版社1998年版，第129页。又，此处"幼失母"据重庆出版社2000版改，陕版为"失父母"，误。
③ （清）法式善：《梧门诗话》卷15，凤凰出版社2005年版，第428页。

第三章 盛清女子诗坛巨擘

会不仅增进了"清溪吟社"女诗人与随园女弟子的友谊,也让她们对"清溪吟社"刮目相看。

二是创作出诸多优秀的诗词作品。关于沈纕的诗词创作,其师友评价颇高。张滋兰在《题〈浣纱词〉卷附寄蕙孙同学贤妹》中论沈纕诗词创作风格云:"云边消息,传来有恨之书;人世离愁,诉出相思之字;玩簪花之制格,书已无双;擅漱玉之风流,词推绝妙。镂玉雕琼,君还有笔;落花流水,人奈无情。披丽句于金荃,数章宫体;托美人于香草,一片骚心。"① 任兆麟在《书〈浣花词〉后》中也说:"便觉寄托遥深,有一段缠绵悱恻、不可语人光景。"又说:"盖情至之作,自能感人。春女秋士,情一而已。读蕙孙词,不觉倾吐及此,想作者亦别有会心。"②

综合来看,沈纕诗歌写得最具特色者,一为诗风清逸的作品,二为寓含哲理之思的作品。

沈纕的部分诗歌诗风显得清澹闲逸。沈纕善于观察并记录生活,而且格物致知,她在对自然景物与人的生活的描写中,融入其散淡而闲逸的情怀。其《田家杂兴和林屋山人作》曰:

> 向晚群动息,杖策来东菑。邻舍多好怀,往还无厌时。
> 平生守直道,讵假智虑为。辞拙意弥真,礼疏情不移。
> 古风转淳朴,徒为薄俗嗤。

又曰:

> 东风昨夜来,不知草木长。晓起荷锄出,眺此平原广。
> 墙头桑叶白,屋后春泉响。节序时迭更,风光正骀荡。
> 野老散鸡豚,相逢时倚杖。

---

① (清)张滋兰:《题〈浣纱词〉卷附寄蕙孙同学贤妹》,任兆麟:《吴中女士诗钞》,乾隆五十四年(1789)刻本,第90b页。
② (清)任兆麟:《书〈浣花词〉后》,任兆麟:《吴中女士诗钞》,乾隆五十四年(1789)刻本,第91b页。

其《春晴贻素窗婉兮两夫人》曰：

池塘草长带轻烟，卧病心情又一年。
天气酿花疑夏五，人家劈柳送秋千。
纸窗春冷梨云压，竹屿晓晴杏雨鲜。
为语幽居无一事，斜阳吟罢枕书眠。

这两首诗，一首为赓和诗，写给林屋山人任兆麟。全诗共四首，这里选录二首。第二首则为赠酬诗，写给"清溪吟社"陆瑛、李媫二位女诗友。《田家杂兴和林屋山人作》描写诗人想象中的农村风光，充满生活的和谐，原野的生机，且景致清澄，情致闲逸。这首诗被任兆麟推许为沈纕诗歌的"压卷"之作。自元初吴渭"月泉吟社"以《春日田园杂兴》为题广兴田园抒幽的诗歌唱和活动以来，以《田家杂兴》为题进行诗歌创作就成为中国古代诗坛的一种写作传统。诗人不一定要到农村居住或长期扎根，他们可以凭借自己的想象来展开描写，其主要目的是要借《田家杂兴》这块招牌，抒发自己的闲适情怀和对人间纯朴生活的向往。

《春晴贻素窗婉兮两夫人》则描述诗人当下的生活与情感状态。虽然诗人身染小恙，但"池塘草长带轻烟"的清美景物让诗人心情颇为舒坦。正是春天晴和酿花的好天气，许多人家的女子都忙着在这风和日丽的好时节里荡秋千，而诗人却抱着难懂的经书揣摩。纸窗前梨花开得正盛，竹丛苍翠且充满生机，早晨的杏花还有昨晚的雨水，红艳而晶莹。诗人清闲无事，在斜阳下吟诗并枕书而眠。这首诗逼真地写出诗人散淡闲适的家居生活，诗风闲逸而清雅。

在沈纕的诗歌中，清澹而闲逸的作品颇多，再看其《春日怀清溪夫人》诗：

黄莺百啭最关情，曲港桃花涨欲平。
为报春光容易老，听残红雨到清明。

沈纕诗歌创作的另一个亮点，就是不少作品具有哲理之思。她的一些诗歌在抒写自己的情思时,既能对诗中的议题做具体、感性的描述,又能在具体、感性的描述中总结出抽象、形而上的人生或哲性真谛。如其《读诗》诗:

> 鸿蒙未开辟,元气混太清。阴阳截嶰竹,乐律还相生。
> 猗与三百篇,正始谐咸韺。至理归自然,遇物风和鸣。
> 后世为文藻,古人为性情。运会代升际,先贵权重轻。
> 洪钟无纤响,听之自和平。风雅犹可作,邈焉求其真。

又《读心斋先生纲目通论偶成咏史十首奉呈》中的咏《隋》诗:

> 宫前百戏竞婆娑,酒馔陈时闲绮罗。
> 略似阿房兴土木,漫夸齐院集笙歌。
> 泥沙金帛悲何限,蝼蚁人民怨自多。
> 转瞬烟尘弥望起,杨花落去奈愁何。

《读诗》一诗主要谈诗人在诗学上的体会与看法,是一篇展现诗人诗学思想与审美情趣的诗。诗人认为,好的诗歌,应该是像《诗经》一样的"正始"之音,既展现人类的正能量,又朴素自然,不矫揉造作。她还认为,好的诗歌,应该要状写诗人的真性情,而不是空洞无物,卖弄词藻。而且,诗歌创作受到"时运",即时代与社会风气嬗变的影响,也受到"先贵"等诗学权威的引领。然而,不管怎样,好的诗歌在风格上应当是堂堂正正的"洪钟"之音,而不是萎靡不振的纤靡之作,要做到"平和""风雅",不能在情感上走极端。《读诗》一诗比较全面地展示了沈纕的诗学爱好与兴趣,既是其多年来诗歌创作的理论总结,又是其对诗歌创作做形而上的哲理之思。

《咏史十首·隋》一诗,感叹隋朝统治者生活骄奢,不惜民力,视天下人民如蝼蚁,最终"转瞬烟尘弥望起,杨花落去奈愁何",弄得个国破家亡的可悲下场。这首诗也是从水能载舟亦能覆舟的哲学高度来总结治国理政的历史经验,表现出诗人不凡的政治见解。

（四）尤澹仙

尤澹仙，字素兰，号寄湘，清乾嘉时期苏州府长洲县（今属苏州市区）人。年十八加入"清溪吟社"，为"清溪吟社"重要女诗人。著《晓春阁诗集》与《词集》。

陈芸《小黛轩论诗诗》简介其生平说：

> 尤澹仙，字素兰，号寄湘，长洲人。入社时年才十八。为十子中之最少者，著《晓春阁诗词集》。①

徐世昌《晚晴簃诗汇》则对尤澹仙的性格与文学才华有所描绘：

> 寄湘性超旷，时有出尘想，操觚之暇，焚香默坐，工词翰，能为骈体文，年十八名列吴中十子。②

关于尤澹仙的生平事迹，当代一些学术著述误将其归入随园女弟子之列。随园老人袁枚收了多少女弟子，这些女弟子姓氏为何，其实不难求证。袁枚于嘉庆元年（1796）自编《随园女弟子诗选》，并交付门下弟子汪榖作序并刊刻付梓。此书有六卷，共录袁枚门下28位女弟子的诗歌，其具体选录情况如下：卷一，席佩兰、孙云凤。卷二，金逸。卷三，骆绮兰、张玉珍、廖云锦、孙云鹤。卷四，陈长生、严蕊珠、钱琳、王玉如、陈淑兰、王碧珠、朱意珠、鲍之蕙。卷五，王倩、张绚霄、毕智珠、卢元素、戴兰英、屈秉筠、许德馨。卷六，归懋仪、吴琼仙、袁淑芳、王蕙卿、汪玉轸、鲍尊古。汪榖刊刻的《随园女弟子诗选》为袁枚手订，它是认定随园女弟子人数与姓氏最可靠的文献。但

---

① （清）陈芸：《小黛轩论诗诗》卷上，凤凰出版社2010年"清代闺秀诗话丛刊"本，第1548页。又，《小黛轩论诗诗》此处有误，"林屋十子"年纪最小者不是尤澹仙，而是沈持玉。有尤澹仙《晓春阁诗集》两首诗为证。第一首《闲窗偕沈皎如（沈持玉）妹联句，时皎如将归》，第二首《戏简皎如妹》。而沈持玉《停云阁诗稿》也称尤澹仙为"姊"，如《新月用儿字韵，同寄湘尤姊作》《花朝寄湘姊见招，作此答之》。

② 徐世昌：《晚晴簃诗汇》，北京出版社1996年影印本，第3104页。

第三章　盛清女子诗坛巨擘

在袁枚的认定中没有尤澹仙的名字。

尤澹仙加入"清溪吟社"时才十八岁，人生才刚刚开始，故《小黛轩论诗诗》《晚晴簃诗汇》等文献对其生平记载简略。不过，吴门长洲尤姓，在清代曾产生过一些杰出人物，如清初著名诗人、戏曲家尤侗，清初著名医学家尤怡。但尤澹仙一支，却不曾发现在科考与文艺上有什么突出人才。

关于尤澹仙的家庭情况，诗人曾在自己的诗歌中有所记述。她在《秋夜有怀家大人》《听琵琶奉家严命代作》《梦母》《忆母》等诗中提到她的父母。《秋夜有怀家大人》写其父长时间出远门，令诗人十分牵挂："秋雨秋风送晚凉，空闺此日断愁肠。遥知万里关山外，早雁声中望故乡。"《听琵琶奉家严命代作》则写她与父亲共听琵琶，其父让她写诗以纪其事："切切嘈嘈拨不停，清江一曲思冥冥。分明十五年前事，倚马凉州月下听。"从这两首诗来看，她与父亲感情甚好，其父也是一位懂文艺的人。从《梦母》《忆母》两首诗则可知，尤澹仙的母亲逝世较早，这让诗人十分痛苦。《梦母》诗曰："肠断慈亲却早违，伶仃弱质痛何依。那堪梦里相逢处，犹道儿寒合著衣。"《忆母》诗曰："音容渺渺痛何之，回首前因似梦疑。记得去年风雪夜，一灯肆阁课《关雎》。"《梦母》《忆母》两首诗除表达诗人思母、忆母的悲怆之情外，还透露两点重要信息。一是其母慈祥善良，对儿女呵护备至："那堪梦里相逢处，犹道儿寒合著衣。"二是诗人的母亲是一位有文化的女性，她曾对诗人进行文化教育："记得去年风雪夜，一灯肆阁课《关雎》。"

尤澹仙年纪虽小，但其诗歌创作显得比较成熟，任兆麟《晓春阁诗集叙》论其诗歌云："集中如《读武侯传》、《读吴志》、《听琵琶落花》，即求之前世名家已不多觏，况闺人耶！"[①] 沈持玉则说："名是澹仙，人如崇嘏。本南国之佳人，拟当年之博士。鸢飞鱼跃，舒将性情之真；霞灿云蒸，洗尽脂粉之腻。"[②]

[①] （清）任兆麟：《晓春阁诗稿叙》，尤澹仙：《晓春阁诗稿》，乾隆五十四年（1789）"吴中女士诗钞"刻本，第1a页。

[②] （清）沈持玉：《晓春阁诗稿叙》，尤澹仙：《晓春阁诗稿》，乾隆五十四年（1789）"吴中女士诗钞"刻本，第4a页。

全面考察，尤澹仙写得数量较多而又颇具美感的诗歌，则是展示其逸淡情怀的作品。如《田家杂兴同蕙孙沈姊（沈纕）作》：

> 微雨溪上来，斜阳澹茅屋。平原一以眺，良苗霈如沐。
> 鸠鸣杏花红，村暗榆阴绿。野老善识时，相勉还相祝。
> 膏润贵及时，秋穑已可卜。

这首诗描写农村风光，和谐而吉祥。一是景美，二是人祥。景美，是说诗人将中国古代农耕时期的农村景物写得既典型又鲜活：阵雨过后的涓涓溪流，夕阳映照下的茅草屋，原野上一望无际的绿油油的麦苗，还有红红杏花丛中的鸠鸣，以及村庄里枝条葱茏的老榆树，诗人笔下这些生动而美丽的画面，可以说是中国古代农耕时期最典型也是最具美感的乡村景象。人祥，是说诗人写出了中国古代农耕时代农村直朴而又和谐的人际关系。诗人笔下的中国古代乡村，没有尔虞我诈，你争我斗，只有坦诚相待，互帮互助，"野老善识时，相勉还相祝"。其实，这首诗也是言此及彼，它通过描写农村中的美好景物与人际关系，来表达作者内心一种愉悦、逸淡的情怀，也或多或少表露出诗人的一种人生理想。

尤澹仙《湖上泛舟同清溪夫人（张滋兰）作》也能展现其逸淡情怀：

> 一棹沿流去，初晴淑气新。梅花湖上路，杨柳笛中春。
> 远水含淡色，好风都及晨。蓬窗闲倚望，面面远山颦。

此诗描写诗人泛舟湖上，但见天气晴和，众花吐艳，杨柳依依。远山青绿而朦胧，轻风徐来而清爽，诗人倚着船窗眺望，心情恬淡而愉悦。

尤澹仙诗歌还偶尔有幽默游戏之笔，如《戏简皎如（沈持玉）妹》：

> 烟浮春鼎画焚香，浅浅衣裳淡淡妆。
> 故说日常针线懒，背人偷自绣鸳鸯。

尤澹仙还写有一些伤郁之作，如《起夜来》：

第三章 盛清女子诗坛巨擘

> 相忆何如见，相梦何如归？独夜抚空床，华月流琼辉。
> 琼辉照妾心。江水清且深。琼辉照妾颜，年华去不还。
> 秋声卷树来，落叶盈阶苔。情知非是君，展转终疑猜。
> 启户明河皎，征人在远道。盈盈思旧盟，脉脉空含情。

又如《秋夜听雨》：

> 欲坠银缸焰，寒衾破梦幽。半窗响疏雨，一枕作新愁。
> 叶落空阶冷，蛩吟小院秋。低徊不成寐，频起欺更筹。

这两首诗，一首写容颜渐老，思情日浓，心上人却远在他方，有情人终难相聚，只有无尽的怅惘与相思。一首写诗人秋夜独自听雨，备受孤独之情的煎熬。两首诗关注的重点不同，但情质伤郁是一致的。

（五）朱宗淑

朱宗淑，字德音，一字翠娟，清乾嘉时期苏州府长洲县（今属苏州市区）人，"清溪吟社"女诗人，著有《修竹庐吟稿》等。

《吴中女士诗钞》载其生平事迹说：

> 朱宗淑，字德音，一字翠娟，甲辰召试廪膳生云骧女。著《修竹庐吟稿》、《德音近稿》。①

蔡殿齐《国朝闺阁诗钞》：

> 朱女史宗淑，字德音，一字翠娟，江苏长洲县人。召试廪生云骧女，工诗词及骈体文，著《修竹庐吟稿》、《德音近稿》②。

---

① （清）任兆麟：《吴中女士诗抄》，乾隆五十四年（1789）刻本，第8b页。
② （清）蔡殿齐：《国朝闺阁诗钞》第6册卷5，上海古籍出版社2002年"续修四库全书"影印本，第573页。

朱宗淑为张滋兰表甥女，任兆麟《题修竹庐诗稿》："翠娟朱媛，清溪子表甥女也。"① 其父朱云骧，字衡帆，清中叶诸生，能诗文，热心经学研究，任兆麟称许说："衡帆先生以诗名吴下久，迩年覃心经术，尝与余论易卦，极精确，可谓当世经师矣。"②

朱宗淑承继父辈的书香文化，在诗词创作上也有较高的造诣。任兆麟在《题修竹庐诗稿》中评朱氏诗歌创作云："幼承尊甫衡帆先生之教，好歌诗，出入唐宋间。今春以近稿相质，风格遒上，《烈妇行》一篇直造古人堂奥矣。"③

其实，朱宗淑"风格遒上"之作甚少，她的大部分诗歌写得情致淡婉、心态超脱，有的诗歌还写得颇有几分萧散与隐逸之气。如《渔翁》：

  一叶扁舟傍绿溪，丝纶斜挂小桥西。
  勋名底事蓑兼笠，得失还看虫与鸡。
  春水初添新雨足，夕阳欲落晚烟齐。
  仙源何处堪停棹，万树桃花鸟自啼。

扁舟一叶，停泊在小溪之傍，小桥西边，渔翁在悠然垂钓。滚滚红尘中的"勋名"与人生"得失"，在渔父"蓑兼笠"的掩映下显得那么功利而俗气。春雨过后的潺潺溪水，夕阳落照下的暮霭，万树桃花中的群鸟鸣啾，更衬托出渔父垂钓的淡泊与萧散。渔父与渔樵，是我国古代诗人不时写作的一个重要主题。我国古代诗人常常借写渔父、渔樵，来表达他们的宁静之心与淡泊之志。朱宗淑这首《渔父》诗，不仅取法于我国古代《渔父》诗创作的典型范式，也融入了她自己对人生的认知。

---

① （清）任兆麟：《题修竹庐诗稿》，朱宗淑：《修竹庐吟稿》，乾隆五十四年（1789）"吴中女士诗钞"刻本，第1a页。
② （清）任兆麟：《题修竹庐诗稿》，朱宗淑：《修竹庐吟稿》，乾隆五十四年（1789）"吴中女士诗钞"刻本，第1a—1b页。
③ （清）任兆麟：《题修竹庐诗稿》，朱宗淑：《修竹庐吟稿》，乾隆五十四年（1789）"吴中女士诗钞"刻本，第1a页。

又如《沧浪亭竹枝词同紫蘩张姊作》：

南园草绿暮烟深，一曲沧浪世外心。
明月欲来幽涧静，松风谡谡起空林。
迢递钟声欲渡迟，千竿修竹影参差。
当前好景谁能会？正是天寒日暮时。

竹枝词是我国古代一种诗歌体式。它一般状写一方地域的民风民俗，具有浓郁的乡土气息。朱宗淑这首竹枝词，固然承继了我国古代竹枝词的传统写法，但又展现自己的写作特色。此诗通过对苏州沧浪亭及其周围地区清幽景物的描写，传达出诗人清空宁静的心情与对世外隐逸生活的向往，诗风清空而幽淡。

朱宗淑又写有一些情感比较低沉的诗歌，如《松啸亭》：

拂衣寻绝壁，探胜少徒侣。空山不逢人，斜阳散平楚。
白云去无踪，松篁自相语。天机触处生，喧寂两可取。
秋深木叶黄，摇落竟如许。

"松啸亭"景致佳胜，有幽静的山谷，有美丽的斜阳，还有来来去去的白云，然而，如此美丽的景致，却没有人欣赏，"空山不逢人，斜阳散平楚"，只留下一片冷寂空落。

朱宗淑还写有一些情致开朗、愉悦的诗，如《春日》：

近水桃花烂漫红，堤边杨柳舞春风。
欲知二月韶光好，只在莺声细雨中。

二 江珠、陆瑛、李媺、沈持玉

（一）江珠

江珠，字碧岑，号小维摩，清乾嘉时期扬州府甘泉县（今属扬州市区)人,嫁吴门吾学海,故著籍吴门。"清溪吟社"重要女诗人,著有《青藜阁集》等。

《吴中女士诗钞》载其生平曰:

> 江珠,字碧岑,号小维摩。国子生藩妹,受业余处士萧客之门,著《青藜阁集》。①

法式善《梧门诗话》对江珠心性与诗歌事迹有所记述:

> 江碧岑,甘泉郑堂上舍(江藩)之妹,博通经史,能诗工词,善舞剑,与郑堂齐名。适吴中吴(吾)半客。半客一生幕游,碧岑授徒于虎阜绿水桥侧以自活。才笔雄健,不可一世。②

江珠本籍为安徽旌德县江村人,其祖辈经商,遂著籍江苏扬州府甘泉县。安徽旌德县江村,是一个具有1300多年历史的古老村落。明清两朝,江村科举仕宦兴盛,江氏族人考取进士、文武举人、明经者的共有120多人,且崛起不少知名学者与诗人。江珠兄江藩就是其中杰出人物。江藩,字子屏,号郑堂,清乾嘉时期国子生。他潜心学术研究,学殖深厚,著有《汉学师承记》《宋学渊源记》《隶经文》《炳烛室杂文》等若干著述,为清代杰出的学者与作家。

江珠夫吾学海③,字半客,诸生,吴门苏州人,小时其家与江珠家曾先后聘请著名学者余萧客为家庭启蒙老师,他与江珠可谓学出同门。吾学海一生幕游,江珠在家则以闺秀师的身份授徒为生。吾学海曾说:"先外舅秋庄公延余师余古农(余萧客)馆其家,余与碧岑同塾焉。"④

江珠启蒙老师余萧客,字仲林,号古农,江苏吴县人,清代吴门著

---

① (清)任兆麟:《吴中女士诗抄》,乾隆五十四年(1789)刻本,第8b页。
② (清)法式善:《梧门诗话》卷15,凤凰出版社2005年版,第421—422页。
③ 法式善《梧门诗话》又称其为"吴半客"。
④ (清)吾学海:《小维摩诗稿后序》,胡晓明、彭国忠:《江南女性别集》二编,黄山书社2010年版,第900页。

第三章　盛清女子诗坛巨擘

名经学家,有《古经解钩沉》《文选音义》《文选纪闻》《选音楼诗拾》等著述。余萧客对江珠颇有影响,江藩在《小维摩诗稿》序中称:"定省寝门,夙娴四德,出就家塾,日诵千言,遂余七经,兼通三史。"①

江珠承继家学与师教,在诗歌创作上颇有建树。尤澹仙《读碧岑姊采香楼诗序感而有作》说江珠:"新词曲解亦堪悲,领袖骚坛更待谁。甲乙修丈犹我辈,蛾眉莫道逊须眉。"②张滋兰在《题江碧岑女史龙女抱经图》诗中也对她的诗歌予以高度评价:"爱君才格压群芳,绮阁吟来字字香。侠骨仙姿尤绝世,不教翰墨擅琼章。"③

细加体察,江珠很少写情致低沉的悲情诗,她的诗大部分或胸襟开朗,或情致愉悦,或态度超迈,或心境闲适,总体呈现一种积极乐观的状态,有时还有洒迈高远的英爽之气。其《千尺雪》:

> 四山如沃浮浓碧,攀藤径滑苔衣积。
> 褰裳拾级境愈奇,岭上白云如可摘。
> 雷声隐隐乱石摇,水光一片垂帘白。
> 奔泉汹涌势莫挡,迸裂云根激破石。
> 掬泉入口冰齿牙,岩崖飞雪深千尺。
> 老树冲折自不死,瘦劲诘曲盘石隙。
> 生平自是爱山居,从今愈固烟霞痴。

又《南楼玩月》:

> 葡萄独酌登南楼,数声归雁投沙洲。玉盘忽从海底出,倒入寒江流分明。是水不是月,一气浩渺长空浮。森森琼林五百丈,一枝

---

① (清)江藩:《小维摩诗稿序》,胡晓明、彭国忠:《江南女性别集》二编,黄山书社2010年版,第861页。

② (清)尤澹仙:《晓春阁诗稿》,任兆麟:《吴中女士诗抄》,乾隆五十四年(1789)刻本,第12b页。

③ (清)张滋兰:《清溪诗稿》,任兆麟:《吴中女士诗抄》,乾隆五十四年(1789)刻本,第12a页。

吹作人间秋。我歌我舞怀诗仙，捉冰影兮握流泉。登云梯兮呼姮娥，化作蟾蜍奈尔何？

所谓"千尺雪"，是指汹涌的山中瀑布奔腾而下溅出的水花。山高崖险，诗人"褰裳拾级"而上，岭上的白云在身前飘游，似乎随手可摘。水流声如阵阵雷鸣，似乎要撼动山间的崖石。眼前一道瀑布飞流而下，就像一片巨大的白色帘幕在飘飞。山中的瀑布汹涌奔腾，势不可当，它用雷霆万钧之力，要击碎周围的白云，撞破山间的岩崖。诗人掬一口泉水，是那么清凉。瀑布在岩崖间飞奔汹涌，冲击而下，宛如千尺的飞雪在纵横腾挪。即使如此，被瀑布冲折的岩崖间的老树却瘦骨诘曲地傲然挺立，充满生机。这首诗主要用白描与烘托之笔来状写眼前的"千尺雪"。诗歌将山崖间的飞瀑及其附近景物状写得惟妙惟肖而又气势强劲。那飞流而下的瀑布让人惊心动魄，然而，在瀑布强力冲折下却依旧傲然挺立的老树更使人心生敬意。

《南楼玩月》也是一首写景诗。这首诗写得空间辽阔，情致浪漫。诗人在暮色与大雁鸣叫声中一人在葡萄架下独酌，此时，月亮从地平线下升起，月光洒在江水上，月色与水光交融，"一气浩渺长空浮"。诗人仰望月亮，她看到传说中月亮里那棵大桂树那么高大，似乎有"五百丈"的范围。月色与那棵大桂树的清香也让人间顿时变得如此凉爽。美景如此，诗人不由得心旷神怡，她一边喝酒一边跳舞，幻想着自己能腾云驾雾，飞向月宫。与《千尺雪》《南楼玩月》相比，其《书斋晚坐》则展现了诗人闲适、愉悦的心情。其诗云：

一泓清溪水，悠然绕竹扉。落花自无意，啼鸟亦忘机。
画锦能成祟，藏愚始息诽。今宵松顶月，待鹤故依依。

《书斋晚坐》共四首，这里是其第二首，状写诗人在傍晚时分的生活状态与看到的美景。一湾溪水涓涓流动，"悠然绕竹扉"，花朵不经意间随风飘落，鸟儿在忘我地快乐鸣叫。松树梢上刚刚爬上半轮明月，显得那么皎洁，白鹤在暮色中自由地飞翔。在这宁静的环境里，诗人过着闲适自在的家居生活。

江珠长期信佛奉佛,故其部分诗歌有一些禅思佛意,其自序诗集曾言:"茹斋绣佛,徒忏他生。"① 心斋居士任兆麟在论及江珠诗歌创作风格时也说:"陶令东篱笔有神,左司落叶意还真。读来万卷都何有,禅境诗情不着尘。"②

其《述病况简呈郑堂并索近作》云:

笔休茶灶静无烟,敢效儒生事纸田。
病室诗参花雨案,心台喜结佛灯缘。
性慵久已无驰想,计拙犹能学坐禅。
惟有诗魔销未得,夜阑搜句不成眠。

其《饮再来阁》云:

酒泛花光白,风来竹径幽。论诗本无碍,问法洵降忧。
禅境清于水,虚堂静如秋。自惭尘土足,结缚未回头。

这两首诗总体诗风比较开朗洒脱,不见清代女诗人言禅诗中常见的冷寂气与悲苦味,主要写诗人对佛法的认识与理解。《述病况简呈郑堂并索近作》一诗写给其兄江藩。诗中说诗人虽身体有恙,但不忘读书笔耕,她喜佛爱佛,但也爱读书作文,她认为"学坐禅"与"夜阑搜句"没有矛盾,也许它们还能相辅相成。《饮再来阁》写诗人在再来阁饮酒,她认为文学"论诗"与禅学"问法"都是有意义的事情,而再来阁的幽静禅境让诗人心境倍加宁静,但让诗人"自惭"的是,她并没有真正进入无我无相的禅境,还恋恋不忘世间尘土:"自惭尘土足,结缚未回头。"

---

① (清)江珠:《青藜阁集自叙》,江珠:《青藜阁诗集》,乾隆五十四年(1789)"吴中女士诗抄"刻本,第2a页。
② (清)任兆麟:《题〈青藜阁诗稿〉二截句》,江珠:《青藜阁诗集》,乾隆五十四年(1789)"吴中女士诗钞"刻本,第2a页。

（二）陆瑛

陆瑛，字素窗，清乾嘉时期苏州府吴县（今属苏州市区）人，清中叶"清溪吟社"女诗人，著有《赏奇楼诗草》等。《吴中女士诗钞》载其生平说：

> 陆瑛，字素窗。贡生罗康济室。著《赏奇楼诗草》、《蠡余稿》。①

施淑仪《清代闺阁诗人征略》：

> （陆）瑛，字素窗，吴县人，诸生昶姊，贡生罗康济室，有《赏奇楼诗草》、《蠡余稿》。②

苏州吴县陆氏，是一个历史悠久且文化底蕴深厚的世姓名族。东汉时陆闳，以品德与事功见称于世，民国《吴县志》载其事迹说："陆宏，字子春，世为族姓，笃行好学，聪明有令德。选尚宁平公主，辞疾不应。为颍川太守，致凤凰甘露之瑞，建武中为尚书令。闳姿容如玉，喜着越布单衣，光武升台见之，叹曰：'南方固多佳人'。"③三国时陆逊，为吴国卓越的政治家与军事家，夷陵一战，以少胜多，大败蜀军。其子陆抗也是吴国后期最重要的军事统帅，多次击败晋军，保全吴国。其孙陆机、陆云，则为西晋著名文学家④，在西晋文坛有重要影响。南朝宋齐时期的陆澄，研读经史，曾官国子祭酒，当时称为硕学。唐朝陆揖、陆元朗、陆元方、陆象先、陆景倩、陆景融、陆质等人或在政治上颇有作为，或在文艺上多有建树，从而成为一个时代的杰出人物。但吴

---

① （清）任兆麟：《吴中女士诗抄》，乾隆五十四年（1789）刻本，第8a页。
② 施淑仪：《清代闺阁诗人征略》卷6，上海书店1987年影印本，第337页。
③ 曹允源、李根源：《吴县志》卷65，江苏古籍出版社1991年"中国地方志集成"影印本，第47页。
④ 《三国志》卷五十八"陆逊"："陆逊字伯言，吴郡吴人也。本名议，世江东大族。"又，清同治冯桂芬主编《苏州府志》，民国曹允源、李根源主编《吴县志》等若干官修地方志均记载陆逊一族为吴门吴县人。陆逊由于功勋卓著，曾在建安二十四年（219）被孙权封为华亭侯，次年又封娄侯。华亭、娄县在明清两朝属松江府，故清代多种官修地方志又称陆逊一族为云间华亭人。

县陆氏唐代之后渐趋平淡。

关于陆瑛的诗歌创作,"清溪吟社"女诗人张芬评价甚高,她在《赏奇楼诗题词》中论评说:"东都淑质,挹兰蕙之清芬,南国名姝,秉珩璜之美德。绍家声于雏凤,叶雅韵于关雎,史林续笔,不亚乃兄,绣帙分题,常携娰氏。"又云:"睹此珊珊诗骨,想见佩环,知夫楚楚神情,讵沾脂粉。洵香奁之奇藻,擅吟榭之风流。"①

其实,相比"清溪吟社"其他女诗人,陆瑛诗歌的情感抒写比较集中,主要抒发诗人的郁闷情怀,以较多的篇章展现她的"苦情"与"愁思"。但陆瑛的"苦"与"愁"又不是特别强烈的悲苦情绪,而是清代闺阁女性在生活中会常常生发的感伤情愫。如丈夫远行不归而产生的牵系之情,对闺阁好友的思念,感知大自然景物而生发的孤独或怅惘情绪,等等。在艺术表达方式上,陆瑛喜欢写作简短的五七言律诗与绝句,而且平仄工整,音韵和谐,意境生动。

其《忆外》云:

薄暮一登楼,怀君动远愁。燕台频寄迹,旅馆独惊秋。
梦逐云边雁,心飞江上舟。相思不相见,何日大刀头。

又《秋夜怀婉兮、清溪诸同学》:

吟罢残篇独倚楼,一天风露月当头。
那堪多病逢长夜,况复怀人值暮秋。
鸿雁有声云漠漠,蒹葭无际水悠悠。
徘徊不隔当年景,满目湖山是旧游。

这二首诗,从不同的角度抒发了陆瑛的"苦情"与"愁思"。第一首《忆外》,写丈夫长期外出不归,诗人独处闺阁,这让她孤独而郁

---

① (清)张芬:《赏奇楼诗题词》,陆瑛:《赏奇楼蠹余稿》,乾隆五十四年(1789)"吴中女士诗钞"刻本,第1b页。

闷,于是她"薄暮一登楼,怀君动远愁"。诗人希望丈夫早日归来,夫妻团聚。第二首《秋夜怀婉兮、清溪诸同学》写秋夜时分,诗人想念"清溪吟社"的好伙伴李媺与张滋兰。然而,雾霾之中的朦胧月色,诗人染有微恙的身躯,鸿雁悲凉的鸣叫声以及那一望无际的水边蒹葭,却事事状写此时此刻诗人孤独而郁闷的心绪。

就写作形式而言,陆瑛这二首诗均为近体律诗,而且诗韵均为"楼"字韵。这二首诗,不仅韵律妥贴,而且对仗工整。如《忆外》颔联"燕台频寄迹,旅馆独惊秋"即为用词、用韵且取境上佳的工对。《秋夜怀婉兮、清溪诸同学》颈联"鸿雁有声云漠漠,蒹葭无际水悠悠"也是如此。

(三)李媺

李媺,字婉兮,清乾嘉时期苏州府吴县(今属苏州市区)人,"清溪吟社"组构成员之一,著有《琴好楼小制》。

《吴中女士诗钞》简介其生平说:

> 李媺,字婉兮,漫翁诗老其永女,甲子举人溧阳教谕蟠根妹,吴县诸生陆昶室。著《琴好楼小制》。①

晚清陈芸《小黛轩论诗诗》:

> 李媺,字婉兮。归陆昶,即素窗兄嫂。②

李媺出生于一个诗词创作氛围浓郁的文士家庭,其父李其永,号漫翁老人,清中叶苏州著名诗人,著有《漫翁半稿》《藤笈藏稿》等。其兄李蟠根,嘉庆甲子九年(1804)举人,曾官镇江府溧阳县教谕。

其夫陆昶,字梅垞,吴县人,清乾嘉时期诸生,为一位饱学之士,

---

① (清)任兆麟:《吴中女士诗抄》,乾隆五十四年(1789)刻本,第8b页。
② (清)陈芸:《小黛轩论诗诗》卷上,凤凰出版社2010年"清代闺秀诗话丛刊"本,第1549页。

第三章　盛清女子诗坛巨擘

曾编选《历朝名媛诗词》。李媜与陆昶关系融洽，互有诗词赠和。李媜闺友悟源在《琴好楼诗题词》中曾描述他们之间的恩爱关系："李夫人婉兮者，翩翩负林下之风，皎皎冠闺中之秀，雀屏择婿，奇逢江左高才，玉杵缔姻，共赋周南雅韵。每拨钗而沽酒，必举案以齐眉。"①

李媜《琴好楼小制》录诗不多，共9首。主要展现她的两种心境，一为闲适淡宕之情。其《送梅坨（陆昶）之白下》曰：

踟蹰江畔别愁深，落月苍苍曙色侵。
笑我祇堪谋斗酒，怜君唯有载囊琴。
秋风矮屋三条烛，夜雨寒窗十载心。
想到归期真不负，桂枝香里细联吟。

又《晴窗偶书呈心斋先生》：

雨止生春意，开轩向午晴。初花添艳色，新鸟弄幽声。
学梵心无碍，焚香境自清。草堂嘉客至，诗句费论评。是日心斋先生至，阅拙稿，为窜正几字。

二为低徊婉伤之情。如《伤春》：

昨夜箫声入小楼，闲情触拨为勾留。
朝来燕子穿帘过，不省飞花撩絮愁。

又《秋夕》：

十二层楼夜月明，美人帘底坐吹笙。
芙蓉露冷秋衣薄，翻到霓裳第几声？

---

① （清）悟源：《琴好楼诗题词》，李媜：《琴好楼小制》，乾隆五十四年（1789）"吴中女士诗钞"刻本，第27b页。

《送梅坨（陆昶）之白下》写诗人丈夫远行白下（南京），诗人赋诗送别。这首诗虽然描绘了诗人与丈夫之间的恋恋不舍之情，但情感并不伤感，倒有几分洒脱。诗人自嘲自己只会借喝酒来冲淡对丈夫的思念，而丈夫却比自己高明得多，可以通过弹琴来纾解自己的孤独："笑我祇堪谋斗酒，怜君唯有载囊琴。"不过，这一切都不要紧，丈夫只是暂时出门，等到丈夫回家，他们又可以像过去一样，在桂花树下联吟和诗了："想到归期真不负，桂枝香里细联吟。"《晴窗偶书呈心斋先生》是一首赠酬诗。作者在诗歌创作上得到任兆麟的指教，所以特别开心，因而题诗以表感激之情。在诗中，天气是那么的晴朗，花儿是那么的绚丽，鸟儿的鸣啾声是那么的清脆，学梵焚香是那么的心境恬静，一切显得那么美好而愉快。

《伤春》与《秋夕》二首诗，主要抒写作者触景生情而生发的淡淡的忧愁。春天来了，作者本该心情欢愉，然而，她却因为听到愁怨的箫声，又看到花朵飘落，心中顿生"伤春"之情："朝来燕子穿帘过，不省飞花撩絮愁。"春去秋来，在秋天的某个傍晚，作者又听到感伤的"吹笙"声，于是又引发她内心的愁绪："芙蓉露冷秋衣薄，翻到霓裳第几声？"《伤春》与《秋夕》二首诗不仅真实描写作者彼时彼刻感伤的心情，也展现她灵心善感的心质。

（四）沈持玉

沈持玉，字佩之，一字皎如，清乾嘉时期苏州府长洲县（今属苏州市区）人，"清溪吟社"女诗人。尤澹仙十八岁加入诗社，而沈持玉年龄比尤氏更小，她是"清溪吟社"中年龄最小的女诗人。

《吴中女士诗钞》载其生平说：

> 沈持玉，字佩之，一字皎如。著《停云阁诗稿》。①

又尤澹仙《停云阁诗稿序》对沈持玉生平事迹有较详细的描述：

---

① （清）任兆麟：《吴中女士诗抄》，乾隆五十四年（1789）刻本，第8b页。

第三章 盛清女子诗坛巨擘

　　沈君持玉，吴中女士也，性静淑，好读书，与余为姻娅姊妹，常得相聚论诗，颇有同见。或分题吟咏，或尚论古昔，即有闻而笑之者，余二人卒莫之顾也。君事亲至孝，定省视膳，婉容愉色，以承亲之志①。

　　品读沈持玉《停云阁诗稿》，她的诗歌虽有一些低沉之作，但大部分写得轻松愉快，如《游狮子林》：

　　　　洞中别有天，往复不知处。白云淡我心，四山人语语。
　　　　轩花明欲然，溪水清容与。不见云林子，日夕空归去。

　　又《春兴》：

　　　　林园恣眺赏，惜此韶光媚。午晴春更佳，风过桃李气。
　　　　衣夹惬身轻，心清甘茶味。燕子衔花忙，新巢成也未？

　　"狮子林"是苏州四大名园之一，始建于元代至正二年（1342）。沈持玉游此园，不去关注园内那些美轮美奂的人造景物，而是关注天空中的白云与园林内正在涓涓流动的溪水，以此展示她超然物外的悠闲而轻松的心情。诗中所说的"云林子"，为我国古代对隐居山林高士的雅称。沈持玉虽游览闹市中的华美人造园林，却向往远离人世喧嚣的古代隐士，由此可见其淡泊的心志。《春兴》一诗则描写春天来了，诗人的心情轻松愉快，所以，她到"林园"中去"恣眺赏"。诗人写道，午晴过后，风儿送来"林园"中桃李花的清香，身上的夹衣也特别的轻盈。诗人品尝着茶水的香甜，看着正在忙着筑巢的燕子，春天在这一刻似乎变得更加的美好。无论从诗情或诗境来看，这首诗均呈现轻松欢愉的形态。

---

① （清）尤澹仙：《停云阁诗稿序》，沈持玉：《停云阁诗稿》，乾隆五十四年（1789）"吴中女士诗钞"刻本，第1a页。

固然，沈持玉也写有一些情感低沉感伤的诗歌，如《废园同清溪作》：

春风草色碧于烟，亭榭荒凉意怆然。
犹有白头园叟在，夕阳影里话当年。

"清溪吟社"主要女诗人虽然只有10位，但参与"清溪吟社"诗歌活动的女诗人不止此数。曾经参与"清溪吟社"诗歌活动的女诗人还有王琼、王寂居、周佛珠、周澧兰、凌娴、赵镂香、刘芝等人。这些女诗人虽然大部分不能算"清溪吟社"的正式成员，但她们均与"清溪吟社"主要女诗人有比较密切的诗歌联系，所以，她们称得上是"清溪吟社"的同路人，或者说是"清溪吟社"的外围女诗人。

在张滋兰《清溪诗稿》中，就有《春日奉慰研云》《步研云晓妆原韵》《留赠研云》《题研云诗稿再叠前韵》《迟研云不至》5首诗提到"研云"。关于"研云"的生平事迹，《闺海吟》有简要记载："周佛珠，字二乔，号研云，长洲人，秀才顾后艺室，与张允滋为异姓姊妹，相唱和。"① 并录其《和清溪秋夜韵》诗："静夜新寒重，虚窗落叶轻。伴人愁不寐，残月乱蛩声。"② 在张芬《两面楼诗稿》中，写给其闺中好友王寂居的诗共有4首，即《长至日答王寂居》、《秋夜怀寂居诸禅友》、《长夏书怀寄寂居》与《春日访寂居别后》。《闺海吟》对王寂居生平有简要记载："王寂居，娄县人，儒士女。工书善文，幼孤，育于益寿庵老尼，为尼法名悟源。与张芬、李嫩友善，以清修终。"③ 又录王氏《书柬紫蘩女史》诗："花钿翠袖久蠲除，经案绳床意自如。性懒已忘娇慢习，家贫犹惜旧藏书。谈空有弟穷禅理，适修从亲学蠹鱼。更喜萧疏尘虑少，草衣木食足安居。"④

朱宗淑则与吴门女诗人周澧兰交好，其《修竹庐吟稿》中附有周

---

① 杜珣：《闺海吟》（下），时代文化出版社2011年版，第393页。
② 杜珣：《闺海吟》（下），时代文化出版社2011年版，第393页。
③ 杜珣：《闺海吟》（下），时代文化出版社2011年版，第176页。
④ 杜珣：《闺海吟》（下），时代文化出版社2011年版，第176页。

澧兰《新蝶同紫蘩、翠娟、蕙孙诸君子作》:"新蚕脱茧翅初生,未惯穿红度翠行。花坞晓寒愁露重,柳堤春暖怯风轻。画楼人静未虚幌,野径烟横弄晚晴。为语闺中休更扑,从来风物最关情。"①《闺海吟》载周澧兰生平事迹说:"周澧兰,字素芳,长洲人,知县周熊女,李大桢室,有《浣云楼诗草》八卷。"② 席蕙文在其诗歌中也提到多位闺阁诗友。《早秋寄赵镂香表妹》提到赵镂香,《壁间玩凌静宜、赵镂香赠诗感赋》《陈园别静宜归途作》又增添一位凌静宜。胡文楷《历代妇女著作考》载凌静宜生平说:"《凌孺人遗草》,清凌娴撰,《清闺秀艺文略》著录(未见)。娴字静宜,江苏元和人,许运堦妻。"③ 赵镂香则为席蕙文表妹,也能诗。值得着重提起的是,王寂居、周澧兰二人曾偕吴门女诗人刘芝、叶兰参加"清溪吟社"著名的"翡翠林雅集"活动。刘芝所写白莲赋被评定为"优取"第四名,王寂居、周澧兰、叶兰三人所写诗歌分别被评定为"优取"第六、七、八名。刘芝,字采之,叶兰,字畹芳,均为清乾嘉时期吴门闺阁作手。④

至于王琼,则可视为"清溪吟社"正式成员之一。王琼,字碧云,晚号爱兰老人。清中叶江苏镇江府丹徒县(今属镇江市区)人,清代女诗人,著有《爱兰诗钞》等。

将王琼列为"清溪吟社"正式成员之一,理由有二。其一,任兆麟编辑《吴中女士诗钞》时,在选定"吴中十子"诗歌后,又将王琼《爱兰诗钞》附录于后,并对王琼诗歌进行高度评说。任兆麟为《爱兰诗钞》作序说:"丹徒王子柳村,诗人也。往岁过余石湖书舍,出其女弟(王琼)所为诗数十篇,洵旷世逸才,不亚于兄。尝论古来兄妹以文词著者,则有汉班氏,晋左氏,齐梁间鲍氏、刘氏,皆载在史策。"又说:"柳村诗接武唐贤,尚未行世,琼(王琼)书已二刻矣。具书质余,大抵皆清超越俗之音。昔人所谓秋水出芙蓉,天然去雕饰者,庶几

---

① (清)朱宗淑:《修竹庐吟稿》,任兆麟:《吴中女士诗抄》,乾隆五十四年(1789)刻本,第8b页。
② 杜珣:《闺海吟》(下),时代文化出版社2011年版,第399页。
③ 胡文楷:《历代妇女著作考》,上海古籍出版社1985年版,第454页。
④ 刘芝、叶兰二人生平事迹暂未查到相关资料,待考。

得之。"① "清溪吟社"主盟人张滋兰也对王琼诗歌评价颇高:"庭竹森海风,野禽弄花影。一卷碧云诗,因之消昼永。妙香空中来,此境谁能领。侍儿煮茗罢,月浸江潭冷。"②

其二,王琼与"清溪吟社"女诗人唱和频繁,且积极参与诗社社事活动。根据乾隆五十四年(1789)《吴中女士诗钞》所收《爱兰诗钞》统计,王琼与张滋兰赠答或唱和的诗共有 5 首,即《怀清溪张夫人并呈林屋吟榭诸女史》《寄吴中清溪任夫人启》《题吴中女士集再呈清溪夫人》《虎丘竹枝词应张夫人三首》《春日闲居和张夫人韵》。王琼写给张芬、江珠、沈纕、尤澹仙的诗共有 6 首,即《晚春小吟怀月楼夫人(张芬)即用原韵》《张月楼(张芬)夫人赠序》《赠碧岑(江珠)》《晚春怀吴中女史江碧岑(江珠)、沈蕙孙(沈纕)、尤澹仙》《题尤素兰女史(尤澹仙)晓春阁诗集》《偶读翡翠楼诗即用赠郑杜兰原韵》。她还积极参加"清溪吟社"社课活动,作有《东溪精舍白桃花二首(林屋吟榭课)》诗。

种种证据表明,王琼与"清溪吟社"主要女诗人关系亲密并积极参与诗社唱和活动,应该被列为诗社的正式成员。

第四节 诗社诗学地位论

一 清代中期诗歌成就最多的主要女子诗社

"清溪吟社"是清代中叶乾嘉时期诗歌成就最卓著的女子诗社。法式善《梧门诗话》评价"清溪吟社"诗歌成就时说:"分笺角艺,斐然成帙,兆麟刻以行世,流播海内,真从来所未有也。"③ 梁乙真《中国妇女文学史纲》也说:"随园女弟子方盛时,松陵(震泽)任心斋携

---

① (清)任兆麟:《爱兰诗钞序》,王琼:《爱兰诗抄》,乾隆五十四年(1789)"吴中女士诗钞"刻本,第4a页。

② (清)张滋兰:《题碧云女史诗集》,王琼:《爱兰诗抄》,乾隆五十四年(1789)"吴中女士诗钞"刻本,第13a页。

③ (清)法式善:《梧门诗话》卷15,凤凰出版社2005年版,第420页。

妇张允滋,与同里张紫蘩芬、陆素窗瑛、李婉兮嫩、席兰枝蕙文、朱翠娟宗淑、江碧岑珠、沈蕙孙纕、尤寄湘澹仙、沈皎如持玉,结清溪吟社,与随园相犄角,所谓吴中十子者,近媲西泠,远绍蕉园,洵艺林胜事。"①

具体而言,"清溪吟社"在清代中叶女性诗歌结社运动中的突出成就主要表现在三个方面。

其一,诗社成员众多,社事活动规范,是一个既得到社内诗人自我认同,又得到清代中期主流诗坛肯定的大型女子诗社。"清溪吟社"主要女诗人有10人,与诗社有亲密诗歌联系的女诗人又近10人,它是一个人数众多的大型女子诗社。"清溪吟社"社事活动比较规范。有社集,有据可查的诗社社集活动就有"小宝晋斋雅会"、"翡翠林雅集"与"虎丘雅会"。有社课,诗社诗人不时会通过试笔作诗的方式,共同研习诗歌写作的笔法与技巧。诗社女诗人张芬、朱宗淑、王琼等人均写有参与诗社社课活动的"社课诗"。有频繁的诗歌赠答与唱和。"清溪吟社"女诗人,尤其是"林屋十子"时常有诗歌赠答与唱和。如在张芬《两面楼诗稿》中即有《秋叶和清溪家姊(张滋兰)作》《和皎如沈妹(沈持玉)见怀原韵》《咏燕和清溪姊韵》《春晓同蕙孙沈妹(沈纕)作》等社内诗人彼此酬对与唱和之作。

"清溪吟社"高质量的社事活动与诗歌创作,还获得了同时代诗坛大老袁枚、法式善、潘亦儁、许宝善等人的高度重视,他们在《随园诗话》《梧门诗话》等著述中给予诗社积极而热情的评价,从而使诗社诗歌创作成就在清代中期主流诗坛广为流传并得到肯定。

其二,在清代乾嘉女性诗坛团聚起一群杰出女诗人,创作出众多优秀诗歌。在清代中叶乾嘉时期的女性诗坛,"清溪吟社"中的"林屋十子"称得上是那个时代杰出的女诗人。她们既有优质的家学渊源,又有优异的诗歌创作天赋。张滋兰、张芬自小就酷爱读书并擅长诗歌创作。沈纕、江珠在少年时代就表现出超出常人的诗歌创作才能。尤澹仙、沈持玉参加"清溪吟社"时还是年方十七八岁的青少年诗人。朱

---

① 梁乙真:《中国妇女文学史纲》,上海书店1990年"民国丛书"影印本,第416—417页。

宗淑、李嬿、席蕙文、陆瑛也有各自的诗歌创作气质。总之,"清溪吟社"中的"林屋十子"是一群才华卓异的杰出女诗人。尤其值得赞赏的是,她们不遗余力,创作出众多优秀的诗歌。《梧门诗话》评价席蕙文与尤澹仙诗歌创作成就时说:"林屋吟社诸女士诗,席耘芝以苍健胜,尤素兰以超迈胜,名构甚多。"① 又论沈纕、江珠的诗歌创作业绩:"江碧岑评沈蕙孙诗云:'其艳也,媚不伤骨。其淡也,简有余味。而两女史腹笥俱富,有张滋兰诗云:'羡煞苏台两博士,碧桃花下共吟诗。'"②

其三,对清代中期诗坛有重要而突出的诗歌贡献。大体而言,"清溪吟社"对清代中期诗坛重要而突出的诗歌贡献主要有二。一是"清溪吟社"是继"蕉园诗社"之后在清代中叶崛起的获得清代主流诗坛认可的主要女子诗社。它于"蕉园诗社"之后在清代女性诗坛再次掀起女性诗歌结社的高潮。二是"清溪吟社"将诗社主要女诗人的诗歌汇聚成册,并刊刻出版,这是此前中国古代女子诗歌结社不曾发生过的事情。自此,中国古代女性诗坛有了自己编辑的比较完备的诗歌结社原初文献。"清溪吟社"的这一创举,不仅丰富了中国古代女子诗社的社团质素,而且提升了中国古代女子诗社的格局,也为此后清代女子诗歌结社开辟了一条新路径。

二 师友与亲缘型的综合类诗社

就诗社社群属性而言,"清溪吟社"师友与亲缘关系兼而有之,但以师友关系为主。"清溪吟社"主要由生活在吴门地区的张氏、沈氏、席氏、陆氏、尤氏、江氏、朱氏、李氏八大姓氏中的闺阁诗人组构而成,其中又以长洲张滋兰为诗社领军人物,称"金闺领袖"。但部分女诗人有血亲关系,如张滋兰、张芬为堂姐妹,朱宗淑是张滋兰表甥女;部分诗人还有姻亲关系,如尤澹仙与沈持玉为"姻娅姊妹"。总之,"清溪吟社"是一个师友与亲缘兼而有之的综合类诗社。

---

① (清)法式善:《梧门诗话》卷15,凤凰出版社2005年版,第421页。
② (清)法式善:《梧门诗话》卷15,凤凰出版社2005年版,第424页。

第四章　晚清女子诗社之翘楚

——秋红吟社

"秋红吟社"是晚清具有全局性影响与贡献的主要女子诗社。诗社崛起于道光年间,领军人物为沈善宝与顾春,主要成员有项纫章、许延礽、钱继芬、许延锦、余庭璧、栋鄂珍庄、栋鄂武庄、富察蕊仙、西林霞仙,她们在京师结社唱和,在晚清京师诗坛掀腾起女性诗歌创作的高潮。

第一节　诗社演进节点与主要雅会考

顾春《天游阁诗集》卷七《雨窗感旧》诗前小序云:

> 同治元年长夏,红雨轩乱书中捡得咏盆中海棠诸作。旧游胜事,竟成天际浮云;暮景羸躯,有若花间晓露。海棠堆案,红雨轩争咏盆花;柳絮翻阶,天游阁分题佳句。今许云姜(许延锦)随任湖北,钱伯芳(钱继芬)随任西川,栋鄂少如(栋鄂珍庄)就养甘肃,富察蕊仙、栋鄂武庄、许云林(许延礽)、沈湘佩(沈善宝)已作泉下人,社中姊妹惟项屏山(项纫章)与春二人矣。二十年来星流云散,得不伤心哉! [①]

此序写于同治元年(1862)。在此诗序里,顾春既回顾了往昔"秋

[①] (清)顾春、奕绘:《顾太清奕绘诗词合集》,上海古籍出版社1998年版,第170页。

红吟社"结社唱和的热闹,也对诗社女诗人的近况作了简要介绍,还表达了她此时此刻的感伤心情。从"序"中内容可知,"秋红吟社"社中成员有沈善宝、许延礽等十余人,她们曾在"红雨轩争咏盆花",又在"天游阁分题佳句",曾组织过热烈而欢快的诗歌唱和活动,不过,二十年后,即时至同治元年(1862),诗社成员有的远走他乡,有的已经亡故,诗社已经不复存在。

一 诗社演进主要节点考

细读沈善宝《名媛诗话》《鸿雪楼诗选初集》与顾春《天游阁诗集》等诗歌文献,可以考证出"秋红吟社"演进的主要节点。

道光十七年丁酉(1837),沈善宝应义母李太夫人召,由杭州来到北京。她在好友许延礽家中结识顾春,一见如故,结拜为姐妹。《名媛诗话》卷八记载:"满洲西林太清春,宗室奕太素贝勒继室,将军载钊、载初之母,著有《天游阁诗稿》,才气横溢、援笔立成,待人诚信,无骄矜习气。予入都,晤于云林处,蒙其刮目倾心,遂订交焉。"[①]

道光十九年己亥(1839),沈善宝在京师与顾春、项纲章、许延礽、钱继芬正式组构"秋红吟社",沈善宝《名媛诗话》卷八云:

> 己亥秋日,余与太清(顾春)、屏山(项纲章)、云林(许延礽)、伯芳(钱继芬)结秋红吟社。[②]

因为诗社为这年"秋日"成立,故名"秋红吟社"。根据上文记载,"秋红吟社"创社诗人有五,即沈善宝、顾春、项纲章、许延礽与钱继芬。其中,沈善宝与许延礽为杭州旧友,早在来京之前,她们即在杭州相聚唱和,沈善宝《鸿雪楼诗选初集》卷四《春分前一日梁楚生太夫人暨许云林(许延礽)、鲍玉士女史偕看盆梅,兼听吴苹香、黄颖

[①] (清)沈善宝:《名媛诗话》卷8,凤凰出版社2010年"清代闺秀诗话丛刊"本,第479页。

[②] (清)沈善宝:《名媛诗话》卷8,凤凰出版社2010年"清代闺秀诗话丛刊"本,第493页。

卿两夫人鼓琴，即席口占》诗即记载了她与许云林在杭州诗词唱和的情况。

道光二十年庚子（1840），许延礽妹许延锦，随夫再次宦居北京，她参加了"秋红吟社"有关文学雅会活动，成为诗社的重要一员。顾春在道光二十年庚子（1840）冬日所写的《冬日季瑛招饮绿净山房赏菊，是日有云林（许延礽）、云姜（许延锦）、湘佩、佩吉诸姊妹在座，奈余为城门所阻，未得尽欢，归来即次湘佩韵》诗就提到了许延锦。

同年，顾春与富察蕊仙相识，此后，富察蕊仙也参与"秋红吟社"诗歌创作活动，逐渐成为诗社一成员。顾春《天游阁诗集》卷五庚子年有《伏日雨后访富察蕊仙夫人华萼，留饮归来，夜已中矣，赋此致谢》诗提到富察蕊仙。其中有句云"初交仿佛旧相识，林下家风异俗流"。从诗中可知，顾春与富察蕊仙于此年相识，所以，富察蕊仙参加"秋红吟社"应在此年或此年之后。

同年，晚清闺阁诗人余庭璧主持"秋红吟社"绿净山房诗词雅集活动。余庭璧参加"秋红吟社"应在此年或稍前，但余氏参加诗社活动时间不长，道光二十一年辛丑（1841），其夫许乃安出任兰州知府，她随夫赴任，就此离开京师。沈善宝《鸿雪楼诗选初集》卷八《送季瑛（余庭璧）随任甘肃》诗云："同是西湖客，他乡见倍亲。芝兰投气味，胶漆胜雷陈。绮阁晨花艳，金尊夜月新。春秋遇佳日，折束不嫌频。"①

道光二十一年辛丑（1841），栋鄂珍庄与顾春结为儿女亲家。顾春第五子载钊娶栋鄂珍庄之女秀塘为妻，顾春为此作《辛丑十二月十八钊儿娶妇，喜而有感》诗以抒其怀。道光二十二年壬寅（1842），顾春又写《次栋鄂少如亲母韵》诗与其唱和。其诗云："醉里吟诗诗思萦，月明风度落花轻。人归春社残灯暗，座有余香宿酒醒。妙论多君情最雅，佳章示我句尤清。薛涛笺上分明写，真个敲金戛玉声。"②

---

① （清）沈善宝著，珊丹校注：《鸿雪楼诗词集校注》，中国社会科学出版社2012年版，第234页。

② （清）顾春、奕绘：《顾太清奕绘诗词合集》，上海古籍出版社1998年版，第134—135页。

据此可以推定，栋鄂珍庄参加"秋红吟社"有很大的可能在道光二十一年（1841）或道光二十二年（1842）。

顾春与栋鄂武庄相关的诗也出现于道光二十二年壬寅（1842），此诗题为《上巳访栋鄂武庄辅国公祥竹轩夫人，留予小酌，遍游邸中园亭，且约初十过予天游阁看海棠，归来赋此》。其诗云："好逢上巳来朱邸，一路安车过凤城。君有庄周临水乐，我如列子御风行。碧桃花底香尘软，杨柳池边春草生。更约海棠开日会，净除荒草待良朋。"①

其后，顾春《天游阁诗集》中有关栋鄂珍庄、栋鄂武庄两姐妹的诗渐次增多，如《过访少如（栋鄂珍庄），座中忽值雷电交作，雨雹横飞。闻朝阳城楼竟为雷火所毁，便道往观，归来赋此记之。时壬寅夏四月二日》《少如遣人送蜀锦并索诗，率成四十字致谢》《雨后同少如、武庄（栋鄂武庄）、素安三姊妹及儿女辈泛舟潞河，舟中次少如韵》《消寒九首与少如、湘佩同作》等。从顾春的记述中可以看出，栋鄂珍庄、栋鄂武庄两姐妹与顾春交往频繁，并逐渐成为"秋红吟社"的重要成员。

西林霞仙则为顾春之妹，两姐妹平日来往频繁，感情甚笃，顾春在其诗词中多有记载，如《己丑暮春雨后，同霞仙七妹游万寿寺作》《三月十四霞仙自山中以雌雉见赠》《往香山访家霞仙妹作》《四月八日同屏山、云林、湘佩、家霞仙游翠微山，次湘佩韵》《金风玉露相逢曲·中秋后一日，同云林、湘佩、家霞仙雨中游八宝山，晚晴，次湘佩韵》等。在顾春的影响与带领下，西林霞仙也时而参加"秋红吟社"社事活动，成为诗社中的积极分子。

考沈善宝《名媛诗话》《鸿雪楼诗选初集》与顾春《天游阁诗集》，"秋红吟社"成立于道光十九年（1839），其创社成员为沈善宝、顾春、项绥章、许延礽、钱继芬五人。陆续参与诗社文学活动并被顾春、沈善宝认定为是诗社成员的女诗人有许延锦、余庭璧、富察蕊仙、栋鄂珍庄、栋鄂武庄、西林霞仙六人。诗社活动高潮期大约为道光十九年（1839）至道光二十二年（1842）。之所以称道光十九年（1839）至道

---

① （清）顾春、奕绘：《顾太清奕绘诗词合集》，上海古籍出版社1998年版，第133页。

光二十二年（1842）为"秋红吟社"活动高潮期，有以下几个证据。其一，诗社成员在此期间得以陆续聚齐。除沈善宝、顾春、项绀章、许延礽、钱继芬五人在道光十九年（1839）最早开创诗社外，许延锦、余庭璧、富察蕊仙三人在道光二十年（1840）前后参与诗社文学活动并成为诗社成员。栋鄂珍庄、栋鄂武庄二姊妹则在道光二十二年（1842）前后与顾春有诗词赠酬并成为诗社成员。其二，沈善宝《名媛诗话》《鸿雪楼诗选初集》与顾春《天游阁诗集》曾记述"秋红吟社"有5次重要的诗歌雅集活动，且这5次重要的诗歌雅集活动均发生在1839—1842年这四年内。第一次为道光十九年（1839）"咏牵牛花社集"，这次社集"秋红吟社"得以正式成立。第二次是道光二十年（1840）"绿净山房雅集"，这次社集诗社成员得以扩大。第三次是道光二十一年（1841）"红雨轩海棠花雅集"，这次雅集"秋红吟社"部分诗人互有诗歌唱和。第四次是道光二十二年（1842）"天游阁海棠花雅集"，这次雅集与会人员有10人之多，创"秋红吟社"诗歌雅会人数之最，掀起"秋红吟社"诗歌雅会的高潮。第五次是道光二十二年（1842）"消寒唱和"，这次诗歌唱和参加者为顾春、沈善宝、栋鄂珍庄三人。其三，从道光二十三年癸卯（1843）开始，项绀章、许延锦、钱继芬等人因丈夫职务变动，先后随夫离京，"秋红吟社"从此处于一个逐渐式微的状态。

二　主要诗歌雅会活动

诗歌雅会活动是中国古代诗社得以成立的关键元素，也是一个诗社是否成熟的主要指标，中国古代成熟的诗社往往借诗歌雅会来开展诗学活动，招揽诗学人才，切磋诗歌技艺，标举诗学主张，以此扩大诗学影响，推动诗社朝积极的方向演进。"秋红吟社"的发展也是如此。根据现有资料，在"秋红吟社"的演进过程中，至少曾发生过5次或大或小的诗歌雅会活动，即"咏牵牛花社集"、"绿净山房雅集"、"红雨轩海棠花雅集"、"天游阁海棠花雅集"与"消寒唱和"。

咏牵牛花社集。这次诗词雅会活动时间为道光十九年己亥（1839）秋天，地点为京师。沈善宝《名媛诗话》卷八记载这次雅会说：

  己亥（1839）秋日，余与太清（顾春）、屏山（项纨章）、云林（许延礽）、伯芳（钱继芬）结秋红吟社。初集咏牵牛花，用《鹊桥仙》调，太清结句云："枉将名字列天星，任尘世，相思不管。"云林云："金风玉露夕逢秋，也不见花，开并蒂。"盖二人已赋悼亡也。余后半阕云："花擎翠盏，藤垂金缕，消受早凉如水。红闺儿女问芳名，含笑向，渡河星指。"虚白老人大为称赏。①

  从沈善宝的记载来看，这次诗词雅会活动参加者为沈善宝、顾春、项纨章、许延礽、钱继芬五人，她们这次雅会的创作主题是"咏牵牛花"。沈善宝的记载也显示，这次"咏牵牛花社集"不是一次普通的诗词唱和活动，而是"秋红吟社"得以组构成社的雅会。自此，"秋红吟社"崛起于晚清诗坛，并逐步演进成为晚清诗坛最具特质与影响力的主要女子诗社。

  绿净山房雅集。这次雅集时间为道光二十年庚子（1840），地点在京师余季瑛寓园"绿净山房"。沈善宝《名媛诗话》卷六记载：

  庚子暮秋，同里余季瑛庭壁集太清、云林、云姜、张佩吉及余，于寓园绿净山房赏菊。花容掩映，人意欢忻，行迹既忘，觥筹交错。惟余性不善饮，太清笑云："子既不胜涓滴，无袖手旁观之理，即以山房之山字为韵，可赋七律一章，逾刻不成，罚依金谷，勿能恕也。"②

  关于这次诗歌雅集活动，顾春在其诗词作品中也有记述。其《冬日季瑛招饮绿净山房赏菊，是日有云林、云姜、湘佩、佩吉诸姊妹在座，奈余为城门所阻，未得尽欢，归来即次湘佩韵》诗云："神仙洞府远人寰，小坐瑶池姊妹环。既可留花藏暖石，何须结屋必深山。寒香有

---

① （清）沈善宝：《名媛诗话》卷8，凤凰出版社2010年"清代闺秀诗话丛刊"本，第493页。

② （清）沈善宝：《名媛诗话》卷6，凤凰出版社2010年"清代闺秀诗话丛刊"本，第452页。

第四章　晚清女子诗社之翘楚

意催佳句，银烛无缘照醉颜。自愧题诗输沈约，吟成七步竟消闲。"①

沈善宝、顾春的记载表明，这次"秋红吟社"诗歌雅集活动的主持人为余季瑛，她在自家"绿净山房"招待"秋红吟社"众诗友，"神仙洞府远人寰，小坐瑶池姊妹环"，且进行诗歌唱和。参加这次绿净山房诗歌雅集活动有余季瑛、沈善宝、顾春、许延礽、许延锦、张佩吉6人。"绿净山房雅集"标志着"秋红吟社"在京师诗坛的影响正在逐步扩大，其诗社成员也在陆续增加，"秋红吟社"正处于一个良性、向上的运转状态。

红雨轩海棠花雅集。这次雅集时间为道光二十一年辛丑（1841），地点为顾春寓居"红雨轩"。顾春《惜余春慢·闰三月三日，邀云林、湘佩红雨轩赏海棠，座中分咏，即用有正味斋韵》词歌咏此事云："垂柳藏鸦，海棠迷蝶，浅浅深深难说。春虽逢闰，生怕随春，轻卸画阑干外。一夜东风怎禁，撼损娇姿，嫩枝惊折。扑帘栊几点，飞花吹起，满庭红雪。为留取、有限风光，深怜痛惜，绣作舞衣罗袜。柔枝细弹，仿佛当年，睡起那番标格。旧事休题且拼，共倒芳樽，落花时节。恨春归夏至，红稀绿密，有谁留得？"②

春天"闰三月三日"，顾春邀请"秋红吟社"诗友相聚自家"红雨轩"，欣赏海棠花，并以此为题进行诗词创作。这次诗词雅会人数不多，只有顾春、沈善宝、许延礽三人，但她们积极进行诗词创作，也是"秋红吟社"演进过程中一次有价值的诗词唱和活动。

天游阁海棠花雅集。此次"秋红吟社"诗歌雅集活动时间为道光二十二年壬寅（1842），地点为顾春居斋"天游阁"。顾春曾写《谷雨日，同社诸友集天游阁看海棠，庭中花为风吹损，只妙香室所藏二盆尚娇艳怡人，遂以为题，各赋七言四绝句》诗记载此事。其第一首云："无赖东风尽日吹，恐教辜负看花期。瓦盆留得春常在，为惜芳姿一下帷。"其第二首云："几度春来到海棠，怕遭风雨损红妆。玉颜合贮黄

---

① （清）顾春、奕绘：《顾太清奕绘诗词合集》，上海古籍出版社1998年版，第123页。
② （清）顾春、奕绘：《顾太清奕绘诗词合集》，上海古籍出版社1998年版，第273页。

金屋,慢道无香却有香。"① 沈善宝《鸿雪楼诗选初集》卷八《时逢谷雨,太清集蕊仙、珍庄、武庄、屏山、云林、仲绚、伯芳及予赏海棠,园中者零落已尽,惟室中二盆十分烂漫,成四绝》诗也对这次雅集进行记载。其中一首云:"一桁珠帘细细遮,半杯春露吸红霞。笑侬眼福真修到,来看重台命妇花。"② 沈善宝《名媛诗话》卷八则对这次天游阁海棠花雅集记叙较详:

> 壬寅上巳后七日,太清集同人赏海棠。前数日,狂风大作,园中花已零落,诸君即分咏盆中海棠。霞仙(太清妹,名旭)是日未到,次日寄四诗至,颇堪压倒元白。今录二首云:"山中风信尚迟迟,三月含苞缀满枝。闻说天游阁下树,业经开过看花时。""新题遥寄暮春天,姹紫嫣红剧可怜。为问社中诸姊妹,阿谁曾作海棠颠。"③

沈善宝《名媛诗话》所说"壬寅",即道光二十二年壬寅(1842)。顾春与沈善宝均说参加此次天游阁海棠花雅集的闺友为"同社诸友"或"社中诸姊妹",可见这次诗歌雅集是"秋红吟社"一次群体性社集活动。值得注意的是,这次诗歌社集与会成员较"咏牵牛花社集""绿净山房雅集""红雨轩海棠花雅集"均有增加,其中直接与会者有顾春、沈善宝、项纫章、许延礽、钱继芬、许延锦、栋鄂珍庄、栋鄂武庄、富察蕊仙9人,间接与会者有顾春妹妹西林霞仙。可以说,这次雅会活动,是"秋红吟社"立社以来参与人数最多的一次诗歌聚会。

消寒唱和。这次"消寒唱和"时间为道光二十二年壬寅(1842),地点为京师。参与唱和者为顾春、沈善宝、栋鄂珍庄三人。顾春《消寒九首与少如、湘佩同作》诗曾提及此次唱和。全诗共九首,这里仅

---

① (清)顾春、奕绘:《顾太清奕绘诗词合集》,上海古籍出版社1998年版,第134页。
② (清)沈善宝著,珊丹校注:《鸿雪楼诗词集校注》,中国社会科学出版社2012年版,第242页。
③ (清)沈善宝:《名媛诗话》卷8,凤凰出版社2010年"清代闺秀诗话丛刊"本,第480页。

摘录其第一首与第七首。其第一首《寒窗得风字》云:"斗室窗明暖气融,坐闻庭树怒号风。几竿瘦竹摇寒碧,一角斜阳抹淡红。败叶乱敲声淅沥,冻云低压影朦胧。天光更觉黄昏好,窈窕凉蟾挂半空。"① 其第七首《寒江得流字》云:"丹枫落后大江秋,又见烟波带雪流。就暖鱼鰕浮水面,惊寒鸥鹭聚矶头。澌澌冻合渔人网,格格冰胶估客舟。最忆富春滩上叟,一竿无恙老羊裘。"② 这次诗歌唱和人数不多,仅三人,但顾春、沈善宝、栋鄂珍庄在彼此唱和时既抒写一己的情思,又展示了自己的诗歌才华,以此进一步扩大了"秋红吟社"在晚清诗坛的影响,所以,"消寒唱和"也是"秋红吟社"值得记载的重要的诗歌唱和活动。

探究"秋红吟社"诗歌雅集活动,不难看出,其诗词雅集主要集中在1839—1842年这四年。参加诗社诗词雅集活动的女诗人则有沈善宝、顾春、项纨章、许延礽、钱继芬、许延锦、余庭璧、栋鄂珍庄、栋鄂武庄、富察蕊仙、西林霞仙等十多人。历史的事实是,"秋红吟社"活跃而积极的诗词雅集活动,不仅推动诗社朝正面、向上的方向发展,而且扩大了诗社的诗歌影响,同时也让诗社逐步成为晚清时期最具诗歌贡献力的主要女子诗社。

第二节 诗社核心沈善宝、顾春的诗歌活动与创作特质

一 沈善宝的诗歌活动与创作特质

(一)诗歌活动

沈善宝,字湘佩,号西湖散人,晚清杭州府钱塘县(今属杭州市区)人。江西南昌府义宁州判沈学琳女,山西朔平知府武凌云继室。沈善宝自少就喜读书,善写诗词,成年后又广交闺阁才媛,传世作品有《鸿雪楼诗选初集》、《鸿雪楼词》与《名媛诗话》。她是晚清道咸年间

---

① (清)顾春、奕绘:《顾太清奕绘诗词合集》,上海古籍出版社1998年版,第145页。
② (清)顾春、奕绘:《顾太清奕绘诗词合集》,上海古籍出版社1998年版,第147页。

最杰出的女诗人之一。

沈善宝早年生活艰困,其父沈学琳因官场恶斗,自戕而亡。沈家滞居江西,生活艰辛,时常靠沈善宝卖画维持生计。《清代闺阁诗人征略》引《杭郡诗三辑》载其早年生平事迹说:

> 恭人为韵秋州倅(沈学琳)之女,州倅没于西江,宦囊如洗,恭人才垂髫,日勤翰墨,不数年,求诗画者踵至,因以润笔所入奉母,课弟,且葬本支三世及族属数榇,远近皆称其孝且贤。①

沈家虽然官宦淹蹇,却是一个诗词创作氛围浓郁的书香门第。沈善宝母吴浣素,工诗文,《名媛诗话》载其事迹说:"先慈吴浣素太孺人世仁,先世如皋,后外王父宦于杭,遂家焉。太孺人天姿敏悟,凡为诗词书札,挥笔立成,不假思索。著有《箫引楼诗文集》。"②沈善宝妹沈善芳则颇有音乐才华,又能诗,《名媛诗话》说她:"舍妹兰仙善芳,性甚敏慧,玉貌珠容,端庄静默,女伴见者,无不称羡。余素性落拓,案头书卷狼藉,笔墨纵横,妹每辰必为检拾整齐,恐侍儿不当余意。先慈嗜琴,屡授余姊妹,余习之茫然,妹则勾挑按拨,过目不忘。"又说她:"年十四学诗,初作有'扑将蝴蝶过邻墙'句,余甚赏之。"③沈家还不时举行家庭诗词或音乐雅会,以陶冶性情。沈善宝回忆说:"先慈在时,每年六七月之望,必招姊妹携儿女泛舟游玩,觞咏达旦。家兄等亦邀一二至亲之善音乐者,别驾一舟,相离里许。万籁皆寂,竹肉竞发,歌声笛声,得山水之助,愈觉空灵缥缈。"④其母还时常教授儿女诗词创作。沈善宝在诗中写道:"闻诗独向鲤庭趋,慈爱真

---

① 施淑仪:《清代闺阁诗人征略》卷8,上海书店1987年影印本,第456页。
② (清)沈善宝:《名媛诗话》卷6,凤凰出版社2010年"清代闺秀诗话丛刊"本,第447—448页。
③ (清)沈善宝:《名媛诗话》卷6,凤凰出版社2010年"清代闺秀诗话丛刊"本,第449页。
④ (清)沈善宝:《名媛诗话》卷7,凤凰出版社2010年"清代闺秀诗话丛刊"本,第472—473页。

第四章 晚清女子诗社之翘楚

同掌上珠。教辨四声劳阿母,敢矜七步压通儒。"①

沈善宝不仅有着正向、优质的家学资源,而且其一生在江浙与京师女性诗坛广泛交游。对于其一生诗歌创作活动,沈善宝《鸿雪楼初选诗集》《名媛诗话》以及顾春《天游阁诗集》《东海渔歌》等著述多有记载,现将沈善宝主要诗歌活动考述如下。②

嘉庆二十四年己卯(1819),沈善宝十二岁,时滞居江西,其《鸿雪楼诗选初集》收有该年所写的《白牡丹》《绿蝴蝶》《新竹》《述哀诗》等诗,其中《述哀诗》表达她对含冤而逝的父亲的哀悼。上述诸作为沈善宝现存最早的诗。

嘉庆二十五年庚辰(1820),沈善宝十三岁,在江西,作《题庄端红女史诗集》《与刘笺云女史味道》等诗,从中可见沈善宝少年时读书较多。

道光二年壬午(1822),沈善宝十五岁,在江西,师从谭柳源学诗,是年写有《春柳》《絮影》《游百花洲》等诗。

道光三年癸未(1823),沈善宝十六岁,从江西回故乡浙江,写有《秋日书怀》《奉慈回浙舟次感怀》等诗。

道光六年丙戌(1826),沈善宝十九岁,师从陈箫楼,其《题陈箫楼师诗集》诗云:"湖海狂澜变幻奇,笔花璀璨墨淋漓。春风桃李千杯酒,秋水芙蓉一卷诗。两晋风流今再见,三唐格调世争推。文章声价由来重,顾我何须下绛帷。"③此诗主要表达诗人对老师陈箫楼的敬重之情。《名媛诗话》卷六也对其成为陈氏弟子有所记述:"余幼从甬江陈箫楼先生权受诗,先生尝言女弟子徐蓝珍甚明慧,年十三能为小诗。"④

道光七年丁亥(1827),沈善宝二十岁,阅读吴藻《花帘词稿》,

---

① (清)沈善宝著,珊丹校注:《鸿雪楼诗词集校注》,中国社会科学出版社2012年版,第109页。

② 沈善宝《鸿雪楼诗选初集》十五卷与顾春《天游阁诗集》七卷均有系年。沈善宝《名媛诗话》部分记载也有系年。根据这三种诗歌文献,可以考证出沈氏基本诗歌活动。

③ (清)沈善宝著,珊丹校注:《鸿雪楼诗词集校注》,中国社会科学出版社2012年版,第27页。

④ (清)沈善宝:《名媛诗话》卷6,凤凰出版社2010年"清代闺秀诗话丛刊"本,第454页。

填《满江红·题吴蘋香夫人花帘词稿》词表达自己的仰慕之情。

道光八年戊子（1828），沈善宝二十一岁，被来到杭州的李怡堂收为弟子，旋被李妻史太夫人收为义女。沈善宝《鸿雪楼诗选初集》卷二《山左李怡堂观察世治来杭过访，即蒙收为弟子，赋此志感，即以送别》诗记载此事曰："雕虫一卷寄愁吟，何幸今朝遇赏音。荣到御车钦北海，语贻良药即南金。绿窗自分才华浅，绛帐遥依福泽深。欲识高山流水意，冰弦试听伯牙琴。"① 是年冬沈善宝应李家之召远赴山左。其后，与李家时有唱和。

道光十一年辛卯（1831），沈善宝二十四岁，已从山左回到浙江，此时家计艰难，她作《送穷》《又送穷》等诗以抒怀，虽笔致幽默，但辛酸之情见于楮翰。

道光十二年壬辰（1832），沈善宝二十五岁，其母此年逝世，大兄、八弟又兄弟阋墙，沈善宝依伯母居，自此与从妹沈善禧同榻五载，授善禧唐宋五七言诗，直至1837年远赴京师。《名媛诗话》卷六记载此事说："余从妹湘卿善禧，风度闲雅，敏慧不群。先慈见背后，余依伯母居，室甚隘，与妹同榻五载，授妹唐宋五七言诗，朝夕讲论，诵过不忘。偶作小诗，亦有韵致。"②

道光十五年乙未（1835），沈善宝二十八岁，她进入杭州闺阁女作家创作圈，在杭州结识较多闺阁诗人，这些闺阁诗人绝大部分成为其一生生活与诗学至友。这年春分前一日，沈善宝与梁德绳太夫人、许延礽、吴藻、鲍靓、黄履等人看盆梅，席上听吴藻、黄履二人鼓琴。《鸿雪楼诗选初集》卷四《春分前一日，梁楚生太夫人（梁德绳）暨许云林（许延礽）、鲍玉士女史（鲍靓）偕看盆梅，兼听吴蘋香（吴藻）、黄颖卿（黄履）两夫人鼓琴，即席口占》诗曾记载此事。上述诸人均为清代中后期杭州著名闺阁诗人。《名媛诗话》卷六也对清代嘉、道时期的杭州闺阁诗坛有所评论："吾乡多闺秀，往者指不胜屈，近如梁楚

---

① （清）沈善宝著，珊丹校注：《鸿雪楼诗词集校注》，中国社会科学出版社2012年版，第36页。

② （清）沈善宝：《名媛诗话》卷6，凤凰出版社2010年"清代闺秀诗话丛刊"本，第451页。

生太夫人（德绳）及长女许云林（延礽）、次女云姜（延锦）、项屏山（钏）、项祖香（纫）、汪小韫（端）、吴蘋香（藻）、黄蕉卿（巽）、黄颖卿（履）、鲍玉士（靓）、龚瑟君（自璋），诸君诗文字画各臻神妙。"①

是年夏，许延礽母梁德绳太夫人以"夜来香鹦鹉"为题材，作诗启以征诗，沈善宝曾应征吟诗。杭州众闺阁也有应征之作。《名媛诗话》卷六："乙未夏日，楚梁生太夫人（梁德绳）见有夜来香穿成鹦鹉形者，茉莉为架，制绝工巧，遂作小启征诗。"又说："启出，和者如云，余赋七古一篇。"②

同年秋，沈善宝创作《秋日感怀》诗15首。这15首诗获得晚清诗坛好评，其第8、第9、第12、第13首被选入晚清著名闺阁诗选《正始续集·补遗》。

道光十六年丙申（1836），沈善宝二十九岁，该年《鸿雪楼初集》雕刻付梓。这年初夏，她与吴藻、席慧文、许延礽、吴芷香泛舟皋亭，水天一碧，桃李绿荫，五人连句唱和。《名媛诗话》卷六记载说："丙申初夏，蘋香、芷香姊妹偕浥池席怡珊慧文、云林并余，泛舟皋亭，看桃李绿阴，新翠如潮，水天一碧，小舟三叶，容与中流。"又云："偶检旧箧，得是日联句一章云：'缫丝煮茧熟梅天（湘佩），万树清阴覆水边。远岫绿侵词客黛（云林），夕阳红入酒人船（蘋香）。水乡风景浑如画（怡珊），林下襟怀望若仙（芷香）。同倚篷窗赓好句，扫眉才调尽翩翩（湘佩）。'"③

道光十七年丁酉（1837），沈善宝三十岁，她应义母史太夫人召，由浙入都，途中以诗纪事，既写旅程风光景物，又抒自己内心感受，如《临平道中》《过嘉禾三塔寺》《晚泊江口》《晓渡扬子江》《雄县道中》

---

① （清）沈善宝：《名媛诗话》卷6，凤凰出版社2010年"清代闺秀诗话丛刊"本，第439页。
② （清）沈善宝：《名媛诗话》卷6，凤凰出版社2010年"清代闺秀诗话丛刊"本，第457页。
③ （清）沈善宝：《名媛诗话》卷6，凤凰出版社2010年"清代闺秀诗话丛刊"本，第451—452页。

等。十月入都后,居义母史太夫人处。《名媛诗话》卷七:"宝于戊子岁始识太夫人于袁江,太夫人抚之为女。后闻先母弃养,复召至京寓相依,为择配遣嫁,恩礼备至,逾于所生。"① 不久,喜晤已居京师的许延礽。冬,又晤顾春于许延礽处。沈善宝出示其诗词集,二人遂订金兰之契,此后惺惺相惜达 30 年之久。其《太清夫人(顾春)面定金兰,走笔呈此,即用前韵》诗云:"紫气欣瞻贝阙来,乍亲仙袂笑颜开。大罗天上霓裳曲,羞煞人间咏絮才。"②

道光十八年戊戌(1838),沈善宝三十一岁,与进士武凌云成婚。春暮,湘潭郭润玉自岭南来京师,沈宝善与之晤于史太夫人处,两人互有诗歌赠答,成为知己好友。《名媛诗话》卷七:"湘潭郭笙愉润玉,字昭华,一号壶山女士,知县云麓先生女,李石梧中丞星沅室,梅生太史杭母,有《簪花阁诗草》《梧笙馆联吟》。笙愉为人温柔敦厚,蔼然可亲,生平嗜诗若命,《梧笙馆联吟》者,即伉俪唱和之什。琴瑟之笃,可继秦、徐。手刊《湘潭郭氏三代闺秀诗集》,以志家学。女李月裳楣,长妇郭智珠秉慧,皆工吟咏。戊戌春暮,笙愉自粤入都,把晤于李(史)太夫人处,小诗赠答,一往情深。"③

道光十九年己亥(1839),沈善宝三十二岁,是年与顾春、项绂章、许延礽、钱继芬正式结"秋红吟社",首次雅集以"牵牛花"为题填词唱和。自此,"秋红吟社"逐步演变为晚清影响最大的主流女子诗社。

道光二十年庚子(1840),沈善宝三十三岁。第一次鸦片战争爆发,沈善宝创作多首诗歌感怀时事,如《七夕感怀》《感成呈松亭兄》《秋夜听雨呈外》等。是年,"秋红吟社"有"绿净山房雅集"。余庭璧设筵邀请社内诗人顾春、沈善宝、许延礽等人会聚"绿净山房",并一

---

① (清)沈善宝:《名媛诗话》卷 7,凤凰出版社 2010 年"清代闺秀诗话丛刊"本,第 460 页。
② (清)沈善宝著,珊丹校注:《鸿雪楼诗词集校注》,中国社会科学出版社 2012 年版,第 176 页。
③ (清)沈善宝:《名媛诗话》卷 6,凤凰出版社 2010 年"清代闺秀诗话丛刊"本,第 463 页。

起赏菊。沈善宝不善饮,顾春命其作长律,限山韵。社内女诗人顾春、许延礽、余庭璧等人均有和作。沈善宝《小春小浣,季瑛姊邀饮绿净山房赏菊,太清命成长律,限山字韵,索笔成此。索在坐太清、云林、仲绚、佩吉诸君和》诗曾记载此事。

道光二十一年辛丑(1841),沈善宝三十四岁,"秋红吟社"有"红雨轩海棠花雅集"。顾春邀请沈善宝、许延礽于"红雨轩"赏海棠,并分韵填词。顾春作《惜余春慢·闰三月三日,邀云林、湘佩红雨轩赏海棠,座中分咏,即用有正味斋韵》词以记其事。

道光二十二年壬寅(1842),沈善宝三十五岁,这年春天,沈善宝开始编写《名媛诗话》,至是年九月已编至第七卷。春季谷雨,"秋红吟社"再次组织"天游阁海棠花雅集",同社诗友沈善宝、富察蕊仙、栋鄂珍庄、栋鄂武庄、项缇章、许延礽、钱继芬等人会聚顾春"天游阁"看海棠,并各赋七言绝句四首。同年冬天,沈善宝与顾春、栋鄂珍庄进行"消寒唱和"。她们以"寒窗""寒砚"等"九寒"为题,互相赓酬,进行诗歌唱和活动。

道光二十六年丙午(1846),沈善宝三十九岁,《名媛诗话》十二卷落成。诗话主要记载清代尤其是清代中后期女诗人的生平事迹,并简要论评她们的诗歌创作风格,也偶尔论及诗人自己的诗学主张。《名媛诗话》是一部有重要史料与诗学价值的女性诗话著作。

道光二十八年戊申(1848),沈善宝四十一岁,夫妇唱和成为该年诗歌创作的一个亮点。有关这一题材的诗歌有近 20 首,如《豆棚和韵》《品茶和韵》《评酒和韵》等。这年秋季,沈善宝又随夫南归。南归途中,沈善宝经过雄县、赵北口、景州、荏平、汝水、峰山、阴平、扬州等地。至扬州则喜晤许延礽。关于此次南归,沈善宝曾创作《雄县晓发寄都中诸闺友》《过赵北口》《舟行杂诗》等多首诗歌予以记载。同年,又撰写完《名媛诗话续集》(上),女弟子韩淑珍为其校读。

道光二十九年己酉(1849),沈善宝四十二岁,暮春时节回到故乡杭州。重晤故乡好友吴藻、鲍靓等人。许延礽女孙秀玉又召沈善宝、吴藻、鲍靓饮湖上,诗词唱和甚乐。不数日,吴藻、鲍靓再召为湖上游,吴藻出续刻《香南雪北庐词》见示。项缇章妹项祖香与沈善宝神交十余年,沈氏此次返杭始得晤面,相见甚欢。《名媛诗话续集》:"余于己酉春暮返杭,重晤蘋香(吴藻)、玉士(鲍靓)诸闺友,久违暂聚,乐可知也。孙秀玉静筠,为云林叔女,许季仁茂才善长室,招余及蘋香、玉士饮湖上。"① 又云:"项祖香与余神交十余年,今春回杭,始得把晤,相得甚欢。祖香倜傥多才,聪明绝世,于书无所不通,口若悬河,胸藏奇气,诚闺中杰士也。"②

道光三十年庚戌(1850),沈善宝四十三岁,冬日,在杭州扫墓。杭州名媛关瑛集沈善宝、陈湘英、李佩秋、鲍靓诸闺友于自家巢园,设宴款待,席间出示其所著《花奁集》与《众香词》。《名媛诗话续集》:"庚戌冬日,余返杭扫墓,关秋芙集诸闺友宴余于巢园,出所著《花奁集》、《众香词》。读之,觉缠绵哀艳,音节凄清。"③

咸丰元年辛亥(1851),沈善宝四十四岁,仲春朔日准备离开杭州回京,与吴藻及杭城诸闺友话别。仲春三月八日,沈善宝行舟至无锡鸳湖,闺阁诗人丁芝仙用官舆相迎,相见恨晚,遂结为异姓姐妹。同月,北上至扬州,过访许延礽、许延锦、钱继芬,故友相聚,感慨絮萍,欲尽平原十日之欢。离开扬州继续北行,经过邢州、圯上、铜山、东平、藤县等地,在舟车奔波五十天后,终于回到京师。沈善宝沿途有诗记载她的所见所闻并抒写她彼时彼刻的心情。《名媛诗话续集》:"辛亥春日,北上至广陵,访云林、云姜、伯芳,班荆道故,旧雨情深。云林为居停主,皆欲尽平原十日之欢。余感其意,为留三日,览东园之胜,话夙昔之情。"④

咸丰四年甲寅(1854),沈善宝四十七岁,这年夏季,沈善宝丈夫武凌云在长期担任京官后被外放为山西朔平府知府,沈善宝随宦朔州,途经涿州、定州、新乐、井陉、四天门、槐树铺、辛兴、泰安岭、寿

---

① (清)沈善宝:《名媛诗话续集》,凤凰出版社2010年"清代闺秀诗话丛刊"本,第586页。
② (清)沈善宝:《名媛诗话续集》,凤凰出版社2010年"清代闺秀诗话丛刊"本,第588页。
③ (清)沈善宝:《名媛诗话续集》,凤凰出版社2010年"清代闺秀诗话丛刊"本,第602页。
④ (清)沈善宝:《名媛诗话续集》,凤凰出版社2010年"清代闺秀诗话丛刊"本,第605—606页。

阳、阳曲、太原等地，历时半个月左右。在盛夏烈日下，沈善宝时有吟咏，或描写沿途风光与民情，或追思历史古迹，或抒写个人感慨，如《途中杂作》《唐槐》《到曲阳后寄太清姊》等诗。是年与顾春诗书往来较多，主要倾诉羁旅之愁与想念之苦。沈善宝《鸿雪楼初选诗集》十五卷录诗至该年止。

咸丰十一年辛酉（1861），沈善宝五十四岁，在京师，是年太平军李秀成再克杭州。沈善宝细读顾春所作《红楼梦影》，并以"西湖散人"的笔名为此书作序。

同治元年壬戌（1862），沈善宝五十五岁，五月在京师病重，二十九日，顾春前来探视，两人盟约"与君世世为兄弟"，不久辞世。

探究沈善宝一生的诗歌交游与诗歌创作历程可以看出，沈善宝诗歌创作活动漫长而精彩。她十二岁即有诗作，五十五岁逝世之前仍在笔耕不辍。在这数十年漫长的诗歌创作生涯中，沈善宝有两次诗歌创作旺盛期。第一次为道光十五年（1835）至道光十六年（1836），沈善宝时年二十八九岁，这两年她进入杭州闺阁诗人主流创作圈，结识了众多杭州本土闺阁作家，如梁德绳、许延礽、吴藻、鲍靓、黄履等人，且积极参加杭州本土闺阁作家组织的诗歌创作活动，成为其中的重要成员。第二次为道光十九年（1839）至道光二十二年（1842），沈善宝时年三十二至三十五岁，此时，她已来到京师，嫁给在京为官的武凌云为妻。她在京师闺阁诗坛广交朋友，结识顾春、钱继芬、余庭璧、许延锦、栋鄂珍庄等一批闺阁作者，组织"秋红吟社"，并积极倡导、参与诗社的诗歌唱和活动，成为诗社的领军人物。

又需指出的是，沈善宝不仅是一个诗歌创作与社会活动者，她还是清代女性诗坛历史故事的记录人。她倾注大量心血写成的《名媛诗话》记载了清代尤其是中晚清时期女性诗坛的大量诗歌事迹，是清代最见功力且最具可征性的诗话著作。

沈善宝卓越的诗歌创作与诗歌社会及学术活动，使她成为晚清时代最杰出的女诗人之一。

（二）诗歌创作特质

珊丹整理的《鸿雪楼诗词集校注》共有 15 卷，其中收沈善宝诗

754首，词57阕，为目前流行的沈善宝诗词集中收诗最多的版本之一。从《鸿雪楼诗词集》来看，沈善宝诗歌创作题材丰富，如咏物、写景、游历、送别、咏史、题画、唱和、抒怀等我国古代诗人常写的内容均在其诗歌中有所表现，而且，她的诗歌情感饱满，写作笔法娴熟，还不时对时代风云与国家大事有所关注，展示出沈善宝高出许多清代闺阁诗人的不凡见识与胸襟。在沈善宝诗歌种种优秀品质中，有两点尤其卓尔不群，引人注目：其一，沈诗诗歌创作的纪实性，其二，沈诗诗歌风格的书卷味。

1. 诗歌写作的纪实性

沈善宝以诗抒情，但她也以诗纪事、以诗记人，其诗歌创作洋溢出强烈的纪实特质。其诗歌创作的纪实性主要体现在两个方面，首先是内容上的纪实，其次为体例上的纪实。

先看内容上的纪实。沈善宝时常用诗来记载她曾经的人生大事或经历。她将诗当作"日记"来写，也将诗作为"实录"来对待。

她十二岁所写的《述哀》诗即描述其家的最大变故——其父沈学琳因官场恶斗而自戕。诗歌首先描述她与父亲离别的情景："我父入县城，路仅百余里。牵衣问归期，言别数日耳。"继写其父因为坚持正义而受人陷害，最后被逼自戕："浩浩气塞胸，磊落绝偏倚。直似七尺躯，欲挽世风靡。"最后表达她的悲愤心情："海竭岸已移，山崩土亦圮。哀哀抱痛恨，终天长已矣。"①《奉慈回浙舟次感怀》则写诗人痛失父亲后，在江西滞居多年，最后在亲友的帮助下，与母亲及全家回到故乡浙江。其诗云："渺渺离怀脉脉愁，关河迢递棹归舟。恨如远岫千层叠，泪逐长江九派流。愧说曹娥能觅父，空悲赵女欲寻仇。云山尽是萧条景，怅触心情总未休。"由杭入京，嫁与武凌云为妻，这是沈善宝的人生转折点，自此，沈善宝结束了穷愁困顿的生活。在《鸿雪楼诗选初集》中有多首诗记载了诗人这段重要的人生经历。其《入都留别吴蘋香、鲍玉士》说："秋风江上促行舟，一曲骊歌万缕愁。雪白南香回首

---

① 本小节所举证诗歌均引自沈善宝著，珊丹校注《鸿雪楼诗词集校注》（中国社会科学出版社2012年版），在此不一一注出。

处,月明有梦返杭州。"其《别杭城感成》说:"检点琴书买客舟,故乡无地可埋忧。者番倍有伤心处,谁倚门闾念远游?"其《抵都口占》云:"不惮驰驱赴帝京,要将文字动公卿。红闺弱质知多少,谁学孤鸿事远征?"这三首诗,前两首感情比较抑郁,主要抒写诗人对远离故乡的不舍与无奈之情。第三首《抵都口占》却展现出诗人心性中的好胜心,她表示,既然来到了京师,就要好好把握机遇,一定要让自己的文学才华感动京师,为"红闺弱质"扬眉吐气。当然,诗歌也对自己的婚姻隐隐有一种美好的期望。

沈善宝还时常用诗描写她一生的行迹与游历。

沈氏一生多次萍飘他乡,辗转多地,其诗歌对此有详细而多方位的描写。

沈善宝第一次重要的人生转栖为其父因事自戕后,她与母亲及全家由父亲为官之地江西回归故乡浙江。对于这段感伤的人生转栖经历,沈善宝写有《夜过瑞洪镇》《舟中吟望》《桐江夜景》《抵家》等多首诗予以记载。其《夜过瑞洪镇》云:"旅坐不成寐,徘徊夜色清。沙明知月上,帆饱觉舟轻。渔火参差见,宾鸿继续鸣。故乡归有日,屈指数行程。"这首诗既写诗人在旅途中的孤独感与急欲归乡的急切心情,又写诗人在旅途中的种种见闻,只是这些见闻因为诗人的心理原因而涂抹上几许感伤的色调。

沈善宝第二次重要的人生转栖是其在1828—1829年应其义父李怡堂之召远赴山左。这次远游,沈氏路经吴江,舟过金、焦两山,到清河,跨黄河,次年返浙后,又侍义父李怡堂游平山堂、虎邱、西湖等地。关于这段行程,沈善宝写有《吴江舟次寄兰仙妹善芳》《舟次望金焦两山》《清河呈春畹李观察湘茝》《渡黄河》等诗加以描述。其《渡黄河》诗云:"寒涛滚滚水汤汤,都做离人九曲肠。我欲乘槎游碧落,不愁无路问银潢。放开眼界山川小,付与文章笔墨狂。更有思亲两行泪,随波流送到钱塘。"

沈善宝第三次人生辗转为1832年拜别母亲、携其弟琴舫赴袁江售画换米。这次辗转,她过塘西,经常州,阻于瓦窑口,到高邮湖。《鸿雪楼诗选初集》卷三有《别家》《夜过塘西》《中秋夜过常州》

《阻风瓦窑口》《过高邮湖》等诗即描写这次人生辗转。《夜过塘西》云:"挂席塘西路,离乡第一程。凉风吹袂薄,孤月向人明。镫火高堂梦,烟波旅客情。吟成谁与和,村柝正三更。"此诗寓情于景,景中生情,主要描写诗人离家求食的无奈与旅途漂泊的孤独感,也有对家的深深依恋。

沈善宝第四次重要的人生转栖为 1837 年秋应义母史太夫人之邀,自浙赴京。自此,她嫁为人妻,长期定居京师。这次转栖,她途经临平、嘉禾,泊舟江口,晨渡扬子江,又过雄县,最终在十月抵达北京。关于这次转栖,她写有《入都留别吴蘋香、鲍玉士》《临平道中》《过嘉禾三塔寺》《雄县道中》《抵都口占》等诗。其《临平道中》云:"皋亭山色接临平,半幅蒲帆趁晓晴。槲叶微黄枫渐紫,坐听渔篰刺船声。"

沈善宝第五次人生辗转为 1843 年秋她与许云林相约自京省史太夫人(李寄母)于津门。沈氏这次出远门,经过张家湾、安平、台庄、杨村、武清等地,写成《省李寄母史太夫人于津门》《张家湾道》《安平道中》《杨村旅次》等诗。其《省李寄母史太夫人于津门》写出诗人不辞旅途劳苦,一定要见李寄母的心情。其诗云:"五年膝下受恩身,寸草心从何处申?望眼已穿肠欲断,敢辞跋涉畏风尘!"

沈善宝第六次人生辗转为 1848 年自京师南归回浙扫墓。这次南归,她停留时间较长,至 1851 年才北上回京。1848 年秋南归时,沈善宝经过雄县、赵北口、景州、扬州等地。1851 年北上,则经过邱州、纪上、铜山、东平等区,在舟车劳顿 50 天后终于抵达京师。在沈氏《鸿雪楼诗选初集》中,有《雄县晓发寄都中诸闺友》《过赵北口》《景州道中遇风》《铜山道中喜晴》《东平道中》等 20 多首诗描绘这次归乡扫墓的旅程。其《雄县晓发寄都中诸闺友》云:"云萍十载聚春明,听彻骊歌出凤城。猎猎风沙旋大漠,劳劳踪迹怅浮生。人紫别绪难成寐,马恋残刍不肯行。料得红闺诸姊妹,灯前几处计归程。"

沈善宝第七次重要的人生转栖为 1854 年夏其夫武凌云外任山西朔平知府,她随夫远赴晋地。这次远行,沈善宝经过涿州、定州、新乐等地,过滹沱河,到井陉、四天门、槐树铺诸区,历时半月左右才到山西任所。沈善宝这次赴晋,几乎每经一地,她都以诗记之,如《途中杂

第四章 晚清女子诗社之翘楚

作》《代州晓行遇雪呈外》《唐槐》《到曲阳后寄太清姊》《出雁门关口占》等诗。其《唐槐》诗云:"根株虽半朽,枝叶尚青葱。高荫垂千古,清阴蔽一弓。树留阳曲县,植或狄梁公。莫问南柯梦,前村夕阳红。"这首诗借晋地著名的"唐槐",一方面抒发诗人对红尘沉浮的感叹,另一方面也表现她对晋地悠久历史文化的敬畏。

沈善宝又用诗描绘自我的情感起伏与波动。

沈善宝的人生悲喜交织,吉祥与不幸相随,她少年失父,青年丧母,弟妹也不幸早卒,早年家境清寒而孤苦,但她得官至知府的李怡堂收为义女,三十岁后又嫁进士武凌云为妻,夫妻琴瑟和鸣,关系亲密。在其数十年的诗歌旅程中又结识顾春、许延礽等闺阁至友,在晚清女性诗坛纵横排闼,共同晕染出晚清女性诗坛的一段佳话。加之其情思细腻,心质灵敏,以此她的诗歌创作颇多曲折纷扰的情感起伏与波动。

其《客船》诗云:"年年飘泊逐浮鸥,无数青山任去留。春水绿波人赋别,秋江红树寄客愁。一篙新涨迎前渡,五两轻风助壮游。几度帆从天际转,误他少妇日凝眸。"此诗通过"客船"这一意象,抒发诗人年年转栖、不得安居的无奈与怅惘。其《送穷》诗云:"世间惟尔最狡狯,相适顿使人无奈。自从与我作周旋,金钗典尽明珠卖。"又云:"尔今速去勿复留,念我与尔非仇雠。阳关唱罢请长别,九州四海随遨游。"沈善宝生活清贫,其家时常依赖她卖字画换米为生。这首《送穷》诗既反映沈氏窘迫的生活状况,又以幽默的笔致希望贫穷能远离自己,自己与家人都能过上衣食无忧的生活。

其《雨窗漫成》诗云:"嫩寒如水逼帘钩,小院苔衣绿渐稠。几日湖山疏画课,连宵风雨替花愁。会将扑蝶春还早,诗到吟梅句更幽。只恐韶华容易去,待晴重放木兰舟。"春天来了,春雨飘飞,小院绿意日浓,诗人静坐窗前,既担心连宵风雨会摧落好不容易长成的红花,又感叹时光易逝,年轮催老,她决心要珍惜眼前自己美好的年华,等到天放晴了,她就要与闺友们走向大自然,以此近距离地感受春天美好的时光,如此,既不辜负自己的美好年华,也不辜负春天美丽的景致。这首诗有多重的情感呈现,一方面诗人对风雨送春、年华易老有几许紧迫、焦虑感,另一方面,诗人又不甘心让美好的春景与年华白白流逝,她要振作精神，重视眼前，好好珍惜目前的美丽春景与年华。

值得特别提到的是，沈善宝不时用诗歌记述自我的诗歌活动并展示晚清时代浙江、京师女性诗坛的实况，且对时代风云也有真实而深刻的描写。

沈善宝不仅是一位勤奋笔耕的诗人，而且是一位活跃的诗歌社会活动者。在数十年的诗歌创作生涯中，她既独自进行诗歌创作，又不时走出闺阁，与不少晚清闺秀作者进行诗歌交流，通过群体唱和、诗歌结社等诗歌群体形式，推动晚清女性诗歌走向成熟与繁荣，并不断提高自己的诗歌创作技艺。关于这一点，沈善宝也用诗歌做了真实而深入的描述。其《孤山探梅歌柬黄颖卿夫人》《新年杂咏分题》等近20首诗就集中描绘她融入并积极参与杭州闺阁诗坛诗歌创作活动的情景。至于在京师闺阁诗坛的诗歌活动，沈善宝也用数十首诗歌加以记载。如《太清夫人面定金兰，走笔呈此，即用前韵》《读太清、云林游万柳堂诗奉和》《和虚白太夫人雪中见怀原韵》《立春后三日偕孟缇、伯芳谒虚白太夫人、即承惠诗，依次奉和》《张兰芬夫人随宦入都，晤余于陈仙九女史席上，以七律见赠，次韵报之》《月夜联句》等。从这些诗歌所写内容来看，诗人在定居浙江与京师期间，既有与诗学挚友的个体联吟，又有与若干闺阁作者的诗歌群体赠酬，还有在"秋红吟社"社内的诗歌唱和，可以说这些诗歌以真实的笔触对诗人在江浙与京师的诗歌活动做了全面而深入的记载。

沈善宝的诗歌对时代风云也有一定的描写。沈善宝生活的清朝道咸年间，是我国古代历史发生重大转折的时代。道光二十年（1840），第一次鸦片战争爆发。咸丰元年（1751），太平天国在广西金田村起事。咸丰六年（1856），第二次鸦片战争爆发。鸦片战争与太平天国内乱使清廷元气大伤，几近覆亡，中国从此陷入长期积贫积弱、战乱不断的黑暗时期。对于自身所处的社会大动荡与大战乱，沈善宝牵系于心，并用诗歌记述之。《七夕感怀》云："天上何来儿女情，连番微雨晚凉生。愿将一掬银河水，倾向东南洗甲兵。"《感成呈松亭兄》："无端烽火客心惊，谁运胸中百万兵？杜老忧时空感慨，谢公却敌但瞅枰。拯愚岂料开边隙，报捷欣传慰圣明。愿得妖氛俱扫尽，伏波铜柱早标名。"《闻杭信感成》:"舟山重又见烽烟,湖上人家倍惘然。让畔偏多肥遁志,招商深赖长官贤。传来风鹤真堪恨,想到饥渴倍可怜。安得孝侯三尺剑,海氛顷刻靖南天。"这三首诗写于道光二十年(1840)与道光二十一年(1841),此时正是第一次鸦片战争激战正酣之时。诗歌表达了诗人对东南战事的关心,她希望清廷能振作精神,而军民也要万众一心,同仇敌忾,如此,方能抵御外侮,让天下重现太平。这三首诗既对清廷的腐败深表忧心,又表达了诗人对外敌入侵的愤慨,展现出作者是一个胸怀天下的卓越女诗人。

再看体例上的纪实。沈善宝《鸿雪楼诗选初集》共十五卷,每卷均有系年。如卷一标明为"己卯。"又有注释云:"是年十二岁,所有十一岁以前诗歌散轶未存。"[①] 此处所说"己卯",按农历干支系年,即为清嘉庆二十四年己卯(1819)。卷十五标明为"辛亥",按农历干支系年,此年即为清咸丰元年辛亥(1851)。《鸿雪楼诗选初集》除每卷皆有系年外,又大体按春、夏、秋、冬时间先后的顺序将诗歌加以排列。

诗歌系年的时间有序性与诗歌排列的时间逻辑性,使沈善宝的《鸿雪楼诗选初集》显得名目清晰而又在体例上颇具纪实性,读者由此大致可以了解沈善宝何时开始作诗,何时是其诗歌创作丰硕期,何时其诗歌创作力开始衰退,甚至可以具体辨析她的某一首诗写于哪一年的哪一个具体时期。[②] 从《鸿雪楼诗选初集》纪实性体例来看,此书不仅是一种文学文本,也是一种记载周详的历史文献,读者从中可以寻绎出沈善宝一生精彩纷呈的诗学事迹与诗歌活动。

2. 诗歌风格的书卷味

沈善宝不仅是一位灵心善感的诗人,也是一位饱读诗书的学人。以此,她的诗歌不仅有"诗人之诗"的才情与灵动,也有"学人之诗"

[①] (清)沈善宝著,珊丹校注:《鸿雪楼诗词集校注》,中国社会科学出版社2012年版,第1页。

[②] 《鸿雪楼诗选初集》系年也有不当之处,如其将诗人咸丰三年癸丑(1853)与咸丰四年甲寅(1854)所写诗列为卷十四,而将诗人咸丰元年辛亥(1851)所写诗列为卷十五,卷十四时间在后反而列在前。

的博洽与温雅,飘散出一股浓浓的书卷味。

　　书卷味之一:不时化用历史故事与典故,知识性较强。如《抵家》:"离乡无岁不思乡,到得家山意转伤。旅亲尚羁千里月,孤怀空断九回肠。麦舟谁继当年范,葛帔同悲此日羊。回首西风频感慨,白云流水两茫茫。"此诗写沈善宝在随父宦居江西多年后回到故乡浙江时的感伤情绪。当年从故乡来到江西,父母俱在,全家其乐融融,而今离开江西,父亲已含恨自尽,自己与母亲只好带着全家落魄地回到故乡。此时此刻,诗人的心情好不凄凉。此诗用了"麦舟范"与"葛帔羊"两典。"麦舟范"是指北宋范仲淹之子范纯仁将自家急需用的一舟麦子赠送给父亲好友石延年,好让贫困中的石延年能安葬家中已逝的亲人。"葛帔羊"则指南朝梁代大臣任昉为官清廉,家无遗产,其子任西华穷得用冬天葛草做的帔服来御寒,任昉旧友刘孝标在路上碰到,非常怜惜,决计要帮助他。范纯仁与刘孝标的友善之举,获得后世的推崇,成为人们心目中仗义疏财、不忘故交的典范。沈善宝在这首诗中用此两典,是说她回到故乡后,举目无亲,也没有碰到像范纯仁与刘孝标这样的旧友来帮助自己处于贫困中的家庭。

　　又《问桃》:"刘阮天台遇可真,武陵果否又迷津。如何修得依金母,底事开偏近玉人。飞逐杨花应有恨,化为红雨岂无因。不言转说成蹊易,息氏当年岂效颦。"此诗为咏物之作。诗人的真正用意是借歌咏桃花来抒泄她内心难以明言的隐幽。诗人似乎对长期以来刘晨、阮肇共入天台山遇仙的传说似信非信,也对陶渊明《桃花源记》中描写的理想世界有所怀疑。她又对如何寻找到"金母"(西王母)瑶池般的理想世界感到茫然。不过,诗歌最后对以一己之身换回一国百姓安全的春秋时息国息妫夫人表达自己的敬意,认为只有像她这样坚定而有主见的女性才是自己敬佩的对象。诗歌用了"刘阮天台""武陵迷津""金母瑶池""息妫救民"四个典故,这四个典故均与桃花有关。刘晨、阮肇进入的天台山,西王母生活的天山瑶池,武陵捕鱼人迷路的桃花源,均有桃花。息妫本为春秋时息国国君的夫人,楚文王听闻她十分美丽,就率师亲征息国。息妫为了息国百姓免遭涂炭,也为了救回被楚王俘虏的丈夫,只好牺牲自己嫁给楚文王。楚文王得到息妫后,十分宠爱,专门为她建造紫金山,并在山中凿修桃花洞。沈善宝《问桃》一诗巧妙地化用了这四个典故,以此含蓄地表达出自己的内心情思。

书卷味之二:曲折和婉、温雅典正的风格。沈善宝诗歌创作风格多样,或感伤,如《述哀》《秋感》,或愉悦,如《暮春湖上》《花朝湖上》,但其主体风格则显得既曲折和婉,又温雅典正,颇有几分"学人之诗"的气度与品质。如《菊影》诗:"映来篱落影芬芳,照见繁枝又一行。几度移灯频对酒,有时索笑但闻香。秋容带月描尤淡,傲骨临风偶似狂。如有如无空色相,何烦耐冷与迎霜。"此诗借对"菊影"的歌咏,表达出诗人对菊花"耐冷"品格的赞赏,也借此间接表达诗人对人生的看法。此诗写情达意含蓄而庄重,整体诗风呈现既曲折和婉又温雅典正的风致。又如《红拂》:"不畏深宵风露凉,紫衣乌帽易红妆。天教慧眼谐鸳侣,心有灵机认雁行。一自美人归卫国,遂令公子绍唐皇。功成图画凌烟阁,独惜蛾眉姓未扬。"红拂是中国古代巾帼英雄,她慧眼识英才,不嫁隋朝当朝宰相杨素,却独爱流浪江湖的穷小子李靖,最终,杨素身亡国灭,而李靖辅佐李世民打天下,成为唐朝的开国功臣。此诗一方面对红拂慧眼识英才的见识与气度表示钦佩,另一方面又对她仅仅因为性别的缘故而未能像其夫李靖一样建功立业而感到惋惜。此诗以委婉之笔表达诗人对红拂的钦敬之情,在主体诗风上也与上首《菊影》一样,显得既曲折和婉,又温雅典正。

沈善宝呈现既曲折和婉又温雅典正风格的诗歌众多,如《白莲》:"不与群芳斗艳阳,独留本色在横塘。轻盈漫传何郎粉,雅淡应羞西子妆。山水分明冰作骨,临风皎洁玉生香。洗红唱罢心俱素,赢得清芬洗缟裳。"又《湘卿妹有信来和答二绝》。其一曰:"绵绵离绪远难伸,又为梅花感慨频。雪虐风饕何太甚,枝南枝北待回春。"其二曰:"一株红映绣窗前,月助丰福雪助妍。不识数年离别后,春风花发可依然。"这三首诗虽然抒情的重点不一样,一是赞美白莲"不与群芳斗艳阳,独留本色在横塘"的高贵品质,一是抒发诗人对"湘卿妹"的手足之情,但均写得深情而绵邈,呈现出一种既曲折和婉又温雅典正的风貌。

二　顾春的诗歌活动与创作特质

（一）诗歌活动

顾春，字子春，号太清，晚年又号云槎外史，原姓西林觉罗氏，满族镶蓝旗人，嫁贝勒奕绘为侧福晋。顾春是晚清最杰出的女作家之一，诗集有《天游阁诗集》，词集有《东海渔歌》，又创作小说《红楼梦影》。其词创作成就颇高，有满族词人"男中成容若，女中太清春"之誉。

施淑仪《清代闺阁诗人征略》简介其生平说：

> 太清字子春，满洲西林人，宗室贝勒奕绘继室，将军载钊、载初母，有《东海渔歌》、《天游阁诗稿》。①

沈善宝《名媛诗话》则对顾春的性格与文学创作才华有所描述：

> （顾春）才气横溢，援笔立成，待人诚信，无骄矜习气。

又说：

> 此后倡和，皆即席挥毫，不待铜钵声终，俱已脱稿。《天游阁集》中诸作，全以神行，绝不拘拘绳墨。②

《晚晴簃诗汇》也对顾春生平与诗歌创作有简介与评议：

> 八旗论词有"男中成容若，女中太清春"之语。临桂况夔笙舍人周颐于光绪己丑得《天游阁诗》写本，其词名《东海渔歌》，

---

① 施淑仪：《清代闺阁诗人征略》卷8，上海书店1987年影印本，第494页。
② （清）沈善宝：《名媛诗话》卷8，凤凰出版社2010年"清代闺秀诗话丛刊"本，第479页。

第四章 晚清女子诗社之翘楚

夔笙初未求得。宣统己酉,黄陂陈士可毅得诗五卷,阙第四卷,词四卷,阙第二卷。诗在四十前,多偕游之作。及称未亡,家难旋起,携子女移居邸外,有诗纪事。嗣是抚孤感逝,涉笔皆哀。①

总之,顾春不仅在诗词创作上取得卓越的成就,而且在晚清京师女性诗坛广泛交游,她既是一位具有杰出写作才华的闺秀诗人,又是一位颇具凝聚力的诗歌社会活动者,以此挥洒出其鲜活而卓越的诗歌人生。现将其丰富而精彩的诗歌活动考述如下。②

道光六年丙戌(1826),顾春二十八岁,其《天游阁诗集》于是年开始系年。《天游阁诗集》收是年所写《丙戌清明雪后侍太夫人、夫人游西山诸寺》诗一首。

道光九年己丑(1829),顾春三十一岁,此年写作《己丑暮春雨后,同霞仙七妹游万寿寺作》《题文衡山秋湖晚眺》《题仲蕃尚书画册三首》《东山杂诗九首》《东山草堂二首》等60多首诗,在其早年诗歌创作中掀起一波小高潮。

道光十一年辛卯(1831),顾春三十三岁,写成《苦热》《龟》《兔》《题画四首》等诗。

道光十三年癸巳(1833),顾春三十五岁,此年与其丈夫奕绘时有唱和,写成《癸巳正月十六日次夫子生日原韵》《次夫子清明日双桥新寓原韵》《次夫子天游阁见示韵四首》等诗,又创作《癸巳春雪》《游双桥小寺感怀》《题赵伯驹画古木寒鸦二首》《题画山水二首》《落花》等若干写景、题画、咏物诗。

道光十五年乙未(1835),顾春三十七岁,她开始走出家庭与京师闺阁诗人交往。这年所写的《法源寺看海棠,遇阮许云姜、许石珊枝、钱李纫兰,即次壁刻钱百福老人诗韵二首赠之》,即是顾春诗集中首次出现的与京师闺阁诗人的交游诗。这一年她写成若干首闺阁交游诗,如《四月廿二,云姜招同珊枝、素安、纫兰过崇效寺看牡丹,遇陆琇卿、

---

① 徐世昌:《晚晴簃诗汇》,北京出版社1996年影印本,第3153页。
② 本书主要以顾春《天游阁诗集》《东海渔歌》为底本考述诗人的诗歌活动与诗歌成就。

汪佩之,是日云姜以折扇嘱写,归来画折枝梅,遂画以扇头》《谢云姜惠食物》《答古春轩老人》《次云姜韵》《同珊枝、纫兰集云姜东暖室作》等。其中《同珊枝、纫兰集云姜东暖室作》云:"昨日相邀宴小斋,窗明几净绝飞埃。玻璃不碍斜阳透,移过琅玕瘦影来。"① 此诗既描写清代闺阁女性相聚时环境的优雅与气氛的和乐,又展示顾春彼时彼刻轻松愉快的心情。同年,她还写有《春日游法源寺前后和钱侍郎诗五首》《读芸台相国揅经室诗录》二诗。这两首诗表明,这一年,她不仅开始与京师闺阁诗坛交往,而且与京师主流诗坛大老有来往。

种种证据表明,道光十五年(1835)是顾春诗歌活动的重要一年,或者说,是顾春诗歌活动发生根本性转折的一年。在此之前,顾春诗歌活动仅局限于一己家庭之内,仅与丈夫、妹妹有诗歌赠酬,在此之后,顾春走出家庭开始与京师闺阁诗坛交往,并与京师主流诗坛名流有来往。自此,诗人从比较封闭的私人空间走向社会群体空间,顾春的诗歌创作范围与诗学眼界得到有力的拓展与提升。

道光十六年丙申(1836),顾春三十八岁,此年,其丈夫奕绘赋闲在家,夫妻二人不时在京师及京师近郊踏青或游玩。这一年,她以充沛的笔墨创作较多的京师与京郊游历诗。如《春游十日》《廿六登东坡》《廿七登清风阁后西北最高峰顶》《廿八午发南谷,晚宿云岗》《三月晦同夫子游黑龙潭至大觉寺路经画眉山》《夏日城东泛舟归来有作》等诗。其《廿六登东坡》云:"昨日经过处,登高望杳茫。梨花千树雪,春草满山香。画栋新妆阁,荒台旧法堂。欣欣幽谷里,百鸟奏笙簧。"② 此诗景物描写生动真切,情感表达轻松愉悦,真实表达出诗人与丈夫奕绘外出踏青时的愉快心情。

道光十七年丁酉(1837),顾春三十九岁,这年顾春与京师闺阁诗人颇多交往并继续和丈夫奕绘诗词唱和。此年,沈善宝进京,并在许延礽寓所与顾春相识,两人一见如故,遂订交。在顾春《天游阁诗集》诗集中,《四月十九同云林城东泛舟》《五月廿五雨中静春居阮刘夫人

---

① (清)顾春、奕绘:《顾太清奕绘诗词合集》,上海古籍出版社1998年版,第61页。
② (清)顾春、奕绘:《顾太清奕绘诗词合集》,上海古籍出版社1998年版,第70页。

第四章　晚清女子诗社之翘楚

招同云林、纫兰过天宁寺看新麦，即席作》等诗，即记载了她在此年与京师闺友交往的情况；而《题钱塘女史沈湘佩鸿雪楼诗二首》《叠前韵答湘佩》诸诗则表达诗人对沈善宝的赏爱之情。顾、沈二人结识，是清朝道光中期京师诗坛值得记载的重要事件，自此，她们联手在京师闺阁诗坛组织诗歌唱和活动，打破了京师闺阁诗坛长期以来的沉闷气氛，令京师闺阁诗坛呈现出活跃且生动的局面，并为两年后"秋红吟社"的成立打下扎实的诗歌与人才基础。

道光十八年戊戌（1838），顾春四十岁，《天游阁诗集》收录其此年所写《四十初度》诗。其诗云："百感中来不自由，思亲此日泪空流。雁行隔岁无消息，诗卷经年富唱酬。过眼韶华成逝水，惊心人事等浮沤。那堪更忆儿时侯，陈迹东风有梦不？"① 这年上半年，顾春继续与沈善宝、许延礽等京师闺友交往，并创作《同云林、湘佩游尺五庄怀纫兰作》等诗。农历七月七日，顾春丈夫奕绘病逝，顾春创作多首哭夫诗，如《自先夫子薨逝后，意不为诗，冬窗检点遗稿，卷中诗多唱和，触目感怀，结习难忘，遂赋数字，非敢有所怨，聊记予生之不幸也，兼示钊、初二儿》诗。

道光十九年己亥（1839），顾春四十一岁。上半年心情悲痛，创作多首思夫、忆夫诗，如《己亥清明率载钊恭谒先夫子园寝痛成一律》诗。这年秋天，与沈善宝、许延礽、项纫章、钱继芬组建"秋红吟社"。"秋红吟社"是晚清时代诗学元素比较完备、诗歌影响最为深远的主要女子诗社。顾春以其杰出的诗歌才华与社会活动能力与沈善宝一起逐渐成为诗社的领军人物。其《社中课题》云："十月乍传春信早，孤山有梦路迢迢。遥知画舸经行处，香度微风过短桥。"② 此诗描绘景物清美轻灵，情感平和温婉，不失为社中课题中的佳作。顾春在此年明确注有"社中课题"的诗还有《秋柳》《寻辽后梳妆台故址》《忆西湖早梅》《红叶》《冰牀》《暖炕》《女游仙》等诗。③

---

① （清）顾春、奕绘：《顾太清奕绘诗词合集》，上海古籍出版社1998年版，第99页。
② （清）顾春、奕绘：《顾太清奕绘诗词合集》，上海古籍出版社1998年版，第110页。
③ 以上诸诗上海古籍出版社《顾太清奕绘诗词合集》未见标注，但清末宣统年间刻本《天游阁集》（五卷）在以上诸诗诗题下均标注"社课"二字。

道光二十年庚子（1840），顾春四十二岁，她在京师闺阁诗坛交游的范围得到进一步扩大，除与沈善宝、许延礽、项纫章、钱继芬、许延锦等闺阁旧友保持密切联系外，她还新结识富察蕊仙等满族闺阁女性。这年下半年，参加余季瑛主持的"绿净山房雅会"。是年夏，中英鸦片战争爆发。

道光二十一年辛丑（1841），顾春四十三岁，在自家"红雨轩"邀请沈善宝、许延礽赏海棠，举行"海棠花雅集"，进行诗词唱和。

道光二十二年壬寅（1842），顾春四十四岁，与栋鄂珍庄结为儿女亲家并结识珍庄妹栋鄂武庄。邀请沈善宝、项纫章、许延礽、钱继芬、许延锦、栋鄂珍庄、栋鄂武庄、富察蕊仙等人到自家"天游阁"赏海棠，主持"天游阁海棠花雅集"。同年冬天，与沈善宝、栋鄂珍庄举行"消寒"诗歌唱和活动。

道光二十三年癸卯（1843）、二十四年甲辰（1844）、二十五年乙巳（1845）、二十六年丙午（1846），顾春创作诗歌不多，其《天游阁诗集》收录这四年所写诗共30多首，平均每年不到10首。所写题材也比较保守，主要有闺阁赠酬、个体感怀、写景等，如《遣怀》《春日偶成》《次湘佩春夜对月韵》等。这四年可谓是顾春诗歌创作的一个低谷期。这也从另一个侧面显示，"秋红吟社"诗歌创作在这四年已呈式微之态。

道光二十七年丁未（1847），顾春四十九岁，与女儿以文、闺阁好友沈善宝不时诗词唱和，创作《长夏连雨，七女以文拟雪月风雨，四夜索咏，各限韵》《湘佩拟琴棋书画四题同作》等诗。

道光二十八戊申（1848）、二十九年己酉（1849）、三十年庚戌（1850）写诗较少，这三年《天游阁诗集》共存诗20多首，顾春诗歌创作又现低潮。

咸丰元年辛亥（1851）至咸丰八年戊午（1858），顾春《天游阁诗集》未见有诗。是顾春这几年辍笔不写，或是所写诗歌散轶，原因待考。

咸丰九年己未（1859）与咸丰十年庚申（1860），《天游阁诗集》有诗11首。此时正值乱世，外有西洋列强入侵，内有太平天国内乱，顾春虽然没有用大量笔墨描写国家战乱动荡的现实，但少量诗歌也有或正面或侧面的反映，如其《咸丰庚申重九，有感湘佩书来，借居避乱，数日未到。又传闻锐健营被夷匪烧毁，家霞仙不知下落，命人寻访数日，未得消息，是以廿八字记之》诗。其诗云："几林枫叶染新霜，山色依然未改常。欲插茱萸人不见，满城兵火过重阳。"①

同治元年壬戌（1862），顾春六十四岁，好友沈善宝病逝，她十分悲痛，作《哭湘佩三妹》诗以悼之。其诗云："卅载情如手足亲，问天何故丧斯人。平生心性多豪侠，辜负雄才是女身。"②是年又写《雨窗感旧》诗，对生平所交闺阁好友与"秋红吟社"社事活动均有记载，此诗文献价值颇高。

同治二年癸亥（1863）至光绪二年丙子（1876），在七卷本《天游阁诗集》中存诗20多首，其中《梦中读隋书，得此二绝句，醒来倩人代写，盲人梦话，可发一笑》为诗集中所收最后一首诗。从"醒来倩人代写，盲人梦话"句可知，顾春此时年老体衰，已没有更多的精力进行诗歌创作了。

考察顾春一生诗歌创作与诗歌群体活动的轨迹，应该说，其诗歌创作生涯漫长而精彩。顾春早年虽偶有吟咏，但专注于诗歌创作是在二十八岁之后，从此，她勤奋笔耕，走上了近半个世纪的诗歌创作道路。与大多数诗人一样，其诗歌创作有低谷，也有高潮。其诗歌创作与诗歌群体活动高峰期应当是道光九年（1828）至道光二十二年（1842），顾春时年32—44岁。在这14年内，顾春既创作了大量诗歌，又积极参加京师闺阁诗坛文学群体活动，并与沈善宝、许延礽等人组构"秋红吟社"。在诗社内，顾春曾多次组织并主持诗歌雅会活动，又积极招揽京师女性诗歌人才，以此，她与沈善宝一样逐步成为"秋红吟社"诗歌影响最大、贡献最为突出的领军人物。

又需指出的是，作为一个满族女诗人，顾春不仅自己与汉族女同胞水乳交融，在诗歌与生活上来往频繁，而且她带领若干满族女同胞进入

---

① （清）顾春、奕绘：《顾太清奕绘诗词合集》，上海古籍出版社1998年版，第168页。
② （清）顾春、奕绘：《顾太清奕绘诗词合集》，上海古籍出版社1998年版，第169页。

京师女性诗坛,与汉族女同胞在生活与诗歌上取长补短,相亲相助,既演绎出晚清时代民族和谐的动人故事,又掀腾起晚清京师女性诗坛的一波创作高潮。毋庸讳言,顾春与沈善宝携手相亲的瞬间,无疑是晚清女性诗坛最美丽的民族和谐的画面之一。

(二) 诗歌创作特质

顾春是晚清时代最卓越的满族女诗人之一,其诗歌创作内容丰富,美感饱满,不仅刻画其一己的生活与情感状态,也展现晚清时期京师满汉两族闺阁女诗人的生存与精神风貌,在文学写作与人生体验上均有其独特的价值。

特质之一:擅长写作写景游历诗。顾春花了许多心思与精力来写写景游历诗,其《天游阁诗集》有近三分之一的诗歌为写景游历之作。顾春的写景游历诗,大多状景逼真,着色轻浅,意象动静相谐,情感温婉开朗,语言清美流畅,在总体诗歌风格上呈现别具一格的风神。在顾氏众多的写景游历诗中,《东山草堂二首》可称其中的成功之作。此诗第一首曰:"春水满池塘,春光入草堂。黄茅初盖顶,紫燕欲窥梁。卉木见真趣,图书森古香。濛濛新雨歇,花萼婉清扬。"① 其第二首曰:"淑气催花萼,春风入酒樽。日长帘幕寂,人静鸟声喧。拂座清松影,侵阶碧鲜痕。山堂通略彴,词赋接文园。"根据顾春《天游阁诗集》纪年,这两首诗写于道光九年己丑(1829)。东山草堂,为奕绘、顾春夫妇在北京近郊的一处别业。这两首诗以白描之笔真实而详细地描绘"东山草堂"及其附近的水光草色:茅屋刚刚建成,春水在池塘内荡漾,燕子飞翔,众花烂漫,群鸟喧鸣,酒樽芬芳,松影斑驳,小桥隐隐约约,而茅屋内的书卷又散发出缕缕书香。整体而言,这两首诗写得物象逼真,着色轻浅,动静相谐,情感温婉轻松,意境清空开朗,有一种朴素、直白的美感。

顾春写景游历诗成功之作颇多,如《二十九日雨中晓发南岗》:"好雨及时耕,烟村画不成。桃花何艳冶,杨柳太轻盈。云起万山失,

---

① 本小节所举证诗歌,均选自《顾太清奕绘诗词合集》(上海古籍出版社 1998 年版),在此不一一注出。

天开大水横。东风晴未稳，一路听鸠鸣。"又《十九日晚晴回南谷车中作》："日出新晴秋草香，阴崖寒露渐为霜。几家茅屋沿山住，一阵西风括面凉。细水流沙清潋滟，野花村妇淡梳妆。多情最是溪边柳，送客依依过短岗。"根据顾春《天游阁诗集》系年，这两首诗写于道光十六年丙申（1836）。这一年顾春与其夫奕绘联袂出行，在北京与京郊游赏。这两首诗即写顾春在京郊地区游赏的情景。第一首《二十九日雨中晓发南岗》写顾春春天出行京郊所看到的景致与物象。春天来了，京郊南岗地区桃花盛开，杨柳依依，山云飞涌，河水奔腾，春风拂脸，鸠鸟和鸣，一派生机盎然的景象。而诗人的心绪也特别开朗。其中"云起万山失，天开大水横"一联，对仗工整，平仄相谐，空间宏敞，襟怀开阔，既写出京郊南岗地区山势之连绵与云层之汹涌，又写出这一地区空间之辽阔与河流之纵横，可称顾春写景游历诗中的名句。第二首《十九日晚晴回南谷车中作》则是写秋天的景致。初秋季节，山花山草生机犹存，在秋日的阳光下散发出清香，远山之下隐隐约约看到几处农家茅屋，江河与小溪的水流显得那么清澈，农村的妇女们也大多朴素而健康，尽管秋天的寒气已经开始袭来，但京郊南谷地区并不显得萧条。综而言之，这两首诗既忠实于生活的本相，又有高于生活的艺术构建，写景则画面生动，空间宏阔，抒情则胸襟开朗，情致温婉，语言又清美直白，可以说是写景游历诗中情韵俱佳的好诗。

  特质之二：众多诗歌展现晚清时期京师满汉两族闺秀诗人的生存与精神风貌。顾春《天游阁诗集》中有许多诗歌描写她与京师汉族闺秀女诗人在生活与诗歌上的交往。如《法源寺看海棠，遇阮许云姜、许石珊枝、钱李纫兰，即次壁刻钱百福老人诗韵二首赠之》《四月十二日，云姜招同珊枝、素安、纫兰过崇郊寺看牡丹，遇陆琇卿、汪佩之，是日云姜以折扇嘱写，归来画折枝梅并题》《十五日雪后，同珊枝、素安、云林、云姜、纫兰、佩吉天宁寺看西山积雪，即席次云林韵》《六月九日邀云林、湘佩尺五庄看荷花，座中次湘佩前游韵》《冬日季瑛招饮绿净山房赏菊，是日有云林、云姜、湘佩、佩吉诸姊妹在座，奈余为城门所阻，未得尽欢，归来即次湘佩韵》等诗。上述诗歌中提到的许云姜，即许延锦，为清廷体仁阁大学士、太傅阮元媳，郎中阮福室。石珊枝，状元石韫玉次女，吏部尚书许乃普媳。李纫兰，工科给事中钱仪吉儿媳，诸生钱子万妻。陆琇卿，名韵梅，清廷武英殿大学士、太子太傅潘世恩媳，侍郎潘曾莹妻。汪佩之，名纫兰，为陆琇卿姒娌，光禄潘曾绂妻。许云林，即许延礽，兵部主事许宗彦女，体宁贡生孙承勋室，许云姜姊。张佩吉，杭州许乃穀女甥，善鼓琴。沈湘佩，即沈善宝，其夫武凌云为进士出身，长期在京师为官，后外任山西朔平知府。余季瑛，名庭璧，其夫许乃安为道光十二年（1832）进士，曾官翰林院编修，兰州知府。顾春诗中所说的"素安"，姓陈，也是清廷官宦妻女。这些汉族闺秀女性大多来自江浙地区，或为官宦之女，或为文士之妻，她们均因其父其夫或因其公爹在京为官而随居京城。

顾春的记述表明，这些来自江浙的汉族闺秀女性在京师的生活充实而高雅。她们或相约赏花观雪，或群聚进行诗词唱和，或以书画相赠。她们爱好相同，心质相似，且彼此敬重，融洽相处，由此组构成京师社会中别具一格而又温馨和谐的社会群落。关于她们温馨而和谐的生活与精神状态，顾春的诗歌不仅有丰富的记载，而且有真切的描绘。如《四月十二日，云姜招同珊枝、素安、纫兰过崇郊寺看牡丹，遇陆琇卿、汪佩之，是日云姜以折扇嘱写，归来画折枝梅并题》诗："此行不为牡丹来，况值颠风日日摧。花里有缘逢国色，院边随意坐苍苔。玉山小篆题长句，古木新芽发老槐。感我云姜何以报，墨梅投我报红梅。"

顾春还有不少诗写她与京师满族闺秀诗人在生活与诗歌上的亲密关系，并展示这些京师满族闺秀诗人的生活与精神状态。如《伏日雨后访富察蕊仙夫人华萼，留饮归来，夜已中矣，赋此致谢》《次栋鄂少如亲母韵》《上巳访栋鄂武庄辅国公祥竹轩夫人，留予小酌，遍游邸中园亭，且约初十过予天游阁看海棠，归来赋此》《少如遣人送蜀锦并索诗，率成四十字致谢》《雨后同少如、武庄、素安三姊妹及儿女辈泛舟潞河，舟中次少如韵》等诗。上述诗中提到的栋鄂少如，为两江总督、吏部尚书铁保女，成新泉观察室。栋鄂武庄，为栋鄂少如胞妹，宗室辅国公祥林室。富察蕊仙夫人，则为满族贵族。满族富察氏不时与皇族通婚，乾隆帝孝贤纯皇后、哲悯皇贵妃与晋妃皆为满族富察氏。这些满族官宦女性，知书识礼，能诗善文，深受汉族文化的影响。她们或盛情款

第四章　晚清女子诗社之翘楚

待顾春，或与顾春诗词相酬，也不时与顾春结伴外游。顾春也以饱满的笔墨记载下她们充实而高雅的生活，并展露她们互相交往时的愉快心情，如《伏日雨后访富察蕊仙夫人华萼，留饮归来，夜已中矣，赋此致谢》诗："初交仿佛旧相识，林下家风异俗流。堆案图书妆阁静，缘阶花木小庭幽。烟笼老树青如滴，雨洗浓苔翠欲浮。宾主不拘忘检束，敢辞一饮醉方休。不畏泥途夏日长，蕊仙留客具壶觞。屏除世态推君雅，简慢人情恕我狂。大论夫人知武略，慧心婢子解文章。安车一路归来晚，细露沾衣作嫩凉。"

第三节　诗社其他成员考

"秋红吟社"的创立者除沈善宝、顾春二人外，还有项绂章、钱继芬、许延礽三人。此外许延锦、西林霞仙、余庭璧、栋鄂珍庄、栋鄂武庄、富察蕊仙也是诗社重要成员。她们与沈善宝、顾春二人一道，共同推动"秋红吟社"的发展与壮大。

一　项绂章、许延礽、钱继芬

（一）项绂章

项绂章，又名钏，字屏山，号绂卿，清杭州府钱塘县（今属杭州市区）人，晚清吏部尚书许乃普继室。项绂章工词章，善画，为"秋红吟社"创社成员之一。著有《翰墨和鸣馆集》。

关于项绂章的生平事迹，晚清及民国多种文献均有记载。沈善宝《名媛诗话》卷六："项屏山，号绂卿，大司马许滇生乃普室，仁山学士彭寿母。工词赋，善画，有《翰墨和鸣馆集》。"[①] 民国徐世昌《晚晴簃诗汇》："项绂章，一名钏，字屏山，号绂卿，钱塘人，吏部尚书谥文

[①]（清）沈善宝：《名媛诗话》卷6，凤凰出版社2010年"清代闺秀诗话丛刊"本，第440页。

恪许乃普继室,有《翰墨和鸣馆集》。"①

《清代闺阁诗人征略》引《杭郡诗辑》则对其生平事迹有较细致的描述:

  夫人善画,文恪值上书房时,上以外邦贡纸四张,命绘花卉。夫人业画三幅。适外客至,走匿幔中。客去而空纸已被污。文恪惧获谴。而夫人就污纸作一皱石,倚败竹数杆,进呈,转蒙褒赏。②

追溯项纮章的家族历史,其祖上为安徽歙县人。始祖项绍,于五代后唐清泰三年(936)定居歙县桂溪。传至渭征公项成沄,则从安徽歙县迁居杭州钱塘。项纮章的父亲项赋棣,贡生,曾任浙江温州府永嘉县教谕,湖州府德清县训导,诰授奉政大夫。其弟则为晚清著名词人项鸿祚。

项纮章是一位有天赋的女诗人,沈善宝称项纮章诗歌创作"笔致轻灵,盖由天份之高"③。如《题画竹》:"年时避暑忆江乡,为爱萧萧竹一墙。今日移栽纨扇上,无风无雨自生凉。"④《雁来红》:"已著西风又著霜,耐寒犹作女儿妆。潇湘云水人何处,草草题红字一行。"这两首诗,第一首为题画诗,歌咏画中之竹。在京师,诗人经常思念故乡。而让她最想念的就是在故乡浙江经常可以看到的摇曳于短墙之旁的萧萧竹丛。如今,不知是哪位丹青高手将竹子栩栩如生的画到扇子上。这画中的竹子是如此的鲜活生动,就像真的一样,以至于没有刮风下雨,诗人却感觉到有一股清凉之气从扇子上飘逸而出。第二首为咏物诗,歌咏草本植物雁来红。雁来红,又称老来少、老来娇、叶鸡冠、三色苋,在我国各地均可生长。诗人感叹,雁来红既被寒冷的西风吹打,又被严酷的霜雾侵扰,但它不怕环境的恶劣,依旧生机勃勃,傲然生长。这两首

---

① 徐世昌:《晚晴簃诗汇》,北京出版社1996年影印本,第3137页。
② 施淑仪:《清代闺阁诗人征略》卷8,上海书店1987年影印本,第453页。
③ (清)沈善宝:《名媛诗话》卷6,凤凰出版社2010年"清代闺秀诗话丛刊"本,第440页。
④ 以下所举证的"秋红吟社"众位女诗人的代表性诗歌均选自《名媛诗话》《晚晴簃诗汇》《闺海吟》等诗歌文献,在此不一一注出。

第四章　晚清女子诗社之翘楚

诗，能抓住写作对象的主要特质来描写，在温婉的情感里又蕴含着几许人生哲理，较好地展示出诗人积极的人生态度与高品质的人格风范。

（二）许延礽

许延礽，字云林，浙江德清（今浙江湖州市德清县）人，曾随父母寓居于杭州与北京。兵部主事许宗彦女，休宁贡生孙承勋室。著有《福连室诗稿》。晚清闺阁作者，"秋红吟社"创始人之一。

施淑仪《清代闺阁诗人征略》简介其生平说："延礽字云林，一字因姜，德清人。兵部主事宗彦女，休宁贡生孙承勋室，有《福连室集》。"又引《西泠闺咏》简论其事迹："因姜与其妹云姜并工诗，善鼓琴镌印，皆楚生夫人教也。"①沈善宝《名媛诗话》卷六则对其生平事迹载之较详：

> 云林号伯孙，又号因姜，休宁孙子勤承勋明经室，詹主簿寿铭母，有《福连室诗稿》，性情伉爽，与余最契密。在里时，春秋佳日，湖山胜处，二人必偕游吟玩。②

许延礽出生于一个仕宦书香门第。其父许宗彦为嘉庆四年（1799）进士，曾官兵部主事，著有《鉴止水斋集》。后辞官寓居杭州，潜心学术研究。其母梁德绳，字楚生，钱塘人，清乾嘉之际著名闺阁诗人，著有《古春轩诗钞》。

许延礽虽著有《福连室诗稿》，但未见流传。沈善宝《名媛诗话》载录其赠和诗二首："（云林）先予一年入都。次冬，予亦北至。云林喜甚，招游天宁寺。余赠诗二绝云：'怜君先我整吟鞍，都下名花次第看。见说海棠红似锦，可曾绿绮月中弹？''浮图百尺出尘寰，曲绕城闉路几湾。晴翠扑窗云压槛，最宜朝爽挹青山。'云林和云：'闻君才得息征鞍，赐出新诗仔细看。知己忽从天外至，何愁古调一人弹。''软

---

① 施淑仪：《清代闺阁诗人征略》卷8，上海书店1987年影印本，第439页。
② （清）沈善宝：《名媛诗话》卷6，凤凰出版社2010年"清代闺秀诗话丛刊"本，第439—440页。

红一载逐尘寰,每忆西泠水一湾。客舍重逢如梦境,西山影里话湖山。'"①今人杜珣《闺海吟》又选录其《题蝴蝶花馆诗存》诗一首。其诗云:"秋扇吟余恨转赊,笔床墨匣了生涯。蘼芜岂是忘忧草,蝴蝶真成薄命花。机上回文空锦字,天边幽怨托匏瓜。罗浮冷伴寒梅葬,惆怅蛮风蜃雨斜。"从《名媛诗话》与《闺海吟》所录诗歌来看,许延礽诗歌素养颇高。其赠和沈善宝的二首诗,笔力饱满且灵动,既恰到好处地酬对了沈善宝提出的人生话题,又含蓄地表达自己对沈善宝的关心与对人生的看法,其中"知己忽从天外至,何愁古调一人弹""客舍重逢如梦境,西山影里话湖山"二句,构思巧妙,将诗人蕴积心中的友情与乡思恰到好处地表达出来,可称这两首诗中的画龙点睛之笔。其《题蝴蝶花馆诗存》一诗虽然略显晦涩,但对仗工整,词风温雅,显然为一首成熟的七言律诗。许延礽虽然留存诗歌甚少,但从其现存诗歌来考察,她是一位高水平的女诗人。

（三）钱继芬

钱继芬,字伯芳,晚清浙江嘉兴府海盐县（今嘉兴市海盐县）人。体仁阁大学士、太傅阮元媳,郎中阮祜继室。钱继芬工诗善画,与沈善宝、顾春等在京师结"秋红吟社",为诗社创社成员之一。《闺海吟》简介其生平说:

> 钱继芬,字伯芳,嘉兴人。许云姜之娣,阮元媳,郎中阮祜继室,工诗画,与沈善宝、顾太清等在京结诗社。②

沈善宝《名媛诗话》对钱继芬生平也有简介:

> 嘉兴钱伯芳继芬,为云姜（许延锦）之娣,阮受卿郎中祜（阮祜）继室,工诗画。③

---

① （清）沈善宝:《名媛诗话》卷6,凤凰出版社2010年"清代闺秀诗话丛刊"本,第440页。
② 杜珣:《闺海吟》（下）,时代文化出版社2011年版,第47页。
③ （清）沈善宝:《名媛诗话》卷10,凤凰出版社2010年"清代闺秀诗话丛刊"本,第513页。

第四章 晚清女子诗社之翘楚

海盐钱氏，为当地著名世家大姓。据史料记载，从明朝中期正德朝到晚清光绪年间，海盐钱氏有进士 14 人，举人 30 多人。其中状元 2 人，传胪 1 人，还有太子太傅、刑部尚书 1 人，军机大臣、工部尚书 1 人，六部侍郎 2 人，巡抚 2 人，翰林院编修、翰林院侍读学士、学台、臬台、知府等若干人。诗人、画家、学者人数则更多。钱继芬高祖钱陈群，即为康熙六十年（1721）进士，历仕康、雍、乾三朝，官至太子太傅，刑部尚书。钱陈群长子钱汝诚，乾隆十三年（1748）进士，官至刑部左侍郎，曾担任《四库全书》副总纂。钱陈群另外三子钱汝丰、钱汝器、钱汝恭也均为举人。钱汝诚、钱汝丰之后，海盐钱氏又崛起不少科举与文学、学术名人。如钱开仕，乾隆三十年（1765）进士，官至朝林院侍讲。钱仪吉，嘉庆十三年（1808）进士，官至工科给事中，辞官后主讲粤东学海堂与河南大梁书院数十年，著有《澄观集》《定庐集》《碑传集》等著述 20 多种。

钱继芬存诗甚少，《名媛诗话》载录其诗二首。其《咏火炕》云："任教风雪满窗前，尽有阳和入几筵。锦香围成方丈地，花砖熏透小春天。炉边茶熟三更后，帐底梅开十月先。瓦青霜华浑不觉，醒来清梦鸟声圆。"又《冰床》："一枝竹箭走通津，顾盼中流自在身。支足但教施寸铁，掉头那用转双轮。壶中叔宝清如玉，榻上维摩净绝尘。冻合琉璃趺坐稳，还须履薄慎阳春。"《闺海吟》则录其《送别沈善宝》诗一首："七载京华感旧游，与君重晤海西头。莺花三月扬州路，细雨轻帆送客舟。"

这三首诗，《咏火炕》《冰床》为咏物诗，《送别沈善宝》则为送别诗。就写作技艺与风格而言，《咏火炕》与《冰床》二诗可谓良莠并存。"良"，是指这两首诗诗风温雅，情感平和，对仗与平仄大体合乎七言律诗的规则。"莠"，是指这两首诗语言表达生硬，意境晦涩，缺乏诗歌写作应有的美感。《送别沈善宝》一诗，则情感真挚温婉，语言清浅晓畅，在直白而坦诚的抒写中恰到好处地表达出诗人临别之时的依依不舍之情，在诗歌意境设置上显得空灵而清新，可称一首成熟的七言绝句。

二　许延锦、余庭璧

（一）许延锦

许延锦，字云姜，号仲绚，浙江德清（今浙江湖州市德清县）人，许延礽妹，阮元媳，郎中阮福室。许延锦是"秋红吟社"闺阁诗人之一，曾参与"秋红吟社"绿净山房雅集与天游阁海棠花雅集等诗词唱和活动。著有《鱼听轩诗稿》。

沈善宝《名媛诗话》卷六载其生平曰：

> 许云姜，号仲绚，为阮赐卿郎中福室，有《鱼听轩诗稿》，诗不多，而灵警不可磨灭。①

今人杜珣《闺海吟》简介其生平说：

> 许延锦，字云姜，号仲绚，许延礽妹。阮元媳，郎中阮福室，工诗画镌印，有《鱼听轩诗稿》。②

许延锦公爹阮元为乾隆五十四年（1789）进士，历仕乾隆、嘉庆、道光三朝，官到湖广总督、两广总督与云贵总督，授体仁阁大学士，且在经史、舆地、金石、校勘等方面都有非常高的造诣，被尊为三朝阁老、一代文宗。其父许宗彦，其母梁德绳，也是清代中期著名诗人。许延锦工诗，著有《鱼听轩诗稿》，但未见流传。《名媛诗话》载录其诗二首。其一曰《游昆明登大观楼》："万山围海海围楼，楼在昆明海上洲。太华三峰来爽气，疏帘四面卷高秋。西湖花月江乡梦，南诏烟波边徼游。返棹入城寻旧路，碧鸡风雨送归舟。"其二曰《题芦雁》："黄芦白苇满陂塘，点缀偏宜雁几行。蓦地平添三尺水，夜来秋

---

① （清）沈善宝：《名媛诗话》卷6，凤凰出版社2010年"清代闺秀诗话丛刊"本，第453页。

② 杜珣：《闺海吟》（下），时代文化出版社2011年版，第247页。

第四章 晚清女子诗社之翘楚

雨满潇湘。"

许延锦公爹阮元于道光六年（1826）至十五年（1835）任云贵总督，宦居云南昆明，阮福与许延锦则不时随侍。许延锦《游昆明登大观楼》诗大概作于此期。昆明大观楼，位于滇池北滨，始建于康熙年间。由于其面临滇池，远眺西山，尽收湖光山色，故得此名。此诗的上段抓住大观楼面接滇池、远望群山的自然环境，状写大观楼宏阔、浩瀚的地理特质，诗风开朗而高远，又有几分雄强。下段则将杭州西湖的水温山秀与滇池的波澜壮阔作比较，既写出了滇池的山水之美，又表达自己的故土之思。应该说，此诗情感苍凉中有强劲，诗歌境界迷蒙而宏大，堪称一首优秀的登临写景诗。第二首《题芦雁》为咏物之作。诗人通过对"黄芦白苇"以及"雁几行"等苍凉景物的描绘，抒发其内心莫名而生的孤独与怅惘之情。这也是一首情韵俱佳的好诗。可以看出，许延锦虽然存诗甚少，但她的诗歌写作水平颇高，有着厚实的诗学素养与精深的诗歌写作造诣。

（二）余庭璧

余庭璧，字季瑛，晚清杭州府仁和县（今杭州市区）人，钱塘许乃安妻。晚清"秋红吟社"闺阁作者之一。曾主持"秋红吟社"绿净山房诗词雅集活动。

许乃安曾在京为官，在北京有居所名"绿净山房"。余庭璧曾在此会聚"秋红吟社"女诗人赏花赋诗并主持诗词唱和活动。《名媛诗话》卷六："季瑛性情温雅，与余至契。寓居颇饶花木，每当春华秋月，辄招共赏。"[①]

余庭璧与沈善宝相友善。其夫外任兰州知府，她随夫赴任，沈善宝不舍，曾作《送季瑛随任甘肃》诗。其诗云："同是西湖客，他乡见倍亲。芝兰投气味，胶漆胜雷陈。绮阁晨花艳，金尊夜月新。春秋遇佳日，折柬不嫌频。"[②] 余庭璧未见有诗集传世，晚清以来流行的诗歌总

[①] （清）沈善宝：《名媛诗话》卷6，凤凰出版社2010年"清代闺秀诗话丛刊"本，第452页。

[②] （清）沈善宝著，珊丹校注：《鸿雪楼诗词集校注》，中国社会科学出版社2012年版，第234—235页。

集、选本、诗话也未见载录其诗。

三 栋鄂珍庄、栋鄂武庄、富察蕊仙、西林霞仙

（一）栋鄂珍庄与栋鄂武庄

栋鄂珍庄与栋鄂武庄为同胞姊妹。姊栋鄂珍庄，字少如，妹栋鄂武庄，字修篁。栋鄂珍庄丈夫为成山，满族，字新泉，官道台。栋鄂武庄的丈夫祥林则为皇家宗室。栋鄂珍庄又与顾春结为儿女亲家。在顾春的影响下，栋鄂珍庄与栋鄂武庄不时参加"秋红吟社"诗词唱和活动，逐渐成为诗社成员。

《名媛诗话》卷八简介栋鄂珍庄与栋鄂武庄事迹说：

> 满洲栋鄂少如珍庄，成新泉观察山室，妹修篁武庄，宗室祥竹轩辅国公林室。少如、修篁，皆如亭夫人（莹川）少女，并能诗画。①

《闺海吟》对栋鄂珍庄两姊妹也有简介：

> 栋鄂少如，名珍庄，观察成山室，如亭夫人女，与妹修篁并能诗画。②

栋鄂珍庄与栋鄂武庄不仅是八旗官宦之妻，她们还出生于一个声名显要的满族家庭。其父铁保，字冶亭，满族栋鄂氏，正黄旗人，乾隆三十七年（1772）进士，曾任两江总督、吏部尚书等要职。铁保工书法，善诗文，著述有《八旗通志》《白山诗介》《惟清斋全集》等。《清史稿》记载铁保生平说："铁保慷慨论事，高宗谓其有大臣风。及居外任，自欲有所表见，倨傲，意为爱憎，屡以措施失当被黜。然优于文学，词翰并美。两典礼闱及山东、顺天乡试，皆得人。"③ 其母莹川，为满族著名女诗人。沈善宝

---

① （清）沈善宝：《名媛诗话》卷8，凤凰出版社2010年"清代闺秀诗话丛刊"本，第479页。
② 杜珣：《闺海吟》（下），时代文化出版社2011年版，第433页。
③ 赵尔巽：《清史稿》卷353，中华书局1998年缩印本，第2897页。

第四章 晚清女子诗社之翘楚

《名媛诗话》记其生平说:"宁古塔如亭夫人(莹川),字竹轩,有《如亭诗钞》,为铁冶亭尚书保淑配。工诗,善草书兰竹,兼能骑射,识见过人,诗致清峭。"① 《闺海吟》简介莹川生平说:"莹川,字如亭,宁古塔氏,侍读学士巴克棠阿女,尚书铁保室,封一品。诗书画三绝,好经史,工草书,善写兰竹,精骑射,有《如亭诗草》。"②

传承家族的优秀传统,栋鄂珍庄与栋鄂武庄均工诗。《名媛诗话》收录了栋鄂珍庄二首诗。其一曰《咏寒砚》,此诗云:"弄月吟风实未能,耐寒石砚亦为朋。寻题每喜留余墨,落笔犹嫌呵冻冰。窗外几曾烘暖日,案头常自伴青灯。笑余未尽磨穿力,空负毛锥岁月增。"另一首题曰《寒林》。此诗云:"响尽秋声景物移,阶前落叶几参差。严霜催老林千处,冻雪凝成玉万枝。春信将临梅便觉,东风未到柳先知。空山生意何曾尽,松柏原为绝世姿。"

《咏寒砚》诗风温雅,写出了冬日墨砚的特点与诗人闲适的书斋生活,但语言比较生涩,意象也比较模糊,而且,诗的上段第二句与第四句没有押韵,不符合七言律诗的用韵规则。实事求是地说,《咏寒砚》是一首优点突出但缺陷也明显的诗。比较而言,《寒林》诗则写得较有意境与美感。此诗首先描绘千山萧瑟、雪凝层林的早春景象,写得空间广阔,气象苍茫。接着描写早春萧瑟的表象下蕴藏着的生机:梅花灿烂,松柏苍翠,柳枝开始绽放新绿。尤其是"春信将临梅便觉,东风未到柳先知"一联,既写出了大自然的季节变化,又寓含人生的道理,且对仗工整,为律诗写作中美感与意蕴兼而有之的好句。从《寒林》这首诗的写作状态来看,栋鄂珍庄具有优秀的诗歌写作才能。

栋鄂武庄则未见有诗词传世,不过,她曾经与顾春有诗词赠答,《名媛诗话》又说她与其姊栋鄂珍庄"并能诗画",所以,她也是一位有修养的诗词作者。

---

① (清)沈善宝:《名媛诗话》卷8,凤凰出版社2010年"清代闺秀诗话丛刊"本,第478页。

② 杜珣:《闺海吟》(下),时代文化出版社2011年版,第436页。

(二) 富察蕊仙

富察蕊仙，字华萼，满族贵族，"秋红吟社"成员之一。《名媛诗话》卷八记载其事迹说："满洲富察棣楼华萼，人甚风雅，性嗜吟咏。《中秋感怀》云；'山深迟见月，树老早知秋。'《读正始集》云：'集裒匡九鼎，织锦具三襄。'七言如《叠韵》云：'能消块磊千杯酒，可与周旋满院花。'《东郊访菊》云：'花含露冷铺三径，人背斜阳立九秋。'皆清婉。棣楼原名蕊仙，曾晤于太清处。"①

富察氏是满族中历史悠久的名族，金代即为女真族中重要的一支。入清，富察氏即成为构建清朝的重要力量，族中男丁不少人成为清朝重臣。族人旺吉努孙哈什屯在皇太极时任礼部参政，康熙初年因功加封太子太保衔。族人马齐在康熙朝为武英殿大学士，雍正朝又为保和殿大学士、军机大臣，加封太子太保衔。族人傅恒乾隆朝任内务府大臣、户部尚书兼军机大臣，授保和殿大学士，总领征大小金川军务，凯旋后封一等镇国公。族中女性则有多人成为皇后或嫔妃，如乾隆帝孝贤纯皇后、哲悯皇贵妃与晋妃，道光帝恬嫔，同治帝淑慎皇贵妃，等等。

富察蕊仙与顾春相友善，在顾春的影响下，她参加"秋红吟社"诗词雅集活动并成为诗社成员。顾春曾写《伏日雨后访富察蕊仙夫人华萼，留饮归来，夜已中矣，赋此致谢》等诗来描写她与富察蕊仙的真挚友情。富察蕊仙流传下来的诗歌甚少。但《名媛诗话》卷八载录了她的一些断章零句。如"山深迟见月，树老早知秋""集裒匡九鼎，织锦具三襄""花含露冷铺三径，人背斜阳立九秋"等。从这些断章残句来看，富察蕊仙知诗懂诗，有较深厚的诗歌写作功力。

(三) 西林霞仙

西林霞仙，顾春妹，曾参加"秋红吟社"诗词雅集活动，为诗社女诗人之一，著有《延青草阁诗草》。《名媛诗话》卷八记载西林霞仙参加"秋红吟社"诗歌雅集活动云："壬寅上巳后七日，太清集同人赏海棠。前数日，狂风大作，园中花已零落，诸君即分咏盆中海棠。霞仙

---

① （清）沈善宝：《名媛诗话》卷8，凤凰出版社2010年"清代闺秀诗话丛刊"本，第492页。

是日未到，次日寄四诗至，颇堪压倒元白。今录二首云：'山中风信尚迟迟，三月含苞缀满枝。闻说天游阁下树，业经开过看花时。''新题遥寄暮春天，姹紫嫣红剧可怜。为问社中诸姊妹，阿谁曾作海棠颠。'"① 西林霞仙虽著有诗集，但未见传世。从《名媛诗话》载录的两首诗来看，她的诗歌语言直白而风趣，意象设置明丽清美，情感表达幽默开朗，在诗歌风格上具有自己独到的情韵与美感。

第四节 诗社诗学地位论

一 晚清主要女子诗社

晚清诗坛，女性诗歌结社呈持续升温的状态。女性诗歌结社数量可观，又在诗社社群质素、诗学品格上出现新变化。晚清著名女子诗社有成都左锡嘉"浣花诗社"、常州张氏四女社、湘潭郭润玉"梅花诗社"等，但对当代与后世女性诗坛产生全局性影响的主要女子诗社，则为"秋红吟社"。

其一，"秋红吟社"活跃于清代政治、经济中心北京。这一地理属性打破了清代女子诗社尤其是清代主要女子诗社荟萃江浙的地理形态。从清代诗歌总集、别集、选集、诗话、方志等文献中约略统计，清代女子诗社至少有近 30 个。然而，在这近 30 个女子诗社中，有大约 20 个分布于清代江苏、浙江两省。其中对清代具有全局性影响的主要女子诗社如"蕉园诗社""清溪吟社"则又全部来自江浙地区。"秋红吟社"的崛起，打破了此前清代女性诗坛江浙之外没有主要女子诗社的诗学格局，它在江浙两省之外，形成并构建了另一个女子诗歌中心。从此，清代女子诗社的诗学形态变得更为均衡，也更为多样态。清代女子诗社也为自己的持续发展增添了生机与活力。

其二，"秋红吟社"是一个既有文学创作又有诗歌事迹记载与诗学理论批评的女子诗社。晚明至清中叶的众多女子诗社，主要聚焦于诗词

---

① （清）沈善宝：《名媛诗话》卷8，凤凰出版社2010年"清代闺秀诗话丛刊"本，第480页。

创作，既不注意记载自己的诗歌活动，又不重视诗歌创作的理论反思与总结。这些女子诗社虽然具有强烈的文学创作热情，但缺乏必要的历史记载意识与文学理论构建。"秋红吟社"则不然。诗社领军人物沈善宝不仅积极进行诗词创作，还有自觉的历史与诗学理论构建意识。她用丰富多彩的笔墨撰写《名媛诗话》，在书中如实记载清代与"秋红吟社"众多女诗人的诗歌事迹，并予以恰当的诗学批评与理论总结。在沈善宝的记载下，清代众多女诗人与"秋红吟社"的诗歌故事得以保存并流传。

其三，诗社领军人物交游广泛，对晚清女性诗坛有积极的影响。"秋红吟社"领军人物沈善宝、顾春二人在晚清女性诗坛交游广泛。沈善宝十二岁即有诗歌存世，随后，她逐步融入杭州闺阁女性诗坛并成为其中重要的一员。在杭州女性诗坛，她结识了梁德绳、许延礽、项钏、项纫、吴藻、黄巽、黄履、鲍靓、龚自璋等人，这些人大多成为她一生的朋友。三十岁后，她来到京师，又结识顾春、钱继芬、许延锦、余庭璧、栋鄂珍庄、西林霞仙等人，她们又成为沈善宝的诗歌知己或闺阁好友，由此得以组建"秋红吟社"。不仅如此，沈善宝又与常州张绉英、松江丁步珊、湘潭郭润玉等人交好，还被山左李怡堂收为义女。顾春的诗歌交游也相当广泛。她在京师闺阁诗坛不仅与满族诗歌作者栋鄂珍庄、栋鄂武庄、富察蕊仙等人交往密切，还与汉族闺秀作者沈善宝、许延礽、钱继芬、许延锦、余庭璧、陆琇卿、汪佩之、李纫兰、石珊枝、张佩吉等人交情深厚。在顾春的影响下，"秋红吟社"逐步演变成为一个满汉融合的对晚清女性诗坛有重要贡献的女子诗社。

二 一个多民族的女子诗社

"秋红吟社"由满汉两族闺阁作者共同构建而成。诗社领军人物顾春，诗社诗歌创作积极分子栋鄂珍庄、栋鄂武庄、富察蕊仙与西林霞仙均为满族女作者。诗社领军人物沈善宝，诗社创社核心许延礽、项纫章、钱继芬以及诗社重要成员许延锦、余庭璧等人则为汉族闺秀诗人。这些满汉女诗人汇聚一堂，共同组建"秋红吟社"，使"秋红吟社"逐步成为晚清诗坛主要女子诗社。

第五章　荟萃江、浙的女子诗社

自晋室南迁建康（今南京）后，江苏、浙江两区一直都是中国经济、文化最繁荣兴盛的地域之一。这里仕宦与文化名门蔚起，著名诗人、词人群出。传承两域源远流长的优秀文化传统，明清两朝江、浙闺秀文学创作十分兴盛。在明清，百分之七十左右的女诗人产生于此，三分之二以上的女子诗社也崛起于此。应该说，江、浙是明清两朝出产女诗人与女子诗社最多的地区。张荷在《吴越文化》一书中论及江、浙两地人文鼎盛的局面时说："江南，自东晋以降，一改吴王金戈越王剑的形象，以蓬勃发达的文化冠于全国。名人学士不断涌现，从江南走向全国各地，人文之盛，远非其他地区所能比。"① 本章将着重研究清代活跃于江、浙地区的女子诗社。

第一节　明末清初山阴祁氏社

一　商景兰与山阴祁氏女子社

山阴县（今属绍兴市区），秦朝时开始设立，明清时属浙江绍兴府。民国成立后，合并山阴、会稽两县为绍兴县，山阴县始废。山阴是浙江也是中国古代一个人文兴盛的名县。南朝著名书法家王羲之、王献之，宋朝著名诗人陆游，明朝著名作家徐渭均为浙江山阴人。

晚明祁承㸁、祁彪佳父子，也是山阴县值得书写的历史人物。祁承

---

① 张荷：《吴越文化》，辽宁教育出版社1991年版，第176页。

爞,字尔光,号夷度,万历三十二年(1604)进士,历官至江西布政使司右参政。祁承爞为晚明著名图书收藏家,他经过20多年的努力,购置图书10万余卷,收藏于家中"澹生堂"中。著有《澹生堂藏书约》《澹生堂藏书目》等著述。祁彪佳,字弘吉,号世培,天启二年(1622)进士,官至苏松巡抚。清兵进占杭州后,在家中水池里自沉殉国。《明史》称他:"生而英特,丰姿绝人。弱冠,第天启二年进士,授兴化府推官。始至,吏民易其年少。及治事,剖决精明,皆大畏服。"① 著作有《远山堂诗集》《远山堂文集》《远山堂曲品》《远山堂剧品》等。

作为山阴地域世家名门,祁氏家族不仅男性多出忠正之士,其闺阁女性也每有节孝之妇,且颇具文学创作才华。明末清初以商景兰为代表的祁氏女性诗歌创作群体就是其中的杰出代表。

商景兰,字媚生,明末清初绍兴府会稽县(今属绍兴市区)人,晚明吏部尚书商周祚女,十六岁时归祁彪佳。《静志居诗话》记载说:"祁公美风采,夫人商亦有令仪,闺门唱随,乡党有金童玉女之目。"② 商景兰母家也是一个科举仕宦显要的名门世族。其父商周祚,字明兼,万历二十九年(1601)进士,曾官都察院右佥都御史、吏部尚书等职。

在祁彪佳顺治二年(1645)自沉殉国后,商景兰遵照丈夫临终前的嘱托,担负起守护家族的重任。她一方面督促二子祁理孙、祁班孙坚守清正家风,另一方面又在家族内组织闺阁诗社,进行诗词创作活动。清人陈维崧在《妇人集》中称许商景兰才情与品德时说:"会稽商夫人,以名德重一时,论者拟于王氏之有茂宏,谢家之有安石。"③

关于商景兰组织家庭诗社的基本情形,《静志居诗话》记载说:"教其二子理孙、班孙,三女德茝、德渊、德琼及子妇张德蕙、朱德蓉,葡萄之树,芍药之花,题咏几遍。经梅市者,望若十二瑶台焉。"④《两浙輶轩录》也说:"夫人有四女二媳,咸工诗,每暇日登临,则令媳女

---

① (清)张廷玉:《明史》卷275,岳麓书社1996年版,第3988页。
② (清)朱彝尊:《静志居诗话》卷20,人民文学出版社1990年版,第623页。
③ (清)陈维崧:《妇人集》,凤凰出版社2010年"清代闺秀诗话丛刊"本,第18页。
④ (清)朱彝尊:《静志居诗话》卷20,人民文学出版社1990年版,第727页。

第五章 荟萃江、浙的女子诗社

辈载笔床砚匣以随,角韵分题,一时传为盛事。"① 商景兰自己也曾有简要的记载:"但平生性喜柔翰,长妇张氏德蕙,次妇朱氏德蓉,女修嫣、湘君,又俱解读书,每于女红之余,或拈题分韵,推敲风雅,或尚溯古昔,衡论当世。"②

作为山阴祁氏家族诗社的领军人物,商景兰有着杰出的诗词创作才能。她留存下来的诗歌有 70 首,词 56 首,文 1 篇,均收在其《锦囊集》中。总体盱衡,商景兰的诗歌创作脉络清晰,在明朝灭亡之前,她的诗歌大多写闺阁内优渥而细琐的生活,或者描写山清水秀的轻柔景致,诗风则柔美婉约。比如《偶作》:

数种秋花带露娇,美人十五学吹箫。
静窗一一翻书史,空令幽怀转寂寥。

又如《闺中四景歌》:

春到长堤一水清,黄莺二月乱飞声。
桃花日底迎香远,杨柳风前斗叶轻。

少量诗歌还有几许香艳色彩,如《美人春睡》:

倦落银钿七宝床,流苏帐暖麝兰香。
花魂颠倒方无主,最苦鸡声促晓光。

明朝灭亡后,尤其在祁彪佳殉国后,商景兰的诗歌创作发生了重大变化,其主要写作题材有二:一为悼亡,追思丈夫祁彪佳,赞颂他

---

① (清)阮元:《两浙𬨎轩录》卷40,上海古籍出版社2002年"续修四库全书"影印本,第473页。又,商景兰只有三个女儿,《两浙𬨎轩录》"夫人有四女二媳"说有误。

② (清)商景兰:《商景兰集·遗文》,李雷:《清代闺阁诗集萃编》第1册,中华书局2015年版,第24页。以下所引商景兰代表性诗歌均出自《锦囊集》,此诗集被收入李雷编《清代闺阁诗集萃编》第1册(中华书局2015年版),在此不一一注出。

的高尚品节；二是抒发自己孤独寂寥的心情。此时期诗人虽然偶有柔婉之作，但她更多的诗歌融入了时代的风云，蕴含着沉郁的诗境与苍凉的情思，主体诗风变得苍老而顿挫。此期最具代表性的作品为《悼亡二首》。其一曰：

> 公自成千古，吾犹恋一生。君臣原大义，儿女亦人情。
> 折槛生前事，遗碑死后名。存亡虽异路，贞白本相成。

其二曰：

> 凤凰何处散，琴断楚江声。自古悲荀息，于今吊屈平。
> 皂囊百岁恨，青简一朝名。碧血终难化，长号拟堕城。

这两首诗中的第一首，诗人将"成千古"与"恋一生"作为抒情焦点。她认为丈夫为了忠于"君臣大义"，为了保持自己生前"折槛"的忠贞气节，在国家破亡之时选择自裁殉国是一件值得敬佩的事情。他这样做，一定会名垂青史，流芳千古。反观自己，却没有丈夫那样的勇气。不过，为了维系家声、守护家庭而暂时活下来，亦即"吾犹恋一生"，这种做法也不应该被世人责备。"成千古"固然很难，值得人们敬仰，但为了维系家声、守护家庭而"吾犹恋一生"，其实也不容易。所以她最后说："存亡虽异路，贞白本相成。"这首诗，诗人直面人生上的大是大非问题，理性地提出了自己的看法与思考。

这两首诗中的第二首，诗人则主要抒发其对丈夫祁彪佳的思念。她一方面将丈夫与古代忠臣荀息与屈原相比照，认为丈夫的忠贞品节可以追步他们。另一方面则状写自己的悲痛心情。她是那么舍不得自己深爱的丈夫。她的悲痛之情可以与古代的孟姜女相比拟，其失声痛哭的悲号声也可以摧垮看似坚不可摧的长城。

这两首诗在直抒胸臆中又巧用典故，情感顿挫而苍老，不仅真切展示了诗人彼时彼刻的心情，也展露了诗人高人一截的见识与胸襟。

商景兰不仅在家庭内组织诗会，还与明末清初一些著名诗人有交往。毛奇龄曾记述说："予弱冠时，过梅市东书堂，忠敏夫人出己诗与子妇张楚纕、朱赵璧、女湘君四人诗作编摘，请予点定。"① 商景兰与明末清初著名女诗人黄媛介的交往可称此时女性诗坛的一段佳话。其《赠闺塾师黄媛介》云："门锁蓬莱十载居，何期千里觏云裾。才华直接班姬后，风雅平欺左氏余。八体临池争幼妇，千言作赋拟相如。今朝把臂怜同调，始信当年女校书。"此诗既对黄媛介的文学才华进行了高度评价，又展露了自己的钦佩之情。

二 山阴祁氏社其他女诗人

山阴祁氏家族女子诗社，除商景兰为领军人物外，骨干成员则有商氏的三个女儿祁德渊、祁德琼、祁德茝，两个儿媳张德蕙、朱德蓉。

《两浙輶轩录》简介祁德渊生平说："祁德渊，字殁英，山阴人，前明苏松巡抚祁彪佳女，同邑姜廷梧室，著《静好集》。"② 又引《越风》云："桐音（姜廷梧）既没，殁英三年后仍缟素，子岂眙等泣请易服，不许，曰：'使若辈有成名者，则易之。'岂眙登康熙癸酉贤书，复请，乃易之。"③

从《两浙輶轩录》与《越风》的记载来看，祁德渊像明清大多数名门闺秀一样，有着极强的家族荣誉与使命感。在其夫逝世三年后，仍旧"缟素"致哀，直到其子考中举人后才易服。祁德渊存诗不多，其流传较广者有《送黄皆令归鸳湖》诗。其诗云：

西风江上雁初鸣，水落寒塘一棹轻。
绕径黄花归故里，满堤红叶送秋声。
片帆南浦离愁结，古道河梁别思生。

---

① （清）毛奇龄：《徐都讲诗集序》，毛奇龄：《西河文集》，商务印书馆1937年版，第3175页。
② （清）阮元：《两浙輶轩录》卷40，上海古籍出版社2002年"续修四库全书"影印本，第470页。
③ （清）阮元：《两浙輶轩录》卷40，上海古籍出版社2002年"续修四库全书"影印本，第470页。

此去长途霜露肃，何时双鲤报柴荆。

此诗为一首送别之作，写给明末清初著名女诗人黄媛介。黄媛介，字皆令，明末清初浙江嘉兴府秀水县（今属嘉兴市区）人。鸳湖，又名南湖，在浙江嘉兴市郊。此诗先写景，后抒情。所写之景为深秋之景，有江上鸣雁、寒塘小舟、绕径黄花、满堤红叶等。所写之景以红、黄亮色为主，渲染的却是秋天萧瑟的气氛和诗人落寞的心绪。所抒之情为友朋离别不舍之情。诗人用"南浦离愁""古道河梁""长途霜露""何时双鲤"这些古代诗词常用语词与意象来表达她的离情别绪，用语贴切且情感抒发恰到好处。此诗是一首七言律诗，颔联与颈联对仗工整，首联揭橥诗歌题意，尾联则进一步深化诗人所要抒发的情感，总体构思一气呵成，在七言律诗启、承、转、合的艺术表达方式上做到了有序衔接与符合逻辑的安排。

关于祁德琼，《两浙辖轩录》也有记载："祁德琼，字修嫣，山阴人，德渊仲妹，同邑王鳄叔室。"[1] 又引《越风》曰："修嫣夫人诗体清遒，自是闺中作手。"[2]《晚晴簃诗汇》又对祁德渊的生平与诗歌创作有简要评述："媚生（商景兰）夫人深于诗学，诸女躬承母教，各得一体。修嫣诗骨清遒，自是闺中作手。"[3]

《越风》用"诗体清遒"来评价祁德琼的诗歌创作风格，《晚晴簃诗汇》也说祁德琼"诗骨清遒，自是闺中作手"。但从祁德琼现存诗歌来看，她的诗歌创作"清"而"不遒"。"清"，是指她的诗歌情感比较清正柔婉。"不遒"，是指她的整体诗风偏于柔弱，还有几分隐隐约约的感伤。比如《和黄皆令游密园》：

朔气晴开万户烟，寒林落日点红泉。

---

[1] （清）阮元：《两浙辖轩录》卷40，上海古籍出版社2002年"续修四库全书"影印本，第470页。

[2] （清）阮元：《两浙辖轩录》卷40，上海古籍出版社2002年"续修四库全书"影印本，第470页。

[3] 徐世昌：《晚晴簃诗汇》，北京出版社1996年影印本，第2976页。

第五章 荟萃江、浙的女子诗社

十年往事悲星散,千里交情共月圆。
松径犹能邀令客,桃源应信有群仙。
搴芳踏尽池塘路,泥印莲花步步妍。

又《明月》:

明月当空照,长河万里秋。井梧千叶尽,篱菊一樽幽。
雁度云间影,猿啼岭上愁。萧萧玉佩冷,对景怯登楼。

又《寓山看梅》:

楼敞云阴薄,伤心花外来。风和新柳出,云尽老梅开。
香气迎妆粉,春光照径苔。贪看千片玉,日暮尚徘徊。

第一首《和黄皆令游密园》,为一首赠和之作。此诗状写自己与著名女诗人黄媛介的友情,认为虽然她们长久不通音讯,但心意相通,感情深厚,这一点并不会因为时间与距离而改变。幸运的是,她们如今又得会面,并且相约共游密园。第二首《明月》,为一首咏物诗。这首诗的基本笔法没有脱离中国古代"咏月"诗的主体格局,主要是借景抒情,但诗歌的郁闷情思或多或少打上了诗人的心理印迹。第三首《寓山看梅》,则为一首写景登临诗,这也是中国古代诗歌常写的内容。此诗一方面描写寓山"老梅"的形姿与清香,以及寓山中春事将临的景致,另一方面又借此抒发自己略显怅惘的心绪。应该说,这三首诗在情感上显得比较清正柔婉,但又有几分感伤落寞,整体诗风偏于"冷"与"柔"。

固然,祁德琼也写有一些"清道"的诗,但在其诗歌中所占比重不多,不是其诗歌创作的主流,如《夜坐》:

坐久明镫乱,寒风入彩帏。阑干七十二,何处笛声飞。

商景兰第三女祁德茝的生平事迹,《全浙诗话》曾有简介:"祁德苣,字湘君,山阴人,祁忠敏公季女,同邑沈子合配。"① 又引《诗衡》论其生平与诗歌创作说:"湘君有《美人临境》诗二律为人传颂,如'一衾秋水寒无影,十样春山淡有痕。又方愁对月圆缺,其奈看花幻不真'等句,洵属描写得神。其姊德渊、德琼,俱有诗名。忠敏家子弟悉美丰仪,故其时有'祁门男子尽佳人,妇女皆才子'之誉。"②《晚晴簃诗汇》也对其诗歌有所论评:"湘君诗学盛唐,精究格律,与修嫣异曲同工。"③

《诗衡》说祁德苣诗"描写得神"比较符合事实,而《晚晴簃诗汇》论评她"诗学盛唐"则未必全是实情。其《送别黄皆令》云:

画阁联吟恰一年,此时分袂两凄然。
云间归雁路何处,林里飞花香可怜。
远客青山皆别思,仙舟明月已无缘。
怀君日后添离梦,寂寞荒村渡晚烟。

又《惜花》:

花事阑珊又一年,当门岩壑总依然。
落红满地休轻扫,也算留春在目前。

这两首诗,一首为七律,一首为七绝,均为近体律诗。这两首诗均用平声,且用了中国古代诗歌韵部中的"寒"声韵。第一首七律,首联点题,讲述诗人与黄媛介分别在即。颔联与颈联皆为工对,通过"云间归雁""远客青山"等语词,描述诗人的不舍之情。尾联则写未来的日子诗人一定会对黄媛介思念不已。此诗按照自己的感情脉络如实

---

① (清)陶元藻:《全浙诗话》卷51,上海古籍出版社2002年"续修四库全书"影印本,第721页。
② (清)陶元藻:《全浙诗话》卷51,上海古籍出版社2002年"续修四库全书"影印本,第721页。
③ 徐世昌:《晚晴簃诗汇》,北京出版社1996年影印本,第2977页。

第五章 荟萃江、浙的女子诗社

写来,显得朴实无华而又情真意切,用韵用词也稳妥恰当,语言则清美晓畅,可称一首成功的七言律诗。《惜花》诗则情致开朗。尤其是"落红满地休轻扫,也算留春在目前"一句,用意巧妙,别出心裁,展现一种积极乐观的心态。

张德蕙、朱德蓉为商景兰两位儿媳妇。张德蕙字楚纕,山阴人,祁彪佳长子祁理孙配。朱德蓉字赵璧,山阴人,祁彪佳次子祁班孙室。《两浙𬨎轩录》说张德蕙生平:"张德蕙,字楚纕,山阴人,前明谕德张元忭孙女,祁理孙室。"① 又说朱德蓉生平:"朱德蓉,字赵璧,会稽人,前明太史燮元孙女,山阴祁班孙室。"② 又引《越郡诗选》论张德蕙诗歌风格:"楚纕诗格律最峻,且多名句。《中秋》诗'却扇'句,亦不易到。"③ 又引《越郡诗选》评朱德蓉诗:"黄开平曰:'赵璧拟班婕妤《咏扇》,有随遇自安之意。怨而不伤,深见忠厚。'毛大可曰:'赵璧诗总是雅饰,落有胜情。'"④

《越郡诗选》对张德蕙与朱德蓉所作诗歌评价颇高。事实上,张、朱二人无论在诗情、诗境、诗法上均有自己的写作意蕴,或情致温婉,或意象鲜明,或格律严整,或"怨而不伤,深见忠厚",具有较高的创作水平。张德蕙《中秋》诗曰:

> 秋气中天净,愁人独夜看。停桡江愈阔,却扇月初寒。
> 霜入桐阴薄,风飘桂影残。扣舷情未已,露湿绮罗单。

朱德蓉《咏虞姬》云:

---

① (清)阮元:《两浙𬨎轩录》卷40,上海古籍出版社2002年"续修四库全书"影印本,第474页。
② (清)阮元:《两浙𬨎轩录》卷40,上海古籍出版社2002年"续修四库全书"影印本,第474页。又,《两浙𬨎轩录》说朱德蓉为会稽县人似有误。《明史》、嘉庆《山阴县志》均记载朱德蓉祖父朱燮元为山阴县人,故本书从《明史》、《山阴志》说。
③ (清)阮元:《两浙𬨎轩录》卷40,上海古籍出版社2002年"续修四库全书"影印本,第474页。
④ (清)阮元:《两浙𬨎轩录》卷40,上海古籍出版社2002年"续修四库全书"影印本,第475页。

歌罢伤心泪几行，江山旋逐楚声亡。
贞心甘向秋霜剑，不欲含情学汉妆。

又《愁雨》：

烟雨重重宿鸟惊，惜花愁听落花声。
只今闺阁应寥寂，还忆亭台芳草生。

张德蕙《中秋》诗作于其夫祁理孙参与反清复明事发被逮之后。祁理孙虽以贿得返回家，但其弟祁班孙则因罪被遣宁古塔。这首诗难得之处在于，诗人虽然心情沉重，"秋气中天净，愁人独夜看"，但并未沉溺于抑郁之中，她的心中似乎还有不甘与不屈。此诗特别提到晋室南渡时的祖逖，他在江中"扣舷"而歌，抒发收复失地、恢复中华的雄心壮志。这首诗，尽管诗人的心绪压抑而沉重，但其中也有诗人的勇气与风骨。所以，《越郡诗选》说张德蕙诗"格律最峻"确实有几分道理。

朱德蓉《咏虞姬》《愁雨》也是两首值得细读的好诗。表面看来，《咏虞姬》诗在歌咏西楚霸王项羽与虞姬的恋情悲剧，赞美虞姬对项羽的忠诚，而《愁雨》诗则写春天的雨景以及诗人由此生发的寂寥心情。但联系祁家的境遇与朱德蓉写这两首诗的具体历史语境，这两首诗似乎又寓含着家国社稷的深意。诗人笔下的虞姬，似乎不仅忠于自己的恋情，她也忠于自己的故乡与理想。诗人认为，虞姬以身相殉项王，固然是因为她深爱自己的丈夫，但还有另外一个重要原因："江山旋逐楚声亡。"《愁雨》诗中的"雨"，在朱氏看来，也不是一般的"雨"，它似乎是在暗示明朝灭亡、清朝新立的社会时势。诗中的"花"，也不是一般的"花"，而是指曾经的明朝子民，尤其是像祁家这样深获明朝皇恩的世家名门。如此，诗中描写的"雨打花落"的自然现象也就有了社会世事的意蕴。

张德蕙、朱德蓉之所以有如此不凡的诗才与见识，与她们的家庭环境有着紧密的联系，祁家自不待言，而她们的母家也分别是山阴县著名

第五章 荟萃江、浙的女子诗社

的世家名门。张德蓉祖父张元忭是明朝中后期著名大儒,隆庆五年(1571)状元,官至左谕德。清嘉庆《山阴县志》记其事迹说:

> 张元忭,字子盖,生有异质,好读书,素赢弱,母戒勿过劳,乃藏灯幕中,俟母寝,始诵。十余岁时,闻杨继盛死,为文遥诔之,慷慨泣下。父天复被逮,赴云南对薄,时元忭下第还,万里护行,发尽白。已复驰诣阙下白冤,当事怜之,天复得削籍归。隆庆五年,元忭以廷试第一授修撰。

又说:

> 元忭自未第时,即从王畿游,传良知之学。躬行实践,矩矱俨然。著有《云门志略》、《山游漫稿》、《槎间漫笔》、《不二斋稿》、《志学录》、《读尚书考》、《读诗考》、《明大政记》。祀乡贤。[①]

朱德蓉祖父朱燮元,为万历二十年(1592)进士,官至兵部尚书,总督云、贵、川、湖等五省军务。《明史》朱燮元本传曰:

> 朱燮元,字懋和,浙江山阴人,万历二十年进士,除大理评事,迁苏州知府、四川副使,改广东提督学校。以右参政谢病归。起陕西按察使,移四川右布政使。[②]

又曰:

> 治事明决,军书络绎,不假手幕佐。行军务持重,谋定后战,尤善用间。使人各当其材,犯法,即亲爱必诛;有功,厮养不遗赏

[①] (清)徐元梅:《山阴县志》卷14,台北成文出版社1983年"中国方志丛书"影印本,第443—444页。
[②] (清)张廷玉:《明史》卷249,岳麓书社1996年版,第3613—3614页。

也。驭蛮以忠信,不妄杀,苗民怀之。①

三 山阴祁氏女子社的诗歌地位

以商景兰为代表的山阴祁氏女子诗社,活跃于明末清初,它是一个诗歌品格鲜明的女子诗社,具有自己独特的诗歌地位。

其一,它是一个纯粹的家族女子诗社。山阴祁氏女子诗社的组构成员,均为一个家庭内的闺阁女性,或为母女,或为婆媳,或为姊妹,或为妯娌,她们或者有血缘关系,或者有姻亲联系,且长期生活在一起。从诗社组构形式来看,这是一个纯粹的家族女子诗社。

其二,它是清代初年浙江山阴地区最具名望与影响力的女子诗社。山阴是中国古代一个文化名县,自古即名人辈出,也有自己历史久远的诗文结社传统。如东晋时王羲之在山阴兰亭曾举行"兰亭雅会",并写下著名的《兰亭集序》。明代名臣王阳明也曾在山阴与地方名流组织"浮峰诗社"。但闺阁诗词结社见诸史籍者,则始自山阴祁氏女子诗社。关于祁氏女子诗社在清初山阴县的重要地位,清人则有中肯的论评。陈维崧《妇人集》说:"黄(黄运泰)、毛(毛奇龄)撰《越郡诗选》一书,其凡例曰:'闺秀,则梅市一门甲于海内。忠敏(祁彪佳)擅太傅之声,夫人孕京陵之德。闺中顾妇,博学高才;庭下谢家,寻章摘句。'"②《两浙𬨎轩录》引《越郡诗选》曰:"梅市闺秀,为吾郡冠。忠敏公(祁彪佳)以大节自见,闺门内外,悉隔绝人事,以吟咏寄志,侍妾家婢,无不知诗,实盛事也。"③

其三,它是清代最早崛起的女子诗社之一。中国古代最早被文献记载的女子诗社为晚明安徽桐城"名媛诗社"。其后,华亭(今属上海市区)章有湘、章有渭结章氏六女社,杭州林以宁、柴静仪等结"蕉园诗社",清代女子诗社先后次第崛起。山阴祁氏女子诗社的组构

---

① (清)张廷玉:《明史》卷249,岳麓书社1996年版,第3619页。
② (清)陈维崧:《妇人集》,凤凰出版社2010年"清代闺秀诗话丛刊"本,第19页。
③ (清)阮元:《两浙𬨎轩录》卷40,上海古籍出版社2002年"续修四库全书"影印本,第474页。

时间，要早于"蕉园诗社"，大致与华亭章氏六女社同时。这些闺阁诗社在清初顺治或康熙女性诗坛先后崛起，既掀腾起清初女性诗坛诗歌结社的热潮，也为清代女性诗歌结社活动走向纵深与繁荣打下了扎实的基础。

第二节　清初华亭章氏六女社

一　章有湘的诗歌创作

明清时期的华亭县（今属上海市区），属江苏布政使司松江府。这是一个人文荟萃的名县。元代著名女画家管道升，明初著名诗人袁凯，明中期名相徐阶，晚明杰出诗人陈子龙，晚明大画家董其昌，均为松江华亭人。明清时期，华亭县不仅崛起众多的仕宦或文化名人，而且是全国世家名族聚居最多的地区之一，如徐阶、陆树声、宋徵舆、王顼龄等家族，均是明代或清初声名显要的世家名族。

华亭章简家族，在门望上虽不及徐阶、陆树声等家族，但在科举仕宦方面也有自己的成就。章简为天启甲子（1624）举人，除福建罗源知县。其兄章旷则为崇祯十年（1637）进士，官至兵部右侍郎。华亭章氏卒获大名，是因为章旷、章简二兄弟坚持抗清，以身殉明，成为明末清初华亭地方著名的忠烈之士。《明史》记载章旷事迹说："章旷，字于野，松江华亭人。崇祯十年进士，授沔阳知州。"① 又说："旷有智略，行军不避锋镝。身扼湘阴、平江之冲，湖南恃以无恐。尝战岳州，以后军不继而还。已，又大战大荆驿。永明王加兵部右侍郎。"② 乾隆《华亭县志》记载章简事迹说："弟简，字次弓，天启甲子举人，除罗源县知县。归里后，大兵下松江，简分守南门。及城破，缢死南禅寺寮。乾隆四十一年赐谥节愍。"③

---

① （清）张廷玉：《明史》卷280，岳麓书社1996年版，第4064页。
② （清）张廷玉：《明史》卷280，岳麓书社1996年版，第4065页。
③ （清）冯鼎高：《华亭县志》卷13，台北成文出版社1983年"中国方志丛书"影印本，第568页。

华亭章氏，在地方收获令名与尊重，除章旷、章简二兄弟忠烈事迹外，还与其家族闺秀能诗善词有密切联系。章简所生五女章有淑、章有湘、章有渭、章有澄、章有泓与章旷所生女章有闲均熟读诗书，她们在闺阁内寻章摘句，以吟咏为乐，形成一个闺秀诗社，这也为其家族门望的光大增添了光彩。光绪《重修华亭县志》卷十九记载章氏六女事迹说：

  嘉定侯泓妻章氏，名有渭，字玉瑛，罗源令简女，有《燕喜楼草》。《明诗综》云："初，上谷多难，夫妇遁迹偕隐，既而仍还故里，共保于毁巢破卵之余者，皆氏力也。"参宋《府志》、《松江诗钞》、《又诗钞》云："瑞麟、玉筐、玉瑛、回澜、掌珠并擅才名。"案：瑞麟名有淑，玉筐名有湘，嫁安庆孙中麟，以守节著，回澜名有澄，掌珠名有泓，又有媛贞名有闲，其为六才女，有唱和集见章氏宗谱。①

关于章氏六女结社唱和的情况，除上文提到"有唱和集见章氏宗谱"外，章有湘在《秋日寄家姊俞夫人》诗中也有回忆："忆昔同在翠微阁，飞文联句夸奇作。那知江海各天涯，青鸟无情双寂寞。"②

章氏六女各擅才情，但以章有湘的诗名为著。章有湘，字玉筐，又字令仪，号竹隐，章简次女，明末清初华亭著名女诗人，著有《望云草》《澄心堂诗》等。清初陈维崧在《妇人集》中载其事迹说：

  云间章玉筐（名有湘），龙眠孙进士（名中麟）妇也，作诗寄姊云："忆昔同在翠微阁，飞文联句夸奇作。那知江海各天涯，青鸟无情双寂寞。苏合房中愁索居，尺素遥传锦鲤鱼。为问江淹五色笔，拟成团扇近何如。"此诗何减唐人韩君平也。玉筐著作，有

---

① （清）杨开第：《重修华亭县志》，台北成文出版社1970年"中国方志丛书"影印本，第1466页。

② （清）王端淑：《名媛诗纬初编》卷13，康熙六年（1667）清音室刻本，第11a—11b页。

第五章 荟萃江、浙的女子诗社

《澄心堂集》、《望云集》。姊瑞麟,妹玉瑸,并擅诗名。妹回澜、妹掌珠,俱以文章显。①

清初王端淑在《名媛诗纬初编》卷十三中也简介章有湘:

> 章有湘,字玉筐,华亭人,适皖桐孙振公,有《澄心堂诗》行世。②

王端淑又在《名媛诗纬初编》中高度评价章有湘的诗歌创作:

> 端淑曰:诗自启、祯以来,饥寒狼狈之态遍于天下,再变而纤靡之音,习以成俗,求起一代之衰者而不可得。大樽先生(陈子龙)起而振之,为诗家柱石,言声气,言格调,使雅颂各得其所,去纤媚,去轻浮,使郑声不敢乱真,其功岂不大哉!玉筐(章有湘)诸咏,得大樽先生遗意。③

章有湘能获得王端淑高度评价不是偶然,她的诗歌创作确实有不少值得称许的地方。其实,章有湘的诗歌主要写她的闺阁生活,如思夫、思乡、念亲、闺中酬和、闺中寂寞等。这些内容,客观地说,既是明清闺阁女性的生活常态,又是明清女诗人时常写作的诗歌内容。但她这些诗均写得情真意切,颇能展现其人品与心性。袁枚《随园诗话》云:"诗言志。言诗之必本乎性情也。曰:歌永言。言歌之不离乎本旨也。"④如果说章有湘的诗歌有什么个性与特质的话,也许"本乎性情"与"不离乎本旨"是其最大的特质。其《闺情》诗曰:

---

① (清)陈维崧:《妇人集》,凤凰出版社2010年"清代闺秀诗话丛刊"本,第20页。
② (清)王端淑:《名媛诗纬初编》卷13,康熙六年(1667)清音室刻本,第9b页。
③ (清)王端淑:《名媛诗纬初编》卷13,康熙六年(1667)清音室刻本,第9b页。
④ (清)袁枚著,王英志编:《袁枚闺秀诗话》卷1,凤凰出版社2010年"清代闺秀诗话丛刊"本,第68页。

坐对鸳鸯草,行看蛱蝶花。那知春复夏,游子未还家。①

又《晓思》:

窗外鸡初唱,花间露未干。欲临明镜照,犹怯翠眉寒。
宿鸟翻林树,归鸿振羽翰。不知乡国信,何日报平安。

这两首诗主要写诗人对远游他乡的丈夫的思念。章有湘与其夫孙中麟感情甚笃。丈夫远行久未归家,诗人既牵挂又担心,不由得生出思念之情。《闺情》写诗人"坐对鸳鸯草,行看蛱蝶花",草木都知道要成双成对,相亲相依,诗人却天涯睽隔,形单影只,这令她备感伤心。《晓思》写诗人清早起来没情没绪,既不想临镜自照,也不想梳妆打扮,因为她看到窗外的鸟儿都在成双成对地嬉戏,而自己的丈夫却杳无音讯。

章有湘不仅对丈夫有拳拳的依恋之情,对父母与家中亲人也有浓浓的关爱之心。其《九日雨中有感》曰:

每到茱萸节,思亲泪满衣。难禁心耿耿,况对雨霏霏。
故国秋蒐老,他乡客梦稀。登临怜弟妹,竟作彩云飞。

又《至日泊舟江上大风有怀》:

今节初逢起问程,停桡还喜片帆轻。
旅魂欲到亲帏侧,一夜江声梦不成。

第一首《九日雨中有感》写诗人对家中亲人的思恋。农历九月九日重阳节,诗人远在异乡,她"思亲泪满衣",希望自己能化作彩云,

---

① 以下所举证的章氏六姊妹所写诗歌均引自《名媛诗纬初编》《晚晴簃诗汇》等诗歌文献,在此不一一注出。

第五章　荟萃江、浙的女子诗社

尽快飞到父母与姊妹身边。第二首《至日泊舟江上大风有怀》则写她对父母的依恋与关切。冬至日来到，江上大风吹腾，她的心也随着这大风吹到父母身边，以致夜晚难以成寐："旅魂欲到亲帏侧，一夜江声梦不成。"

概而言之，章有湘用真切的笔墨描写她的生活与心灵状态，她秉笔直书，不刻意回避她在生活中所遇到的困难，也不故意压抑或美化自己的情感，因此，她的诗歌尽管写的是明清女性常见的写作内容，却能展现她的善良品性与对生活的向往，即袁枚所说的"本乎性情"而又"不离乎本旨"，这也许是章有湘诗歌最具美感与魅力的地方。

在写作笔法上，章有湘的诗歌用语清浅，不作深晦语，近体格律诗则平仄对仗合乎规则，且叙事与抒情兼而有之。至于章有湘诗歌的创作风格，则伤郁与温婉并存，呈现哀而不伤、怨而不怒的风致，展示出一位名门闺秀的纯正品德与心性。

二　章有淑、章有渭、章有闲、章有澄、章有泓

章有淑，字瑞麟，章简长女，清初文士俞祚孙室。王端淑《名媛诗纬初编》简介说："章有淑，字瑞麟，松江人。"① 杜珣《闺海吟》对章有淑也有介绍："章有淑，松江县令章简长女，俞祚孙室。章氏六姊妹，有淑、有湘、有渭、有源、有澄、有泓，皆工吟，合有章氏六才女集。"②

章有淑存诗甚少，王端淑《名媛诗纬初编》收其《悲燕诗和慈韵》诗一首。其诗曰：

龙去桥陵不可攀，天都愁绝五云间。
吹箫秦女乘鸾去，鼓瑟湘妃化鹤还。
月冷新宫遗玉佩，云愁旧院委金环。
可怜此日须眉客，万里中原视等闲。

---

① （清）王端淑：《名媛诗纬初编》卷7，康熙六年（1667）清音堂刻本，第21a页。
② 杜珣：《闺海吟》（上），时代文化出版社2011年版，第240页。又，《闺海吟》此处有误，章简为福建罗源县令，而非江苏松江县令。又，章氏六才女中没有"有源"，只有"有闲"，她是章旷女。

王端淑对此诗评价颇高,她说:"《悲燕诗》整练丽劲,有讽有刺,近体至此,直入初唐矣。且声华中忽及寂寞,感深思远。"① 这首诗诗题即有一"悲"字,故全诗主要抒发诗人抑郁感伤之情,亦即王端淑所说的"声华中忽及寂寞,感深思远"。此诗用典颇多。诗中提到的"桥陵"有二义:或指黄帝之陵,据说黄帝逝世后安葬于陕西黄陵桥山;或指唐睿宗李旦的陵墓,他过世后埋骨于陕西蒲城桥山。诗中所说的"吹箫秦女"与"鼓瑟湘妃",则为二则著名典故。一指春秋时秦穆公的女儿弄玉善吹笙,最后与善吹箫的萧史笙箫和鸣,结为夫妻,并升天成为神仙。一指上古时舜帝出巡,没于苍梧之野,舜帝二妃娥皇、女英十分悲痛,自沉于湘水,遂为湘水之神。此诗"月冷新宫遗玉佩,云愁旧院委金环"两句也暗用典故。从"新宫""旧院"等语词来推测,这两句诗显然是在写宫廷中的人生悲剧,或为王昭君,或为赵飞燕,或为杨玉环。

　　然而,从总体创作风格来看,此诗抒情曲折隐晦,诗歌意象也生涩朦胧,诗人没有明言她的抒情主旨,只是在诗歌中隐约而深折地表达她的内心情愫,也许这是一种人生忧患与苍凉感,也许它指向古往今来缠绵而痛苦的恋情悲剧,也许是借此表达诗人内心一种莫名而不便明言的感伤情绪。

　　章有渭,字玉璜,章简第三女,嘉定文士侯泓室,著有《淑青遗草》《燕喜楼集》。章有渭颇有诗歌创作才华,诗名直追其姊章有湘。《名媛诗纬初编》载其生平说:"章有渭,字玉璜,华亭人,适嘉定文学侯研德,与姊玉筐(章有湘)并有才名。所为诗超超直上,语各矜奇,簇簇能新调,推独绝,洵一时双璧也。"②《晚晴簃诗汇》也说:"章有渭,字玉璜,简三女,嘉定侯泓室,有《淑青遗草》。"③《名媛诗纬初编》又论其诗说:"玉璜才大力瞻,是一作手。其诗高旷神远,真可直追初唐矣。读之不得不为俯首,觉中晚反不及。"④《晚晴簃诗

---

① (清)王端淑:《名媛诗纬初编》卷7,康熙六年(1667)清音堂刻本,第21a页。
② (清)王端淑:《名媛诗纬初编》卷13,康熙六年(1667)清音堂刻本,第12b页。
③ 徐世昌:《晚晴簃诗汇》卷184,北京出版社1996年影印本,第3015页。
④ (清)王端淑:《名媛诗纬初编》卷13,康熙六年(1667)清音堂刻本,第12b—13a页。

第五章 荟萃江、浙的女子诗社

汇》又说:"玉璜善词翰,自幼长斋,笃信内典。于归后,遭世变,夫妇遁迹偕隐,即而仍还故里,相保于覆巢破卵之余,至难能也。"①

比照章有湘的诗歌大多写闺阁生活与自己的个体情感,章有渭的诗歌则视野相对开阔,也有更浓的政治气息。她的一些诗歌或寄寓对前明故国的思念,或记述历史故事与当前时事,其中又蕴含着诗人深沉的心绪与情感。其《丁酉五日》云:

> 又听龙舸泛江浔,隐隐笙歌画阁深。
> 臂系五丝儿女乐,盘供百索岁时心。
> 闲阶萱草薰风袭,小院榴花昼雨沉。
> 回想先朝颁扇日,香罗细葛遍朝簪。

诗人所说的"丁酉",即清初顺治十四年丁酉(1657);"五日",即此年五月五日端午节。此诗先写农历五月五日端午节的热闹场面和彼时的民间风俗,如龙舸泛江浔、笙歌扬画阁、儿童臂系五丝、盘中丰盛美食供神灵等,但紧接着诗笔一转,石阶旁的萱草随风依依,小院中的榴花雨中盛开,而这无不逸动出一种思旧的气息。萱草,又名忘忧草,榴花,谐音为"留花"。我国古人常常以这两种花草来状写或寄托思旧之情。最后诗人直抒胸臆,表达其对前明的思念之情:"回想先朝颁扇日,香罗细葛遍朝簪。""先朝",即明朝。"颁扇",明朝故事,五月大臣上朝,皇帝颁赐夏扇以示关怀与恩典。

章有渭《感昔》与《赋得从军》两首诗,则写历史往事或当今的社会时事。而这两首诗也或明或暗地展现诗人的政治与人生态度。其《感昔》诗云:

> 黄河流水响潺潺,当日风烟战血殷。
> 大地尽抛金锁甲,长星乱落玉门关。
> 居延蔓草荣枯骨,太液芙蓉失旧颜。

---

① 徐世昌:《晚晴簃诗汇》卷184,北京出版社1996年影印本,第3015页。

成败百年流电疾,苍梧遗恨不敢攀。

又《赋得从军》诗:

鸭绿江头起怒涛,悲笳千里梦魂劳。
风云自护雌雄剑,肝胆常怀虎豹韬。
柳塞不归思黯黯,锦书频绝恨滔滔。
当时误信封侯易,数载空箱叠战袍。

第一首《感昔》,主要描写战场征伐的场景。诗歌首先描写战况的惨烈,如"当日风烟战血殷""大地尽抛金锁甲"云云。接着诗人直抒其情,她认为战争没有什么正面价值,它只会让千百万生命白白牺牲。她还认为,战争的胜败像闪电般迅疾,但它造成的伤害像大舜殡落苍梧之野那样长久难以抚平。第二首《赋得从军》也对战争持反对态度。诗中的主人公雄心勃勃,一心想在战场上建功立业,"风云自护雌雄剑,肝胆常怀虎豹韬",但最后却战殁沙场,让思念他的闺中女性十分伤心:"柳塞不归思黯黯,锦书频绝恨滔滔。"章有渭这两首诗没有明言她是写古代历史或是现实时事,但她的父亲章简与伯父章旷皆亲临战阵,并因此牺牲,从此章家迅速中落,对章氏六女的人生造成不可估量的巨大伤害,所以,这两首诗也许是借古讽今,也许是直接描写明末清初现实生活中的战场惨况,应该说,这两首诗历史叙事与现实记述二者兼而有之。

章有渭的诗除了具有浓浓的政治气息外,她也写有不少或清空、或轻松、或动感十足的诗歌,这些诗让读者认识到其人性品质的另外一面。

其《舟行即事》曰:

晓雾迷离彩鹢轻,棹歌徐动见秋晴。
临湍鹭子亭亭立,夹岸蒲花漫漫生。
遥指小山遮塔影,忽经深树出钟声。

第五章　荟萃江、浙的女子诗社

晚凉不觉罗衣薄，自爱澄河片月明。

又《行园》：

烂漫花如绣，闲行碧沼边。浴凫还泛泛，舞蝶自跹跹。
罗袂香风袭，纱窗翠箓连。徘徊看落日，彩雾绚青天。

这两首诗均为写景诗，第一首《舟行即事》写诗人在水中行舟时的所见所闻。在这首诗中，诗人所见皆为清美灵动的景物，如晓雾迷离、临湍鹭子、夹岸蒲花、小山塔影、澄河月明等；诗人所闻也是一些清幽、空灵的声音，如棹歌徐动、深树钟声等。这首诗，不仅营造了一种唯美而清空的气象，而且展现出诗人彼时彼刻宁静轻松的好心情。第二首《行园》则是另一幅景象，如果说《舟行即事》诗是以轻松、灵动取胜，那么《行园》诗则是以热闹、愉快见美。在诗中，诗人描绘出一幅红花烂漫、浴凫与舞蝶跹跹、清风吹拂罗袂的美丽画面。诗人笔下的这些小生灵、小景致，不仅充溢着喜气，而且动感十足，它们以自己的存在，诠释着春天的热情与生机。

章有闲，字媛贞，章旷女，章有湘、章有渭堂姊妹，文士杨葵芹室，著有《绮窗小咏》。王端淑《名媛诗纬初编》简介其生平说："章有闲，字媛贞，华亭人。大司马旷公女，适杨子楚葵芹者，著有《绮窗小咏》。"① 又论其诗歌创作："格老韵高，有水到渠成之势，可称女士正家。"②

章有闲存诗不多，王端淑《名媛诗纬初编》录其诗二首。第一首为《赠侄孙女万夫人》：

君家高节有严亲，余父忧离社稷臣。
两地共余闺弱质，百年同字尚元人。

---

① （清）王端淑：《名媛诗纬初编》卷14，康熙六年（1667）清音堂刻本，第7a页。
② （清）王端淑：《名媛诗纬初编》卷14，康熙六年（1667）清音堂刻本，第7a页。

伯鸾我已甘偕隐，司录君归欲守贫。
唱和岂烦青鸟使，珠联璧合自相亲。

第二首为《赠闺秀王文娟》：

江皋春色聚兰桡，邂逅名姝金步摇。
借砚淹通窥隙豹，折弦聪慧叶鸣条。
清心润与琼琚映，艳质香随茝蕙飘。
闻道燕雪多美艳，逢君不数别妖娆。

这两首诗均为赠酬之作。第一首《赠侄孙女万夫人》诗内容可分两部分。第一部分主要讲述两家的历史与现状。侄孙女"严亲"尚在，而"余父"却以身殉明与诗人永远"仳离"。诗人与侄孙女家均以"闺弱质"居多，而且她们也都有了自己的夫婿。第二部分主要谈论两家的家风与目前的生活状态。"我"家与"君"家均以"偕隐"与"守贫"为乐，目前，两家不仅平安和乐，而且夫妻之间"珠联璧合"，和谐恩爱。这首《赠侄孙女万夫人》诗情感温婉，从一个侧面展现诗人谦逊低调的品格。当然，读者从诗人对自己父亲的敬仰中，以及从她对"偕隐"与"守贫"的坚守里，也不难体会她的严正人格与风骨。第二首《赠闺秀王文娟》诗，则主要赞美闺秀王文娟的才华、品行与容貌。王文娟饱读诗书，兼精音乐，是一位才华突出的女子，而且她灵心慧质，心地纯洁，姿容又非常美丽。这首诗情感温婉而从容，状情写物生动到位，在夹叙夹议中真实地描绘出一位美丽、聪慧的清代闺阁女性。

章有澄、章有泓，为章简第四与第五女。章有澄，字回澜，章有泓，字掌珠。胡文楷《历代妇女著作考》简介章有泓生平说："有泓字清甫，一字掌珠，江苏华亭人，章简第六女，娄县张泽蒋文蒿妻。"① 胡文楷又载章有泓著有《焚余草》。章有澄未见有文献记载，事

---

① 胡文楷：《历代妇女著作考》，上海古籍出版社1985年版，第550页。又，胡文楷此处有误，章有泓为章简第五女，不是第六女。

迹不详。至于两姊妹所著诗集，则佚失不传，她们所作诗词，也不见文献收录。

章氏六女社是明末清初活跃于松江府华亭县的一个家族女子诗社，它与浙江山阴祁氏女子社几乎同时崛起，是清代最早的女子诗社之一。章氏六女社也与山阴祁氏女子社一样，是一个前明忠烈遗族社。祁家祁彪佳与章家章旷、章简均为明末清初抗击清军的著名人物。还要指出的是，章氏六女社与山阴祁氏女子社在其诗歌创作中均或明或暗地表达对明朝的思念，对家中抗清亲人的追思，她们的诗歌创作有其特殊的文学审美内蕴，也有其特殊的历史认识价值。

第三节　盛清泰州仲氏女子社

一　泰州仲氏一门善诗文

清代江苏扬州府下辖六县二州，泰州即为其下辖州之一。① 泰州历史悠久，秦时称海阳，两汉至隋唐称海陵。五代十国南唐时，始名泰州。泰州作为汉唐故郡，淮海名区，素来儒风昌盛，代有名人。例如，唐代书法理论家张怀瓘、北宋理学家胡瑗、明代内阁首辅李春芳、明代著名哲学家"泰州学派"宗师王艮、清代杰出画家郑板桥等，均著籍泰州。明清时期，泰州家族教育繁荣，读书向学之风昌盛，以致不少家族或科甲蝉联，朱紫满门，或书香传家，一门诗人，如泰州俞梅、宫鸿历、季振宜、朱克简等家族，均为明清时期或以仕宦扬名、或以诗书立家的名门望姓。

盛清泰州仲鹤庆家族，也是一个以文学创作与学术研究扬名泰州的地域名门，其在泰州地方名望不亚于俞梅、宫鸿历等家族。

仲鹤庆，字品崇，号松岚，乾隆十九年（1754）进士，曾官四川大邑知县，工画能文，著有《追暇集》《云香文集》《蜀江日记》等著

---

① 明清两朝的"州"分为直辖州与散州，直辖州相当于府级政府，散州相当于县级政府。泰州为清代扬州府下辖之散州。

述。道光《泰州志》卷之二十三"仕迹"载仲鹤庆事迹云：

> 仲鹤庆，字品崇，号松岚，先贤六十五世裔孙，明永乐时自苏迁泰。鹤庆于乾隆十九年成进士。

又说：

> 比谒，选授四川大邑县令，正疆域，以息水讼，表地界，又靖山争。创建书院，延师课士。两权邛州事，民爱戴之。

又载：

> 居蜀二载始归，主讲镇江宝晋、归德文正、南康白鹿、如皋雉水各书院，著有《迫暇集》古文二卷，诗六卷，工写兰菊竹，得者以为宝，年六十三卒。①

仲鹤庆二子仲振奎、仲振履，均工诗能文，且在学术研究上颇有作为。长子仲振奎，字春龙，号云涧，监生，著有《红楼梦传奇》《辟尘轩文钞》《绿云红雨山房诗钞》《红豆村樵词》等，为盛清泰州著名作家与学者。道光《泰州志》卷之二十四"文苑"载仲振奎事迹云：

> 仲振奎，字春龙，号云涧，监生，工诗，法少陵。为文精深浩瀚，出入三苏。平生著作无体不有，而稿多散佚。所存惟《红豆村樵诗草》若干卷。②

---

① （清）王有庆：《道光泰州志》，江苏古籍出版社1991年"中国地方志集成"影印本，第256页。
② （清）王有庆：《道光泰州志》，江苏古籍出版社1991年"中国地方志集成"影印本，第270页。

第五章　荟萃江、浙的女子诗社

次子仲振履，嘉庆十三年（1808）进士，官至南澳同知。其为官勤政爱民，颇有善政，著有《双鸳祠传奇》《啮得菜根堂诗文稿》《虎门揽胜》等著作。道光《泰州志》卷之二十三"仕迹"载仲振履事迹云：

> 仲振履，字临侯，号云江，嘉庆十三年进士，官广东知县。历任皆有善政。恩平修金塘桥，兴宁禁水车、疏河道，东莞筑虎门碉台，严海防，南海筑桑园基，卫农田，工费不赀多者以数万计。振履深思厚力，必要于成，以兴数十百年之利。有前令某，殁于官，遗二女，已及笄，并留滞，不能归，振履养之如己女，经纪其父丧归，归二女于宦族，同官为之感泣。擢南澳同知，以疾告归，卒于家。著有《作吏九规》《秀才秘篇》《虎门揽胜》《啮得菜根堂诗文稿》。①

泰州仲氏不仅男性工诗能文，而且家族内闺阁也颇擅吟咏。她们勤于笔耕，互相唱和，由此组构成盛清时代泰州地区一个著名的闺阁诗人群体。其家族闺阁诗人主要有仲莲庆、仲振宜、仲振宣、仲贻銮、赵笺霞等人。

仲莲庆，字碧香，仲鹤庆妹，著有《碧香女史遗草》。《淮海英灵续集》简介其生平云："仲莲庆，字碧香，泰州人，仲素（仲鹤庆父）女，洪仁达室。"② 仲振奎《碧香女史遗草序》记述仲莲庆诗歌创作经历与创作特质云："先君子十五志学，昼课不足，继之以夜，一灯盈盈，惟姑母手针黹以伴焉。姑母素工声律，读既毕，或诗或词，必相唱和，始各归寝，不数年，姑母诗裒然成集矣。既出阁，适洪氏。洪世业医，无解声律者，而亦不废吟咏。每归宁，辄携一卷就吾祖正可否。中年以后，家事日零，八口嗷嗷，惟仰姑母十指以给。于是积劳成疾，而

---

① （清）王有庆：《道光泰州志》，江苏古籍出版社1991年"中国地方志集成"影印本，第259页。
② （清）阮亨：《淮海英灵续集·辛集》卷2，上海古籍出版社2002年"续修四库全书"影印本，第448页。

凄风苦雨之声，时亦见诸诗歌。"①

仲振宜，字绮泉，仲鹤庆长女，仲振奎妹，著有《绮泉女史遗草》。《淮海英灵续集》简介其生平曰："仲振宜，字绮泉，泰州人，鹤庆女，崔尔封室。"②

仲振宜，字瑶泉，仲鹤庆次女，著有《瑶泉女史遗草》。《淮海英灵续集》曰："仲振宜，字瑶泉，鹤庆次女，张祥凤室。"③

仲贻銮，字金华，仲振奎女，著有《仲贻銮遗诗》。《淮海英灵续集》曰："仲贻銮，字金华，振奎女，宫淮室。"④ 仲振奎《辟尘轩诗钞序》云："惟一女贻銮，颇聪慧，能吟七字诗，婉鸾膝下，惟称意。"⑤

赵笺霞，字书云，仲振奎妻，工诗，著有《辟尘轩诗集》。

此外，仲振履之女仲贻簪、仲贻笄与妻仲孺人也均能诗。

总之，泰州仲鹤庆家族从他本人到其孙女，几乎人人能诗，可谓满门皆诗人。王琼《名媛诗话》云：

近闻泰州仲氏多才媛，欲求其集选入《同音集》不可得。丁卯，予兄有采访遗文轶事之役，过泰，得云江先生为文字交，先生因以六女士遗集嘱予兄点定，入《群雅集》，予遂能尽读之，玉树珠林，仲氏何多才也。⑥

仲振奎《辟尘轩诗钞序》也记载其家族诗歌唱和之盛：

---

① （清）仲振奎：《碧香女史遗草序》，仲莲庆：《碧香女史遗草》，嘉庆十二年（1807）刻本，第1a页。
② （清）阮亨：《淮海英灵续集·辛集》卷2，上海古籍出版社2002年"续修四库全书"影印本，第449页。
③ （清）阮亨：《淮海英灵续集·辛集》卷2，上海古籍出版社2002年"续修四库全书"影印本，第449页。
④ （清）阮亨：《淮海英灵续集·辛集》卷2，上海古籍出版社2002年"续修四库全书"影印本，第450页。
⑤ （清）仲振奎：《辟尘轩诗钞序》，赵笺霞：《辟尘轩诗钞》，嘉庆十二年（1807）刻本，第39b页。
⑥ （清）阮亨：《淮海英灵续集·辛集》卷2，上海古籍出版社2002年"续修四库全书"影印本，第450页。

第五章 荟萃江、浙的女子诗社

每花晨月夕，先君子命男女辈赋诗，吟咏之声，达于外舍。先君子乐之，以为风雅如此，吾几忘贫矣。①

二 赵笺霞、仲振宜、仲振宣的诗歌结社与诗歌创作

泰州仲氏闺秀诗社主要指赵笺霞、仲振宜、仲振宣三人的诗歌结社活动。赵笺霞嫁给仲振奎之后，与仲振宜、仲振宣甚相得，她们时常相聚于明窗净几之旁，诗词唱和，形成一个小规模的家族女子诗社。赵笺霞《留云阁合稿序》记载她与仲振宜、仲振宣三人诗词结社活动时说：

予己丑于归，壬辰自晋南旋事翁姑，始得与芗云（仲振宜）、芝云（仲振宣）聚明窗净几，煮茗焚香，读曲歌诗，更相迭和，既相爱，又相敬也，遂订兰盟焉。越二载，芗云出阁，南箕贝锦，靡间朝夕。又三载，芝云出阁，终风阴雨，憾更无穷。②

从赵笺霞的上述记载来考察，上文所说的"己丑"，即乾隆三十四年己丑（1769）；所说的"壬辰"，即乾隆三十七年壬辰（1772）。也就是说，她乾隆三十四年己丑（1769）嫁给仲振奎，乾隆三十七年壬辰（1772）"始得与芗云、芝云聚明窗净几，煮茗焚香，读曲歌诗，更相迭和"，组构成一个家族小型女子诗社。

仲振奎《辟尘轩诗钞序》在记载赵笺霞事迹时也描述了其妻与他的"二、三两妹"诗词唱和的情形：

侪辈之中，与二、三两妹情尤笃，晚食既过，虚房一灯，三人环坐，检牙签，抽秘籍，哄然吟啸，不自知漏之将尽也。③

---

① （清）仲振奎：《辟尘轩诗钞序》，赵笺霞：《辟尘轩诗钞》，嘉庆十二年（1807）刻本，第39a页。
② （清）赵笺霞：《留云阁合稿序》，仲振宜、仲振宣：《留云阁合稿》，嘉庆十二年（1807）刻本，第10a页。
③ （清）仲振奎：《辟尘轩诗钞序》，赵笺霞：《辟尘轩诗钞》，嘉庆十二年（1807）刻本，第39a页。

下面，不妨对赵笈霞、仲振宜、仲振宣三人的生平事迹与诗歌创作予以探寻。

赵笈霞，字书云，仲振奎妻，仲振宜、仲振宣嫂，著有《辟尘轩诗钞》。仲振奎《辟尘轩诗钞序》载其事迹云：

> 余与书云结缡二十八载，非独工于诗词也。其事上使下、处己接物之道，无不曲尽其礼；中馈井臼、针黹补缀之事，无不亲执其劳。以余之贫也，脱簪珥、质衣物以给，而绝无怨言，远迩悉称之曰贤。①

又评其诗歌创作风格云：

> 其为诗也，温润以泽，务使宫商应节，声律和谐，虽才不逮古人，然略无诘謷，亦如其为人。②

从清嘉庆十二年（1807）刊刻的赵笈霞《辟尘轩诗钞》来考察，仲振奎对赵笈霞诗歌创作风格的评价大体符合事实。赵笈霞《辟尘轩诗钞》有诗106首，她的许多诗歌写得既"温润以泽""声律和谐"，又晓畅明了，"略无诘謷"。其中她在诗社内与诗社外所写的酬和与咏物诗显得最具文学美感，也最有现实认识价值。其《寄两妹》云：

> 挑尽银灯夜未眠，最无聊是早春天。
> 床头几卷新诗句，半为怀人半自怜。③

---

① （清）仲振奎：《辟尘轩诗钞序》，赵笈霞：《辟尘轩诗钞》，嘉庆十二年（1807）刻本，第39a页。
② （清）仲振奎：《辟尘轩诗钞序》，赵笈霞：《辟尘轩诗钞》，嘉庆十二年（1807）刻本，第39a页。
③ 以下所举证的赵笈霞、仲振宜、仲振宣等泰州仲氏女子所作诗歌，皆选自嘉庆十二年（1807）刻《泰州仲氏闺秀诗合刻》，在此不一一注出。

第五章 荟萃江、浙的女子诗社

又《杏花和瑶泉韵》：

> 玉楼晓起试新妆，烂漫春光碎绵坊。
> 寒食人家酥雨嫩，软风村店酒旗香。
> 金刀南国裁文绮，彩线东楼制绣裳。
> 最是卖饧天气好，条条深巷踏歌长。

又《秋怀和瑶泉》：

> 身世蹉跎岂自由，浮云往事莫回头。
> 且同清雅琴书业，暂撇萧条家室忧。
> 冷处歌吟留太古，闲中心事付高秋。
> 书城自有回春力，荣悴何凭莫泪流。

这三首诗，第一首为寄酬仲振宜与仲振宣之作。第二、三首则为三人之间彼此唱和之作。第一首《寄两妹》写早春之夜，诗人备感无聊，床头还摆着几卷她、仲振宜与仲振宣曾经共同吟诵过的"新诗句"，然而诗句犹在，振宜与振宣二妹却远嫁他乡，往昔三人诗词唱和的热闹场面一去不复返。第二首《杏花和瑶泉韵》写春天来临，诗人的心情受到美丽春光的感染，也由冷寂渐渐变得开朗。诗歌以夹叙夹议的笔触，抒写"寒食"时节，野外的村店酒旗飘香，而在"卖饧"的热闹气氛里，"条条深巷"中唱着春天踏青的美妙歌声。这首诗将春天自然景物与人类活动融会在一起，不仅状写春天景物之美，而且刻画人类社会生活的生机与活力，诗风轻松而愉快。第三首《秋怀和瑶泉》则在感伤中又有通达。诗人在诗中写道，自己"身世蹉跎"，家世萧条，这让她颇为感伤。然而，诗人不愿沉溺于感伤之中，她总是用"琴"与"书"，用诗词"歌吟"来充实自己的人生，从而摆脱生活困顿所带来的苦恼。这三首诗，虽然内容不同，情感各异，但均状写赵笺霞的生活状态，也如实展现她的心灵起伏。

如果说赵笺霞的酬和诗写得深具人间烟火味，那么她的咏物诗则不

仅展现了大自然的美丽风姿,而且寄寓着诗人若隐若现的心绪与品性,由此展现出其咏物诗的个性与风韵。其《新柳》诗云:

> 东风裁剪叶初匀,金线低垂净绝尘。
> 缥缈翠娥初对境,朦胧青眼乍窥人。
> 梦回随苑烟痕浅,客去长亭别恨新。
> 待得春深酥雨足,万条斜挂白门津。

细读赵笺霞这首《新柳》诗,读者不难发现这首诗有不少可圈可点的地方。一是此诗情感温婉而冷静,没有大起伏,能较好地展示赵笺霞的性情与心理。二是此诗写景抒情比较到位。诗人首先用白描笔法,描写柳叶圆匀、柳枝"斜挂"等自然景象,以此来刻画柳树的轻柔之美。接着诗人用拟人、比喻之笔,描绘柳树的朦胧、婆娑之姿,同时也将诗人的温婉、平和之情蕴含其中。

赵笺霞《红叶》也是其咏物诗中的成功之作。其诗云:

> 斑斓十里影初稠,枫叶萧萧动客愁。
> 大野晴霜山驿晓,平林落日楚江秋。
> 冷留古艳烘高寺,悄递相思出御沟。
> 驴背远村归去晚,落霞天末几回头。

在这首《红叶》诗里,诗人紧紧抓住写作对象的主要特征来加以描写,如红叶的"斑斓十里"、树叶萧萧等,而且将这些主要特征放在一个特定范围中加以放大,如红叶林中的"山驿"、红叶远处的平林落日与浩浩汤汤的"楚江"、红叶林中若隐若现的寺庙等,借此渲染诗中略显落寞而又蕴藉的意境,展现诗人怅惘而深沉的心绪。固然,此诗也有不足,譬如,这首诗的语言表达稍欠圆融,一些语词如"初稠""大野""烘高寺"等用在诗中比较生硬,冲淡了这首诗的美感。

仲振宜,字绮泉,号芍云,著有《绮泉女史遗草》,为泰州仲氏闺阁中最杰出的女诗人,存诗137首。仲振宜嫁苏州虎阜崔尔封,但夫妻

第五章 荟萃江、浙的女子诗社

感情不和。赵笺霞《留云阁合稿序》载其生平云：

> 越二载，芗云出阁，南箕贝锦，靡间朝夕。①

从题材上看，仲振宣《绮泉女史遗草》写作内容主要有五类，一是时令季序诗。如《立春》：

> 犹是沉寒痼冷时，春来人意若为怡。
> 渐回芳草天涯梦，催赋梅花驿路诗。
> 蜡燕家家攒采胜，碧云面面护青旗。
> 东君毕竟来何处，问取黄鹂知不知？

又如《暮春》：

> 春光欲尽雨丝丝，芳草丰茸满碧墀。
> 白纻客归游兴懒，绿窗人起画眉迟。
> 飘残柳絮莺才老，落尽梨花蝶未知。
> 风静一庭帘自卷，最无聊是脱棉时。

这两首诗，一写春天刚刚来临的"立春"，一写春天将归的"暮春"，均关注时令季序的变化。立春时节，虽然春阳萌动，但冬阴犹存。芳草已在大地中悄悄萌芽，燕子也已飞回忙着筑巢，然而"沉寒痼冷"却依旧笼罩在空气之中，所以，真正的春天何时才会来临，这还要问那在树枝上鸣叫的黄鹂鸟。因为，只有它们才对春天的来临最为敏感。而"暮春"天气则是另一番景象。春雨淅淅沥沥，小草却朝气蓬勃。素雅的柳絮与梨花已经飘落殆尽，风静帘垂，庭院寂

---

① （清）赵笺霞：《留云阁合稿序》，仲振宣、仲振宣：《留云阁合稿》，嘉庆十二年（1807）刻本，第10a页。又，"南箕贝锦"为中国古代一常用语词，常指人群间或家庭内因口舌而引起的纷争。

寥，远出的游子与守家的闺阁均心绪萧索。两首诗均能写出写作客体的主要特质，将"立春"与"暮春"季序特点进行有序描绘，有层次地展示春天的时序转换与物候变化，又或明或暗地将自己的心绪寄寓其中。

二是咏物诗。如《蔷薇》：

烟花风度薛萝身，爱逞浓妆斗晚春。
任尔舞衫裁艳锦，可能香骨是天真。
风前巧笑浑如醉，雨后残红半未匀。
莫向墙阴轻折取，丛丛芒刺惯伤人。

这首诗习用了我国古代咏物诗的常用写法，主要状写歌咏客体的形姿与生长特质，且其中寓含人生的哲理。蔷薇风姿绰约，绚丽明艳，却又不畏风雨，"爱逞浓妆斗晚春"，"丛丛芒刺惯伤人"，它有着自己的风骨与坚守，人们不能小觑它。从这首诗的抒情逻辑来看，它似乎在写蔷薇花，但又似乎在写人生。一些人表面看来柔弱，心性却似有刺的蔷薇，有着自己的坚守与棱角。

三是致亲诗。如《怀父》：

去岁客东海，别儿仓卒归。传闻渡淮水，又复入京畿。
发秃犹行役，春寒自裣长。燕台千里路，怅望日嘘唏。

又《怀母》：

家贫累老母，遥忆暗神伤。发为饥寒秃，盘虚首蓿香。
挑灯课书史，趁日补衣裳。半载离亲舍，无时不断肠。

这二首诗，诗人分别表达对父母的关爱与思念。《怀父》诗描写诗人的父亲去年到"东海"谋生，"别儿仓卒"而归，她伤心老父"发秃犹行役"，为了生计与家中妻儿，不顾自己年老体衰，千里迢迢

第五章　荟萃江、浙的女子诗社

远赴京师。"东海",地域名,中国古代常以此称苏北淮安、扬州沿海州县,明清时则在苏北设有海州(今属连云港市)。《怀母》诗则一面感叹家中老母为了养育儿女而含辛茹苦,她"发为饥寒秃,盘虚苜蓿香",一面又描写母亲知书识字且工于女红,故常常在家中课育子女并操持繁重的家务:"挑灯课书史,趁日补衣裳。"诗歌最后也表达诗人对母亲的思念与不舍:"半载离亲舍,无时不断肠。"总之,《怀父》《怀母》二诗以真切的笔触描绘出一对舐犊情深、负责任的父母形象,其中又寓含着诗人对父母的浓浓关爱之心、牵系之情与愧疚之感。

四是唱和与赠酬诗。如《杏花和芝云三妹》:

东风催整嫁时妆,芳梦惊回百宝坊。
霞蔚云蒸机上锦,断桥野店雨中香。
每因扶醉潮红粉,不为争春理绣裳。
好是繁华未消歇,江南寒食日初长。

这首诗为诗人赓和其妹仲振宣而作。从诗歌比较明快愉悦的情调来看,此诗应写于其待字闺中时,也有可能是她与赵笺霞、仲振宣结社唱和时的作品。诗歌写作内容主要有二:一是写春天万物复苏、百花盛开的美好景象,如"东风催整""霞蔚云蒸"云云;二是展现诗人在春天里闲适而又充实的生活,如"醉潮红粉""春理绣裳"云云。当然,此诗面向的对象是诗人的妹妹仲振宣,所以,虽然没有写到她们姊妹之间的亲情,但也间接反映出她们的亲密关系。

五为抒发个体独有情怀。其《述怀》云:

底事身为巾帼身,了然远寄海之滨。
黄金羞买《长门赋》,《皑雪》空嗟薄命人。
百岁年华今如此,一生心事向谁陈。
断肠冷泪知多少,诉与遥天月半轮。

又《春日自遣》：

> 恹恹长昼几伤神，踪迹犹怜滞海滨。
> 别恨远萦芳草梦，愁心独醉艳阳春。
> 望云洒泪终何益，久病看花恹此身。
> 却谢多情双燕子，来回絮语故相亲。

这两首，均写于诗人结缡之后，主要写她婚姻失意，心绪低落。《述怀》感叹自己是女儿身，以致背井离乡、远嫁异地。她的婚姻是如此不和谐，就好比汉武帝与陈阿娇、司马相如与卓文君，即使有《长门赋》《皑雪》这样表白心迹的动人文字，也难以挽回丈夫的心。诗人感到，自己的好年华都被这糟糕的婚姻糟蹋了。然而，她的苦闷没有人理解，只好"诉与遥天月半轮"。《春日自遣》也写诗人婚姻失意，在夫家备受煎熬，因此，她"望云洒泪"，"久病看花"，特别地思念家乡，思念家中的亲人，也特别希望自己能得到别人的关心："却谢多情双燕子，来回絮语故相亲。"两首诗均用直抒胸臆的笔法状写自己的生活与情感，诗风低沉而感伤。

总体来看，仲振宜在泰州仲氏闺阁诗人中存诗最多，其诗歌创作不仅有比较丰富的内容，也有比较多样的写作笔法，她是盛清泰州仲氏闺秀最具代表性的诗人之一。

仲振宣，字瑶泉，号芝云，张祥凤室。著有《瑶泉女史遗草》。她与其嫂赵笺霞、其姊仲振宜诗词唱和，组构成一个小型的家族女子诗社。其《长歌行》记载自己参与泰州仲氏闺秀诗歌结社活动说：

> 阿嫂至自太行曲，一门风雅开诗坛。
> 灯前赌酒传花鼓，醉后敲诗厌歌舞。
> 金兰细字写乌丝，共爇心香订心谱。

仲振宣在其姊仲振宜出阁三年后也结缡成家，但婚姻失意。赵笺霞《留云阁合稿序》说其婚姻状态说：

第五章 荟萃江、浙的女子诗社

又三载,芝云出阁,终风阴雨,憾更无穷。嗟乎,以旷代之淑质名姝,不逢赏音之士,日在愁城泪海中。①

仲振宣流传下来的诗歌不多,其诗集《瑶泉女史遗草》仅收诗34首。在其现存诗歌中,怀人与咏物二类诗写得较有风致。

其《怀芗云二姊》云:

予家笃爱在天伦,别绪难忘东海滨。
底事生来同薄命,可堪天意不怜人。
情多令卿增长恨,诗到分题几怆神。
欲寄梅花烦驿使,寂寥东阁未回春。

又《再怀二姊》:

寸心何耿耿,怊怅海东天。相别未经月,驰思已隔年。
多愁常善病,新瘦得谁怜。回首留云阁,柔肠两暗牵。

这两首诗,均为诗人写给其姊仲振宣之作。两首诗一方面抒写她与仲振宣之间的手足深情,如"予家笃爱在天伦,别绪难忘东海滨","回首留云阁,柔肠两暗牵";另一方面则抒泄诗人因为婚姻不如意而生发的抑郁之情,如"底事生来同薄命,可堪天意不怜人""寸心何耿耿,怊怅海东天"。两首诗虽曰"怀人",其重点却在写诗人的人生遭际,从中可以体会到诗人的生活与情感状态。

仲振宣的咏物诗也写得颇有情韵,不仅写景状物有声有色,而且情感细腻深沉。如《落叶声》:

秋老江南万木森,萧萧落叶起商音。

---

① (清)赵笺霞:《留云阁合稿序》,仲振宜、仲振宣:《留云阁合稿》,嘉庆十二年(1807)刻本,第10a页。

风回古墅空阶旋,帚乱寒烟石径深。
冷屋书灯扃小户,荒村客梦醒疏林。
怜他戚戚凄凄意,扰乱愁人一寸心。

此诗先写秋天来临,落叶飘零,用"秋老江南""萧萧落叶""风回古墅"等语词形容秋天的萧瑟气氛。接着诗人笔锋一转,描写在秋天萧瑟气氛里自己"冷屋书灯""荒村客梦"的寂寥生活,并抒发诗人"怜他戚戚凄凄意,扰乱愁人一寸心"的怆戚心绪。这首诗写景状物生动逼真,情感抒发则细腻而深沉,较好地表达出诗人想要展示的心绪。

综而言之,泰州仲氏女子诗社只是盛清乾隆中期一个小型的闺秀诗社。参加诗社诗歌唱和活动者,只有赵笺霞、仲振宜、仲振宣三人,而且她们写诗不多,诗歌题材不够丰富,诗歌艺术表现也缺乏锐意与新创。然而,诗社三诗人不时进行诗歌唱和活动,努力提高她们的诗歌创作技艺,且在诗歌创作中真实展现她们的生活与心灵状态,因此,她们的诗歌结社也有其积极的诗歌元素与诗学价值。不仅如此,泰州仲氏女子诗社的诗歌结社活动与诗歌创作也丰富了盛清泰州仲氏家族的诗歌品质,活跃了盛清时代泰州地区女性诗坛的创作气氛,并将盛清时代泰州女性诗坛引向一个更具深度与多样态的诗学层次。

第四节 盛清扬州曲江亭社

一 盛清扬州曲江亭闺秀诗歌雅集

扬州是我国声名远播的历史文化名城,距今建城已有 2500 多年。扬州历史上又称广陵、维扬等。清朝建立,为江苏省扬州府。清时扬州府虽偶有疆域变化,但大体下辖江都、甘泉、仪征、兴化、东台、宝应六县,又领高邮、泰州二县级散州。其辖区包括当下扬州、泰州、南通三市全境以及盐城市南部,府治在江都、甘泉两县(今属扬州市区)。①

---

① 清雍正九年(1731),浙江都县另置甘泉县,与江都同为扬州府治。

第五章　荟萃江、浙的女子诗社

扬州自古即文化璀璨，商业兴盛，为江淮地区经济、文化名城。明清时期，扬州更是全国财富与资本高度集中的地区，其繁荣程度只有京师、苏州、江宁（南京）、杭州等不多的几个城市可以与之颉颃。

扬州曲江亭为盛清著名文士阮亨所建，位于扬州府城东南扬子江畔翠屏洲。翠屏洲又名佛感洲，此洲濒临扬子江，南面与镇江焦山、金山相望，东与连城洲毗连，西接瓜洲。该沙洲形成于明、清之际，由扬子江中流沙淤积而成。乾隆朝，丹徒著名文士王豫的父亲王元臣举家迁居于此，构"种竹轩"，贮书万卷，教家中子女读书其中。清代大臣阮元与其从弟阮亨与王豫相友善，多次盘桓此洲。阮亨还在此洲买田数亩，构屋三楹，且建亭于王豫"种竹轩"之侧，阮元则将此亭命名为"曲江亭"。由于翠屏洲及其周围景色优美，此亭建成后逐渐成为扬州一处著名风景区。

阮元《题曲江亭图》诗前小序对扬州翠屏洲曲江亭砌建经过记之较详。其序曰：

> 扬州东南三十里，深港之南，焦山之北，有康熙间新涨之佛感洲，或名翠屏洲，诗人王柳村（豫）居之。丁卯秋，余与贵仲符（征）吏部、梅叔（阮亨）弟，屡过其地。梅叔买其溪上数亩地，竹木阴翳，乃构屋三楹，亭一立于其中，柳村又从江上郭景纯墓载一佳石来置屋中，予名之曰："尔雅山房"；又名其亭曲曰："曲江亭"，以此地乃汉广陵曲江，枚乘观涛处也。①

阮元《题曲江亭图》诗又对曲江亭及其周围的美丽景物进行描绘：

> 长江千里来巴蜀，流到广陵曲复曲。

---

① （清）阮元：《揅经室集四集》卷8，中华书局1993年版，第885页。又王琼《曲江亭唱和集序》称"曲江亭"为其兄王豫所建："丙寅（嘉庆十一年）春，大中丞阮云台（阮元）先生来访，家兄柳村子爱种竹轩竹木幽邃，建曲江亭于轩西，为遣夏著书之地。夫人孔经楼贤而才，不鄙弃琼，遂偕张净因、刘书之、唐古霞、家凝香诸子，与琼互相赓和以为乐，而江瑶峰、鲍荭香二子亦先后寄诗订交，暨侄女辈共得十有一人，均为一时闺阁盛事。"本书从阮元所记。

古时沧海今桑田，翠屏洲涨焦山北。
江北横生十里沙，广陵涛变千人家。
九折清溪夹修竹，万株高柳藏桃花。
辋川本合诗人住，况是惠连读书处。
送暑曾过深港桥，寻秋每唤瓜洲渡。
送暑寻秋向柳村，藤床竹枕宿南轩。
千章树木全遮屋，八月秋潮直到门。
门前月色连清夜，稻花香重荷花谢。
记得曾探北固秋，何缘又结西湖夏。
今日披图似梦醒，涛声还向梦中听。
钱塘八月西楼卧，错认扬州江上亭。①

阮元《题曲江亭图》诗前小序所说的"丁卯"，即嘉庆十二年丁卯（1807）。据此，则可知曲江亭始建于嘉庆十二年丁卯（1807）秋季。

又，阮元还写有《曲江亭记》一文，此文对曲江亭的砌建也有记载：

佛感洲中有红桥，外通红潮，万柳阴翳，不见曦影，春桃夏竹，映带于茅屋钓矶之间，秋冬木叶脱，金、焦两山并立林表。予访王布衣豫于洲中红桥之南，乃画其宅西地数亩而建亭于竹树之间。②

嘉庆中期，扬州本土著名女诗人张因，扬州本土阮氏家族阮元妻孔璐华，侧室刘文如、谢雪、唐庆云，阮亨妻王燕生，迁居扬州的王氏家族王豫妹王琼，女王乃德、王乃容等一群闺阁女性不时会聚于扬州翠屏洲曲江亭。她们或浏览胜景，或群居欢宴，并进行诗词唱和活动，从而形成一个颇具规模的女子诗社。王豫《群雅集》对曲江亭女性诗歌结社活动曾有明确记述：

---

① （清）阮元：《揅经室集四集》卷8，中华书局1993年版，第885页。
② （清）阮元：《揅经室集三集》卷2，中华书局1993年版，第624页。

第五章 荟萃江、浙的女子诗社

净因（张因）与孔经楼（孔璐华）、刘书之（刘文如）、王凝香（王燕生）三夫人，谢月庄（谢雪）、唐古霞（唐庆云）两女史，暨予妹爱兰（王琼），予女子一（王乃德）、子庄（王乃容），甥女季如兰（季芳）辈，唱酬最密。凝香刻《曲江亭唱和集》。①

法式善《梧门诗话》也对曲江亭女性诗歌结社有简要记载：

一时名媛，如张霞城绚霄、毕智珠慧、孔经楼璐华、刘书之文如、江瑶峰秀琼、侯香叶芝、张净因因、鲍茝香之蕙、张小谢少蕴，皆寄声定交，赓和盈秩，华亭女史王凝香燕生选刻之，名《曲江亭唱和集》。②

孔璐华《唐宋旧经楼诗稿》则有八首诗或记述翠屏洲的优美环境，或提到"曲江亭"诗词雅会的情形，如《春日偕净因夫人（张因）、古霞女史（唐庆云）过曲江亭》：

曲江亭外柳千林，二月东风多绿荫。
更有琅玕千亩竹，万竿清影碧沉沉。
城市那如此中好，晴日春光满江表。
我来未及绛桃开，林间亦未听黄鸟。
焦山近在曲江头，惜不扬舲江上游。
但见归帆到亭下，春潮三曲过门流。
广陵涛古三千载，江流清浅扬尘改。
而今足底是桑田，当年浩淼真沧海。
沧桑人说曲江滨，江上还多咏絮人（原注：谓王氏诸女史）。
万柳千花仙世界，结成亭子作比邻。③

---

① （清）王豫：《群雅集》，王豫：《江苏诗征》卷168，道光元年（1821）刻本，第11a页。
② （清）法式善：《梧门诗话》卷16，凤凰出版社2005年版，第459页。
③ 此处所引孔璐华有关"曲江亭"八首诗均出自其《唐宋旧经楼诗稿》（上海古籍出版社2010年"清代诗文集汇编"影印本），在此不一一注出。

《和翠屏洲女史见寄韵》：

> 遥识幽亭外，江光接云岭。应有采兰人，秋花同采茗。
> 瑶笺忽寄来，远景惟心领。何日再来游，山色金焦并？

《忆曲江亭寄答翠屏洲诸女史》：

> 遥想曲江亭，云烟望缥缈。今见瑶华篇，益知风景好。
> 高柳自成林，清流媚幽筱。亭中月自明，芰荷香满沼。
> 我欲听涛来，更怯西风杳。明年桃李开，交交飞黄鸟。
> 来读诸君诗，春光照江表。

《曲江亭》：

> 曲江对焦山，亭外万桃柳。黄鸟乱飞鸣，我昔偕诗友（原注：谓黄净因夫人及王氏诸女史）。烹茗坐谈诗，日暮又分手。今日忆沧江，胜游惜难久。

《忆曲江亭简翠屏洲诸女史》：

> 金焦山北曲江边，亭外江潮到岸前。
> 露湿稻花香细细，风生竹韵影娟娟。
> 近愁暑雨迷吴岫，遥忆云光接楚天。
> 自别词人今二载，殷勤重与寄诗篇。

《淮扬节署答曲江亭诸女史》：

> 曲江亭外别多年，一片云笺到眼前。
> 诗句细吟春正午，桃花遥忆雨余天。
> 江潮宛转连明月，焦麓空蒙起暮烟。

第五章 荟萃江、浙的女子诗社

何日再同亭上坐,绿扬深处系轻船?

《忆曲江亭春柳》:

> 韶光应满曲江滨,垂柳千行绿已匀。
> 袅袅定含三月雨,毵毵又换一年春。
> 风来水榭莺声滑,月到柴门蝶梦新。
> 我欲放舟亭外去,再寻林下咏诗人。

《寄答曲江亭诸女史即和原韵》:

> 江皋春色早,芳景亦已众。遥忆诸词人,清吟如啸凤。
> 念我滞宦游,空作曲江梦。惟有托诗篇,乘风一相送。

以上八首诗,内容比较丰富,或记述与诗社好友偕游曲江亭时的所见所闻以及诗人的愉快心绪,如《春日偕净因夫人、古霞女史过曲江亭》;或描述诗人欲重游曲江亭与众诗友再次欢会的殷切心情,如《忆曲江亭寄答翠屏洲诸女史》《忆曲江亭简翠屏洲诸女史》《淮扬节署答曲江亭诸女史》《忆曲江亭春柳》;或回忆当年与众诗友在曲江亭吟诗唱和的美好时光,如《曲江亭》《寄答曲江亭诸女史即和原韵》。这些诗歌还有不少诗句回忆或直接描述当年曲江亭诗词唱和的情形,如《曲江亭》:"我昔偕诗友(谓黄净因夫人及王氏诸女史),烹茗坐谈诗。"《淮扬节署答曲江亭诸女史》:"诗句细吟春正午,桃花遥忆雨余天。"《忆曲江亭春柳》:"我欲放舟亭外去,再寻林下咏诗人。"《寄答曲江亭诸女史即和原韵》:"遥忆诸词人,清吟如啸凤"。从孔璐华这八首诗中,读者可以体会到当年曲江亭闺阁诗歌结社之热烈,也可以体会到孔璐华对这段美好时光的珍爱与深深的眷念。

张因有关曲江亭或曲江亭唱和的诗至少有四首。其《春日与经楼夫人(孔璐华)、古霞女史(唐庆云)同游翠屏洲曲江亭,即赠翠屏洲诸女史》曰:

晓出城南路，朝阳映树高。人声喧远渡，帆影趁轻船。
绿染初舒柳，红舍未放桃。仙家在何处？解佩忆江皋。①

此诗又曰：

览胜来江渚，携茶坐小亭。绕窗皆种竹，列几尽横经。
树色开晴嶂，山光拥素屏。从今添雅咏，怀想著芳型。

又《答王子一、子庄（王乃德、王乃容）两女史》：

诗人聚一堂，咏絮独推君。翘首望明月，相思阻白云。
有才能异俗，妙思总超群。顾我伤迟暮，江洲日易曛。

又《答王爱兰（王琼）夫人》：

武陵客二载，游遍群峰青。况复得吟侣，相赏挹芳馨。
耳君盛名久，结念托冥冥。一卷冰雪诗，字字本性灵。
兄妹两酬唱，天伦乐家庭。彼此勉闻德，足以垂仪型。
缅想村居景，柳绿浓远汀。

张因这四首诗，既描绘翠屏洲与曲江亭的美丽景色，如"人声喧远渡，帆影趁轻船""树色开晴嶂，山光拥素屏"等，又记述她与闺中诗友在此诗词雅集、互相唱和的快乐，如"诗人聚一堂，咏絮独推君""况复得吟侣，相赏挹芳馨"等，还抒发诗人对闺中诗友既敬又爱的真挚友情，如"有才能异俗，妙思总超群""彼此勉闻德，足以垂仪型"等。这四首诗以张因的视角与感受描绘盛清时代扬州曲江亭闺阁诗歌结社的一些具体情形，它们既是文学创作，也是真实的历史

---

① 此处所引张因有关"曲江亭"四首诗均出自王豫《江苏诗征》卷一六八，为道光元年（1821）焦山海西庵诗征阁刻本，在此不一一注出。

第五章　荟萃江、浙的女子诗社

记载。

从王豫《群雅集》、法式善《梧门诗话》到孔璐华、张因二人有关曲江亭闺阁诗人诗歌唱和的诗歌，从中可以考见在盛清嘉庆中期以扬州本土阮元家族与迁居扬州的王豫家族为主体，融合扬州本土著名女诗人张因以及江苏其他地域女诗人，曾经组构成一个颇具规模的闺阁诗人群体。她们以扬州翠屏洲曲江亭为主要聚会地点，积极进行诗歌创作，不时举行诗歌唱和活动，以此构建成一个对扬州乃至盛清女性诗坛有重要影响的女子诗社。

二　孔璐华与张因

在曲江亭女子诗社中，孔璐华与张因地位最高，诗学影响最大，可称诗社的领军人物。

孔璐华，字经楼，山东曲阜人，孔子七十三代长孙女，衍圣公孔宪增长女，盛清乾、嘉、道三朝名臣阮元继室。孔璐华自幼学习毛诗，待字闺中时，诗不多作；结缡后，受阮元影响，诗歌创作渐夥，著有《唐宋旧经楼诗稿》，有诗400多首。她在《唐宋旧经楼诗稿》题识中简述其诗歌创作历程云：

> 余幼年读毛诗，奈不能颖悟，笔性颇拙，兼又多疾，先君见此怜之，曰"愿汝能学礼，不必定有才。吾家世传诗礼，汝能知其大义即可矣。"余因父命，闺中未多得诗稿。于归后，夫子喜言诗，始复时时为之。又因宦游浙江，景物佳美，同里张净因夫人馆于署中，复多倡和。此后往来曲阜、扬州、京师，踪迹无定，得诗转多。①

关于孔璐华的生平与诗歌创作，清代与民国多种诗学文献均有记载。法式善《梧门诗话》：

---

① （清）孔璐华：《唐宋旧经楼诗稿》卷6，上海古籍出版社2010年"清代诗文集汇编"影印本，第66页。

经楼夫人,孔子七十三代嫡长孙女,阮云台中丞室,天性敦厚,崇尚雅音。《雷塘》云:"细雨初过荒草绿,斜阳欲落晚凉生。"真许丁卯集中佳句也。有《唐宋旧经楼集》。①

《晚晴簃诗汇》:

经楼为孔子七十三代长女孙,幼娴诗礼,兼工绘事,于归后,以不逮事姑林太夫人为恨。扬州白瓦巷阮氏旧宅久质于他姓,其右为文达(阮元)诞生所,因脱簪珥赎归右宅,舍为海岱庵。

又云:

为闺中诗友,时相唱和。而谓风云月露,非妇人所重。尝自浙携蚕种归扬养之,甚蕃,作《养蚕图》赋诗纪之。②

不像清代一些女诗人诗歌创作数量少、题材单薄,孔璐华的诗歌创作丰富而多样。其《唐宋旧经楼诗稿》涉及纪行、咏物、唱和、赠酬、题画、山水、政务、感怀、怀古等多种题材,写作内容广泛。

她的一些纪行诗写得既空间宏阔而又情致温婉,具有自己独特的美感。如《渡江》绝句二首。其一曰:

长江如练洗云烟,北固岚光接楚天。
今过金焦才一霎,古来征战几千年。

其二曰:

日斜林树藏山寺,水暖桃花送客船。

---

① (清)法式善:《梧门诗话》卷16,凤凰出版社2005年版,第460页。
② 徐世昌:《晚晴簃诗汇》卷186,北京出版社1996年影印本,第3097页。

第五章 荟萃江、浙的女子诗社

  我自挂帆瓜步去,不知天堑即舟边。①

  诗人北渡长江,行船经过镇江金山、焦山。这两首诗在描绘沿江美景的同时,又感叹历史的烟云,时光的易失,诗风温婉而深沉,同时,描写的地理空间宏大空阔,给人以一种时空的苍茫恢宏感。
  她的一些咏物诗既描绘歌咏对象的形姿状貌,又蕴含着诗人自己的独立情思,展示出颇高的写作水平。如《水仙》诗:

    玲珑玉魂斗芳妍,却与梅兄共岁年。
    帝子无言湘水畔,灵妃含笑洛川边。
    风吹佩玉清非梦,雨染衣香冷可怜。
    翠带轻飘饶秀色,若临江上更嫣然。

  此诗赋写素有水中仙子美誉的水仙花。诗歌将水仙花与梅花相比,且用了娥皇、女英与宓妃之典,既描绘水仙花的绰约之姿、清雅之态,又借水仙花赞颂人性的清纯与朴素,或明或暗地表达诗人的人生与道德追求。
  她的唱和与赠酬诗大多写得有的放矢,而且又能展示诗人自己的胸襟与真性情。如《和夫子寄诗韵》:

    庭梅将放腊初残,把卷无言懒再看。
    几载未能归阙里,连朝更觉忆长安。
    窗前寂寂银屏冷,檐外丁咚铁马寒。
    忽接瑶笺读新韵,和成应已日三竿。

  此诗为诗人寄和其夫阮元而作。阮元在外作官,多年未能回家,诗人甚是思念:"几载未能归阙里,连朝更觉忆长安。"她的心绪也比较

---

  ① 以下所引孔璐华诗均选自其诗集《唐宋旧经楼诗稿》(2010 年上海古籍出版社"清代诗文集汇编"影印本),在此不一一注出。

低落，书也懒得看，连精美的银屏与好听的檐外铃声也无心理睬。然而，当诗人忽然接到丈夫的信笺时，她是如此激动，赶紧写成诗句以相和。此诗写出诗人对丈夫阮元的挚爱与关怀，也展现了诗人细腻的情感与心思。

她的一些题画诗则写得别具一格，不是为了题画而题画，而是借画中内容抒写自己的人生经历与见解，其中不乏真知灼见与诗人自己的人性本色。如《题石室藏书图》：

敬题藏书图，盥手展卷轴。开图心更伤，先姑倚书屋。
端严坐幽居，风景满清目。诗书藏石室，庭前荫桐竹。
夫子尚幼年，侍亲捧书读。我舅因远游，慈训严且肃。
夫子本好学，显亲与宗族。哀哉孝思纯，每忆慈亲哭。
命吾当勤俭，往迹说心曲。诗书亲口传，典衣买薪粟。
常自忆昔时，抱恨意未足。我闻惟泪下，哽咽对清烛。
未得侍慈颜，百身何所赎。衔哀拜遗容，濡毫更奠祝。

又《题养蚕图》：

静思吴越中，民妇实可怜。每到春夏交，育蚕胜力田。
采桑不辞劳，陌上破晓天。江北蚕独少，求茧尚艰难。
我取越蚕子，育之楼榭间。北郊多柔桑，买此不费钱。
越中旧仆妇，养蚕已多年。率彼怀其种，如蚁生螺螺。
每日亲视之，桑叶何攒攒。将成色明洁，分箔上簇山。
如雨食叶声，三起还三眠。吐丝皆成缕，作茧皆成圆。
缫丝可为帛，剥茧可为绵。我思淮南人，耕稼业已专。
何不教村妇，采桑满陌阡。民风既可厚，民力亦少宽。
为语儿女辈，物力当知艰。几树桑青青，千个茧团团。
贫女一月工，织成绮与纨。绮纨在尔身，忍令污且穿。
所以莱公妾，讽谏咏诗篇。

第五章 荟萃江、浙的女子诗社

这两首诗，虽为题画诗，但内容丰富，蕴含着多样的人生内蕴，由此可以体会孔璐华不凡的见识与高尚的情操。《题石室藏书图》写诗人展开图轴，看到"先姑"，即已过世的婆母的遗像，为未能侍奉婆母而遗憾，也对婆母为养育丈夫阮元所做的努力表达敬意。诗歌还描写阮元对母亲的孝顺与敬仰。《题养蚕图》写浙江与苏南百姓善养蚕，但苏北民众则没有养蚕的习惯。孔璐华特地从浙江引进蚕种到苏北，在苏北民间推广养蚕："江北蚕独少，求茧尚艰难。我取越蚕子，育之楼榭间。"诗歌还描写江浙民间养蚕细节与养蚕的辛苦，表达她对普通老百姓艰困生活的同情。

她的山水诗也大多写得景物灵动清丽，情致轻松愉快。如《甲午二月同净因黄夫人（张因）泛舟过半山看花》：

> 皋亭山下碧溪中，十里桃花万树红。
> 更有李花共春色，千枝新柳向东风。
> 暖翠浮岚山不断，到此方知春烂漫。
> 驾得兰舟花里游，无数黄花夹两岸。
> 清川几曲树几重，茂林修竹绿阴浓。
> 春水有风皆弥弥，梨花无月亦溶溶。
> 此地看花擅奇绝，江北催归漫轻别。
> 又闻流水似潮声，钱塘江外清明节。
> 轻烟薄雾隐斜阳，锦绣春光满地香。
> 更拟寻芳行泗水，枣花杏子满林塘。

又《白沙翠竹江村》：

> 柴扉迎江上，天阔眼界宽。东风来几日，花香不知寒。
> 江村好风景，一一巡檐看。

又《东溪白云亭》：

> 白云照亭前，溪水亦可怜。澹荡清且深，风吹水汶圆。

溪西更何如，夕阳霞满天。

这三首山水诗，或写春事正酣，桃花、李花、梨花、杏花竞相盛开，溪水涓涓，杨柳依依，茂林修竹，诗人与好友张因踏青赏春，"驾得兰舟花里游"，尽情欣赏春天的美好风光，也展露诗人与好友踏青赏景时的好心情；或写白沙翠竹江村"天阔眼界宽""花香不知寒"的上佳自然环境；或写东溪白云亭溪水澹荡、夕阳红霞的迷人景象。这三首诗状景写物信手拈来，美感十足，尤其是《白沙翠竹江村》与《东溪白云亭》为五言六句古诗。这样的诗体，中国古代诗人很少有人创作，这可以看作孔璐华在诗歌创作上的新尝试。

至于政务诗，孔璐华则不时将自己的日常生活与丈夫的人生经历熔为一炉，在政事的叙写中又有日常生活的油盐酱醋味，并蕴含着诗人对人生的思考，展示出诗人高人一筹的见识。如《广东节署新建学海堂》诗：

主人羊城节钺久，案牍终朝不释手。
余暇偶登越秀峰，择得一峰辟数亩。
略加修筑有堂台，海阔天空眼乍开。
夏木千章梅百树，登临遥望兴悠哉。
紫澜翠岛摇清目，雨过风生凉满竹。
四面窗纱日影微，云树相连满天绿。
非为闲游设此堂，为传学业课文章。
从今佳士多新作，万卷收来翰墨香。
主人素爱研经史，欲美民风莫如此。
更助香膏催读书，岭南他日留遗址。
吾家尼山虽最高，无此海天好山水。

嘉庆二十二年（1817），阮元担任两广总督。嘉庆二十五年（1820）阮元在广州创办"学海堂"，提升并厚植广东教育与科举事业。孔璐华随侍在侧，故写此诗。这首诗首先对丈夫阮元力行惠政、泽被一方的行

第五章 荟萃江、浙的女子诗社

政举措表示敬意与赞赏:"主人羊城节钺久,案牍终朝不释手。余暇偶登越秀峰,择得一峰辟数亩。略加修筑有堂台,海阔天空眼乍开。"不仅如此,诗歌还描绘"学海堂"宏敞而优美的自然环境:"夏木千章梅百树,登临遥望兴悠哉。紫澜翠岛摇清目,雨过风生凉满竹。四面窗纱日影微,云树相连满天绿。"诗歌也对阮元创办"学海堂"的政治与文化意义进行解读,认为此举有利于岭南的教育与科举事业,有利于岭南民风民俗的化育:"从今佳士多新作,万卷收来翰墨香。主人素爱研经史,欲美民风莫如此。"总之,诗歌在赞美丈夫力行惠政的同时,也展现了诗人自己的人生胸襟与立场。

孔璐华《唐宋旧经楼诗稿》不仅内容丰富多样,而且在写作笔法与风格上也有自己的特质。《唐宋旧经楼诗稿》诗歌语言不深拗、暗晦,有一种清浅、直白、流动之美。诗人常能用普通、常见的语词,连缀出和谐、清婉、温润的语句,状难写之景如在目前,抒深幽之情直击人心,具有隽永的艺术感染力与文学美感。如《北窗》:"绿窗人静月团圆,竹影重重玉碧寒。草木生香风乍起,纳凉时候倚回栏。"又《田家》:"塘上开柴门,四野颇清肃。西见甘泉山,清光绕林木。交交黄鸟鸣,声如弄机轴。登楼望平畴,良苗已满目。田家好风景,不陋亦不俗。一片白鹭飞,点破溪边绿。农妇更何如?葛衣倚修竹。牧童卧牛背,清歌自成曲。老农种桑榆,闲来坐茅屋。仕宦如转舍,南北殊碌碌。"

孔璐华《唐宋旧经楼诗稿》写得最多的是五七言古诗与五七言律诗,其中又以五七言古诗最见功力。孔璐华的五七言古诗不仅在语言、意境、情感上饱满且富于美感,而且在艺术表现形式上也有自己的特质。中国古代五七言古诗一般篇幅较长,大多在八句以上。孔璐华却一反常态,用较多的笔墨写作简短的五言六句古诗,如上文所引《白沙翠竹江村》与《东溪白云亭》。她的长篇五七言古诗则语言清浅而又不失古雅,画面感强,叙事细致周详,情感温雅而平和。如上文所引的《题养蚕图》《甲午二月同净因黄夫人泛舟过半山看花》《广东节署新建学海堂》等。

概而论之,孔璐华《唐宋旧经楼诗稿》抑郁之作甚少,其大部分诗歌温雅、清澄、开朗，具有自己的特定风格与美感。此处所说的"温雅"，是指孔璐华的诗歌在情感上大多温婉、平和，而在艺术风韵上却又典正高雅，具有浓郁的文化底蕴。此处所说的"清澄"，是指孔璐华的诗歌在意境设置上不浓腻，有着清澈、明晰的风致。此处所说的"开朗"，是指孔璐华的诗歌在情感表达上大多比较豁达、温厚、真挚，不纤弱，也不绮靡。固然，孔璐华《唐宋旧经楼诗稿》有着自己棱角分明的艺术风韵，无论在内容还是形式上均有隽永而魅力十足的品质。

孔璐华《唐宋旧经楼诗稿》也有少量诗歌具有天下情怀，展现出她的政治见识或对现实民生的关切。如《读长恨歌》：

尽可宫中宠太真，但须将相用贤臣。
君王误在渔阳事，空把倾城咎妇人。

又《久雨初晴》：

夜雨闻雷声，阿香推车走。晓起梅花残，绿意破新柳。
雪飞几日寒，却如二三九。晚来云更晴，出视见北斗。
阳回万物生，殷勤是农叟。遥想春田家，朝朝锄在手。
但愿得丰年，黎民糊其口。

张因，字净因，清扬州府甘泉县（今属扬州市区）人，贡生黄文旸室，清中叶乾嘉时期扬州地区著名女诗人，兼工绘事，与孔璐华交情深厚，积极参加盛清扬州曲江亭女子诗社社事活动，著有《绿秋书屋遗稿》《双桐馆诗钞》。其夫黄文旸为清代中期著名学者、文学家，一生著述丰硕，著有《扫垢山房诗钞》《丙官集》《淑华集》《曲海》《曲海总目》《正统通志》《通史发凡》等。

王琼《名媛诗话》记载张因事迹说：

夫人（即张因）精天文之学，兼工绘事，与秋平（黄文旸）迭相唱和，人比之沈方舟、朱柔则，晚年孔经楼夫人迎住西湖节

第五章　荟萃江、浙的女子诗社

署，与刘文如、谢月庄、唐古霞为吟侣。及归扬，夫人暨予辈诗筒往还，尝过曲江亭上。其《绿秋书屋集》，孔夫人刻之。①

法式善《梧门诗话》也对张因生平与诗歌创作有简要记载：

张净因，甘泉黄秋平明经文旸室，著《绿秋轩集》。工画花鸟，精天文之学。《湖上》云："蝶随芳草集，柳近画楼多。"《和秋平》云："岁歉藏无酒，厨丰供有藜。"《四十初度和秋平》："每笑敲诗成劲敌，有时并坐似枯僧。"语意真率，想见贤媛风范。②

《晚晴簃诗汇》卷一八五描述张因生平说：

净因幼读书，兼工绘事，夜观恒星皆能指而名之。年二十五归于黄，事舅姑以孝闻。舅姑没，写偕隐图以寄意。吴梅村祭酒之孙，贫饿于竹西路，黄割宅居之。其子女失母，净因抚之至成立。长官有慕净因名求见其诗者，闭门谢曰：本不识字也。③

张因流传下来的诗歌有《绿秋书屋遗稿》一卷，又有一些诗歌散见于一些清代诗歌总集、选本与诗话中。细读张因诗歌，可以发现，其诗歌创作无论在内容还是艺术形式上均有自己棱角鲜明的个性，也有真切而生动的社会历史内容。例如，她的《送秋平赴试》与《题河鲤登龙门图》即为两首有关科举考试的诗。这两首诗生动描写了其夫黄文旸科举蹭蹬的人生现实，也表达了诗人自己的复杂心态，真实地展示了清代寒门文士在科举体制下苦苦挣扎的人生以及他们希望凌云直上、光耀门楣的心态。

---

① （清）阮亨：《淮海英灵续集·辛集》卷2，上海古籍出版社2002年"续修四库全书"影印本，第447页。
② （清）法式善：《梧门诗话》卷16，凤凰出版社2005年版，第460页。
③ 徐世昌：《晚晴簃诗汇》卷185，北京出版社1996年影印本，第3064页。

《送秋平赴试》曰：

落叶满阶砌，西风鸣纸窗。晓起促行色，相对两茫茫。
虽无久离别，中心自感伤。何如百里妇，炭廖炊高粱。
朝餐浑未备，枵腹赴征航。细雨湿行袂，凉飙吹短装。
饥鸿唳天表，寒鹜下林塘。行李太单薄，何以御严霜。
执手斯须立，有泪已盈眶。丈夫富经术，忱患天所偿。
行矣勿复顾，努力事明扬。秃笔吐异彩，古墨发新香。
不挟兔园册，惟凭胸所藏。幸逢冰作鉴，慎忽轻文章。①

《题河鲤登龙门图》曰：

懵腾斗室摇长风，壁间锦鳞思成龙。
扬波鼓鬣河当中，头角未俱鳞甲雄。
龙门万仞摩苍穹，纵生八翼层云封。
欲跳不跳喧丰隆，我见为之心忡忡。
鳞兮鳞兮开鸿蒙，超然一跃如飞虹。
雷火烧尾五云从，万里青霄路忽通。

张因丈夫黄文旸字时若，号秋平。黄文旸精研史学、诗歌与曲词，学富五车，是清代乾嘉时期扬州地区著名诗人与学者，但科举不顺，多次参加科举考试均名落孙山，以贡生终老。《送秋平赴试》诗描写科举考试在即，丈夫即将笔战考场，但家中一贫如洗，连做早餐的米都没有，黄文旸只好空腹离家，奔赴考场："何如百里妇，炭廖炊高粱。朝餐浑未备，枵腹赴征航。"这让张因颇为难过、伤心："执手斯须立，有泪已盈眶。"诗人知道丈夫有才学，只是缺少一点运气："丈夫富经

---

① 以下所引张因、刘文如、唐庆云三人诗均选自《国朝闺阁诗钞》《晚晴簃诗汇》等诗歌文献，谢雪诗则选自其诗集《咏絮亭诗草》，谢氏诗集见上海古籍出版社2010年"清代诗文集汇编"影印本，在此不一一注出。

第五章 荟萃江、浙的女子诗社

术,忧患天所偿。"她鼓励丈夫不要气馁,要相信勤能补拙,总有一天定会拨云见日,实现自己的科举抱负:"行矣勿复顾,努力事明扬。秃笔吐异彩,古墨发新香。"这首诗虽然感情比较压抑,但写得情真意切,具体而形象地展示了科举独木桥下寒门士子的困顿生活以及他们的压抑心态。《题河鲤登龙门图》则是借题发挥,诗人借"河鲤登龙门"这幅画来表达自己的心愿,也借此来勉励丈夫。她希望丈夫像图中的河鲤一样,不畏艰难,奋发图强,通过奋力一跃,实现自己的科举心愿,完成自己的人生蜕变:"鳞兮鳞兮开鸿蒙,超然一跃如飞虹。雷火烧尾五云从,万里青宵路忽通。"

张因还有部分诗歌写得颇有美感,展示出她不凡的诗学素养与艺术情韵。如《湖上》:

> 湖上春光丽,风曛日正和。蝶随芳草集,柳近画楼多。
> 莺啭疑丝竹,花香散绮罗。谁能搦彩笔,写出好烟波?

又《夏夜》:

> 凉风送远钟,露湿桐阴薄。斜月影沉西,卧见榆花落。

第一首《湖上》诗为一首五言律诗,第二首《夏夜》诗则为一首五言绝句。两首诗均为写景。《湖上》写杭州西湖的美丽风光,其用韵为中国古代十三诗韵中的"鹅"字韵,用到此韵部的"和""多""罗""波"四字。《夏夜》写夏天夜晚诗人对周边景物的感受,其用韵与《湖上》同韵部,用到此韵部的"薄""落"二字。作为五律,《湖上》领联与颈联对仗比较工稳,而《夏夜》则在绝句最看重的诗歌表达的启、承、转、合上也做到衔接流畅、自然到位。这两首诗说身边事,写眼前景,如"蝶随芳草集,柳近画楼多","斜月影沉西,卧见榆花落",看似平淡无奇,照实写来,却构建出一幅动静相宜的画面,在平实之中飘逸出或明丽或恬静的美感。

三 刘文如、谢雪、唐庆云

刘文如，字书之，号静春居士，阮元侧室，工诗，兼工绘事，为扬州阮氏家族闺阁作者之一，曾参与扬州曲江亭女子诗歌唱和，著有《四史疑年》等著作。法式善《梧门诗话》载其事迹云：

> 刘书之文如，阮云台侍郎副室，与经楼夫人（孔璐华）唱和如良友。予于张净因夫人（张因）《绿秋书屋集》中读其《闺中杂咏》数十首，句如《春树》云"接叶巢莺香更妙，分枝系马影初斜"、《春晴》云"游丝无力依芳树，飞絮多情托绿波"等句，皆工稳可诵。至《浇花》云："要借西湖泉水润，莫将北苑晚花残。"《秋阴》云："秋阴未必知春重，也履江城十万家。"《熨衣》云："帘前一桁安排好，却念贫家织未成。"具次胸次，安得以巾帼中人语目之。①

《晚晴簃诗汇》简介刘文如生平与诗歌事迹说：

> 阮文达（阮元）集中，屡有示书之诗。其藏书有静春居士、阮刘书之二印，书之与经楼（孔璐华）、月庄（唐庆云）、古霞（谢雪）夏日联句有云：暮庭不碍梧桐影。体会入微，兼工绘事，不多作。②

刘文如未见有诗集传世，只有少量诗歌散见于一些清代诗歌总集、选本与诗话中。从其留下来的诗歌来看，其长篇五言与七言古风写得比较成功，如《题石室藏书图》：

> 开匣拜遗容，凄然心暗伤。未及见慈亲，惟见图卷长。

---

① （清）法式善：《梧门诗话》卷16，凤凰出版社2005年版，第465页。
② 徐世昌：《晚晴簃诗汇》卷186，北京出版社1996年影印本，第3099页。

第五章 荟萃江、浙的女子诗社

夫子秉遗教，显亲早名扬。当年课夜读，教以古文章。
治家似钟郝，半典嫁时裳。聚得千卷书，训以石室藏。
夫子成德器，终天忆北堂。四祭陈五鼎，举爵每傍徨。
哀哉寸草心，难报春晖光。于今选楼上，即是古墨庄。
圣恩酬母德，更图一品妆。

又如《题养蚕图》：

昔年蚕事传余杭，以纸裹种来维扬。
一冬霜雪不堪冷，几番任向书楼藏。
时光又到二三月，焚香试拜马头娘。
蜷蜷细种活如蚁，手持鹅扇亲分将。
此时食叶需细叶，买叶却向城北乡。
一蓝嫩绿不沾雨，青青颜色含轻香。
头眠刚到声寂寂，无风无雨调温凉。
越中仆妇最谙此，命伊率事居西堂。
二眠二起渐多食，分箔满室还满床。
夜来添叶直到晓，声如笔落纸奔忙。
三眠已老不食叶，腹中嫩丝含清光。
素丝吐尽结成茧，可怜自裹如人囊。
草山簇簇摘不尽，珠丸玉果盈倾筐。
缲车向风取凉意，轻轻抽得冰丝长。
从此织成罗与绮，从此染成元与黄。
传与江城田舍妇，曷不努力事蚕桑？

阮元正室孔璐华曾作有《题石室藏书图》与《题养蚕图》二首五言古体诗，在她的带领下，阮元侧室刘文如、谢雪、唐庆云也均作有同题五言或七言古体诗。孔璐华的两首诗，一首主要表达她对已逝婆母的敬重，因自己不能亲自侍奉婆母而深感遗憾。另一首则主要描写江浙蚕妇养蚕的艰辛，且对江浙蚕妇表达敬意。刘文如这两首诗与孔氏诗比照，描写与抒情重点则有所不同。刘文如《题石室藏书图》主要描写阮元母亲如孟母般严以课子，最终令阮元受益，逐渐成为一个对社会与国家有用的人："聚得千卷书，训以石室藏。夫子成德器，终天忆北堂。"显然，此诗虽然有追思阮元母亲的成分，但其描写与抒情的重点则为歌颂阮元母亲母爱的无私与伟大。她的《题养蚕图》虽然有怜悯蚕妇的情感，但其叙写的重点是养蚕的程序与经过，用相当细致的笔墨叙写蚕妇怎样养蚕而蚕又是如何成长，蚕丝又是如何生成。刘文如的《题养蚕图》虽然是题画诗，但此诗不仅描写他人的养蚕经过，也羼入诗人自己丰富的养蚕经验。

刘文如这两首古体诗的基本写作笔法也有自己的亮点。这两首古体长诗夹叙夹议，其叙事明晰而细致，抒情则真切而饱满，在艺术表达上比较成熟，没有大缺陷。

谢雪，字月庄，清中期苏州府吴县（今属苏州市区）人，阮元侧室，工诗善画，曾参与曲江亭诗歌唱和活动，著有《咏絮亭诗草》。

孔璐华《咏絮亭诗草序》曾提及谢雪的生平与诗歌创作事迹：

> 咏絮亭谢氏月庄，本无锡人，迁于吴县，随余廿余年矣。性情幽静，从黄净因夫人学诗，画折枝小幅，颇得恽家风格，闺中唱和之作，宦迹游览之篇，得数百首。又以闲余课子福之书。福以上年冬取室于吴兴许氏。回忆月庄于嘉庆二年来侍夫子，六年冬生子福。生之日，夫子蒙硃谕亲书赐福字到杭，故名之曰"福"。福儿今已长成授室，佳儿佳妇，吾与月庄共深乐之。①

《晚晴簃诗汇》也简评谢雪的诗歌创作：

> 其题图诗七古有云："始知蚕事最堪怜，蚕妇惺惺四月天。纵使半丝还半缕，也须三起又三眠。夜来惟恐青桑少，负笼持钩趁清

---

① （清）谢雪：《咏絮亭诗草》卷首，上海古籍出版社 2010 年"清代诗文集汇编"影印本，第 129 页。

第五章 荟萃江、浙的女子诗社

晓。频添嫩叶绕幽房,轻洒筐中将欲老。"又云:"缫丝轧轧鸣机轴,剥茧飞蛾破圆玉。为留佳种筐中藏,好待来年更成簇。"皆有风致。①

谢雪《咏絮亭诗草》共四卷,有诗 300 多首,内容主要有写景、咏物、唱酬、游历、抒怀等。其写景诗大多状景真切,情感或开朗,或淡荡,抑或平和,如《春晓雨晴》:"五夜寒帘月色微,昨宵细雨湿芳菲。天明便向园中去,清气浮花香染衣。"其唱酬诗大多情真意切,能展现她的心性与情怀,如《答古霞妹》:"忆君愁思上眉山,愁去愁来共往还。忽接诗笺愁顿减,却如相对见眉弯。"其游历诗能真实描写自己的所见所闻,既有文学的美感,又有地理与社会认识价值,如《过泰山》:"修途风景殊,春暮过东鲁。极目岱岳尊,名山天下古。岩岩气象高,量之亦无数。昔年山岳行,昏夜不知处。此行春昼中,遥见层云吐。指点三峰间,松柏苍烟聚。百代帝王封,千载神仙府。今夜宿岳西,碧霞梦中睹。"

然而,她写得既多又好的诗还是咏物与抒怀诗。

谢雪的咏物诗从体裁上来说,多为五七言绝句与律诗,篇幅简短。如《海棠》:

> 春雨初飞二月时,洒成万点好燕脂。
> 偶然落尔生花笔,写出垂丝棠一枝。

又《绿树》:

> 绿树幽闲对草堂,午风过处有微香。
> 低遮夏日莲花净,暗伴秋声蕉叶长。
> 翠影扑帘摇卷轴,浓阴落水动池塘。
> 今朝又洗帘纤雨,受祜西堂坐晚凉。

---

① 徐世昌:《晚晴簃诗汇》卷 186,北京出版社 1996 年影印本,第 3099 页。

又《春草》：

才看草色入帘栊，又踏芳痕过碧丛。
南浦萋萋春水外，西堂冉冉夕阳中。
和烟和雨生新绿，轻暖轻寒衬落红。
诗思已随清梦醒，池塘何处不东风。

谢雪的《海棠》诗，主要描写春雨飘飞，润育出美丽的海棠花。整首诗情感开朗、温润，意境清丽，而"偶然落尔生花笔，写出垂丝棠一枝"一句，则用拟人化的手法将春雨人格化，比拟新奇巧妙，不仅让诗歌的语言活泼生动，也让整首诗显得灵动、飘逸。其《绿树》与《春草》二诗也是如此。这两首诗情感温雅平和，意境清美中又飘荡着几分朦胧，作为七言律诗，平仄与对仗均中规中矩，而"翠影扑帘摇卷轴，浓阴落水动池塘""诗思已随清梦醒，池塘何处不东风"等句则构思新奇，想象别致，这些诗句无疑让《绿树》与《春草》二诗的诗歌品质得到有力的提升。总之，谢雪的咏物诗大多能抓住歌咏客体的主要特质来展开描写，而又情感温雅，意境清美，构思巧妙，且不时出现让整首诗一亮的神来之笔。

谢雪的抒怀诗也大多是一些五七言小诗。她的抒怀诗很少写幽怨语，伤感情，其抒怀诗的主体情感恬淡、平和，在情感表达上没有大波澜。其《惜春》诗云：

晓起书窗坐，枝头见绿阴。云光当户暗，草色入帘深。
落絮浮端砚，飞花拂素琴。眼看春又去，空有惜芳心。

其《喜雨》云：

坐觉生凉意，芭蕉滴碎声。开窗怜树绿，倚槛受风清。
楼角浮云暗，池中碧水盈。共言农事好，端可庆西成。

第五章　荟萃江、浙的女子诗社

这两首诗，一抒"惜春"之情，一写"喜雨"之感。"惜春"与"喜雨"均为中国古代诗歌常见的写作题材，所不同的是，谢雪的这两首诗没有中国古代诗人写这两类题材时所常常表现出来的伤感与忧患情绪，而是写得心态平和、温婉，没有大喜，也没有大悲。从艺术表达效果来看，谢雪的抒怀诗大多语言晓畅清美，善于通过不同意象的连缀与融合，晕染成生动鲜明的艺术画面，其中又渗入诗人对生活与大自然的独特体悟，具有高品位的诗歌品质与醇厚的艺术感染力。

谢雪《咏絮亭诗草》还有一首《寄答曲江亭耆香器之爱兰夫人暨竹净浣桐女史即和韵》诗，此诗可以见证她与曲江亭女子诗社的亲密关系，其诗云：

> 春色满江亭，峭帆时出没。新诗随风来，一一有秀骨。
> 久思诗中人，清梦亦未歇。遥遥江淮间，远情付明月。

唐庆云，字古霞，吴县（今属苏州市区）人，阮元侧室，工诗善画，著有《女萝亭诗稿》。《晚晴簃诗汇》简述唐庆云诗歌创作说：

> 古霞诗如《初夏夜》云："风从嫩竹梢头软，月向新桐叶底圆。"《和孔夫子除夕韵》云："柏子烟消衫袖底，梅花香到鬓丝边。"《元夜》云："红摇艳烛浮云髻，月引游人上绮楼。"《送孔夫人归宁曲阜》云："星含别意将离月，风带春愁欲送云。"皆清隽可诵，惜通体未称。有题养蚕图绝句十二首，语虽浅近，写蚕事勤苦，历历如绘。①

唐庆云以"女萝"作为自己的诗集名隐含着她独有的情思。"女萝"，又称"松萝"，植物名，多附生在松树上，成丝状下垂。南朝民歌唱道："女萝自微薄，寄托长松表。何惜负霜死，贵得相缠绕。"② 在

---

① 徐世昌：《晚晴簃诗汇》卷186，北京出版社1996年影印本，第3100页。
② （北宋）郭茂倩：《乐府诗集》卷48，中华书局1979年版，第703页。

阮元妻妾中，唐庆云长期跟随丈夫宦游，照顾丈夫的生活，从《女萝亭诗稿》书名来看，她对阮元有着深厚的感情。

在唐庆云的诗歌创作中，其咏物诗最见功力，能代表她的诗歌创作水平。如《真子飞霜镜歌》：

> 我家金石罗文房，案头拂拭开缃囊。
> 晓来启匣见古镜，青铜一片铭飞霜。
> 略似菱花分八角，千年不蚀凝清光。
> 背有古画老桐树，双枝并立栖凤凰。
> 莲花绰约出小沼，神龟游上莲叶香。
> 新笋破泥欲解箨，参差四面皆筼筜。
> 山云轻聚衔半月，下有小几横干将。
> 真子何人在竹下，膝前更见清琴张。
> 仰观星月共皎洁，七弦乍弄神洋洋。
> 仙人春夏坐晴暖，忽将雅操翻清商。
> 一弹闲院有寒气，再弹更觉天苍凉。
> 五更碧瓦一痕破，惊起青女窥鸳鸯。
> 此时凉气满庭树，拂叶惨淡将成黄。
> 阶前明月冷如水，霏霏玉屑沾衣裳。
> 霜华拂拂看不定，冰蚕丝紧鸣指旁。
> 我揽古鉴照双鬓，神清意静吟且长。
> 云净遥天变春夏，每见夜色寒苍茫。
> 真仙千载不知老，我且磨镜同诗藏。

又《咏汉金釭》：

> 玩此黄金釭，我怀感古昔。飞燕来赵家，姊妹并殊色。
> 联翩入昭阳，同侍君王侧。昭仪宠更深，宫舍竞华饰。
> 铜沓白玉阶，翠羽绿熊席。壁带为列钱，二等圜一尺。
> 团囵似月明，中嵌蓝田璧。汉宫既为烬，耕夫破荆棘。

得此一规铜，尚是西京迹。莫问仓琅门，春燕不相识。

这两首诗均为长篇古体诗。《真子飞霜镜歌》为七言歌行体，《咏汉金釭》则为五言古风，它们的写作聚焦点则均为咏物。"真子飞霜镜"是唐代的一款铜镜。《真子飞霜镜歌》不仅描绘此古镜的形状与光泽，而且状写此古镜上的花纹与图案，字里行间透露出诗人对它的喜爱。《咏汉金釭》诗中的"金釭"有两义，一为古代宫殿墙壁间横木上的饰物，二为金质烛台或灯盏，此处为第一义。诗人在诗中用了西汉后期汉成帝时赵飞燕、赵合德二姊妹深荷帝宠的典故，认为这个古旧金釭高悬于汉宫之中，也许曾经见证过他们的恩爱，或者曾经见证过赵氏姊妹的人生悲剧与大汉的兴亡。显然，《咏汉金釭》不仅有美刺之意，还有历史兴亡之感。

大体而言，唐庆云的咏物诗大多语言生动，描写细致曲折，抒情委婉而又不乏力度，且在不经意间，展现诗人的胸襟与见识，具有深厚的艺术功力与情感内蕴。

四　王燕生、王琼、王乃德、王乃容

王燕生，字凝香，清松江府华亭县（今属上海市区）人，阮元从弟阮亨妻，工诗。王燕生对曲江亭女子诗社的最大贡献是编辑《曲江亭唱和集》，将曲江亭女子诗社女诗人的唱和之作收录成集。

王燕生诗歌流传甚少。今人杜珣编《闺海吟》收录其《秋闺》诗一首，其诗云：

西风豪素托深心，闲煞空阶捣月砧。
墙外桐阴窗外竹，一齐和雨助秋吟。①

---

① 本小节所引王燕生、王琼、王乃德、王乃容、张因、孔璐华诗或出自她们所著诗集，或选自《国朝闺秀正始集》《淮海英灵续集》《梧门诗话》《闺海吟》等诗歌文献，在此不一一注出。

这是一首七言绝句，描写秋风劲吹，诗人的心绪颇为怅惘，而让诗人特别失落的是，原本颇有生机的"墙外桐阴"与"窗外竹"，在秋风秋雨的吹打下也显得萧瑟冷落，没有了往日的风采。这首诗主要抒写诗人的"悲秋"情结，这是中国古代诗歌常见的写作内容，但"墙外桐阴窗外竹，一齐和雨助秋吟"一句则构思新巧，让这首诗多了几分美感。

王燕生与曲江亭女子诗社女诗人也不时有诗歌赠酬或唱和，张因《重阳寄松江王凝香燕生夫人》云：

老至逢时惜景光，漫将愁绪扰诗肠。
高情空羡陶彭泽，避寝宜从费长房。
指顾池塘怜柳碧，徘徊篱落爱花黄。
登楼作序非吾事，闲望遥天数雁行。

张因还有一首《题阮梅叔曲江亭联吟图兼柬王凝香夫人》：

坐雨空江上，茅亭傍水隈。芦花风十里，吹雪打船来。
梁孟诗同咏，郊祁学其推。唱酬堪永日，吟兴夕阳催。

这两首诗，一方面描写张因与王燕生的深厚友情，另一方面也展示她们之间互有诗歌来往的事实。

孔璐华《怀王凝香二妹》诗也描述了她们的深情厚谊与诗歌来往：

堂前妯娌两心投，因荐蘋蘩君独留。
数载倚窗同觅句，一朝分袂此登楼。
停云江水遥相忆，暮树吴山更觉愁。
却为怀君特拈韵，小年夏日似三秋。

王琼，字碧云，晚号爱兰老人，清中叶扬州府丹徒县（今属扬州市区）人，著名学者、诗人王豫妹，著有《爱兰诗钞》《名媛诗话》等。

第五章 荟萃江、浙的女子诗社

王琼曾积极参与以张滋兰为领军人物的"吴中十子"结社活动,可视为"清溪吟社"女诗人之一,她又积极参加曲江亭女子诗社的社事活动,成为该诗社的主要成员。

《国朝闺秀正始集》记载王琼生平与诗歌创作说:

> 王琼,字碧云,江苏丹徒人,诸生柳村(王豫)女弟,著有《爱兰轩集》及诗话八卷。爱兰年未笄即能诗,五言如"鸟语乱残梦,鸡声送晓风。夕阳不在山,春烟生木末"皆极隽逸。兄女乃德,字子一,乃容,字子庄,表侄女季芳,字如兰,俱工诗,合刻《种竹斋闺秀联珠集》。①

《梧门诗话》则对王琼的诗学批评评价颇高:

> 王碧云著《名媛诗话》,持论严峻,有功诗学。其兄柳村尝录一帙见寄,中有一则云:"士君子每每癖佛,而闺人尤易乃。张太恭人《示儿雯》云:'老人自觉修斋好,不为儿曹讲佛经。'如此正论,出之巾帼,千古罕有。"恭人,田侍郎雯母,著《茹荼集》。又云:"凡诗文立言,宜持正教,不宜崇尚虚无。"②

考察王琼的诗歌创作,唱和与赠酬是其写得最多的内容之一,且常常写得情真意切,投入了诗人较多的情感与艺术构思心力。其《怀清溪张夫人并呈林屋林榭诸女史》诗云:

> 吴门山水佳,中有群仙住。有时摘琼英,空天飞绛露。
> 因知林下情,独领琴中趣。相忆隔江天,云暗清溪树。

这首诗一面赞美"清溪吟社"众女史的突出诗歌才华,另一面又

---

① (清)恽珠:《国朝闺秀正始集》卷16,道光十一年(1831)红香馆刻本,第9b页。
② (清)法式善:《梧门诗话》卷15,凤凰出版社2005年版,第433页。

表达自己对她们的仰慕之情，诗歌感情在含蓄中蕴含着真诚。

又《春日闲居和张夫人韵》：

> 江村春欲尽，晴翠入窗虚。扫石邀兄弈，临池课婢书。
> 雨浮芳草外，风过落花余。忽念同心友，相思叹索居。

这首诗虽然是一首和韵诗，但它有多重认识价值。一是生活上的认识价值。诗歌从不同视域描写诗人闲适而充实的闺阁生活。"扫石邀兄弈，临池课婢书"，这样的闺阁生活既有高雅的文化品位，又有浓浓的人情味。二是文学上的认识价值。这是一首五言律诗。此诗既用韵贴切、灵活，对仗工整，又有富于生活气息的场景描写，还有源于大自然真实生态的景物展示，由此展现诗人成熟的诗歌写作笔力与精深的诗歌艺术素养。

写景也是王琼诗歌中写得既多又好的类型。《春日》云：

> 启户惊春至，新晴散杳冥。水光千涧绿，晓色万峰青。
> 旭日消残雪，和风到小亭。久知花气动，兰芷发芳馨。

又《春日喜晴》：

> 晓雨声初歇，催晴小鸟喧。百娇雷过处，新笋迸苔痕。

这两首诗均以诗人独特的观察与感受描写春天的景色与物象。一写春天来临，诗人打开窗户，看到"水光千涧绿，晓色万峰青"的美丽景致，而残雪消融、和风吹拂、花香扑鼻的情景又让诗人领略到春天的盎然生机。一写晓雨过后，天气放晴，此时小鸟喧闹，群花吐蕊，新笋也迫不及待地从苔藓上破土而出。两首诗均以生动而真切的笔致写出春天的美丽与生机，体现出诗人细致的观察能力与灵敏的心理感知才能。诗歌还有几处画龙点睛之笔，如"旭日消残雪，和风到小亭""晓雨声初歇，催晴小鸟喧"等句，均动静相宜，生意盎然，这些诗

第五章　荟萃江、浙的女子诗社

句写景状物来源于大自然而又高于大自然，为诗歌的意境设置增添了几多光彩。

总而言之，王琼的诗歌创作不作香艳之词，也不写悲苦之音，其诗歌主体风格清雅、灵动、温润，且又风骨正醇，同代女诗人马素贞在《爱兰诗钞序》中论王氏诗歌创作风格说：

> 今春复得碧云王姊爱兰续稿一帙，披览之下，知其风骨浑厚，格局醇正，绝异脂粉香奁之体，与余心有深契焉。帙中佳句颇多，不可枚举，以之镂板行世，当亦足以信今而传后也。①

《梧门诗话》也称王琼的诗歌"清超绝俗"：

> 王碧云诗，清超绝俗，西沚宗伯（王鸣盛）拟以兰质蕙心，纸上有香气。述庵司寇（王昶）有"秋水芙蓉之誉"。②

王琼也写有少量诗风雄骏的诗歌，《梧门诗话》曾标举其《秦良玉》诗：

> 指挥石柱阵云横，环佩能传大将名。
> 未必丈夫皆报国，最难女子善谈兵。
> 帐中舞剑龙蛇走，天下如君盗贼平。
> 愧杀当年诸大帅，妒功二字误苍生。

王乃德与王乃容是王豫的两个女儿。王乃德，字子一，著有《竹净轩稿》；王乃容，字子庄，著有《浣桐阁稿》，她们二人也是曲江亭女子诗社重要女诗人。《国朝闺秀正始集》简介王乃德生平说：

---

① （清）马素贞：《爱兰诗钞序》，王琼：《爱兰诗钞》，乾隆五十四年（1789）"吴中女士诗钞"刻本，第6a—6b页。
② （清）法式善：《梧门诗话》卷16，凤凰出版社2005年版，第459页。

王乃德，字子一，江苏丹徒人，诸生豫女，著有《竹净轩稿》。按，豫字柳村，以诗名，子一姊妹亲承庭训，又得姑母爱兰指授，故均以早年能诗誉闺阃。①

又说王乃容：

王乃容，字子庄，乃德妹。著有《浣桐阁稿》。②

《梧门诗话》则说：

丹徒王爱兰女史，柳村之妹。著《爱兰集》、《名媛诗话》。柳村长女乃德，字子一，著《竹净轩集》。次女乃蓉，字子庄，著《浣桐阁集》。

又说：

阮云台中丞（阮元）称三女史所作诗得斜川、辋川之遗意。诗人天趣，亦因所居而得其妙耳。③

王乃德与王乃容虽有诗集，但清代女子诗歌选本不太选录她们的诗歌。恽珠《国朝闺秀正始集》仅分别收录王乃德与王乃容所作诗歌各两首。《国朝闺秀正始集》收王乃德《怀孔经楼夫人并呈刘书之宜人》诗云：

秋水何盈盈，秋风何袅袅。秋花何娟娟，秋月何皎皎。
对景怀伊人，高亭俯林表。玉山有嘉禾，珠树有翠鸟。

---

① （清）恽珠：《国朝闺秀正始集》卷16，道光十一年（1831）红香馆刻本，第23a页。
② （清）恽珠：《国朝闺秀正始集》卷16，道光十一年（1831）红香馆刻本，第23b页。
③ （清）法式善：《梧门诗话》卷16，凤凰出版社2005年版，第451—452页。

第五章　荟萃江、浙的女子诗社

言念及鹡鸰，此谊世所少。相约桃花开，船来春树杪。
知否此时情，炊烟起寒篆。

又收《再寄侯香叶夫人》诗：

野水碧侵郭，遥山青在楼。怀人帘自卷，高咏韵谁酬？
树密忽成雨，江深易入秋。凤台芳草遍，千载谪仙愁。

第一首《怀孔经楼夫人并呈刘书之宜人》为一首五言古体诗。"孔经楼夫人"即阮元正室孔璐华，"刘书之宜人"即阮元侧室刘文如。此诗写秋季时分，诗人十分想念孔、刘二人，"对景怀伊人，高亭俯林表"。她与孔、刘二人相约，到了春季桃花盛开的时候，一定要相聚在一起，好好叙叙彼此之间的想念之情。这首诗在展现诗人与孔、刘二人深厚友情的同时，也客观反映曲江亭女子诗社女诗人之间的亲密关系。《再寄侯香叶夫人》为一首五言律诗，诗歌平仄与对仗大体符合近体律诗的写作规则，尤其是"树密忽成雨，江深易入秋"一联，对仗工稳，意境宏远而浑厚，可谓诗景与诗情俱佳的好诗句。

《国朝闺秀正始集》也收录王乃容两首诗，其一曰《题张媛贞夫人采采蘋藻图》：

我读二南诗，王化闺房始。采蘋兼采蘩，蒸尝佐君子。
偶展《蘋藻图》，敬慎无逾此。兰枻鼓和风，佩响湖云里。
采采澹忘归，流波香不已。我昨见萍花，思君鸳鸯水。

其二曰《题张净因秋水书屋诗集》：

弱龄沉啸咏，开卷发天香。好句比兰茝，其人和凤凰。
芜城还渌水，瓜渚隔斜阳。拟待桃花日，期君䅾水庄。

《题张媛贞夫人采采蘋藻图》为一首题画诗，通过图中的"采萍兼采蘩"赞美远古时代后宫女性的勤劳。她们虽然贵为国君的后妃,但也像普通农妇一样亲自到田野中劳作。诗人认为,作为女性,一定要恪守妇道,"兰枻鼓和风,佩响湖云里"。这首诗在赞美古代妇女高尚品德的同时,也抒发自己对张媛贞夫人的思念之情:"我昨见萍花,思君鸳鸯水。"《题张净因秋水书屋诗集》则对曲江亭女子诗社女诗人张因的诗歌作了高度评价。诗人认为张因在年纪很小的时候,即"弱龄"青少年的时候就沉溺于写诗,所以张氏的诗歌有着极高的美感与创作水准,"好句比兰茝,其人和凤凰"。她期待与张因能够见面,互相比竞诗歌创作:"拟待桃花日,期君辋水庄。"可以看出,王乃容的这两首诗情感温婉而不失庄重,诗风典雅中又飘逸着轻灵,也是两首有情韵与品质的好诗。

第五节 晚清常州张氏四女社

在嘉、道之际的晚清词坛,张惠言与其弟张琦首倡"意内言外""比兴寄托"的新词风,且以高质量的词创作践行他们的词学主张,从而为晚清词风的转捩与革新开辟出一条新路径。以故,张惠言被奉为晚清主流词派常州词派的开派宗主,而张琦则被视为常州词派的重要开拓者。常州张氏不仅男性工于文学创作,其门内闺阁也喜吟咏。张琦膝下的四个女儿张𬭎英、张𬘡英、张纶英、张纨英均为晚清颇有才华的杰出女诗人。近人徐珂《近词丛话》论常州地域闺秀创作之盛时说:

> 毗陵(常州)多闺秀,世家大族,彤管贻芬,若庄氏,若恽氏,若左氏,若张氏,若杨氏,固皆以工诗词著称于世者也。①

清人金武祥在为张𬘡英《纬青遗稿》作叙时对张氏四女评价颇高:

---

① 徐珂:《近词丛话》,中华书局 1986 年"词话丛编"本,第 4221 页。

第五章 荟萃江、浙的女子诗社

常州多才媛，而莫盛于张氏。盖翰风先生琦有四女：长缙英，字孟缇，有《澹菊轩集》，三纶英，字婉紃，有《绿槐书屋集》，四纨英，字若绮，有《餐枫馆集》，次为䌌英，字纬青，有《纬青遗稿》。①

追寻常州张氏四女的诗歌创作踪迹，可以发现，张缙英、张䌌英、张纶英、张纨英自幼酷爱诗词创作，结缡后又比屋而居，长期生活在一起，故四人时有诗词唱和与联吟，从而形成一个颇有凝聚力的家族女子诗社。沈善宝《名媛诗话》论常州张氏四姊妹诗词创作与唱和云：

孟缇（张缙英）姊妹四人，皆能诗词，仲纬青䌌英者早世，有《纬青诗草》，久已刊行。叔婉紃纶英，季若绮纨英，弟妇包孟仪淑娣善八分。婉紃能作擘窠大字，诗笔极苍老。姊弟同居一宅，友爱最笃。姊妹姑娣临池唱和，极天伦之乐事，绘有《比屋联吟图》。②

沈善宝还记载张氏姊妹诗词唱和的情形：

曾于孟缇（张缙英）壁上见婉紃（张纶英）、若绮（张纨英）倡和《秋柳》之《疏影》二阕。婉紃云："江南春影，剩隋堤寥落，尘梦难醒。历尽烟光，惹尽闲愁，缠绵蜜意谁省？铃幡只护闲桃李，看镜里，蛾眉瘦损。恁柔姿，不耐春华，也傍红楼香径。谁是天涯伴侣？只云园烟幕，知我凄冷。花落花开，几度销魂，都付断篷浮梗。孤怀便合依彭泽，算未失、旧时情性。只消他、碧月江天，照澈一生幽恨。"若绮和云："芳塘似镜，看额黄染，波面相映。烟笼隋堤，月满春城，娇柔合趁情性。眉痕自写遥山翠，浑未解、征尘离恨。忍禁他、雨雨风风，搅作一天愁影。容易良辰迟

---

① 胡晓明、彭国忠：《江南女性别集》三编，黄山书社2012年版，第1289页。
② （清）沈善宝：《名媛诗话》卷8，凤凰出版社2010年"清代闺秀诗话丛刊"本，第482页。

暮,夕阳浅草外,又送归艇。阅遍炎凉,散尽飞花,输与闲鸥眠醒。芙蓉耐得霜华饱,还视我、九秋妆靓。但朝来、重整云鬟,不是旧时青鬓。"①

张纶英、张纨英也有诗歌记述张氏姊妹诗歌唱和活动。张纶英《题比屋联吟图》诗云:

少日赋于归,庭闱苦相隔。中年悲风木,凄怆无所适。幸得同怀谊,相携免颠蹶。十载比屋居,歌咏乐朝夕。

又云:

我昔宁父母,驱车至陶邱。趋庭乐且耽,联袂相庚酬。高堂顾之喜,谓可忘吾忧。买宅命同居,承欢永优游。②

张纨英同样作有一首《题仲远弟比屋联吟图》诗记载她们姊妹之间诗词唱和之乐。其诗云:

远客归茅屋,幽怀托素琴。风尘偏怅别,骨肉况知音。一室欣重聚,频年费苦吟。

又云:

三五中宵月,联吟静掩关。清辉犹昔日,旧梦忆东山。安得双亲在,应开一笑颜。

---

① (清)沈善宝:《名媛诗话》卷8,凤凰出版社2010年"清代闺秀诗话丛刊"本,第485—486页。
② 本章所引常州张氏四姊妹诗均来自她们所著诗集,版本有清道光二十一年(1841)"宛邻书屋"刻本与黄山书社"江南女性别集"丛刊本,在此不一一注出。

第五章　荟萃江、浙的女子诗社

清人孙劼又有诗赞美常州张氏姊妹诗歌结社联吟活动：

十年甥馆听秦箫，联袂趋庭乐事饶。
宋氏一门俱学士，刘家三妹擅风谣。
论才邺下推吴氏，得婿江东属大乔。
此日重披玉台集，旧游回首隔云霄。①

一　张䌌英、张䌹英

张䌌英、张䌹英是晚清张氏女子诗歌四姊妹社的重要成员。

张䌌英，字孟缇，张琦长女，嫁常熟吴廷鉁。吴氏字伟卿，登道光六年（1826）进士，官至刑部员外郎。孟缇自幼就酷爱读书，擅长诗词创作。结缡后，曾长期与父母生活在一起。吴廷鉁得官后，则随夫宦居北京。著有《澹菊轩诗初稿》四卷，《澹菊轩词》一卷，又编有《国朝列女诗录》。其妹张纨英在《澹菊轩诗初稿后序》中对张䌌英的生平事迹与学诗经历有较详细的记载：

> 姊幼时，先府君恒远游，先孺人躬身自操作。姊六七岁即能分劳。年及笄，治中馈，井井有法，孺人极爱之。然苦家贫，且无暇，未能使读书也。偶授唐人诗，姊辄好之，然不能时授，乃与仲姊纬青私取唐人诗、宋人词读之。初不能辨识文字，数日则恍然如宿习，又数日则窅然通其义，于是尽读家藏书。凡汲炊，烹饪、洒扫、浣濯、针线、刀尺，皆置书其旁，且读且作。仲姊则尽治一日事，俟孺人寝，乃读书达旦，明日治如故。后姊以过劳故，多疾病，恒经月处床褥，然益伏枕读书，故镜台、妆匣、衾枕之畔，皆简册堆积，至今以为常。

---

① （清）孙劼：《澹菊轩初稿题诗》，张䌌英：《澹菊轩诗初稿》，道光二十一年（1841）"宛邻书屋"刻本，第7a页。

又说：

> 姊尝言：读书不得其解，思之竟日夜，倦极酣睡，晨起则能解，不自知其所由。尝得句以为词也，而不知于调何属，遍检旧词适合，则大喜。初学为诗，数日乃成一篇，后则一日可成数篇。①

沈善宝《名媛诗话》卷八也对张𬘡英生平与诗歌创作有简要记述：

> 阳湖张孟缇𬘡英，为翰风大令琦女，仲远大令曜孙长姊，吴伟卿员外赞室。诗笔幽峭，工于感慨，著有《澹菊轩诗词稿》。②

张𬘡英在《寄若绮妹，即寿四十初度，兼示婉𬘓妹、仲远弟》诗中也曾回忆自己早年学诗的经历：

> 我年十四好读书，一编相与时咿唔。读书常苦识字少，索解不得心烦纡。是时家贫乏衣食，穷巷萧条鲜行迹。严君挟策事壮游，慈母持门瘁心力。午炊晓汲未觉劳，得暇便欲抯柔豪。就中三妹最精锐（纬青），昼日苦短常终宵。我长频年苦多病，经月连旬废妆镜。书卷纵横列枕衾，病里沉吟觉心净。

总体来说，张𬘡英在其早年学诗经历中，虽然偶尔得到母亲的指授，但主要是自学成才。至于她的诗歌创作，也有自己的特质。在张𬘡英《澹菊轩诗初稿》中写得既好又多的题材是亲情诗，此类题材大约占据其诗集三分之二的篇幅。诗人在她的诗里回忆父母，又用诗赠酬弟妹，还用诗描写她相夫课子的生活。在她的亲情诗里，诗人将人伦亲情写得既深又细，一方面表达她的旖旎深情，另一方面又展现她的醇厚品

---

① （清）张纨英：《餐枫馆文集》卷1，胡晓明、彭国忠：《江南女性别集》三编，黄山书社2012年版，第1379页。

② （清）沈善宝：《名媛诗话》卷8，凤凰出版社2010年"清代闺秀诗话丛刊"本，第480页。

第五章 荟萃江、浙的女子诗社

性。如《和仲远弟见寄原韵》：

> 月移虚幌影重重，旅况萧条孰与同？
> 离思自萦千里外，诗情长在明月中。
> 秋高阊阖看飞隼，春暖雷霆起蛰虫。
> 暂别莫教频怅望，归鞭犹趁北来鸿。

又《夜梦还家》：

> 梦里关山近，休歌行路难。五更频涉远，千里独冲寒。
> 绕膝欣重聚，牵衣不尽欢。钟声忽惊断，欹枕泪阑干。

又《新秋柬夫子》：

> 凉风拂庭树，初月静帘帷。新绿抽书带，轻黄坼露葵。
> 康成兼课婢，德曜愧齐眉。偕隐他年愿，耕耘乐共随。

第一首《和仲远弟见寄原韵》写姊弟手足之情。仲远，即张𬘓英弟张曜孙。张曜孙字仲远，张琦幼子，道光二十三年（1843）举人，曾官武昌知县，汉阳同知。张曜孙与诸姊关系亲密，且时常诗词唱和。这首诗为张𬘓英赓和张曜孙之作。这首诗写诗人与胞弟暌隔，一个在东，一个在西，故牵挂、思念之情不禁油然而生，"离思自萦千里外，诗情长在明月中"。虽然如此，诗人还是拿出长姊的风度，劝解胞弟不要太思念亲人，身在旅途与异地，保重自己最为要紧。这首诗情感深沉而温婉，在抒发姊弟手足之情的语境下，又展示出诗人开朗的胸襟。《夜梦还家》则通过描写诗人在梦中回家的情景，抒发对父母的思念。这首诗先写诗人独处异地的寂寞："五更频涉远，千里独冲寒"，继写诗人梦中回家的场景："绕膝欣重聚，牵衣不尽欢"，最后写诗人梦中醒来，依旧身在异地，与父母暌隔，于是备感失落、伤心："钟声忽惊断，欹枕泪阑干。"此诗抒情层次分明，感情深沉且有几分感伤。《新秋柬夫子》主要表达诗人对丈夫的愧疚之情。诗人忙于读书，忙于"课婢"，似乎怠慢了丈夫。不过她劝慰丈夫，这些都是小事，重要的是，她十分关心、在乎自己的丈夫，希望与丈夫同甘共苦，"偕隐他年愿，耕耘乐共随"。这三首诗虽然抒情各有侧重，表达方式也有差异，但均有理有节，情感在深沉中又有几分温婉、敦厚。

咏物也是《澹菊轩诗初稿》中写得风情旖旎的内容。如《牡丹》：

艳质偏宜富贵姿，固应开向晚春时。
美人倾国名花老，千古清平绝妙词。

又《残梅和虚白太夫人韵》：

得傍吟坛岂偶然？残香犹幸入诗篇。
纵教春尽朱颜改，老干犹胜铁石坚。

牡丹与梅花是中国古代诗人最爱歌咏的花卉，且留下数量众多的名作，如唐代著名诗人皮日休所写的《牡丹》与宋代著名诗人林逋所写的《山园小梅》诗。张氏这两首诗在构思立意上没有什么新巧之处，语言表达也比较常规，但其《牡丹》诗能抓住牡丹开花较迟的特点，抒发自己对人生的独特感悟。诗人认为富贵固然很好，而人生晚年的富贵更弥足珍贵："艳质偏宜富贵姿，固应开向晚春时。"诗歌又化用李白用《清平调》诗赞美唐代杨妃之美的典故来比拟牡丹花的娇艳容姿。《残梅和虚白太夫人韵》则歌咏梅花"老干犹胜铁石坚"的顽强生命力与坚毅的意志。诗歌认为，梅花经常被"吟坛"赞美不是偶然的，因为它在百花凋落、"纵教春尽朱颜改"的冬季里开放，而且梅花老干常常能长出新枝，有着极强的生命能量与再生能力。这两首诗虽然歌咏对象不同，但在写作风格上颇有几分相同或相似之处：一是这两首诗均情感深沉，且均抒发诗人独特的人生感悟；二是这两首诗均情感温婉平和，但又凛凛有生气。

清人对张绾英诗歌评价颇高。沈善宝《名媛诗话》卷九论张氏诗歌

第五章 荟萃江、浙的女子诗社

创作特质时说：

> 孟缇古诗最佳，集中美者已不胜指。近有《送大儿似汉赴永宁州吏目任》之作，文与情深，似箴似训，贤慈恺悌，可与毕太夫人（毕沅母）颉颃也。①

晚清吴江文士吴汝庚也高度评价张纶英的诗歌创作：

> 夫人幼秉庭训，长习篇章，故其所作，皆冲融大雅，夷犹涣汗，上规苏（苏武）、李（李陵），下撷唐、宋②。

《晚晴簃诗汇》又引清人吴仲伦评论说：

> 吴仲伦曰："《澹菊轩》五古大有黄初（曹丕年号）之风，七古及近体诗亦不失中晚唐贤格调，求之闺阁中，诚为难得。宛邻（张琦）四女皆能诗，而孟缇工力尤至，知有得于庭授者深矣。"③

以上所论，虽有溢美之处，但大体符合张纶英诗歌创作的本真状态。张䌌英，字纬青，张琦次女。江阴诸生章政平妻，年三十而殁，诗集有《纬青遗稿》。张琦为《纬青遗稿》作序云：

> 吾第三女④䌌英字纬青，既殁之六年，其弟曜孙哀其遗稿，订其讹误，缮写成帙。余披阅再三，不知涕之何从也。䌌英年十二三即学为诗。余奔走乞食，岁恒一归，不过留数十日，儿女有问字

---

① （清）沈善宝：《名媛诗话》卷9，凤凰出版社2010年"清代闺秀诗话丛刊"本，第499页。
② （清）吴汝庚：《澹菊轩初稿题跋》，张纶英：《澹菊轩诗初稿》，道光二十一年（1841）"宛邻书屋"刻本，第6a页。
③ 徐世昌：《晚晴簃诗汇》卷187，北京出版社1996年影印本，第3138页。
④ 张琦长子张珏孙年十五而殁，张纶英为老二，张䌌英排行第三，故张琦在此称她为"第三女"。

者,心辄喜。然不得常授书,偶一讲说大义而已。

又说:

> 岁甲戌(嘉庆十九年)九月,余自豫返里。绷英年十九,出诗词请益,行间有奇气,甚异之。其年十月,余仍游豫,转至京师,凡十余年不得归。而明年绷英适江阴章政平,逾六年生子。道光癸未(道光三年),余以知县分发山东,明年甲申,眷口自南来。而绷英以其年七月病殁,年甫三十。①

沈善宝《名媛诗话》简述张绷英生平与诗歌创作说:

> 张纬青,为江阴诸生章政平室。殁年只三十。遗诗虽不多,而神似六朝。②

金武祥论张绷英创作风格说:

> 余观闺媛之诗,大率咏物抒情、清婉绮丽之作,独张氏四姊妹皆能取法汉魏,力争上游,缘其濡染家学,而同室姊弟又互相观摩。虽《纬青遗稿》独少,而所谓灵幻幽邈,感慨悱恻,亦有足传者焉。③

细读张绷英现存诗歌,不难发现,张绷英最喜欢创作五言律诗,这一诗体在《纬青遗稿》中占有大约三分之二的篇幅。其笔下的五言律诗不仅数量多,而且大多格律工整,意象鲜明,情感饱满,具有突出的

---

① (清)张琦:《纬青遗稿序》,胡晓明、彭国忠:《江南女性别集》三编,黄山书社2012年版,第1290页。
② (清)沈善宝:《名媛诗话》卷8,凤凰出版社2010年"清代闺秀诗话丛刊"本,第482页。
③ (清)金武祥:《纬青遗稿叙》,胡晓明、彭国忠:《江南女性别集》三编,黄山书社2012年版,第1289页。

第五章　荟萃江、浙的女子诗社

艺术美感。如《雨后泛舟两首》。

其一曰：

> 岸柳拂清泉，溪花笑客船。萍疏风动钓，叶落鸟争蝉。
> 秋燕穿篱语，沙鸥帖水眠。棹回罗袖薄，晻暧暮云连。

其二曰：

> 双桨摇秋色，渔樵归渐稀。彩云凝落日，细浪弄斜晖。
> 鸂鶒衔鱼舞，蜻蜓点水飞。不知谁氏女，歌扇映秋衣。

又《赋得萤远入烟流（丁丑）》：

> 暑色望中收，遥空积翠浮。萤和微月上，烟趁晚星流。
> 照水时低影，迎风欲暂留。竹林深处好，切莫近帘钩。

这三首诗均为写景诗。《雨后泛舟两首》主要写诗人"雨后泛舟"所见所闻。《赋得萤远入烟流（丁丑）》主要写夏夜中的萤火虫与月光。诗人在这三首诗中所写的"岸柳拂清泉，溪花笑客船""鸂鶒衔鱼舞，蜻蜓点水飞""萤和微月上，烟趁晚星流"等景物，虽为其现场目睹之物，但细心体察，这些景物似又有诗人想象或艺术化的成分，不全是坐实而写。这三首诗值得称道的地方是用韵与格律的成熟，堪称三首成功的五言律诗。《雨后泛舟两首》用了中国古代诗歌十三韵部中的"寒天韵（an，ian）"与"衣期韵（i，-i）"。《赋得萤远入烟流（丁丑）》则用了"谋求韵（ou，iou）"。三首诗的"颔联"与"颈联"则对仗妥帖，且均为工对，符合近体律诗的写作规则。

张绷英的长篇古风也写得颇有风韵。其长篇古风叙事周详，笔致畅达、纡徐，抒情深折回环，具有独特的艺术风情。如《梅花曲（甲申）》：

> 寻芳莫妒先春色，瘦损琼枝耐霜雪。冻缀梢头叶未抽，朔风冷

气砭肌骨。九十韶光一瞬间，廿番花信凭谁识。寒葩烂漫璨朝曦，绿萼扶疏凝夜月。常邀竹影伴黄昏，未许幽香入瑶席。忍寒因欲报春晖，不管生绡与词笔。亭亭莫是罗浮仙，海飙吹落坠人间。火齐不夜光常满，珊瑚碧瑾辉相联。忆昔西池开绮筵，琼浆玉液不论钱。双成吹笙遏云烟，凌华曼舞何蹁跹。峨峨四座婵娟子，文彩铢衣七宝钿。馔是仙胎脯灵兽，自起调羹为母寿。不知窗外侍女嗔，暗卷珠帘碍长袖。凤钗划皱琉璃屏，一摘尘寰不计春。十八风鬟微动处，天花簇簇散如云。半面妆成最媚妩，轻盈肯作回风舞。不教寂寞逐风尘，盈盈只合凌波去。流到仙山识仙路，依旧冰魂返瑶圃。君不见，融合天气百花时，浓桃艳李竞芳菲。花压阑干蜂影乱，蝶翻轻粉燕争泥。燕泥落尽春光寂，蜂蜜成时花事非。残香剩粉飞如絮，始信昆明劫灰语。那堪漂泊在天涯，琼官早证菩提树。迢迢海上空凝贮，尽日问花花不语。可怜一例笑东风，不解红颜即黄土。

这首诗主要描写冬梅的容姿之美，又用瑶池西王母与西王母侍女董双成之典，描写花事之盛与女性容颜之美。诗人还在诗中直抒其情，她认为大自然中的各种花朵如梅花、桃花、李花竞相开放，"融合天气百花时，浓桃艳李竞芳菲"，然而，这些美丽的花朵最终都会枯萎凋零。她的这种情感从表层来看是在写大自然，其实其中也隐含着对人生的忧思。平心而论，这首诗叙事层次清晰，情感一波三折，在温婉中又有深幽，叙事则纡曲回环，为一首有艺术功力的好诗，固然，这首诗也有明显的不足，如诗歌语言比较晦涩、诗歌抒情的聚焦点比较模糊等。

二 张纶英、张纨英

张纶英、张纨英在晚清常州张氏女子诗歌四姊妹社中年纪居后，但她们二人以出色的诗歌创作，成为晚清女性诗坛杰出的女诗人。

张纶英，字婉钏，张琦第三女，同邑诸生孙劼妻。孙劼亡故后，依弟张曜孙而居。张纶英早年练习书法，三十岁后才开始诗歌创作。诗集

第五章 荟萃江、浙的女子诗社

有《绿槐书屋诗稿》。张曜孙在《绿槐书屋诗稿序》中描述张纶英学诗经过说：

> 姊幼随诸姊诵唐人诗，而不肯轻作。三十后好读《文选》，遂为五言诗。先子谓有古意，授以所著《古诗录》，命宗阮（阮籍）、陶（陶渊明）而参以颜（颜延之）、谢（谢灵运）。然是时姊方锐意学书，未能专力。偶有所得，沉思苦吟，或竟日成一篇，或数日始成一篇。其佳者沉郁深至，隐激顿挫，言尽而意有馀，有令人低徊反复不能自已者。四十后始作五七言近体，清老简质，不为绮丽。①

张曜孙《绿愧书屋诗稿肄书图题辞》又对张纶英《绿槐书屋诗稿》书名的由来与张纶英的早年学习兴趣作了介绍：

> 绿槐书屋者，馆陶官廨之内室，叔姊婉钏受书法于先府君之所也。庭有古槐，因名，后遂以名其所居之室。姊幼时默而弱，伯姊孟缇、仲姊纬青方刻意勤苦，学为诗词，姊亦相与讽咏，而独好识文字，常取《康熙字典》读之，多能记其音训。②

沈善宝《名媛诗话》也简要记载了张纶英的生平与诗歌创作特色：

> 张婉钏，诸生孙叔献劫室，著有《绿槐书屋诗词稿》。婉钏刻苦甚于诸姊妹，才容兼备，性复纯孝。尊甫翰风先生疾，亟于弟妇包孟仪不约而同，割股和药以进。诗笔深沉，凝练而出。③

---

① （清）张曜孙：《绿槐书屋诗稿序》，胡晓明、彭国忠：《江南女性别集》初编，黄山书社2008年版，第1081页。
② （清）张曜孙：《绿槐书屋诗稿肄书图题辞》，胡晓明、彭国忠：《江南女性别集》初编，黄山书社2008年版，第1082页。
③ （清）沈善宝：《名媛诗话》卷8，凤凰出版社2010年"清代闺秀诗话丛刊"本，第483页。

《晚晴簃诗汇》则对张纶英的文艺爱好记述较详：

> 婉钏体弱，若不胜衣。而作书由北碑上溯西晋，归宿于汉，刚健沉毅，不可控制。为二三寸正书，神采奕奕，端严遒丽。为分书，格势峭逸，笔力沉厚。每晨起作书数百字，乃启户理妆。或闭户就寝，尽数百字乃卧。尝中夜不寐，辄起临池。家人劝稍休，曰："吾一日不作书，若有所失，欲罢不能矣。"中年始为诗，不苟作。长于五言，神似陶谢。①

其实，在中国古代诸多诗体中，张纶英最爱写长篇五言古诗，且以此诗体写得最见功力。其《题云峰山郑道昭石刻》云：

> 巍巍云峰山，千仞不可极。猿猱愁攀援，飞鸟苦难越。
> 壮哉郑将军，振衣造云阙。峭壁恣濡翰，云崖留真迹。
> 怒涛腕底生，迅雷笔端出。飒飒龙蛇飞，矫矫鸾凤活。
> 字蕴天地精，墨洒山川泽。妍姿悦仙灵，刚锋惊鬼物。
> 深淳李程规，坚劲锺张骨。烟霞常呵护，风雨不敢蚀。
> 千载仰遗型，神采犹奕奕。斯山藉公灵，海内凭研习。
> 愧我性庸愚，临摹空仿佛。展卷每流连，抗怀长叹息。

又《寄怀孟缇姊京师》：

> 朝瞻出岫云，日暮不归山。昔我送君行，一去会面难。
> 道路既阻修，人事日益艰。悠悠楚江远，渺渺燕云寒。
> 抚兹五中裂，念往恻肺肝。昔别十六载，契阔意回环。
> 相逢未经岁，握手不尽欢。骊歌促遵道，泣涕如汍澜。
> 感姊视我厚，霜鬓孩提看。勖我抚孤儿，辛勤答重泉。
> 如何舍我去，瘠瘵无时安。寒燠莫我顾，疴痒孰与言。

---

① 徐世昌：《晚晴簃诗汇》卷187，北京出版社1996年影印本，第3139页。

第五章 荟萃江、浙的女子诗社

尺书千里来,谆谆教愚顽。洗心涤烦虑,铭此金石篇。
君如青松枝,劲质含清妍。我如拔心草,摇落愁霜天。
安得凌长风,送我至君前。相依共辰夕,庶慰迟暮年。

这两首长篇五言古诗,一首歌咏书法,一首状写姊妹亲情。郑道昭字僖伯,河南荥阳(今郑州荥阳)人,北魏著名书法家、诗人,魏碑体的鼻祖,被称为"北方书圣"。"云峰石刻",是指郑道昭题刻于北魏青、光二州山崖的众多摩崖石刻,总称"云峰刻石"。其分布地区包括今山东省莱州的云峰山、大基山,山东平度市的天柱山与青州市玲珑山。"云峰石刻"为北魏书法艺术的瑰宝。其中以《论经书诗》《郑文公上碑》《郑文公下碑》等摩崖石刻最为著名。张纶英《题云峰山郑道昭石刻》即为一首描绘、赞美郑道昭"云峰石刻"的诗。

在内容上,张纶英《题云峰山郑道昭石刻》先写云峰山山势的险峻,如"猿猱愁攀援,飞鸟苦难越";继写郑道昭不畏艰险,将其书法摩刻于云峰山山崖石壁之上,"壮哉郑将军,振衣造云阙。峭壁恣濡翰,云崖留真迹";然后重点描述云峰山郑道昭石刻艺术的瑰丽、奇异,如"飒飒龙蛇飞,矫矫鸾凤活。字蕴天地精,墨洒山川泽。妍姿悦仙灵,刚锋惊鬼物。深淳李程规,坚劲锺张骨"云云;最后诗人直接表达对云峰山郑道昭石刻的敬仰之情,如"千载仰遗型,神采犹奕奕""展卷每流连,抗怀长叹息"等语句。在艺术表现笔法上,此诗叙事、抒情脉络清晰,对写作客体的状写则丝丝入扣,不仅能肖其貌,而且能现其神。可以说这首诗不仅展现了诗人高品质的诗歌素养,也展现出郑道昭"云峰石刻"的艺术气质与美感。

张纶英《寄怀孟缇姊京师》则是诗人写给其长姊张䌌英的诗,主要抒发姊妹之间的同胞亲情。诗歌先写两姊妹睽隔甚久,不得相见,诗人不由得生出牵挂之情,如"悠悠楚江远,渺渺燕云寒。抚兹五中裂,念往恻肺肝"云云。继写两姊妹互帮互助、血浓于水的亲密关系,如"感姊视我厚,霜鬟孩提看。勖我抚孤儿,辛勤答重泉"云云。最后诗人祈祷自己能和长姊早日相见,以慰心中想念之苦:"安得凌长风,送我至君前。相依共辰夕,庶慰迟暮年。"在写作风格上,此诗与《题云峰山郑道昭石刻》也颇有几分相似。此诗叙事周详、曲回，脉络清晰，刻画生动细致，语言在朴实、温润中又见华彩与深情，诗歌主体风格显得深沉、苍凉而又厚重。

值得特别提及的是，张纶英还以长篇五言古诗叙写太平天国内乱，这让她的诗歌多了几多厚重的历史记载与"诗史"内容。其《自汉阳抵里门，避地殷薛村居，怀弟妹》云：

忆昔寇乱初，仓皇各分别。北辕走豫郊，南帆指吴越。
中宵传急羽，寇至一何猝。最伤送我情，相对无可说。
手泽检遗编，行李弃长物。夜深步街衢，严霜切肌骨。

又云：

哄然围土寇，尽掠莫能夺。居民护我舟，戈戟明如雪。
云怀旧尹恩，捍卫必力竭。三日乱如麻，令奔吏皆逸。
孤舟独无恙，竟脱烽火窟。遥瞻沙羡城，夜火光蓬勃。
不知城存亡，消息皆断绝。江程急趱行，抵里岁将毕。
艰难非一致，魂梦剧萧瑟。故乡虽已归，馆舍孰周恤？
旋惊风鹤警，迁徙亦仓促。残年投荒村，弱小聚一室。
囊空饼亦罄，无食岂能活？望远怆心神，抚事亦骇怵。
苍茫家国忧，忍泪转悲咽。

张纶英弟张曜孙道光二十三年（1843）应江南乡试中举，道光二十六年（1846）选授武昌知县，道光二十七年（1847）赏加知州衔。咸丰元年（1851）调补汉阳知县，旋擢汉阳同知。咸丰二年（1852），太平军势炽，张曜孙曾上书武昌、汉阳守御各《二十四事》，未能用。太平军克汉阳、武昌，自缢未遂，著《楚寇纪略》。咸丰五年（1855），胡林翼委以督粮道，七年（1857），以道员补用。咸丰十年（1860），免官。同治二年（1863），为曾国藩司营务。张曜孙任官武昌、汉阳期间，曾迎张纶英、张纨英二姊来武汉三镇，太平军进围武汉时始被迫分

第五章　荟萃江、浙的女子诗社

离。张纶英《自汉阳抵里门，避地殷薛村居，怀弟妹》诗即备述太平军进逼武汉三镇时武汉城内的混乱状况与张氏姊妹分别时的仓皇情形。

又《村居述怀寄仲远》：

> 我生赖同怀，友爱古无匹。穷嫠孤露悲，慰藉最真切。
> 相迎居官舍，娱乐忘凄咽。相依期没齿，变故忽仓促。
> 苦为弱小累，提携返乡阙。流离杂饥冻，苟活能几日？
> 艰难孰于陈？甘苦孰相恤？十口常嗷嗷，荒村乏橡栗。
> 天涯骨肉远，音问烽烟绝。存亡两不知，疾痛更难悉。
> 忆昔见欃枪，西粤动征伐。吾弟切隐忧，先机果明彻。
> 惜哉沉下位，难遂匡时术。因循任滋蔓，万姓罹荡析。
> 所向皆披靡，纵横肆奔突。碧血渍郊原，城郭堆白骨。

又云：

> 投闲无尺柄，袖手空嗟啧。天意留余生，苍黔待苏活。
> 妖氛连吴楚，秣陵成穴窟。岂如虎负嵎，直比狼卧室。
> 安得买山资，僻壤构岩穴。庶几免沟渠，澄清俟英杰。
> 斧柯倘相假，帷幄胜可决。功成赋归欤，后会或能必。

《村居述怀寄仲远》也是一首描述太平军内乱的诗。这首诗一面讲述张纶英回故乡村居后"流离杂饥冻，苟活能几日""十口常嗷嗷，荒村乏橡栗"的艰困生活，一面又对太平军进占江南、江南人民备受战乱之苦的历史现状作了如实描绘："因循任滋蔓，万姓罹荡析。所向皆披靡，纵横肆奔突。碧血渍郊原，城郭堆白骨。"又说："妖氛连吴楚，秣陵成穴窟。岂如虎负嵎，直比狼卧室。"最后表明诗人的政治态度，她希望有"英杰"站出来，平定天下，让老百姓重新过上和平安宁的生活："庶几免沟渠，澄清俟英杰。斧柯倘相假，帷幄胜可决。"

《自汉阳抵里门，避地殷薛村居，怀弟妹》与《村居述怀寄仲远》两诗虽然站在清廷一边来叙事抒情，咒骂太平军，但两首诗均如实描写了太平军内乱给清廷带来的巨大冲击以及给战乱区普通老百姓带来的巨大伤害，诗中所述，既非虚构，也非捏造，有其社会与历史认识价值。固然，这样悲痛的战乱历史不是太平军单方面造成的，清廷也要负重大的责任。

张纶英也写有一些灵动轻逸的五七言律诗与绝句。如《连得仲弟书并诗，感而答之》：

> 远道驰书频问询，闭门安卧不惊心。
> 读诗读画都无恙，灯火帘栊一院深。

张䌽英，字若绮，张琦第四女，清太仓州王曦妻。王曦为一贫寒诸生，时常外出游幕或教授，张䌽英则依父母与弟弟张曜孙而居。张䌽英与王曦育有子女多人，子王臣弼，女王采蘋、王采蘩、王采蓝、王采藻均工诗词，一门联吟，在里中传为佳话。著有《邻云友月之居诗初稿》《餐枫馆文集》。

张门同里章岳镇为《邻云友月之居诗初稿》作序时曾论及张䌽英诗文创作经历：

> 若绮夫人女兄弟五人皆通文翰，夫人齿最幼，弟仲远更幼于夫人。夫人少好学，尝与诸姊共读书，书无别本，率以一人诵，姊妹共听之，手治他事不辍，夫人听一二过辄能强记。夫人既为诗，又为古文辞，法律盖出自宜兴吴仲伦先生，而质古醇懿，气体与令世父皋文先生（张惠言）为近。①

张曜孙在为《邻云友月之居诗初稿》作序时对张䌽英诗歌创作述之较详：

> 若绮幼敏慧，七龄即辨音声，十岁咏海棠，姊赏其工，遂以为

---

① （清）章岳镇：《邻云友月之居诗初稿序》，胡晓明、彭国忠：《江南女性别集》三编，黄山书社2012年版，第1307页。

第五章 荟萃江、浙的女子诗社

诗易学也,姊有作亦效为之。及归王君,从先大夫官山东,举子女,事亲育子,不暇为诗。又得闻先大夫之教,知诗之道韭苟而已也,遂以为难而不敢轻作。及归居常州,王君常客游,中馈门户米盐之事,杂然劳瘁,所作益少。然感逝伤离,性情所至,寄于歌咏,沉郁清回,缠绵婉约,如其为人。①

张缙英《寄若绮妹,即寿四十初度,兼示婉钏妹、仲远弟》诗也提到张纨英早年学诗经历:

妹年最稚性尤敏,濑玉含珠出灵性。五龄解辩黄花诗(妹侍母赴嘉兴,母得句云:"两岸黄花送客行。"妹即言:"此当是下句。")十岁能工海棠咏。深闺窈窕春日长,软尘不到瑶琴傍。诗里杳杳入霄汉,幽梦瑟瑟飞潇湘。身世浑忘溷尘俗,罗绮何荣脂粉辱。班宋长怀绝代才,施嫱空陋千秋目。

沈善宝《名媛诗话》则对张纨英生平与诗歌创作有简要记述:

张若绮,太仓诸生王季旭曦室,善诗古文词,著有《友月邻月馆诗草》。笔情深婉,不下诸姊。②

在中国古代众多诗体中,比较而言,张纨英最喜欢写五七言近体律诗。她的五七言近体律诗在语词表达上偶尔会有滞碍与晦涩的地方,但用韵与格律基本符合律诗的写作规则,在意境展现与情感表达上深幽、回曲,或多或少能体现五七近体律诗的诗体之美。如《新秋》:

淡月消残暑,桐阴玉井浮。露华明竹叶,花气入帘钩。

---

① (清)张曜孙:《邻云友月之居诗初稿序》,胡晓明、彭国忠:《江南女性别集》三编,黄山书社2012年版,第1315页。
② (清)沈善宝:《名媛诗话》卷8,凤凰出版社2010年"清代闺秀诗话丛刊"本,第484页。

罗扇凉先觉，银屏梦欲秋。清宵宜寂坐，星影傍人流。

又《云溪泛舟》：

一里云溪水，扁舟夕照中。人家依曲岸，灯火透疏蓬。
吹月高楼笛，沉云远寺钟。画船怀竞渡，箫鼓奏熏风。

这两首五言律诗在写作内容上没有什么新奇之处，一首写秋天天气的变化，一首写在溪水中泛舟时的所见所闻。《新秋》写盛夏之后，新秋来临，天气变得凉爽，竹叶青青，花香袭人，蓝天明净，星光闪烁。《云溪泛舟》写诗人在傍晚时分"泛舟"溪中，只见"人家依曲岸，灯火透疏蓬"，又听到"吹月高楼笛，沉云远寺钟"。这两首诗虽然写的是眼前之景、身边之物，但这些景物均来源于生活而又高于生活，且在其清寂的意境与明净的画面里融入了诗人彼时彼刻的心绪。值得称道的是，这两首诗用韵与平仄恰到好处，颔联与颈联对仗工整，诗歌写作风格呈现深折、回曲、清幽的风貌，为两首成熟的近体五言律诗。

张纨英《送春》诗则为一首七律，诗歌这样写道：

风雨连宵掩碧纱，空庭又见西阳斜。
寻常岁月过飞鸟，十二楼台尽落花。
垂柳多情牵别绪，游丝不解系春华。
忍听杜宇催归去，倚遍阑干只自嗟。

这首诗写恋春、惜春之情，可以说，这是中国古代诗歌写得最多的题材之一。从内容上来说，此是旧题，也是熟题。这首诗的精华之处在颈联"垂柳多情牵别绪，游丝不解系春华"一句。这一句将"垂柳""游丝"拟人化，使"垂柳""游丝"承载更多的人生内容与生活能量，也赋予"垂柳""游丝"更多的情感内蕴。而且，这种拟人化手法运用于此也自然贴切，既符合"垂柳""游丝"的自然属性，又贴近生活与人生，提高了诗歌的艺术感染力。

第五章 荟萃江、浙的女子诗社

张纨英的长篇五言古体诗也写得情韵俱佳,且有丰富的生活内容与时代信息,是其诗歌创作中最具人生内涵与文学美感的区位之一。如《岁暮感怀寄夫子》:

> 朔风驾征舻,残月乍明灭。行李何匆匆,岁暮忽言别。
> 别离久经贯,谋食惟橐笔。闲居况半载,壮气欲消歇。
> 敛袖送君行,未觉心悒郁。慨然念身世,俯仰百忧结。

又云:

> 昏鸦噪落日,空庭晚萧瑟。严霜切襜帷,敝衾寒切骨。
> 啼饥小儿女,奔走索梨栗。仲女犹病痁,拥被发不栉。
> 三月苦未瘳,调护少药物。年丰百物贱,粗粝免饥渴。
> 我年逾四旬,世事剧嗟咄。乡间风俗薄,任恤宗党缺。
> 承平忧冻馁,生计日已拙。黾勉已艰辛,兵戈复仓促。
> 长鲸击回风,沧海波涛阔。羽书纷络绎,征发遍南北。

又云:

> 一朝入大江,奔窜如豕突。哀鸿遍四野,流转弃家室。
> 风声惊草木,烽火照城阙。毗陵咫尺间,悍御苦无术。
> 巨室多迁移,土寇势剽忽。空城安可居,避地求岩穴。
> 丧乱藉朋友,急难谊尤切。仓皇理家具,书卷杂衣褐。
> 轻舟疾如矢,回首犹战栗。孤村阳湖畔,幽寂颇可悦。
> 茅屋三五间,人众只容膝。地僻风俗淳,妇孺多朴质。
> 全家暂安寄,愁病未遑恤。悲哉镇江城,飞炮山石裂。
> 官军屡不克,贼势益猖獗。井里无炊烟,沟渠涨热血。
> 腥风逐炎夏,昏曀黯白日。

这首诗篇幅宏大,有130多句,650多字,这里仅录其前半部分。

这段诗的内容分为三部分。第一部分，诗人叙写家境贫寒，丈夫王曦不得不离别妻儿，远游他乡谋生。如"行李何匆匆，岁暮忽言别。别离久经贯，谋食惟橐笔"等句。第二部分，诗人具体描写家中贫病交加的困境，如"严霜切襜帷，敝衾寒切骨。啼饥小儿女，奔走索梨栗。仲女犹病痁，拥被发不栉"等句。第三部分描写家乡战乱以及兵燹给老百姓带来的痛苦，还描写在战乱中自己和家人身陷险境的实况，如"哀鸿遍四野，流转弃家室。风声惊草木，烽火照城阙"等句。总之，张㲧英《岁暮感怀寄夫子》诗备述诗人的生活状态与家乡的战乱情景，叙事则脉络清晰，细致真切，而又回纡凝重，抒情则苍凉、深沉且又细腻直白，无论从内容还是写作笔法来盱衡，这都是一篇颇能打动人心的上乘之作。

实事求是地说，在道咸时期的晚清闺阁诗坛，分开来看，常州张㲲英、张䌌英、张纶英、张㲧英四姊妹分别是其中最具创造力的杰出女诗人，综合而论，她们又是晚清社群质素突出的家族女性文学社团，亦即一个颇有特色与影响力的家族女子诗社。《晚晴簃诗汇》引包世臣评论张氏四姊妹诗歌创作特质说：

> 包慎伯曰："纬青（张䌌英）幽隽，婉钏（张纶英）排戛，若绮（张㲧英）和雅，各得先生之一体。恭人（张㲲英）则缠绵悱恻，不失于愚。属词比事，必达其志。"①

张氏四姊妹诗歌创作虽然各有风格，但又有共同的诗歌特色。一是四姊妹都擅长且喜欢写亲情。她们的诗歌以写亲情写得最多，也写得最好。二是她们熟悉中国古代各种诗歌体式，如五七言律诗、五七言古体等，但又最擅长写长篇五言古体诗。在她们的诸多诗歌体式中，以五言古体长诗写得最具美感，也最有自己的风神。三是常州张氏四姊妹在其诗歌中不仅写身边的小人物、小景致，也写时代风云与国家大事，如张纶英、张㲧英二人就有若干诗歌描写太平军内乱以及晚清战乱给广大人民带来的痛苦。

---

① 徐世昌：《晚晴簃诗汇》卷187，北京出版社1996年影印本，第3138页。

第六节　江、浙其他女子诗社

清代江浙地区是女子诗歌结社活动开展得最蓬勃兴盛的地区，除上述重要女子诗社与清代主要女子诗社"蕉园诗社""清溪吟社"崛起于这一地区外，清代诗歌总集、别集、方志、诗话等，还记载了该地区一些有特色的地域女子诗社。现将这些女子诗社分述如下。

一　清初吴门张氏七姊妹社

清初吴门张氏七姊妹是指张学雅、张学鲁、张学仪、张学典、张学象、张学圣、张学贤姊妹七人。她们原籍为山西太原，其父张佚明末清初定居吴门苏州，故张氏七姊妹皆出生并成长于吴门。张佚曾官明廷兵部职方，喜藏书，工诗，明清易代后，遁入沙门。张佚重视家庭教育，其二子七女，皆其自课，俱能诗文。①《苌楚斋随笔》："太原张佚，字拱端，侨居吴中，生有七女，皆工诗词，所适亦皆吴人。"②《众香词》："张晋籍居吴，二子七女，皆公自课，俱能诗文。古什（张学雅）最长，二子六女皆其弟妹。"③

受家庭良好教育的熏陶，张氏七姊妹爱好文学创作，且不时进行诗词唱和。张学典有《同诸妹玩月联句》诗记载她们的诗歌联吟活动："烟收瑶甃碧天长（学典），共惜清辉步曲廊。砌下色疑云母晃（五妹学象），帘前光映水晶凉。吟同道蕴争联句（六妹学圣），望极姮娥不举觞。遥忆广寒宫殿里（七妹学贤），羽衣仙曲正悠扬（学典）。"④ 张氏七姊妹还有许多互相唱和、联吟的同题诗词。如以"春日"为题的

---

① 关于张佚的姓名，有两种说法，一说他名佚，字拱端。《苌楚斋随笔》："太原张佚，字拱端。"一说他名拱端，字孟恭。《江南草》："张拱端，字孟恭，太原人，父官于吴，明亡逃禅，易名兴机，有二子七女，皆工诗善文，筑别墅虎丘，隐其间，与吴郡守洪谥、钱谦益为友，生于万历四十三年（1615），卒于康熙四十四年（1705）。"
② 刘声木：《苌楚斋随笔》，中华书局1998年"清代史料笔记"本，第36页。
③ （清）徐树敏：《众香词》乐集，大东书局1934年刻本，第41a页。
④ （清）胡孝思：《本朝名媛诗钞》卷4，乾隆三十一年（1766）刻本，第4a页。

词，张学雅、张学象有《浣溪沙·春日》词各二首。以"春闺"为题的词，张学象有《如梦令·春闺》，张学仪有《醉花间·春闺》。以"春暮"为题的诗，张学贤与张学圣各有一首。而张学雅与张学仪又各填有"春暮"词各一阕。从这些互相赓和与联吟的诗词中可以看出，吴门张氏七姊妹曾经频繁地在家族内进行诗词唱和群体活动，从而形成一个具有自己家族特质的女子诗社。

在清初吴门张氏七姊妹中，张学雅年纪最长，其诗歌创作也有自己的亮点。《晚晴簃诗汇》载其生平说："张学雅，字古什，太原人，诸生佚长女，有《绣余遗草》。"① 又说："古什工诗，姊妹七人皆有集，古什茹素讽经，字金坛于氏，未行殁。"② 又载张学雅《闺中闲咏》诗：

竹院萧萧人语空，夜来风雨太匆匆。
清晨独倚栏干角，闲数池莲几点红。③

从这首《闺中闲咏》来看，张学雅的诗意境清美，风格轻灵，语言清新温润，但情感偏于纤弱、感伤。其中"清晨独倚栏干角，闲数池莲几点红"一句，不仅生动刻画了诗人在闺阁中清闲而又有几分孤独的生活状态，而且展示了诗人作为一位知识女性深幽而又孤峭的品格与情思。

张学鲁，在清初吴门张氏七姊妹中位居老二。《晚晴簃诗汇》载其生平说："张学鲁，字古史，太原人，佚次女，有《倡和集》。"④ 从张学鲁现存诗歌来看，她的诗意境清空，情感温婉中有感伤。如《秋闺》：

窗前松露滴空阶，玉漏沉沉月影斜。
忽听数声新雁唳，云山回首渺天涯。

---

① 徐世昌：《晚晴簃诗汇》卷186，北京出版社1996年影印本，第3089页。
② 徐世昌：《晚晴簃诗汇》卷186，北京出版社1996年影印本，第3089页。
③ 以下所引清初吴门张氏七姊妹诗均载录于《本朝名媛诗钞》《国朝闺阁诗钞》《晚晴簃诗汇》等诗歌文献，在此不一一注出。
④ 徐世昌：《晚晴簃诗汇》卷186，北京出版社1996年影印本，第3089页。

第五章　荟萃江、浙的女子诗社

这首诗景物描写纯净而空蒙，如青翠晶莹的"松露"，皎洁的月亮，朦胧的"云山"等，但这些美丽的景致却被凄凉的"新雁"声搅乱了，于是这首诗的情绪就笼罩上无法冲淡的苍凉。

张学仪，在清初吴门张氏七姊妹中位居老三。《晚晴簃诗汇》："张学仪，字古容，太原人，佚三女，金坛给事中于沚室，有《滋兰集》。"① 张学仪诗歌主体诗风温雅而清畅，但又有几分抑郁。如《晓起漫兴》：

帘开梁燕觅泥忙，冉冉熏风欲卷妆。
苑柳垂条笼绣户，风桃飞片点书床。
修眉不整因伤别，碧栏慵欹怯晓凉。
不耐城东吹画舫，听来浑欲断人肠。

这首诗描写诗人"晓起"之后的心情。诗歌先描写诗人居室周围的自然环境，如燕子双飞、清风和暖、柳丝翩跹、红桃片片等，继而写诗人低落郁闷的心情：她懒得"修眉"，"碧栏慵欹"，就连那悠扬的"画舫"笛声，诗人听起来也是那般冷落悲怆。

张学典，在清初吴门张氏七姊妹中位居老四。《晚晴簃诗汇》："张学典，字古政，号羽仙，太原人，佚四女，诸生杨易亭室，有《花樵集》、《倡和吟》。"② 又云："羽仙十岁为《采莲赋》，工诗词，善绘事，与妹凌仙孪生，尤相爱。凌仙中岁寡，贫不能存，尝分宅居之，教二子继先、绳武俱成名。"③ 大体而言，张学典的诗温雅而清逸，颇有自己的艺术个性与美感。如《咏霞》：

冉冉长天散丽辉，韶姿染就媚春晖。
光凝画阁铺文绮，彩映晴空曳舞衣。
傍水更明添潋滟，因风欲碎转霏微。

---

① 徐世昌：《晚晴簃诗汇》卷186，北京出版社1996年影印本，第3089页。
② 徐世昌：《晚晴簃诗汇》卷186，北京出版社1996年影印本，第3089页。
③ 徐世昌：《晚晴簃诗汇》卷186，北京出版社1996年影印本，第3089页。

晚来至竟归何处，一片俄惊上锦机。

又《江南曲》：

落日乘潮去，荆歌戏采莲。相逢娇不语，伴笑堕花钿。

《咏霞》诗赋写彩霞的形姿与其美丽的颜色，从"散丽辉""媚春晖""铺文绮""添潋滟""转霏微"等多层视角动态地描绘彩霞，从而让读者感受到一幅五彩斑斓的绚丽画面。《江南曲》则写江南采莲女劳动时的热闹场面。诗歌通过描写采莲中的歌声、采莲女"相逢"时的"娇不语"以及"伴笑堕花钿"等典型场景，点染出一幅欢快、热闹的生活画面。

张学典也写有一些情致感伤的诗，如《感亡姊旧居》：

绣网蛛丝镜满尘，闲花狼藉不知春。
深愁怕见梁间燕，犹是呢喃觅主人。

张学象，在清初吴门张氏七姊妹中排行老五，她与张学典是孪生姊妹。《晚晴簃诗汇》："张学象，字古图，号凌仙，太原人，佚五女，诸生沈载公室，有《砚隐集》。"① 《国朝闺阁诗钞》："张女史学象，字古图，一字凌仙，山西太原县人，贡生佚第五女，吴县诸生沈载公室，工骈体文，与姊学雅、学鲁、学仪、学典与妹学圣、学贤俱擅诗名，有《砚隐集》。"② 又《晚晴簃诗汇》："凌仙苦节奇贫，依姊羽仙以居，课子读书，无纸昕夕。后为闺秀师，讲学传经，有宣文之目。"③

在清初吴门张氏七姊妹中，张学象的诗歌创作成就最高。一是她的一些诗很"生活"也很"真实"，能展示她的生存状态，颇具历史认识价值与生活

---

① 徐世昌：《晚晴簃诗汇》卷186，北京出版社1996年影印本，第3089页。
② （清）蔡殿齐：《国朝闺阁诗钞》第1册卷9，上海古籍出版社2002年"续修四库全书"本，第450页。
③ 徐世昌：《晚晴簃诗汇》卷186，北京出版社1996年影印本，第3089页。

第五章 荟萃江、浙的女子诗社

认识意义。二是她的一些诗笔力透切,情感饱满,颇有美感与艺术感染力。此处仅举其《写怀》与《岁暮感怀》诗,以此来尝鼎一脔。其《写怀》云:

> 人生同落花,幸尔堕茵席。雍容画堂上,窈窕珠帘侧。
> 棠棣并芬芳,椿萱复珍惜。侍儿理云鬟,保母供膏泽。
> 容服既光华,礼仪复闲式。幼无适俗韵,宿负诗书癖。
> 所佩惟芝兰,所亲惟翰墨。浏览古今篇,忻然每忘食。
> 摘辞效屈宋,选句摩元白。挥毫霞落纸,朗咏无晨夕。

又云:

> 自拟乐无涯,岂知运有极?鸾鹤养修翔,八表期瞬息。
> 忽遇宋都风,坠此青云翼。误为尘网羁,有志竟不获。
> 戢羽鸡鹜群,困踪蝼蚁域。怀琼与握兰,芳洁谁能识?
> 徒尔事文章,不蒙稽古力。已矣复何言,抚琴长太息。
> 阮籍恸途穷,孔圣悲麟出。岂惟伤道丧,更有忧贫戚。
> 运会既如斯,天意渺难测。翻成失马翁,常洒牛衣泣。

又云:

> 原生圭荜门,仲蔚蓬蒿宅。陶令返东篱,杨公居大泽。
> 峻节凌松筠,清名耀典籍。奈为寒馁驱,长歌行乞食。
> 茕茕薄命人,念兹常恻恻。缅焉起深思,景仰先贤德。
> 抱饥恒晏如,屡空诚不惑。莫讶鬓如霜,但令心似石。
> 生同逆旅舍,寓形不满百。豪奢非所慕,荣悴相寻绎。
> 君子贵固穷,求仁而自得。在己何尤人,聊以写胸臆。

又《岁暮感怀》:

> 辑柳编蒲志苦辛,半生多难已忘身。

橘林乏实供饘粥，窭舍无烟荐藻苹。
空羡田真兄弟乐，堪怜任昉子孙贫。
一函遗草谁为达，检得徒令泪满巾。

　　这两首诗的主旨均为忧贫叹穷，感念世艰。《写怀》诗主要分三部分。第一部分写诗人早年富足而无忧无虑的生活。她出生在一个颇为富有而又以诗书传家的家庭。少年时代，她既"雍容画堂上，窈窕珠帘侧"，又"侍儿理云鬟，保母供膏泽"，还有一众才华横溢的兄弟姊妹陪伴，"棠棣并芬芳，椿萱复珍惜"。她最大的爱好就是读书吟诗，"摘辞效屈宋，选句摩元白。挥毫霞落纸，朗咏无晨夕"。第二部分写诗人过去一段时间与现在的贫困生活。过去一段时间与现在的自己，"戢羽鸡鹜群，困踪蝼蚁域"，"岂惟伤道丧，更有忧贫戚"，"翻成失马翁，常洒牛衣泣"，诗人由原先的富家千金变成了饥寒交迫的贫困女，她虎落平阳，纵有千般才华也无所施展。第三部分表达诗人虽然贫困但决不怨天尤人的心意。她要向陶渊明等人学习，"峻节凌松筠，清名耀典籍"，"抱饥恒晏如，屡空诚不惑"，"君子贵固穷，求仁而自得。在己何尤人，聊以写胸臆"。《岁暮感怀》则主要写诗人当下的贫困生活与压抑心理。诗人写自己"半生多难"，家中"橘林乏实""窭舍无烟"，已经穷得揭不开锅，所以她对自己现在的贫穷状况颇为失望、伤心，也感到对不起自己的子女。

　　从张学象《写怀》与《岁暮感怀》两首诗所描写的内容来探析，应该说，这两首诗以真切的笔墨状写诗人的人生，尤其是她的贫困生活，由此，读者可以从中感受到中国古代下层寒士，即贫寒知识分子家庭的贫困生活以及他们在贫困重压之下的心理状态。

　　张学圣，在清初吴门张氏七姊妹中排行老六。《晚晴簃诗汇》："张学圣，字古诚，太原人，佚六女。金坛于廷机室，有《瑶草集》。"① 从张学圣现存诗歌来看，她的一些诗画面清澄，情感平和中有闲适，如《春暮》诗：

---

① 徐世昌：《晚晴簃诗汇》卷186，北京出版社1996年影印本，第3090页。

第五章 荟萃江、浙的女子诗社

萋迷春晚心，日暮鸟归林。一点花才落，空庭草已深。

又《晓景》：

搔首见残月，幽然晓色嘉。迎风抽草带，抱露落琼葩。
是物含春意，何方驻岁华。只宜倾绿醑，尤胜试香茶。
海气腾寒旭，江烟作早霞。数声听渐远，争起噪群鸦。

第一首《春暮》诗写诗人傍晚时分所看到的景象。暮色降临，飞鸟归林，花儿被风悄悄吹落，而家中空敞庭园中的春草在不知不觉中生长。第二首《晓景》写诗人在清晨时分所看到的景象。残月尚在，但晓色熹微，诗人隐隐约约看到迎风的"草带"，瞧见含露的"琼葩"，诗人认为这样的美景只宜在饮酒品茗中仔细欣赏。一会儿，太阳升起来了，江面上彩霞映照，树枝上鸟儿叽叽喳喳，好不热闹。这两首诗，一写清晨之景，一写傍晚之景，均能做到落笔到位，状写逼真，且情感在轻松中又有几分闲适。

张学贤，在清初吴门张氏七姊妹中年纪最幼，《晚晴簃诗汇》："张学贤，字古明，太原人，佚七女。金坛于星曈室，有《华林集》。"① 张学贤主体诗风清雅、灵动，有一种轻灵、素净之美。如《闲望》：

几回闻乳燕，懒去折芳枝。惟对初生月，清辉共映池。

又《春暮》：

阶前草渐碧，独坐惜残花。蛱蝶双飞去，疑春在别家。

张学贤《闲望》诗写傍晚之景。傍晚时分，燕子叫得欢快，"芳枝"上的花朵惹人怜爱，诗人却懒得理会它们，因为，她最爱的景物

---

① 徐世昌：《晚晴簃诗汇》卷186，北京出版社1996年影印本，第3090页。

是夜晚皎洁的月光。《春暮》诗则写晚春季节，花事渐残，诗人感到十分惋惜。诗人看到蝴蝶双双在自己眼前飞离，于是情不自禁地发出感叹：自家的春天似乎已经过去，春天好像驻足到其他人家了。这两首诗均状写春事春景，且状景写物笔力饱满，诗风灵动而闲逸。

二 盛清归安织云楼女子诗社

盛清乾隆年间，浙江湖州府归安县（今属湖州市区）叶佩荪发妻周映清，继妻李含章，三女叶令仪、叶令嘉、叶令昭以及三媳陈长生、周星薇、何若琼皆喜吟咏，她们在家庭闺阁内不时进行诗歌唱和与联吟，由此形成一个颇有特色的家族女子诗社。恽珠《国朝闺秀正始集》：

> 归安叶氏满门风雅，浣湄（周映清）、兰贞（李含章）倡之于前，三女三媳继之于后，著《织云楼合刻》。①

沈善宝《名媛诗话》卷四：

> 《织云楼合刻》，为归安叶氏姑妇姊妹之作。叶闻汕方伯佩荪原配，同里周皖眉映清，有《梅笑轩集》，继室晋宁李兰贞含章，有《叶香诗草》。长女淑君令仪，有《花南吟榭遗草》，长妇陈景生嫦生，有《绘声阁诗稿》，次媳何闻霞若琼，有《双烟阁诗草》。他如附刻之次女淡宜令嘉、三女颡渚令昭、次妇周星薇诸作，皆卓荦不群。信乎家学渊源，非寻常浅学者可比。②

叶佩荪，字丹颖，浙江归安人，乾隆十九年（1754）进士，官至湖南布政使，工诗文，著有《传经堂诗文集》。其家族闺秀工诗擅词，不时在家族内进行诗歌创作与唱和，她们的诗歌作品最终被汇刻为

---

① （清）恽珠：《国朝闺秀正始集》卷13，道光十一年（1831）红香馆刻本，第1a页。
② （清）沈善宝：《名媛诗话》卷4，凤凰出版社2010年"清代闺秀诗话丛刊"本，第402页。

第五章 荟萃江、浙的女子诗社

《织云楼合刻》，故本书称其为"织云楼女子诗社"。

周映清，字晼湄，清浙江湖州府归安县人，湖南布政使叶佩荪室。《晚晴簃诗汇》载其生平事迹说：

> 周映清，字晼湄，归安人，同县乾隆甲戌进士湖南布政使叶佩荪室，有《梅笑集》。①

又说：

> 晼湄娴吟咏，教子女有法。逝世后，丹颖方伯继娶晋宁李氏，亦工诗，有《繄香诗草》，与《梅笑集》同编，署曰《织云楼诗合刻》。②

作为盛清"织云楼女子诗社"主要女诗人，周映清诗歌创作内容比较丰富，她喜欢写咏物诗，如《梅花》等作；也擅长创作登临游历之作，如《登岘山》《游望湖亭》《渡扬子江望金山》等诗；还不时抒发自己幽约深曲的细微情愫，如《秋暮南楼偶赋》、《古意》等诗；但她写得最具情感深度与生命品质的诗，则是有关家事亲情的作品。如《得家书有感》：

> 昨夜银镫喜缀花，平安两字到天涯。
> 细看墨沉痕皆淡，祇恐彤闱鬓有华。
> 北墅旧游芜径暗，南楼归梦月光斜。
> 愁来羡尔中庭树，日暮霜风集子鸦。③

又《将入都门别南楼感赋》：

---

① 徐世昌：《晚晴簃诗汇》卷185，北京出版社1996年影印本，第3044页。
② 徐世昌：《晚晴簃诗汇》卷185，北京出版社1996年影印本，第3044页。
③ 以下所引盛清归安织云楼女诗人诗或出自她们的诗集，或来源于《国朝闺秀正始集》《晚晴簃诗汇》等诗歌文献，在此不一一注出。

上编　清代女子诗社本体研究

飞花下浅渚，岸柳催行舟。再拜别高堂，雪涕辞南楼。
兹楼廿年住，纵目娱清幽。一旦舍之去，揽裾事远游。
青天见黄鹄，振羽翔高秋。岂不恋旧巢，恋亦不能留。

又《令阿缃入学》：

低鬟怜阿姊，与汝亦齐肩。且令抛金线，相随理旧编。
双行知宛转，坐咏爱清圆。试看俱成诵，今朝若个先。

《得家书有感》写其收到其夫寄来的家书后的心情。诗人收到丈夫的书信后，心绪由牵挂、担心变成放心、欣慰。不过，由于夫妻二人分居两地，诗人心中仍有挥之不去的思念。《将入都门别南楼感赋》写其离别父母时的心绪。她舍不得离开父母，也舍不得离开自己居住了二十年的旧楼："青天见黄鹄，振羽翔高秋。岂不恋旧巢，恋亦不能留。"《令阿缃入学》描写其教育未成年女儿的情景，字里行间既有严肃，又有慈爱，还有欣慰。这三首诗均描写生活中的常见之事与常有之情，但诗人把这些常见之事与常有之情写得朴实无华，充满人间烟火味，其中又蕴含着自己的独特经历，充溢着真挚的深情。

李含章，字兰贞，清云南省晋宁州（今昆明市晋宁区）人，湖南巡抚李因培女，湖南布政使叶佩荪继室，盛清"织云楼女子诗社"主要女诗人。《晚晴簃诗汇》简介其生平说：

李含章，字兰贞，晋宁人，侍郎因培女。叶佩荪继室，有《繁香诗草》。①

又说：

兰贞少随父湘中节署，越十六年，丹颖方伯（叶佩荪）摄巡抚

---

① 徐世昌：《晚晴簃诗汇》卷185，北京出版社1996年影印本，第3046页。

第五章 荟萃江、浙的女子诗社

事，重至官舍，有"画角乍迎新使节，春风犹忆旧妆台"之句。其《七子山省墓》诗曲折尽情，诵者感怆，《论诗》一首，殆自道所得也。①

李含章诗歌创作与周映清比照，有不少相似之处，比如，她也擅长创作登临游历诗，如《望岱》《霍山道中》《平定州道中》等；她写得最具情感深度与生命品质的作品，也是家事亲情诗，如《三女令昭于归都门》《示驷儿应省试》等。这里仅举其家事亲情诗。其《三女令昭于归都门》云：

> 在家为客莫言勤，此去方知是主人。
> 百岁毁誉关阿母，一时贤否定诸亲。
> 金萱昼永储甘旨，玉笋官清课米薪。
> 倘辍余闲吟谢絮，锦囊应寄济川滨。

又《示驷儿应省试》：

> 辛苦鸡窗问字年，此行好著祖生鞭。
> 化鲲正厉培风翼，射隼看鸣破的弦。
> 良玉试烧三日火，元珠怕落九层渊。
> 传经家世扶阳重，厚望须教慰夜泉。

《三女令昭于归都门》写于其第三女叶令昭出嫁之时，《示驷儿应省试》则写于其"驷儿"赴科举乡试之际。第一首《三女令昭于归都门》教育女儿出嫁后一定要勤劳谨慎，做一个好妻子、好媳妇。第二首《示驷儿应省试》则鼓励儿子要力争考出好成绩，以金榜题名来告慰家中亲人与已经逝世的父亲。这两首诗不仅表达了诗人对膝下子女的关爱，而且在对人情世故的洞悉中展现了诗人高远的胸襟，表露她的不凡见识与风范。

此外，李含章《论诗》诗也写得曲尽其情，值得一读。其诗云：

---

① 徐世昌：《晚晴簃诗汇》卷185，北京出版社1996年影印本，第3046页。

好诗如佳人，嫣然媚幽独。铅华屏不御，葆此无瑕玉。
巧笑流瑳那，蛾眉腾曼绿。一顾失倾城，何必炫奇服。
又如闻好鸟，应节喧百族。引吭扬天和，喁于叶弦乐。
春花鸧鹒歌，夜月杜鹃哭。微物讵有知，听者感衷曲。
始知心之声，不在斗繁缛。笑啼根至性，风萧任枨触。
勿使天籁乖，要令老妪觉。神充貌自腴，至味乃蕴蓄。

又云：

自从齐梁来，藻缋眩凡目。土木饰金貂，琲珠荐文楉。
旁观岂不好，所苦真意斫。兰苕集翡翠，无由起遐瞩。
嗟余少耽吟，月露困雕琢。牢笼及光景，镂刻到草木。
迩来喜平淡，绮语久阁束。悲欢不自禁，涉笔或累辐。
色黜剪彩艳，声异叩缶俗。妇人职中馈，岂事勤著录。
讵知风人志，性灵藉陶淑。发情止礼义，本自三百腴。
至音谐官商，六义有正鹄。吾言或非迂，试取反覆读。

这首《论诗》诗主要谈诗人在诗歌创作方面的艺术见解。诗人认为一首好的诗歌一定要本之于性情，发之于自然，就好比"又如闻好鸟，应节喧百族。引吭扬天和，喁于叶弦乐"，它不必炫奇斗艳，也不必雕琢辞藻。诗人又认为一首好的诗歌一定要写出诗人的真性情、真品格，"笑啼根至性，风萧任枨触"，不能搞"伪抒情"。她还批评"齐梁"时代的绮艳诗风，认为"齐梁"绮艳诗风"藻缋眩凡目"。最后，诗人谈她自己近年来诗歌旨趣与爱好的变化，"迩来喜平淡，绮语久阁束。悲欢不自禁，涉笔或累辐。"她越来越喜欢平淡的诗，雅正的诗，"讵知风人志，性灵藉陶淑。发情止礼义，本自三百腴。"可以看出，李含章这首《论诗》诗既是她自己多年来诗歌写作的经验之谈，也是其诗学旨趣与爱好的理论总结。

叶令仪，字淑君，叶佩荪长女，生母为周映清，嫁诸生钱慎，盛清"织云楼女子诗社"主要女诗人。著有《花南吟榭遗草》。《晚晴簃诗

第五章 荟萃江、浙的女子诗社

汇》简介其生平说：

> 叶令仪，字淑君，归安人佩荪长女，钱慎室，有《花南吟榭遗草》。①

又说：

> 淑君六岁随母周居京师，十一即娴吟咏，颖妙若夙习。于归后，居钱塘三载，还吴兴，诗稿盈箧，后婴疾经年，及病剧，取旧稿数册，手自删削，十有其一，甫逾月殁，年三十有二。②

叶令仪得年不永，其诗歌却流传下来。她虽然写有一些感伤诗，但其主体诗风清雅而蕴藉，在冷静中又有几分平和。如《硖石旅次》：

> 石屋依危峰，三更坐清绝。人语悄不闻，开门四山月。

又《汴梁旅次》：

> 多谢征途半月晴，雪消东汴马蹄轻。
> 戍楼落日陈桥驿，野草寒沙博浪城。
> 寥落故宫荒蔓合，凄凉战垒暮云平。
> 禹王台畔频回首，渺渺长河万古情。

又《杏花》：

> 鹁鸠声中春事疏，红芳一树映吾庐。
> 卖花深巷莺啼后，赊酒孤村燕到初。
> 寒雨思归虞学士，春风得句宋尚书。

---

① 徐世昌：《晚晴簃诗汇》卷185，北京出版社1996年影印本，第3049页。
② 徐世昌：《晚晴簃诗汇》卷185，北京出版社1996年影印本，第3049页。

琼林别有蓬莱种，秾李夭桃定不如。

硖石，为浙江海宁一小镇。汴梁，即河南开封，中国古代著名古都。《硖石旅次》描写硖石小镇在夜晚时分山峰高耸、人语寂静、月色融融的自然与生活场景，展示出一派宁静的气氛。《汴梁旅次》则将眼前之景与历史往事熔为一炉，从而让眼前的"雪消东汴""戍楼落日""野草寒沙""寥落故宫"等景象涂抹上一层厚重的历史苍茫感。《杏花》诗不仅描写春天杏花开放的自然景象，而且描写在花事繁忙的美好季节里，人们"卖花深巷""赊酒孤村"的热闹生活场景。与此同时，诗歌还融入"寒雨思归虞学士，春风得句宋尚书"等历史典故。总体来看，这三首诗虽然内容不同，取材有异，但它们或将眼前之景写得宁静安详，或将自然之景与历史典故有机结合，主体诗风显得在清雅中蕴含着蕴藉，在冷静里又有平和。

叶令嘉，字淡宜，《晚晴簃诗汇》简载其生平说：

　　叶令嘉，字淡宜，归安人，佩荪次女，沈昌培室。①

又载其《寄淑君姊》诗：

　　鸰原分手各天涯，风雨连床愿尚赊。
　　两地空烦诗代简，三春只有梦还家。
　　病多渐识君臣药，别久愁看姊妹花。
　　他日相思劳远望，五云深处是京华。

叶令昭，字萍渚，《晚晴簃诗汇》对其生平也有简介：

　　叶令昭，字萍渚，归安人，佩荪三女，侍讲学士丘庭潆室②。

---

① 徐世昌：《晚晴簃诗汇》卷185，北京出版社1996年影印本，第3050页。
② 徐世昌：《晚晴簃诗汇》卷185，北京出版社1996年影印本，第3050页。

第五章　荟萃江、浙的女子诗社

又载其《寄淑君姊》诗：

> 绣阁当年共理妆，伤心此日各分行。
> 寄书已过樱桃节，惜别休闻芍药香。
> 晓月鸣鸡惊昔梦，夕阳归雁感殊方。
> 平生舟楫偏无分，枉说江南是故乡。

叶令嘉与叶令昭这两首同题《寄淑君姊》诗主要内容为抒发她们对大姊叶令仪的思念之情。两首诗均为七言律诗，其平仄用韵大体符合近体律诗的要求，意境设置与语言表达也中规中矩，主体诗歌风格则在温雅中有感伤。

陈长生，字嫦笙，《晚晴簃诗汇》载其生平说：

> 陈长生，字嫦笙，号秋谷，钱塘人。太仆寺卿兆仑女孙，巡抚叶绍楏室。有《绘声阁初稿》。①

又说：

> 陈嫦笙夫人适归安叶中丞绍楏，为丹颖方伯佩荪子妇。叶氏一门风雅，方伯室周映清、李含章，女令仪，子妇周星薇皆能诗，与嫦笙《绘声阁集》合刻行世。夫人乃句山太仆女孙。②

从陈长生现存诗歌来看，她的诗大多温雅、正醇，还有几分闲适。如《初夏》诗：

> 虚堂瑟瑟度南薰，炷尽沈烟散午芬。
> 沸鼎茶声疑作雨，隔帘花气欲生云。

---

① 徐世昌：《晚晴簃诗汇》卷185，北京出版社1996年影印本，第3050页。
② 徐世昌：《晚晴簃诗汇》卷185，北京出版社1996年影印本，第3050页。

呕心句少吟逾苦，信手棋多败亦欣。
小倦不须寻素簟，碧阑干外坐斜曛。

又《春园偶成》：

卖饧声里日初长，春满闲庭花事忙。
楼外软风莺梦暖，篱边疏雨蝶衣凉。
碧桃重似垂头睡，红药残如半面妆。
看尽韶光应不倦，题诗长倚小回廊。

陈长生这两首《初夏》与《春园偶成》诗主要描写清代中上层官宦与书香门第闺阁女性的日常生活。诗中的诗人生活舒适、清闲，又不乏风雅。她"沸鼎"品茶，"隔帘"看花，"呕心"作诗，"信手"下棋，不用为衣食住行等鸡毛蒜皮的生活琐事操心；她或者听街坊里的"卖饧声"，赏自家庭院里的"花事忙"，体会"楼外"黄莺鸟的鸣叫，看"篱边"蝴蝶悠闲翩飞，又将"碧桃""红药"等花细心欣赏，最后则"题诗长倚小回廊"。就艺术情韵而言，这两首诗意境醇雅，格律与平仄贴切，且着力描写清代中上层闺阁女性日常生活的细节，景物与人物描写也真实、饱满，整体诗风清雅而闲适。

周星薇，清湖州府乌程县（今属湖州市区）人，《晚晴簃诗汇》载其生平说：

周星薇，乌程人，同知叶绍菜室。①

又载其《悼鹦鹉》诗一首：

羽毛才就惨青霜，敲断银环恨渺茫。
连日诵经知有意，昨宵说梦已非祥。

---

① 徐世昌：《晚晴簃诗汇》卷185，北京出版社1996年影印本，第3051页。

第五章 荟萃江、浙的女子诗社

绿衣原拟藏金屋,丹诏何年下玉皇。
应伴飞琼充鸟使,彩云深处任回翔。

何若琼,清浙江绍兴府山阴县(今属绍兴市区)人,《晚晴簃诗汇》载其生平说:

何若琼,字闻霞,浙江山阴人,布政使叶绍本室。①

又载其《题王澹音环青阁稿》诗:

东南佳胜数娄江,门第乌衣画戟双。
一片横云山色好,眉痕淡写月当窗。

从《晚晴簃诗汇》所载周星薇与何若琼这两首诗来看,一为七言律诗,一为七言绝句,它们的格律平仄大体合乎近体律诗的规则,写景抒情也妥帖到位,主体诗歌风格则显得既温雅又深沉。不过,周星薇《悼鹦鹉》诗则有比较浓郁的感伤气氛,诗歌语言也比较晦涩。何若琼《题王澹音环青阁稿》诗则在诗歌语言上比较清浅灵动,在诗歌画面上又比较清空素净。

三 盛清镇江"鲍氏三姊妹"社

盛清乾隆年间,清镇江府丹徒县(今属镇江市区)著名诗人鲍皋长女鲍之兰、次女鲍之蕙、三女鲍之芬工诗能词,唱和频繁,从而形成一个颇有声势的家族女子诗社。清人戴燮元序鲍之兰《起云阁诗钞》云:

吾乡鲍海门征君(鲍皋),与余江干(余京)、张石帆(张曾)齐名,沈文悫(沈德潜)尝称为"京口三诗人"。

---

① 徐世昌:《晚晴簃诗汇》卷185,北京出版社1996年影印本,第3051页。

又说：

> 长女讳之兰，次女讳之蕙，三女讳之芬，皆以诗名一时，如王梦楼、程蘅帆诸名公多重之。一门风雅，迄于今，犹首推鲍氏焉。①

鲍之兰兄鲍之钟为《起云阁诗钞》作序时也说：

> 先征君以诗名江左，先太恭人亦工吟咏，故兰、蕙、芬三妹皆能诗。而兰妹之学尤先著，其诗才清丽，洵天性也。

又说：

> 居尝于花晨月夕，阄韵联吟，妹所句，往往非予所能及，益信诗之有别才矣。②

"鲍氏三姊妹"待字闺中时就时常诗词联吟，结缡后，也诗筒往还，不忘诗词唱和。鲍之蕙《夏夜同浣云三妹集畹芳大姊起云阁纳凉》诗记载其姊妹诗词唱和说："分题搜险句，接席话离衷。玉漏休频促，团圞几度同。"③ 又《夏夜同三妹坐先君诗谱亭联句》诗则记录她与鲍之芬诗歌联吟时所写下的诗句："星河耿耿漏声迟（蕙），风冷闲亭有所思。高树不宁蝉咽露（芬），故巢堪恋鹊移枝。家藏蠹简余先泽（蕙），恩重金銮话此时。一闭泉扉千载恨（芬），泪痕重湿草堂诗（蕙）。"④ 此外，她还有《积雨感怀红蕉馆同畹芳姊分韵》《梦中得句寄浣云妹》等

---

① （清）戴燮元：《起云阁诗钞序》，胡晓明、彭国忠：《江南女性别集》三编，黄山书社2012年版，第161页。
② （清）戴燮元：《起云阁诗钞序》，胡晓明、彭国忠：《江南女性别集》三编，黄山书社2012年版，第163页。
③ （清）鲍之蕙：《清娱阁吟稿》，胡晓明、彭国忠：《江南女性别集》三编，黄山书社2012年版，第244页。
④ （清）鲍之蕙：《清娱阁吟稿》，胡晓明、彭国忠：《江南女性别集》三编，黄山书社2012年版，第250页。

第五章　荟萃江、浙的女子诗社

诗记录她们姊妹诗歌联吟的情形。鲍之兰也作有《起云阁纳凉有作次苣香妹原韵》诗记载她们姊妹之间的诗词唱和："烧烛联新咏，衔杯话阔衷。频年劳远梦，难得此宵同。"① 其《五十感怀》诗还回忆她早年与二位妹妹诗词联吟的往事："月下题分咏，花前句共联。中秋拈韵后，早岁得名先。"② 又有《暮春和苣香妹原韵》《和浣云妹帘钩四首》《登日精山亭同苣香、浣云两妹分韵》《秋月潭同浣云妹分韵》等诗提到"鲍氏三姊妹"之间的诗歌往来。"鲍氏三姊妹"频繁的诗歌联吟与唱和活动表明，她们既是具有共同血缘的亲姊妹，又是有着共同诗歌情趣的家族女子诗社的构建成员。现将"鲍氏三姊妹"的诗歌事迹与诗歌创作分述如下。

鲍之兰，字畹芬，清代镇江府丹徒县著名诗人鲍皋长女。《国朝闺阁诗钞》载其生平说：

>鲍宜人之兰，字畹芬，江苏丹徒县人，诸生皋长女，户部郎中之钟妹，运判何澧室，与妹之蕙、之芬齐名，著有《起云阁诗钞》四卷。③

清人鲍文逵序《起云阁诗钞》评价鲍之兰诗歌创作风格说：

>畹芳宜人，逵之长姑母也。幼承海门征君之训，长与吾论山叔父，仲、季两姑母相切劘，其为诗，清和婉丽，不名一家，实能抒写性情，而无凭附模拟之习，谈艺者称之，以为吾宗闺阁多才，而风雅一脉于焉弗坠也。④

---

① （清）鲍之兰：《起云阁诗钞》，胡晓明、彭国忠：《江南女性别集》三编，黄山书社2012年版，第169页。
② （清）鲍之兰：《起云阁诗钞》，胡晓明、彭国忠：《江南女性别集》三编，黄山书社2012年版，第212页。
③ （清）蔡殿齐：《国朝闺阁诗钞》第6册卷4，上海古籍出版社2002年"续修四库全书"影印本，第562页。
④ （清）鲍文逵：《起云阁诗钞序》，胡晓明、彭国忠：《江南女性别集》三编，黄山书社2012年版，第164页。

综览鲍之兰的诗歌创作,其《起云阁诗钞》的抒情视域比较集中,诗集中常见的内容有唱和、咏物、写景与家事亲情等,其中写得最具生活意义与文学美感者,则为家事亲情与写景两类诗。

鲍之兰的家事亲情诗大多写得情感朴质而温厚,且意境清美,比拟奇巧。如《怀两妹》:

> 离思无端起,徘徊小阁东。昏黄三径月,料峭一溪风。
> 往事题红叶,新愁付碧筒。长安渺何许?良会几时同。①

又《久不得都中书》:

> 帘帷风暖暮春初,与古相亲与俗疏。
> 几帙残篇尘短榻,半峰晴翠落衡庐。
> 愁同溪水流难定,心似窗蕉卷未舒。
> 沙鸟群飞空惹恨,何时得钓锦鳞鱼。

《怀两妹》与《久不得都中书》两首诗的主题均为怀人思亲,所不同的是,《怀两妹》为诗人抒发她对鲍之蕙、鲍之芬两位妹妹的思念,《久不得都中书》则为诗人抒写她对丈夫的牵挂。两首诗的情感均真挚、朴实而深切,在绵邈中又有几分温厚。这两首诗还有一个特点,就是意境刻画清美素淡,在动态的描写中展现诗人的情思,且比拟新奇巧妙,不落窠臼,如"愁同溪水流难定,心似窗蕉卷未舒"等句。

她的一些写景诗则境界开阔,诗风在温雅中逸动着劲峭,且不时有着蕴藉的风情与雄浑的气度。如《登凌云亭》:

> 孤亭高翼海天中,小立身如燕受风。

---

① 以下所引鲍氏三姊妹诗均出自她们的诗集。见黄山书社《江南女性别集》三编。在此不一一注出。

第五章　荟萃江、浙的女子诗社

天堑云连秋水阔，石帆峰受夕阳红。
钟声塔影招提在，铁骑金戈霸业空。
登眺无端歌慷慨，古来巾帼总英雄。

又《登木末楼有作》：

狠石千年指旧名，孙刘霸业若何成。
平原牧马秋游猎，古木惊风夜整兵。
天际帆樯沙屿迥，云中台殿暮烟轻。
微生有幸恣游览，木末楼高坐晚晴。

鲍之蕙，字仲姒，又字茝香，《国朝闺阁诗钞》载其生平说：

鲍宜人之蕙，字仲姒，一字茝香，江苏丹徒县人，诸生皋次女，户部郎中之钟妹，同知张舷室，与姊之兰、妹之芬并工吟咏，著有《清娱阁吟稿》六卷。①

盛清著名诗人法式善序《清娱阁吟稿》云：

兹《清娱阁》各体俱臻醇粹，七古尤合唐音，当与《织云楼》媲美，余家多难抗手。②

又《晚晴簃诗话》：

洪江北（洪亮吉）谓茝香诗骨重神清，情深意炼，其咏晚烟、

---

① （清）蔡殿齐：《国朝闺阁诗钞》第6册卷4，上海古籍出版社2002年"续修四库全书"影印本，第586页。
② （清）法式善：《清娱阁吟稿序》，胡晓明、彭国忠：《江南女性别集》三编，黄山书社2012年版，第237页。

咏柳絮诸作俱有佳句，袁简斋（袁枚）、法梧门（法式善）咸称之。①

细读鲍之蕙《清娱阁诗钞》，不难发现，她的诗歌创作内容与鲍之兰基本一致，主要有唱和、写景、咏物、家事亲情等主题。其中写得颇具生活意义与文学美感者也是家事亲情与写景诗。

鲍之蕙的家事亲情诗大多写得情感深沉、温厚、朴质，有自己的抒情聚焦点与写作个性。尤其是她的一些长篇家事亲情诗不仅情感质朴、温厚，而且叙事细致、回曲，有着感人的情感内蕴与艺术魅力。如《清娱阁晚眺怀佩芳妹》：

> 空阶微雨过，高阁销烦暑。虹影驾长桥，崩云乱烟屿。
> 畦蛙阁阁喧，归鸟喈喈语。徘徊动远情，尺素经年阻。
> 忆昔垂髫时，深闺日为侣。欣看案上书，倦织窗间杼。
> 细字写红蕉，新词题白苎。星霜催鬓发，聚散消时序。
> 怅望竟何如，落霞际沙渚。

此诗的主旨是表达诗人对"佩芳妹"即鲍之芬的思念。诗歌首先描写自家周围夏天的景象与诗人触景生情所生发的思念之情。"微雨"刚刚飘过，自家"高阁"的炎热暑气顿时减少，天气凉爽了许多。此时，彩虹灿烂，还有"崩云乱烟"，而畦地上的众多青蛙又在呱呱鸣叫，"归鸟"们也在"喈喈"私语。此境此景，让诗人顿生相思之情："徘徊动远情，尺素经年阻。"接着诗人回忆早年她与鲍之芬形影不离、同窗共读的相亲相爱的生活。如"欣看案上书，倦织窗间杼。细字写红蕉，新词题白苎"云云。最后诗人直抒胸臆，直接表达她对鲍之芬的思念："怅望竟何如，落霞际沙渚。"此诗叙事脉络清晰而又曲折多姿，抒情则真挚温厚而又细腻直朴，在夹叙夹议中既真实描写诗人彼时彼刻所身处的自然与生活场景，又深切展露出诗人的人格与品性。

鲍之蕙的写景诗也写得颇有美感。大体而言，她的写景诗叙事细

---

① 徐世昌：《晚晴簃诗汇》卷184，北京出版社1996年影印本，第3040页。

第五章　荟萃江、浙的女子诗社

致，状景生动，在清空的画面中又有几分迷蒙，如《晚烟》：

夕阳才下远峰巅，漠漠平芜起暮烟。
度水一痕疏复密，随风千缕断还连。
花间杂雾迷归鸟，柳外和云锁客船。
最是沧江收钓处，溟蒙无际晚晴天。

又《扬州湖上迟月》：

试镫风细绿波平，曲岸维舟待月生。
垂柳和烟欹水影，乱鸦如雨入林声。
红桥客散香衣度，画舫人回笛韵清。
却忆板舆花里过，湖光应识旧时情。

鲍之蕙还参与了盛清扬州"曲江亭女子诗社"诗歌唱和活动，是该诗社的外围成员之一。其《和曲江亭王爱兰夫人、子一、子庄、季如兰诸女史〈初夏见怀〉原韵四首》诗就是明证。其诗云：

积雨春过尽，萝垣叠翠屏。伊人仍契阔，新绿又林亭。
江影迢迢碧，山光面面青。右丞家法在，诗句绘烟汀。

又：

谷纹南浦浪，卵色晚晴天。一自知音鲜，无心理七弦。
老深风木憾，早废蓼莪篇。多谢诸名媛，殷勤寄彩笺。

又：

壶隐三椽小，园居十亩阴。衰年将作茧，佳日且停针。
喜得闺中友，频调匣里琴。好风时惠我，鸾凤总清音。

又：

> 芳洲何处所？渺渺隔江烟。易阻游仙路，初长入夏天。
> 无花常晏起，有月惯迟眠。笑我诗情减，因君更擘笺。

鲍之蕙在诗学上曾受业于袁枚，为"随园女弟子"之一。袁枚《随园十三女弟子湖楼请业图》有前后两跋，其前跋云："乾隆壬子三月，余寓西湖宝石山庄，一时吴会之弟子，各以诗来受业。旋属尤、江二君为写图布景，而余为志姓名于后，以当陶贞白真灵之图。"又云："执团扇者，姓金名逸，字纤纤，吴下陈竹士秀才之妻也。持钓竿而山遮其身者，京江鲍雅堂郎中之妹，名之蕙，字茝香，张可斋诗人之室也。"① 鲍之蕙《清娱阁诗钞》又有《随园先生道过里门，以卧病未获晋谒，口占一律奉呈》《随园先生见惠翠柏、黄杨二盆，走笔奉谢》等诗描写她与袁枚的诗歌与生活交往。

鲍之芬，字佩芳，一字浣云，《晚晴簃诗汇》简介其生平说：

> 鲍之芬，字佩芳，一字浣云，丹徒人。皋三女，知县徐彬室。②

清人姚元之序《三秀斋诗钞》评论其诗歌创作风格云：

> 《三秀斋诗》庄雅清淑，梦楼（王文治）侍讲评为"卓然成家，不独闺阁所难"，非溢美也。③

探析鲍之芬的诗歌创作，应该说，其诗歌写作内容与其二姊鲍之兰、鲍之蕙颇为相似，创作成就也不相上下。其《三秀斋诗钞》抒情视域比较集中，主要抒写写景、唱和、咏物、家事亲情等内容。比较而

---

① （清）陈康祺：《郎潜纪闻二笔》卷2，中华书局1984年版，第341页。
② 徐世昌：《晚晴簃诗汇》卷184，北京出版社1996年影印本，第3041页。
③ （清）姚元之：《三秀斋诗钞序》，胡晓明、彭国忠：《江南女性别集》三编，黄山书社2012年版，第347页。

第五章 荟萃江、浙的女子诗社

言,又以家事亲情诗最具生活温度与文学价值。如《舟中对月怀长安兄嫂》:

记得团圞共画堂,论文樽酒惜清光。
不知今夕是何夕,明月芦汀忆雁行。

又《秋日怀恺园侄》:

骨肉情何极,长违两地天。艰难吾久历,门户尔初肩。
清白余千卷,孤寒胜一毡。离心言不尽,只有泪如泉。

《舟中对月怀长安兄嫂》写诗人对"兄嫂"的思念。诗歌首先描写往昔"兄嫂"在家时,他们共聚"画堂",且"论文樽酒",生活何其和乐,感情又何其融洽,但如今"兄嫂"远在异乡,彼此难见一面,诗人只能眺望"明月"与"雁行"而心生思念。此诗以比较的笔法,将往昔亲人共聚一堂的欢快场面与今日诗人形单影只的孤独现状加以比照,借此表达她的内心情思。《秋日怀恺园侄》也是一篇怀人之作。此诗直抒胸臆,表达她对"恺园侄"的牵挂。诗人感叹,"骨肉"长久分离是令人感伤的事情,常常让人泪目,但也无可奈何,只好听天由命。诗人又感叹,她自己久历艰难,而"恺园侄"则肩负着家族复兴的使命。然而只要诗书传家的"清白"家风还在,此时"孤寒"的处境又算得了什么。此诗情感一波三折,深沉回曲,以顿挫之笔皴染出苍凉之境。

清代江浙地区值得记述的女子诗社数量较多,约略估计,有20家左右,如甬北草堂吟社、慈溪环翠吟社、秀水消夏社、松陵计氏女子社、松陵宋氏女子社等,但这些女子诗社或者只被零星记述,如甬北草堂吟社与慈溪环翠吟社目前只发现被《闺海吟》提及,且一笔带过,或者只被一种或两种诗歌文献简要记载,如秀水消夏社、松陵计氏女子社、松陵宋氏女子社等,前者被叶恭绰《全清词钞》简单提到,后者则被《松陵女子诗征》述其梗概。故本书对这些女子诗社暂未做深入论证,待今后材料更充分后再做细致研究。

第六章　其他地域女子诗社考论

　　清代江苏、浙江两省固然是闺阁女性诗歌结社最为活跃与兴盛的地区，但清代女性诗歌结社地域分布广泛，呈全局性展衍的态势。除江苏、浙江两省外，清代福建、湖南、四川、江西等省闺阁女性诗歌创作也相当活跃，曾先后崛起一些有特色的重要地域女子诗社，如福建盛清福州"光禄派女子诗社"、福建盛清建安"荔乡九女社"、湖南中晚清之交湘潭郭氏闺秀"梅花诗社"、晚清四川成都曾氏闺秀"浣花诗社"等。本章将对这些女子诗社加以考述。

第一节　盛清福州光禄派女子诗社

　　一　福州"光禄派女子诗社"得名由来及结社梗概
　　"光禄派女子诗社"是清代乾隆时期福州城一个著名的女性诗歌社团。福州又称榕城，建城历史近两千年，为中国古代历史文化名城。清代福州城街区有"三坊七巷"之称。三坊即衣锦坊、文儒坊、光禄坊，七巷即杨桥巷、郎官巷、塔巷、黄巷、安民巷、宫巷与吉庇巷，均为福州著名坊里。清代乾隆时期，世居光禄坊的福州著名文化望族许豸家族与移居福州光禄坊的黄任家族闺秀多才媛，她们交结福州城内的一些闺秀诗人，诗笺往还，彼此唱和，形成了一个颇有影响的女性诗歌社团，时人谓"光禄派闺秀诗社"。
　　郭白阳《竹间续话》记载福州著名街坊历史与现状时说：

第六章 其他地域女子诗社考论

会城内有"三坊七巷"之称,皆缙绅第宅所在也。三坊者,衣锦坊、文儒坊、光禄坊;七巷者,杨桥巷又名登俊里、郎官巷宋刘涛居此,子孙皆为郎官,故名;塔巷又名文兴里,闽王时建育王塔于巷内;黄巷又名新美里,晋永康时黄氏居此;安民巷传黄巢乱时安民于此;宫巷又名古仙宫里,以旧有紫极宫;吉庇巷又名魁辅里。刘心香先生有诗云:"七巷三坊记旧游,晚凉声唱卖花柔。紫菱丹荔黄皮果,一路香风引酒楼。"①

郭白阳《竹间续话》又简载福州"光禄派女子诗社"结社经过:

杭世骏《榕城诗话》云:吾闻缙绅家妇女,莫不谙诗书。唐宋以前载籍,鲜有记述。明清以降,闺门弦诵,比屋相闻。侯官庄九畹、廖淑筹、郑徽柔、郑翰荶、许德瑷、黄淑畹等,皆衡宇相望,结社联吟。许亭亭与俦侣结"访红楼诗社"。由是女诗社之风,盛于会城。②

陈芸《小黛轩论诗诗》也对福州"光禄派女子诗社"结社历史有简要记述:

派传光禄记吾乡,姊妹黄家草亦香。多事海澄苏瑞图,却将秋柳和渔洋。福州城南有巷曰"光禄坊",宋法祥院旧地,中有小邱曰"玉尺山"。熙宁时,知州事程师孟以光禄卿游其地,并书"光禄吟台"四字刻于石。明末为邑绅许豸宅。清初豸子友仍居之,著《许有介集》。其家妇女皆能诗,多与戚属女眷相赠答,诗筒往返,婢媪相接于道。轻薄子弟恒赂而窃录之,称"光禄派"③。

---

① 郭白阳:《竹间续话》卷2,海风出版社2001年版,第28—29页。
② 郭白阳:《竹间续话》卷3,海风出版社2001年版,第48页。
③ (清)陈芸:《小黛轩论诗诗》卷上,凤凰出版社2010年"清代闺秀诗话丛刊"本,第1531页。

晚清福建著名诗人张际亮在道光十一年（1831）为许珌《铁堂诗草》作序时曾提到"光禄派女子诗社"的结社历史：

> 许氏为福州望族，自明季提学豸后，世居城中乌石山麓光禄坊。豸群子弟曰遇、曰友、曰珌，珌即天玉也，国初皆以才名一时。至其家，女子亦多能诗及书画。乾隆初，黄莘田（黄任）尝言："少时见城中诸巨家女子以诗往还，童婢日在道，父老谓之'光禄派'。"其时去国初百年矣。①

"光禄派女子诗社"的见证者黄任则对该社主要女诗人的生平事迹分别予以简述：

> 吾闽闺秀多能诗，近更有结社联吟者。若廖氏淑筹、郑氏徽柔、庄氏九畹、郑氏翰蕚、许氏德瑗及余女淑窕、淑畹、皆戚属，复衡宇相毗。每宴集，各拈韵刻烛，或遣小婢送诗筒，无不立酬者。女士立坛坫，亦一时韵事也。廖为余中表许考功雪邨妇，字寿竹，兼工绘事；郑为明府石幢太守荔乡姊，余之表姊，字静轩，少寡，今年九十；九畹，字兰斋，余妻族女，许字广文吴景翊子，未嫁而守贞；翰蕚，字秋蘂，石幢女，山阴明府林培根妻；字德瑗，号素心，州牧石泉女，适何氏，亦少寡，无子，与庄皆以节著；余女淑窕，字姒洲，适游婿诸生艺；淑畹，字纫佩，适林婿春起。②

总而言之，盛清福州"光禄派女子诗社"以同城许氏与黄氏两大家族女性为核心，外加其他家族闺秀诗歌作者，由此形成一个有显著影响与地域特色的闺阁女子诗社。该诗社主要活跃于盛清乾隆中后期，代表性诗人有七位，即许琛、黄淑窕、黄淑畹、廖淑筹、庄九畹、郑徽柔与郑翰蕚。

---

① （清）张际亮：《思伯子堂诗文集》，上海古籍出版社2007年版，第1299—1300页。
② （清）黄任：《黄任集》，方志出版社2011年版，第235页。

第六章　其他地域女子诗社考论

又需指出的是，构建"光禄派女子诗社"的许豸家族，是明清时期世居福州的著名文艺家族，郭白阳《竹间续话》记载福州郭氏文艺之盛时说：

> 侯官许氏，世以工诗画名。闺阁亦娴翰墨，风流儒雅，一时称盛。许豸字玉史，崇祯进士，历户部郎。有《春及堂诗》四卷。豸生二子：长友，字有介，号瓯香，善画竹，有逸致。小竹仿管仲姬，姿态尤佳，《有米友堂集》四卷。次宾，入清顺治辛卯举孝廉，官至御史。相传友以弟宾应清试，耻之。宾亦内疚。同居出入，不敢过友所居之拜云楼，于楼下特凿便门以出入。友子遇，字不弃，号真意，又号月溪，受诗于渔洋，得其宗派。善画松石，兼工梅竹，有《紫藤花庵诗钞》一卷。遇生六子，长名鼎，字伯调，雍正间举人，有《梅崖集》、《少少集》、《刺桐纪游》，工书画。鼎子良臣，有《石泉诗钞》、《影香窗存稿》。遇第四子均，字叔调，号雪村，康熙戊戌翰林，有《玉琴书屋诗钞》。均生三子：长雍，次荩臣，有《客游草》，三王臣，字思恭，号陶瓶，亦工诗画，乾隆五十年以七世同居，赐"海国醇风"，著有《陶瓶集》、《多佳楼诗钞》。子二，长作霖，有《桐花书屋诗钞》。次作屏，号画山，乾隆癸卯经魁，有《青阳堂文集》、《拜云楼诗集》。许氏家有"笃叙堂"额匾，为华亭董其昌所题，今尚在。①

而移居福州光禄坊的黄任家族也是清代初期与中期福建有名望的书香门第。黄任，字莘田，因喜藏砚，自号十砚老人，清福建永福县（今永泰县）人。黄任举康熙四十一年（1702）举人，曾官广东四会知县，清代康乾时期著名诗人，代表作有《秋江集》与《香草笺》。黄任两位女儿黄淑窕与黄淑畹也善诗，她们积极参与盛清福州"光禄派女子诗社"诗歌唱和活动，为诗社主要女诗人。郭白阳《竹间续话》曰：

---

① 郭白阳：《竹间续话》卷1，海风出版社2001年版，第4—5页。

永福黄莘田先生任，初学书于林鹿原，后长洲汪退谷授以笔而书益工。先生无俗吏态，因为上官不喜，以纵情诗酒被劾，即以劾语饮酒赋诗，不理民事。奉旨革职，自旋其舟归。筑"十砚斋"于会城光禄坊，与其侍儿金樱、长女淑窕、次女淑畹唱和其中。①

二 光禄派女子诗社的主要成员与诗歌创作

（一）许琛、黄淑窕、黄淑畹

许琛，字德瑗，号素心，清福州府侯官县（今属福州市区）人。盛清福建著名女诗人，著有《疏影楼稿》。侯官许氏为明清时期福州诗礼文化望姓。许琛五世祖许豸，明末崇祯四年（1631）进士，官至浙江学政，著有《春及堂诗》。许琛父许良臣，清初雍正元年（1723）举人，官至广州海防同知兼澳门同知。著有《影香窗存稿》《石泉诗钞》《梅岩集》等。梁章钜《闽川闺秀诗话》记载许琛事迹说：

乾隆间吾乡闺媛之能诗者，无过素心老人。遇亦最苦，妇孺皆能详其事。素心名琛，字德瑗，欧香先生友曾孙女，月溪先生遇孙女，澳门郡丞良臣之女也。早寡，以节终。有《疏影楼稿》，已梓行。闽中女士家有其书，林越亭先生为之传，足以传素心矣。

又说：

传曰：节妇幼聪慧，能诗工书画。随父宦粤，许字同里何元祥之次子燧隆。何故巨家，饶于赀财，海舶往来诸夷岛贸易，遇风覆舶，赀尽没，其家遂贫。元祥之妻早卒，乃挈其长子光年及媳，旅食于吴，而使燧隆就婚于粤。时乾隆壬申，节妇年二十有二。燧隆素有劳瘵疾，日从事医药，居二年卒。节妇欲以身殉，为父母所持不果。庚辰父罢官归，节妇随夫柩归里。何氏已无宅，仍依父母以

---

① 郭白阳：《竹间续话》卷1，海风出版社2001年版，第5页。

第六章 其他地域女子诗社考论

居。会光年有子,立其次子铎(为)嗣。未几,父母偕没,节妇益困。所居许氏宅东垣外小楼一间,一蓬头老妪应门执爨,庭植梅竹,自扁其楼曰"疏影"。日焚香观书,间展纸作画,自题小诗其上。先时节妇画工花鸟草虫,至是乃专写梅竹,及寒菊数枝,具苍辣疏古之致。诗亦直摅胸臆,不藻饰规抚以为工。其素心之号,亦自是始著也。①

从《闽川闺秀诗话》的记载可以考见,许琛幼年与青年随父宦居广东,并与同里何元祥次子何燧隆定亲。何家经商,"饶于赀财,海舶往来诸夷岛贸易,遇风覆舶,赀尽没,其家遂贫"。不得已,何元祥"乃挈其长子光年及媳,旅食于吴,而使燧隆就婚于粤",不久,许琛丈夫又因病而亡,"节妇欲以身殉,为父母所持不果"。乾隆二十五年(1760)庚辰,其父许良臣又因事罢官,时年三十岁的许琛遂随父母返乡。返乡后,"何氏已无宅,仍依父母以居"。不久,许琛父母又下世,"节妇益困。所居许氏宅东垣外小楼一间,一蓬头老妪应门执爨,庭植梅竹,自扁其楼曰'疏影'",每天以作画写诗度日。

许琛是福州"光禄派女子诗社"的主盟人,从许琛的人生经历来推断,福州"光禄派女子诗社"的活跃期应在乾隆中期或稍后,即乾隆二十五年(1760)庚辰许琛随父母从粤地回到福州之后。因为,只有许琛回乡,她才有可能在福州组织并主盟当地的女子诗社。需要指出的是,许琛在福州的居宅"疏影楼"曾是"光禄派女子诗社"的主要活动场所。关于这一点,诗社女诗人黄淑畹所写的《小集疏影楼赋得夜深人试海南香》《首春同素心甥女水槛看梅宿疏影楼并和原韵》《疏影楼小集》等诗就是明证。

许琛诗歌交游广泛,她不仅与"光禄派女子诗社"女诗人进行诗歌唱和,还与同时代不少著名女诗人有亲密的诗歌来往。她在岭南生活期间,绍兴闺阁诗人胡慎仪、胡慎容姐妹也随父宦居粤中,她们彼此交

---

① (清)梁章钜:《闽川闺秀诗话》卷1,凤凰出版社2010年"清代闺秀诗话丛刊"本,第206—208页。

往甚笃。许琛曾写有一首《酬胡卧云（胡慎容）姊见赠原韵》诗，讲述她们彼此间的深厚友情："年来无梦到尘氛，只有情牵向卧云。杨柳风微春试茗，梧桐月冷夜论文。莫言回首东西别，且喜连床上下分。拥卷每嗟知己少，半生深慰得逢君。"① 许琛还与盛清钱塘著名女诗人方芳佩颇有交情。她曾写诗多首赠予方氏，如《汪夫人招饮归而赋谢》《题画赠芷斋》《甲午初冬，汪学使任满入觐，芷斋夫人招余话别，占此申谢》等。② 沈善宝《名媛诗话》也记载许琛与方芳佩之间的深厚友情："三山许素心德瑗，以苦节闻于当世，有《疏影楼集》。方芷斋随任之闽，耳名往访，诗篇倡和，时有馈遗。"③

至于许琛的诗歌创作，其诗集《疏影楼稿》内容集中而清晰，主要有赠酬唱和诗，如《仲秋抵故园与萨松斋大姊相见，不胜今昔之感，赋此以赠》《赠季珊三妹》等；写景诗，如《秋日山居》《赋得落日山横翠》等；抒发个人独有心绪的诗，如《楼居遣怀》《新秋书怀》等；咏物诗，如《霜菊》等。许琛对中国古代各种诗体如五言古体、七言古体、五言律诗与绝句、七言律诗与绝句均能熟练写作，并不时写出一些情韵俱佳的好诗。其中又以五七言绝句写得轻灵清新，最见诗人的诗歌功力。如五绝《画梅作》：

一枕罗浮梦，闲阶日已斜。徘徊无个事，泼墨写梅花。④

又七绝《赋得落日山横翠》：

晚照层楼翠接天，乍开浓黛暮云边。
斜阳影里危桥度，一笛梅花落远烟。

---

① （清）许琛：《疏影楼稿》不分卷，清钞本，第10b页。
② 方芳佩，字芷斋，浙江钱塘人，著有《在璞堂吟稿》，为湖北巡抚汪新室，故又称"汪夫人"。
③ （清）沈善宝：《名媛诗话》卷4，凤凰出版社2010年"清代闺秀诗话丛刊"本，第414页。
④ 以下所举福州光禄派女诗人诗或出自她们的诗集，或选录于《榕城诗话》《闽川闺秀诗话》《国朝闺秀正始集》《晚晴簃诗汇》《闽海吟》等诗歌文献，在此不一一注出。

第六章 其他地域女子诗社考论

这两首诗，一首写诗人在闺中作画的艺术生活，一首为写景诗。罗浮为广东惠州的名山。据传隋朝开皇年间，赵师雄过罗浮，一日因醉酒憩车马于松林间。忽遇酒肆旁舍，有女子淡妆素服，出迎赵师雄，两人相谈甚欢，互生情愫。天明醒来，师雄起视，乃在大梅花树下。许琛《画梅作》诗用"罗浮梦"来化用这一典故，一来也借此描绘梅花的美丽容姿与浪漫特质，二来展示梅花的历史底蕴以及有关梅花的人文内涵。至于"徘徊无个事，泼墨写梅花"两句，则直接描写她闺内作画的清雅生活。《赋得落日山横翠》诗则着重描写傍晚日落后山色的青翠。远山连绵，山色朦胧，日落之后，只见一抹青翠色飘浮在远方的天地间，那是远山青葱的颜色。而远山的前面，又有高桥与"梅花"，它们让山色显得更加空蒙与灵动。总体来说，这两首诗写景状情隽永温润，意境清空灵巧，以美丽的画面映衬诗人写作诗歌时的闲适心情。

当然，许琛身世孤苦，也写有不少孤冷感伤的诗。她的许多诗歌喜欢用"怅""恨""怜""愁"等语词，渲染一种苍凉感伤的诗境。如《感怀忆庄九畹》：

吹箫台畔怅三生，此恨同君哭一声。
每记小青诗一句，卿须怜我我怜卿。

又《与季珊三妹夜咏》：

每因话旧感愁多，数尽更筹夜漏何。
风景依稀惆怅在，有何心事复吟哦。

因此，晚清女诗人陈芸评论许琛诗歌创作风格说：

凄绝素心同苦节，萧萧疏影一孤楼。[①]

[①] （清）陈芸：《小黛轩论诗诗》卷上，凤凰出版社 2010 年"清代闺秀诗话丛刊"本，第 1540 页。

黄淑窕，字姒洲，清福州府永福县（今永泰县）人。清代福建著名诗人黄任长女，盛清"光禄派女子诗社"重要女诗人，著有《墨庵楼试草》。梁章钜《闽川闺秀诗话》载其事迹说：

  黄姒洲为莘田先生爱女。莘田先生寿登八十，重宴鹿鸣，吾乡先辈以诗贺者，名篇甚夥。同时闺秀亦有作，姒洲一律为时传诵，实不愧为香草斋后人也。诗云："人间一第比登天，谁识天仙又地仙。接席簪裾多后辈，称觞儿女也华颠。姓名千载标真诰，恩礼三朝宠大年。韵事如斯关掌故，讵徒家庆谱新编。"①

黄淑窕虽然写有一些冷寂之作，但其主体诗风平和、温雅，颇能展现她的个性与诗歌修养，如《题二乔观兵书图》：

  似此娉婷偏爱武，戎韬读处有同心。
  我生盛世无他好，与妹常论女史箴。

这首诗为题画诗。画的内容为"二乔观兵书"。三国时期东吴的大乔与小乔不仅容颜美丽，而且关心国事，有胆有识。此画以"二乔观兵书"作为绘写内容，就是要展现二乔的巾帼英雄之气。黄淑窕此诗一方面对二乔的英武胸襟表达敬佩之情，另一方面她又认为，时势不同，作为女性，其社会见识与人生取舍也应不同。生当三国乱世，女性身不由己，不得不关心战争与军事。而她生当"盛世"，所以就不必像二乔那样关心战争与军事了，只要"与妹常论女史箴"，做一个有道德、有品节的好女性就行了。这首诗虽然表达诗人对二乔的钦慕之情，但更多的是诗人自身的自信、自强，诗风平和、雅正。

黄淑畹，字纫佩，黄任次女，工诗善画，盛清"光禄派女子诗社"重要女诗人，著有诗集《绮窗余事》。梁章钜《闽川闺秀诗话》载其事

---

① （清）梁章钜：《闽川闺秀诗话》卷2，凤凰出版社2010年"清代闺秀诗话丛刊"本，第209页。

第六章 其他地域女子诗社考论

迹说：

> 纫佩为莘田先生次女，与姒洲同承庭训，于诗工力尤深。杭堇圃（杭世骏）《榕城诗话》只录其《题杏花双燕图》二绝句，此外佳什尚多。如《春阴》云："朱户半扃人语碎，粉廊回合鸟声多。"《残月》云："坐久不知更漏尽，满天凉露湿轻纱。"《梅花》云："风定月斜霜满地，西廊人定一声钟。"又云："只恐笛声吹落去，不如移入胆瓶看。"《刺桐花》云："最好斜阳云外透，绿阴墙角簇猩红。"皆清丽可喜。而《游鼓山》句云："负郭曾田春水绿，隔江画舸夕阳红。"尤堪入画也。①

黄淑畹诗歌创作成就与其姊黄淑窕不相上下，其诗歌创作大多诗风平和、温雅，又有几分轻灵。而且，其部分诗歌往往画面或明丽，或清淡，语言表达清新柔美。如《题杏花双燕图》：

> 夕阳亭院曲栏东，语燕时飞扇底风。
> 不管春来与春去，双双长在杏花中。

与黄淑窕《题二乔观兵书图》诗一样，这也是一首题画诗。画的内容为"杏花双燕"。这首诗先写在"夕阳亭院曲栏东"，一双燕子一边喃喃私语，一边又在灵巧地飞翔。然后感叹这双燕子在杏花林中欢快地穿梭，流连忘返，似乎不管春来与春去，它们都要永远筑巢于这美丽的杏花林中。这首诗不仅写出燕子的轻盈之美，还写出杏花林的绚丽灿烂。整首诗诗风灵动、轻盈，画面明丽，语言新美而又富于表现力。

杭世骏《榕城诗话》曾对黄淑窕、黄淑畹二姊妹的诗歌创作有所论及：

---

① （清）梁章钜：《闽川闺秀诗话》卷2，凤凰出版社2010年"清代闺秀诗话丛刊"本，第209—210页。

莘田二女皆擅诗名。长曰淑窕,字姒洲,次曰淑畹,字纫佩。纫佩有《题杏花双燕图》诗云:"艳阳天气试轻衫,媚紫娇红正斗酣。记得春明池馆静,落花风里话呢喃。""夕阳亭院曲栏东,语燕时飞扇底风。不管春来与春去,双双长在杏花中。"时人皆称之。①

从《榕城诗话》的记载来看,黄淑畹《题杏花双燕图》共有两首,其第一首"艳阳天气试轻衫"与第二首"夕阳亭院曲栏东"一样,语言新美,画面明丽,诗风灵动而轻盈,既状写燕子的灵巧活泼,又描写春天的盎然生机。

(二)郑徽柔、郑翰蓴

郑徽柔,字静轩,清建宁府建安县(在今建瓯市境内)人,河北固安县令郑善述女,山东兖州知府郑方坤姊,著有《芸窗寒响集》。郑徽柔晚年参与福州"光禄派女子诗社"社事活动,为诗社重要成员之一。梁章钜《闽川闺秀诗话》载其事迹说:

郑徽柔,字静轩,建安人,固安令善述女,兖州守荔乡先生方坤之姊也。母黄氏昙,亦能诗,归陈日贯,早寡,以贞寿得旌表,有《芸窗寒响集》。

又说:

静轩与黄莘田先生为中表亲,故集中有《贺莘田表弟重宴鹿鸣诗》云:"手执异人斫桂之玉斧,足踏大海驾柱之鳌头。路傍观者互啧啧,是何惨绿年少真风流。中年作宰不称意,牛刀小试高人羞。拂衣归里且却扫,溪山诗酒此外更何求。以兹葆光养性享大寿,须眉如雪明双眸。朝廷有诏待国老,大袍都贮杖则鸠。与新郎君旅进退,重听鹿鸣之呦呦。"倜傥不凡,可以想见其才

---

① (清)杭世骏:《榕城诗话》卷中,清刻本,第16a页。

第六章 其他地域女子诗社考论

调矣。①

郑徽柔所著《芸窗寒响集》未见刊刻,其所作诗歌也流传甚少。以故,读者很难了解郑徽柔诗歌创作的基本风貌。不过,从梁章钜《闽川闺秀诗话》所载《贺莘田表弟重宴鹿鸣诗》来看,这首诗在情感表达上纵横高亢,跌宕起伏,语言古朴而直实,诗风则倜傥中又有几分真率。应该说,这是一首成熟而又有自己独立风格的好诗。

郑翰莼,字秋羹,四川新繁知县郑方城女,郑徽柔侄女。其夫林其茂,乾隆元年(1736)进士,曾官浙江山阴县令。夫卒,郑翰莼独自培育二子林乔荫、林澍蕃与一女林芳蕤成才。著有《带草居诗集》《画荻编》。郑翰莼在乾隆中期或稍后参加福州"光禄派女子诗社",为诗社重要成员之一。梁章钜《闽川闺秀诗话》载其事迹说:

> 郑翰莼,建安人,字秋羹,承其父新繁令石幢先生(方城)及叔父荔乡先生(方坤)之教,以通诗礼名家。归山阴令林培根先生其茂,以内政佐其循声。早寡,自课其二子,皆有令名称于世,即槭亭、香海二先生也。所著《带草居诗集》、《画荻编》,尚未梓行。

又说:

> 有《归舟次建安》二律云:"风木有余恨,音容都渺茫。绿痕缘旧壁(绿痕书屋为先君宴息处,手书匾额犹存),墨沈胜残香。遗照三年泪,虚廊五夜霜。凄凉今日返,不见出扶将。""往事同棋局,吾生类聚萍。关山多阻隔,亲故半凋零。去棹波偏急,浇愁酒易醒。谁知别后意,哀雁落寒汀。"神韵苍凉,是玉台中别调。培根先生令山阴,不名一钱。去官后,家计萧条,但剩残书两簏而

---

① (清)梁章钜:《闽川闺秀诗话》卷2,凤凰出版社2010年"清代闺秀诗话丛刊"本,第212页。

已,而太安人处之恬如。《墓春感怀》云"几有残书堪课读,家无长物不知贫。"又《送春》绝句云:"残春委地恨无涯,狼藉谁怜旧绮霞。不忍看他零落尽,为伊细细护根芽。"如此襟期,林氏之兴,宜其未有艾矣。①

与郑徽柔一样,郑翰尊所著《带草居诗集》《画荻编》未见刊刻,且存诗甚少。然而,梁章钜《闽川闺秀诗话》所载《归舟次建安》《送春》等诗却展现了其令人印象深刻的诗歌创作水平。从这些诗歌来看,她的诗歌创作或沉郁苍凉,或清婉温厚,不仅真切地抒发诗人内心积蕴的情感,而且展现诗人的心性与品格。

(三)庄九畹、廖淑筹

庄九畹,字兰斋,清福州府永福县(今永泰县)人,著有《秋谷集》。梁章钜《闽川闺秀诗话》载其事迹说:

> 永福庄兰斋,字吴晫,亦黄莘田先生戚末也,未婚而寡,以节终。有《贺莘田先生重宴鹿鸣诗》云:"江夏无双有凤因,耆年隽望照驺闽。早书淡墨魁时彦,老把金丹度后人。北海文章留不朽,东山丝竹写其真。大罗尽有均天响,也许皇荂箎后尘。"声韵俱足,忘其为巾帼中诗也。著有《秋谷集》,莘田先生为之序。②

《闽海吟》对庄九畹生平也有简介:

> 庄九畹,字兰斋,永福人,吴晫聘室。十四未婚而寡,与母相依二十余年,以节终。有《秋谷集》,黄任序。③

---

① (清)梁章钜:《闽川闺秀诗话》卷2,凤凰出版社2010年"清代闺秀诗话丛刊"本,第212—213页。
② (清)梁章钜:《闽川闺秀诗话》卷1,凤凰出版社2010年"清代闺秀诗话丛刊"本,第205—206页。
③ 杜珣:《闽海吟》(上),时代文化出版社2011年版,第424页。

第六章 其他地域女子诗社考论

庄九畹《秋谷集》未见刊刻，她的诗歌流传甚少，目前能看到的即《闽川闺秀诗话》所收录的《贺莘田先生重宴鹿鸣诗》。"重宴鹿鸣"，又称"重赴鹿鸣宴"，是清代科举制度中对中举满六十周年的老举人所举行的庆贺仪式。黄任于康熙四十一年（1702）考中举人，六十年后，即乾隆二十七年壬午（1762），得以"重宴鹿鸣"。这对黄任与黄任全家来说都是一件喜事。庄九畹这首《贺莘田先生重宴鹿鸣诗》为一篇七言律诗。诗歌先写黄任早年中举，而到耄耋之年却又能"重宴鹿鸣"，这真是"早书淡墨魁时彦，老把金丹度后人"的佳话。继则赞美黄任一生嗜爱文学与艺术，且取得丰硕的成果，其文艺事业必将传之不朽，后继有人："北海文章留不朽，东山丝竹写其真。大罗尽有均天响，也许皇荂簉后尘。"庄九畹这首七言律诗格律大体符合律诗写作要求，用词行句也古雅温润，表情达意则真挚温婉，由此可以看出作者具有精深的诗学修养与平和的人性品质。

廖淑筹，字寿竹，清福州府侯官县（今属福州市区）人，礼部郎中许均室，著有《琅玕集》。盛清福州"光禄派女子诗社"重要成员之一。恽珠《国朝闺秀正始集》载其事迹说：

> 寿竹本姓林，父来斋，尝著《金石考》，亦好石之士。幼抚于廖，因从其姓。随舅宦陈留，会官署灾，先拥护其小郎小姑，而后及其子。夫卒，归里，困踬几不能存。乃写花竹以自适，课诸孙读。有"清时弦诵重，廉吏子孙贫"句，时争传诵。①

《香咳集》卷五在"廖淑筹"小传中也说：

> 廖淑筹，字寿竹，福建侯官人，仪曹郎许雪村均室，著有《琅玕集》。②

---

① （清）恽珠：《国朝闺秀正始集》卷10，道光十一年（1831）红香馆刻本，第7a—7b页。
② （清）许夔臣：《香咳集选存》卷5，人民文学出版社1992年"香艳丛书"影印本，第2572页。

梁章钜《闽川闺秀诗话》对廖淑筹生平与诗歌创作记载较详：

廖寿竹为林来斋先生女，出继廖氏，归礼部郎许雪村先生均，陈留令月溪子妇也。

又说：

廖寿竹有《渡仙霞岭》句云："地虚编竹补，山断借云连。"写景维肖。其《贫甚遣儿子东游》诗云："先人长物本来无，只把遗经付阿奴。清白儿孙今至此，衰年看汝作饥驱。""羞涩言词未易陈，二三君子是周亲。何妨悬磬频频说，汝父贫交有几人。"令人酸楚，不忍卒读。①

廖淑筹存诗不多，不过从其被清代诗歌选本所选的几首诗来考察，其诗歌往往沉郁中有清空，苍老中蕴豁达，尽显一位历尽人间沧桑诗人的善良本性。其《秋日琅玕书屋限韵》云：

丹枫如染接檐齐，高卷疏帘一雁低。
几阵好风深院过，秋声多在树林西。

从廖淑筹《琅玕集》来推断，"琅玕书屋"可能是其书斋名。曾经，她在"琅玕书屋"课子教孙，并写出《遣儿子东游诗》这样饱含人间沧桑与善道的好作品。这首《秋日琅玕书屋限韵》诗则以写景为主，辅以议论与抒情。秋天来了，枫叶由绿转红，天空中大雁南飞。几阵清凉的"好风"从庭院中掠过，让人感受到秋高气爽的清新。然而树林西边的树叶已开始逐渐飘落，秋天的冷冽之气已从这里蔓延。应该说，这首诗的写作笔法虽然以描写为主，但在描写中又融入了议论与抒

---

① （清）梁章钜：《闽川闺秀诗话》卷2，凤凰出版社2010年"清代闺秀诗话丛刊"本，第210—211页。

情。表层看来是写景,但在诗人的描写中又蕴含着生活的体验,其中仿佛又有几分对生活与人生的哲理总结与思考。

其《南旋渡仙霞岭》云:

> 岭路乡关近,危峰高接天。地虚编竹补,山断借云连。
> 客思惊秋至,归心趁雁先。蓝舆间小憩,身在翠薇巅。

廖淑筹曾长年随公爹与丈夫在北方宦居,其夫卒,始归里。这首《南旋渡仙霞岭》估计是此时所写的诗歌。这首诗主要描写仙霞岭地势的险峻与壮丽。诗歌先写山。仙霞岭的山路连接着家乡,而且越来越近。而山峰又是如此险峻,高高耸立直入云天。竹林青翠,它们生长在山脉每个空间,包括山脉的低空处。每座山峰的间隔处,都有云雾在飘飞。其次写人。诗人久在异乡,"客思惊秋",每每对家乡充满思念之情,而此时此刻,故乡近在眼前,故诗人归心似箭,且近乡情更怯。不过,抬人的轿子却没有那么快,轿夫们时不时要有山间小道上"小憩",而此时,他们身在青翠撩人的高山之巅。

这两首诗,一为唱和之作,一为写景之诗。但它们均有一个共同的诗歌品质,即在诗歌内容上有较深的生活体验与人生感受,而在诗歌风格上则既有几分苍茫、深沉,又有几分温厚、顿挫。

第二节 盛清建安荔乡九女社

一 玉田郑氏:誉满八闽的书香名门

福建长乐县玉田镇郑方坤家族是一个誉满八闽的书香名门。① 长乐玉田郑氏十四世祖郑善述,字孚世,号蕉溪,康熙二十九年(1690)举人,曾任清直隶顺天府固安县(今河北固安)知县。李永选《长乐

---

① 福建长乐玉田镇在清代又曾归属闽县与闽侯县,故一些历史文献又称玉田郑氏为闽县或闽侯县人。长乐玉田郑氏十四世祖郑善述又迁居建安,以此,一些历史文献又称其后代为福建建安人。

六里志》载其事迹说：

郑善述　字孚世，钦仁里玉田人。居蕉溪，因以为号。后徙建安。清康熙庚午举于乡。下第归，授徒讲学，时居溪上，对岸放生池有高僧晓霖，闻讲必来听，数月，语善述曰："居士自谈性理，老衲已透禅宗矣。"丁亥授直隶固安令，在京南百二十里滨河，旗丁、河兵杂处，凌其居民，善述一切绳以法。

又说：

子方城、方坤，俱登第。善述著有《木石居集》。①

郑善述长子郑方城，字则望，号石幢，雍正十一年（1733）进士，曾任四川新繁（今属成都市区）知县，任内修缮道路、桥梁、文庙、古迹等，并授生徒、修县志、采风谣，大力发展文化事业。离任后又主讲成都锦江书院，为四川培养众多政治与文化人才。著有《绿痕书屋诗稿》《燥吻集》等。《长乐六里志》载其事迹说：

郑方城　字则望，号石幢，善述长子。善述令固安，方城久随侍左右，不得归试，援例贡国学，授泰宁训导。雍正癸卯，举于乡。时季弟方坤先登第，令邯郸，迁景州知州，方城皆在署佐理，暇则拈韵赋诗，今所传《却扫斋唱和集》是也。癸丑始成进士，知四川新繁县。县近省会，秦、陇、楚、粤、滇、黔之民屯聚纷扰，方城以慈惠忠信治之，民多因以化。

又说：

乾隆十一年计吏，举治行尤异，部议以甲子蜀闱磨勘事镌二

---

① 李永选：《长乐六里志》卷7，福建省地图出版社1989年版，第110页。

秩。上官深为不平，延主锦江书院，蜀士闻名景附，院内填溢。逾年病卒。著有《燥吻集》、《绿痕书屋诗稿》。①

郑善述季子郑方坤，字则厚，号荔乡，举雍正元年（1723）进士，官至山东登州、兖州知府。方坤为官，能关心民瘼，整肃吏治。为官之余，又勤于笔耕，为盛清著名学者与诗人。著有《全闽诗话》《补五代诗话》《蔗尾诗集》《国朝诗钞小传》《岭海丛编》等著述。《长乐六里志》记其事迹说：

> 郑方坤　字则厚，一字荔乡，善述季子。少讲求河漕利弊、边防要领。雍正癸卯成进士，授邯郸知县。邯郸为入京孔道，前官衰病，吏因缘为奸，侵帑金千余。方坤按抵吏罪，宿逋以清。

又说：

> 服官三十年，著述不辍，成《全闽诗话》、《清朝诗钞》、《蔗尾集》、《却扫斋唱和集》等各若干卷。②

郑善述长孙郑天锦，字有章，一字芥舟，乾隆十七年（1752）进士，曾任广东连山知县，琼州府海防同知，有《墨钦编制艺》《艺苑必读》等著述。《长乐六里志》载其事迹说：

> 郑天锦　字有章，一字芥舟，方城子。学使周学健以博学鸿词荐，辞不就，遂于乾隆壬甲成进士。

又说：

---

① 李永选：《长乐六里志》卷7，福建省地图出版社1989年版，第110—111页。
② 李永选：《长乐六里志》卷7，福建省地图出版社1989年版，第112—113页。

知广东连山县，摄理瑶同知，民夷爱之。连山有银穴，曰海筒（一作梅筒），与广西贺县焦水厂接，广西布政某惑厂人言，欲逾界采银于穴。或劝天锦招商取利，天锦曰："聚众起事，此异日大患也。"上言制府，极陈穴不可开状。大府悟，遂檄两省巡道会定地界，禁采穴者。巡道某叹曰："真廉吏也。"举卓异，迁琼州同知。①

还须提及的是，郑善述一家于清朝康熙年间由福州玉田迁居同省建宁府建安县（今南平建瓯市），其后，繁衍后代上千人，故一些学术与历史文献又称郑善述一族为福建建安人。

长乐玉田郑氏不仅男性以诗文名世，其族内闺秀也多才媛。郑善述妻黄昙生，字护华，为明末工部主事黄晋良女，著有《萧然居集》。《长乐六里志》记其生平说：

> 钦仁里玉田郑善述妻，一名昙，又作昙生，字护华，明工部主事晋良女。随善述令固安，期年政平，招戚友滞都下者至署，作竟岁欢。拈韵赋诗，觥政俱举。昙生在闱内，亦与群从子婿、通家子唱和。除日剪绢成梅花插瓶奉客。偶作小诗，诸子竞次其韵为寿。著作甚富，秘不示人。②

此外，郑善述女郑徽柔与郑方城女郑翰蕚均工诗，她们参与盛清福州"光禄派女子诗社"社事活动，为诗社的重要成员。郑徽柔妹郑淑止也工诗，著有《韫玉轩集》。《长乐六里志》记其生平说：

> 郑淑止 字菊生，徽柔妹。著有《韫玉轩集》。《别诸兄》有诗云："鹧鸪声住杜鹃啼，迭迭关山曲曲溪。无限离情谁可诉？一弯新月落窗西。"又《闺情》云："几次秋心泪暗淋，依稀梦访旧

---

① 李永选：《长乐六里志》卷7，福建省地图出版社1989年版，第113页。
② 李永选：《长乐六里志》卷7，福建省地图出版社1989年版，第150页。

第六章 其他地域女子诗社考论

芳林。醒来一样幽窗畔,冷雨疏灯隔院砧。"脍炙人口。①

福建长乐县玉田镇郑氏素有"同胞三进士"与"一门风雅十三钗"之称,他们的事迹被《清史列传》《福建通志》《闽侯县志》《长乐六里志》《闽川闺秀诗话》《晚晴簃诗汇》等许多历史与文学文献所记载,成为清代名垂青史的诗词文化名族。

二 荔乡九女多才情

在福建玉田郑氏闺秀文学中,"荔乡九女"最得令名。荔乡即郑方坤,他字则厚,号荔乡,其膝下九女才华卓越,个个工诗善文,为盛清乾隆时期福建颇有成就的闺阁诗歌作者。"荔乡九女"还在家庭内切磋诗艺,互相唱和,组构成一个有特色的由血缘亲情凝聚而成的家族女子诗社。

陈芸《小黛轩论诗诗》简述"荔乡九女"事迹说:

> 荔乡辛苦录闽诗,诸女天人幼妇辞。偏于芷廷作家乘,闽川诗话好师资。吾乡郑荔乡,尝录闽人诗成集。长女镜蓉,字玉台,归陈文思,早寡,著《垂露集》、《泡影集》。次女云荫,字绿落,归严应矩,著《四时吟》。三女青萍,字花汀,归翁振纲。四女金鸾,字殿仙,归林守良,著《西爽斋存稿》。六女咏谢,字菱波,号林风,归林天木,著《簪花轩闺吟》、《研耕诗存》。七女玉贺,字春盎,归陈华堂。八女风调,字碧笙,归陈廷俊。九女字许天桓,早殇,亦能诗。

又说:

> 而先生有姊徽柔,字静轩,归陈月贯,早寡,著《芸窗寒响集》。侄女翰蓴,字秋羹,归山阴知县林培根,亦早寡,著《带草

---

① 李永选:《长乐六里志》卷7,福建省地图出版社1989年版,第151页。

诗集》、《画荻集》，合为《垂露斋联吟集》。可谓一门风雅矣。①

梁章钜《闽川闺秀诗话》记载"荔乡九女"诗歌结社活动时说：

> 荔乡先生一门群从，风雅蝉联，膝前九女，皆工吟咏。长即镜蓉。次云荫，字绿落。三青萍，字花汀。四金鎏，字殿仙。五长庚，阙其字。六咏谢，字菱波，又字林风。七玉贺，字春盎。八凤调，字碧笙。九冰纨，字亦未详。九人中惟冰纨未嫁而殇，长庚诗无可考，余则人人有集。荔乡先生守兖州时，退食余闲，日有诗课，拈毫分韵，花萼唱酬，有《垂露斋联吟集》。自古至今，一家闺门中诗事之盛，无有及此者。②

《晚晴簃诗汇》也说：

> 荔乡九女，皆工吟咏，玉台居长，随任兖州时，日有诗课，花萼唱酬，后堂称盛。③

郑方坤长女郑镜蓉，字玉台，其夫为清直隶省顺天府文安县（今河北文安县）知县陈衣德子，早卒，郑镜蓉则矢志守节，著有《垂露斋集》与《泡影集》。梁章钜《闽川闺秀诗话》载其事迹说：

> 郑镜蓉，字玉台，建安人，荔乡先生之长女，归陈文思，为文安令衣德子妇。早寡，以节终，得旌表。有《垂露斋集》、《泡影集》。④

---

① （清）陈芸：《小黛轩论诗诗》卷上，凤凰出版社 2010 年"清代闺秀诗话丛刊"本，第 1536—1537 页。
② （清）梁章钜：《闽川闺秀诗话》卷2，凤凰出版社 2010 年"清代闺秀诗话丛刊"本，第 213 页。
③ 徐世昌：《晚晴簃诗汇》卷 185，北京出版社 1996 年影印本，第 3067 页。
④ （清）梁章钜：《闽川闺秀诗话》卷2，凤凰出版社 2010 年"清代闺秀诗话丛刊"本，第 213—214 页。

第六章　其他地域女子诗社考论

郑镜蓉《垂露斋集》与《泡影集》今已不传，但《闽川闺秀诗话》与《晚晴簃诗汇》等清代诗歌文献均收录其诗。从其现存诗歌来看，郑镜蓉诸体皆工，其中又以五言长篇古体诗写得最见风韵与个性。其长篇五言古体诗情感抒发大多细腻、深沉，有时则一波三折，曲径通幽。一些长篇五言古体诗还以纪实之笔，状写诗人的生活与心理状态，表达其关心民众疾苦的心绪。其《秋雨用苏岐亭韵》诗云：

> 更漏响沈沈，铜壶滴金汁。遣兴与裁诗，含毫纸欲湿。
> 似云石燕飞，哀祈幸一得。潭底起乖龙，如奉律令急。
> 蛙鼓亦齐鸣，喋喋乱鹅鸭。阵阵势倾盆，缕缕烟垂幕。
> 离披蜀葵黄，狼藉鸡冠赤。净洗六街尘，水碧复沙白。
> 茅屋顿凉生，微香吹衣帻。一雨一犁金，贫民免啜泣。
> 从此庆丰年，禾黍盈无缺。原野景色新，能遣悲秋客。
> 且暂解焦劳，小榻呼觥集。①

一个"更漏"声声、"铜壶"滴答的秋天夜晚，诗人诗兴正酣，她含毫濡笔，准备写作诗歌。然而，突然"潭底起乖龙，如奉律令急"，天空下起了淅淅沥沥的大雨。这雨下得如此之急且大，雨点落下的声音就像"蛙鼓齐鸣"，"鹅鸭喋喋"。雨点落下，"葵黄"与"鸡冠"花均被打落，狼藉满地。不过，这雨下得恰是时候，可谓一场"及时雨"。雨停之后，城市街坊的尘垢被"净洗"，河流与溪流则显得"水碧复沙白"。农民的"茅屋"也消除了闷湿，顿时变得清爽。花草的清香好像吹拂到人们的"衣帻"上。尤其重要的是，经过这场大雨，缓解了过去的旱情，农民们可以"一雨一犁金"，进行秋耕与秋收，"从此庆丰年，禾黍盈无缺"。而诗人也被雨后秋天的清新景色所吸引，没有了"悲秋"的心绪。相反，她"且暂解焦劳，小榻呼觥集"，心情舒畅而愉快。这首诗的主要写作方法为"赋"笔，即对事物与自己的心绪按

---

① 以下所举荔乡九女诗均引自《闽川闺秀诗话》《晚晴簃诗汇》等诗歌文献，在此不一一注出。

照一定的时序与节奏进行有序而生动的描绘。当然，此诗有明显的缺点，如一些语句比较生涩，不够清新流畅，但优点也相当突出，其叙事、抒情绘声绘色，十分生动，且有层次，有变化，还有深度。诗歌所表达出来的忧世悯民的心绪，也展现了诗人善良、仁厚的胸怀。

其《夏日钞书小窗如炙，念家严远出捕蝗，率彼旷野，炎蒸百倍，因用家严送有邻弟返里原韵示诸妹》诗云：

烦暑正流金，长日当季夏。姊妹小窗闲，时作喃喃语。
双丸去如梭，倏过端阳假。楸枰已懒弹，对弈却杯斝。
石鼎响如潮，茶烟看绕舍。榴火复薇花，景物递相迓。

又云：

蛙鼓不停声，令人几惊诧。白汗如雨挥，黄沙将人射。
虽罢火伞张，那得清凉夜。太守同民忧，讵有案牍暇。
昔岁厄阳侯，泛滥吁可怕。今幸苗其苗，转眼纳禾稼。
胡天不悔祸，鸠鹄未蒙赦。虫豸迭为灾，扑面火云下。
大地真如炉，短后衣难卸。返暑未浃旬，又促星言驾。
虽灭旋复兴，吴越若争霸。宦海嗟茫茫，何时守桑柘。

又云：

尔辈尚童心，嬉笑还怒骂。我心耿耿然，好怀那得借。
因思官阁清，松萝高插架。更有《秋水篇》，千载人脍炙。
早晚凉信来，烦忧暂可谢。能息数朝间，好把归鞍跨。
蛩声荒砌吟，萤光腐草化。扫地更焚香，襟期古人亚。
此事难预期，欲言先呕哑。八闽未云遥，远隔如沪灞。
虫口有余粮，谚语堪慰藉。薪米庆丰年，无忧珠桂价。

盛夏时分，诗人"姊妹小窗闲，时作喃喃语"。由于天气太热，诗人与姊妹们懒得下围棋,也懒得围聚在一起热热闹闹地喝酒,她们过着一种"楸枰已懒弹,对食却杯斝。石鼎响如潮,茶烟看绕舍"的懒散生活。

然而,闺阁外的世界却不是这样清闲而懒散。虽然依旧有"榴火复薇花,景物递相迓"的好景致,但赤日炎炎,旱情严酷,"蛙鼓不停声,令人几惊诧。白汗如雨挥,黄沙将人射。虽罢火伞张,那得清凉夜",尤其令人忧心的是,还有害虫为灾,更令今夏的农作物雪上加霜,"虫豸迭为灾,扑面火云下。大地真如炉,短后衣难卸。返署未浃旬,又促星言驾。虽灭旋复兴,吴越若争霸"。为此,"家严",即诗人的父亲郑方坤忧心如焚,"太守同民忧,讵有案牍暇",不得不"远出捕蝗,率彼旷野"。然而,勤于政事、爱民如子的父亲可以抵御旱灾与害虫,却难以抵御政坛险恶,他有可能因为细琐小事被罢官,"宦海嗟茫茫,何时守桑柘"。

诗人既悯念百姓,又为父亲忧心,年幼的姊妹们却天真烂漫,无忧无虑,"尔辈尚童心,嬉笑还怒骂。我心耿耿然,好怀那得借"。时事如棋,变化万端,诗人只好借读书来忘却心中的忧虑,"因思官阁清,松萝高插架。更有《秋水篇》,千载人脍炙。早晚凉信来,烦忧暂可谢"。然而,诗人转念一想,即使父亲罢官回乡,也有回到故乡的好处,只要旱情与虫灾被顺利挺过,老百姓今年能填饱肚子,"虫口有余粮""薪米庆丰年",诗人全家也就无比欣慰,没有什么可遗憾的了。

这首诗与上首《秋雨用苏岐亭韵》诗一样,有明显的不足,也有闪烁的亮点。其不足的地方在于,此诗部分语言比较生硬,不够温润和畅,段与段之间的衔接也比较仓促。不过,此诗叙事井井有条,脉络清晰,抒情则细腻深沉、婉曲多姿。尤其值得称许的是,诗人在诗中始终将老百姓的生活牵系心中,字里行间闪耀着人性的光辉。

郑镜蓉的五七言律诗也写得颇具功力,能展现这两种诗体的独特艺术韵味。其《新秋》诗云:

凄凄砌里有虫吟,漏尽声声韵转沈。

人入梦时初过雁，月当圆处正闻砧。
风微菡萏浮平沼，雨霁梧桐落远林。
此夜幽闺偏耿耿，悲秋为感楚骚心。

其《夏晓》云：

绿树环庭外，荷含晨露深。轩窗不受暑，水竹自成阴。
隙月窥残梦，疏星动晓禽。碧幨风远送，凉气逼衣衾。

第一首《新秋》为一首七言律诗。第二首《夏晓》则为五言律诗。两首诗内容抒写各有侧重。《新秋》主要写秋天来临时诗人"悲秋为感楚骚心"的寂寥心绪，是一首状写诗人独特心绪的诗。《夏晓》则是一首写景诗，写夏天早晨诗人看到的"绿树环庭""荷含晨露""水竹成阴"等美好景致。但两首诗在艺术表达上有不少相同或相似的地方。两首诗均对仗工整，用韵准确，且情感深沉，有一定的艺术表现与感染力。

郑方坤次女郑云荫，字绿萼，嫁诸生严应矩，其公爹为浙江常山县（今浙江衢州常山县）县令严以治。著有《四时吟》等诗。梁章钜《闽川闺秀诗话》简介其生平与诗歌创作云：

郑云荫，字绿萼，荔乡先生次女，归严应矩，为常山令以治子妇，有《四时吟》。《和殿仙妹韵》云："寒威消尽喜春晴，便逗暄和柳眼明。芳草含烟先旖旎，棠梨滴露乍凄清。画楼树密藏莺语，花坞香浓滞蝶情。九十光阴如过电，又闻社鼓一声声。""梅子黄时天色晴，前溪露宿白沙明。千寻云气奇峰涌，一曲薰风溽暑清。曲沼浮香寒净植，方枰布子寄闲情。宵来乍觉凉生簟，细听芭蕉过雨声。""爽气宵澄宿雨晴，芙蓉红映镜中明。雁来南国书犹杳，菊到东篱影亦清。湘女冰弦无限思，鄂君翠被若为情。银蟾万里同孤照，更奈寒砧一片声。""陇上寻梅雪乍晴，霜侵寒月半楼明。频添兽炭迎冬暖，细听鲸钟入夜清。刺绣自堪消短晷，裹头雅欲寄

第六章 其他地域女子诗社考论

诗情。飕飕风过窗纱紧,畏听庭前促织声。"①

从郑云荫现存诗歌来看,她的诗歌主体诗风比较温婉,情感庄重而深沉。如其《夏夜乘凉限韵》诗:

乘凉凭画栏,萤飞频仰视。解渴何所需,冰盘浸瓜李。
便敌曹公梅,差亚陈家紫。星斗挂疏林,柳枝拂棐几。
忽然起惊飞,乱飐芙蓉水。明月皎皎光,直照深潭底。
何处碧荷香,沁入金尊里。

这首诗主要描写诗人在当下的生活状态与所见景物。诗人描写自己在夏夜凭栏乘凉,此时,萤火虫在翻飞,诗人则吃着瓜李来消暑解渴。夏夜的景色是如此美丽,星星在树林之上闪烁,柳枝是那么柔和而绵长,在清风的吹动下轻拂着家中的"棐几"。众鸟突然"惊飞",它们飞动的气流搅动着芙蓉花与满池的清水。月亮是那么的皎洁,月光"直照深潭底","碧荷"的清香也一阵阵飘来,此种清香直沁"金尊里"。

这首诗颇具画面感,叙事与抒情的逻辑合理而清晰,诗人的情感也平和温婉。值得特别注意的是,这是一首"限韵"诗,亦即一首与他人互相唱和的诗。与何人唱和?当然,最大的可能就是与自家同胞姊妹唱和。所以,从这首诗,读者也可约略领略当年"荔乡九女"闺中结社唱和的情景。

郑青萍,字花汀,郑方坤三女,能诗。《晚晴簃诗汇》简介其生平说:

郑青萍,字花汀,方坤三女,闽县翁振纲室。②

---

① (清)梁章钜:《闽川闺秀诗话》卷2,凤凰出版社2010年"清代闺秀诗话丛刊"本,第214页。
② 徐世昌:《晚晴簃诗汇》卷185,北京出版社1996年影印本,第3068页。

梁章钜《闽川闺秀诗话》对郑青萍生平与诗歌创作则有介绍：

  郑青萍，字花汀，荔乡先生第三女，归国学生翁振纲，为举人基子妇。有《夏日诗》云："学飞乳燕绕回廊，出水芙蓉冉冉香。曲院花凝晨露润，小窗人耐晚风凉。蝉声不隔千条柳，蛙吹时生半亩塘。隐几横斜书数卷，了将清课日初长。"余少时承有美明经（荔乡先生子）以残书相示，曰"此尚是吾先君课女旧稿"也。中密圈"小窗"七字，评云"蕴藉"。今此纸不知落谁手矣。①

  目前流行的清代诗歌总集与选集选录郑青萍诗歌甚少，仅收录其《赋得绿树荫浓夏日长》，即《闽川闺秀诗话》所载的《夏日诗》。

  据《闽川闺秀诗话》记载，这首《夏日诗》是"吾先君课女旧稿"，即郑方坤当年教导诸女诗词创作时郑青萍的一篇习作。此诗体式为七言律诗。从《闽川闺秀诗话》记载来看，这首诗对仗工整，用韵与平仄符合七律的写作要求，语言则温婉、清美而又不失雍雅。值得重点提及的是，此诗景物描写生动、贴切，其中颔联"曲院花凝晨露润，小窗人耐晚风凉"与颈联"蝉声不隔千条柳，蛙吹时生半亩塘"，不仅语言清美，不落俗套，颇具"陌生化"与"新鲜感"，而且景物描写也相当精彩。这两联以真切的笔触描写宽敞庭院中含露的花朵，小窗吹来的习习和风，以及阵阵蝉声与依依杨柳，还有"半亩塘"中嘈杂的蛙鸣。诗人所写，无不显示大自然的勃勃生机与生态存在的多样化，与此同时，也传达出诗人对美好大自然的喜爱之情。进而言之，如果从审美体验来考察，这两联则动静相宜，又将视觉感知与听觉体验熔为一炉，在描写切入点上颇为别致，在写作风格上呈现典正、和雅的形态。

  郑金銮，字殿仙，郑方坤第四女，诸生林守良妻，工诗，著有《西爽斋存稿》。

---

① （清）梁章钜：《闽川闺秀诗话》卷2，凤凰出版社2010年"清代闺秀诗话丛刊"本，第214—215页。

第六章　其他地域女子诗社考论

梁章钜《闽川闺秀诗话》记载郑金銮生平与诗歌创作说：

> 郑金銮，字殿仙，荔乡先生第四女，归诸生林守良，为选贡生含光子妇，有《西爽斋存稿》。《长江夜行》云："万里秋逾远，霜浓鸟自惊。沙汀无限爽，短苇有余清。江色涵山色，钟声答橹声。客情偏耿耿，渔火映窗明。"《蓬莱阁观海和韵》云："高阁层峦上，沧溟那有垠。射工迎落日，飓母类奔云。缥缈来三岛，高寒到十分。登临余感慨，渔笛不堪闻。"《寒食忆里门诸姊》云："春阴四野柳依依，天气余寒细雨稀。善病怕逢饧粥熟，索居喜见雁书飞（新接福州建宁信）。马摇金勒行歌答，人拾花球带醉归。景物不殊同气隔，芳时偏与赏心违。"藻丽气清，不愧家学。①

郑金銮所著诗集《西爽斋存稿》未见刊刻，但《国朝闺秀正始续集》《闽川闺秀诗话》《晚晴簃诗汇》则分别著录其《长江夜行》《蓬莱阁观海和韵》《寒食忆里门诸姊》《梨花限韵》诸诗。《国朝闺秀正始续集》简述郑金銮诗歌创作说：

> 殿仙姊妹同承父教，俱工吟咏。②

从郑金銮现存诗歌来看，她的诗歌创作风格比较多样，有疏朗之作，如《长江夜行》；有沉郁之作，如《寒食忆里门诸姊》；也有高旷之笔，如《蓬莱阁观海和韵》；还有疏朗与沉郁兼而有之的诗歌，如《梨花限韵》。这里仅举其《梨花限韵》诗：

> 三月园林草径荒，一枝晴雪簇东墙。
> 冰姿羞后寒花发，缟素浑如贫女妆。

---

① （清）梁章钜：《闽川闺秀诗话》卷2，凤凰出版社2010年"清代闺秀诗话丛刊"本，第215页。
② （清）恽珠：《国朝闺秀正始续集》卷5，道光十六年（1936）红香馆刻本，第9a页。

艳惹夜蟾光处白，泪含春雨冷时香。
空庭寂寞无人迹，引得游蜂阵阵忙。

此诗为"限韵"之作。中国古代"限韵"诗，或用于科举考试，或用于文人诗歌唱和。郑金銮的《梨花限韵》诗显然是用于诗歌唱和活动。因为，作为女性，她不可能参加科举考试。与谁"限韵"？当然可以与家族中的男诗人，如父亲兄长等，但最有可能还是与自己朝夕相处的同胞姊妹。至于这首诗的内容，则为咏物，歌咏冰清玉洁的梨花。

"三月园林"的"草径"一片荒凉，但一枝梨花在东墙灿烂开放。这枝梨花有着冰姿雪貌，其洁白素净好比贫女之妆。朦胧的月光与它洁白的花色十分相似，春天的雨珠令它分外清香。空旷的庭院冷寂无人，只有游蜂围绕着梨花在匆忙地飞翔。从诗人的写作逻辑来探寻，这首诗既写梨花的清雅形姿，又借梨花清雅的形姿来比喻清白的人生或人性品质。诗人固然在赞美梨花，但又蕴藏着她的人生体验与向往。

郑咏谢，字菱波，又字林风，郑方坤第六女。守节抚孤，曾任闺秀师。工诗，著有《簪花轩闺吟》《研耕诗存》。梁章钜《闽川闺秀诗话》记述其生平与诗歌创作说：

郑咏谢，字菱波，又字林风，荔乡先生第六女，归孺士林天木，为岁贡生长洵子妇，余同年友泰顺令轩开之母也，以泰顺官赠孺人，有《簪花轩闺吟》、《研耕诗存》。

又说：

孺人尝为当道福夫人延入官廨，课其女公子。有《纪事述怀》五古一首，朴实言情，能不懈而及于古，非风云月露之词可比也。诗云："人生固有命，遇合亦靡常。忆予初生日，乃在邹鲁乡。阿父时作守，嬉戏趋黄堂。稍长肄女训，纫佩荃芷芳。绣余缀吟咏，优游翰墨场。封胡与遏末，弟妹随肩行。阿父博一粲，盐絮分颉颃。殷勤为择配，言侍君子旁。廿载事中馈，鸿案相与庄。岂期丁

第六章 其他地域女子诗社考论

薄祜,鸾鹄不两翔。所天既沦没,惨毒摧心肠。下顾黄口儿,呱呱牵衣裳。抚孤圣之教,忍死称未亡。迩来十数年,旧庐日芜荒。拮据劳手口,十指营衣粮。差喜鞠育遂,有妇奉烝尝。其如家益落,栖栖常弗遑。如彼鸟失巢,而复谋稻粱。意外值知己,相招启东厢。夫人实天人,尺五近彼苍。世家信鼎贵,德宇尤温良。鹿车莅海国,六珈耀煌煌。冲怀习静懿,世俗邈莫量。掌上双明珠,窈窕鸣珩璜。居然女博士,执经待论商。愧吾非曹姑,古义聊与详。感君拂试意,期尽袜线长。彤史述贤媛,庶几慰所望。俯仰怀身世,中夜恒徬徨。长言写情绪,永念志不忘。"①

《长乐六里志》也对郑咏谢生平与诗歌创作有简要介绍:

> 郑咏谢,字菱波,又字林风,荔乡六女。有《簪花轩闺吟》、《研耕诗存》,其从兄天锦为之序,论者比于温、李之流亚。咏谢尝为当道福夫人延入官廨,课其女公子。有《纪事述怀》五古一首,朴实言情。②

郑咏谢所著《簪花轩闺吟》《研耕诗存》未见流传,但其《纪事述怀》五古一首被《闽川闺秀诗话》与《长乐六里志》所记载。《闽川闺秀诗话》又记载其《郑芥舟伯兄归建安》、《送子度侄归建安》两首诗。从其被著录的三首诗来看,郑咏谢善于用"赋"笔叙事言情。其《纪事述怀》与《郑芥舟伯兄归建安》皆为五言古体诗,其中《纪事述怀》共60句300字。

这首诗用敷陈叙事之笔,夹叙夹议,历数其早年、中年与晚年的人生经历,为一首自传性质的诗歌。诗人早年在父母的呵护下幸福、快乐地成长。她出生于父亲任官山东时期,"忆予初生日,乃在邹鲁乡",

---

① (清)梁章钜:《闽川闺秀诗话》卷2,凤凰出版社2010年"清代闺秀诗话丛刊"本,第215—216页。
② 李永选:《长乐六里志》卷7,福建省地图出版社1989年版,第152页。

稍长，父亲就在为官之暇，教授她们姊妹诗词创作，"稍长肄女训，纫佩荃芷芳。绣余缀吟咏，优游翰墨场"。姊妹们在父亲的引导下人人能诗词，个个擅文章，她们"封胡与遏末，弟妹随肩行。阿父博一粲，盐絮分颉颃"，从而形成一个颇有声势的家族女性诗歌群体。父亲爱女心切，还为诗人选婿择配，"殷勤为择配，言侍君子旁"。婚后，夫妻感情融洽，琴瑟和鸣，"廿载事中馈，鸿案相与庄"。然而，丈夫不幸中道弃世，诗人强忍悲痛，独自担负起支撑家庭的重任，"下顾黄口儿，呱呱牵衣裳。抚孤圣之教，忍死称未亡。迩来十数年，旧庐日芜荒。拮据劳手口，十指营衣粮"。在诗人的坚持与努力下，她的晚年生活得到改善。儿女们长大了，知道孝敬诗人，"差喜鞠育遂，有妇奉烝尝"。尤其是其被"道福夫人延入官廨，课其女公子"后，诗人的生活变得日益充实，"意外值知己，相招启东厢"，"掌上双明珠，窈窕鸣珩璜。居然女博士，执经待论商"。从《纪事述怀》所写内容来推定，这首诗应该是诗人人生晚年所写。这首诗叙事脉络清晰，不仅段与段的连接自然而又合乎逻辑，而且将叙事、抒情、用典三者融为一体，使得诗歌写作既有故事性，又有抒情性，还有历史与生活的厚重感。

我国古代长篇五言古体叙事诗有其源远流长的历史，且形成自己"感于哀乐，缘事而发"的写作传统，其中著名的诗篇有汉乐府民歌《孔雀东南飞》、蔡文姬《悲愤诗》等。郑咏谢《纪事述怀》用纪实的笔触描写自己的人生经历，表露自己的情感波澜。无疑，此诗在诸多写作维度上展示了生活、人性与历史的温度，是一首"感于哀乐，缘事而发"的好诗。

此外，郑方坤第五女郑长庚、第七女郑玉贺、第八女郑风调、第九女郑冰纨也皆能诗。不过，这四人被清代文学与历史文献记载甚少。郑长庚事迹失考。郑玉贺、郑风调、郑冰纨也仅被《闽川闺秀诗话》《长乐六里志》等少量诗歌与方志文献简载。梁章钜《闽川闺秀诗话》简述郑玉贺生平与诗歌创作说：

  郑玉贺，字春盎，荔乡先生第七女，归监生陈华堂，为堂邑令琦子妇。有《和芥舟伯兄晚兰韵》云："花信今朝已后期，香称王

第六章 其他地域女子诗社考论

者尚清奇。红芽漫忆千丛茂,粉蝶犹余两翅差(苏子由诗'仰羡飞鸿两翅差')。词客鼓琴称独绝,骚人结佩正相宜。看君谱就金兰契,桃李何尝异昔时。"①

又说郑风调:

郑风调,字碧笙,荔乡先生第八女,归陈廷俊,为国学生高春子妇。有《和伯兄晚兰韵》云:"剩有古瓶相澹对,最宜短鬓与参差。"风调自好。②

又说郑冰纨:

郑冰纨,荔乡先生第九女,许字林天桓,早殇。十许岁《咏桃花》句云:"施粉施朱纷作态,乍晴乍雨为谁开。"先生为之不乐,果不克长成。③

从《闽川闺秀诗话》记载的零星诗歌信息来考察,郑玉贺、郑风调、郑冰纨三人均能诗。郑玉贺创作的《和芥舟伯兄晚兰韵》为一首七言律诗。这首诗在律诗写作的起承转合上比较自然,没有强行过渡的痕迹。诗歌平仄与对仗基本符合七言律诗的写作规则。诗歌在描写与抒情节奏上也收放有度,符合写作此诗的具体语境与诗人彼时彼刻的心情。当然,此诗在用韵上尚有瑕疵,整首诗在押韵方面有失韵或脱韵的现象。至于《闽川闺秀诗话》分别摘录的郑风调、郑冰纨的诗句,则分别蕴含着作者独特的情思,属于有自己情感与风致的好诗。

---

① (清)梁章钜:《闽川闺秀诗话》卷2,凤凰出版社2010年"清代闺秀诗话丛刊"本,第217页。
② (清)梁章钜:《闽川闺秀诗话》卷2,凤凰出版社2010年"清代闺秀诗话丛刊"本,第217页。
③ (清)梁章钜:《闽川闺秀诗话》卷2,凤凰出版社2010年"清代闺秀诗话丛刊"本,第217页。

第三节　中晚清之交湘潭梅花诗社

一　湘潭郭氏多才媛

郭汪璨,字云麓,清长沙府湘潭县（今属湘潭市）人,清嘉庆十九年（1814）进士,曾官陕西鄠县（今户县）知县,著有《云麓诗草》。光绪《湘潭县志》列传第三十四载其事迹说：

> 郭汪璨,字云麓。父连选,字晋庵,笃于宗戚,推财周急。

又说：

> 汪璨诚朴无俗好,独癖于文。言文,则辩慧纵横。初,连选父崇佐育于外家,姓汪氏,故曰汪璨。嘉庆十九年进士,乃后复姓,加郭焉。归班候选,久居乡里,颇以诗酒与同人游宴,尤专以论文为乐。后学从问学业者,诱奖无倦。有女四人,皆阅文择婿。湘阴李星沅居贫,有异才,汪璨造门访之,因请为婚姻。不能具红帖,汪璨自买与之。其后富贵有重名,湘人盛传其事,以为美谈。诸婿亦皆发名成业,惟长婿贫老,终于诸生。然以汪璨尤所赏誉,莫敢不敬,亦有盛名。

又说：

> 选鄠令,一以儒术为治。召诸生入县庭,讲艺则至夜半,胥役皆不得请事。恃讼狱、拘集、催科为利者,一不得间。或有大疑难,即就问诸生。无所偏主,亦莫之欺也。①

---

① （清）王闿运：《光绪湘潭县志》卷8,台北成文出版社1970年"中国方志丛书"影印本,第1221—1223页。

第六章 其他地域女子诗社考论

湘潭郭氏家族以书香传家，满门擅诗文。郭汪璨长子郭如翰，字南屏，为清道光年间进士，"幼而能文，未毕五经，已登甲科，归乃陈书，朝夕浏览，人问：'君文藻华赡，何自而得彼？'如翰笑曰：'诵经，岂为故实耶？'"① 郭如翰从子郭新楷也颇有文学才华。"如翰从子新楷，字正斋，八岁为科举文，老生自以为不及，号为奇童。博通史学，诗词清丽。"② 湘潭郭氏闺阁更是才媛辈出，备受时人称许。郭汪璨姑母郭步蕴，博学多才，时号"女博士"。其丈夫早亡，依母家以居。在母家，她亲授侄女、侄孙女诗歌章法。郭汪璨两位妹妹郭友兰、郭佩兰都跟随她学习，此后颇著诗名。郭汪璨的两个女儿郭漱玉与郭润玉自小又从学郭友兰、郭佩兰，逐步成为湖南著名女诗人。郭润玉儿媳郭秉慧、女李媚，也均工诗。郭润玉描述湘潭郭氏闺秀诗歌创作历程说：

> 吾家诗事，以姑祖母（郭步蕴）为先导，一传而至两姑母（郭友兰、郭佩兰），再传而至诸姐妹，皆嗜诗，若性成焉者。先是，姑祖母抚孤矢节，茹苦含辛，其时命之艰苦，境遇之戹迫，郁无所告，胥发于诗。如秋天别鹤，长空哀鸣；如雪山老梅，寒香激烈。读者即其诗，可以悲其志矣。③

陈芸《小黛轩论诗诗》也对湘潭郭氏闺秀诗人有所论述：

> 女史湘潭数郭家，独吟诗始见才华。惜香姊妹虽同调，梅雪吟如蝴蝶花。郭步蕴，号独吟，湘潭人，归邵某，早寡。著《独吟楼集》。侄女友兰，字素心，归苏州凤丹山，亦早寡，著《咽雪山房

---

① （清）王闿运：《光绪湘潭县志》卷8，台北成文出版社1970年"中国方志丛书"影印本，第1223页。
② （清）王闿运：《光绪湘潭县志》卷8，台北成文出版社1970年"中国方志丛书"影印本，第1223页。
③ （清）郭润玉：《独吟楼诗序》，郭润玉：《湘潭郭氏闺秀集》，湖南人民出版社2010年版，第350页。

集》。友兰妹佩兰，字芳谷，归王立德，著《贮月轩集》。后李编修星沅合刻为《湘潭郭氏闺秀集》。①

湘潭郭氏闺秀不仅在诗学上传帮带，上辈指导下辈，下辈追随上辈，而且在家族内时常举行诗歌唱和与集会，从而形成一个颇有声势的家族女子诗歌群体。郭润玉回忆其家族内诗歌唱和活动时说：

> 予十四岁失恃，遂膺痼疾，展转床褥四五年，顾独喜诵诗。闻阿父论诗，则凝思寂听，若有所得，神志都爽。既而疾渐愈，益从两姑母卒业。时阿父家居，督吾辈为诗课，糊名易字，第甲乙甚严。

又说：

> 犹记乙亥冬夜冬咏，作消寒会，设花笺湖颖标胜，余咏冰壶，擢第一，又梅十绝句连抉第一，为阿父所激赏，中心欣欣，殆胜秀才之得第也。②

湘潭郭氏闺秀在其家族男性诗人鼓励下还走出闺阁，活跃于湘潭地域诗坛。嘉道年间，郭汪璨到陕西做官之前曾在县城组织"雨湖诗社"，诗社成员有县中诗坛耆彦，湘潭女诗人王佩、王瑞姊妹，郭氏家族诸女以及郭子如翰。他们结社唱和，大兴吟咏之风。盛事传至京师，京师众多文士纷纷赋诗夸赞。光绪《湘潭县志》载：

> 润玉兄如翰第进士，假归，父汪璨方与县中耆彦倡雨湖诗社，内外宾客立，绂佩娴雅，从容欢娱，盛事传于京国，词林文士多赋

---

① （清）陈芸：《小黛轩论诗诗》卷上，凤凰出版社 2010 年"清代闺秀诗话丛刊"本，第1540 页。
② （清）郭润玉：《簪花阁诗自序》，郭润玉：《湘潭郭氏闺秀集》，湖南人民出版社 2010 年版，第 427 页。

第六章 其他地域女子诗社考论

诗夸美。①

湘潭郭氏闺秀组织的诗社曰"梅花诗社"。《湖南近代文学》说:"郭氏一门尽皆诗人,她们结'梅花诗社',经常绣阁联吟唱和。"② 这个诗社以湘潭郭氏闺秀为核心,也有少量外族闺秀参与。诗社重要成员郭秉慧曾赋写《梅花社分咏》《留别杨畹香纫仙、张仙藁诸同社》《寄诸同社》等诗记载诗社唱和活动。其《留别杨畹香纫仙、张仙藁诸同社》云:"于归何幸见芳姿,握手依依坐绣帏。已见才华惊绝代,更兼风雅亦吾师。梅花共结消寒社,柳絮还吟送别词。酬唱无多又分袂,江天云树系相思。"③《寄诸同社》云:"湘南有女士,潇洒莫与俦。去年与我晤,时值西风秋。握手情最亲,欢笑何绸缪。况结梅花社,消寒快赓酬。愿言长相随,心性两相投。"由此,湘潭郭氏闺秀迎来自己家族闺阁诗歌创作的高潮,也活跃、推进了湘潭与湖南闺阁诗坛的创作。《沅湘耆旧集》称许湘潭郭氏闺秀:

湘潭郭氏一门风雅,姑侄姐妹都能诗,云麓诸女皆才媛也。盖其耳濡目染,渊源有自云。④

李星沅为《湘潭郭氏闺秀集》作序说:

予惟风雅之彦萃于闺阃,递传三代,扬芳袭采,近时湘楚,必推郭氏为女宗。⑤

---

① (清)王闿运:《光绪湘潭县志》卷8,台北成文出版社1970年"中国方志丛书"影印本,第1570页。
② 孙海洋:《湖南近代文学》,东方出版社2005年版,第364页。
③ 本章所举湘潭郭氏闺秀与"梅花诗社"女诗人所写诗,大部分出自她们所写诗集,见湖南人民出版社《湘潭郭氏闺秀集》2010年版与清代刻本,少量见邓显鹤《沅湘耆旧集》。在此不一一注出。
④ (清)邓显鹤:《沅湘耆旧集》卷139,岳麓书社2007年"湖湘文库"本,第376页。
⑤ (清)李星沅:《湘潭郭氏闺秀集序》,郭润玉:《湘潭郭氏闺秀集》,湖南人民出版社2010年版,第349页。

《湘潭县志》也说：

郭氏才媛为湘南最。①

探而究之，湘潭郭氏闺秀诗人共有四代，第一代郭步蕴；第二代郭友兰、郭佩兰姊妹，为郭步蕴侄女；第三代郭漱玉、郭润玉姊妹，为郭友兰、郭佩兰侄女；第四代郭秉慧，为郭漱玉、郭润玉侄女。她们济济一堂，联袂群出，在湘潭与湖南地域诗坛濡染出一道亮丽的家族诗歌风景。

二 郭步蕴

郭步蕴，字独吟，清乾隆、嘉庆时期湘潭著名女诗人，著有《独吟楼稿》。郭步蕴早寡，依母家以居。在母家，她教授侄女、侄孙女，成为湘潭郭氏闺阁诗歌文化的开启人，也是湘潭郭氏"梅花诗社"的先导者。王闿运光绪《湘潭县志》"列女传"记载郭步蕴生平与诗歌贡献时说：

郭步蕴，父郭崇佐养于汪氏，崇佐孙汪璨复姓，而步蕴夫邵光耀早卒，依母家以老，故亦氏郭。幼善书史，号"女博士"。初寡时，遗孤尚幼，舅姑怜之，促改嫁，以死誓，乃止。名所居楼曰"独吟"，以诗教诸兄女、女孙。郭氏才媛为湘南最，皆步蕴教也。②

邓显鹤《沅湘耆旧集》也说：

步蕴，字独吟，湘潭人。适同邑邵某，早寡，有《独吟楼集》。独吟为鄂县知县汪璨云麓诸姑，早失恃，抚弱弟，奉父以孝闻。年

---

① （清）王闿运：《光绪湘潭县志》卷8，台北成文出版社1970年"中国方志丛书"影印本，第1568页。
② （清）王闿运：《光绪湘潭县志》卷8，台北成文出版社1970年"中国方志丛书"影印本，第1567—1568页。

第六章 其他地域女子诗社考论

十八归邵氏，家贫甚，夫卒，恃纺绩以养舅姑。以幽劳成疾，坐是益窘。舅姑就养婿家，独吟乃依弟以居。以诗授诸侄。郭氏一门闺秀皆能诗，长姑教也。诗多凄婉之音，其同县马敬之悔初序所谓"如城茄角，寒泉幽咽，哀蝉秋鸣，孤鹤夜惊者也"。①

作为湘潭郭氏闺秀诗歌文化的开启者，郭步蕴不仅在家族女性诗歌教育上厥功甚伟，其诗歌创作也有自己的特色。她善于写生活细事、小事，对自然物候的变化也比较敏感。其《社日》诗云：

社日多逢雨，停针步两楹。帘开新燕语，柳隔早莺声。
村鼓随风急，农歌度耳清。愁中深岁月，无限别离情。

又《新晴》：

帘开深院喜新晴，绿阶红酣泥眼明。
溪色到门春涨软，山光入槛晓烟轻。
飞来林鸟啼初急，困久闲人气自清。
佳日不嫌愁里过，苦吟得向望中生。

这两首诗，均写大自然的物候变化与诗人在闺阁中的细琐小事，如"逢雨"、"停针"，听"新燕"与"早莺"声，开帘纳晴，欣赏"溪色"与"山光"等。诗人在描写这些生活细事、小事时，不仅刻画了一幅幅真切而生动的自然与生活画面，而且融入了细腻的情思。

郭步蕴描写生活细事、小事的诗，有时非惟写出诗人的生活状态，而且写出她在此生活状态下的人性格局。如《镇日》诗：

镇日纫缄小阁间，夕阳庭下暂偷闲。

---

① （清）邓显鹤：《沅湘耆旧集》卷184，上海古籍出版社2002年"续修四库全书"影印本，第750页。

清霜落尽枫林叶，一片空明见远山。

又《室小》：

室小秋先至，窗虚月倍明。何当清夜永，处处是虫声。

诗人"镇日"在小阁间"纫缄"。夕阳西下，映照庭院，她停下劳作，暂时"偷闲"。此时，她放眼眺望，只见白露苍苍，层林尽染，"一片空明见远山"。这首诗既写出诗人勤劳的本色，又表现她淡泊平和的天性。《室小》诗则写诗人居室狭小，但她毫不介意。因为，她的居室虽小，但环境优雅：它有明月当窗朗照，有时还会传来小虫好听的鸣叫声。此诗也写出诗人安贫乐道的品格。

郭步蕴的家事亲情诗也颇具生活温度与情感深度。她的家事亲情诗大多苍老深幽，既有世事风尘之感，又有绵邈深细之情，在夹叙夹议的絮语中，表现诗人醇厚的品性与情感的深细。如《送莲儿往岳》：

小艇匆匆一叶轻，可怜含泪促儿行。
多情最是江头水，也替离人作憾声。

此诗主要写母亲对儿子的怜爱之情。诗人舍不得儿子离开自己。但为了家计，儿子又必须远赴他乡。所以，诗人既伤心，又痛惜，还有浓浓的不舍之情，她的感情可以说是五味杂陈。诗中"可怜含泪促儿行""也替离人作憾声"两句，可谓尽道诗人作为母亲的复杂心态。

固然，郭步蕴又写有不少情致感伤的诗。如《秋雨》：

秋雨到梧桐，潇潇满院中。夜阑敧枕听，一半是西风。

又《夜雨》：

一枕潇潇梦不成，秋风秋雨梦愁生。

无端几片芭蕉叶,也向窗前作憾声。

三 郭友兰、郭佩兰

郭友兰与郭佩兰是湘潭郭氏闺秀第二代著名诗人,她们积极进行诗歌创作,并且在家族内组织并参与"梅花诗社"诗歌唱和活动。王闿运光绪《湘潭县志》"列女传"记载郭友兰与郭佩兰事迹说:

> (郭步蕴)兄女曰友兰,字素心,佩兰,字芳谷。友兰适苏州丹凤山,早寡,依母氏以居。迨子长,开馆授徒,迎归养,乃时代其子讲授。佩兰适王德立。德立负才不遇,得心疾。子继阆成进士,皆母教也。[①]

郭友兰,字素心,号琼泉,嫁苏州凤丹山。后依母家以居,晚年曾代其子课徒授经。著有《咽雪山房诗》。《沅湘耆旧集》描述郭友兰生平说:

> 友兰字素心,湘潭人,云麓大令女弟,苏州凤丹山室。著有《咽雪山房集》。素心早寡,依母家以居,晚年时,代其子课徒授经,其兄女潄玉琼泉、润玉笙愉皆能诗。笙愉序其集称:"其椎髻布裙,躬亲操作,时借歌咏,强自陶写。又尝博引古贤女事,反复训勉。"[②]

郭友兰是湘潭郭氏闺秀"梅花诗社"核心成员,她有多首诗歌提到当年湘潭郭氏闺秀诗歌联吟的情形。如《芳谷三妹移居赋赠》:

> 胜境新开辟,弯环一径深。卷帘邀月影,扫石坐花阴。

[①] (清)王闿运:《光绪湘潭县志》卷8,台北成文出版社1970年"中国方志丛书"影印本,第1568页。

[②] (清)邓显鹤:《沅湘耆旧集》卷189,上海古籍出版社2002年续修四库全书"影印本,第20页。

路隔东西巷，情牵姊妹心。回思妆阁畔，拈韵共联吟。

又《压箱词为笙愉女侄于归星沙作》：

香车宝马太匆匆，絮语叮咛绣阁中。
洗手做羹新妇职，齐眉举案古媛风。
寅窗掠鬓钗团翠，午夜敲诗烛刻红。
老我诸姑才思减，压厢词愧句难工。

　　这两首诗歌提到的"芳谷三妹"，即郭佩兰。提到的"笙愉女侄"，即郭润玉。《芳谷三妹移居赋赠》主要写郭佩兰移居新屋，郭友兰颇为不舍。虽然郭佩兰的新居离她不远，"路隔东西巷"，但毕竟不能像以前同居一家时那样天天相见、耳鬓厮磨了。值得注意的是，诗歌最后一句"回思妆阁畔，拈韵共联吟"，即提到她们当年会聚联吟的往事。《压箱词为笙愉女侄于归星沙作》作于郭润玉新婚之时。诗歌第一部分写诗人对侄女的告诫。她希望侄女结缡后要慎守妇道，尊重丈夫，孝敬公婆，与丈夫和和美美地过日子，"洗手做羹新妇职，齐眉举案古媛风"。诗歌的第二部分则一边回忆郭润玉未出嫁时在家参加闺阁诗会"寅窗掠鬓"与"午夜敲诗"的积极状态，一边则自叹年事已老，诗才不如以往，这首写给侄女的"压厢"词肯定语句"难工"。这二首诗语句温婉，情感质朴，又从不同角度描写当年郭氏闺秀诗歌联吟活动，是记述当年湘潭郭氏闺秀诗歌结社盛况的第一手资料。

　　郭友兰的咏史诗也颇有思蕴与见识。其《明妃》诗曰：

桃花马上惨红颜，白草黄沙万仞山。
莫抱琵琶回首望，寒云深闭玉门关。

又《西施》：

义士亡吴衣锦还，阊间城外冷苍烟。

第六章 其他地域女子诗社考论

属镂不得君王赐,湖上年年唱采莲。

又《花蕊夫人》:

城头忍见竖降旗,憾煞貔貅解甲时。
回首湖山非故国,那能重唱旧宫词。

这三首诗,均为歌咏中国古代历史上著名女性,一为王昭君,一为西施,一为花蕊夫人。王昭君以西汉公主的名义嫁给匈奴呼韩邪单于,此后汉匈和平相处,边境数十年不起烽烟。西施为越国人。越国亡,越王勾践与大臣范蠡设美人计将西施献于吴王。吴王嬖西施,国政日非,终被越国灭亡。花蕊夫人徐氏为后蜀国主孟昶的妃子。宋军攻蜀,蜀军十多万人不战而降,花蕊夫人愤而作《述国亡诗》,中有"十四万人齐解甲,更无一个是男儿"之句。关于此三人,中国古代诗人多有歌咏,如杜甫《明妃曲》、王维《西施咏》等。郭友兰这三首咏史诗,不走前人或褒或贬的老路,而是以平和中允的态度看待她们的人生。诗人认为,王昭君和亲,虽然泽惠中原人民,却委屈了自己。北国边塞如此荒凉,但王昭君和亲后就再也不能回到自己的故乡,只能在异国他乡孤老一生:"莫抱琵琶回首望,寒云深闭玉门关。"诗人又认为,西施虽然让越国复国,却让深爱自己的丈夫失去社稷,她的行为,不知是高尚或是卑劣,故诗人用"冷苍烟"来比喻自己的心情,又用"属镂剑"来批评吴王,同时也暗讽西施。诗人还认为,花蕊夫人固然值得同情,"貔貅解甲"也固然可悲,但后蜀亡国的深层原因是君臣忙于作"宫词",沉溺于奢靡的生活而不能自振。这三首诗,见解中允,不作激昂之言,也不发惊人之语,展现出诗人理性而又别具一格的思致。

郭友兰部分小诗写得情趣盎然,清新可人,如七绝《口号》:

三月何曾觉昼长,饲蚕未了种田忙。
娇儿不识娘心苦,犹自牵衣索果尝。

又七绝《春日》：

> 帘卷空庭风日清，杏云霭霭柳烟轻。
> 黄鹂也解新晴好，隔院时添三两声。

郭佩兰，字芳谷，贡生王德立室，云南知县王继阀母，湘潭郭氏闺秀著名女诗人，"梅花诗社"重要成员，著有《贮月轩诗稿》。《国朝闺阁诗钞》简介郭佩兰生平说：

> 郭儒人佩兰，字芳谷，湖南湘潭县人，监生赞贤第三女，鄂县知县汪璨妹，贡生王德立室，云南知县继阀之母，与姊友兰并娴吟咏，著有《贮月轩诗稿》。①

郭佩兰《元夕寄怀笙愉侄女》诗记载她与郭润玉等郭氏闺秀当年进行诗歌联吟活动、组构"梅花诗社"的情形，此诗具有重要的史料价值与诗歌认识意义。诗歌云：

> 曾记吟香阁，灯宵夜不眠。梅花初结社，旗鼓各争先。
> 独有阿咸句，春风柳絮妍。而今重对月，怅望碧云天。

这首诗提到当年她与郭润玉等人在家族内组构"梅花诗社"的情景。此诗讲述"梅花诗社"的聚会地点是"吟香阁"，聚会的时间多半是夜晚。她们挑灯吟诗，比竞唱和，彻夜不眠，而且人人恃才自负，不肯认输，都想在诗歌比竞中脱颖而出。诗歌还描写，在郭氏闺秀"梅花诗社"唱和活动中，郭润玉表现最为优异，她常常拔得头筹："独有阿咸句，春风柳絮妍。"

作为郭氏闺秀与"梅花诗社"的重要女诗人，郭佩兰诗歌创作有

---

① （清）蔡殿齐：《国朝闺阁诗钞》第8册卷4，上海古籍出版社2002年"续修四库全书"影印本，第625页。

自己的鲜明特质。她的诗歌用语明了、轻灵,诗歌层次构建清晰且逻辑性强,不少诗歌情感温婉闲逸,并摇曳出一种清和澹荡的风致。如《秋意》:

> 秋意西来爽,飘然满太空。人烟江水外,雁影夕阳中。
> 冰簟消残暑,罗衣受晚风,倚楼频远眺,清思付诗筒。

又《夏日》:

> 熏风遥送芰荷香,深院沉沉日正长。
> 闲坐北窗临晋帖,不知人世有炎凉。

在中国古代诗歌的写作常态中,赋秋咏秋的题材常常与诗人的"悲秋""伤秋"情怀形影相随,如杜甫《登高》、苏轼《秋兴三首》等。然而,郭佩兰这首《秋意》诗却没有拾古人牙慧,而是另辟蹊径。在郭佩兰的吟咏中,秋天天高气爽,是如此美好,"秋意西来爽,飘然满太空"。在秋天里,江水清澈。而在江流的远方,是隐隐约约的人家炊烟。夕阳西下,余晖绚丽,大雁在自由地飞翔。"冰簟"凉快,可以消除"残暑",晚风吹拂,穿着薄薄的"罗衣"让人十分清爽。诗人此时倚楼远眺,情不自禁有一种要搦管赋诗的冲动。显然,郭佩兰这首《秋意》诗,全然没有"悲秋""伤秋"的情怀,反而笔致清新而轻灵,情思超旷而愉悦。其《夏日》诗也将夏天写得美不胜收,令人向往:夏风习习,送来荷花荷叶的清香,庭院宁静,夏天的白天悠长而祥和。在这宁静的时刻,诗人"闲坐北窗",聚精会神地临摹"晋帖",她是那么入神,以致"不知人世有炎凉"。此诗诗风灵动而澹荡,胸襟则平和而闲适。

郭佩兰还有若干诗歌写得颇有生气与风骨,显示出其诗歌创作的变化多姿与多样态。如《送竹溪弟赴云麓兄鄠县署》:

> 三千里外古长安,壮志能轻行路难。

深羡天涯姜被暖，转怜湘浦雁行单。
鸡鸣月晓函关远，木落秋高华岳寒。
料得征车方到日，桃花满县簇征鞍。

四 郭漱玉、郭润玉、郭秉慧

郭漱玉与郭润玉是湘潭郭氏闺秀第三代著名诗人，也是族内闺秀"梅花诗社"的核心成员。郭漱玉字六芳，号琼泉，衡山诸生罗亨鼎室，著有《绣珠轩诗》。她长期居于母家，以教授族内闺阁诗歌为乐。邓显鹤《沅湘耆旧集》简介郭漱玉生平说：

> 漱玉，字六芳，号琼泉，湘潭人，云麓明府汪璨女，衡山诸生罗亨鼎芝麓室，有《绣珠轩集》。湘潭郭氏一门闺秀，姑侄姊妹皆能诗，六芳绝去藻绘，时露风骨。《到家》、《咏古》诸作，尤得古乐府之题，非寻常闺阁语可比。①

《沅湘耆旧集》赞扬郭漱玉诗歌"绝去藻绘，时露风骨"，可称深察之言。郭漱玉的诗歌语言纯净，不少作品描绘诗人的生活状态，在真情描写中不时展现她的人性格局与气度。如《到家》：

> 初六整行装，初七泊河侧。初八到湘潭，水天共一色。
> 直从雨湖西，行过雨湖北。黄犬卧当门，吠我疑是客。
> 报道远人来，笑语帘栊隔。女侄忽旋归，叔母似相识。
> 兄弟俱长大，一一美风格。相见叙离情，烛光如昼白。
> 娇痴四妹小，鬟云才覆额。牵我薄罗衫，索我旧诗册。
> 久坐情愈亲，团坐屋逼仄。

---

① （清）邓显鹤：《沅湘耆旧集》卷187，上海古籍出版社2002年"续修四库全书"影印本，第1页。

第六章 其他地域女子诗社考论

又云：

> 阿爷自外回，顾女喜尤剧。呼女问归程，来踪可追忆？
> 初六整行装，初七泊河侧。初八到湘潭，水天共一色。
> 风尘果劳苦，艰难行不得。阿爷闻之笑，归程但咫尺。
> 男儿仗剑游，立功向沙碛。十年还故乡，两鬓霜雪积。
> 我昔上长安，到处鸿留迹。归时杨柳青，去时荷叶碧。
> 不知客路难，那知家居逸。

春节期间，诗人急着回娘家。她"初六整行装，初七泊河侧。初八到湘潭，水天共一色。直从雨湖西，行过雨湖北"。从诗歌所描写的急促行程与匆忙行踪来看，诗人归心似箭，迫不及待地想回娘家。回家后，她受到亲人们的热烈欢迎。"报道远人来，笑语帘栊隔"。于是侄女们一下子都围拢了过来，叔母们也都过来嘘寒问暖，兄弟们则一起拜见姐姐，"相见叙离情，烛光如昼白"。尤其是那位"鬓云才覆额"的小四妹，天真烂漫，惹人怜爱，"牵我薄罗衫，索我旧诗册"。父亲闻知女儿回娘家，立马就从外面回来，他看到女儿喜不自胜，"呼女问归程，来踪可追忆"？于是女儿就将自己的归程一一告知父亲。父亲听闻后开心大笑，他勉励女儿要不怕困难，要像有抱负的男子一样，不畏旅程艰辛，"男儿仗剑游，立功向沙碛"。父亲认为"不知客路难，那知家居逸"，品尝一下旅程的艰辛也不是什么坏事。

这首诗叙事清晰而又变化多姿，在细节描写中连缀出一条家事亲情的温暖主线，而这根主线又漫溢出浓浓的生活气息与人情世态。诗歌虽然以叙事为主，但人物叙写也十分精彩，小四妹的天真活泼，父亲的高瞻远瞩、爽朗大气，均写得活灵活现。而诗人的人性格局与风骨也尽现于字里行间。

郭漱玉歌咏古代贤妇的诗也写得颇有特色，她的此类诗大多既能展现她的胸襟气度，又具教育内蕴。如《题闺贤画册》诗：

孟光举案

艳妆更布裙，三日入庖厨。此真梁鸿妻，一笑偕隐吴。
谁言富贵女，嫁易轻其夫。
少君挽车
夫贱妻求去，夫贵妻跪迎。鄙哉朱苏妇，母乃非人情。
不见桓少君，同挽鹿车行。

孟光与桓少君为古代贤妇的代表。孟光是财主之女，却自愿嫁给有才德而家贫的穷书生梁鸿。婚后，夫妻二人隐居山区，梁鸿有时还帮人佣作。但孟光对梁鸿甚是敬爱，每次送饭时把托盘举得跟眉毛一样高，梁鸿对孟光也敬礼有加。后人遂用"举案齐眉"与"相敬如宾"来形容夫妻之间和谐恩爱的关系。桓少君是西汉名臣鲍宣之妻。鲍宣少时贫寒，为桓少君父亲的学生。桓父赞赏鲍宣品德纯正且有才华，就将女儿桓少君许配给他，并赠送女儿许多嫁妆。但鲍宣很不高兴。他不愿白拿岳父家的财产。桓少君问明缘由后，就主动谢绝父亲，改穿粗布衣裳，和鲍宣一起拉着小推车，嫁到鲍家。婚后，夫妻恩爱，比翼齐飞。郭漱玉这两首诗一方面赞扬孟光与桓少君的高尚品德，另一方面以此来勉励自己与家族内众姊妹，希望自己与家族内众姊妹均能以孟光与桓少君为榜样，做一个品德高尚的好妻子，能和自己的丈夫恩爱和美，执子之手，白头偕老。

郭漱玉部分小诗写得景象清美，情致温婉闲适，诗风轻灵活泼，展现出她多样的诗歌创作才华。如《春望》：

楼外春如许，烟光碧四围。絮随花乱落，云与鸟争飞。
溪水绿平岸，夕阳红映扉。徘徊欲终日，相赏竟忘归。

又《春山》：

雨后山添翠，云开一径斜。鸟啼烟破处，芳树杂生花。

又《梨花》：

第六章 其他地域女子诗社考论

> 梨花新绽短墙东，一片香飘澹澹风。
> 小婢不知春欲暮，错疑残雪未消融。

郭润玉，字笙愉，清嘉道时期朝廷名臣李星沅室，因夫官累赠至一品夫人。清代中后期著名女诗人，湘潭郭氏闺秀"梅花诗社"核心成员，著有《簪花阁诗草》《梧笙馆联吟》。又编辑湘潭郭氏闺秀诗汇成《湘潭郭氏闺秀集》，以志家学。

王闿运光绪《湘潭县志》"列女传"记载郭润玉事迹说：

> 郭润玉，字笙愉，以夫李星沅官，累赠至一品夫人。初嫁时，夫家贫甚，事姑陈孝谨，食恒无盐菜，雍雍如也。闺房静好，未尝有寒俭之色，愁叹之吟。星沅官翰林，母不乐远行，令润玉从夫。及督学广东，外官河南，皆偕行，赞佐内外，甚有文理，同官无不知润玉贤明者。

又说：

> 星沅字石梧，故题所居曰梧笙馆。有唱必和，犹形影也。而润玉才犹清绮，所作往往胜其夫。戴熙尝戏星沅曰："君莫持院体示闺中，渠将轻我词臣。"其为名辈推重如此。子杭妻郭秉慧，字智珠，即其侄也，亦工笔札，与杭并有才藻，一门文彩，当时羡之。润玉又选录王姑及姑姊妹诗为《郭氏闺秀集》，自为之序。①

沈善宝《名媛诗话》也记载郭润玉事迹：

> 湘潭郭笙愉润玉，字昭华，一号壶山女士，知县云麓先生女，李石梧中丞星沅室，梅生太史杭母，有《簪花阁诗草》、《梧笙馆

---

① （清）王闿运：《光绪湘潭县志》卷8，台北成文出版社1970年"中国方志丛书"影印本，第1570—1571页。

联吟》。笙愉为人温柔敦厚,蔼然可亲,生平嗜诗如命,《梧笙馆联吟》者,即伉俪唱和之什。琴瑟之笃,可继秦、徐。手刊《湘潭郭氏三代闺秀诗集》,以志家学。①

郭润玉是湘潭郭氏闺秀诗歌创作成就最高者。一则,她诗才优异,在家族闺阁诗歌唱和活动中往往能争得先机,拔得头筹。其姑母郭佩兰《元夕寄怀笙愉侄女》诗称许她:"独有阿咸句,春风柳絮妍。"二则,其诗歌创作有自己的独特风格与美感。在诗歌体式选择上,郭润玉大多写五七言近体律诗与绝句,篇幅简短,很少写长篇古风。在诗歌语言表达上,她的诗歌清纯、典正而又明晓易读。在诗歌情感抒放上,她的诗歌不作哀戚之音,大多平和而温雅。在诗歌写作手法运用上,其诗歌最喜采用白描与夹叙夹议法,在景物描写或叙事中融入自己的情思。三则,她不仅自己积极进行诗歌创作,而且留心家族闺阁诗歌的编辑与保存,将湘潭郭氏闺秀诗歌编辑为《湘潭郭氏闺秀集》,使湘潭郭氏家族一些主要女诗人的诗歌得以保存与流传。四则,郭润玉是湘潭郭氏闺秀诗人中诗歌交游最广者。郭润玉丈夫李星沅居官显要,曾在京师、广东、河南等地任职,郭润玉也不时随夫赴任。郭润玉在京师即结识满族女诗人瓜尔佳与"秋红吟社"领军人物沈善宝。其《簪花阁诗》写给瓜尔佳的诗有3首,写给沈善宝的诗有4首,如《瓜尔佳夫人以诗见召,赋此奉答》《和湘佩(沈善宝)见赠原韵》等。

在郭润玉的诗歌创作中,她与其夫李星沅的唱和与赠酬诗数量较多。这类诗或表达她对宦居在外的丈夫的思念,或记叙诗人与丈夫夫唱妻随的恩爱生活,或以人生正能量鼓励自己,也鼓励丈夫。此类诗情感真挚,在细微处展示生活,也展示诗人的品性,颇有文学审美与社会认识价值。如《次韵和外舟次见寄》:

半载京华客思孤,归帆安稳度重湖。

---

① (清)沈善宝:《名媛诗话》卷7,凤凰出版社2010年"清代闺秀诗话丛刊"本,第463页。

浮名不过当场事，知己何愁异日无。
自有风云腾剑气，不须耕馌问田夫。
竹阴深处荷香净，好写梧笙消夏图。

又《简石梧》：

疏帘斜挂澹烟横，一榻琴书午梦清。
细雨又添芳草色，初晴如画晓莺声。
衔杯镇日长相伴，绕郭名山不世情。
记取蛾眉新月上，曲栏同检旧诗评。

这两首诗均为诗人与丈夫李星沅的赓和之作。《次韵和外舟次见寄》主要抒发一种从容洒脱的情怀。诗歌第一句写诗人与丈夫在京师生活了半年之久，然而举目无亲，她备感孤独。诗人认为，在官场上腾达顺畅不过是一时"浮名"，能够理解自己这种想法的知己现在难寻，但何愁"异日"没有。她又写道，自己的心中自有一股"风云腾剑气"，想过一种契合自己心灵的生活。即使生活在农村，她也熟悉各种农活，"不须耕馌问田夫"。最后，诗人希望丈夫能从纷扰的官场中挣脱出来，与自己携手过上一种宁静平和的生活："竹阴深处荷香净，好写梧笙消夏图。"这首诗抒情层次分明而又略有波澜，但主体情感温和，恰到好处地表达了诗人在特定语境下的情思。

《简石梧》诗主要分为两个写作层次。第一个层次描写诗人优质而闲适的生活环境。首先是优质的自然生态。如家中的"疏帘澹烟"，以及"细雨芳草"的物候，还有"初晴莺声"的自然现象。其次是诗人高质量的生活状态。诗人听琴看书，"一榻琴书午梦清"，可谓其乐融融，好不清闲。诗歌的第二个层次为诗人描述她与丈夫李星沅的恩爱生活。他们或"衔杯镇日长相伴"，或到野外登山游乐，"绕郭名山不世情"，或在一弯新月下"曲栏同检旧诗评"。不妨说，郭润玉《简石梧》诗将自己的闺阁生活写得清雅而闲适，特别是将她与丈夫李星沅的夫妻之情写得温馨而浪漫。这首诗表明，在中国古代社会，不是所有的女性都地位卑微，受尽压迫，也不是所有的男性都高高在上，霸凌女性，事实是，在中国古代社会，夫妻恩爱、琴瑟和谐的美好婚姻也是一种"常态"的存在。

郭润玉的写景诗也写得意象生动、空灵，且时有新美奇异之笔。如《春阴》：

> 半晴半雨日昏黄，几度春阴锁画廊。
> 倦绣人随春共懒，卷帘风与燕争忙。
> 人情只解怜飞絮，天意分明护海棠。
> 指点石栏瑶砌外，茸茸芳草暗池塘。

又《梅影》：

> 一钩新月破黄昏，翠羽翩翩恰到门。
> 唤起梨花同一梦，绿云满地了无痕。

郭秉慧，字智珠，郭润玉侄女兼儿媳。湘潭郭氏闺秀第四代女诗人，湘潭郭氏闺秀"梅花诗社"重要成员，著有《红薇馆吟稿》。《沅湘耆旧集》简介郭秉慧事迹说：

> 秉慧字知珠，湘潭人，鄂县知县汪璨女孙，湘阴李杭室。年十八卒，有《红薇馆吟稿》。①

《名媛诗话》也说：

> 郭智珠秉慧，为笙愉女侄，李梅生太史杭室，幼失恃，依诸姑习诗文，明慧绝伦，过目了了。既长，归笙愉长子梅生，孝贤婉

---

① （清）邓显鹤：《沅湘耆旧集》卷187，上海古籍出版社2002年"续修四库全书"影印本，第7页。

娩，琴瑟酬唱，颇似舅姑。①

在郭秉慧的诗歌创作中，其笔下的写景诗颇具艺术情韵与个性特质。具体而言，她的一些写景诗意象清澄、空灵，而又空间宏阔，其中又融入诗人淡淡的相思或离愁。她的写景诗大多着色清淡，一些诗写绿树、河流、长空、江月等景致，没有大红大紫的颜色晕染。在诗歌体式上，则大多为五七言小诗，其中又以五律、五绝居多。在意境设置上大多动静相宜，既有动感的流水、烟云，又有静态的曲岸、野村等，处于一个变化嬗递的流程中。如《过洞庭和梅生韵》：

湖水平如砥，轻帆两度游。始知天地阔，不尽古今愁。
远树澹烟杳，遥山夕照留。推蓬闲望处，指点岳阳楼。

又《舟中晚望》：

小坐推蓬望，长江图画开。云穿深树出，帆带夕阳来。
野烧荒村外，疏钟曲岸隈。故乡渺何处，凝睇几徘徊。

又《闻棹歌声》：

一碧净无烟，江空月初吐。何处櫂歌声，渔舟隔烟浦。

在这三首诗中，诗人均描绘出宏阔的空间。如《过洞庭和梅生韵》中的"湖水平如砥，轻帆两度游"，"远树澹烟杳，遥山夕照留"；《舟中晚望》中的"云穿深树出，帆带夕阳来"，"野烧荒村外，疏钟曲岸隈"；《闻棹歌声》中的"一碧净无烟，江空月初吐"。诗人描绘的这些画面，空旷而辽远，容易引起人们"始知天地阔，不尽古今愁"的情

---

① （清）沈善宝：《名媛诗话》卷7，凤凰出版社2010年"清代闺秀诗话丛刊"本，第466页。

思。不仅如此，这三首诗，静中有动，动中蕴静，将动感的逸动与静态的庄穆融为一体。这三首诗又均着色清淡，如清澄的湖水，澹荡的远烟，萧瑟的远村，皎洁的江月，无不带给读者一种清纯的美感，并展现诗人寂寥的心绪与淡淡的忧思。

郭秉慧还写有一些颇具民歌风味的诗歌。如《柳枝词》：

  春风二月黛初妍，生就蛾眉剧可怜。
  一种芳姿难画处，半含残日半含烟。

五　王继藻、杨书兰、杨书蕙、张仙葈

湘潭郭氏闺秀能诗者众多，不止以上所列数人。这从她们互相唱和的诗歌中可以见。郭友兰《窗前芙蓉花开感五妹作》即提到"五妹"："去年今日芙蓉开，阿妹携诗满袖来。"可见，诗中的"五妹"擅长作诗。《次涓秀妹寄怀原诗》即提到"涓秀妹"："每忆裁新句，无端感旧游。"这个"涓秀妹"也喜欢作诗，并且与郭友兰联吟，也许她也是湘潭郭氏闺秀"梅花诗社"成员之一。

其中值得重点提及的是王继藻。王继藻，字浣香，为郭佩兰女。她跟随母亲在湘潭郭氏外公家长大，也属湘潭郭氏家族闺秀诗人。著有《敏求斋诗》，被收入《湘潭郭氏闺秀诗》中。郭润玉《敏求斋诗序》记述王继藻生平与诗歌创作说：

  妹少予十岁，而学博才丽，盖十倍予。自垂髫，秉承母训，受读六经，旁涉子史，靡不过目成诵。所为诗，清婉拔俗，楷法亦端秀，姑母爱之若掌珠。一时姊妹行，咸退让不如也。与予同长大，既又同适省门。月夕花晨，诗笺重叠。及予入京师，度岭峤，皆数以诗相慰问。[①]

[①]（清）郭润玉：《敏求斋诗序》，郭润玉：《湘潭郭氏闺秀集》，湖南人民出版社2010年版，第387页。

第六章　其他地域女子诗社考论

王继藻是湘潭郭氏"梅花诗社"重要女诗人。其《见梅花初开有怀郭笙愉姊》云:"老树寒香破,春归人未归。一枝冲雪放,三载与君违。忆昔同联社姊(同结梅花诗社),清吟对落晖。而今空怅望,离思满柴扉。"其《郭六芳姊招诸姊妹赏花,独余抱病不能赴,怅然有作却寄》云:"忆昔吟坛乐事浓,当时旗鼓各争雄。风云聚散何常定,今日琴尊又复同。"这两首诗不仅抒写她与郭润玉、郭漱玉之间的姊妹亲情,而且还描写"梅花诗社"诗歌唱和活动,为两首艺术美感与史料价值兼而有之的好诗。

作为湘潭郭氏闺秀中"学博才丽"的优秀女诗人,王继藻灵心善感,诸体皆工,但其诗歌中最见艺术情韵与社会认识价值者,却是其写作的家事亲情诗。其《勖恒儿》诗云:

> 妇人无能为,所望夫与子。抚子得成立,私心窃自喜。
> 望子修令名,书香继芳轨。尔质非愚顽,尔年虽稚齿。
> 为学慎厥初,成人贵在始。高必以下基,洪必由纤起。
> 慎毋贪嬉游,流光疾如驶。慎毋恃聪明,自作辽东豕。
> 璞玉苟不琢,徒然负质美。所以古贤哲,兢此分寸晷。

又云:

> 如彼艺南亩,及早勤耒耜。我力既殷殷,我黍必薿薿。
> 积土成丘山,慎毋一篑止。心专功必成,志坚事不靡。

又云:

> 我非孟氏贤,母教成三徙。又无积累德,改冀拾青紫。
> 惟念祖泽存,庶几免邪侈。男儿当自强,立志在经史。
> 或可光门闾,得以承宗祀。负荷良非轻,毋遗先人耻。
> 力学不早图,悔之亦晚矣。

此诗为"课子"诗,其内容主要为训勉并激励其子。诗歌的内容可以分为三部分。第一部分主要告诫儿子自小就要养成好的习惯,要有远大的理想,克除人性的负面基因。诗人告诫儿子,"为学"与做人"慎"始"慎"初特别重要,"为学慎厥初,成人贵在始",而所有显赫的功业都是从最基本与最细小的事情开始,"高必以下基,洪必由纤起"。她还郑重地叮嘱儿子,一定要克除自己人性中负向的因子,"慎毋贪嬉游","慎毋恃聪明",如此,方有可能获得人生的成功。第二部分是教育儿子要勤奋,不能懒惰,人生所有的丰收,皆因勤劳。她还提醒儿子,除了勤奋、细心、恒心、耐心、专心与毅力也非常重要,"积土成丘山","心专功必成"。第三部分诗人则提出诗人的期望。诗人低调地认为,自己既非孟母贤,又没有值得他人仰望的高尚品德,所以,她不奢望儿子能大富大贵。不过,诗人希望儿子能好好珍惜自己祖先流传下来的好品德,能够克除一切"邪侈"的事物,"男儿当自强,立志在经史",以此来光大"门闾",承继"宗祀",做一个正派而又有作为的人。此诗以议论、抒情为主,诗人对儿子的训勉与激励可谓语重心长,一波三折,同时又不乏关爱,尽显一个负责任的母亲的良苦用心。

王继藻还写有一些既清新灵动、又不乏生活气息的五七言小诗。如《渔村夕照》:

老渔买鱼归,醉卧柴门畔。蓑挂绿杨村,网晒斜阳岸。

又《卖花声》:

浅红深白一蓝携,才过桥东又巷西。
多少香闺深梦醒,不关枝上有莺啼。

在湘潭郭氏"梅花诗社"发展后期,又有杨书兰、杨书蕙、张仙藻等少数外族闺秀诗人参与诗社诗歌唱和,成为诗社女诗人。

杨书兰,字畹香,晚清长沙府湘阴县女诗人李星池女,长沙周瀚本室,著有《红蕖吟馆诗钞》。李星池为郭润玉丈夫李星沅胞妹,故杨书

第六章　其他地域女子诗社考论

兰与湘潭郭氏有姻亲关系。杨书兰又与"梅花诗社"重要女诗人郭秉慧有诗歌交往。郭秉慧在《冬日与杨畹香纫仙、张仙蘏诸女史分咏》诗中提到杨书兰,又在《留别杨畹香纫仙、张仙蘏诸同社》诗中称杨书兰为"诸同社"。杨书兰也写作《梅花诗与社中分咏二首》诗记载她参与湘潭郭氏闺秀"梅花诗社"诗歌唱和活动。

杨书兰《红蘏吟馆诗钞》共有古今体诗75首,其笔下所写均为清代闺秀诗人常见的写作内容,如题画、写景、咏史、唱和赠酬、咏物、怀人等,其中又以写景诗最具文学美感。如《夏夜》:

> 雨过天清暑气收,初生纤月上帘钩。
> 茧穿竹径随风度,鹤梦松林觉夜悠。
> 一院桐荫凉似水,半池荷影淡如秋。
> 谁家玉笛长空起,引我闲吟倚画楼。

又《泛舟》:

> 画船开去趁轻风,兰桨摇回碧浪中。
> 不觉归途天色晚,满身衣带夕阳红。

这两首诗情感愉悦而轻松,意境构置与语言表达则在生动中又有新意,如"半池荷影淡如秋""满身衣带夕阳红"等句均构境别致且用语别开生面,既让整首诗歌充溢灵动的美感,又充分彰显诗人不同凡响的诗歌才情与艺术表现能力。

杨书蕙,字纫仙,杨书兰胞妹,归湘阴诸生刘俊章,著有《幽篁吟馆诗钞》。杨书蕙与湘潭郭氏闺秀郭秉慧相友善,与其姊杨书兰共同参与"梅花诗社"诗歌唱和活动。

杨书蕙《幽篁吟馆诗钞》有古今体诗118首,她的诗歌创作成就与其姊杨书兰不相上下。在杨书蕙的诗歌创作中,也以写景诗最见文学美感与艺术情韵。如《暮春园中作》:

> 春光已过楝花天，薄暮园亭意自便。
> 蝶梦正酣红杏雨，莺声半老绿杨烟。
> 风吟翠条清于瑟，水飐新荷小似钱。
> 好景流连归去晚，数峰明灭夕阳边。

又《雨后登楼》：

> 久雨忽微霁，登楼望眼迷。岚堆千嶂重，烟压一城低。
> 垅麦新含润，园蔬半带泥。农歌隔水起，野外有人犁。

第一首《暮春园中作》主要写暮春季节诗人自家园林的景致。这里有"正酣红杏"，有"半老绿杨"，有"风吟翠条"，还有"水飐新荷"，景色明媚而清新。而诗人的意绪也愉快且闲适。第二首写诗人"雨后登楼"所看到的景象。她看到美丽的岚光，看到厚重的烟云，看到远处绿油油的"垅麦"，也瞧见园圃中蓬勃生长的蔬卉。而远处隔水的"农歌"、田野的"人犁"，又让这充满蓬勃生机的场景平添几分人趣，颇有世外桃源的风情。

张仙蘷生平事迹不详，但郭秉慧在其《冬日与杨畹香纫仙、张仙蘷诸女史分咏》与《留别杨畹香纫仙、张仙蘷诸同社》二首诗中曾记载她参与"梅花诗社"社事活动，并称她为"诸同社"。杨书蕙《和张仙蘷二妹寄怀原韵》诗也曾提到她。其诗云："十载亲情久，三年怅别频。月犹前度白，花是异乡春。鬓发催人老，风光逐岁新。把君诗不倦，高咏一沾巾。"

第四节　晚清成都浣花诗社

一　成都曾氏闺秀浣花诗社

晚清同治年间，四川省成都府华阳县（今属成都市区）曾咏妻左锡嘉、二女曾懿、三女曾玉、四女曾叔俊、五女曾彦等人均工诗能词，她

第六章 其他地域女子诗社考论

们定居成都浣花溪畔,在母亲左锡嘉的率领下不时进行诗词唱和,并成立家族闺秀"浣花诗社",从而形成晚清成都女性诗坛一个著名的闺秀诗歌社团,在晚清成都女性诗坛掀起一阵诗歌创作的波澜。曾咏,字永言,号吟村,道光二十四年(1844)进士,曾任清廷户部河南司主事,福建司员外郎,云南司郎中,江西吉安府知府。后因事免职,被曾国藩邀至湘军中任襄理,办理安庆军务。同治元年(1862)因积劳成疾卒于军中,清廷赐赠太仆寺卿。曾咏能诗,左锡嘉将其所作诗汇编为《吟云仙馆诗稿》。

曾咏与左锡嘉育有三男六女。三男为:长男曾光煦,字旭初;次男曾光岷,字蜀章;季男曾光文,字季章。曾光煦因父荫被清廷选授为山西定襄知县。曾光岷为光绪十五年(1889)进士,曾官刑部主事。曾光文也因父荫,曾官山西襄陵(今襄汾县)知县。六女为:长女曾季昭,嫁新都刘必帅,早寡;二女曾懿,字伯渊,嫁宛平袁学昌;三女曾玉,嫁南充林尚辰;四女曾叔俊,嫁铜梁吴钟瀛;五女曾彦,字季硕,嫁汉州张祥龄;六女曾鸾芷,嫁新都魏光瀛。其二女婿袁学昌为光绪五年(1879)举人,官至湖南提法使,能诗。五女婿张祥龄为光绪二十年(1894)进士,历任陕西怀远(今横山县)、大荔、南郑等县知县。张祥龄为晚清著名作家,著有《前后蜀杂事诗》、《半箧秋词》与《续半箧秋词》等。

关于"浣花诗社"诗歌联吟的具体情形,左锡嘉《浣花诗社歌》曾有较细致的描述:

> 锦官城外西复西,江桥濯锦通花溪。
> 细柳菖蒲青袅袅,桤林碍日幽禽啼。
> 江上小堂白少岸,少陵旧宅今壮观。
> 我来结社托比邻,笑辑英灵主诗案。
> 新荷叠翠生微波,水毂红泛芙蕖窠。
> 芳华照人香沁骨,清篇脱手思如何。
> 静女淑姬抱神悟,花底招凉入新句。
> 钿笔飞英环佩低,柳絮因风谁独步?
> 垂髫女郎兴更豪,新声三复重推敲。
> 余音缭绕碧云外,响答松末生虚涛。

玉尊写露留清赏，美人苕苕为神往。
书盈十幅浣花笺。珠箔晶帘月初上。①

又《寒夜和赵佩芸悟莲》：

少陵旧宅暮钟迟，几日江头花满枝。
千载寄居如有幸，半生多难竟谁知。
童奴扫叶朝开径，儿女围灯夜课诗。
暂喜春回冰雪里，屠酥宜引后来卮。

从左锡嘉《浣花诗社歌》的叙述来看，其结社时间应为同治元年（1862）曾咏病逝于与太平军交战前线、左锡嘉扶柩回到成都华阳之后。刚回成都，左锡嘉心情悲痛，加之诸女皆幼，最大者才十二三岁，小者才几岁，所以不可能组织"浣花诗社"。"浣花诗社"的成立，最有可能在同治中后期，即同治五年之后。因为，此时诸女逐渐长大，而且多数待字闺中，尚未出嫁，而左锡嘉悲痛的心情也逐步得到平复，有心情来组织家庭闺阁诗词唱和活动。诗社之所以取名"浣花诗社"，则是因为此时左锡嘉及其全家已经定居成都浣花溪畔，其家宅就在浣花溪杜甫草堂附近。关于这一点，左锡嘉《浣花诗社歌》与《寒夜和赵佩芸司莲》诗均有描述。其《浣花诗社歌》云："锦官城外西复西，江桥濯锦通花溪。细柳菖蒲青袅袅，桤林碍日幽禽啼。江上小堂白少岸，少陵旧宅今壮观。"其《寒夜和赵佩芸司莲》诗云："少陵旧宅暮钟迟，几日江头花满枝。"而左锡嘉本人，则是成都曾氏闺秀"浣花诗社"的组织者与主盟人。其《浣花诗社歌》与《寒夜和赵佩芸司莲》诗对此有明确记载。《浣花诗社歌》云："我来结社托比邻，笑辑英灵主诗案。"《寒夜和赵佩芸司莲》诗云："童奴扫叶朝开径，儿女围灯夜课

---

① 本章所引成都曾氏闺秀诗歌，大部分来自她们所著诗集，少量录自《晚晴簃诗汇》。左锡嘉著《冷吟仙馆诗稿》，有光绪十七年（1891）刻本。曾懿著《古欢室集》，有光绪三十三年（1907）刻本。在此不一一注出。

第六章 其他地域女子诗社考论

诗。"诗歌明言她"主诗案",又说她"夜课诗",这是其为成都曾氏闺秀"浣花诗社"领军人物与主盟人的铁证。

至于成都"浣花诗社"的成员,则是成都曾氏家庭众位闺秀。她们在母亲左锡嘉的引领与组织下,比竞联吟,旗鼓争先,掀起成都曾氏家族闺秀诗歌创作的高潮。对此,《浣花诗社歌》描述说:"芳华照人香沁骨,清篇脱手思如何。静女淑姬抱神悟,花底招凉入新句。钿笔飞英环佩低,柳絮因风谁独步?垂髫女郎兴更豪,新声三复重推敲。"读者特别要注意,诗歌点明诗社唱和活动中有"垂髫女郎",亦即七八岁的小姑娘。这也许是左锡嘉最小的女儿。

曾懿也作有一首《浣花诗社歌》。她的这首《浣花诗社歌》重点描写成都曾氏闺秀结社联吟的豪情雅兴与诗歌唱和时的热闹场景:

浣花溪水何洋洋,绕溪珍木郁苍苍。楼阁啾流各低昂,湘帘十二卷夕阳。中有诗人清且扬,芝兰竞秀雁成行。明月为裾云为裳,高谈妙语翰墨香。依依梦锁春草堂,笔花灿烂生辉光。丽句争传碧琳琅,浣溪风月富锦囊。松篁敲韵入潇湘,波光云影皆文章。染墨绮靡不可忘,诗情遥共海天长。诗万卷,酒千觞,吟咏之乐乐未央,但愿人生欢聚永,无荒,千秋万岁合与骚人共草堂。

在"浣花溪水何洋洋,绕溪珍木郁苍苍"的美好环境下,曾氏闺秀诗人"清且扬",她们"芝兰竞秀","高谈妙语翰墨香",在家庭内结社唱和。她们"丽句争传碧琳琅,浣溪风月富锦囊。松篁敲韵入潇湘,波光云影皆文章",在家庭诗歌唱和活动中互比才情,各不相让。诗人认为,这种豪情雅兴可以"遥共海天长"。她希望这种美好的生活与情感能够永远存在下去,"但愿人生欢聚永,无荒,千秋万岁合与骚人共草堂。"

曾懿还有一首《浣花草堂新营住宅,山绕溪回,杂花翠竹,好鸟嘤鸣,石濑淙淙,重闱静逸,偶拟十三韵以写四时佳景,同叔俊四、季硕五妹作,寄仲仪三妹》诗也记叙成都曾氏闺秀结社唱和的部分情形。其第四首云:

骨肉依依形影随，联吟伴绣傍萱闱。
年来陡解相思意，别妹离兄各一涯。

其第七首云：

寒宵刻烛演连珠，击句争先碎唾壶。
屈指流光春已半，等闲抛却绣功夫。

又第十首：

波光云影浸楼台，诗社吟成醉绿醅。
笑语喧哗争得采，百花深处夺魁来。

左锡嘉的长子曾光煦也以旁观者的视角记叙当年家中闺秀"浣花诗社"诗歌唱和的情形，他为其妹曾懿《古欢室诗词集》作序说：

回忆浣花溪畔，水木清华，楼榭参差，阑干曲折，豪情壮彩，觞咏流连，结社分题，追欢如昨。①

晚清著名诗人与学者缪荃荪曾对华阳曾氏女性诗歌结社活动给予高度评价：

昔会稽祁氏商夫人眉生有嗣音、云衣为姊妹，有弢英、修嫣、湘君为之女，而《锦囊》、《绿窗》等集未焚。《寄云》各草早已流播艺苑。再求之近代武进张翰风先生之女，孟缇有《澹菊轩集》，婉钏有《绿槐书屋集》，若绮有《餐风馆集》。而王氏采蘋、采蘩亦各成家，一门之内风雅相高，上拟祁氏，后相辉映。

---

① （清）曾光煦：《古欢室诗词集序》，曾懿：《古欢室诗词集》，光绪三十三年（1907）刻本，第1b页。

然以视《古欢》（曾懿诗集名），其家庭唱酬之乐则同，而簪佩相庄，兰玉竞爽，古今才媛不可多得之遇以一身兼之，则又独异也。①

二 诗社主盟人左锡嘉

在晚清成都曾氏闺秀"浣花诗社"中，以左锡嘉诗歌创作成就与诗歌影响最大，她是诗社的发起者与主盟人。

左锡嘉，晚清著名女诗人与女画家，字婉芬，号小云，又号冰如②，清常州府阳湖县（今属江苏常州市区）人，道光进士、吉安知府赠太仆寺卿曾咏室。著有《冷吟仙馆诗稿》《冷吟仙馆诗余》《冷吟仙馆文存》。《清代闺阁诗人征略》引林尚辰《外姑左太夫人寿言》记其事迹说：

> 生性淑婉，聪颖过人，幼工绣谱，喜诗书。九岁失恃，育于叔母家。

又说：

> 姊二人，一为姚光禄子湘夫人，名锡蕙，号畹香；一为道光丁未榜眼袁太仆厚庵夫人，名锡璇，号芙江；寻俱入都，均能先意承志，都中有"左家孝女"之称。又皆善吟咏，工书画，才名尤啧啧于三党间。咸丰辛亥，归太仆公为继室。太仆公时官户部，太夫人操持内政，敬顺有礼，中馈缝纫，一己兼之，常以大义相规勉。

---

① （清）缪荃孙：《古欢室诗词集序》，曾懿：《古欢室诗词集》，光绪三十三年（1907）刻本，第5b—6a页。
② 左锡嘉字号说法有异。或称其字小云，又字冰如；或云其字小云，号冰如。本书的说法见之于其诗集《冷吟仙馆诗稿》，也见之于晚清《小黛轩论诗诗》。

又说：

> 太仆公简授江西吉安府知府，太夫人随焉。吉郡屡遭兵燹，凋敝日甚，太仆公招集流亡，导以桑农，使各安业。太夫人又劝振穷黎，给衣食以招徕之。①

曾咏病逝于安徽后，左锡嘉扶柩归成都华阳，《外姑左太夫人寿言》如是写道：

> 抵家营葬毕，奉舅姑乡居，茅屋数椽，聊蔽风雨，日啖粥食蔬，课农自给。

又说：

> 会天旱，田不能耕，太夫人乃以针黹机杼为糊口之计。盼子成立，至是尤切。因念乡曲弇陋，见闻狭隘，恐学业无成，遂卜宅于成都南郭外之浣花溪工部草堂之侧，延师课读，毕尽苦心。②

《晚晴簃诗汇》也对左锡嘉有所评论：

> 冰如多才艺，归曾氏后，诸子女秉母教皆工诗画，为世所称。③

阳湖左氏为常州仕宦与诗文名族。左锡嘉祖父左辅，字仲甫，号杏庄，乾隆五十八年（1793）进士，嘉庆年间官至湖南巡抚。左辅工诗词，善古文，与当时著名文学家洪亮吉、黄景仁、恽敬、张惠言交好，

---

① 施淑仪：《清代闺阁诗人征略》卷10，凤凰出版社2010年"清代闺秀诗话丛刊"本，第2151—2153页。
② 施淑仪：《清代闺阁诗人征略》卷10，凤凰出版社2010年"清代闺秀诗话丛刊"本，第2151—2153页。
③ 徐世昌：《晚晴簃诗汇》卷188，北京出版社1996年影印本，第3178页。

第六章 其他地域女子诗社考论

著有《念宛斋全集》。《清史稿》载其事迹说："左辅，字仲甫，江苏阳湖人。乾隆五十八年进士，授安徽南陵知县，调霍丘。"又载："擢广东雷琼道，迁浙江按察使、湖南布政使。二十五年，就擢巡抚。"① 左锡嘉父左昂，字德举，号巢生，道光二十年（1840）举人，曾官大理寺丞，又选授安徽凤颖同知，后主讲北方各书院，著有《求己斋文集》。左昂生有五子七女，左锡嘉为其第六女。

阳湖左氏众闺阁也均能诗善文。左锡嘉四姊左锡蕙，号畹香，浙江归安姚开元室，能诗善画。五姊左锡璇，号芙江，② 其夫袁绩懋为道光二十七年（1847）进士，官至福建延建邵道。左锡璇工诗能画，著有《碧梧红蕉馆诗词集》。《清史稿》简载其事迹云："左名锡璇，字芙江，阳湖人。事亲孝，父病，刲臂和药进。工诗善画，书法尤精，著有《卷葹阁诗集》。"③《晚晴簃诗汇》评论左锡璇说："芙江为左仲辅中丞女孙，事亲孝，工诗善书，画与妹婉芬齐名。"④ 左锡蕙、左锡璇、左锡嘉因均善吟咏，时称"左家三才女"。陈芸《小黛轩论诗诗》称颂左锡璇与左锡嘉说：

> 冷吟仙馆冷于冰，桐碧蕉红亦可矜。家学能传桐凤集，恰如鸿雪有师承。左锡嘉，字婉芬，号冰如，阳湖人，华阳曾太仆咏继室，著《冷吟仙馆诗词稿》。妹锡璇，字芙江，袁观察继懋继室，著《碧桐红蕉馆诗词集》。观察、太仆皆死于粤匪之难，姊妹青年守寡，芙江居闽，婉芬居蜀，俱抚孤成立。⑤

左锡嘉《冷吟仙馆诗稿》主要分为"吟云集""卷葹吟""冷吟

---

① 赵尔巽：《清史稿》卷381，中华书局1998年缩印本，第2984页。
② 又有文献称左锡蕙字畹香，左锡璇字芙江，本书从林尚辰《外姑左太夫人寿言》说。
③ 赵尔巽：《清史稿》卷509，中华书局1998年缩印本，第3602页。又，《清史稿》称左锡璇著《卷葹阁诗集》有误。《国朝常州词录》《小黛轩论诗诗》《晚晴簃诗汇》《历代妇女著考》皆称左氏著《碧梧红蕉馆诗词集》。其妹左锡嘉《冷吟仙馆诗稿》卷四则有《卷葹吟》。
④ 徐世昌：《晚晴簃诗汇》卷188，北京出版社1996年影印本，第3177页。
⑤ （清）陈芸：《小黛轩论诗诗》卷下，凤凰出版社2010年"清代闺秀诗话丛刊"本，第1584页。又，此处记载有误，左锡璇为左锡嘉姊，而非其妹。

集"等篇卷，内容丰富。

"吟云集"主要状写诗人与曾咏结缡后的生活。在此期间，其夫曾咏在清廷户部为官，后又出任江西吉安府知府。左锡嘉"吟云集"中即有《赠外子》《和外子秋兴原韵》《春夜咏雪与外子分韵得南字》《和外子月夜鸣琴》《和外子田家杂兴》《和外子春归》等诗记载其夫妻诗词唱和、琴瑟和鸣的恩爱生活。"吟云集"又有《至吉安代简寄诸弟》《吉安感怀》《雨窗不寐》《西江罢官，命驾将归，外子以案纹嘱绘，用志归思，并次原韵》《怀远》等诗描写她在江西吉安的生活状态。

"卷葹吟"主要写其夫曾咏在安徽安庆军中病逝后诗人的悲痛心情与扶柩归里的过程。卷葹，又名"宿莽"，草名，《尔雅·释草》云："卷葹草，拔心不死。"① 左锡嘉用"卷葹"作为其诗集分册的题名，隐然有不畏困苦、在艰难险阻中努力求生的意思。此分册第一首《壬戌闰八月二十五日，接李眉生鸿裔、李申夫榕寄儿子书，惊悉外子于太平营次卧病，次日买舟独往，行至鄱阳湖，为风所阻，忧心如焚，击楫成歌》诗，即写其夫病危事。第二首《九月十一皖省舟次，闻外子凶耗》则写其夫病逝、她悲痛欲绝的心情。《江右舟次作家书泣成》《扶柩至吉安追画先夫遗像》《感伤》《期归蜀赋此谢之》《黄州舟次即事》《扶柩至家》等诗均描写其夫病逝后诗人的悲痛心情与扶柩归里的艰难过程。

"冷吟集"内容较之"吟云集"与"卷葹吟"则更为丰富。此集一方面状写她归居成都华阳与移居成都浣花溪畔的生活，如在华阳的农耕与课子生活，在浣花溪畔的诗歌结社以及与其他诗坛名媛的诗词和生活来往；另一方面又写她中年与晚年后，诸子女长成，她随子到山西定襄等地宦居以及对诸子女的期盼与思念。总之，"冷吟集"用多样态的笔墨描写诗人中年与晚年的生活与情感状态，内容丰富，信息量大。此期具有代表性的诗歌有《摘豆词》《田家十二月乐词》《苦旱谣》《次韵答王太夫人赵佩芸、潘太夫人赵悟莲见赠》《重答赵悟莲寄怀原韵》《移居》《浣花溪居杂咏》《浣花诗社歌》《煦儿迎养定襄临行志别》《过龙泉关》等。

综合来看，左锡嘉的赠夫悼夫诗、乡居诗、赠闺内好友诗写得最为

---

① 《尔雅·释草》，中华书局1985年版，第104页。《尔雅》未署作者。

出色。这三类诗既写出诗人的主要人生经历与生活状态,又在语言表达、情意展示、艺术意蕴设置等文学质素上焕发出美感,在生活、历史的底色里晕染着诗人的个性与对艺术的独立追求。

其《不寐答外子值宿韵》云:

胡为不成寐,小别亦魂销。碧月和烟落,明星人望遥。
灯花愁暗淡,风叶冷刁萧。翠袖宵寒重,心香午夜烧。

《补衣答外子见赠原韵》:

敝衣十载宦长安,风骨棱棱尽耐寒。
补缀不教襟露肘,小窗灯火影团栾。

又云:

宛转丝随连理针,秋风九月整寒襟。
自怜贫也非关病,冷暖常怀济世心。

左锡嘉与丈夫相关的诗众多,有近 30 首。这些诗或写她与丈夫诗词联吟的浪漫情状,或写与夫小别的深情相思,或写夫妻相守的清贫生活,或表达其夫逝世后的悲痛心情,它们从不同的层次与视角展现左锡嘉与曾咏二人心心相印、相濡以沫的恩爱关系。这两首小诗,一首写"外子"到朝廷值班,夫妻小别,左锡嘉颇为不舍。丈夫到朝廷"值宿",左锡嘉没情没绪,为此而失眠。"碧月"显得那么冷清,"星星"也显得那么遥远,原本美好的事物顿时变得黯淡无光。从这首诗的情感来看,最有可能是她结婚蜜月时所写。另外一首写诗人与丈夫在京中宦居的清贫生活与诗人的人生理想。衣裳破了,不要紧,补一补就行了。尽管十载长安宦居,诗人与丈夫依旧"敝衣"清寒,然而,只要夫妻恩爱、家人"团栾"也就令诗人心满意足了。诗人又写道,虽然生活清贫,但比起济世拯民的大事,个人的清贫就不值一提了,她鼓励丈夫,要"冷暖常怀济世心"。

这两首诗,一首表达左锡嘉的缠绵深情,一首展示诗人的高远胸襟,可以说,她既是一个小鸟依人的世俗女性,也是一个胸中装有大江大河的扫眉才子。

左锡嘉的乡居田园诗则有另一番风景。《乡居》云:

  茅茨泥四壁,梁柱缺结构。瓢饮岂堪忧,穷巷敢云陋。
  量纸补残篇,牵罗缀屋漏。遗经授孤儿,识字严句读。
  画粥思古贤,刻苦企成就。蚕月料桑柘,谷雨验麦豆。
  曲堰榛刺肥,瘠土禾稼瘦。怡情涧泉鸣,聒耳村姑诟。
  导之以礼让,了不识左右。积习闵难化,愁心蕴百皱。

又《喜雨》:

  丝雨时溟蒙,濡然生意满。蕨芽红努拳,蒲花紫茸软。
  涧水流淙淙,炊烟湿不展。覆畦豆荚肥,麦浪霭绿畹。
  父老验丰稔,酒樽情款款。浩荡天地春,岂由人力转。
  引领心情怡,山光无近远。

又《猛雨叹》:

  片云蘸墨压晴屿,大点杂沓急飞弩。
  禾黍粟麦曝场圃,西舍东邻呼救雨。
  男妇不辨奔如梭,箕帚筐筥争张罗。
  泥汙滑沓了不顾,衣履透湿犹摩挲。
  一年之秋血汗苦,安忍掷此洪涛波。
  归来父老仰歇息,明朝何以酬催科。

左锡嘉在其夫曾咏病逝后,即扶柩归里,在华阳农村生活一段较长的时间。这三首诗从不同的侧面反映她的乡居生活。

第六章 其他地域女子诗社考论

《乡居》诗描写诗人初入乡村，百废待兴，破敝的茅屋要修补，荒废学业的子女要教育，田地的谷蔬要播种，还要学会与不识礼仪的粗俗村姑打交道。左锡嘉是一位出生官宦的城市女性，此前还未在农村长期生活，对她而言，这陌生的农村生活是一道障碍。然而，为了子女，为了已故的丈夫，这些困难算不得什么，左锡嘉一一将其克服。《喜雨》诗写"丝雨"及时而来，由是大地"霈然生意满"。"蕨芽"开始冒出，"蒲花"与"紫茸"也变得肥而软。"涧水"因为这场及时雨而淙淙流淌，炊烟也因为这场及时雨而变得迷离朦胧。由于这场及时雨，"豆荚"肥了，"麦浪"绿了，"父老"心情变舒畅了，他们为此饮酒庆祝。因为有一个丰收年，诗人也格外开心，"引领心情怡，山光无近远"。《猛雨叹》也是写雨，不过，这场雨不是及时雨，而是一场灾害与劫掠。因为这场"猛雨"，晒在场圃中的"禾黍粟麦"将会化为乌有，村民们一年的心血有可能泡在水中，为此，诗人与村民一道，不畏艰苦，勇敢地将场圃中的"禾黍粟麦"抢救而出。

这三首诗在艺术表现上有以下几个特点。一是叙述与描写多，且多为直叙与白描，也就是事情是什么样子诗人就尽量按照它们的本来面目去写，尽量展示事物的本真形态。二是聚焦农村的主要生活场景与生活矛盾来写。初入乡村，"住"下来是一个主要矛盾，安居方能乐业，所以，诗人写其牵罗补茅屋。作为农民，最关心的是农作物生长的好坏，是否风调雨顺。所以，《乡居》与《喜雨》二诗即以大量的篇幅写诗人这方面的心情。三是写自然灾害对农民生活的影响。《猛雨叹》就写一场暴雨几乎让农民的一年收成清零。

左锡嘉在西蜀与山西还结识了一批闺阁诗人，她们不时来往，也有诗词赠答，这也构成左氏中晚年生活的重要形态。《访赵悟莲晚归》诗共有两首，其第一首曰：

　　数里出城郭，悠然远市嚣。寺闲风卷磬，泉激月生潮。
　　密竹隐茅舍，疏花带野桥。曲堤郁芳苕，归路不知遥。

其第二首曰：

襟怀恒落落，身世等劳劳。惜与故人别，归来山月高。
清溪鸣水碓，虚壑响松涛。镫影透墙隙，书声散郁陶。

又《寒夜得萧月楼与乌拉扎桐云两夫人书，感赋小诗，借以作答》：

北风撼窗纸，塞向味寒寂。离绪纷如芒，兀坐但守默。
青鸟不辞远，翩跹落云翮。故人情意长，迢递寄胸臆。
申函蜡炬红，墨花浮黛色。上言久别离，下言长相忆。
知交感参商，良晤安可得。念子夫婿贵，古干皎松柏。

又云：

念子太瘦生，辛劳职内则。两贤不我遗，同心悦芳泽。
因知悱恻怀，名族等阀阅。岂不云路翔，官高各异域。
人生怀至性，离悃料难释。愿子时加餐，珍重卫朝夕。
和霭生春风，景福自天锡。嗟我就薄养，对案每忘食。

又云：

朔方多风沙，传舍复逼侧。平生有姊弟，宦辙异南北。
儿女虽成行，出门云水隔。天涯念骨肉，音书常梗涩。
绵渺难忘情，望远心常惕。况复秋霜零，芙蓉萎芳节。
触目怀感伤，忍泪不成滴。将老遘兹痌，日促鬓丝白。
何以报知己，仪一心如结。夜深砚冰凝，过雁送风急。
纸短难具陈，月落晓天碧。

赵悟莲是左锡嘉在蜀地结识的闺阁好友，诗人拜访她，相谈甚欢，以致夜晚才回家。此诗以写月下夜景为主，如月光下的"闲寺""激

第六章 其他地域女子诗社考论

泉""密竹""疏花"等,但也抒发诗人的一些心曲,如"数里出城郭,悠然远市嚣""襟怀恒落落,身世等劳劳"等。从诗人所抒发的心曲来看,她心性淡远,不爱慕虚荣,而且重视并珍惜友情。

萧月楼与乌拉扎是诗人在山西结交的朋友。其中乌拉扎是一位少数民族女性诗歌作者。《寒夜得萧月楼与乌拉扎桐云两夫人书,感赋小诗,借以作答》为一首长篇五言古体诗。此诗夹叙夹议,在婉曲的叙事与真情的议论中展露着诗人的心曲。诗歌第一部分写诗人"寒夜""兀坐"房中,心绪落寞,于是拿出萧月楼与乌拉扎两夫人的来信细读,且信中的内容让诗人颇为感动:"上言久别离,下言长相忆。知交感参商,良晤安可得。"诗歌第二部分写诗人与萧月楼、乌拉扎三人宦居异地,身不由己,"因知悱恻怀,名族等阀阅。岂不云路翔,官高各异域"。于是,她鼓励二位好友:"愿子时加餐,珍重卫朝夕。和霭生春风,景福自天锡。"诗歌第三部分诗人感叹自己的人生并表达对萧月楼与乌拉扎的感激之情。她感叹自己,虽然"平生有姊弟",但"宦辙异南北";"儿女虽成行",但"出门云水隔";由是她心绪落寞而感伤:"天涯念骨肉,音书常梗涩。绵渺难忘情,望远心常惕。"而季节的转换、亲友的殒落与自己的老弱,更令她伤心:"况复秋霜零,芙蓉萎芳节。触目怀感伤,忍泪不成滴。将老遘兹疴,日促鬓丝白。"最后,诗人还表达了她对萧月楼与乌拉扎的感谢。诗歌写道,她视萧月楼与乌拉扎为"知己",对她们寄信问候自己心存感念。她本来想写一封回信,但思绪万千,又不知该如何写起。

左锡嘉还有一些诗状写日常生活琐事,且赋予这些日常生活琐事以人生的内蕴,其中可以体察到诗人的生活状态与人生兴致。《长昼》云:

> 凉风扣竹飞晴翠,藕塘波蘸红香醉。
> 曲廊斜度竹桥西,紫藤花下狸奴睡。
> 一枰棋局消长昼,闲倚琴床数莲漏。
> 焚香坐久晚窗深,月子玲珑花影瘦。

《移居》云：

> 贫居厌烦嚣，卜宅花溪南。野桥翳垂柳，古寺邻苍枏。
> 虹蛉对沙尾，集网喧澄潭。修廊环曲曲，芳径开三三。
> 喜逢疏雨余，启户排烟岚。诗书托清兴，华屋非所贪。
> 芋栗薄有收，黠簇滋春蚕。茹荼未云苦，啖蔗终回甘。
> 景物聊自怡，林塘恣幽探。

《赠外子》云：

> 放衙无一事，拥鼻且微吟。斜日照墟落，长风生远林。
> 幽情白云冷，逸兴碧烟深。坐久不知倦，松花落满襟。

又《纳凉》：

> 携酒花间醉若何？晚凉人静绿荫多。
> 萤流远树攒星动，燕触疏帘漾月波。
> 澄碧池中香雾散，蔚蓝天半水云拖。
> 邻灯隐约穿深竹，儿女巡檐笑语和。

《长昼》写诗人夏天的生活状态。她闲来无事，在长满荷花的池塘边赏花，在紫藤花下看猫狸睡觉，还不时以下棋来消磨时间。《移居》则写诗人从华阳农村移居到成都浣花溪畔的生活。虽然诗歌用较多的篇幅来写浣花溪的美景，如"野桥垂柳""古寺苍楠"等，但也写到一些她的日常生活，如"诗书托清兴""芋栗薄有收"等。《赠外子》则写其夫到朝廷上班回家后的闲适生活。"放衙无一事，拥鼻且微吟"，于是，夫妻二人或"幽情白云冷"，或"坐久不知倦"。《纳凉》则写夏天晚间"纳凉"的情景。诗人喝了几杯小酒，在"人静绿荫多"的阴凉处"纳凉"。流萤在树林里飞动，碧池散发着花的清香，邻居的灯光透过竹林照来，小朋友们在高兴地捉迷藏。

第六章 其他地域女子诗社考论

从《长昼》到《纳凉》，左锡嘉将她的日常生活写得那么细琐而丰富，她赏花、下棋、读书、劳作、静坐、喝酒、纳凉、看小朋友捉迷藏，而这些平凡的生活也映衬出诗人纯正的人格与高雅的生活情趣。

左锡嘉又是一位心怀天下、颇有政治头脑的女诗人，她不仅注意家庭琐事，而且关心国家大事，她的诗歌也有一些政治元素。如《感事》：

> 谁容狂寇渡江来，此日长城安在哉！
> 河北烽烟连豫晋，津门旗鼓走风雷。
> 军前责状虚函首，阃外专征酝祸胎。
> 事纵难为应竭力，如何弃甲效于思。

又《辛酉孟冬，外子奉曾涤生节帅国藩札，调赴安庆大营襄理军务，别后口占》：

> 鼙鼓声声起戍楼，安危从此更增忧。
> 惊魂夜落西江水，急浪无心也白头。

这两首诗均与太平军内乱有关。第一首《感事》写太平军北伐军挥军北上，势如破竹，打到"津门"即天津附近。第二首是诗人在定居江西吉安时所写。诗歌从侧面反映太平军西征军打到江西，清军形势危急。当然，作为清朝官员的内眷，诗人是站在清廷的立场来看待太平军的，她为清廷官员"如何弃甲效于思"而羞愧，也为清廷"鼙鼓声声起戍楼"而焦虑。

《清代毗陵名人小传稿》对左锡嘉的诗歌创作有所论评，此书说左锡嘉：

> 画宗瓯香馆（恽寿平）没骨法，设色鲜丽，笔力遒劲，能自成一家，不落恒迳。诗多幽愤感慨之语，盖处境使然，浑厚处直逼

汉魏。①

《清代毗陵名人小传稿》对左锡嘉诗歌创作的评价有其精辟的一面，但也有不够到位的地方。左锡嘉《冷吟仙馆诗稿》不乏"幽愤感慨"的作品，如其描写其夫病逝以及与太平军内乱有关的诗；也有"浑厚"之篇，如其所写的赠外与乡居诗。但《冷吟仙馆诗稿》也有众多平和、闲适与清美之作，如集中的家庭琐事与写景诗，还有一些疏放之笔，如集中部分登临行旅诗。除此之外，左氏《冷吟仙馆诗稿》又有一些诗写得比较感伤。全面衡量，应该说左锡嘉的诗歌具有饱满的文学美感与生活内涵，在艺术表现笔力上也有自己的风范与棱角，她的诗歌是晚清时代最具人生内涵与艺术魅力的文学作品之一。

三　诗社骨干曾懿

曾懿，字伯渊，左锡嘉第二女，华阳曾氏闺秀"浣花诗社"重要女诗人，著有《古欢室诗词集》。其夫袁学昌，为其表兄弟，系左锡嘉五姊左锡璇子。袁学昌父袁绩懋，道光二十七年（1847）榜眼，官到福建延建邵道，后因抵御太平军，战殁阵中，清廷追赠福建按察使，谥文节，著有《味梅斋诗草》《诸经质疑》等。袁学昌能承其家学，登光绪五年（1879）举人，曾官湖南提法使。曾懿不仅工诗词，而且善书画，精医术，为清末民初有名望的闺阁诗人、画家与医学家。

《晚晴簃诗汇》简述曾懿生平说：

　　曾懿，字伯渊，一字朗秋，华阳人，太仆卿咏女，宛平光绪己卯举人湖南提法使袁学昌室，有《古欢室诗词集》。②

《晚晴簃诗汇》则对曾懿文艺成就有所论评：

---

① 张维骧：《清代毗陵名人小传稿》卷11，台北文海出版社1985年版，第15页。
② 徐世昌：《晚晴簃诗汇》卷192，北京出版社1996年影印本，第3251页。

> 伯渊善诗词,工书画,书专篆隶,画专山水,并以丹青运于丝绣,精细入微。归幼安提法(袁学昌),同好金石,汇集汉隶各碑,昕夕校勘,书法益进。诗词外著有医学篇、女学篇、中馈录,俱有裨实用。相夫教子,后起多才。缪艺风(缪荃荪)序《古欢室》谓以冷云为母,以红蕉为姑,以蜀章、季硕为弟妹,家学渊源、流传有绪。又称其黻佩相庄,兰玉竞爽,古今才媛不可得之遇,以一身兼之。而齿轶稀龄,名登史传,艺风犹未及见也。①

其兄曾光煦曾为《古欢室诗词集》作序备述曾懿早年生活与学诗经历:

> 妹天资明敏,淑婉纯和,雍雍孝友,生而已然。经史诗词,过目成诵,先太仆公钟爱备至,益罄所藏书籍,俾朝夕游泳其中。年甫十龄,痛遭失怙。侍母入蜀,备历艰险。斯时,诸妹弟均皆幼稚,惟妹居长。奉亲乡居,先意承志,年将及笄,课诸妹以针黹,授幼弟以诗书,无不曲礼亲心。暇耽笔墨,尤好吟咏。②

曾光煦也论评其妹曾懿的诗歌创作风格:

> 至于诗词各体俱备,全从性灵中流出。古风则宗谢鲍,近体颇类李杜,谚云:"诗到穷愁而后工。然则未也。"妹每深恶之。所作皆真情真景,悱恻缠绵,情辞窈窕,摛藻妍妍,真全才全福之所宗也。③

探究曾懿《古欢室诗词集》,可以发现,在中国古代古体与近体诸

---

① 徐世昌:《晚晴簃诗汇》卷192,北京出版社1996年影印本,第3251页。
② (清)曾光煦:《古欢室诗词集序》,曾懿:《古欢室诗词集》,光绪三十三年(1907)刻本,第1b页。
③ (清)曾光煦:《古欢室诗词集序》,曾懿:《古欢室诗词集》,光绪三十三年(1907)刻本,第1b页。

多诗体中,曾懿最擅长写作五七言与杂言长篇古体诗。首先,在《古欢室诗词集》中,五七言与杂言长篇古体诗数量众多,有 30 多首。其次,诗人善于灵活运用这三种诗体。在中国古代若干诗歌体式中,五七言与杂言长篇古体容量大,篇幅长,形式多变,句法和用韵灵活,是中国古代诗歌中叙事与抒情最富表现力的三种诗歌体式。曾懿深切体察五七言与杂言古体长诗的这些艺术特质,不时用这三种诗体叙事写景,抒情言志,在栩栩如生与深曲回迂的叙写中展露诗人的心曲,描绘大自然的美丽与人类生活的多样态。

在景物描写方面,其五言古体《英山道中》与杂言古体《舟过大佛岩》堪称其中的力作。《英山道中》云:

> 晓发仙人山,山高风似虎。月落东方明,雾气蒸成雨。
> 风卷暝色开,曈曈日初吐。林麓喷彩霞,朝阳散平楚。
> 偶闻鸡犬声,人家隐桑坞。登高望八荒,苍天如覆釜。
> 杜鹃红满冈,开落无人主。贪看山林景,不觉征途苦。
> 茫茫尘世中,何如鸳鹭侣。朝聚沧浪烟,夕宿蓼花渚。
> 得失不关心,翱翔时振羽。

《舟过大佛岩》云:

> 山头一雨作膏沐,洗出千重万重绿。林容灿烂江声高,古刹庄严枕山麓。系缆凝碧湾,石润青苔斑。欸乃一声山谷应,千帆影落夕阳间。仙人低鬟静相对,但觉扑面皆青烟。青烟飞不断,石磴石镜互回转。碑披蝌蚪奇,树种菩提满。忽然万壑奔惊雷,青天倒挂银河来。飞流直下一千丈,晴雪滚滚晶帘开。枯藤浓梁赤龙血,古楠合沓作人立。暗涧风号虎气腥,深箐暮卷猿声急。前山嵌古亭,后嶂开锦屏。扁舟一叶泛萍梗,大江日夜无留停。宛疑人在镜中坐,相对共讶鬓眉青。我今随君掉客帆,行程始至大佛岩。明早挂席东南去,一片疏钟送过山。

第六章 其他地域女子诗社考论

《英山道中》写于其夫为官安徽英山县（今属湖北省）时。① 曾懿关于英山的诗不止此首，还有《途次英山登黄花岭》《英山官廨四面环山，朝霭夕霏，掩映几案。时届仲冬，朔气凝云，冻痕积雪，寒窗寂坐，正忆故乡，忽奉母书，感而赋此》等。这首诗写诗人在英山道中跋涉沿路所见到的景物：诗人"晓发仙人山"，山中的风势很猛，风吹之声就像老虎在怒吼。第二天天亮了，诗人见到山中"月落东方明，雾气蒸成雨。风卷暝色开，曈曈日初吐"。于是诗人继续前行。沿途她看到"林麓喷彩霞，朝阳散平楚"，又"偶闻鸡犬声"。但只闻其声，不见其人，因为"人家隐桑坞"。诗人情不自禁地登上山岳的最高处，放眼眺望山中的景物："登高望八荒，苍天如覆釜。杜鹃红满冈，开落无人主。"诗人被大自然的美丽、宏大所感染："贪看山林景，不觉征途苦。"她源自内心地发出这样的感慨："茫茫尘世中，何如鸳鹭侣。朝聚沧浪烟，夕宿蓼花渚。得失不关心，翱翔时振羽。"《英山道中》诗的写法颇有新意，它不是以诗人长久"静坐"或长久"伫立"的静态存在来描绘景物，而是以时空的变换与诗人的连续行走等动态流程来状写物相与景色，使得此诗充溢着动感与生气，也使得此诗的画面生动而丰富。

《舟过大佛岩》写于诗人定居福建时。这首诗为一首长篇杂言古体诗。诗歌以七言为主体，但也杂以若干五言。诗歌对"大佛岩"本体没有作具体描写，而是写沿江漂流的奇险经过与"大佛岩"周围壮丽险峻的环境。大雨过后，山更青，水也更猛，诗人的舟船"系缆凝碧湾"，暂时停泊在"大佛岩"附近。只见江流奔涌，周围环境壮丽而奇险。这里"林容灿烂江声高，古刹庄严枕山麓"，而且"欸乃一声山谷应，千帆影落夕阳间。仙人低鬟静相对，但觉扑面皆青烟"。这里"青烟飞不断，石磴石镜互回转。碑披蝌蚪奇，树种菩提满"。令人惊心动魄的是，由于大雨倾泻，江流变得十分湍急，江水汹涌而澎湃："忽然万壑奔惊雷，青天倒挂银河来。飞流直下一千丈，晴雪滚滚晶帘开。"而江流周围的山色林木的景象则堪称奇异险峻："枯藤浓梁赤龙血，古

---

① 英山县清代属安徽六安州，民国时才划归湖北省。

楠合沓作人立。暗涧风号虎气腥,深箐暮卷猿声急"。《舟过大佛岩》是曾懿《古欢室诗词集》中最具代表性的雄飙之作。诗歌笔法纵肆,情感奔放,在生动描摹"大佛岩"附近奇险风光的同时,又律动着诗人抑制不住的豪情奇气。

曾懿又善用七言古体长诗咏物。如《莲花曲》:

水榭帘栊人如玉,鸣桡轧轧春波绿。
昨宵酒醉各题诗,今朝都赋《莲花曲》。
粉痕欲坠红妆浅,清露如珠垂欲散。
翠漪清风荡融融,参差绿影云塘满。
莲子花开水槛东,重叠掩映鲛绡红。
秋罗拂水水纹绉,香飘四座生荷风。
碧塘摇滟多芳草,白蘋断处生红蓼。
紫鳞水面吸莲花,池边日日来青鸟。

又云:

遥遥柳绿锁湘烟,莲根莲叶相钩连。
素藕丝柔情不断,露珠摇荡非真圆。
银浪金光荡晓日,绿藻半掩桃花色。
帘波隔水夏云生,千里轻风总无力。
杜宇啼残春已归,交交鸀鹉芳塘飞。
愁煞江干采莲女,软风吹香香著衣。
青丝系船茱萸湾,重开新筵不忍还。
侍女低鬟进美酒,坐中酒后皆红颜。
月明满地遥相望,鱼戏莲叶吸细浪。
佩环初解舞衣轻,荷叶罗裙色一样。
归来玉婢捧花蕊,采莲夜夜得莲子。
一身花露湿云衣,回首胭脂红十里。

第六章 其他地域女子诗社考论

《莲花曲》为诗人早年随母定居成都浣花溪畔时所作。诗歌主要描绘池塘中莲花的生长环境与莲花的美丽、清纯容姿。如"参差绿影云塘满。莲子花开水槛东","碧塘摇滟多芳草,白蘋断处生红蓼","遥遥柳绿锁湘烟,莲根莲叶相钩连"等。诗歌虽然飘荡着淡淡的忧思,但总体风格温婉、清纯,在描绘莲花莲叶的形姿状貌时又寄托着诗人内心深处细美幽约的情思。而"水榭帘栊人如玉,鸣桡轧轧春波绿。昨宵酒醉各题诗,今朝都赋《莲花曲》"句也透露出这首诗很有可能是"浣花诗社"的应社赋和之作。

曾懿也喜欢用五七言古体长诗记叙自己的生活状态,并展露自己的情怀。如七言古体《冬夜玩月,偶见南园梅花微绽,与外子尊酒赋此》与《夏末秋初炎蒸未退,病起无聊,作此以示诸子》二诗。其《冬夜玩月,偶见南园梅花微绽,与外子尊酒赋此》云:

> 鸳瓦粼粼霜似雪,池冰坚结琉璃碧。
> 巢枝宿鸟冻无声,一轮寒月东方出。
> 冰壶月曜澄清华,沉寥天气迷寒鸦。
> 众卉纷纷争摇落,惟有梅萼霜中花。
> 铁骨冰肤呈縠缟,苔阶叶落愁慵扫。
> 冷香菲菲暗袭予,心迹双清同怀抱。

又云:

> 春风二月随南征,梅花如雪扑帘旌。
> 椒陵小住将一载,赢得风霜两袖清。
> 金貂换得梨花春,寒梅香里倾千尊。
> 醉后谈诗诗愈巧,披衣起舞挹星辰。
> 玉堂夜静月逾皎,碧天如磨青无云。
> 不如且向酒中住,与月为友花为邻。
> 高谈久坐灯花妣,墙外传来数声柝。
> 霜气浸空月欲斜,诗魂冷共梅花宿。

其《夏末秋初炎蒸未退，病起无聊，作此以示诸子》云：

病起苦炎燠，郁纡意不适。乘晓临前轩，泠泠蕉露滴。
苔藓缘阶绿，败叶扫还积。昨夜西风来，吹梦落天末。
眷念宦游子，天涯互相隔。章江波溶溶，蜀山青突屼。

又云：

长歌《行路难》，栈道历冰雪。儿行万里遥，母心随征辙。
愿儿志四方，云程奋六翮。仲子侍帝都，圣恩美嘉节。
弱冠金闺彦，辞亲远行役。护辇去复回，衣飘边尘迹。
愿儿俪璠玙，匡君并辅国。愿儿如阳春，随时布德泽。
霭霭出岫云，曈曈浴海日。勉哉为霖雨，努力同修德。

第一首《冬夜玩月，偶见南园梅花微绽，与外子尊酒赋此》诗主要描写冬天夜月中诗人南园"梅花如雪扑帘旌"的景象，也描写诗人与丈夫"醉后谈诗诗愈巧，披衣起舞挹星辰"的恩爱而悠闲的生活。第二首《夏末秋初炎蒸未退，病起无聊，作此以示诸子》诗则主要抒发诗人对自己"诸子"的鼓励与思念，但也用一定的篇幅描述自己的生活。如诗歌用"病起苦炎燠，郁纡意不适。乘晓临前轩，泠泠蕉露滴"等句来状写她的老病状态。

曾懿还乐于用五七言古体长诗酬对应和。如《季硕五妹以诗见示，题其卷后》诗：

人生处世苦局促，惟有新诗可傲俗。
摇笔长吟天地宽，放怀何必争荣辱。
吾家季妹诗最豪，百篇挥洒才弥速。
哀艳应教谢鲍惊，苍凉直使韩苏伏。
长途千里历风尘，牢愁欲效穷途哭。
阅历因知世路艰，翠袖单寒频倚竹。

第六章 其他地域女子诗社考论

遨游湖海衣化缁，陶铸江山字凝绿。
松压严霜挺秀姿，梅含古雪得奇馥。
清烈如闻越石笳，激昂疑听渐离筑。
扫除俗艳与凡音，开卷琳琅先豁目。

又云：

忆昔故乡聚首时，推敲共剪西窗烛。
裘葛回环逾十年，吟囊早已盈千束。
自惭随宦走皖江，尘海羁縻总庸碌。
披卷真同《下里》音，挥毫难奏《阳春曲》。
今君征棹赴姑苏，一路溪山诗料足。
酒酣落笔凌沧浪，别绪匆匆梦魂逐。
宛转相思何处寻，临风遥指君山麓。

诗中所说的"季硕五妹"即曾彦。她是左锡嘉第五女。曾彦工诗，也是华阳曾氏闺秀中才华卓越的诗人。曾彦"以诗见示"，曾懿则以诗"题其卷后"以和之。这首诗主要赞美曾彦卓越的诗歌才华，如"吾家季妹诗最豪，百篇挥洒才弥速""清烈如闻越石笳，激昂疑听渐离筑"等句。不过，此诗也从一个侧面反映出华阳曾氏闺秀诗歌唱和的频繁以及她们诗歌唱和的高质量。

曾懿也写有一些意境清新、空灵的五七言小诗，如七言绝句《秋夜》：

萤火依人点点飞，轻寒料峭不胜衣。
纸窗月上玲珑影，画谱新添墨紫薇。

又七律《闽中偶成》：

炎风融融散平野，闽南三月已如夏。
石榴吐艳茉莉香，绕径更有秋海棠。

谁家开得四时桂，秋风未起花先缀。
无言独向月中看，一片幽香染衣袂。

四 诗社骨干曾彦

曾彦，字季硕，左锡嘉第五女，工诗善词，著有《桐风集》《虔共室遗集》。晚清著名词人张祥龄室。曾彦积极参加华阳曾氏闺秀诗歌唱和活动，为"浣花诗社"骨干成员。《晚晴簃诗汇》简述曾彦生平说：

曾彦，字季硕，华阳人，太仆卿咏女，汉州光绪甲午进士改庶吉士大荔知县张祥龄室，有《桐风集》、《虔共室遗集》。①

陈芸《小黛轩论诗诗》也简载曾彦事迹：

婉芬（左锡嘉）有女季彦，字硕学，归汉州张祥龄，著《桐凤集》、《虔共室遗诗》。②

《晚晴簃诗汇》又对曾彦诗歌进行论评：

季硕为诗，抗心希古，不愿作唐以后语。湘绮（王闿运）序其集云：汉州张生祥龄为礼堂都讲时来讨论，同学多言其妇曾明慧工诗画，往往为词翰，置诸高材生卷中，辄得高等。余携四女至蜀中，其长者有标格，略涉经史，曾（曾彦）因来见。同学相约，如兄弟，时出诗歌质余。益读楚辞汉诗，兼作篆隶，十年来业术遒进，骎骎过其夫。殁后，子馥（张祥龄）重刻遗集。曲园（俞樾）称其诗直而不野，丽而有则，不求织密之巧，自有宏肃之美。子馥

---

① 徐世昌：《晚晴簃诗汇》卷192，北京出版社1996年影印本，第3254页。
② （清）陈芸：《小黛轩论诗诗》卷下，凤凰出版社2010年"清代闺秀诗话丛刊"本，第1584页。

恒语人，作诗愧逊吾妇，故遁而为词。①

固然，在中国古代诸多诗歌体式中，曾彦诗风多样，或"直而不野，丽而有则"，或"不求织密之巧，自有宏肃之美"。但与其姊曾懿一样，曾彦以五七言古体长诗写得最为成功。具体而言，其五七言古体长诗叙事往往脉络清晰，在回曲深折的变化中常常能聚焦写作中心。其五七言古体长诗议论也精彩而深刻，既有深情的述说，又有诗人对人生的体验与思考，且不时有哲理之思与精辟之见。至于景物描写，其五七言古体长诗则常常能在夹叙夹议中抓住写作客体的主要特征加以铺叙或点染，而又形神兼备，其中还蕴含着诗人的幽约情思。

仅举《郊居新筑，溪流夹园，乔木嘤鸣，杂花春发》与《泛湖登南山瞻眺》二诗以见证其五七言古体长诗在叙事与景物描写方面的特质。其《郊居新筑，溪流夹园，乔木嘤鸣，杂花春发》诗云：

结构南山阳，嘉木绕原隰。况复值初春，万物皆芳泽。
园柳发青柯，山桃含丹实。好鸟扬欢声，幽禽展丰翼。
虽无华京盛，足以肆怡怿。君子既高蹈，诸姬亦乐职。
载埋欢相迎，敦义怨易释。既感朱绿施，能不自彤饰。

又《泛湖登南山瞻眺》：

朝发南山阳，夕息北江湄。舍舟登原隰，辍策步郊岐。
曾岩既明媚，曲泛亦涟漪。俯聆虚壑籁，仰睇崇冈枝。
清泉漱积石，珍木列平陂。高下竟何辨，丰茂皆欢怡。
幽兰发素采，丛桂含丹姿。鲜鳞萃芳沚，好鸟逐轻飔。
览彼富春物，眷恋感予思。岂惜违君子，但伤莫我知。
操持信难固，孤游良可悲。

---

① 徐世昌：《晚晴簃诗汇》卷192，北京出版社1996年影印本，第3254页。

其《郊居新筑，溪流夹园，乔木嘤鸣，杂花春发》诗主要叙写其新建宅屋的优质自然环境。诗人在城市郊原建成"新筑"，这里"溪流夹园，乔木嘤鸣，杂花春发"，是一个生机勃勃的美丽"新筑"。这座新建筑"结构南山阳"，而且面向林木葱郁的广阔"原隰"。时值春季，万物萌动，于是诗人"结构南山阳"的新宅杨柳青葱，桃花吐艳，而且"好鸟扬欢声，幽禽展丰翼"。诗人对自己的"新筑"甚为满意，情不自禁地发出感叹："君子既高蹈，诸姬亦乐职。载理欢相迎，敦义怨易释。既感朱绿施，能不自彤饰"。

《泛湖登南山瞻眺》则叙写诗人外出游览所见到的景象以及她彼时彼刻的心绪。她泛舟湖上，然后"舍舟登高隰"，在南山之巅"瞻眺"周围与远方的景象。诗人依次写出她看到或听到的"曾岩""曲泛""虚壑籁""崇冈枝"等景象，并在"瞻眺"之时生出"岂惜违君子，但伤莫我知。操持信难固，孤游良可悲"的感慨。

总之，《郊居新筑，溪流夹园，乔木嘤鸣，杂花春发》与《泛湖登南山瞻眺》两首诗叙事回曲深折，夹叙夹议，诗人在抓住写作客体主要特征进行细致描绘之时，又融入她的人生感慨与体会，使得这两首诗不仅有生动的形象与画面，也有一定的思想深度。

又举《答子馥》与《赠蜀章三弟》二诗以认识曾彦五七言古体长诗在议论与抒情言志上的风致。其《答子馥》云：

> 达人贵无忧，智者多玩世。忘形与物齐，损益焉足计。
> 当荣不骄矜，处苦岂忧惧。盛衰固表里，否泰信崇替。
> 草木有荣枯，敢怨朔风厉。日月有明晦，敢怨浮云蔽。
> 托身宇宙中，霜露皆恩惠。神宁礼自舒，欲止欢来遇。
> 翱翔游太清，逍遥度年岁。偕时进德业，崇礼期昌世。
> 感君笃道义，努力自勖励。

又《赠蜀章三弟》：

> 芳草萋萋脊鹆语，念我与尔隔重屿。

第六章 其他地域女子诗社考论

便风传缄慰相思,为问才华今几许?
三郎少小心独雄,红颜如玉气如龙。
盘马弯弓射明月,修眉朗朗临春风。
东邻父老笑相指,云是当今天庙器。
骅骝不愧称神驹,英年果遂青云志。
忆昔兰闺依慈亲,文歌琴酒围锦茵。
当时欢乐不自足,宁知一日西南分。
西南东北长怀忆,庭闱眷念谁遑息。
男儿有志继先贤,女子无非勤酒食。
人生得意能几回,醇醪但醉休停杯。
莫向风尘叹萧瑟,好凭经术骋奇才。

《答子馥》是诗人写给其夫张祥龄的诗。张祥龄,字子馥,晚清著名词人。这首诗主要是与张祥龄探讨人生的意义与处世之道。诗人认为人生有起伏,或处高峰,或处低潮,都很正常,人们不要特别在意。如果处在高峰,则要保持低调、谦逊;如果处在低潮,则不要颓废,依然要保持乐观的心态,等待高峰的到来:"当荣不骄矜,处苦岂忧惧。盛衰固表里,否泰信崇替。"此外,诗人认为做人要有感恩之心,欲望不能太多,这样就会保持一种愉快的心境:"托身宇宙中,霜露皆恩惠。神宁礼自舒,欲止欢来遇。"最后,她希望丈夫要修身养性、积极进取:"偕时进德业,崇礼期昌世。感君笃道义,努力自勖励。"《答子馥》诗对人生理解透彻,且见解深刻,展现出诗人不凡的见识与思睿。

《赠蜀章三弟》是诗人写给其弟的诗。这首诗主要写两个方面的内容。一是赞扬弟弟才华横溢,英挺不凡:"三郎少小心独雄,红颜如玉气如龙。盘马弯弓射明月,修眉朗朗临春风。东邻父老笑相指,云是当今天庙器。骅骝不愧称神驹,英年果遂青云志。"二是写诗人对弟弟的期许与勉励。诗人写自己与弟弟分隔西东,难得见面,有时难免产生思念之情。但她更希望弟弟能好上加好,继续奋发努力,为自己也为曾氏家族争取更多的荣光:"男儿有志继先贤,女子无非勤酒食。""莫向风尘叹萧瑟,好凭经术骋奇才。"应该说,《赠蜀章三弟》诗血脉亲情与诗人的远大志向相濡以融，在温馨的情思里奔腾着热切的期望。

总之，《答子馥》与《赠蜀章三弟》二诗直抒胸臆，既有诗人深情的述说，又有其对人生的体验与思考，其中部分议论既是对生活的精辟总结，也不乏形而上的哲理之思。

必须指出的是，曾彦部分五七言古体长诗也存在"断点"与"盲点"。第一，她的一些五七言古体长诗不时出现一些比较冷僻的字词，语言表达也比较晦涩。第二，她的一些五七言古体长诗层次的转换与情感的变化有时比较急促，思致的连接有时还不够平顺。如其《吴趋行》：

> 惊飙薄丰林，凤夕成枯枝。百草芳初兴，鹍鸠胡不迟。
> 哲人期佐世，愚者亦深思。婉恋辞乡邑，翱翔吴江湄。
> 山川何温媚，名都信威仪。层台通天汉，飞宇贯云霓。
> 峨峨阊门开，蔼蔼輧轩驰。朱轮王侯女，翠盖尚书妻。
> 夭冶倡家子，联翩游侠儿。百两嵌宝钏，千金缀珠衣。

又云：

> 清浊不异源，贵贱同一涯。踟蹰大道傍，邂逅通言辞。
> 入门不相识，列坐传金卮。清歌共酬唱，和好无偏私。
> 夫婿居上头，顾盼矜妍姿。日午眠重闱，深宵宴曲池。
> 华镫蔽星月，薰香烧兰芝。哀哉莱氏偶，躬耕蒙山基。
> 蒿蓬结为室，藜藿持作糜。靡靡《黍离》叹，绵绵《葛藟》悲。
> 王风化难周，人情多乖违。圣心岂不怀，此邦非吾资。
> 潜龙有时升，雄性谁能移。

曾彦也写有一些篇幅简短的五七言小诗。这些小诗在风格上或感伤、或清雅、或深沉，从不同的角度展现诗人的生活与情感。如五律《舟中即景》：

> 帆影入苍翠，霞光散碧霄。平沙人唤渡，高树鸟争条。

古堠消残雪，寒风生暮潮。客情容易倦，莫负月明宵。

又如五律《喜弟至》：

细雨檐花落，华堂笑语融。飞觞春酒绿，分韵锦笺红。
各述平生志，相怜离别衷。此心非旧日，愁损不玲珑。

第五节 其他女子诗社

上述福州光禄派女子诗社、建安荔乡九女社、湘潭郭氏闺秀"梅花诗社"、成都曾氏闺秀"浣花诗社"是被若干诗歌文献记载的清代重要的地域女子诗社，除此之外，清代湖南、江西等地还曾活跃着一些有特色的女子诗社，如江西德化范氏三姊妹社、湘潭慈云阁女子诗社等，这些女子诗社在家族内或家族外进行诗歌唱和，不仅活跃了湖南、江西等地女子诗坛的创作气氛，而且丰富了这些地区女子诗坛的诗歌品质，同时让清代女子诗歌结社活动根基更扎实，内容更饱满。

一 中晚清之交江西德化"范氏三姊妹"社

中晚清之交的道光中后期，江西省九江府德化县（今属九江市柴桑区及湖北黄梅县部分地区）范涟、范淑、范润三姊妹擅长吟咏，且不时在闺阁内进行诗歌联吟，从而形成了一个有特色的家族女子诗社。范涟《忆问园》诗提及她们曾在"问园联咏"："东风二月已无花，门巷沉沉燕子斜。忽忆问园联咏地，心随柳絮到吾家。"[1] 范淑《至问园忆清宜、直候、次候》诗也提到问园"联咏地"："不料沧桑事，回头

---

[1] 本小节所引范氏三姊妹诗大多选自魏向炎《豫章才女诗词评注》（江西人民出版社1987年版），少量选自《国朝闺阁诗钞》（上海古籍出版社2002年"续修四库全书"影印本）。在此不一一注出。

尽可怜。那堪联咏地，留作别离天。贫苦偏多难，艰危又一年。归来偶相聚，真乐不如前。"又，范淑《月夜偕清宜五姊、端宜八妹分韵》诗则是其与范涟、范润之间的诗歌联吟之作。其诗云："人间天上不分明，壶漏初传第二更。菊忽离魂因月影，秋原无语借虫声。满园露湿林花弹，万里风寒塞外惊。今夜冰轮同照处，可怜都不忆前生。"

范涟，字清宜，一字佩湘，清道光中后期江西杰出女诗人，著有《佩湘诗稿》。《国朝闺阁诗钞》简介其生平云：

  范女史涟，字清宜，一字佩香，江西德化县人，桃源知县明德孙女，正卫长女，陈荫园室，著有《佩香诗稿》。①

《豫章才女诗词评注》又说：

  范涟，字清宜，一字佩湘，清江西九江县人。桃源知县范明德孙女。范正卫长女。陈荫园妻。有《佩湘诗稿》②。

至于范涟的诗歌创作，从其现存作品来看，她的诗歌大多炼字炼句，而且在语言表达与意境设置上均很清美，主体诗风清雅、平和。如《春日》：

  近日春如画，晴和二月天。流莺飞绣陌，驯鸟啄苔钱。
  雨后花如笑，风前柳似眠。遥看新草色，一片绿成烟。

又《江南归舟》：

  泛舟归故里，目送楚天长。两岸生秋草，孤帆挂夕阳。

---

① （清）蔡殿齐：《国朝闺阁诗钞》第10册卷8，上海古籍出版社2002年"续修四库全书"影印本，第691页。又，范涟字清宜，一字佩湘，其诗集为《佩湘诗稿》，《国朝闺阁诗钞》此处有误。
② 魏向炎：《豫章才女诗词评注》，江西人民出版社1987年版，第200页。《豫章才女诗词评注》此处有误，清代没有九江县，民国初年始改德化县为九江县，2017年撤县成立九江市柴桑区。又，清代老德化县在民国时还有部分地区被划给湖北黄梅县。

> 江声流梦远，山影入船凉。水鸟忽啼去，林花扑面香。

这两首诗均为写景诗。《春日》写春天来临之后的美丽景象，《江南归舟》写诗人"泛舟归故里"时的所闻所见。这两首诗描写视角各有侧重，描写内容也不尽相同，但均意境清美，情感和雅，其中"雨后花如笑，风前柳似眠""江声流梦远，山影入船凉"等句不仅对仗工整，而且善用动词与形容词，在语言表达与意境刻画上生动、清新而又有别开生面的新奇，既惟妙惟肖地刻画大自然的美景，又展现了诗人冷静、平和的心态。

范涟还有部分诗歌写她淡淡的惆怅与忧伤，如小疴之后对人生与自然的感受，"归宁"之时对生活变幻的体验，以及面对萧瑟之景时诗人的心灵悸动，等等。这些诗也大多情意深长，且画面清美。如《秋日》：

> 小园雨后晚花芬，白日无聊草色熏。
> 贫况正如秋寂寞，穷途唯有病殷勤。
> 青山淡泊斜阳落，新月低徊远树分。
> 菊径四围人语静，风吹黄叶下秋云。

又《归宁》：

> 怅望庭帏无限思，喜逢今日是归期。
> 归来听说家常事，不似当年笑语时。

又《秋雨》：

> 寒深云重雁来迟，落叶辞枝感别离。
> 窗外西风蕉上雨，分明秋事不多时。

从《秋日》《归宁》到《秋雨》，这三首诗展示了范涟多元的写作视角。《秋日》写秋天诗人自家"小园"的景象，《归宁》写诗人回娘家后的心理感受,《秋雨》写诗人因"落叶辞枝"与"蕉上"之雨而顿生离情。然而,这三首诗虽然在内容上各不相同,但都抒发了诗人淡淡的感伤与怅惘,在写作笔法上则又在常态范式中力求新变,尽力展示诗人温婉的情愫与清美的诗才。

范淑,字性宜,号菊农,范涟堂妹,著有《忆秋轩诗钞》。胡文楷《历代妇女著作考》简介其生平:

> 淑字性宜,又号菊农,江西德化人,范正衍长女,未字而卒。①

《豫章才女诗词评注》也说:

> 范淑,字性宜。清江西九江县人,湖南桃源知县范明德孙女,范正衍长女,举人范元亨妹,幼聪慧,与从姊涟、胞妹润,俱有诗名。未嫁即卒,年二十六。有《忆秋轩诗集》二卷。②

范淑诗歌留存较多,《国朝闺阁诗钞续编》录其诗十多首,《豫章才女诗词评注》载其诗 30 首。从其现存诗歌来看,她的诗歌主要写其闺阁内的生活,如在家中写诗、读书、看雨、晚望、与范涟和范润二姊妹分韵唱和等。她也写有一些写景诗,但大多写其闺阁内或家中附近的景物。除此之外,范淑还写有一些忧贫与感念民生之作。就艺术风格而论,她的诗歌清雅、典正,情感比较和婉,不作高亢之词,也不写激愤之语,即使抒写感伤之情,也是淡淡的忧伤。总体来说,她的诗歌既有蕴藉的美感,又有深沉的风致,还有清正的品格,部分诗歌也不乏生活的气息。如《林下》:

> 竟日碧云中,默坐浑忘暑。凉风飒然来,绿竹动清绪。

---

① 胡文楷:《历代妇女著作考》卷 12,上海古籍出版社 1985 年版,第 446 页。
② 魏向炎:《豫章才女诗词评注》,江西人民出版社 1987 年版,第 202 页。又,范淑诗集为《忆秋轩诗钞》,而非《忆秋轩诗集》。

第六章 其他地域女子诗社考论

好鸟歇幽林,梳翎复自语。不知下有人,此心静如许。

又《春晓雨后》:

片雨过东园,新泥湿未半。苔痕青可怜,鸟语多不乱。
风静柳枝闲,云横山色断。饥鸟啣食归,哺子松林畔。

又《月夜》:

天地集静气,万籁自起灭。古寺钟声沉,草根虫响切。
风定月轮转,霜寒人语咽。树阴幽可怜,旷地白如雪。
徘徊空明中,恍疑身是月。

《林下》诗写诗人夏天所目睹的美景与闲适、散淡的生活状态。"碧云"在天空飘飞,诗人"默坐"在闺房内,此时"凉风飒然来,绿竹动清绪",还有鸟儿在树枝上鸣啾。《春晓雨后》写春雨下过之后诗人所目睹的美好景致。春雨骤停,"苔痕"更青绿,"鸟语"更清脆,而母鸟哺食小鸟的场面更加令人感动。《月夜》诗则写夜晚月色融融的美丽景象。月光朦胧,景色清幽,不仅"古寺钟声沉,草根虫响切",而且"树阴幽可怜,旷地白如雪",眼前的景象不仅清空,还有几分迷蒙。这三首诗虽然写作内容各不相同,但诗人的情感均显得比较和婉,整体诗风则比较清雅、典正,其中又有几分蕴藉、深沉与闲适。

范淑还有一些关心民生的诗歌,如《飞蝗谣》:

青山驱云出作雨,倒啣斜日光射土。
人间百物蒸腥气,飞蝗蔽野争禾黍。
一日饱食三日尽,夜入关城搜菜圃。
老农老圃同声号,窘切呼天天不语。
小园锄种本无多,菜根酸涩余瓜苦。
枝头好鸟多仁心,捕得飞蝗日三五。

范淑少量诗歌诗风壮劲，表出诗人多元的胸襟与写作才华。如《夏日西斋看雨》：

> 突作奇声不可测，长风欲使孤松折。
> 林叶不待西风飞，顿觉南风有秋色。
> 怒雨急从山外来，跳波击瓦心怀开。
> 雷驱电动不可息，风声盘走如相摧。
> 雨晴久失调和意，沙泥吹作腥膻气。
> 竹中新构读书堂，一缕炎风摇不至。
> 书窗掩卷静无声，电转雷收雨脚停。
> 推窗一望襟怀朗，天光凝碧青山清。
> 芳园低接锄花圃，山家风味长如许。
> 数声啼鸟出新晴，半树斜阳滴残雨。

《豫章才女诗词评注》评范淑《飞蝗谣》与《夏日西斋看雨》云：

《飞蝗谣》起首两句"青山驱云出作雨，倒啣斜日光射土"，势头凶猛，锐不可当。"人间百物蒸腥气，飞蝗蔽野争禾黍"，一幅遮天蔽日的蝗虫图突现于眼前，令人惊心动魄。"一日饱食三日尽，夜入关城搜菜圃。"蝗虫吃尽了禾稼，转向菜园，"老农老圃同声号，窭切呼天天不语。小园锄种本无多，菜根酸涩余瓜苦。"寥寥数语，道尽了谷农菜农对蝗灾的力竭声嘶的泣诉。然而老天爷会大发慈悲吗？官府会开恩救恤吗？诗人没有作正面回答，只是轻轻地絮语："枝头好鸟多仁心，捕得飞蝗日三五。"这首诗与唐代诗人白居易的同类作品有同样高的人民性和艺术性。《西斋看雨》诗，刻意模仿退之（韩愈），颇有神似之处。①

范润，字端宜，范淑胞妹。《历代妇女著作考》简载其生平说：

---

① 魏向炎：《豫章才女诗词评注》，江西人民出版社1987年版，第211页。

第六章 其他地域女子诗社考论

  润字端宜,江西德化人,范正衍女,性宜妹,聂廷黼妻,嫁甫一岁卒。①

  范润工诗,著有《续秋轩诗稿》,但已散佚,目前流行的清代诗歌总集、选集也未收其诗。不过,范淑的诗歌多次提到范润,如《偕端宜桃花下作》:"风不曾飘雨未加,今年犹是好韶华。才看枝上无余萼,不觉苔边有落花。闲日数残蝴蝶影,疏阴坐到夕阳斜。花开尔我非辜负,曾借芳茵一煮茶。"又《偕端宜闲话》:"诸姑伯姊庆华筵,笑语都尊远客先。不料中庭团坐地,死生离别十三年。"从范淑的诗歌记叙来看,范润擅诗,曾与范淑有诗歌唱和。
  江西德化范氏是一个书香官宦门第。范氏三姊妹的祖父范明德曾官湖南桃源知县。其兄范元亨,字直候,号问园主人,咸丰二年(1852)举人,清代江西杰出诗人与戏曲家,诗文著作有《问园遗集》,戏曲著作则有《空山梦》等。正是因为有其深厚、优质的家学资源,江西德化范氏三姐妹才能获得良好的文化教育,且能诗善词,由此组构成一个家族女子诗社。

二 湘潭慈云阁女子诗社

  晚清道光、咸丰年间,湖南省长沙府湘潭县周系舆妻王氏与其长女周诒端、次女周诒蘩、孙女周翼杶与周翼构均工吟咏。王氏自课二女与诸孙,周诒端、周诒蘩、周翼杶、周翼构等人又不时诗词唱酬,由是形成一个关系紧密的家族女子诗社。陈芸《小黛轩论诗诗》简介湘潭周氏家族女诗人说:

  左家娇女起慈云,冷藕双香亦不群。饰性渊深静一雅,猗兰小石莫纷纭。王氏,号慈云老人,湘阴人,归周衡在,早寡,著《慈云阁遗稿》。长女诒端,字筠心,归大学士左侯文襄宗棠,著《饰性斋遗稿》。次女诒蘩,字茹馨,归张知县声玠,著《静一斋诗

---

① 胡文楷:《历代妇女著作考》卷12,上海古籍出版社1985年版,第448页。

草》。孙女翼枞，字德煊，归长沙徐树录，早寡，著《冷香斋诗草》，翼枃，字敬婼，归湘潭黄某，著《藕斋诗草》。①

王闿运光绪《湘潭县志》"列女传"记载王氏与周氏家族女诗人事迹说：

> 王氏，周系舆妻也。幼工诗，有识鉴，晚自号"慈云"。系舆没，自课二女。长诒端，归湘阴左宗棠，次诒蘩，归张声玠，俱有时名。诒端，字筠心，初婚时，宗棠贫甚，赘于周。周以其轻脱，未甚礼之。诒端曰："妇家不可久。"乃别宅携子居。劝宗棠游客以谋食。其后益饶裕，而端诒俭苦无改。宗棠豪放跌宕，诒端佐之以静。宗棠提衡今古，品第人材，鲜所折服，独数称其妻贤。诒端卒，述其行略，推许甚至。以夫官，累封至一品伯夫人。诒蘩，字茹馨，为张声玠继妻。声玠初娶黔西李氏总督世杰之曾孙女，有文才，早卒。左宗棠以诒蘩足继之，故为媒，聘焉。未十年声玠卒，有子曰起毅，早慧而殇，其遇最屯。而所为诗独多而工。②

湘潭周氏女子闺秀群才并起，其诗歌作品后来被左宗棠长子左孝威合编成《慈云阁诗钞》，并于同治十二年（1873）刊刻出版，故本著将这一家族女子诗社名之曰"慈云阁女子诗社"。

考察晚清湘潭周氏"慈云阁女子诗社"，"慈云"老人王氏可谓该诗社的最早开启者。湘潭紫山居村周氏，为当地书香仕宦名门。周氏先祖周昭代，为清代康熙五十九年（1720）举人，曾官四川广元知县，著有《甦谷诗集》。周昭侃，清代乾隆年间贡生，曾官湖南永州府蓝山县训导，著有《锦湾诗集》。周昭仔，乾隆年间举人，著有《澹远山房诗》。延至"系"字一辈，湘潭紫山周氏在仕宦与文学上也颇有作为。

---

① （清）陈芸：《小黛轩论诗诗》卷上，凤凰出版社2010年"清代闺秀诗话丛刊"本，第1570页。
② （清）王闿运：《光绪湘潭县志》卷8，台北成文出版社1970年"中国方志丛书"影印本，第1573—1575页。

第六章 其他地域女子诗社考论

"慈云"老人王氏夫周系舆,诸生,能诗文,惜二十余岁英年早逝。周系舆弟周系英,为乾隆五十八年(1793)进士,官至吏部左侍郎,著有《海粟居士集》等。周系舆另一兄弟周系蔚为乾隆年间贡生,官湘西永绥厅训导,著有《简堂稿》。

传承湘潭周氏厚实的家族文化传统,"慈云"老人王氏重视膝下子女的诗词教育,培育出家族若干女诗人,她自身也喜吟咏,工诗文,著有《慈云阁遗稿》,存诗40首。关于"慈云"老人的诗歌创作特色与创作成就,《湖南近代文学》有较中肯的评价:"慈云老人诗集名《慈云阁遗稿》,存诗40首,近体居多。其诗淡雅清旷,古体则有古淡之色。"①"慈云"老人的这些创作特色,在她的诗歌作品中得到充分的体现。如《秋夕》诗:

> 云气散空蒙,雨余秋意爽。孤蝉时一吟,幽蛩成众响。
> 竹树爱萧疏,轩楹坐清敞。凉风飒然来,微月生虚莽。
> 清景惜留连,题诗乐幽赏。②

又《夏日闲居》:

> 山静居人乐,闲情与日长。吾庐浑不夏,多竹自然凉。
> 水濯芙蓉色,风熏草木香。北窗延爽气,清梦到羲皇。

这两首诗均为写景诗。《秋夕》为五言古体,《夏日闲居》则为近体五律。《秋夕》写秋天傍晚清爽而宁静的景象。天高云淡,"孤蝉"与"幽蛩"吟唱,"竹树"有几分"萧疏",然而"轩楹"则显得"清敞"。清风徐来,月光皎洁中又有几分朦胧。这样的好景致让诗人赏爱不已,只有写诗才能抒发她的好心情。《夏日闲居》写诗人"夏

---

① 孙海洋:《湖南近代文学》,东方出版社2005年版,第370页。
② 本小节所引湘潭慈云阁女诗人诗均出自左孝威辑《慈云阁诗钞》,同治十二年(1873)刻本,在此不一一注出。

日"在家中"闲居"的生活状态。何谓"闲居"?体会"慈云"老人整首诗的氛围,此中所说的"闲"理应为闲适与安宁。"夏日"白天绵长,诗人的心绪快乐而安详。诗人居室多竹,在夏天里自然生凉。水塘中荷花开放,四周的草木也散发出淡淡的清香。空气是如此的清新,诗人不知不觉中一觉睡到大天亮。这两首诗虽然写作内容各有侧重,但均写得景致清空、澄净,情致和雅、悠闲,颇有几分陶渊明写景诗的风韵。

"慈云"老人长女周诒端,字筠心,晚清名臣左宗棠妻,著有《饰性斋遗稿》。周诒端存诗较多,其《饰性斋遗稿》有古体诗8首,近体律诗、绝句131首。在写作题材的选择上,《饰性斋遗稿》主要有三个方面的内容:一为思亲怀人,二为体物写景,三为怀古咏史。

周诒端的思亲怀人诗大多写得情真意切、苍茫蕴藉,且又蕴含着温情与绵邈。如《闻雁》:

何处随阳雁,空山独夜声。关河正摇落,风雨助凄清。
听入深闺静,愁从别浦生。他乡未归客,应动故园情。

诗人在闺中独处之时,忽然听到大雁的鸣叫声。而此时,闺阁外风雨潇潇,"关河",即闺阁外的世界在大风大雨中显得飘摇而苍茫。诗人在"深闺"谛听悲凉的大雁声与潇潇的风雨声,不禁愁肠百结。诗人之所以心绪如此低落,除了外面的大雁与风雨声,更重要的是,她正在牵挂"他乡未归客",她猜想远在他乡的游子在遇到这般风雨飘摇的景象时,也应该想念"故园"的亲人与朋友。值得注意的是,诗中的这个"他乡未归客",诗人没有实指,也许是她的丈夫左宗棠,也许是其家族中的其他亲人。

周诒端的体物写景诗既能深切感知诗人所面临的景物,又能恰如其分地写出这些景物的形姿状貌,且在其中融入诗人的情思。如《小圃初春》:

一池绿水欲生烟,物候依稀似去年。

第六章 其他地域女子诗社考论

柳漏春光寒不入，梅留雪色淡如前。
新声细碎鸣禽变，旧梦迷离倦蝶翾。
护惜韶华从此始，金铃斜傍碧桃悬。

又《四时绝句》：

鸭头新涨一溪烟，时雨时晴二月天。
红透山桃春似醉，尚余清冷在吴绵。

《小圃初春》写诗人自家小花园的初春景象。小园中"一池绿水"波光潋滟，柳枝有了嫩芽，白色的梅花尚留残迹，春鸟欢叫，蝴蝶飞来，金铃子在"碧桃"树旁鸣叫。此诗既如实描写自家小花园的初春景物，又展现了一幅初春万物复苏的景致，还在景物描写中蕴含诗人平和且愉悦的心境，整首诗显得清澄和婉。《四时绝句》也是写初春景象。如果说《小圃初春》是写自家后花园的春景，那么，《四时绝句》则是写春天野外的物候与气象。早春二月，"时雨时晴"。此时，"鸭头"①草长，小溪水涨，山桃红透，春意正酣，但冬寒犹在，人们穿上"吴绵"做成的衣裳尚觉"清冷"。从诗歌创作风格来看，周诒端《四时绝句》诗心绪平和而愉悦，诗歌的意境也清空而明丽。

在周诒端《饰性斋遗稿》中，数量最多者则为怀古咏史诗。此类题材，在《饰性斋遗稿》中有50多首。总体来看，她的怀古咏史诗夹叙夹议，史论融合，在历史叙事中述说诗人的历史见解与政治观点。如《和金陵怀古》诗：

新亭举目异山河，国步艰难感慨多。
白羽无人分虎竹，青衣有泪泣铜驼。
徒劳士雅中流誓，争奈夷吾上座何！
不见零陵欣授时，空余遗老泪滂沱。

---

① "鸭头"，草乌草的别称，可用作中药。

西晋覆亡，衣冠南渡，五胡乱华，百姓受难，晋朝士族虽有复国之心，却无复国之力，只好在新亭对泣。面对艰难的国势，晋朝众臣大多庸碌怯懦，无所作为，"白羽"即军队中没有人敢率军作战，"青衣"即文官中没有人能提出复国良策。虽然有祖逖等人击楫中流，试图收复故土，但怎奈晋朝的当权者却像春秋晋惠公夷吾一样无能。直到东晋末帝被废授为"零陵"公时，才有晋朝的遗老们洒下痛苦的眼泪。这首诗夹叙夹议，典故与史事相结合，一方面对晋朝坎坷多难的国运表示同情，另一方面又对晋朝群臣的怯懦无能表示不屑，颇有几分哀其不幸、怒其不争的意味，展现出诗人不同凡响的历史见识与人生胸襟。

"慈云"老人次女周诒蘩，字茹馨，著有《静一斋诗草》。周诒蘩存诗较多，其中古体57首，近体324首，共得380多首。她的诗歌创作内容主要有四：一是抒情诗，二是怀古咏史诗，三是农事诗，四是酬赠行役诗。周诒蘩一生命运多舛，其夫与三子皆先她而亡，家产又被族人掠夺殆尽，以是，她的诗歌总有一股抑郁之气，多悲苦之音而少欢愉之词，总体诗风呈现苍凉孤冷的特质。她的这种创作特质在其抒情诗中表现得尤其明显。如《秋感》诗：

积雨秋仍下，花田晚未收。难为御冬计，枉作送穷谋。
宦梦惭蕉鹿，闲情羡水鸥。霜华染蓬鬓，促戚日深忧。

又《秋夜病吟》：

秋气齐纨冷，秋情蟋蟀添。夜凉风动竹，秋暗雨侵帘。
远梦惊冰簟，愁吟上笔尖。肠回今夕事，并入病恹恹。

这两首诗均写诗人孤苦困顿的生活，且用"穷""愁""忧""冷""病"等字眼形容诗人当下的处境与心绪，显示诗人似乎沉溺于悲戚之中而不能自拔。

周诒蘩的咏史怀古诗有70多首，大多写得意蕴深沉，不乏精辟的

第六章 其他地域女子诗社考论

历史见解与人生见识,且又萦绕着浓浓的忧患与悲剧意识。如《读史偶成三十二首》《和金陵怀古》《汴梁杂咏》《江宁吊史忠正公》等。仅举《江宁吊史忠正公》:

> 北望难消半壁忧,惊闻鼙鼓入扬州。
> 运筹无计存江右,驻节何人拥上游。
> 高庙威灵坯土在,宗臣义愤尺书留。
> 从来虎踞龙蟠地,容易降旗出石头。

明清易代之际,南明兵部尚书史可法督师扬州,抵御清军。但外有强敌,内有奸臣,最后兵败身亡。周诒蘩此诗即歌咏此事。在周诒蘩看来,史可法精忠报国之心日月可鉴,但强大的清军令他"运筹无计",只能知其不可为而为之,尽力保全明朝的社稷。尤其令诗人感慨的是,史可法督师扬州时,南明军队各自为政,拥兵自重,没有人听他的号令。而南明小朝廷当政者又以投诚降敌为能事。最后,史可法独木难支,以身殉国。诗歌最后一句"从来虎踞龙蟠地,容易降旗出石头",可谓画龙点睛之笔,尽道诗人的悲愤之心。

周诒蘩结缡后曾随夫宦游,以故,她又写下若干行役纪游的诗歌。从创作风格来看,她的行役纪游诗大多写得沉郁苍凉,但又境界宏阔,如《舟行过九江,狂飙竟日,惊疑有作》:

> 客心悲郁郁,秋水听滔滔。江阔孤城远,天长一塔高。
> 帆樯夸利涉,性命托惊涛。谁触风神怒,归程阻汉皋。

此诗写诗人"舟行过九江"时遇到大风,长江"狂飙竟日",诗人"惊疑有作"。这首诗境界宏大辽阔,"江阔孤城远,天长一塔高",但情感沉郁感伤。

又《过洞庭》:

> 南来北去几经年,柁雨帆风意黯然。

> 半载行程江浦客，一湖秋水洞庭船。
> 神鸦影没波沉岸，石燕群高浪接天。
> 三十六湾愁思渺，苍梧遗恨剧堪怜。

这首诗一方面描写洞庭湖"神鸦影没波沉岸，石燕群高浪接天"的宏阔景象，另一方面又借眼前之景与洞庭湖中的历史传说，抒写诗人过洞庭时所生发的人生忧思与历史悲怆感。诗歌境界阔大，气势雄浑，但心绪黯然。

周诒蘩《静一斋诗草》中引人注目的作品还有其早年所写的一组农事诗——《饲蚕诗》。这组诗共14首，以详细的笔墨描写农家一年养蚕的具体细节以及养蚕人或忧虑或欢欣的心理状态。这组诗充分说明，周诒蘩曾参加过家中的养蚕活动，她是一个曾经亲自参加农业劳作的勤劳的女性。

晚清湘潭周氏闺秀工诗而又积极参与家族闺内诗歌唱和活动者还有慈云老人的两个孙女周翼杶与周翼构。周翼杶，字德媗，长沙徐树录妻，早寡，著有《冷香斋诗草》。周翼杶现存诗歌均为五七言近体诗，共74首。她的部分诗歌柔婉沉郁，语句晓畅，形象鲜明生动，但整体诗风呈现"冷"而"幽"的特质。如《忆梅》：

> 萧然松竹掩重门，回首孤山玉一痕。
> 子夜月残空有梦，午妆春暖为销魂。
> 芳心淡泊知冰冷，瘦梅高寒倩鹤温。
> 几度敲诗劳记忆，暗香何处倚云根。

此诗一方面描写梅花的形姿与气质，如"午妆春暖""芳心淡泊""瘦梅高寒"等，以此赞美梅花的高洁；另一方面通过梅花生长"萧然松竹""子夜月残"等幽冷环境的描写，营造一种冷寒、孤高而深幽的意境。诗歌通过对梅花高洁形姿与品质的描写，或明或暗地展露诗人的人生取向与道德价值认定。

周翼杶也写有若干空间宏大、境界苍茫且情感悲凉的诗歌。如《秋望感作》：

> 鬓影萧萧岁月侵，闲愁无那一登临。
> 数行征雁离人耳，千里关河故国心。
> 红蓼花疏秋色老，白蘋风冷夕阳沉。
> 阑干倚遍空惆怅，目极遥天泪满襟。

这首诗空间与场面宏大，如"千里关河""目极遥天"等，且景物描写萧瑟而苍凉，诗人的情感则深沉中有悲怆，如"鬓影萧萧""数行征雁""红蓼花疏""白蘋风冷"以及"空惆怅""泪满襟"等。

周翼构，字敬婚，著有《藕香斋诗草》。周翼构存诗不多，仅26首。她的诗体式比较单一，均为近体律诗与绝句，但一些诗歌写得比较清浅灵动，形象鲜明。如《春雨》：

> 漠漠轻阴暗碧纱，如丝细雨逐风斜。
> 欲知润物功深处，红透春池几树花。

又《送别静斋二姊》：

> 临歧折柳送君行，望断湘江路几程。
> 回首暮云斜日外，青山不住子规声。

《春雨》描写"如丝细雨"飘洒过后春天万物生长的景象。《送别静斋二姊》则写诗人的惜别之情。但两首诗均没有对写作客体作浓墨重彩的渲染与铺叙，而是以简短的语句、跳跃式的景物描写，以及轻柔的笔致来状景言情，从而使两首诗颇具画面感，且语浅情深，主体风格则显得灵动而清美。

在清代女性诗歌结社的演进历程中，福建、江西等地还曾活跃过一些被历史与诗歌文献记载的女子诗社，如福建福州许亭亭"访红楼诗社"、江西会昌沈珂"湘吟社"、江西宜黄谢漱馨"晚香诗社"等。

不过，许亭亭"访红楼诗社"目前仅见于郭白阳《竹间续话》，沈珂"湘吟社"目前也只见被金武祥《粟香随笔》与沈珂少量诗词所记述，而记载宜黄"晚香诗社"的历史与诗歌文献也十分罕见。所以，如果要对这些清代地域女子诗社做深入研究，还有待更多的材料被挖掘。

第七章 清代女子诗社的诗史地位

"诗史地位"是当代学术研究的一个常见术语，它主要包括诗歌价值、诗歌特质、诗歌贡献与影响、特定语境下的诗歌写作在诗歌历史进程中所处位置等内涵。清代女子诗社有其独特而重要的诗史地位。第一，它处于中国古代女子诗社演进的极盛时代。第二，它是清代重要的文学与社会团体。

第一节 中国古代女子诗社演进的极盛时代

清代是中国古代女性文学创作的巅峰时期，也是中国古代女子诗社演进的"极盛"时代。胡文楷《历代妇女著考》著录两汉以迄清末民初女作者4200多人，清代就有3600多人；今人杜珣编《闺海吟》，著录先秦至清末民初女作者8600多人，其中清代就有7000多人。在清代数量庞大的女作者当中，不乏对清代诗坛有重要影响的卓越女诗人，如明清易代之际的柳如是、徐灿、李因、黄媛介、商景兰、顾若璞等人，清初顺康时期的王端叔、林以宁、柴静仪等人，盛清乾嘉时期的汪端、贺双卿、席佩兰、钱孟钿、张滋兰、孔璐华等人，晚清道咸同时期的顾春、沈善宝等人。在此基础上，清代女子诗社得以蓬勃发展，且呈泛化与高度繁荣的状态。

一 数量众多

学术界公认的最早的中国古代女子诗社为晚明"名媛诗社"。"名媛诗社"的组构成员来自安徽桐城方以智家族。该诗社核心诗人有方孟式、方维仪、方维则三姐妹,骨干成员则有方维仪弟媳吴令仪及其胞姐吴令则。她们不时吟咏诗词,互相唱和,从而形成的中国古代第一个女子诗社。但晚明女性诗歌结社活动还是零星的文学现象,不是晚明女性文学创作的一种主流存在。

延及清代,女性诗歌结社活动得到蓬勃发展,并呈泛化与普及的状态。约略统计,清代女子诗社理应在30个以上。其中有学术界公认的清代女子三大诗社,即清初以林以宁、柴静仪为代表的"蕉园诗社",清中叶以张滋兰为主盟人的"清溪吟社",晚清以沈善宝、顾春为领军人物的"秋红吟社",此外还有明末清初山阴祁氏女子社、清初华亭章氏六女社、盛清扬州曲江亭社、盛清荔乡九女社、盛清福州光禄派社、盛清泰州仲氏女子社、中晚清之交湘潭梅花诗社、晚清常州张氏四女社、晚清成都浣花诗社等诸多在诗歌创作上颇有作为的地域女子诗社。这些林林总总的女子诗社,不仅让女子诗歌结社成为清代诗坛的一种诗学常态,而且也将中国古代女子诗歌结社活动推向"极盛"的时代。

二　多样态的诗歌风貌

首先,清代女子诗社是清代女性诗坛的一个主体性存在。清代女子诗社是推动清代女性诗歌走向繁荣的主要社会力量,也是培养清代女性诗歌人才的主要基地。文学创作既是个体行为,也是群体与社会活动。清代女性诗歌创作的繁荣以及由此形成中国古代女性诗歌的"巅峰"盛景,既与众多优秀女诗人努力创作、勤奋笔耕紧密相连,又与清代女性诗坛的文学群体与社会活动,如诗歌教育、诗歌结社、诗歌交游等有密切的关系。假使没有这些诗学群体与社会活动,清代女性诗坛就培养不出一批又一批优秀的女诗人,也就形成不了声势浩壮的诗歌创作风潮,清代女性诗歌繁荣昌盛的"巅峰"景观也就无从实现。无论从文学创作还是文学社会运动来看,清代女子诗社始终是清代女性诗坛的一个主体性存在。它不时以群体与社会的形式构建或影响清代女性诗歌的创作走向,引领清代女性诗坛的创作风尚,形塑清代女性诗歌的基本形态与特质,而且,它时常为清代女性诗坛培养并输送大量优秀的女性诗歌人才，从而保证并促进清代女性诗坛始终保持蓬勃的生机与旺盛的生命力。

其次，清代女子诗社存在形式多样，构建元素丰富。就地域存在而言，既有全局性影响的主要女子诗社，如清初"蕉园诗社"、清中叶"清溪吟社"、晚清"秋红吟社"，又有特质鲜明的地域性女子诗社，如清初山阴祁氏女子社、中晚清之交湘潭"梅花诗社"、晚清成都"浣花诗社"等。就组构方式而论，既有家族血缘性女子诗社，如清初华亭章氏六女社、盛清镇江鲍氏三姊妹社、晚清常州张氏四女社等，又有师友型女子诗社，如晚清浙江慈溪环翠吟社、晚清江西会昌湘吟社等，还有家族师友混合型女子诗社，如盛清扬州曲江亭社、盛清福州光禄派女子社等。这些不同类型的诗社共生共存，共同推动清代女子诗歌结社活动走向繁荣。

最后，地理分布形态鲜明。清代女子诗社呈南重北轻、荟萃江浙的地理分布大势。江苏、浙江两省是清代女子诗社分布的中心区，大约三分之二的女子诗社崛起于此。福建、湖南、江西、四川等地女性诗歌结社活动也比较活跃。可以说，在地理分布形态上，清代女子诗社既重点突出，又脉络清晰。

三 社群质素完备

社群质素的完备也是清代女性诗歌结社活动"极盛性"的结构之一。

清代女性诗歌结社活动，既是一种文学创作活动，又是一种社会群体运动，是清代一些有诗歌创作才能的女性自觉聚集在一起进行诗歌创作与诗学探索的群体性行为。

"社群"一般具有以下基本质素。第一，共同爱好或利益。它们是一个特定社会群体最核心的联络与维系的纽带，是特定社会群体得以形成的基础。第二，相似或共同的社会阶层。当群体处于相似或共同的社会阶层时，其内部个体之间的交流才会处于平等互动的状态，才有可能降低其内部个体之间的人身依附与冲突，使源于共同爱好或利益的人际关系变得自由和谐，不会轻易解体。第三，社会与人文价值交换。社群内部的人们，源于共同的爱好或利益聚集在一起，每个个体除了向他人传递社会与人文价值外，还可以获取他人传递的社会与人文价值。第四，有序组织与运营。任何事物的发展都有其内在的逻辑与规律，社群的组织与运营也是如此。这种逻辑与规律可以是没有强制引导的顺其自然发展的弱组织或弱运营，也可以是有规则与制度规范的强组织或强运营。社群选择弱组织或弱运营，抑或选择强组织或强运营，主要根据群体爱好或群体共同约定来决定。第五，群体归属。随着社群的发展，对于符合自己利益与价值选择的社群，每个个体都希望尽量长地留在群体内，在可能的情况下，他们甚至尽最大力量来维护群体的利益。第六，有其发展周期。社群一般具有萌芽、成长、互动、解体四个阶段。

清代女子诗社是以文学爱好而聚合在一起的社会群体。随着晚明以来我国古代女性诗歌结社活动的不断深入，一些清代女子诗社也具备了成熟的社群质素。这些女子诗社的组构成员或者为清代女性诗坛的著名诗人，或者为诗歌创作最坚定的热爱者，她们的出身一般为官宦与文士妻女，有着相似或相同的社会地位与文化背景，即人们常说的"闺秀"或"闺阁"女性。她们以诗社为平台，互相传递社会与人文价值。这些女子诗社的成员，彼此关系亲密，或为亲属，或为师友，她们对诗社有着高度的认同感与强烈的向心力。特别需要指出的是，清代部分女子诗社组织严密，运营有序，既有社约或社规，又有诗社主盟人，并定期举行诗歌唱和活动，最后还对诗社诗歌唱和进行社评。

四 对清代与清代女性诗坛有重大影响

作为清代女性诗坛最成熟、最有活力的文学与社会组织，清代女子诗社对清代与清代女性诗坛有重大影响。

第一，它引领清代女性诗坛的创作风尚。"文变染乎时情，兴废系乎时序"[①]，随着清代不同历史时期社会历史文化的递嬗，清代女性诗歌也呈现不同的创作风貌，有着自己不同的创作风气。明清易代与清初，旧树已折，新枝难栖，中原一些士人与民众对前明尚怀眷念之情，

---

① （南朝）刘勰：《文心雕龙》，中华书局2014年版，第258页。

第七章 清代女子诗社的诗史地位

对清廷仍难以完全认同,于是黍离之唱、故国之思成为清初诗坛的一个重要创作主题,清初诗坛也弥漫着一种"杜鹃唱春"的感伤气氛。乾隆时期的盛清,统治趋于稳定,国力昌盛,于是诗坛又大量出现雍华和畅之音。道光之后的晚清,西方列强不断入侵,国内动乱频仍,于是伤世悯乱与抵御外侮又成为众多晚清诗人的抒情焦点。

在清代不同历史时期的诗风转换中,清代女子诗社均能融入时代风气的浪潮中,并成为引领清代女性诗坛创作风尚的弄潮儿。清初山阴祁氏女子社,是明清易代之际明朝忠臣祁彪佳的内眷。山阴祁氏女子在家族男性为明朝或舍身成仁或远谪他乡之后,依旧坚守祁氏家族忠于前明的风骨,在文学创作上或隐或显地表达对前明的思念,对家族男性的敬意。如商景兰《悼亡二首》、朱德蓉《咏虞姬》等诗。乾隆之际的"清溪吟社"则是另一番写作风情。以张滋兰为代表的"清溪吟社"女诗人虽然也写出一些情致感伤的作品,如感叹年华易逝、思亲念旧等,但多为抒发个人生活的小感叹,而她们的许多诗歌在写作风格上则呈现或温婉、或清纯、或逸淡的风致。晚清常州张氏四女社,在社会动乱之际,则写有反映太平天国内乱的诗歌。如张纶英《自汉阳抵里门,避地殷薛村居,怀弟妹》《村居述怀寄仲远》等诗。这些诗歌是晚清时代忧世悯乱最成功的文学作品之一。

第二,扩大中国古代文人诗歌结社的文学疆域。我国古代最早被史籍记载的诗社为初唐时期杜审言在江西吉州(今江西吉安)组织的"相山诗社"。两宋时期,文人诗歌结社逐步泛化,成为文人诗歌创作的一种诗学常态。陈小辉博士学位论文《宋代诗社研究》共得两宋文人诗社237家。元明清三朝,文人诗歌结社蓬勃发展,盛况空前,据李时人《明代文人结社刍议》一文粗略估计,明代各类文社与诗社有900多家。然而,从初唐到明代中期,我国古代诗坛只有男性文人组织的诗社,未见有女性结社唱和。到了清代,延续晚明时期女性诗歌结社的势头,中国古代女性诗歌结社得到不断发展,且呈现欣欣向荣、众声喧哗的"极盛"景观。由此,中国古代诗歌结社运动由男性单一的活动,变成男女两性共有的世界。中国古代文人诗歌结社的疆域得到充分拓展,其生存风貌也变得更加合理与均衡。

第二节 清代重要的文学与社会团体

清代女子诗社既是文学社团，又是社会与文化组织。一方面，清代闺秀诗人以此为平台进行诗歌创作；另一方面，清代诸多闺秀诗人通过诗歌结社活动走出深闺，由私人隐秘空间迈向社会公共空间。从社会文化与文学创作等多元视域来考察，可以说，清代女子诗社以文学元素为主，但也具有诸多的社会与文化品格，它是清代重要的文学与社会团体。

一 培养大量女性诗歌人才

清代女性诗歌人才的培养主要有三种途径，一为家庭传授，二为私塾教育，三为自学成才。但诗歌结社活动也是清代女性诗学人才化育的一个重要场域。在清代女性诗歌结社过程中，诗歌才艺较高者往往会指导、提携诗歌才艺生疏或较低者。在清代女性诗歌结社过程中，也常常根据诗歌才艺高低、创社贡献大小、诗人个性与人格魅力等社会人文元素，蕴变或培植诗社的核心人物与骨干成员。如清代"蕉园""清溪""秋红"三大女子诗社，既培植出冯娴、顾姒、张芬、沈持玉、钱继芬等一众颇有诗学素养的中小女作者，又蕴变出林以宁、柴静仪、张滋兰、沈善宝、顾春等对清代女性诗坛有重大影响的杰出女诗人。

值得注意的是，清代女子诗社一些著名女诗人常常既是她们所身处诗社的主盟人或核心成员，又是清代女性诗坛的风云人物。而诗社常常是她们得以扬名立万的重要平台。如清初"蕉园诗社"中林以宁、柴静仪，盛清"清溪吟社"中张滋兰，晚清"秋红吟社"中沈善宝、顾春莫不因诗歌结社而扩大她们的诗名，对她们成为一个时代杰出的女诗人有正向的加分作用。

二 扩大诗社女诗人的眼界，活跃清代女性诗坛的创作气氛

中国古代文化一向主张男主外、女主内，要求女性将自己的主要精

力用于日常家务事的管理，反对女性参与公共政治与社会事务。《礼记·内则》云："男不言内，女不言外。"① 又云："礼，始于谨夫妇，为宫室，辨外内。男子居外，女子居内，深宫固门，阍寺守之。男不入，女不出。"② 在中国古代传统文化的统治下，中国古代历朝历代的女性绝大部分被禁锢在家庭内，鲜有走出家门、参与公共政治和社会事务的机会。清代女性诗歌结社活动，既是一种文学创作活动，又是一种社会群体性行为。诗社女性诗人以此为契机，从各自的家庭私人空间走向一个由她们共同营造的社会文化公共空间。在这个空间内，她们进行灵魂的对话、诗艺的交流、彼此独有见闻的传播。由此，她们不仅扩大了自己的人生眼界与知识结构，而且使清代女性诗坛的创作气氛更加活跃。

三 提高清代女诗人的诗歌创作技艺

清代女子诗社与同时代的男性诗社一样，其最根本的目的与任务就是进行诗歌创作，并在此基础上充实、提高诗社女诗人的诗歌创作技能。在清代女子诗社诗歌结社活动中，诗社闺秀们常常吟诗唱和，或砥砺研习，或比竞争胜，通过日课、句课、月课等诗学聚会活动以及其他一些诗歌群体行动，共同探讨诗歌创作中的词法、句法、声律、情韵、意境等诸多技艺问题，在诗情、诗意、诗法、诗境等诗歌基本创作范式上得到充实与提升，由此，也为清代女性诗歌结社活动的繁荣奠定了坚实的艺术基础。

如盛清主要女子诗社"清溪吟社"与晚清主要女子诗社"秋红吟社"就不时举行诗歌唱和活动，且在这些诗歌唱和活动中探索怎样提高诗人的诗歌创作技能。"清溪吟社"与"秋红吟社"社事活动规范。有社集，"清溪吟社"有"翡翠林""小宝晋斋""虎丘"等诗文雅会，"秋红吟社"则有"咏牵牛花社集""绿净山房雅集""红雨轩海棠花雅集""天游阁海棠花雅集"等诗词唱和活动。有社课，"清溪吟社"

---

① （汉）戴圣：《礼记·内则》，辽宁教育出版社1997年"新世纪万有文库"本，第80页。
② （汉）戴圣：《礼记·内则》，辽宁教育出版社1997年"新世纪万有文库"本，第84页。

与"秋红吟社"女诗人不时聚合在一起,通过诗歌创作,共同切磋并探讨诗歌写作的技巧。有社评,"清溪吟社"在组织"翡翠林雅会""小宝晋斋雅会"等诗歌雅集活动后,还对雅集活动中的诗文创作进行评定。"清溪吟社"与"秋红吟社"这些诗歌群体活动,不仅增进了诗社女诗人彼此之间的感情,也提高了她们的诗歌创作技艺。

四 创作出大量优秀诗歌作品

清代女子诗社中的大大小小众多闺秀诗人,在诗歌创作中不仅展现自我,而且描绘他者,既为时事而歌,又为身边的日常小事而写,既关心人世的纷扰,又赏爱大自然的美丽,并在诗歌创作中展现女性优雅、温柔、细腻、善良、贤淑等人性品质,由此创作出大量具有独特风味的优秀诗歌作品。

晚清"秋红吟社"领军人物顾春著有《天游阁诗集》与《东海渔歌》,其中有诗800多首,词300多阕。顾春的诗词内容相当丰富,小至一山一水,大到国家大事,她都有真实而生动的吟咏。当代学者张璋高度评价顾春的诗词创作,他在《顾太清奕绘诗词合集序》中云:"她那丰富的诗词创作,写出了人生的悲欢离合,反映了社会的春秋炎凉,抒发了个人的思想情怀,绘制出一幅封建官宦满族家庭盛衰变迁的历史图卷。"①

五 清代闺阁女性重要的人际交往场域

清代女性人际交往的"朋友圈"主要有以下几项。第一,家族内亲属。如家庭内同胞兄弟姊妹、家族内从兄弟姊妹与表兄弟姊妹等。第二,夫家亲属,小姑小叔等。第三,丈夫朋友或同僚的内眷。清代女性诗歌结社活动,扩大了清代闺阁女性的人际交往范围。不同地域的女性因为诗歌结社走到一起来了。如盛清扬州曲江亭女子诗社除张因为本土人氏外,诗社领军人物孔璐华为山东曲阜孔子后人,诗社重要女诗人王

---

① 张璋:《顾太清奕绘诗词合集序》,(清)顾春、奕绘:《顾太清奕绘诗词合集》,上海古籍出版社1998年版,第5页。

燕生为江苏松江府人，谢雪与唐庆云为江苏苏州府人，王琼、王乃德、王乃容为江苏镇江府人。不同民族的女性也因为诗歌结社而得以结识并成为闺中好友。如晚清"秋红吟社"组构成员，既有汉族沈善宝、许延礽、钱继芬等人，又有满族顾春、栋鄂珍庄、栋鄂武庄等人，她们聚集在一起，共同营造了一个彼此认同的公共场域，在此进行诗歌交流，既是诗坛上的知己，又是生活中的朋友。

下编

清代女子诗社主要诗歌质素构建论

诗歌质素是诗歌构建体系的主体性结构，主要包括诗歌存在风貌、诗歌创作特质、诗歌生成缘由等元素，也包括诗歌创作在总体成就上的得与失。清代女子诗社主要诗歌质素有三：其一，诗社的地域化；其二，诗社的家族化；其三，在诗歌创作中展现不少女性写作的独特品质。

第一章 诗社地域与家族化

自古以来,我国就是一个地大物博的国家。我国不同的地区呈现出不同的地理生态和民间风俗、不同的饮食习惯与方言、不同的民众群体性性格,因而形成不同的地域文化。自夏商以来,我国古代社会又是一个家国同构的国家。家族在国家建设与地方管理中居于中枢或支配的地位。受我国地域文化与家族文化的影响,清代女子诗社呈明显的地域与家族品质。

第一节 诗社的地域化:地域文化与清代女子诗社

一 清代女子诗社地理分布之大势

大体而言,在地理分布上,清代女子诗社呈南重北轻、荟萃江浙的空间形态。清代女子诗社主要分布在江苏、浙江两省。现在可以考见的近30个清代女子诗社江苏省即有吴门张氏七女社、华亭章氏六女社、吴门清溪吟社、泰州仲氏女子社等10个,约占清代女子诗社总数的三分之一。清代分布于浙江省的女子诗社也有近10个,如山阴祁氏女子社、杭州蕉园诗社、归安织云楼女子社、慈溪环翠吟社等。它们也占清代女子诗社总数约三分之一。清代女子诗社其他三分之一则分别分布在湖南、福建、江西、四川等省,均在中国南方,只有盛清杨芸、李佩金诗社与晚清秋红吟社崛起于北京。现将清代主要女子诗社地理分布情况列表如下:

下编 清代女子诗社主要诗歌质素构建论

表1-1　　　　　　　　清代女子诗社地理分布

地域	诗社	数量
江苏	吴门张氏七女社、华亭章氏六女社、松江淀滨诗会、吴门清溪吟社、泰州仲氏女子社、扬州曲江亭诗社、镇江鲍氏三姊妹社、松陵宋氏女子社、松陵计氏女子社、常州张氏四女社	10
浙江	山阴祁氏女子社、杭州蕉园诗社、归安织云楼女子社、秀水消夏社、甬北草堂吟社、慈溪环翠吟社、海宁惜阴社	7
福建	建安荔乡九女社、福州光禄派女子诗社、福州"访红楼诗社"	3
江西	德化范氏三姊妹社、会昌湘吟社、宜黄晚香诗社	3
湖南	湘潭梅花诗社、湘潭慈云阁女子社	2
北京	杨芸、李佩金诗社，秋红吟社	2
四川	浣花诗社	1

如果对以上表格加以分析，不难发现，清代女子诗社的地理分布大致可以分为三大板块。第一版块为清代江浙两省，这是清代女性诗歌结社活动开展得最为繁荣昌盛的地区。这个板块不仅汇聚了清代大部分女子诗社，而且清代具有全国影响的主要女子诗社也大多荟萃于此，可以说，这个板块是清代女子诗歌结社的中心地区。第二板块为清代福建、江西、湖南、四川四省与北京。这个板块清代女子诗歌结社活动发展状态良好，崛起了一些对清代女性诗坛有重大或重要影响的女子诗社。从清代女性诗社演进历程来看，这个板块是清代女子诗歌结社的次发达地区。但这个板块的女性文学创作与女子诗歌结社活动仍有广阔的提升空间。第三板块为清代其他地区，未见有女子诗社的存在。

如果再深入探析，在上述前两个板块中又有诸多小区块女子诗歌结社活动开展得尤其有声势，如清代江苏省苏州府、扬州府；清代浙江省杭州府、嘉兴府；清代福建省福州府；清代江西德化、会昌与湖南湘潭等县。从清代女子诗社的演进历程来看，大部分清代女子诗社崛起于这些地区。这些小区块可谓清代女子诗歌结社活动的核心地区。

二　地域文化与清代女子诗社

清代女子诗社之所以形成南重北轻、荟萃江浙的地理分布格局，与

第一章　诗社地域与家族化

江浙两省独特的地域文化紧密相连。江浙两省是中国古代吴越文化的发祥地与中心区。吴越文化又可细分为"吴文化"和"越文化",但两者同源同出。

吴文化崛起于无锡梅里,兴盛于吴门苏州;越文化则繁衍于浙东绍兴,兴盛于浙西杭城。早期吴越民众"断发文身"、以尚武逞勇为风气。永嘉之乱,西晋覆亡,晋室与北方众多士族南渡,他们以中原温雅、清秀、恬静的文化追求与精神品质逐步改变了吴越文化的审美取向,将吴越文化注入了"士族精神、书生气质"。随着南朝与南宋定都江浙,长期统治江南,吴越文化的"士族精神、书生气质"越发得以深化与强化。具体而言,吴越文化的"士族精神、书生气质"主要体现在两个方面:一是以书香传家,重视文艺才情的培育;二是重视科举考试,以仕宦簪缨为荣。在吴越文化"士族精神、书生气质"的涵育下,江浙两省自古以来都是中华神州诗歌文化最昌盛的地区,也是中国古代女性诗歌创作的主要地域,还是中国古代诗歌结社的发祥地以及中国古代诗歌结社开展得最兴盛的主轴区。清代女子诗社就是在这样的历史底蕴与土壤中得以在江浙地区蓬勃生长。现将清代女子诗社为何独盛江浙地区的文化缘由略加论述。

（一）江浙两省一直是中国古代诗歌文化最繁荣昌盛的中心区

一是江浙两省诗歌文化源远流长。先秦时期,诗歌就在江浙地区流行。我国诗歌史上记载的最早诗歌《弹歌》就出自越地。到了魏晋南北朝,江浙地区诗歌创作呈欣欣向荣的蓬勃势头。西晋著名诗人陆机、陆云即为吴郡吴县（今属苏州市）人。[①] 南朝著名诗人沈约、吴均、丘迟、沈炯、姚察均为越地会稽（今属绍兴市）或吴兴（今属湖州市）人。唐宋时期,江浙两省诗歌创作得到进一步发展。唐代著名诗人骆宾王、贺知章与宋代著名诗人林逋、陆游、戴复古、叶绍翁等人均为浙江人,而唐代陆龟蒙与宋代范仲淹、范成大等杰出诗人是江苏苏州人。

二是明清时期江浙两省已然成为中国古代诗歌创作最繁荣昌盛的渊

---

① 陆机、陆云祖父陆逊因功封华亭侯与娄侯。华亭、娄县在明清时期属松江府,故一些史料又称陆机一族为云间（松江）华亭人。

薮之地。其一，明清时期江浙两省不仅诗人数量庞大，居全国之冠，而且众多具有全局性影响的杰出诗人也崛起于这两个地区。据《列朝诗集》《明诗综》《晚晴簃诗汇》《清诗纪事》等明清大型诗歌文献记载，明清两朝70%左右的诗人出自江浙两省，而具有全局性影响的杰出诗人也大多来源于这两个地区。如明朝杰出诗人高启、袁凯、刘基、唐寅、徐祯卿、王世贞、陈子龙，清代杰出诗人钱谦益、吴梅村、朱彝尊、沈德潜、袁枚均著籍江苏或浙江，他们或开宗立派，或对明清诗坛的演进与诗歌风貌的形成具有关键性影响。其二，浙江两省是构建明清诗文流派的主要基地。明初诗坛"五派"即有以高启为代表的"吴派"与以刘基为翘楚的"越派"，而明代中期的茶陵诗派、前后七子派、唐宋派也有不少江浙人。清代主要诗歌流派如清初虞山诗派、娄东诗派，清中期秀水诗派、格调诗派与性灵诗派，均崛起于江浙地区并以江浙人为核心。

（二）江浙两省是中国古代女性诗歌创作的主体地区

清代女子诗社之所以在江浙地区蓬勃成长，不仅得益于该地区源远流长的诗歌文化，还与该地区优质的女性诗歌创作有紧密的联系。无论从历史传统还是明清两朝的女性诗歌创作现状来考察，江浙两省均可称中国古代女性诗歌创作的主体地区。先秦时期，越地即流行《采葛妇歌》，据传此诗为一采葛妇女所作。东晋时代，出生吴地的民间女歌手子夜即创制出诸多民间歌谣，如《子夜吴歌》《子夜四时歌》等。南朝齐代吴郡（今苏州）韩兰英与南朝梁陈时代吴兴武康（今湖州德清县）沈满愿则在南朝诗坛名重一时。唐朝乌程（今浙江吴兴县）女诗人李冶，南宋钱塘（今属杭州市）女诗人朱淑真，元朝平江（今苏州）女诗人郑允端与德清（今湖州德清县）女诗人管道升，以其高品质的诗歌创作，对江浙地区女性诗歌的繁荣做出她们杰出的贡献。延及明清，江浙两省成为中国古代女性诗歌创作最繁荣昌盛的地区。一是女诗人数量众多，一枝独秀。胡文楷《历代妇女著考》载录中国古代女诗人4000多人，其中江浙地区就有约3000人，杜珣《闺海吟》载录中国古代女诗人8000多人，其中江浙两省就有近7000人。二是明清两朝著名女诗人大多崛起于江浙地区。如明朝朱妙端、王凤娴、沈宜修、王微、叶小鸾、方维仪，清朝柳如是、商景兰、李因、黄媛介、王端淑、林以宁、汪端、张滋兰、贺双卿、席佩兰、沈善宝等。她们均为江浙人并引领明清女性诗坛的创作风尚。

（三）江浙两省是明清诗歌结社运动开展得最蓬勃兴盛的地区

据今人何宗美《文人结社与明代文学的演进》《明末清初文人结社研究》《明末清初文人结社研究续编》与李玉栓《明代文人结社考》等学术著作统计，明朝与清初文人结社有 1000 多起，其中又以江浙地区最多，约占 70%。明清时期，江浙地区不仅诗社数量多，而且具有全局性影响的大诗社也大多荟萃于此，如明中期越地"西湖八社"，明末清初吴地与越地复社、几社，清中叶苏州城南诗社与扬州邗江诗社，等等。历史的真相是，江浙两省是明清诗歌结社运动开展得最蓬勃兴盛的地区。

第二节　诗社的家族化：血亲、姻亲与清代女子诗社

一　血亲、姻亲与清代女子诗社

除诗社的地域化之外，诗社的家族化也是清代女子诗社构建的一个主要特质。清代女子诗社大多由有血亲、姻亲关系的女诗人组构而成。清代三大女子诗社"蕉园诗社""清溪吟社""秋红吟社"即带有浓郁的家族化色彩。"蕉园诗社"主要女诗人林以宁的母亲顾之瑗、钱凤纶的母亲顾之琼、顾姒的父亲顾之绣即为一胞同出的亲姊妹与亲姊弟，故林以宁、钱凤纶、顾姒三人为表姐妹。诗社另外两位主要女诗人柴静仪与冯娴也是表姐妹，冯娴曾经写有一封《与柴季娴表妹书》。"清溪吟社"与"秋红吟社"也是如此。"清溪吟社"领军人物张滋兰与诗社重要成员张芬即为堂姐妹，诗社骨干朱宗淑又是张滋兰的表甥女。"秋红吟社"领军人物顾春与诗社骨干西林霞仙是亲姊妹，诗社重要女诗人许延礽、许延锦以及栋鄂珍庄、栋鄂武庄也分别是同胞姐妹。

"蕉园诗社""清溪吟社""秋红吟社"只是带有家族化色彩的师友与家族兼而有之的综合型诗社，这类诗社虽然在清代不时崛起，但不是

清代女子诗社的主流构建方式。清代女子诗社主流组构方式为纯家族化的女子诗社。此类诗社约占清代女子诗社的半壁江山。

如果将清代家族女子诗社加以细分,又有两种主要形式。一类是血亲类诗社。这类女子诗社是由母女、同胞姊妹、从姊妹、表姊妹等有血缘关系的女性组构而成。如清初华亭章氏六女社、清中叶建安荔乡九女社等。一类由血亲与姻亲混合组构而成。此类诗社的组构成员除了血亲型女性外,还有婆媳、姑嫂、妯娌等姻亲型女性。如清初山阴祁氏女子社、清中叶泰州仲氏女子社等。

如果又进一步细分,这两类诗社又可细化为若干小类型。一为母女型,如晚清成都曾氏闺秀"浣花诗社";二为姊妹型,如盛清镇江鲍氏三姊妹社;三为姑嫂型,如清中叶泰州仲氏女子社;四为婆媳、母女与妯娌型,如清初山阴祁氏女子社。现将清代主要家族女子诗社列表如下:

表1-2　　　　　　　　　清代主要家族女子诗社

诗社名称	主要形式	小类型
华亭章氏六女社、吴门张氏七女社、归安织云楼女子社、建安荔乡九女社、镇江鲍氏三姊妹社、江西德化范氏三姊妹社、常州张氏四女社、成都浣花诗社、湘潭慈云阁女子社	血亲类	姊妹型、母女型
山阴祁氏女子社、泰州仲氏女子社、松陵宋氏女子社、松陵计氏女子社	血亲、姻亲混合类	婆媳母女妯娌型、姑嫂型

二　家族文化与清代女子诗社

清代女子诗社之所以呈现家族化的特质,与中国古代源远流长的家族文化息息相关。

其一,家庭与家族是中国古代女性最基本也是最重要的成长与生活场域,在很多情况下,甚至是中国古代女性唯一的生活场域。中国古代文化一向主张"男主外,女主内",不主张甚至反对女性走出家庭参与社会公共事务。受中国古代传统文化的影响,中国古代女性一般在家庭或家族内活动,很少涉足社会公共空间。由此,中国古代女性的文学生

第一章 诗社地域与家族化

活大多在家庭或家族内发生。

其二，家族是构建中国古代社会的基石。自夏、商以来，中国古代社会就建立起一家一姓的"家天下"。国家最高统治权被一个家族掌控，他们父传子，子传孙，家国同构。两周时期，国家实施宗族分封制，中央与地方政权几乎完全与家族合而为一。两周之后，郡县制渐起，家族虽然对地方政府的把持逐渐解体，但依然牢固控制中央政权。延及魏晋南北朝，世家大姓与地方名族又开始牢牢控制中央与州郡政府。唐宋以迄明清，魏晋以来的世家门阀制度瓦解，可是由一姓或几姓名门望族控制乡邑基层政权的现象则十分普遍。中国古代社会的基本存在形态表明，家族是形塑中国古代社会的基石。从夏商以来，中国古代社会始终是一个以家族为核心的家国同构的宗法制社会。

其三，明清两朝世家名门的普遍存在。清初叶梦珠著《阅世编》，即著录明代与清初江苏松江府世家名门60多家。其中明代陆树声家族、徐阶家族、潘恩家族、钱龙锡家族均为对中晚明政坛有重要或重大影响的著名政治家族。而明末清初宋征舆家族、王广心家族也在仕宦与文学创作上取得卓越的成就。民国潘光旦著《明清两代嘉兴的望族》，共收录明清两代浙江嘉兴府名门望族90多家。其中清初朱彝尊家族、李良年家族、查慎行家族皆为仕宦文艺名门，对清代文坛有重大影响。潘光旦论明清两朝嘉兴府名门望族兴盛时说："嘉兴是人才的一个渊薮，其地位正和它在地理上的位置相似。即介乎苏杭两地之间。这原是我们早就听说的。这个人才渊薮之中，更有一些出人特盛的清门硕望。例如平湖之陆、嘉兴之钱、秀水之朱等等，我们也早就有些认识。"①

其四，明清两朝家族女诗人群体的泛化与强势崛起。梅新林、娄欣星《明清环太湖流域家族女性文人群体的兴起及特点》一文共收录明清时期环太湖流域家族女性文人群体37家，如浙江嘉兴黄洪宪家族女诗人、浙江海宁查慎行家族女诗人、浙江乌程戴佩荃家族女诗人、江苏苏州曹兰秀三姊妹、江苏松陵邱宝庆家族女诗人、江苏太仓王慧三姊

---

① 潘光旦：《明清两代嘉兴的望族自序》，潘光旦：《明清两代嘉兴的望族》，上海书店1991年版，第1页。

妹、江苏常熟邵齐芝姐妹妯娌等。丁小明博士学位论文《清代江南艺文家族研究》，则著录清代江苏苏州府艺文家族43家，江苏松江府艺文家族28家，江苏太仓州艺文家族17家，江苏常州府艺文家族28家，江苏镇江府艺文家族19家；又著录清代浙江嘉兴府艺文家族37家，浙江湖州府艺文家族27家，浙江杭州府艺文家族29家。丁氏所著录的江南艺文家族，就包含数量可观的家族女性诗歌群体。这些家族女诗人群体，或连绵数代，或同时群出，是清代女性诗坛重要的文学群体，也是清代女子诗社得以成军的社会基础。

第二章　诗社诗歌创作特有女性品质之展示

女性作为大自然与人类社会的一个主要种群，有其区别于男性的独特生理与心理结构，即人们常说的"性别品质"。她们有自己感知大自然与人类社会的独特方式，也有自己表达思想、宣泄情感的性别特征。体现到文学创作上，女性也有自己独特的关注点与聚焦内容，且有自己独立的抒情言志的方式。当代一些文学研究者将女性这些文学写作特质称为"女性写作"。

第一节　母爱、妻性与女性生命体验写作

一　母爱写作

母爱是母亲爱护子女的本能。也指女性像母亲一样喜欢去保护或怜爱人与动物。清代女子诗社中的众多女诗人在其诗歌创作中不时展露人性中的"母爱"本能，有一些典型的"母爱写作"。

一是勖儿与训女诗的写作。教育子女本是父母的共同责任，但由于中国古代"男主外、女主内"传统文化的规定，比照男性，中国古代女性承担了更多的培育子女的任务。清初"蕉园诗社"主要女诗人柴静仪就写有勖儿诗。其《勖用济》曰："君不见侯家夜夜朱筵开，残杯冷炙谁怜才。长安三上不得意，蓬头垢面仍归来。呜呼世情日千变，驾车食肉人争羡。读书弹琴聊自娱，古来哲士能贫贱。"① 柴静仪的长子

---

① 本章所举诗歌均录自相关女诗人的诗集或清代女性诗歌总集与选集，在此不一一注出。

沈用济多次参加科举考试，但均名落孙山。柴静仪这首诗一方面对世风日下、考风败坏的社会现实表达不满，另一方面又劝慰儿子不要太在意，鼓励儿子要用平和的心态对待科考的失败。晚清"秋红吟社"领军人物顾春也写有勖儿诗。其《庚子清明前一日率五儿载钊、八儿载初宿清风阁，夜话有感，兼示二儿》曰："碧草青山常不改，柳烟杏火古犹今。魂能化鹤留仙迹，梦可通神寄好音。万事无如儿子孝，百年空费道人心。挑灯共话当年事，悲愤相兼泪满襟。"这首诗的主要内容是哀思其已故丈夫奕绘，但也有勉励载钊、载初二儿谨守孝道之意。

盛清曲江亭女子诗社领军人物孔璐华则写有训女诗。其《六女于归口谕六首》曰："爱女今朝遣嫁行，关心骨肉诉衷情。未知姑性娇痴惯，愿汝于归妇道明。"又曰："鸡既初鸣待晓妆，晨昏侍膳奉高堂。言如金石儿须记，非比闺中傍母傍。"又曰："伉俪须和偕琴瑟，当从当谏自惊心。奁中惟有书同画，那有明珠抵万金。"又曰："相和妯娌性温存，第一闺中要慎言。奴婢宽严宜好待，休教人怕贵人门。"还说："克勤克俭戒奢华，香伴诗书笔伴茶。整理庭除尤谨慎，他时方不愧吾家。"最后说："汝父勤劳公事忙，官清惟爱一诗囊。严慈心性皆怜女，不把娇儿嫁异乡。"孔璐华这首《六女于归口谕六首》诗写于其女出嫁之时。这首诗从侍奉公婆、伉俪和谐、友善妯娌、克勤克俭、善待奴婢、勤读诗书等多方面教育自己的爱女，诗人希望女儿出嫁后能成为一个恪守妇道的好媳妇、好妻子、好妯娌，不辱没阮家的清正家风。

二写对子女的关心、想念与牵挂，或者写对已逝子女的悲思。对子女的关心、思念、牵挂是母爱的一种常见形态，对已逝子女的悲思也是母爱的一种重要表现形式。中晚清之交湘潭郭氏闺秀"梅花诗社"开启人郭步蕴青年守寡，与儿女相依为命，她写了若干关心、思念、牵挂儿女的诗，如《送莲儿往岳》《忆莲儿》等诗。其《忆莲儿》诗有两首，第一首曰："渺渺湘江水，匆匆游子心。如何天尽处，只见白云深。"第二首曰："思儿频倚小楼西，极目云山一望迷。记得去年离别处，满天风雨暮猿啼。"这两首诗，重点写两个字，一为"忆"，一为"思"。所谓"忆"，即回忆儿子的模样，回想当年离别时的情景。所谓"思"，就是对儿子的思念、牵挂。

第二章 诗社诗歌创作特有女性品质之展示

晚清成都曾氏闺秀"浣花诗社"主盟人左锡嘉也写有不少关心、思念、牵挂儿女的诗，又有若干关于已逝子女的悲思诗。其《送禧儿之东川》诗云："不作别离语，心醉愁如泥。人生感萍梗，飘忽恒东西。春华当努力，无遗迟暮栖。薄晓启行装，晨星恍然藜。丈夫志四海，愿与前贤齐。奋勉贵日新，忠信为纲提。先德慎勿忘，云程自有梯。"《哭三女玉儿》云："生小悲失怙，相从历患难。岂伊华枝秀，忽作优昙幻。今夕是何夕，曦倾不复旦。还顾童稚啼，益令肝肠断。"

这两首诗，虽然面对的写作对象不同，抒情内容也有差异，但均表达出左锡嘉浓浓的母爱。第一首《送禧儿之东川》，乃赠给其子曾光禧（煦）。此诗既对儿子加以勖勉，希望儿子"丈夫志四海，愿与前贤齐"，又对儿子远赴他乡表达不舍之情："人生感萍梗，飘忽恒东西。"第二首是悼念其三女"玉儿"的诗。诗歌一方面叙说亡女曾玉的身世，另一方面讲述诗人自己的悲痛之情。诗人感伤女儿"生小悲失怙，相从历患难"，更悲痛女儿"岂伊华枝秀，忽作优昙幻"，于是诗人情不自已，悲痛欲绝，"还顾童稚啼，益令肝肠断"。

二 妻性写作

中国古代文化特别重视"五常"与"五伦"。"五常"，即仁、义、礼、智、信，是中国古代社会特别重视的人性中的五种善性与正义的品德。"五伦"，是中国古代社会常常提到的人类社会中最常见的五种关系，传统儒学将其归纳为君臣、父子、兄弟、夫妇与朋友。作为"五伦"之一的夫妻关系，既特别重要，又特别复杂。中国古代社会在夫妻关系上强调男性的主导地位，主张"夫为妻纲"，但也反对男性压迫、欺凌女性，认为理想的夫妻关系应当是"夫义妇听""举案齐眉"的和谐关系。《礼记·礼运》曰："何谓人义？父慈子孝，兄良弟悌，夫义妇听，长惠幼顺，君仁臣忠。"[①] 在中国古代文化的化育下，中国古代社会夫妻恩爱的家庭比比皆是。以此，中国古代许多女诗人也写出众多关爱丈夫的"妻性写作"。清代女子诗社中的女诗人也是如此。

---

① （汉）戴圣：《礼记·礼运》，辽宁教育出版社1997年"新世纪万有文库"本，第65页。

其一，与丈夫诗词唱和，展现夫唱妻随、"夫义妇听"的恩爱关系。清中叶苏州"清溪吟社"主盟人张滋兰与丈夫任兆麟琴瑟和谐、伉俪情深，二人不时有诗词唱和。张滋兰《清溪诗稿》中即有《步心斋（任兆麟）桃花韵》《同心斋作》等诗。盛清扬州曲江亭女子诗社核心人物孔璐华与丈夫阮元甚为相得，其《唐宋旧经楼诗稿》即有《和夫子寄诗韵》《和夫子冬至雪窗原韵》等作。中晚清之交湘潭"梅花诗社"领军人物之一郭润玉与丈夫李星沅心心相应，被同人视为模范夫妻，他们二人唱和之作颇多，结集为《梧笙馆联吟初集》。晚清"秋红吟社"领军人物顾春也写有众多与丈夫奕绘的唱和之作，展现他们夫妻之间心有灵犀的恩爱关系。如《乙渠联句》《次夫子草堂暴雨韵》《次夫子天游阁见示韵四首》《二月十日雨同夫子作》《画眉室次夫子韵》等。

清代女子诗社众多女诗人所写的与夫诗，既有社会认识价值，又有文学审美意义。其社会认识价值在于，中国古代社会固然提倡"夫为妻纲"以男性为主导的婚姻关系，也有众多夫妻反目的失败婚姻，但夫妻和谐或伉俪情深的美好姻缘也是一种社会常态。其文学审美意义在于，这些女性所写的与夫诗，以女性的视角展现其夫妻关系，描写她们与丈夫的心灵与生活交流，既拓展了中国古代诗歌的写作内容，又丰富了中国古代诗歌的写作谱系。

其二，表达对丈夫思念、爱护、关心等情思。清初"蕉园诗社"领军人物林以宁与丈夫钱肇修情投意合，她写有若干思念、关心钱肇修的诗。如《得夫子书》："经年别思多，得书才尺幅。为爱意缠绵，挑灯百回读。"晚清常州张氏四女社中的张纨英也与丈夫王曦关系和睦，其《和夫子夜泊横林见怀，即寄杭州旅舍》诗写得情深义重，表达了她对丈夫的关心与想念："凉飙历秋节，时序倏已易。寒蝉鸣夕晖，哀蛩入幽室。感此怀远人，去亲常作客。浮云无定止，飞鸟有栖息。湖山郁青苍，怀古概陈迹。美人已千载，容华尚追忆。青春负俊游，落日怆行役。荣名古所贵，岁月岂虚掷。仰首瞻飞鸿，千里振逸翮。何当乘天风，翱翔云水阔。"晚清成都曾氏闺秀"浣花诗社"女诗人曾懿与丈夫袁学昌彼此敬重，心心相映，她曾写作《闽中忆别，呈外子都中》诗来

第二章 诗社诗歌创作特有女性品质之展示

表达对丈夫的思念与牵系："锦江春色好，花拥玉堂深。风雨满天地，离怀感古今。三更游子梦，万里老亲心。苦忆牵衣别，啼痕尚在襟。"

从林以宁《得夫子书》到曾懿《闽中忆别，呈外子都中》，这三首诗虽然写作笔法有异，但均指向一个共同的目标，那就是抒发作者对丈夫的思念、爱护与关怀之情。林以宁《得夫子书》写诗人收到漂泊在外的丈夫来信后的激动心情，由此表达对丈夫的思念，也表达她与丈夫执子之手的深厚感情。张纨英《和夫子夜泊横林见怀，即寄杭州旅舍》诗乃寄给其夫王曦。王曦授徒杭州，举目无亲，不免心生孤独之情。张纨英这首诗一方面安慰王曦："仰首瞻飞鸿，千里振逸翮。何当乘天风，翱翔云水阔。"一方面又对丈夫孤身一人漂泊异乡表示同情与关心："感此怀远人，去亲常作客。浮云无定止，飞鸟有栖息。"曾懿《闽中忆别，呈外子都中》诗则主要抒发两种情愫。一是抒发诗人对丈夫的思念，如"风雨满天地，离怀感古今"。二是抒发诗人由于与丈夫离别而心生的感伤之情，如"苦忆牵衣别，啼痕尚在襟"。

其三，劝慰、勖勉丈夫。盛清泰州仲氏女子社主要女诗人赵笺霞与丈夫仲振奎相濡以沫、同甘共苦，其《寄外》诗云："百里未云别，高怀且自由。诗书能快意，风雨漫牵愁。夜读休伤酒，春寒莫典裘。萧条家室虑，瓶罂能自筹。"晚清常州张氏四女社中的张䌌英则写有《和夫子移寓蒋文恪公旧第养疴原韵》诗："门无辙迹静尘哗，半亩溪阴蔽日华。隔牖峦光青欲滴，入帘草色绿难遮。养疴为爱山林僻，避暑偏宜竹径斜。我是耽幽杜陵妇，不妨料检便移家。"又《答夫子雨后即事》："为爱河鱼索酒尝，雨余新涨满池塘。拂云树老宜清昼，侵簟风多慎晚凉。宅有醴泉堪愈疾，坐无俗客足倾觞。回看名利悠悠者，何似君耽野趣长。"又《新秋柬夫子》："凉风拂庭树，初月静帘帷。新绿抽书带，轻黄坼露葵。康成兼课婢，德曜愧齐眉。偕隐他年愿，耕耘乐共随。"

赵笺霞的《寄外》诗语词恳切，温情绵长。她劝勉丈夫一人在外，要爱惜身体，不废吟读，不要为家中的生计忧虑。这首诗写妻子既温柔、贤惠，又有几分期许。张䌌英的丈夫吴廷轸科考与仕宦比较通达，故张氏的这三首诗均一面描写夫妻二人优质的生活环境，如"蒋文恪公旧第"中的"半亩溪阴""隔牖峦光"等，一面又鼓励丈夫要看淡名利、不要太热心官场,表示自己最大的心愿就是与丈夫夫唱妻随、过普通老百姓夫妻恩爱的和谐日子。诗中"我是耽幽杜陵妇,不妨料检便移家""回看名利悠悠者,何似君耽野趣长""偕隐他年愿,耕耘乐共随"诸句就明确表达了诗人自己的心意,也是对丈夫的期望、鼓励。

三 女性生命体验写作

"生命体验"既是具体的,又是抽象的;既是感性的,又是形而上的。它是情与志的混合体。清代女子诗社女诗人的"女性生命体验"既有男女二性的同构处,又有女性独特的性别基调以及情绪倾向。其写作主旨就是回归女性本身,书写她们生活的贫寒、闺阁友情的真诚、对大自然与亲友的爱怜,以及对生活的愉悦与感伤,展现她们对生命的认知、在生活道路上的探索、对女性生存本体的参悟,也展现基于她们独特的生命体验所历练而成的人性深度。

其一,书写贫寒生活。对贫寒生活的抒写,是中国古代一些"寒士"诗人时常写作的内容。如清代著名诗人黄仲则即以写自己的贫寒生活而扬名盛清诗坛。其诗集《两当轩集》被一些清代诗歌评论者视为抒寒写贫的经典之作。清代女子诗社女诗人书写贫寒生活的诗歌有与中国古代男诗人相同或相似的地方,但她们的写作基点则是回归女性本身,以女性的视域与生活体验来书写这一主题。晚清常州四女社中的张纶英就不时写作一些忧贫之作。其《杂诗》云:"青青南陌桑,穟穟田中黍。茕茕贫贱妇,戚戚恒独处。颜色非不珍,操作何太苦。充厨甘野蔬,抱瓮理荒圃。延月缝衣裳,迎曦动机杼。严冬朔风冽,雪霰时入户。呦呦号寒儿,唧唧啼饥女。行役苦不归,穷年对空釜。"其《贫交行》曰:"贫交无厚薄,穷壤无岁时。阴阳倏迁变,观化若等夷。夏日炎何早,黄尘压空苦热恼。冬日暖何迟,霜威懔栗侵单袿。"中晚清之交湘潭郭氏闺秀"梅花诗社"开启者郭步蕴也写有不少忧贫诗。如《贫居》:"春风亭榭自徘徊,满目萧条院半颓。门掩苍松寒白叶,雨余幽径长青苔。岁华老我头将雪,时事消人心已灰。燕子不嫌今冷落,年年此日自飞来。"

张纶英的丈夫孙劼科考不显,为一诸生,且不时漂泊在外,故张孙

第二章 诗社诗歌创作特有女性品质之展示

二人生活颇为穷困。张纶英的《杂诗》与《贫交行》均从女性视域出发，写其家境的贫寒，也写出诗人对衣食不保、饥寒交迫困苦生活的深切感受。尽管诗人勤苦劳作，"充厨甘野蔬，抱瓮理荒圃。延月缝衣裳，迎曦动机杼"，已经恪尽做妻子与母亲的责任，但家境没有什么起色，依旧处在忍饥挨饿的贫困之中。或者"呶呶号寒儿，喞喞啼饥女"，或者"夏日炎何早，黄尘压空苦热恼。冬日暖何迟，霜威懔栗侵单袿"。张纶英的《杂诗》与《贫交行》不仅写出其家境的困苦，也写出一个女性独自支撑家庭的艰难。

郭步蕴早年守寡，依母家以居，故生活拮据而贫困。其《贫居》诗即描写她寡居且清贫的生活。春天已经来临，诗人却感受不到春天的生机，反而依旧在自己孤苦的情绪里挣扎。庭院"半颓"，松枝枯萎，"幽径"长满"青苔"，生活如此艰难而苦寒，以致诗人白发丛生，容颜日益衰老。

其二，书写闺阁友情。闺阁友情是女性之间一种独有的情感。清初主要诗社"蕉园诗社"女诗人常常在她们的诗歌中书写闺阁友情。如林以宁《寄启姬云间》《同云仪泛舟》《柴季娴索诗赋答》等作。诗社其他女诗人柴静仪、钱凤纶、顾姒、冯娴也写有闺阁友情诗。如柴静仪就写有《十六夜寄林亚清》《戏答林亚清》《赠顾启姬》《怀冯又令》等诗。盛清"清溪吟社"女诗人非常重视彼此之间的友情，故常常以诗歌来歌咏这一主题。"清溪吟社"主盟人张滋兰《清溪诗稿》有近三分之一的诗歌为抒写闺中友情或与闺中友情有关，如《春日奉慰研云》《题研云诗稿再叠前韵》《忆婉兮陆夫人并柬令姑素窗夫人》等作。诗社女诗人张芬、席蕙文、沈纕、尤澹仙、朱宗淑、江珠、陆瑛、李嬿、沈持玉也以较多的笔墨状写闺中友谊。晚清"秋红吟社"女诗人对闺中友情的重视不亚于"蕉园诗社"与"清溪吟社"。诗社领军人物沈善宝、顾春以及其他女诗人均用较多的笔墨状写彼此之间的真挚情谊，在互相致意中表达彼此的关爱，也借此展现她们人性中的善良与纯正。

其三，书写对大自然与亲友的爱怜。对大自然与亲友的爱怜是一个普泛性的生活感受，不为女性所专有。不过，清代女子诗社女诗人在状写这些普泛性内容时，却是从女性的眼光与心理感受出发，从而让这些普泛性内容融入女性的性别特质与感情特征。盛清镇江"鲍氏三姐妹"鲍之兰、鲍之蕙、鲍之芬灵心善感，对大自然与亲情均有灵敏的感受，其中又以鲍之兰、鲍之蕙二人的体验与感受尤其细腻、深刻。鲍之兰《起云阁晚眺》云："局促辕驹厌世情，凭高纵目夕阳明。半湾流水双扉绿，一角遥山小阁清。迢递钟声寒雁和，萧疏梧影晚蝉鸣。几时置酒邀兄妹，快睹新诗跌宕成。"又《夏日怀浣云妹》："斜景淡高梧，凉风度疏牖。归燕语喃喃，幽人倦长昼。画栏频徙倚，念别情难已。天南天北心，蕴结同如此。我与之子别，七载只须臾。春风怨杨柳，秋雨感莼鲈。岁月日已徂，相思日已苦。晓看南山云，暮望西津树。"又云："人世轻别离，那识愁滋味。偏我最工愁，孤怀日憔悴。"鲍之蕙《春暮闲居》云："一春芳事去匆匆，几日繁荣小径封。午院柳烟迷梦蝶，晴窗花气醉游蜂。箧多书债偿难了，案积愁缄答每慵。三十未能名一技，半缘儿女半才庸。"又《生孙志喜》云："廿载劳劳鬓已丝，喜从中岁见孙枝。牵裾尚有随肩女，绕膝尤多问字儿。架上芸篇期并课，阶前竹马待争骑。小园梨栗经秋熟，他日分甘乐事宜。"

鲍之兰与鲍之蕙所写内容均为中国古代诗歌常见题材，即抒写对大自然美好景致的赏爱与对亲友的牵系和关爱，但她们二人写出了闺阁女性所特有的风味与气质。

一是她们的写景诗，既有大自然的美姿佳境，又有闺阁生活的浓浓气息。鲍之兰赏爱大自然的诗题曰《起云阁晚眺》，鲍之蕙题曰《春暮闲居》。从诗歌题名即可看出她们二人不仅要描写大自然的美景，还要抒写自己的闺阁生活。这两首诗的内容也印证了这一点。鲍之兰《起云阁晚眺》既写大自然的"半湾流水"与"一角遥山"，又写闺阁生活中的"几时置酒"与"快睹新诗"。鲍之蕙《春暮闲居》则既写大自然"一春芳事去匆匆，几日繁荣小径封"，又写闺中生活"箧多书债偿难了，案积愁缄答每慵"。

二是她们的写景、亲情诗，在情感上细腻、和婉，展现出女性敏感、温柔的心理品质。鲍之兰《起云阁晚眺》与鲍之蕙《春暮闲居》在诗风上不雄强，而是以平和、温婉的心态述说诗人的心理感受。这两首诗的主体诗风细腻、轻柔，既和风细雨，又云淡风轻。鲍之兰《夏日怀浣云妹》抒写她与鲍之芬之间的姊妹亲情。诗歌在细腻的诉说与反复的描述中，将其对妹妹的思念写得丝丝入扣，情致深细而缠绵。鲍之蕙《生孙志喜》则诉说她"喜从中岁见孙枝"的喜悦之情。此时的诗人不仅有孙子，还有比孙子大不了多少的儿女："牵裾尚有随肩女，绕膝尤多问字儿。"她希望儿女与孙子今后能友爱相处，长大后都有出息："小园梨栗经秋熟，他日分甘乐事宜。"这首诗的情感于平和中见深情，而且叙事颇有人间烟火味。

其四，表达对生活的愉悦与感伤。这也是一个普泛性的写作内容。不过，清代女子诗社中的女诗人也将其写出女性特有的滋味与品质。盛清镇江"鲍氏三姐妹"中鲍之芬曾创作《赠恺元侄新婚》诗一首。其诗云："氤氲佳气郁金堂，琴瑟新歌静好章。青镜引波侵翠黛，绛纱笼烛映红妆。双栖绣凤桐花小，并倚银蟾桂了香。为语倾城非易得，扶春妙手倩檀郎。"又写有《早秋闲咏》："闺阁无良友，知音赖有儿。长应能择句，次亦喜抄诗。课罢膏仍继，谈深月任移。桑榆怜暮景，聊以慰心期。"中晚清之交湘潭"梅花诗社"主要女诗人郭漱玉则写有《外归即事》诗一首，其诗云："拟把寒衣寄，君归喜不禁。关山前度梦，刀尺昨宵心。道我病容减，知君别思深。满斟一杯酒，小坐话窗阴。"又创作《喜外书至》："潇湘风雨正愁予，欲写红笺寄鲤鱼。忽接平安书一纸，省侬灯下又修书。"

鲍之芬在其侄儿新婚之时喜不自胜，提笔写作《赠恺元侄新婚》诗一首。这首诗先写"恺元侄"新婚之时的喜庆氛围，"琴瑟新歌"，"绛纱笼烛"，"恺元侄"夫妇及其全家均沉浸在喜结良缘的喜悦之中。接着写诗人对"恺元侄"夫妇的祝福，她希望这对新婚夫妇在今后的岁月里能同甘共苦、比翼齐飞，既有"双栖绣凤"的恩爱，又有"并倚银蟾"的吉祥，能在相亲相爱中共度人生。她的《早秋闲咏》诗则表达其家有麟儿的喜悦心情。诗人虽然交游不广，"闺阁无良友"，但幸运的是"知音赖有儿"。她的儿子们均雅好诗词，"长应能择句，次亦喜抄诗"，与爱好诗词创作的诗人有完全一致的兴趣。于是母子们在闲暇时间里不时探讨诗词创作，这让诗人十分舒心、宽慰。鲍之芬的这两首诗虽然写作内容不同，但均以女性特有的温情笔致以及细腻的心态,诉说着诗人的喜悦之情,也展现上辈女性对下辈男性的关爱。

郭漱玉《外归即事》与《喜外书至》两首诗,则主要写丈夫回家后与收到丈夫书信时诗人的喜悦心情。诗人"拟把寒衣寄",丈夫却意外回家,这让诗人分外惊喜。因为高兴,诗人身上的病痛也似乎好了,她要和丈夫一道:"满斟一杯酒,小坐话窗阴。"诗人思念丈夫,准备给丈夫写信,正在此时,却忽然接到丈夫的"平安书一纸",诗人十分高兴,急忙展信阅读,打消了马上要给丈夫写信的想法。

固然,清代女子诗社女诗人不只有愉快的生活经历与体验,也有自己感伤的生活遭遇。她们在写作这一内容时,也回归到女性本身,以女性独特的视角与感受来抒写生活与心灵的另一个场域。清初"蕉园诗社"主要女诗人柴静仪《忆姑》诗云:"君姑弃我去,忽已十载余。蘩藻时一荐,灵爽倏有无。回思在畴昔,禅诵乐清虚。妇职不遑尽,伤哉无敝庐。缱绻慈母恩,不令离斯须。盘餐虽日继,定省恒阙如。定省既云阙,乃复构悯内。扶头襄饭含,痛极伤心胸。捐我金跳脱,解我玉玲珑。"又云:"一朝获安处,儿女皆欢容。欲养已不逮,风木悲无穷。"清初吴门张氏七姊妹社重要成员张学典《寄书》诗云:"欲把音书寄,踌躇向笔端。恐添离别恨,难使旅怀宽。苏蕙机中字,秦嘉镜里鸾。迢迢凭一纸,何以慰加餐。"盛清泰州仲氏女子社重要女诗人仲振宜《元夜思乡》云:"展转愁怀滞海滨,雨中佳节病中身。虚房睡起添离感,故国灯围忆老亲。梦里关河虽有路,春来鱼雁总无因。不知此夕团栾酒,几度停杯念远人。"

柴静仪《忆姑》诗主要写婆媳关系。诗人以"媳妇"的眼光与体验来表达她对已经下世的婆母的追思,情感在悲伤中又有遗憾。从这首诗可以看出柴静仪与婆母关系和睦,她是一位恪守孝道的好媳妇。《寄书》写的是夫妻关系。在这首诗中张学典以"妻"的身份与视角来抒写她对丈夫的关心与牵挂。诗人的情感深沉、缠绵,又有几分伤感。仲振宜《元夜思乡》则是以"女儿"的身份来抒写她在正月十五元宵节对家中年事已老的父母的思念,情感低沉而郁闷。总之,这三首诗均以女性的视角来抒写作者不同的生活遭遇以及她们的心灵感受,展现了三位女诗人既感性又压抑的心情。

第二节　写作题材的细化与写作风格的柔化

一　写作题材的细化

清代女子诗社女诗人曾写作一些宏大的题材，如对社会重大史事的叙写、对社会重大意识形态问题发表意见等。清初山阴祁氏女子社领军人物商景兰在其诗歌创作中往往能展现明清易代之际的世事沧桑之变，并表达其对前明或明或暗的留恋。晚清常州四女社中的张纶英、张𬘓英也有描写太平天国内乱的作品，而且，她们一边同情人民在战乱中的痛苦遭遇，一边又站在清廷的立场，对太平天国采取敌视的态度。晚清"秋红吟社"核心人物沈善宝在鸦片战争期间也写作了一些时事诗，对鸦片战争进程表达关心，展示其忧国忧民的爱国情怀。不过，尽管清代女子诗社女诗人写有一些宏大的诗歌题材，但这不是她们诗歌写作的主流，她们诗歌写作的主体倾向则是将写作题材细化，即将诗歌写作的题材朝细小、琐碎的方向拓展。

一是清代女子诗社一些女诗人喜欢并擅长写作生活细事、小事与琐事。譬如起床、穿衣、喝茶、午睡、静坐、伫立、干家务等。她们把这些生活细事、小事与琐事写得详细而具体，犹如她们生活上的"起居注"。

清初华亭章氏六女社主要女诗人章有湘即写有《晓起》诗，描写她早晨起来的生活环境与心态："窗外鸡初唱，花间露未干。欲临明镜照，犹怯翠眉寒。宿鸟翻林树，归鸿振羽翰。不知乡国信，何以报平安。"盛清曲江亭女子诗社女诗人谢雪《煎茶》诗描写她喝茶的爱好，也展露她比较丰富的茶学知识："秋日晴窗下，松风第二泉。龙团研臼细，蟹眼瀑珠圆。纲试三春后，旗开一叶先。花间惊鹤梦，石铫起茶烟。"她还写有《熨衣》一诗，描述她干家务的情形与心态："鸳鸯瓦冷结繁霜，竹阁风生翠袖凉。小儿暂教收笔砚，安排炉火熨衣裳。"中晚清之交湘潭郭氏闺秀"梅花诗社"主要女诗人郭漱玉《杏花双蝶扇面》诗则仔细描绘一把折扇的"扇面"："几番风信到江潭，香雾迷离蝶梦酣。解取唐宫声价重,一枝先向杏林探。"又:"画出清明二月天,冰纨粉本记黄荃。春痕半入秋千影,花比人娇蝶比仙。""梅花诗社"另一主要女诗人郭润玉用《小立》诗描述她"小立阑干"的生活瞬间与当时的心情:"一庭风细露娟娟,烛影香衣似去年。小立阑干倍惆怅,忍看秋月十分圆。"

清代女子诗社女诗人把这些生活细事、小事与琐事写得如此详细而具体,其原因大致有二。一方面清代女子诗社女诗人均为闺阁诗人,她们一生大部分时间生活在家庭闺阁内,日常生活即被这些起床、穿衣、喝茶、午睡、静坐、伫立、干家务等小事与细事所包围。她们最熟悉的生活就是这些"油盐酱醋"的小事与细事。另一方面,在前代诗人将诗歌常见与宏大题材写得又好又全的诗学背景下,清代女子诗社女诗人如果要将诗歌写得较有新意,那么将诗歌题材朝细小、琐碎的方向拓展乃是一个有潜力的写作空间。

二是清代女子诗社女诗人将中国古代诗歌常态化的题材加以深化与细化,不时专力或集中写作自己擅长或喜欢写的题材,使这些常见诗歌题材更加精湛、细致,也更有新意。

咏史诗是中国古代一种常见题材。现存最早的咏史诗为东汉班固所写的《咏史》,其后,西晋著名诗人左思作《咏史诗》8首。唐末著名诗人胡曾、汪遵、周昙则集中精力专题写咏史诗。《全唐诗》收胡曾咏史诗150首,汪遵咏史诗59首,周昙咏史诗195首。清代女子诗社女诗人既传承中国古代咏史诗的既有传统,又有自己的新变。她们偏好对中国古代著名或有才德的女性人物进行歌咏,使中国古代咏史诗在对女性人物的歌咏上更集中、全面,也更深入、细致。中晚清之交湘潭"梅花诗社"主要女诗人郭润玉曾创作《咏古十绝句》,此诗分别对中国古代西施、息妫、明妃、杨妃、虞姬、飞燕、花蕊夫人、寿阳公主、红拂、绿珠十位著名女性人物进行评说。其中息妫、寿阳公主不被人们注意,很少有人写诗来歌咏她们。"梅花诗社"另一主要女诗人郭漱玉又创作《题闺中画册八首》。此诗分别歌咏"宣后脱簪""莱妻投畚""孟光举案""桓君挽车""乐妻捐金""唐氏乳姑""陶母留宾""漂舟饭韩"八位有贤德的古代女性。其中"宣后脱簪""莱妻投畚""唐氏

第二章 诗社诗歌创作特有女性品质之展示

乳姑""陶母留宾"也不常被中国古代诗人所歌咏。

赏花、咏花也是我国古代诗歌一个常见的写作题材。中国古代有大量这方面的诗歌。西晋诗人张华写有《秋兰篇》，傅玄写有《荷》。东晋杰出诗人陶渊明则喜欢菊花，写有较多的赏菊、咏菊诗。唐朝大诗人李白与杜甫也写有不少赏花、咏花诗。李白有《宣城见杜鹃花》《折荷有赠》等作，杜甫则有《江梅》《风雨看舟前落花绝句》《江畔独步寻花七绝句》《栀子》等诗。中晚唐之后，赏花、咏花蔚为风气，且成为我国古代诗歌一个主要写作题材。清代女子诗社女诗人写作的赏花、咏花诗，既保留中国古代赏花、咏花诗既有的写作范式，又有自己的新元素。

梅花是我国古代诗人常常歌咏的花卉，且不乏佳篇名作，如宋代诗人林逋《山园小梅》、元代诗人王冕《白梅》、元代诗人韦珪《梅花百咏》等。但中国古代诗人咏梅大多或描绘梅花的美妙形姿，或借梅花的美妙形姿与本体特质来比喻人性美德，寄托诗人的某种人生理想。清代女子诗社女诗人在歌咏梅花时，既承继中国古代咏梅诗固有的范式，又在一些枝节上写得更细致与深入，也更有新意。盛清扬州曲江亭女子诗社领军人物孔璐华《唐宋旧经楼诗稿》共有20首咏梅诗。在这20首咏梅诗中，孔璐华既继承林逋、王冕、韦珪等中国古代诗人共同奠定的咏梅诗的经典写法，又在一些细节与枝节上展现新风貌。

她曾创作《拟元人梅花百咏之十七首》诗，且作诗前小序："乙亥夏，在吴中抄得元版元韦珪《梅花百咏》一卷，前有杨铁笛（杨维桢）序，读之，甚为可喜。但其诗皆是七绝。官斋清暇，约同闺友三人暨大儿媳、六女共六人，依次分题，各咏五律十余首，共成百咏。"[①] 从孔氏这篇诗前小序可知，她的这首《拟元人梅花百咏之十七首》为模拟元人韦珪《梅花百咏》而作，但诗人在写作时花了一番心思，做出了一些新变化。一是韦珪《梅花百咏》在诗体上均为简短的七绝，诗人则将其改为篇幅更长的五言律诗。二是孔氏不仅将诗歌体式做了改变，而且在内容与写法上也有自己的新品质。韦珪《梅花百咏》用主要笔

[①] （清）孔璐华：《唐宋旧经楼诗稿》卷6，上海古籍出版社2010年"清代诗文集汇编"影印本，第117页。

力来刻画梅花的形姿与品格,其诗大多以"花"为主,以"人"为辅,"花"的形象与品格在诗中突出而鲜明,"人"的形象在诗中则含混而模糊。孔璐华《拟元人梅花百咏之十七首》则不然。她的这 17 首诗,既着力描绘梅花的形姿与品格,又不吝描写诗人的品鉴活动与自己的情思,诗中有强烈的人的形象,在"人"的展示上较之韦珏《梅花百咏》显得更细致、深入,也更鲜明、突出。

二 写作风格的柔化

文学创作的柔化并非女性专有,男性也能写出温婉轻柔的文学作品。中国古代词坛的婉约派词人大多为男性词人,如温庭筠、晏几道、柳永、秦观等人,他们创作的婉约词或缠绵悱恻,或轻柔温婉,或香艳绮丽,在柔化的深度与丰富性上并不输与女词人。然而,如果从整个中国古代诗词创作大势来考察,柔化不是中国古代男作家文学创作的主体,它只是中国古代男作家多层次文学创作中的一个有特色的存在系统。比照男性,中国古代女作家文学创作的柔化则是一个主体性与本质性的文学存在。从《诗经》中的部分女性诗歌,到魏晋南北朝左棻、鲍令晖、刘令娴,再到唐宋时代的薛涛、鱼玄机、李清照、朱淑真,又再到明清时期的沈宜修、柳如是、李因、贺双卿、顾春,中国古代女作家虽然也写有一些雄劲的作品,但文学风格的柔化一直是中国古代女性文学创作的一个主体趋势。

清代女子诗社女诗人写作风格的柔化则有自己的风貌与品质。一是尽管她们曾写作一些或悲戚或雄劲的诗歌,但她们大量的诗歌呈现或温婉、或轻灵、或清雅、或淡逸的风貌。二是清代女子诗社女诗人许多诗歌感情平和、冷静,或云淡风轻,或细水长流,情感起伏不大,整体呈现一种"和柔"的特质。

清代女子诗社女诗人写有大量诗风温婉的诗歌。清初"蕉园诗社"骨干女诗人朱柔则《寄远》诗云:"辛苦长安客,栖栖叹此行。故乡空自阻,逆旅亦何营。取友防轻薄,持躬问老成。寄言百君子,努力事身名。"晚清成都曾氏闺秀"浣花诗社"主要女诗人曾懿《途中同外子作并和其韵》诗:"新诗旖旎比花浓,阮籍才高不易逢。词赋输君腾藻

第二章 诗社诗歌创作特有女性品质之展示

采,江湖笑我伴行踪。迢遥客路催征雁,狼藉清樽解渴龙。五夜清灯须努力,置身应在最高峰。"

朱柔则的丈夫沈用济经常远出教授生徒或游幕,朱柔则则独自支撑家庭,上要赡养婆母,下要抚育儿女,故压力颇大。曾懿的丈夫袁学昌仕途顺畅,故其《寄远》诗在情感上显得比较轻松。尽管生活颇为艰辛,但朱柔则没有怨天尤人,而是平和地看待这一切,她温情地提醒丈夫,出门在外要慎交朋友,要保重自己的身体,"取友防轻薄,持躬问老成",还要积极进取,有上进心,"寄言百君子,努力事身名"。尽管有辞别家乡与亲人的遗憾,"江风凛冽动船旌,无奈辞亲作远行",但曾懿庆幸自己能与丈夫同甘共苦、携手同行,她还委婉地提醒丈夫在生活与事业上要积极进取:"五夜清灯须努力,置身应在最高峰。"

清代女子诗社女诗人又写有众多诗风轻灵的诗歌。盛清织云楼女子诗社主要女诗人李含章《万固寺》:"山寺不知路,忽闻流水声。溪随岩石转,塔与白云平。古木上无际,幽禽时一鸣。松根堪小憩,试汲碧泉清。"晚清"秋红吟社"领军人物顾春《二月十五清明前一日雨中作》:"夭桃双树粉墙东,几处高枝破小红。莫向年时忧稼穑,早从草木兆登丰。柳烟难禁清明火,花气先愁谷雨风。看到成阴结子后,天心无物不全终。"

李含章《万固寺》与顾春《二月十五清明前一日雨中作》虽然在写作内容与笔法上有差异,李含章的诗蕴含较多的宗教内容与生活苍茫感,如"山寺不知路""塔与白云平",顾春的诗则重在眼前景物的描写,如"夭桃双树"、"几处高枝"以及"清明火"与"谷雨风",但它们写景状物均清新而灵动,呈现一种清空澹荡的风致。

清代女子诗社女诗人还写有不少诗风清雅的诗歌。盛清织云楼女子诗社主要女诗人周映清《梅花》:"古梅生疏香,幽致邈难写。临风濯寒秀,相对足闲雅。琼姿妙天然,未许粉黛假。譬如歌阳春,曲高和者寡。开轩涵明月,顾影自潇洒。惟应翠袖人,亭亭伴林下。"又《琴诗》:"少小慕古韵,耽此丝桐清。经年事擽捋,指涩不成声。一朝得微悟,触手清风生。泠泠判雅俗,一一为分明。贺若不可学,益我思古情。"

周映清《梅花》诗主要描写并赞美"古梅"的形姿、清香与气质。"古梅"形姿优雅,"临风濯寒秀""琼姿妙天然",又有着淡淡的"疏香",而且它的气质清纯而高雅,"譬如歌阳春,曲高和者寡"。这让诗人对这树"古梅"充满喜爱之情。其《琴诗》主要写诗人学琴、弹琴的具体情状。她自小就学习弹琴,"少小慕古韵,耽此丝桐清",经过多年的淬炼与体悟,在琴技上终于有了进步,"经年事擪抶,指涩不成声。一朝得微悟,触手清风生"。而学琴弹琴的经过,也让诗人在心性上日益高雅纯净,"泠泠判雅俗","益我思古情"。这两首诗虽然内容不同,但在写作风格上均清正雅致,不仅展示诗人高雅的生活情趣,而且体现诗人纯正的人性品格。

清代女子诗社女诗人也写有一些诗风淡逸的诗歌。盛清"清溪吟社"骨干女诗人尤澹仙《晚由山麓至涧西茅庵》诗云:"招提背山麓,林际暮烟横。疏钟导我去,涧水潺湲清。门启月先入,路迥云逆行。来径望苍茫,何处樵歌声。"晚清"秋红吟社"领军人物沈善宝《暮春过太清二亩园》诗:"主人抱丘壑,地僻数弓宜。为种蛾眉豆,新编麀眼篱。溪流多曲折,山径远逶迤。拂面东风软,垂杨弄碧丝。"又:"残红飞已尽,新绿出园墙。紫笋穿阶细,朱藤绕架香。风回榆荚坠,雨过菊苗长。有约倾婪尾,花前再举觞。"

尤澹仙的《晚由山麓至涧西茅庵》诗主要描写山野之趣与佛寺之幽。"招提"即民间建造的简易佛寺隐藏在"山麓"之中,暮霭降临到树林里,佛寺的钟声响起,山涧的溪水在涓涓流动。打开房门就能看到山中的明月,山路纵横交错,山峰上的云朵则时而顺飞,时而"逆行"。山间的小路是那么朦胧而"苍茫",忽然,不知从什么地方传来悠扬的"樵歌"声。

沈善宝《暮春过太清二亩园》诗则主要描写其好友顾春"二亩园"中的景物。暮春时节,顾春的"二亩园"种着"蛾眉豆",围着"麀眼篱"。更妙的是,"二亩园"还有溪流环绕,又与远山为邻。每当春风吹来,园中的柳枝就依依起舞。此时,"新绿"伸出园中的围墙,"紫笋"在园中破土而出,"朱藤"缭绕在栅架上并散发淡淡的清香,榆树结的果实则随风坠落,春雨飘浇过后菊苗又开始成长。诗人置身其中,

第二章 诗社诗歌创作特有女性品质之展示

心绪舒畅,她希望自己与顾春约好,能在她的"二亩园"中"有约倾婪尾,花前再举觞"。

概而言之,尤澹仙《晚由山麓至涧西茅庵》与沈善宝《暮春过太清二亩园》两首诗虽然写作内容有异,但在诗歌风格上均呈现平淡闲适的风致,颇有几分陶渊明山水与田园诗的神韵。

必须指出的是,上述清代女子诗社女诗人所写的柔化风格的诗,又大多或情感平和,或态度温婉,或心绪闲适,在整体气质上呈现"和柔"的风貌。

第三章 诗社兴盛主要成因与诗社构建缺失论

清代女子诗社兴盛的成因众多,有其历史、文化与时代的元素,也有其内在演进的逻辑。清代女子诗社在其演进的历史进程中曾展现不凡的诗歌品质,并对清代女性诗歌创作的繁荣做出重大贡献,但也有其明显的缺失。本章将对清代女子诗社兴盛的主要成因予以论述,并指出其诗学构建的不足。

第一节 诗社兴盛的主要成因

清代女子诗社兴盛的成因众多,但归纳起来,主要有这样几项:其一,它是中国古代女性诗歌创作与文人结社运动内在演进的结果。其二,它是明清女性文化教育与才女文化被社会广泛接受的结果。其三,它是中国古代经济发展的重要成果之一。

一 中国古代女性诗歌创作与文人结社运动内在演进的结果

中国古代女性诗歌有两个明显的创作大势,一是从个体走向群体,二是从边缘走向主流。

先看从个体走向群体。从先秦到明代中期,虽然曾涌现数量众多的女诗人,且不乏像许穆夫人、蔡文姬、鲍令晖、薛涛、鱼玄机、李清照、朱淑真、郑允端这样杰出的女诗人,但中国古代女诗人大多以个体形式出现,不曾崛起像"建安七子""初唐四杰""大历十才子"这样的文学创作群体,但到了晚明与清代,中国古代女性诗坛这样的创作格局就被打破了。晚明与清代，中国古代女诗人不仅以个体形式出现，如王微、柳如是、李因、徐灿、贺双卿等，而且不断崛起一些对其时女性诗坛有重要或重大影响的女性诗歌创作群体，如"午梦堂"沈宜修母女、"蕉园五子"、"林屋十子"、随园女弟子群、碧城仙馆女弟子群等，这是中国古代女性诗坛创作格局的重大变化。

再看从边缘走向主流。尽管在《诗经》时代，女性就是中国古代诗歌创作的重要力量，但从秦汉至明初，中国古代女性诗歌就不曾对自己所处时代的诗坛产生全方位的影响，长期处于边缘的状态。到了明代中后期，特别是到了清代，中国古代女性诗歌的此种状态得到根本性的改变。其一，女诗人数量大大增加。胡文楷《历代妇女著考》著录两汉以迄元代女作家，只得130多人。明清两朝则有4000人左右，其中清朝就有3600多人。今人杜珣编《闺海吟》，著录先秦至元代女作家，收得789人，而明清两朝则有7800多人。其中明朝1267人，清朝6209人，清末民初383人。其二，涌现一批对明清诗坛产生重要或重大影响的杰出女诗人。譬如，明中叶浙江海宁著名女诗人朱妙端著有《静庵集》，其诗清新流丽，在越中女性诗坛享有盛名。晚明徐媛与陆卿子，均著籍苏州，徐媛著有《络纬吟》十二卷，陆卿子著有《考槃》《玄芝》等集，她们的诗歌流播海内，被时人称为"吴门二大家"。晚明青楼才女王微，漫游吴越皖鄂，结交诗坛名士，著有《樾馆诗》《远游篇选》《浮山亭草》《期山草选》等篇卷，其诗歌内容丰富，有其独特的社会与文学审美价值。至于明末清初柳如是、李因、徐灿、黄媛介，清初王端淑、林以宁、柴静仪，盛清张滋兰、席佩兰、汪端、孔璐华、恽珠，晚清郭润玉、张纶英、左锡嘉、沈善宝、顾春等人，无不在她们所身处的女性诗坛名重一时，各领风骚。她们的诗歌创作与诗歌社会活动，或者引领着她们所处时代女性诗坛的创作风潮，或者改变她们所处时代整体诗坛的创作景观。

清代女子诗歌结社活动的兴盛，是中国古代女性诗歌内在演进的合乎逻辑的结果，而且，它也是中国古代文人诗歌结社运动润泽而出的产物。

中国古代文人诗歌结社始自初唐，兴盛于宋元，至明清走向繁荣昌盛的顶峰。陈小辉博士学位论文《宋代诗社研究》共得两宋诗社237

家。欧阳光《宋元诗社研究丛稿》一著收录宋元诗社60多家。何宗美《明末清初文人结社研究》一著记载明末清初文人诗文结社已超过300起。李玉栓《明代文人结社考》一著则考得明代诗社与文社共有900多家。随着中国古代文人诗歌结社的不断深入，其势必影响、带动女性诗坛，促使并催生女子诗社的崛起。清代女子诗社的蓬勃发展，可以说，是中国古代文人诗歌结社运动一个瓜落蒂熟的过程，或者说，是一个顺理成章的结果。

二　女性文化教育与才女文化被社会广泛接受的结果

关于这一点，本书在上编第一章"时代语境"中曾有论述。一些学术专著与论文也对清代女性文化教育普及与才女文化被社会广泛接受有精辟的论说。杜学元《中国女子教育通史》论清代女性文学教育兴盛时说："前清文学艺术之盛，为前代所未有。女子受文学艺术教育的人远比前代为多。"又说："在女子文学教育方面尤以诗词为最。"杜学元还说："同时前清女子还受曲教，女子会散曲与戏曲的也不少。女子著文也很普遍。"① 郭英德在《明清女子文学启蒙教育述论》一文中也对明清女性文化教育普及状况有中肯的论评："在明清时期，贵族官宦、文人士子家庭的女子大都享有接受文化教育的机会，至少都能接受启蒙教育。"② 又引明人于镇僭《于氏家训》中"训男女"条的规定以资见证："大凡男女五六岁时，知觉渐开，聪明日启，便当养育良知良能。男则令其就塾，教以《小学》、《曲礼》、《少仪》、《内则》、《弟子职》诸篇古人孝亲、悌长、敬身、明伦等行；女则令其不出闺门，亦教以《小学》、《列女传》、《内则》诸篇古人孝姑、敬夫、教子、贞烈、纺绩等事。务要使其朝夕讲诵，薰陶渐染，以成其德性，敦复古道，感动奋发，而见义勇为。"③

---

① 杜学元：《中国女子教育通史》，贵州教育出版社1995年版，第211—212页。
② 郭英德：《明清女子文学启蒙教育述论》，《北京师范大学学报》（哲学社会科学版）2007年第4期。
③ 郭英德：《明清女子文学启蒙教育述论》，《北京师范大学学报》（哲学社会科学版）2007年第4期。

第三章 诗社兴盛主要成因与诗社构建缺失论

明清时期,不仅数量庞大的女性获得接受文化教育的机会,而且能诗善词的才女也被社会广泛认同,甚至受到社会的热捧。

一是在行动上加以力挺。一些诗人与学者编选历代与本朝女性诗歌,对能诗善词的才媛进行传播与赞扬。明清时期女性诗选流播较广者有明中叶张之象《彤管新编》,晚明钟惺《名媛诗归》,清初王端淑《名媛诗纬初编》,盛清汪启淑《撷芳集》、恽珠《国朝闺秀正始集》、胡孝思《本朝名媛诗钞》,晚清蔡殿齐《国朝闺阁诗钞》、黄秩模《国朝闺秀诗柳絮集》,等等。清代诗坛部分大老则对女性从事文学创作持支持的态度,招收女学生,亲自组织或指导女性进行诗歌创作。如著名的"随园女弟子群"与"碧城仙馆女弟子群"。①

二是在舆论上予以支持。一些诗人、学者撰写女性诗话,或对女诗人的事迹加以记载,或对女诗人的诗歌创作予以热情点评。如明中叶田艺蘅著《诗女史》,采录上迄先秦、下至明代的女性诗歌,且对相关女诗人的事迹加以记载,并对她们的创作风格予以简要论评。清初陈维崧《妇人集》、盛清梁章钜《闽川闺秀诗话》、晚清沈善宝《名媛诗话》则主要记载清代女诗人的事迹,也简论她们的诗歌创作特色。还有一些诗人、学者站出来力驳"女子无才便是德"的谬论,为女性的才华叫好。晚明李贽在《答以女人学道为见短书》中说:"谓人有男女则可,谓见有男女岂可乎?谓见有长短则可,谓男人之见尽长,女人之见尽短,又岂可乎?"②清代女诗人夏伊兰在《偶成》诗中力挺女性才华:"人生德与才,兼备方为善。独至评闺材,持论恒相反。有德才可贬,有才德反损。无非亦无仪,动援古训典。我意颇不然,此论殊褊浅。不见三百篇,妇作传匪鲜。《葛覃》念父母,旋归忘路远。《柏舟》矢靡他,之死心不转。自来篇什中,何非节孝选!妇言

---

① "随园女弟子群"是指盛清乾隆时期诗坛大老袁枚组织、指导的一群女诗人,其中杰出者为"随园十三女弟子",如席佩兰、孙云凤、孙云鹤、金逸、骆绮兰等人。"碧城仙馆女弟子群"是指清代乾嘉时期著名诗人陈文述组织、指导的一批诗坛女学生,主要有王兰修、辛丝、吴藻、钱守璞、史静等人。

② (明)李贽:《答以女人学道为见短书》,杜学元:《中国女子教育通史》,贵州教育出版社1995年版,第216页。

与妇功,德亦借此阐。"① 尤其是明清小说与戏曲成为民间宣传才女与才女文化的主要媒介。明清言情小说与戏曲一般均着力打造"才子"与"佳人"。这些"佳人"或为大家闺秀,或为小家碧玉,不仅貌美,而且有才,有时甚至不把世俗社会的清规戒律放在眼里。其中最著名者,为王实甫《西厢记》中的崔莺莺、曹雪芹《红楼梦》中的林黛玉。明清小说戏曲对才女文化在民间社会的普及厥功至伟。

三 中国古代经济发展的重要成果之一

清代女子诗歌结社活动固然是一种文学行动,但也是一种经济行为。清代女子诗歌结社活动的地点一般在环境优雅的园林、风景名胜区与家庭经济状况优渥的女诗人的家宅或别业。如"蕉园诗社"中的"蕉园"、"曲江亭诗社"中的"曲江亭"、"蕉园诗社"主要女诗人柴静仪的"凝香室"、"清溪吟社"主要女诗人沈纕的"小宝晋斋"、"秋红吟社"领军人物顾春的"天游阁"等。

而且,清代女子诗社女诗人聚会时还要置办佳馔,聚餐饮酒。清初主要女子诗社"蕉园诗社"主要女诗人柴静仪《过愿圃,同冯又令、钱云仪、顾启姬、林亚清作》诗云:"相过名园夸胜景,清樽喜与玉人同。"诗社领军人物林以宁则写有《秋暮宴集愿圃分韵》诗。诗社另一主要女诗人钱凤纶又有《冬日宴柴季娴宅》诗。盛清"清溪吟社"主要女诗人沈纕在《翡翠林雅集叙》中描绘诗社雅会宴集盛况时说:"于是衔流霞之杯,倾华峤之宴,饮酒赋诗,诚所谓文雅之盛,风流之事者矣。"②

清代女子诗社女诗人之所以能够在优渥的物质条件下进行诗歌结社活动,与中国古代社会经济不断向上提升的历史进程有着紧密的联系,也可以说是中国古代经济发展的重要成果之一。尽管不同时代都曾经经历过战乱与荒馑之后的民生凋敝,但中国古代经济发展的总体大势是在

---

① (清)夏伊兰:《偶成》,杜学元:《中国女子教育通史》,贵州教育出版社1995年版,第216页。
② (清)沈纕:《翡翠林雅集叙》,沈纕等:《翡翠林雅集》,清乾隆五十四年(1789)"吴中女士诗钞"刻本,第1a页。

第三章 诗社兴盛主要成因与诗社构建缺失论

不断的提升之中。清代的社会经济，较之前代无论是经济规模还是经济质量均有明显的提高，尤其是清代鼎盛时期的乾嘉时代，其经济发展达到我国古代社会的一个高峰。《中国清代经济史》在论述清代经济繁荣时说："顺治元年到康熙六十一年（1644—1722年），是清代经济的前期阶段。在这段历史时期内，由于清王朝的统治者尤其是清朝第二代皇帝康熙，大胆果断地采取了一系列有利于恢复社会经济的政策和改革措施，特别是抓住了恢复和发展农业生产这个关键环节，使清代经济从明末清初的长期战乱和经济崩溃中得到恢复和调整，并使社会经济得到一定的发展。"① 又说："从雍正元年到道光二十年（1723—1840年），清代经济进入它的中期阶段，由于从雍正到乾隆年间，清代经济得到了持续的增长，因此出现了清代社会经济高度繁荣的局面，并在乾隆时期达到鼎盛。这个繁荣局面的取得，其重要原因，在于清政府在这个时期采取了一系列有利于社会经济发展的政策与措施，尤其是在赋税制度方面的重大改革，促进了社会生产力的增长。"② 从历史演进的最终结果来看，清代经济的繁荣与昌盛，对清代社会的方方面面都产生了重大而深远的影响，不仅改善了清代老百姓的物质生活，也改善了清代人民的精神需求与消费，还对清代文学的发展起到积极的推进作用，清代女子诗歌结社活动也是其中的受惠者之一。

第二节 诗社构建的缺失

本书此前几乎所有的篇幅都在谈论清代女子诗社所取得的成就，其实，清代女子诗社的构建也存在明显的不足，这些不足，有些是诗学构建的结构性矛盾，有些则是社会文化元素的缺失，其中特别明显而突出者有三：一是诗社地域发展的不平衡；二是诗社诗歌创作守成多，创新少，保守色彩较浓；三是诗社成员社会成分单一，缺乏多元与丰富性。

---

① 庞毅：《中国清代经济史》，人民出版社1994年版，第1页。
② 庞毅：《中国清代经济史》，人民出版社1994年版，第1—2页。

下编　清代女子诗社主要诗歌质素构建论

一　诗社地域发展的不平衡

关于清代女子诗社的地理元素，本书在本编第一章"诗社地域与家族化"中有所论述。但此章只客观论述清代女子诗社的地理分布及其成因，未对其地理分布的优劣予以论评。总体来看，清代女子诗社的地理分布大致可以分为三大板块。第一版块为清代江、浙两省，这是清代女性诗歌结社活动的中心版块。这个版块清代女子诗社众多，社事活动频繁，是清代女子诗歌结社活动开展得最繁荣昌盛的地区。第二板块为清代福建、江西、湖南、四川四省与北京。这个板块的女子诗歌结社活动开展得有声有色，崛起了一些对清代女性诗坛有重大或重要影响的女子诗社。第三板块则为清代其他地区，未见有清代女子诗社的存在。

实事求是地说，清代女子诗社主要集中于清代江浙两省，清代东北、西北等广大地区未见有女子诗社的踪迹，其地理分布并不均匀，处于一种南重北轻、荟萃江浙的不平衡状态。

二　诗社诗歌创作守成多，创新少，保守色彩较浓

首先，在写作题材、写作笔法、语言表达等诸多诗歌创作的基本质素上墨守成规，缺乏必要的开拓与创新。清代女子诗社许多女诗人的诗歌创作题材比较单一，主要袭用中国古代诗坛常见的写作题材，如写景、咏物、咏史、抒怀、题画等。清代女子诗社许多女诗人在艺术表现笔法上也墨守成规，大多沿用比喻、拟人、象征、用典等前人经常使用的写作手法，很少在艺术笔法上有新变，而且在运用这些写作笔法时走的是老旧路径，缺乏新思路与"陌生化"。一些清代女子诗社女诗人在诗歌语言表达上也循规蹈矩，缺乏创意，或套用中国古代诗歌惯见或习用的老旧词语，或诗歌语言青嫩、生涩，既没有诗人个体风格，又缺乏诗歌语言必要的视觉冲击与情感感染力。

其次，清代女子诗社一些女诗人在诗歌意境营构与情感表达上四平八稳，缺乏必要的张力。一是意境营造与情感表达的"机械性"与"扑克脸"，没有将自己的真实生活状态与真性情融入诗歌之中。清初著名诗人吴乔、盛清著名诗人赵执信与晚清杰出诗人黄遵宪均推崇

"诗中有人"。他们均认为诗歌写作应该表现诗人自己独特的精神风貌与生命存在，状写诗人的本真渴望与人生追求。但清代女子诗社一些女诗人写诗只是为了应酬交际，所以，她们在所写的诗歌中有意掩饰自己的真性情，屏蔽自己的真实生活状态，尽量写一些大家都愿意听的话，竭力展示一些大家都认为得体、正确的事。二是意境营造与情感表达的"大众脸"。清代女子诗社一些女诗人在意境营造与情感表达上要么沿用或模拟古代诗人已有的写作范型，要么跟潮流，随大势，当代社会流行什么就写什么，"朋友圈"中大家喜欢写什么就写什么，或者诗社领军人物带头写什么就写什么，没有在艺术创新上花心思，也没有在情感表达上尽心力，写出的诗歌没有自己棱角鲜明的辨识度，俨然一幅泯灭于众人的"大众脸"。三是"直线"或"平面"的抒情写意。凡是有艺术创造力的诗人，其写出的诗歌必定是"立体"的。也就是说，其写出的诗歌在思想内容上必定丰富而深刻，在艺术笔力上必定多样而饱满。然而，清代女子诗社一些女诗人写出的诗或者内容零散，或者思想与情感平浅，或者艺术表现笔力平庸。一句话，她们写出的诗是让读者没有什么感觉的"直线"或"平面"的诗。

三 诗社成员社会成分单一，缺乏多元与丰富性

清代女子诗社女诗人几乎清一色的来自官宦、文士家庭，她们或为官宦、文士的妻女，或为官宦、文士的母亲、姑嫂、姊妹，其社会组构成分单一，缺乏必要的多元与丰富性。现将清代主要或重要女子诗社女诗人社会组构成分列表如下，以资见证。

表3-1　　　　　　　清代主要与重要女子诗社社会成分来源

诗社名称	诗社主要成员	社会成分
蕉园诗社	林以宁、柴静仪、钱凤纶、冯娴、顾姒、顾之琼、朱柔则、姚令则、李淑昭、张昊、毛媞	几乎均出生于官宦或文士之家。或为官宦、文士的妻女、母亲，或为官宦、文士的姊妹。唯李叔昭父李渔、夫沈心友既为文士，又是出版商。李渔还是戏班班主
清溪吟社	张滋兰、张芬、席蕙文、沈纕、尤澹仙、朱宗淑、江珠、陆瑛、李嬫、沈持玉	几乎均出生于官宦或文士之家。或为官宦、文士的妻女、母亲，或为官宦、文士的姊妹。唯席蕙文的母家吴门席氏是著名出版商，但吴门席氏也重视读书与科举考试

下编　清代女子诗社主要诗歌质素构建论

续表

诗社名称	诗社主要成员	社会成分
秋红吟社	沈善宝、顾春、项纫章、许延礽、钱继芬、许延锦、余庭璧、栋鄂珍庄、栋鄂武庄、富察蕊仙、西林霞仙	均出生于官宦或文士之家。或为官宦、文士的妻女、母亲，或为官宦、文士的姊妹。顾春、栋鄂珍庄、栋鄂武庄、富察蕊仙、西林霞仙则为满族女诗人
山阴祁氏女子社	商景兰、祁德渊、祁德琼、祁德茝、张德蕙、朱德蓉	均出生于官宦或文士之家。或为官宦、文士的妻女、母亲，或为官宦、文士的姊妹
华亭章氏六女社	章有湘、章有渭、章有淑、章有闲、章有澄、章有泓	同上
泰州仲氏女子社	赵篯霞、仲振宜、仲振宣	同上
扬州曲江亭社	孔璐华、张因、刘文如、谢雪、唐庆云、王燕生、王琼、王乃德、王乃容	同上
常州张氏四女社	张䌌英、张䌖英、张纶英、张纨英	同上
福州光禄派女子社	许琛、黄淑窕、黄淑畹、廖淑筹、庄九畹、郑徽柔、郑翰尊	同上
建安荔芗九女社	郑镜蓉、郑云荫、郑青萍、郑金銮、郑咏谢、郑长庚、郑玉贺、郑风调、郑冰纨	同上
湘潭梅花诗社	郭步蕴、郭友兰、郭佩兰、郭润玉、郭漱玉、郭秉慧	同上
成都浣花诗社	左锡嘉、曾懿、曾玉、曾叔俊、曾彦	同上

需要指出的是，不仅表中这些清代主要或重要女子诗社女诗人的社会组构成分单一，目前能够考见的清代女子诗社女诗人的组构成员也均出身于官宦或文士家庭。如清初吴门张氏七女社、盛清归安织云楼女子社、盛清镇江鲍氏三姊妹社、晚清湘潭慈云阁女子社等。

清代女子诗社女诗人几乎完全来自官宦或文士家庭，有其社会与文化原因。

其一，明清时期，官宦与文士阶层垄断了社会几乎所有的教育资源。

第三章 诗社兴盛主要成因与诗社构建缺失论

明清时期，地方私塾老师一般为各级生员，如县学、府学的秀才与国子监的贡生、监生等，而地方民办书院的教师则为有学问的高级知识分子，甚至是一个时期的硕学名儒，他们大都为进士、举人出身。至于官办县学、府学与中央国子监的教官，则几乎全为进士或举人出身，很多人有显要或清贵的从学与治学的经历。在民办私塾、书院与官办县学、府学、国子监读书的学生，也绝大部分来源于官宦、文士家庭。明清时期，一些所谓的"贱民"，如乐户、丐户、惰户、伴当、世仆、倡优、皂隶、疍户、雇工人等还被朝廷规定不能参加科举考试，这意味着他们被强行剥夺了在官办学校接受文化教育的权利。

其二，明清时期，官宦、文士阶层不仅垄断社会教育资源，而且十分重视家庭或家族的文化教育，对家庭与家族的女性文化教育也持支持与开放的态度。晚明吴江叶绍袁，天启五年（1625）进士，官至工部主事，他与其妻沈宜修皆工诗文，夫妻二人亲自教授子女文化知识，以此，他们的三个女儿叶纨纨、叶小纨、叶小鸾皆识文断字，擅诗工词，且不时在家庭内进行诗词唱和，从而组构成晚明吴江著名的"午梦堂"女性诗词创作群体。晚清名臣左宗棠以政治与军事才能闻名于世，但他与其妻周诒端均十分重视子女的文化教育，曾亲自或延师教育家中子女。在父母的重视下，左宗棠的四个女儿左孝瑜、左孝琪、左孝琳、左孝瑸均获得良好的文化教育，并具有优异的诗词创作才能，左孝瑜著有《小石屋诗草》，左孝琪著有《猗兰室诗草》，左孝琳著有《琼华阁诗草》，左孝瑸则著有《淡如斋遗诗》。

其三，明清时期，包括整个中国古代社会，官宦或文士一般不是纯粹的官员或只会科举考试的生员，他们中的许多人还是诗人、词人、散文与小说家，具有杰出的文学创作才能。如唐代的王维、白居易，宋代的欧阳修、苏轼，明代的刘基、杨士奇、王世贞，明清易代之际的钱谦益、吴梅村，清代的王士禛、翁方纲，等等。

正是由于具有得天独厚的社会与文化资源，明清时期官宦、文士家庭才容易崛起有诗词创作才能的才女。

主要参考与征引文献

一　文献总目

胡文楷编著：《历代妇女著作考》，上海古籍出版社 1985 年版。
李灵年、杨忠主编：《清人别集总目》，安徽教育出版社 2000 年版。
柯愈春：《清人诗文集总目提要》，北京古籍出版社 2001 年版。
《清代诗文集汇编》编纂委员会：《清代诗文集汇编总目录·索引》，上海
　　古籍出版社 2011 年版。

二　正史、方志

赵尔巽等：《清史稿》，中华书局 1998 年缩印本。
（清）于成龙等：《江西通志》，康熙二十二年（1683）刻本。
浙江省通志馆：《重修浙江通志稿》，浙江省图书馆 1984 年重印本。
（清）裘琏等：《钱塘县志》，康熙间刻本。
（清）赵世安等：《康熙仁和县志》，江苏古籍出版社、上海书店、巴蜀
　　书社 1990 年"中国地方志集成"影印本。
（清）王昶：《乾隆青浦县志》，乾隆五十三年（1788）刻本。
（清）冯鼎高、王显曾等：《乾隆华亭县志》，乾隆五十六年（1791）
　　刻本。
（清）宋如林、孙星衍、莫晋等：《嘉庆松江府志》，上海古籍出版社 2002
　　年"续修四库全书"影印本。
（清）徐元梅等：《嘉庆山阴县志》，台北成文出版社 1983 年"中国方
　　志丛书"影印本。

（清）张吉安、朱文藻等：《嘉庆余杭县志》，台北成文出版社1970年"中国方志丛书"据民国8年（1919）重刊本影印。

（清）王有庆、李国瑞：《道光泰州志》，江苏古籍出版社1991年"中国地方志集成"影印本。

（清）李铭皖、谭均培：《同治苏州府志》，江苏古籍出版社1991年"中国地方志集成"影印本。

（清）杨开第、姚光发等：《光绪重修华亭县志》，台北成文出版社1970年"中国方志丛书"影印本。

（清）龚嘉儁、李榕等：《光绪杭州府志》，台北成文出版社1974年"中国方志丛书"据民国11年（1922）铅印本影印。

（清）江峰青、顾福仁等：《光绪嘉善县志》，台北成文出版社1970年"中国地方志丛书"影印本。

（清）汤成烈、吴康寿：《光绪武进阳湖县志》，江苏古籍出版社1991年"中国地方志集成"影印本。

（清）王闿运：《光绪湘潭县志》，台北成文出版社1970年"中国方志丛书"影印本。

（清）王祖畲等：《光绪太仓州镇洋县志》，江苏古籍出版社1991年"中国地方志集成"影印本。

曹允源、李根源：《民国吴县志》，江苏古籍出版社1991年"中国地方志集成"影印本。

李永选：《长乐六里志》，福建省地图出版社1989年版。

三 笔记文献

（清）叶梦珠：《阅世编》，上海古籍出版社1981年"明清笔记丛书"本。

（清）王士禛：《池北偶谈》，中华书局1982年"清代史料笔记丛刊"本。

（清）戴璐：《藤阴杂记》，上海古籍出版社1985年"明清笔记丛书"本。

（清）丁丙：《武林坊巷志》，浙江人民出版社1988年版。

刘声木：《苌楚斋随笔》，中华书局1998年"清代史料笔记丛刊"本。

郭白阳：《竹间续话》，海风出版社2001年版。

四 丛刊

（清）仲振宜等：《泰州仲氏闺秀诗合刻》，嘉庆十二年（1807）刻本。

（清）周映清等：《织云楼诗合刻》，嘉庆二十二年（1817）刻本。

（清）郭润玉等：《湘潭郭氏闺秀集》，湖南人民出版社 2010 年"湖湘文库"本。

胡晓明、彭国忠：《江南女性别集》初编，黄山书社 2008 年版。

胡晓明、彭国忠：《江南女性别集》二编，黄山书社 2010 年版。

胡晓明、彭国忠：《江南女性别集》三编，黄山书社 2012 年版。

胡晓明、彭国忠：《江南女性别集》四编，黄山书社 2014 年版。

肖亚南：《清代闺秀集丛刊》，国家图书馆出版社 2014 年版。

肖亚南：《清代闺秀集丛刊续编》，国家图书馆出版社 2018 年版。

李雷：《清代闺阁诗集萃编》，中华书局 2015 年版。

徐雁平、张剑：《清代家集丛刊》，国家图书馆出版社 2015 年版。

徐雁平、张剑：《清代家集丛刊续编》，国家图书馆出版社 2018 年版。

五 总集、选集、别集

徐世昌等：《晚晴簃诗汇》，北京出版社 1996 年影印本。

（清）沈德潜：《国朝诗别裁集》，岳麓书社 1998 年版。

（清）沈季友：《槜李诗系》，上海古籍 1987 年"文渊阁四库全书"影印本。

（清）阮元：《两浙輶轩录》，上海古籍 2002 年"续修四库全书"影印本。

（清）阮元：《两浙輶轩录补遗》，上海古籍 2002 年"续修四库全书"影印本。

（清）阮亨：《淮海英灵续集》，上海古籍 2002 年"续修四库全书"影印本。

（清）袁景辂：《国朝松陵诗征》，乾隆三十二年（1767）爱吟斋刻本。

（清）王豫：《群雅集》，嘉庆十二年（1807）刻本。

（清）王豫：《江苏诗征》，道光元年（1821）焦山海西庵诗征阁刻本。

（清）吴颢：《国朝杭郡诗辑》，同治十三年（1874）重刻本。

（清）吴振棫：《国朝杭郡诗续辑》，光绪二年（1876）钱塘丁氏重刻本。

（清）邓显鹤：《沅湘耆旧集》，上海古籍2002年"续修四库全书"影印本。

（清）王端淑：《名媛诗纬初编》，康熙六年（1667）刻本。

（清）胡孝思：《本朝名媛诗钞》，乾隆三十一年（1766）凌云阁刻本。

（清）汪启淑：《撷芳集》，乾隆三十八年（1773）飞鸿堂刻本。

（清）恽珠：《国朝闺秀正始集》，道光十一年（1831）红香馆刻本。

（清）恽珠、妙莲保、佛芸保：《国朝闺秀正始续集》，道光十六年（1836）红香馆刻本。

（清）毛国姬：《湖南女士诗钞所见初集》，道光十四年（1834）刻本。

（清）蔡殿齐：《国朝闺阁诗钞》，道光二十四年（1844）刻本。

（清）黄秩模：《国朝闺秀诗柳絮集》，咸丰三年（1853）刻本。

（清）许夔臣：《国朝闺秀香咳集》，人民文学出版社1992年"香艳丛书"影印本。

费善庆：《松陵女子诗征》，吴江费氏华尊堂1919年排印本。

魏向炎：《豫章才女诗词评注》，江西人民出版社1987年版。

杜珣：《闺海吟》，时代文艺出版社2011年版。

（清）林以宁：《墨庄诗钞》，清刻本。

（清）钱凤纶：《古香楼诗钞》，清刻本。

（清）张滋兰：《清溪诗稿》，《吴中女士诗抄》乾隆五十四年（1789）刻本。

（清）张芬：《两面楼诗稿》，《吴中女士诗抄》乾隆五十四年（1789）刻本。

（清）席蕙文：《采香楼诗集》，《吴中女士诗抄》乾隆五十四年（1789）刻本。

（清）朱宗淑：《修竹庐诗稿》，《吴中女士诗抄》乾隆五十四年（1789）刻本。

（清）沈纕：《翡翠楼集》，《吴中女士诗抄》乾隆五十四年（1789）刻本。

（清）沈持玉：《停云阁诗稿》，《吴中女士诗抄》乾隆五十四年（1789）

刻本。

（清）尤澹仙：《晓春阁诗稿》，《吴中女士诗抄》乾隆五十四年（1789）刻本。

（清）江珠：《青藜阁集》，《吴中女士诗抄》乾隆五十四年（1789）刻本。

（清）陆瑛：《赏奇楼蠹余稿》，《吴中女士诗抄》乾隆五十四年（1789）刻本。

（清）李嫩：《琴好楼小制》，《吴中女士诗抄》乾隆五十四年（1789）刻本。

（清）许琛：《疏影楼稿》，清刻本。

（清）孔璐华：《唐宋旧经楼诗稿》，上海古籍 2010 年"清代诗文集汇编"影印本。

（清）谢雪：《咏絮亭诗草》，上海古籍 2010 年"清代诗文集汇编"影印本。

（清）鲍之兰：《起云阁诗钞》，胡晓明、彭国忠《江南女性别集》三编本。

（清）鲍之蕙：《清娱阁诗钞》，胡晓明、彭国忠《江南女性别集》三编本。

（清）鲍之芬：《三秀斋诗钞》，胡晓明、彭国忠《江南女性别集》三编本。

（清）张䌌英：《澹菊轩初稿》，道光二十一年（1841）"宛邻书屋"刻本。

（清）张䌷英：《纬青遗稿》，胡晓明、彭国忠《江南女性别集》三编本。

（清）张纶英：《绿槐书屋诗稿》，胡晓明、彭国忠《江南女性别集》初编本。

（清）张纨英：《邻云友月之居诗初稿》，胡晓明、彭国忠《江南女性别集》三编本。

（清）慈云老人：《慈云阁遗稿》，左孝威《慈云阁诗钞》同治十二年（1873）刻本。

（清）周诒端：《饰性斋遗稿》，《慈云阁诗钞》同治十二年（1873）

刻本。

（清）周诒蘩：《静一斋诗草》，《慈云阁诗钞》同治十二年（1873）刻本。

（清）周翼枕：《冷香斋诗草》，《慈云阁诗钞》同治十二年（1873）刻本。

（清）周翼构：《藕香斋诗草》，《慈云阁诗钞》同治十二年（1873）刻本。

（清）左锡嘉：《冷吟仙馆诗稿》，光绪十七年（1891）刻本。

（清）曾懿：《古欢室诗词集》，光绪三十三年（1907）刻本。

（清）顾春、奕绘著，张璋编：《顾太清奕绘诗词合集》，上海古籍出版社1998年版。

（清）沈善宝著，珊丹校注：《鸿雪楼诗词集校注》，中国社会科学出版社2012年版。

六　诗话、论评、纪事

（清）朱彝尊：《静志居诗话》，人民文学出版社1990年版。

（清）陶元藻：《全浙诗话》，上海古籍2002年"续修四库全书"影印本。

（清）袁枚：《随园诗话》，人民文学出版社1982年版。

（清）法式善：《梧门诗话》，凤凰出版社2005年版。

（清）陈维崧：《妇人集》，凤凰出版社2010年"清代闺秀诗话丛刊"本。

（清）梁章钜：《闽川闺秀诗话》，凤凰出版社2010年"清代闺秀诗话丛刊"本。

（清）沈善宝：《名媛诗话》，凤凰出版社2010年"清代闺秀诗话丛刊"本。

王蕴章：《燃脂余韵》，商务印书馆1918年铅印本。

雷瑨：《闺秀词话》，"扫叶山房"1925年石印本。

雷瑨、雷瑊：《闺秀诗话》，"扫叶山房"1928年石印本。

（清）陈文述：《西泠闺咏》，清光绪丁亥西泠翠螺阁刻本。

（清）陈芸：《小黛轩论诗诗》，凤凰出版社2010年"清代闺秀诗话丛刊"本。
施淑仪：《清代闺阁诗人征略》，上海书店 1987 年影印本。
钱仲联：《清诗纪事》（列女卷），江苏古籍出版社 1989 年版。

七　现当代论著

梁乙真：《清代妇女文学史》，中华书局 1932 年版。
谢国桢：《明清之际党社运动考》，中华书局 1982 年版。
欧阳光：《宋元诗社研究丛稿》，广东高等教育出版社 1996 年版。
陈宝良：《中国的社与会》，浙江人民出版社 1996 年版。
何宗美：《明末清初文人结社研究》，南开大学出版社 2003 年版。
何宗美：《明末清初文人结社研究续编》，中华书局 2006 年版。
李玉栓：《明代文人结社考》，中华书局 2013 年版。
庞毅：《中国清代经济史》，人民出版社 1994 年版。

后　记

　　《清代女子诗社研究》一书系国家社科基金年度项目最终研究成果。本研究成果分为上、下两编，共十章。主要包括八个方面的研究内容：其一，研究清代女子诗社兴盛的历史传统、时代语境、组织结构以及清代女子诗社的演进历程；其二，考证并论述清代三大女子诗社，即"蕉园诗社""清溪吟社""秋红吟社"；其三，考证并论述崛起于江浙的一些重要或有特色的清代女子诗社，并挖掘清代江浙一些被湮没或不受重视的女子诗社；其四，考证并论述崛起于福建、湖南、江西、四川等地一些重要或有特色的清代女子诗社，并挖掘清代这些地区一些被遮蔽的女子诗社；其五，论述清代女子诗社的诗史地位；其六，论述清代女子诗社地域与家族化的诗歌特质；其七，以性别诗学为基点，论述清代女子诗社女诗人特有的"女性写作"；其八，论述清代女子诗社兴盛的主要成因与诗社构建的缺失。

　　本研究成果也尽力在研究内容与方法上写出自己的特色。

　　一，率先对清代女子诗社进行全局与贯通性研究。中国古代，尤其是明清两朝的文人结社，较早受到国内现当代学者的重视，谢国桢《明清之际党社运动考》、何宗美《明末清初文人结社研究》、李玉栓《明代文人结社考》就是其中的力作。但清代女子诗社，近年来才获得学者的关注。目前清代女子诗社主要聚焦于"蕉园诗社""清溪吟社""秋红吟社"三大女子诗社研究，以微观、个案研究为主。本研究成果力图改变目前清代女子诗社学术研究的零碎状态，率先对其进行有深度与厚度的全局与贯通性研究。

　　二，研究了一些此前从未有人研究的清代女子诗社。本研究成果共梳理出近30个清代女子诗社,不仅研究目前正在被关注的清代主要或重要女子诗社,如"蕉园诗社""清溪吟社"等,也探析一些此前从未有人研究的清代女子诗社,如清初华亭章氏六女社、中晚清之交江西德化范氏三姊妹社、晚清成都曾氏闺秀"浣花诗社"等。

三,既对清代主要或重要女子诗社的演进历程做深入的梳理,又对清代一些女子诗社领军人物的诗歌结社活动做细致的考证,还挖掘出此前从未有人注意的清代女子诗社的社中成员以及她们的社事活动、创作特质。本研究成果不仅对"蕉园诗社""清溪吟社""秋红吟社"等清代主要女子诗社的演进历程做深入的梳理,还对这些诗社的领军人物如林以宁、张滋兰、沈善宝、顾春等人的诗歌结社活动做细致的考证,同时,挖掘出一些清代女子诗社不曾被关注的社中成员,如中晚清之交湘潭郭氏闺秀"梅花诗社"王继藻、杨书兰、杨书蕙、张仙蕖等人,以及晚清成都曾氏闺秀"浣花诗社"曾懿、曾彦等人,并对她们的社事活动与诗歌创作特质作实事求是的论评。

四,挖掘出一批清代女子诗社学术研究新材料。本研究成果挖掘的清代女子诗社学术研究新材料主要有四:第一,从清代女子诗歌总集、选集、别集中挖掘清代女子诗社诗歌文本与诗歌活动新材料;第二,从清代与民国诗话、笔记文献中挖掘清代女子诗社诗人事迹与学术论评新材料;第三,从清代与民国正史、方志、碑刻、人物纪略以及诗文集中的序跋、家传、行状等文献中挖掘清代女子诗社诗人生平与学术批评新材料;第四,从族谱、家谱、年谱、悼叙录等学术文献中挖掘清代女子诗社诗人家学渊源与成长经历新材料。

五,考证并辨析清代女子诗社学术研究的一些"疑点"、"断点"与错讹,并得出自己的学术新见解与新结论。清代女子诗社的学术研究存在一些"疑点"与"断点",也存在一些错讹与误读。譬如,清初"蕉园诗社"核心人物是"蕉园五子"还是"蕉园七子",她们又是由哪些人员构成而成?"蕉园诗社"最早成立时间为何?关于这些问题,目前学术界有多种说法。本研究成果以事实为依据,在占有充分证据的前提下,对这些学术问题进行细致考证、辨析,既肯定一些说法的合理性,又指正它们的不足或错讹,最终得出符合历史本相的新见解与新结

后 记

论。又,晚清以来的方志、诗话等学术文献均记载中晚清之交湘潭郭氏闺秀"梅花诗社"是一个由单一家族组构而成的纯家族血亲型女子诗社,目前有关湘潭郭氏闺秀"梅花诗社"的学术论文也均沿用此说。本研究成果在梳理、细读《湘潭郭氏闺秀集》与中晚清湖南其他女子诗集的基础上发现,湘潭郭氏"梅花诗社"固然以郭氏闺秀为主体,但在其发展后期也有其他家族女诗人参与。故湘潭郭氏"梅花诗社"不是一个纯家族血亲型的女子诗社,而是一个熔家族与师友为一炉的综合型女子诗社。

六,在研究方法上也有自己的特色与建树。第一,在大的学术范式上,变目前清代女子诗社流行的微观、个案研究为综合立体研究。第二,在小的学术研究方法上,也运用了一些目前清代女子诗社研究还不曾运用的学术研究方法,如历时性梳理与共时性考察相结合,源流辨析、主流研究与边缘研究相融通等。

固然,本研究成果也存在一些学术不足。譬如,一些有特色的清代女子诗社,如甬北草堂吟社、慈溪环翠吟社、松陵计氏女子诗社、松陵宋氏女子诗社、江西会昌"湘吟社"等,由于研究材料的匮乏,只能简单提及。又譬如,一些清代女子诗社的梳理与考证还可以做到更深入、细致。如盛清曲江亭女子诗社,除扬州阮元、镇江王豫两大家族女诗人外,参与该诗社的还有其他家族女诗人。由于研究资料掌握的不同,本研究成果对阮元、王豫两大家族女诗人的考证做得比较细致、具体,对其他家族女诗人则写得比较简略,甚至只略微提及。

在此,我还要感谢本书责编郭晓鸿编审,她花费了不少时间与精力对本书进行了逐字逐句的修改,改正了本书的诸多错误。感谢湘潭大学与新闻学院院长李剑波教授对本书出版的大力支持。最后,由于本人学识浅陋,本研究成果肯定还有不少自己不曾发现的错误与学术不足,在此敬请方家指正。

2020 年 11 月写于湘潭大学教师公寓